李鸣生，当代著名作家。1956年生于四川简阳。1974年入伍。1991年毕业于解放军艺术学院文学系。中国报告文学学会副会长。中国作家协会报告文学委员会委员。中国文字著作权协会常务理事。

1981年发表第一首诗歌。1982年发表第一篇小说。1984年发表第一部中篇报告文学。1990年创作第一部电视剧剧本（中央电视台播出）。1991年发表第一部长篇报告文学。主要作品有：《李鸣生文集》（十六卷），李鸣生“航天七部曲”（七卷），李鸣生“走出地球村”系列丛书（七卷），中篇小说、电视剧、电视专题片、电影纪录片多部，共约九百万字。

作品曾获三届鲁迅文学奖、三届国家“五个一工程”奖、三届中国报告文学奖，以及中国图书奖、中国改革开放三十年优秀报告文学奖、中国长篇广播金奖、北京市优秀文学作品奖、上海重大文艺工程精品图书奖、《当代》文学奖、首届《中华文学选刊》奖、冯牧文学奖、徐迟报告文学奖、全军文学作品特等奖、全军文学作品一等奖、中国人民解放军文艺奖等二十二项。

有作品入选《21世纪中国文学大系》《21世纪中国最佳纪实文学》《中国报告文学精品文库》《共和国作家文库》《新中国60年文学大系》《30年文学典藏》《中国优秀报告文学读本》《中国报告文学精选》及大中专院校教材等数十种文本。

李鸣生微信公众号：lms6668

博客中国李鸣生专栏：limingsheng.blogchina.com

李鸣生新浪微博：@李鸣生

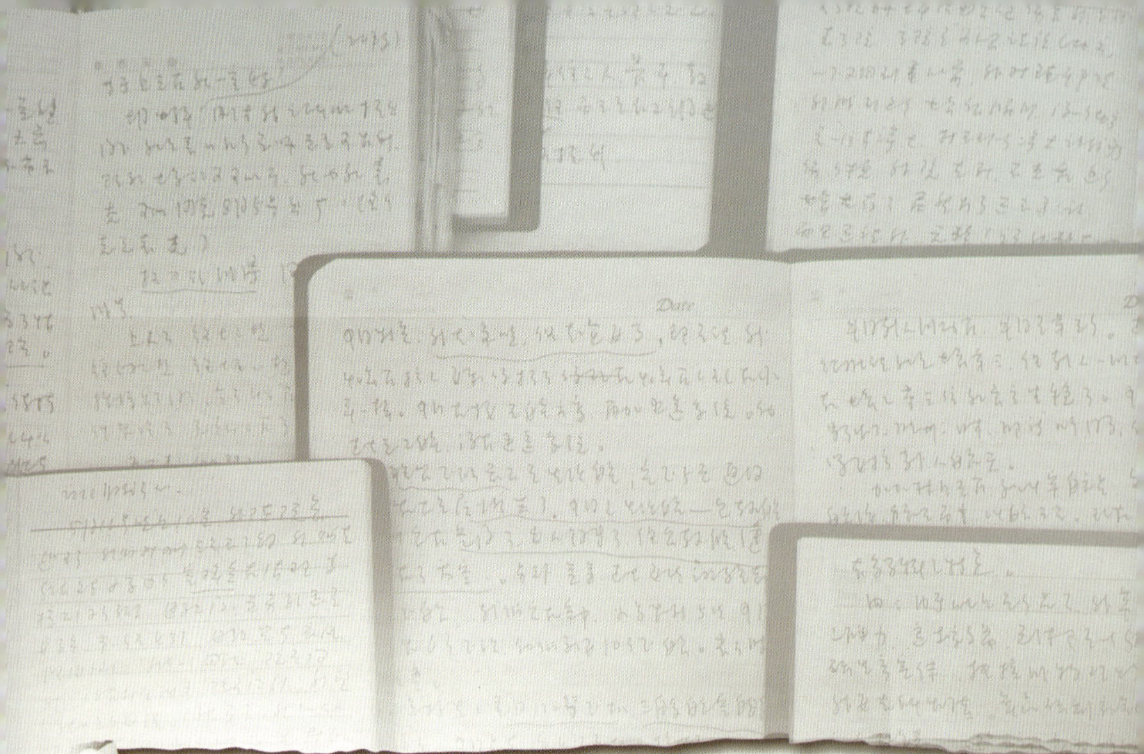

作者采访手迹

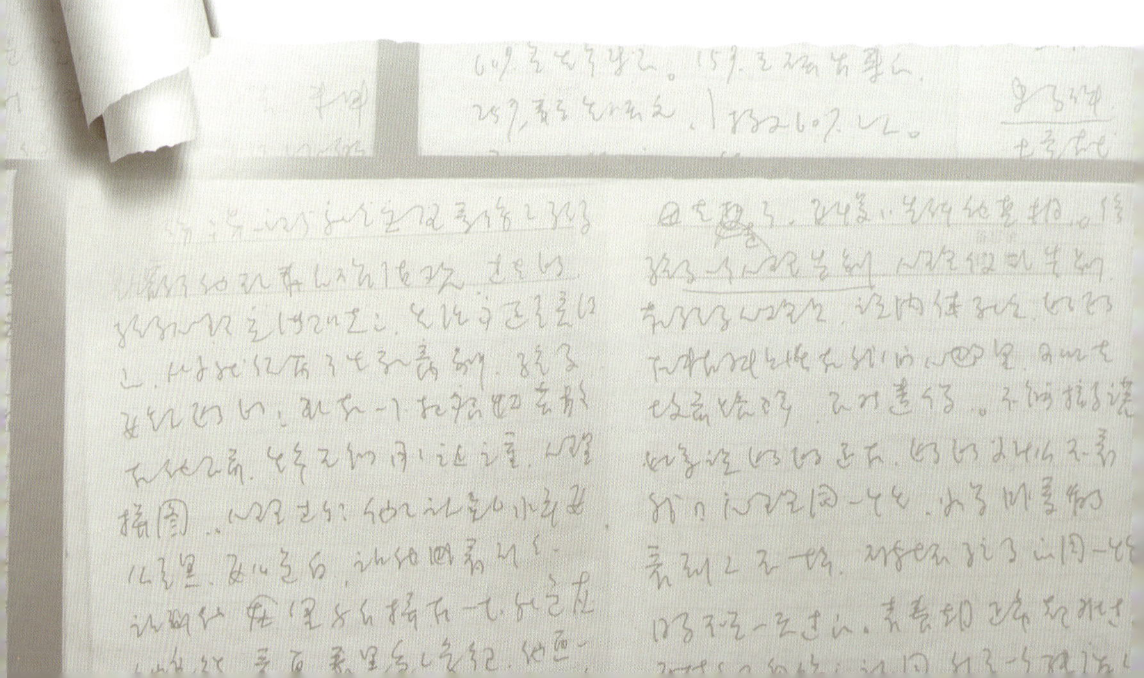

李鸣生文集

发射将军

天地出版社

图书在版编目（CIP）数据

发射将军 / 李鸣生著.—成都：天地出版社，2017.2
（李鸣生文集）
ISBN 978-7-5455-2152-8

Ⅰ.① 发… Ⅱ.① 李… Ⅲ. ①报告文学-中国-当代
Ⅳ.①I25

中国版本图书馆 CIP 数据核字（2016）第 179866 号

FASHE JIANGJUN

发射将军　李鸣生 著

出 品 人　罗文琦

选题策划　张　京
选题组稿　谭清洁　漆秋香
责任编辑　谭清洁　漆秋香等（本书责任编辑：程　于）
装帧设计　冠腾文化
电脑制作　四川胜翔数码印务设计有限公司
责任印制　田东洋

出版发行　天地出版社
（成都市青羊区槐树街 2 号　邮政编码：610031）
网　　址　http://www.tiandiph.com
http://www.天地出版社.com
电子邮箱　tiandicbs@vip.163.com

印　　刷　四川经纬印务有限公司
版　　次　2017 年 2 月第一版
印　　次　2017 年 2 月第一次印刷
规　　格　168mm×240mm　1/16
总 印 张　330（本书印张：34.5）
总 字 数　4700 千(本书字数：512 千)
总 定 价　698.00 元
书　　号　ISBN 978-7-5455-2152-8

谨以此书

献给神奇的戈壁荒原

献给共和国第一支导弹发射部队

献给在戈壁荒原刻下国家荣誉、民族尊严、历史记忆与人格丰碑的全体发射将士以及他们的亲人！

——题　记

序

有思想的非虚构：李鸣生报告文学论

丁晓原

尽管我们有《左传》《史记》这样久远的文学纪实的传统，但具有特指性的报告文学还只是一种只有百余年历史的后起文体。建构晚近三十年中国报告文学史的优秀作家有许多，其中特别重要的是一批穿越上世纪70年代末至新世纪的资深报告文学家，我们称之为跨世纪报告文学作家。但真正具有文体史意义的，或其创作参与了文体建设的报告文学作家，并不是很多。李鸣生是其中不可或缺的一位，他的写作对报告文学文体具有典型意义。这位写作了《飞向太空港》《澳星风险发射》《走出地球村》《中国"长征号"》《远征三万六》《千古一梦》《发射将军》"航天七部曲"的"太史令"，以其独特的创作，为我们书写了新中国航天的悲壮历史。它们既是航天的壮美诗史，也是国志，是文学。作家的地位是由作品的品位决定的，作家的个人史由其创作史建构。李鸣生以其高水准、大规模的航天作品，铸就了他在文坛作为中国航天首席报告文学家、中国航天文学领军者的地位，即使在世界航天文学的书写中也可作如是观。此外，《走出地球村》《中国863》和《震中在人心》三部作品分别获得第一届、第二届和第五届鲁迅文学奖。获得三届鲁迅文学奖的作家很少，尽管获奖不是评价作家创作的唯一尺度，但李鸣生的这些作品摄取独特，叙事宏阔，思考深广，语言表达颇具个性意味，是完全配得上鲁迅文学奖这一荣誉的。

我们对作家的创作进行价值评估，需要超越作品某种应时而生的新闻性，获得必要的时间间距和空间背景。时间是最有信度的批评家，空间也为批评提供了更多的参数。基于这样的认知，我们将李鸣生个人的报告文学创作史，推置于晚近三十多年中国报告文学史中加以观照考察，解析作家创作的特质，探索其何以并在多大程度上实现了对报告文学文体的有效诠释，这应该是很有意义的。

一

我以为，报告文学是一种个人化的社会写作。从作者主体角色的存在视之，这是一种典型的知识分子写作方式。对此，李鸣生也是认同的。他在鲁迅文学院第二十届中青年作家高级研讨班的研讨会上，就明确地告诉他的青年同道："我认为，真正的报告文学作家是典型的知识分子。"①

知识分子的范畴具有多种义项。这里所说的知识分子不是"知识"的知识分子或者是"专业"的知识分子，而是公共知识分子。这种知识分子的基本特点是介入社会；作为社会良知，基于独立思想而向社会发言。因此，报告文学的写字间是整个社会，它拒绝一厢情愿的私人写作。并且从根本上说，作家的思想品位决定着报告文学作品的品质，而有品位的思想需要作家秉持独立的人格。在李鸣生看来，"知识分子最大的特点就是他的人格的独立，这点，作为一名优秀的报告文学作家必须具备"。由此李鸣生给出"报告文学作家和新闻记者的区别"的关键之处在于，"新闻记者是要在现场报道，要在第一时间内把最有价值的信息传达出去（深度报道另当别论）；报告文学作家是要在这些新闻事件的基础上作出自己的独立思考，最终传递和表达的是你对这个世界的思考，而你的思考要与众不同。所以，在所有的社会问题上，作为报告文学作家必须建立起自己独立的思想体系，进行与众不同的思考，最终发出与众不

① 李鸣生：《报告文学作家要人格独立》，中国作家网 2013 年 7 月 2 日。

同的声音”。[1] 由此可见，思考、思想之于报告文学作家李鸣生所具有的特别意义。“一个民族光有空间的高度是不够的，还必须要有思想的高度。唯有拥有了思想的高度，其眼光、胸襟、境界才大不一样，甚至说话的气派、分量也大不相同；而天天看到、想到的，就不仅仅是秦砖汉瓦、巍峨长城，滔滔黄河、滚滚长江，还有五洲四海、辽阔世界，万里长空、茫茫宇宙!”（《千古一梦·尾声》）这是李鸣生长篇报告文学《千古一梦》中一段具有主题性意义的表述。根据这一表述，结合体现作者追寻思想自觉的创作实践，我们可以获得观照、读取李鸣生报告文学特质与价值的一个优选的视角。在我看来，李鸣生的报告文学体现为一种有思想的非虚构写作范式。

思想为美是报告文学写作美学中的一条重要原则，这是这一文体作为知识分子写作方式的一种内在规定。著有《西部在移民》的麦天枢曾经说过：“当思想的深度构成读者对报告文学的普遍要求的时候，思想性就表现为一种美；思想性通过文学手段来承载，思想性就变成了文学性。”[2] 优秀的报告文学是作家卓异思想的产物，同时它又如思想的“发生器”，能够激活读者的关联思考与叩问。《哥德巴赫猜想》在新的历史时期首次正面叙写讴歌科学工作者的业绩和科学精神，在拨乱反正之初具有显然的思想先锋意义。《人妖之间》直击现实严重的腐败，开创了新时期以批判为价值取向的“问题报告文学”的先河。作者感于世相而提出的“人们啊，要警惕”的告诫，危言醒世，启人深思！李鸣生初入文坛，就浸润着新时期报告文学的文学精神。在其后的写作中，他奉持“独立人格、独立立场、独立思想、独立写作”的原则。这一原则来自他长期写作实践的真切体悟，也视为他对报告文学理想写作的一种诉求。出版文集时，这一原则被赫然印在文集的封面上，这充分说明作者对这诸多“独立”的特别看重。

我以为，四个“独立”的核心在于“独立思想”。“独立思想”是我

① 李鸣生：《报告文学作家要人格独立》，中国作家网 2013 年 7 月 2 日。
② 参见《太行夜话——报告文学五人谈》，《光明日报》1988 年 9 月 23 日。

们解读李鸣生报告文学的“文眼”。李鸣生是一位对思想有着执着认知的作家。他以为：“一个作家的思想非常重要，无论你是写什么的。思想决定作品的高度，决定作品的品质，甚至说思想决定一切。而这种思想，必须属于自己。”[①] “思想”在李鸣生报告文学写作中是一种整体性的存在，它涉及选题与格局、价值取向和叙事设置、思想表达和语言策略，等等。特别与众不同的是，思想于报告文学家李鸣生而言，更可贵的是体现为思考的方法、思维的智慧。我们读李鸣生的作品，很容易获得一种直观的感觉，就是大题材、大视野、大构架、大叙事、大主题、大气场。同样是科技题材的报告文学，徐迟的《地质之光》《哥德巴赫猜想》《生命之树长绿》等可谓是精致的诗，而李鸣生的《飞向太空港》《千古一梦》等作品是一种史诗的创制，即便是《发射将军》这样的人物报告文学，也注意将个人史与国史的叙事有机融合，体现出别有意味的史性。我以为李鸣生写作中显示出的种种大观，从根本上说是来自作家的大思维。其中具有李鸣生原创性新思维的，是其关于“星际文明”“宇宙文明”的发明与阐释。这是李鸣生卓然有成、自立于文坛的思想前提。

二

航天书写于李鸣生而言是一种宿命，一种天作之合的情缘，是个体生命史的建构，也是作者贡献天地文明的事业！“十五年的发射场生活，使我比一般人更有条件看到天空，也更有机会随着火箭卫星的一次次升腾，对我们居住的这个星球以及顽强地活在这个星球上的同类进行立体的思索，从而改变了我跪着看待人生的姿势，获得了一个与众不同的审视世界的角度。”（**《飞向太空港·后记〈天空让人想起使命〉》**）这位结缘于航天伟业的作家，是以航天人的姿态入轨报告文学天地的。从李鸣生的话中，我们可以获知作者不仅具有得天独厚的熟稔题材的条件，而且

---

① 参见杨鸥：《李鸣生：中国航天史诗的书写者》，《人民日报·海外版》2010 年 8 月 6 日。

更重要的是由此衍生出的心理优势和写作智慧。“发射场成了我的精神牧场”（《千古一梦》)。在对象主体化的领悟之中，李鸣生开启了辽阔宽广的思维空间。这种思维空间早在写作《飞向太空港》时就已形成了。《飞向太空港》叙写的是中国“长征三号”火箭发射美国“亚洲一号”卫星的故事。这样的题材在当时极易写成高度意识形态化的主题，但李鸣生显然并没有为思维定式所囿。有作品“题记”可证：“谨以此书，献给创造空间文明、寻找人类新家园的航天勇士们！”这里所说的“空间文明”为李鸣生首先提出，在作品后记《天空让人想起使命》中，作者对此有具体的阐释。这篇后记中，作者从容地挥洒着沛然的才情，演绎着飞天想象的迷人：在宇宙文明的时代，“也许，宇宙公民们还会从各自的星球走来，手牵着手，肩并着肩，欢聚一堂，嬉笑打闹，谈天说地。而地球人回忆的话题一定是：在很久很久以前，我们如何艰难、痛苦地挣扎在地球上”。这不只是凌虚的想象，更有对科学逻辑的预知。李鸣生认为：“从区域文明到地球文明，从地球文明到星际文明，从星际文明再到地球文明，应该是一个无法抗拒的自然规律。航天时代带来的宇宙意识，导致了人类认识的飞跃，从而把人类的思想与情感引升到一个辽远而广阔的大境界。”这一表述中所包含的卓异的宏大思维，表明了作者思维的开阔与大气。而正是这样的思维建构，促成了《飞向太空港》得以大起高开，使李鸣生此后能以高水准的创作在充满竞争的报告文学领域中步履稳健地登堂入室。

《飞向太空港》的主题不只是此类题材通常会有的爱国主义精神。它的主题是复调式的。作者将中外航天合作置于中国改革开放的大背景之中，《周游列国的中国专家们》等章节极其真实地反映了开放之初始，人们在观念、能力、文化以及适应国际规则等方面所面临的种种问题。从这一点而言，这部作品可以说是为中国的开放史留存了一段生动而珍贵的侧影。而更富创意的是作者基于空间文明的思想，将不同文明的交流设置为一个叙写重点，以开放、包容的姿态，使作品超越政治叙事，建构起一个更为宏大的文明叙事。作品共六章，其中第四章《火箭，另一个伟大的文明》、第五章《我们都是地球人》和第六章《跨越国界的飞行》都直接关联了不同文明交流的叙事。正如作品中作者在与美方技术专家交流时所说，中美火箭与卫星的合作，“不单单是一次空间技术的合作，也是两个民族、两种文化、两种感情的一次交流与沟通；不光是发射一颗卫星，也是中美两国科学家在一起共同创造空间文明。因为开发宇宙，造福人类，是全人类的共同使命”。这里给出的正是《飞向太空港》的核心价值。李鸣生在《中国“长征号”》中有一段关于“长征号”意义的表述凝练而到位：“‘长征号’其实就是中华民族的一种象征，它象征着力量，象征着智慧，象征着精神！‘长征号’从封闭走向开放、从靶场走向市场的历史，就是中华民族从传统走向现代、从国内走向世界的历史；‘长征号’与世界接轨的历史，就是中华民族与世界融合的历史。”我想，这一表述用于对《飞向太空港》多维主题的解读，也是非常合适的。

如果按照“主旋律”作品的写作制式，李鸣生的《澳星风险发射》自然无法进入“主旋律”的“轨道”；而若是按照“问题报告文学”的写作要求，则这一作品需要设置为“批判”的模式。《澳星风险发射》由作品题目就可知晓所写重心，但这里的“风险”并不是作为一种“问题”来作否定性报告的。航天是一种高风险的科技，因此，失败也是航天史的一种真实。作者将1992年3月22日“澳星”发射失败视作一种客观存在，以一种中性的叙事立场，在中国航天文学中第一次直面失败，并对此作全展式的报告，“本来，人们对那个春天的夜晚寄予了再大不过的希望。结果，那个春天的夜晚回报给人们的却是天大的懊丧和无尽的遗憾；中华民族的自尊心受到了空前的刺激，火箭子孙的感情遭到了莫名的戏弄”，“失败似一道无形的阴影，笼罩在发射场的上空；失败像一个看不见的幽灵，潜伏在人们的心底”。作品以真实而很有故事性的叙写，凸显了极具中国特色的失败心理和失败文化。但显然，李鸣生并不是因为“懊丧”与“遗恨”而言说失败，而是因为真正领悟了诗人惠特曼所说的“当失败不可避免时，失败也是伟大的”的深意。作者以为：“一个民族，如果不光会欢呼成功，而且还能正视失败、接受失败、超越失败，甚至达到一种欣赏失败的境界，那这个民族该是多么地伟大而不可战胜啊!”由此，作品既展示“澳星”发射失败后种种中国式的反应，也不吝笔墨实写了中国航天人艰辛负重、超越失败的壮美精神。这样颠覆常规的写作，在当代中国报告文学史上也是少数的典型个例。作品这种有意义的立异，正是建立在作者独立思想、独立写作的基础之上的。从这个角度而言，《澳星风险发射》是有思想非虚构的一个典型样本。

如果我们仅仅关注创作了航天及其他高科技题材作品的李鸣生的存在价值，是不够的，也是不完整的。我们还应当关注他的另一部作品——《震中在人心》，关注这部作品的写作怎样“避免概念化，避免传统的主流叙事”，又怎样将“传统的‘主流’叙事转化为作家个性化的作品叙事”[①]。李鸣生的这一表达实际上涉及了公共的“主流叙事”和作家个人的“作品叙事”这个重要的话题。真正的报告文学需要作家在面对重大的公共写作题材时，善于将新闻写作常设的“主流叙事”有效地转化为文学创作别异的“作品叙事”。这里的“作品叙事”，就是基于主体独特感受、独立价值判断、独立思想的具有个人色彩的非虚构的文学叙事。在这一点上，《震中在人心》尤显其意义。这部取材于汶川特大地震的作品，在第五届鲁迅文学奖终评中以名列第一胜出。有意思的是，在初评时因为作品思想的某种“异调”、主题的非主旋律而差一点遭淘汰出局。这是很值得我们思考的。我们需要反思何为地震非虚构作品的终极价值。我以为钱刚的《唐山大地震》和李鸣生的《震中在人心》，在某种角度上对此作了例说。《唐山大地震》就是一部具有多功能的皇皇之作，它“是作者为今天和明天的人类学家、社会学家、地震学家、心理学家……为我们整个星球上的人们留下的一部关于大毁灭的真实记录，一部蒙受了不可抵御的灾难的人的真实记录”[②]。《震中在人心》不仅有通常的对抗震救灾的感人场面的描写，而且更有对人类遭遇重大创伤的生命之痛的感悟，还有对地震灾害作出的深刻反思。作品不仅观照地震的视角独异，而且在情感与思考的深度上超越了同类作品。作者曾说，“面对灾难，作

---

① 《李鸣生在〈千古一梦〉研讨会上的发言》，中国作家网2009年5月22日。

② 徐怀中：《唐山大地震·代序》，《解放军文艺》1986年第3期。

家不应缺席；面对死亡，文学不该沉默”。大地震的写作有很多可能性，应该有对一方有难、八方支援，以人为本、抢救生命等主题的表现。但大地震终究是对人类的重创，因此大悲悯应该是此类写作不可或缺的元素。“我只为真相，只为实情，只为血印，只为泪痕，只为记录，只为见证。我不想把废墟变成大厦，把悲剧变成喜剧；我不想把谎言变成真理，把哭泣变成歌声；我不想把反思变成庆典……公示汶川大地震灾难的真相，传递废墟的气息，留下亡灵的心声，定格人心的表情。”正是有了这样的思考，作者不仅独异地摄取地震的镜头，而且在叙事处理、情感书写和思考深度以及批判性等方面超越了同类题材的作品。

有思想的非虚构，需要达成报告客体的本真、呈现主体自我的元真，从而实现报告文学文体有自我且真实的文体性。真实是报告文学的生命，是其文体力量生成的支点。报告文学的真实说到底需要作家独立地思考和判断，不违心，不唯上，不唯书，不唯权威名家，而能唯实，尊重并敬畏叙写对象本身的历史存在。作为一个有思想的非虚构作家，李鸣生是严格持守这样的写作原则的。其作品里有一个关于钱学森的个例可以说明这一点。钱学森是名满世界的杰出科学家，“钱学森的脑袋比一般人的大，略呈方形；尤其是额头，非常宽阔，而且发亮。你很难说清他的脑袋具体哪点与众不同，但给你的印象就是与众不同，似乎藏有一座智慧的金山，又像装着一组成功的密码，满脑袋都长满了天才的花朵与知识的森林，甚至连每根头发丝都像是一棵智慧的大树”。（《走出地球村》）可是就是这样的科学家，当年却坚持航天飞船“五人舱”的设计主张。“钱学森解释说，这五个人的分工是：一个是指令长，一个是航天员，一个是随船工程师，一个是随船医生，再加上一个政委。”（《千古一梦》）就是“再加上一个政委”的极简叙说，意味无限地实写了当时中国航天发展的复杂的政治生态。尽管科学的“钥匙”可以开启政治的“后门”，但科技的研发需要盖上“政治的印章”。“再加上一个政委”并不是钱学森的非科学，而是政治异化下一种集体无意识的表达。这便是历史的真实，也是一个关于钱学森的真实的插曲。

三

研读李鸣生的报告文学，我以为他的最大优势，并不在于新闻性，而体现为作品思想性的整体生成和他对非虚构文学性的自觉追求。这是决定李鸣生报告文学写作能在较高水准上长期可持续发展的关键因素。而这对新常态语境中的报告文学写作，更具有切实的意义。所谓“新常态”，取自经济学界的一个热词，报告文学的“新常态”就是全媒体或融媒体的存在。全媒体时代的报告文学，它原有的“新闻性”红利大为减少，文体一般的新闻优势已不存在。这就需要报告文学基于非虚构原则，通过有深度有个性的思想表达和非虚构文学的美学建设，激发文体内在的活力，有效强化非虚构叙事的优势。

文学性不高，是制约报告文学作为审美文体而发展的一个重要因素，也是影响读者阅读的一个基本问题。尤其在全媒体时代，报告文学文体的新闻性优势已经失去，报告文学的写作并不能简单依赖新闻性，在此背景中，文学性的意义就显得特别重要。报告文学的文学性是什么？烦琐的学院派式的论证最终也许还是无解。在美国非虚构作家杰克·哈特的《故事技巧——叙事性非虚构文学写作指南》中，“叙事性非虚构文学”命题及其展开的思路，对于报告文学文学性的研究和达成，或许能给我们一些有意义的启发。

我以为作为一种叙事文学样式，将报告文学定义为“叙事性非虚构文学”，是符合这一文体逻辑的。报告文学是真实的叙事，小说是虚构的叙事，它们共同的要求是叙事。叙事构成报告文学写作的本体，它既承载着作品思想情感等价值表达，同时又是写作本身的重要目的。

李鸣生的作品具有强烈的叙事意识。《中国“长征号”》是中国火箭发射美国卫星的大叙事，作品以事件演化为叙事线索。这是作品建章的目录：第一章《怪圈》、第二章《变轨》、第三章《推销》、第四章《天机》、第五章《谈判》、第六章《碰撞》、第七章《发射》、第八章《草图》、第九章《保险》、第十章《贷款》、第十一章《合同》、第十二章

《失败》、第十三章《检讨》、第十四章《发愤》、第十五章《官司》、第十六章《爆炸》、第十七章《阵痛》、第十八章《反省》、第十九章《雪耻》、第二十章《代价》。由章目设置可见，作者十分重视作品的叙事构篇，贯穿其中的线索主干清晰而又跌宕曲折，故事性很强，对读者别有一种牵引力。《发射将军》是一部人物报告，作品以“发射将军”与发射相关的人生历程为叙事线索，具有某种纪传体的特征。作品从第一章《军委令》将主人公由战场奉调至发射场作为故事的发端，以人物离休生活“晚年赋”作结，突出了“故事性”人物的叙事。吸引读者的是将军的传奇和在传奇中蕴含的伟大精神。

一个叙事优化的文本，首先需要建构一个与之适配的叙事结构。李鸣生能根据客体本身内在的逻辑和主题思想表达的需要来配置这样的结构。《走出地球村》写的是“东方红一号”卫星飞天的故事。卫星的研制动议于1958年，发射成功在1970年。这是一个具有特殊的政治生态的时期。根据这样一种特殊的存在，作品设置卫星叙事和政治叙事双线叙事结构。政治叙事在《走出地球村》中是充分的，从开篇“苏联第一颗卫星上天，艾森豪威尔总统手中桥牌落地”，到“美国人造‘小月亮’挂到天上，周恩来午夜拿起直通毛泽东的电话”，一直贯穿到收结“卫星功臣登上天安门”。而“‘小弟弟’找‘老大哥’学放卫星”“忍着饥饿的肚子，中国从八公里起飞”“‘东方红一号’人造卫星方案诞生”“马灯前钱学森坐卧不安”“火箭司令神游戈壁”等则为卫星叙事。这种双线并置反映的正是“东方红一号”卫星的一种特殊的历史真实。这样的安排一方面强化了对科学家忍辱负重、刻苦创造、献身科学光辉形象的再现，另一方面对非科学的政治对于科学的干预、对于科学家的摧残，进行了深刻的反思和批判。

一般来说，李鸣生的报告文学叙事构架是宏大的，这是因为叙事对象具有先在的宏大性。但是单纯的宏大无法抵达文学叙事所需要的细部深层的景致，宏大叙事需要有具体叙事作坚实的支撑。李鸣生也有作品如《发射将军》，表面看不是宏大题材，书写的只是某个人物。但对于这样的作品作者并不就小写微，而是注意将人物推置时代与历史的宏大背景中加以表现。在历时演进的纵轴上融合将军的个人叙事、导弹部队的集体叙事和共和国历史的大叙事。作为文学的非虚构叙事，在李鸣生报告文学中大叙事与小叙事是相生的，而小叙事的核心则是具体的人物叙事。“叙事需要三大支柱：人物、动作和场景。排在第一位的是人物，因为人物能够推动动作和场景的发展。”[①] 对于人物叙事的意义，李鸣生是充分认知的。他说自己的作品“希望通过人物把我们的历史，一个非同寻常的历史写出来”[②]。李鸣生把人物作为历史叙事的要素，而在我看来人物就是历史的本身，作者笔下的许多人物，航天人、科学家等，正是他们创造了作者叙写的历史。不仅如此，作者再现的人物，许多是中国脊梁式的人物而又具有常人情怀。作品的感染力来自于这些走近读者的真实而感人的人物。

李鸣生报告文学的人物叙事，颇多性格叙事、精神叙事。《中国863》是一部题材重大的长篇，作品首章《悄悄发生的革命》格局甚大，由美国“星球大战计划”、欧洲“尤里卡计划”、日本“振兴科学技术政策大纲”叙述领起，导出中国的“863 计划”。这是典型的宏大叙事。以后的全部篇幅从第二章到第七章都为具体的人物叙事，其中第二章《科委来了个“厉害的老太婆”》，是作品重点写作的一章。“厉害的老太婆”是朱丽兰。“厉害”是其作为管理者的主导性格，改革创新，敢于担当。但作品没有将她写成一个单面的概念人物，而是运用细节集成的方法，还原朱丽兰既“厉害”又和蔼；既是工作狂，又会理发、织毛衣、弹钢琴的圆形立体的本真。而李鸣生航天系列中的航天人的形象，是最烙印在心底的、难忘感人的。作者叙写这些人物，不只写他们的科学智慧、科技才能，而更重于对他们作精神性叙事。赵廉清是创建西昌发射场的指挥者，在非常年代，知其不可为而为之，积劳成疾。他留给这个世界最后的镜头是：“他手上紧紧揣着一样东西。这样东西不是别的，就是他

① 杰克·哈特：《故事技巧——叙事性非虚构文学写作指南》，第 74 页，叶青、曾轶峰译，中国人民大学出版社，2012 年。

② 《李鸣生在〈千古一梦〉研讨会上的发言》，中国作家网 2009 年 5 月 22 日。

生前一直随身携带的那个军用挎包！而护士打开挎包后，只看见两样东西：一份皱巴巴的施工图纸，一个被啃了小半的冷馒头！”（《千古一梦》）从这样的细节中我们可以看到，一个瘦小羸弱的生命里，升华出一个伟大的精神形象。

四

故事是什么？乔恩·弗兰克林在《为故事而写作》中为我们给出了“定义”之一：“当人物遇到错综复杂的情况，而他又不得不面对和解决时，行动就发生了，故事正是由一连串这样的行动所构成的。”[①] 这一表述中关键词是冲突，是矛盾。故事存在于冲突、矛盾之中，冲突、矛盾推衍出故事。非虚构的报告文学作者无法依靠想象力制造故事，但是他可以从对真实客体冲突、矛盾的存在中，选择并呈现其中的故事。李鸣生说，在他的作品中，“我希望呈现大的矛盾”[②]。《走出地球村》中有极“左”政治与卫星科技的矛盾，《中国“长征号”》中有开放与保守、体制与市场、国力基础与航天发展、中外文化等之间的矛盾，航天人存在的价值就是“面对和解决”“错综复杂”的矛盾冲突。这些形成了李鸣生叙事的基本构架和基础。这样的矛盾构篇也决定了李鸣生报告文学叙事的丰富性和复杂性。在总体的矛盾叙事基础上，作者再相宜地采用悬念式叙事方法，就更有效地强化了作品叙事的故事性。悬念不是虚拟的，而是实际发生的状况，也是航天高风险的一种表征。作品一环扣一环的悬念叙写，渲染了其时其地其情的紧张感。而报告文学所需的现场感就在这紧张感之中，特别扣人心弦，使人身临其境，强化了故事性叙事对读者的吸附力。

李鸣生报告文学的叙事方法是富有变化的，他能根据不同的报告对

① 杰克·哈特：《故事技巧——叙事性非虚构文学写作指南》，第6页，叶青、曾轶峰译，中国人民大学出版社，2012年。

② 《李鸣生在〈千古一梦〉研讨会上的发言》，中国作家网2009年5月22日。

象运用相应的方法。在他的作品中读者可以分享到多种叙事艺术所产生的叙事之美。在《千古一梦》中，作者设计了“双声叙事”，即作者（采访者）叙事和人物（被访者）叙事的结合，特别是导入当事人的自述，以人物的亲历亲验，真实地还原出特定时空中人物和事件的现场情状。这是一份珍贵的活的航天档案。《发射将军》则注意在“实体叙事”中有机地穿插“软性叙事”。所谓“实体叙事”是指与作品主人公“发射将军”直接关联的主干内容的记写，而“软性叙事”则如对导弹部队饥饿、文艺生活极度贫乏等的叙说。《震中在人心》则是一部运用镜头观察和叙事的作品，“用镜头定格真相，让文字留下思考”，大量的照片极具视觉冲击力和情思震撼力，不只是为文字的叙述提供了直观的背景，而且照片本身也成为作品的一种独特的叙事元素，生成了超越文字的叙述力量。

五

文学是语言的艺术，报告文学也是。语言是作品思想的现实，也是叙事生成的工具，还是作为审美的报告文学的要素。报告文学创作中语言的问题，主要是缺乏主体鲜明个性的语言新闻化，另一个是小说化的语言絮叨铺张。李鸣生的报告文学大多为长篇，但语言凝练具有表现力，诚朴简约不过度藻饰，并且具有自己鲜明的个性，许多语言表达有意味、情味、趣味，有效地增强了他作品的文学美感。在这里，我不打算对李鸣生报告文学的语言艺术进行全面的解析，只就他的“智慧语言”和“软语言”运用之美作一解读。

所谓“智慧语言”，是指形象生动、意含新异别致、具有特殊表现力的语言。比如“已经点火的火箭竟然无视天下众生，老练得如同一位千岁老人，打个盘腿坐在那儿，连动都懒得动弹一下”。（《澳星风险发射》）写卫星发射的失败，作者用拟人化的手法形容，以独特的冷峻与幽默，写意地写出发射失败的状态和航天人的尴尬，用语非常新颖。作者以幽默笔法言说失败，正与作品正视失败、超越失败的主题相关。幽默的语言是典型的智慧语言。在李鸣生的作品中已不是偶尔为之，而是一种个性的语言景观。“在国际市场上，美国人早就大把大把地捞着美元，中国人为什么不能去弄点‘零花钱’？在国际空间俱乐部里，美国人可以大口大口地喝着‘咖啡’，中国人为什么就不能去喝上一杯‘清茶’？”（《中国“长征号”》）这一表达的语境是，对于中国航天进入国际市场，国内以为冒险，西方设置障碍。这里的美元与“零花钱”之喻，客观地表示中美航天科技实力和航天市场份额的差距，“清茶”之类意含走中国自己的航天发展之路。整体的表意是非常清晰的，就是中国应该进入国际航天市场进行竞争，只不过用“李式语言”表达，意味意趣就大不一样了。“已经欠着一屁股账的中国专家当然拿不出这笔钱来，他们只有一个价值连城的传家宝，这就是：自力更生！”（《中国“长征号”》）“一屁股账”与“价值连城”对举，极简地实写了中国航天发展的境况，高度凝练了中国航天的伟大精神。

李鸣生幽默的语言可分为“麻辣幽默”和“冷幽默”。“这一年，‘反右斗争’刚刚过去，‘大跃进’的旋风又骤然卷起，中国人像被灌了一桶大剂量的兴奋剂。”（《千古一梦》）“据说，两年前一所中学考试时，发生过这样一个故事——试卷问：爱因斯坦是谁？学生答：美国当代著名歌星。”（《飞向太空港》）这种幽默让我们无法轻松说笑，其间的麻辣唤起读者对非常年代的反思与批判；是对过度娱乐化，忽视科学世相的揭露和讽刺。“美国人把这条山沟称为‘神秘的峡谷’，而当地彝族老人则说：‘什么神秘不神秘，这山沟就是我们过去放羊的地方！’故此，当地人称‘赶羊沟’。”（《飞向太空港》）这样的文字可谓冷幽默，读起来会忍俊不禁。报告文学拒绝虚构，但它同样需要作家具有丰富的想象力。想象之翼可以飞扬智慧的语言。“世界各国许多中学的少男少女们，每晚相聚在迷人的星空下，像谈论童话似的，长时间不知疲倦地谈论着卫星、卫星、卫星。仿佛苏联的这颗人造卫星，成了他们嘴里一块永远嚼不够的口香糖。”（《走出地球村》）以“口香糖”喻说人类第一颗人造卫星发射后对各国学生的影响力，新颖生动，可意会，也可言说，体现了李鸣生语言表达的一种智慧。

软语可人，是我阅读李鸣生作品时的一种直觉。我这里无法给出

"软语"的标准解释。所谓软语，是一种"闲语"，它不属于主干叙事，但与主干叙事有所关联；在表情表意方面偏于柔细，静安之中，可入情入心。"将军家的院门是双扇的大铁门，夕阳照在斑斑驳驳的门上，给人暖洋洋的感觉。每当这时，将军便坐在门外一张自制的小折椅上，像一位坐在长满颗粒饱满的庄稼地边的老农，静静地守候着儿孙们的归来。夕阳在他眼角的皱褶里绣着陈年旧事，时光在他花白的头上写着岁月沧桑。"（《发射将军》）将军从战场到发射场，军人形象刚硬，棱角分明。而此时进入晚景的将军没有了豪情、霸气，却有人间的亲情和慈祥。"夕阳在他眼角的皱褶里绣着陈年旧事，时光在他花白的头上写着岁月沧桑。"我们从诗一样的句子中，可以读出将军人生种种的况味。

李鸣生的报告文学有种种特点和优点，而我最为看重的是他的作品有思想，也很文学。有思想，也文学，这就是我所希望读到的报告文学。

2015 年 8 月 28 日

目　录

序　章

钱先生

钱先生喜欢音乐，喜欢贝多芬，喜欢莫扎特，更喜欢气质浪漫的肖邦和脾气古怪的大胡子老头巴赫。但至今无人知晓的是，钱先生之所以结缘于音乐，究竟是因为喜欢音乐才爱上了是钢琴家的夫人，还是因为夫人是钢琴家才爱上了音乐？

终于，钱先生就要回国了。

钱先生回国这天是1955年深秋的一个上午。这天上午大约10点，香港九龙港骤然热闹起来，上百名中外记者拥在港口，踮着脚举着相机，兴奋地望着缓缓驶来的美国“克利夫兰总统号”邮轮。身着西装的钱先生站在邮轮上，望着洒满阳光的江面，心潮澎湃急不可待；他的身旁，是年轻漂亮的夫人和两个孩子。片刻，“克利夫兰总统号”平稳靠岸，钱先生第一个走下邮轮，双脚刚落地，记者们便蜂拥而上，将他围了个水泄不通。

最先抢占到有利地形的，是一位颇有绅士风度的英国记者。英国记者问：“钱先生，听说因为您要回国，美国联邦调查局将您软禁了五年。而全世界都知道，美国是地球上第一个推行宪法的国家，历史已近两百年。您认为美国的这一做法，是否违背了美利坚合众国神圣的宪法？”

钱先生说：“这个问题说来话长。相信是非自有公论，历史将证明一切。我的目的是要回到祖国，现在我回来了，比什么都重要。”

接着提问的，是一位戴着眼镜的中国大陆女记者。女记者问：“钱先生，科学是不分国界的。美国比中国富裕百倍千倍，比中国更有利于您所从事的导弹事业。您为什么不留在富裕的美国，而偏要回到贫穷的中国?”

钱先生说：“科学是没有国界的，但科学家不能没有自己的祖国。”

最后提问的，是操着一口流利英语的香港记者。香港记者问：“钱先生，有消息说，一位美国将军得知您要回国后，曾气急败坏地说，不能让钱先生离开美国，因为他的价值可以抵得上美军五个师，我宁肯把他枪毙了，也不愿放他回国！请问，您如何看待自己的价值？您回国将意味着什么?”

钱先生说：“对不起，请你用中文和我讲话。”

香港记者大惑不解：“为什么?”

钱先生脱口说道：“我是中国人!”

第二天，中国香港、北京、上海，美国等海内外各大报纸，均以头版位置刊出旅美科学家钱先生回国的消息，并配有钱先生偕夫人走下船头的巨幅照片。香港《大公报》还说，钱先生的回国，是美国人的失败，中国人的胜利，意味着年轻的新中国在不久的未来将拥有自己的导弹！

一个星期后，钱先生偕夫人出现在北京饭店。这是一个周末的夜晚，中国科学院为欢迎钱先生回国而专门举行一场晚宴。晚宴很隆重，出席晚宴的有中国科学院院长郭沫若、副院长吴有训以及著名科学家周培源、华罗庚等上百人。据说，这个晚宴本来国务院总理周恩来也是要参加的，却因台湾海峡美舰滋事而临时作了改变。

晚宴首先由郭沫若致欢迎辞。接着科学家们举杯祝贺钱先生旅美归来。之后晚宴进入高潮。先是郭沫若献诗一首，后是钱夫人演奏钢琴。钱夫人演奏的曲子是贝多芬的《英雄交响曲》。优美的交响曲既是献给全体中国科学家的，也是献给夫君钱先生的。钱先生喜欢音乐，喜欢贝多芬，喜欢莫扎特，更喜欢气质浪漫的肖邦和脾气古怪的大胡子老头巴赫。但至今无人知晓的是，钱先生之所以结缘于音乐，究竟是因为喜欢音乐才爱上了是钢琴家的夫人，还是因为夫人是钢琴家才爱上了音乐？总之这个晚上的钱先生在夫人优美的钢琴声和科学家期盼的目光中精神焕发豪情澎湃，高举酒杯发表了热情洋溢的讲话；而上百位中国科学家也在热烈的“干杯”声和优美的钢琴声中，第一次集体举杯一饮而尽!

不久，钱先生去东北三省考察重工业的现状。钱先生秘密抵达哈尔滨军事工程学院时，时任哈尔滨军事工程学院院长的陈赓大将正参加辽东湾军事大演习。陈赓一听钱先生光临，立即下令启动专机，飞回哈尔滨，当天便亲自陪同钱先生观看哈军工的专家如何解剖苏联的教练导弹。观看途中，钱先生的眼睛一直看着苏联的弹头，陈赓的眼睛却始终盯着钱先生的额头。陈赓早就听说，钱先生的额头又宽又大，又光又亮，既有广度，还有深度，每一道皱纹里都长满了天才的花朵与智慧的森林。现在亲眼见了，虽不像传说中的那么玄乎，倒也的确耐人寻味与众不同。当晚，陈赓宴请钱先生。席间，陈赓开门见山，直奔主题：“钱先生，请您告诉我一句话，我们中国到底能不能搞导弹?”

钱先生当时正憋着一肚子的气，当即回答说：“外国人能搞的，中国人为什么不能？只要国家下决心，我们就能搞出导弹!”

陈赓高兴得手舞足蹈，连声说道：“好好好，我们要的就是你这句话!”

钱先生说：“回北京后，我就建议国家搞导弹。这东西是个很重要的军事武器，将来我们一定要大力发展!”

钱先生回京后，陈赓立即邀请他一道去医院看望病中的彭德怀。彭德怀这天躺在病床上，握住钱先生的手就问：“钱先生，请您实话告诉我，中国能不能马上着手搞导弹?”

钱先生说：“当然可以。”

彭德怀又问：“那你说我们现有的人力、物力和财力，到底够不够呢?”

钱先生说：“我认为没问题。”

彭德怀有些心急火燎，说：“我希望您尽快把这件事干起来！国家虽然现在还很穷，但我们一定想方设法，无条件地支持您!”说完，竟从床上一骨碌爬起，冲着护士就嚷：“我要出院！我要出院!”后来彭德怀会见苏联驻华军事总顾问，刚握住对方的手就大声说道：“我的‘老大哥’，请马上给我们提供研制导弹的图纸和资料!”

当晚，陈赓为钱先生私设小宴，胡子将军王震和总参装备部部长万毅作陪。四人落座，陈赓向钱先生举杯敬酒：“钱先生，王震和万毅两位将军都是导弹迷，对钱先生研究的导弹非常关心。今天我请大家相聚一起，希望以后搞导弹合作愉快。”

钱先生说：“等我们搞出了导弹，接着就可以搞一级火箭、二级火箭、三级火箭了!”

两位“导弹迷”急忙举杯，向钱先生频频敬酒：“太好了！太好了!”

一周后，叶剑英元帅宴请钱先生夫妇，陈赓作陪。席间，元帅、将军、科学家，彼此气氛融洽，相见恨晚。酒过三巡，叶剑英谈起中国的国防，谈起中国的导弹，话语中有几分焦急，也有几分无奈。

钱先生说：“导弹技术是卫星发展的基础，一旦发展起来后，将来既可用于空间探索，也可用于军事打击。美国已经在发展原子弹和导弹结合的技术了，这种发射核弹头的导弹一旦发射出去，轻而易举便可摧毁一座城市。我们确实应该抓紧干起来!”

叶剑英说：“这件事我看应该尽快报告总理为好。”

陈赓说：“今晚是周末，总理在参加一个舞会，干脆，我们现在就去找总理汇报如何?”

叶剑英放下酒杯，说：“我看可以。走，现在就走!”

月光下，晚风里，三人乘着酒兴，以步当车，一路畅谈，不知不觉便来到三座门小礼堂前。此时舞会刚刚进入高潮，舞兴甚浓的周恩来正与一位漂亮的女文工团员翩翩起舞。秘书走近周恩来身边，耳语了几句，周恩来当即扔下舞伴，快速步出舞厅。周恩来一见钱先生，便热情地伸过手去，满脸笑容地说：“钱先生，你这一回来呀，我们的导弹就有希望了！听说美国海军部次长金布尔说你值五个师，我看不止，至少值五个军!”说罢，开怀大笑。

随后，众人来到休息室。叶剑英开门见山说明来意。钱先生谈了有关导弹的初步设想。周恩来最后表态：“钱先生，导弹这东西我们迟早是要搞的，当然越快越好，但也得由中央讨论决定。我看这样吧，你最好写个书面的东西，我先向主席汇报一下。”

不久，钱先生撰写的《建立我国国防航空工业意见书》摆在了周恩来的办公桌上。时间是 1956 年 2 月 8 日上午。周恩来看后当即作了批示。与此同时，哈尔滨军事工程学院任新民等三位教授起草的《关于开展中国火箭武器和火箭技术研制工作的建议》也呈送中央军委。于是国防部部长彭德怀和军委秘书长黄克诚召集老帅开会讨论。会上，十位老帅一致表态：坚决同意搞导弹！会后，彭德怀向周恩来汇报，周恩来再向毛泽东汇报。据说毛泽东听完汇报后灭掉手中的烟头，只狠狠地说了一个字：搞！

于是中央很快决定，马上搞导弹，而且导弹、原子弹一起搞！

第一章
军委令

彭德怀大声说罢一下站起，哗啦一声拉开身后的红色布幔，一幅巨大的世界军事地图顿时瀑布般倾泻在众将面前。此刻，时针指向深夜两点，正是大洋彼岸美国总统艾森豪威尔走进白宫的时候。彭德怀很可能就是在这个时候想到了美国，想到了朝鲜战场，想到了台湾海峡以及中国的导弹、原子弹。

一

在中国，会议决定一切。

新中国第一个导弹基地司令员的命运，便是由一个会议决定的。这个会议叫军委会，准确地说叫中央军事委员会。军委会召开的时间是1957年秋的一个夜晚，会议主持者是被毛泽东冠以“横刀立马”的彭德怀彭大将军。彭大将军的命运后来被庐山会议决定，是1959年的事情；彭大将军再后来被整死，则是很多年以后的事情。这个晚上的彭大将军是中央军委副主席兼国防部部长，拥有绝对的权威与绝对的权力。

彭德怀站在会场的中央，对面是罗瑞卿、杨得志、刘亚楼、张爱萍、杨勇、萧华等十几员将领，个个戎装笔挺，气度威严。彭德怀看上去脸色憔悴，身子骨有些虚弱，闪着将星光芒的肩章上，似乎还残留着从朝鲜战场带回的硝烟与尘土。自朝鲜战场归来，彭德怀的身体状况一直不好；加上国事缠身，战火不断，因而常常夜不能寐。有时遇事冲动，还发脾气。彭德怀先讲国际背景，后讲国内形势，再讲台湾动态。讲话中，情绪很激动，心里像憋了一口气。讲完，他用铅笔头敲着桌子，问："你们说，现在世界上最厉害的东西是什么?"

众将望着彭德怀，没有回答。

"是导弹、原子弹!"彭德怀说。

彭德怀接着又问："你们说，中国现在最需要的东西是什么?"

还是没有回答。

"也是导弹、原子弹!"彭德怀大声说罢一下站起，哗啦一声拉开身后的红色布幔，一幅巨大的世界军事地图顿时瀑布般倾泻在众将面前。此刻，时针指向深夜两点，正是大洋彼岸美国总统艾森豪威尔走进白宫的时候。彭德怀很可能就是在这个时候想到了美国，想到了朝鲜战场，想到了台湾海峡以及中国的导弹、原子弹。一想到这些，他便心跳加快，两眼喷火，来回踱步。他指着地图上的美国、苏联说："导弹、原子弹这两样东西，美国有，苏联有。但是，我们中国没有！现在，我向大家正式宣布，党中央、毛主席决定，我们中国也要搞导弹、原子弹啦!"

众将眼前一亮，会场顿时活跃起来。

彭德怀说："现在，别的部门已经悄悄行动了，我们军队的任务就是尽快创建一个导弹综合试验发射场！这个发射场是我们共和国的第一个发射场，关键得很啦，毛主席、党中央非常重视！今晚我请你们来，就是要让你们帮着挑选挑选，看谁当这个发射司令官合适?"

接着，彭德怀又说道："这个发射司令官很重要啊，因为发射场不是战场，发射导弹不是打炮弹，弄不好，打到白宫去了，咋办?"

众将领想了想，一时没想出来。

彭德怀对秘书说："去，把将军们的花名册拿来!"

秘书起身刚走，几位年轻漂亮的女服务员端着热气腾腾的小米粥，踮着脚尖走进会场。未等小米粥放好，几位老将的眼睛就盯上了小米粥。彭德怀却大手一挥，说："别动！这小米粥先别喝，等把发射司令定了再喝。今晚定不了，谁也别想喝!"

众将只好拿起将军花名册，一个个地找，一个个地挑。可一连挑出好几个，都不合适。后来，彭德怀突然一拍桌子，喊了一声："娘的，就是他了!"

"谁?"杨勇问。

彭德怀指着手中的花名册说："强渡大渡河的勇士——孙继先!"

杨勇说："孙继先能打硬仗，行!"

彭德怀说："但是，搞导弹光会打仗没有文化不行，还得挑选一个有文化的副司令员。我看这样，这个副司令员由萧华负责去找，找好了再报军委审批。这个人很关键呢，一定要找好，不能像我这个只会舞刀弄枪的武夫，而一定是个大秀才！我们搞导弹离不开苏联'老大哥'的帮助，没有文化，看不懂图纸资料和文书，到时怎么和'老大哥'打交道?"

杨勇说："彭老总，孙继先现在还在朝鲜呢!"

彭德怀说："尽快通知他回国!"

杨勇说："这家伙最喜欢的就是打仗，他要是不愿回来，怎么办?"

彭德怀桌子一拍："就是扛，也要给我扛回来!"

二

志愿军二十兵团副司令员孙继先接到杨勇的电话，是 1957 年初冬的一个傍晚。这个傍晚的孙继先还在朝鲜战场。此时，劫后余生的战场依然弥漫着淡淡的硝烟，不时还会发出几下令人惊悸的震颤。孙继先视察完部队，正趴在桌上看着一张皱皱巴巴的军用地图。他的前方是一大片像被血水浸染过的灿烂晚霞，耳旁偶尔有零星的枪声划过……就在孙继先放下地图拿起望远镜正要举目远眺时，身后不远处的电话铃突然响了。凭直觉，孙继先感到这电话响得有点意外有点急促，甚至，还有几分夸张。

警卫员快速抓起话筒，话筒里立即传来一个粗门大嗓的声音："孙继先在吗？让他听电话。我是杨勇。"

警卫员急忙应道："首长，请稍等一下。"然后跑步到孙继先跟前，

“报告首长，杨勇司令员的电话!”

孙继先一愣，大步走过去，拿起电话：“杨司令，什么事?”

“把手头的工作交代一下，马上回国!”杨勇说。

“回国？回国干什么?”孙继先颇感意外。

“有重要任务。”

“什么重要任务?”

“你别问，这是军委的绝密命令。你赶紧准备一下，越快越好，火车票我已经派人给你买好了。回国后，直接找萧华报到。”杨勇说完，挂了电话。

望着手中的话筒，孙继先感到事情来得太突然。会是什么“重要任务”呢？难道朝鲜又有新的战事？不像；莫非要打台湾？可能。一想到打仗，要打台湾，孙继先立马来了精神，忙对警卫员说：“快，收拾东西，马上回国，动作要快!”

当晚 12 点，火车越过鸭绿江大桥，快速驶入中国铁道线。火车上除孙继先和警卫员，还有三位机关随行干部：吕诚华、戴泽民、郭一萍。列车驶进北京车站时，已是第三天的下午了。孙继先刚下火车，接他的人便迎了上来，他悄悄问了一句：“什么情况?”对方回答说：“不便细谈。先去总政，找萧华副主任报到。”

总政治部副主任萧华这天在办公室埋头批阅文件，刚听到门口急促的脚步声，一抬头，便看到了站在面前的孙继先。萧华和孙继先红军时期就在一起，彼此十分熟悉。萧华望着风尘仆仆的老战友，说：“老孙，你的动作真快呀！就像当年强渡大渡河，一眨眼就过了鸭绿江。”接着递上一杯茶，拉着孙继先的手说：“坐坐坐，快告诉我，朝鲜那边的情况怎么样?”

孙继先接过杯子，灌下一大口，然后摘下帽子，抹了一把额头的汗，说：“萧副主任，您这么十万火急地把我从朝鲜叫回来，不会就是问问‘那边’的情况吧?”

“当然不是了!”萧华看着孙继先，只笑，却不多说话，“先喝水，先喝水。”

孙继先说："您就别卖关子了，接到命令，我拔腿就往回赶啊！到现在，还只啃了一个素包子呢！"

"来来来，这儿还有饼干。"萧华说着将一包饼干放在孙继先面前。

孙继先抓起饼干，狼吞虎咽般地吃了起来。

萧华说："老孙啊，这次让你紧急回国，是军委的命令，是毛主席的命令，可不是我萧华的主意啊！"

"那您快告诉我，让我回国干什么？是不是又要打仗了？"孙继先一边咽着饼干，一边急切地问道。

萧华说："打仗打仗，你就想打仗。我告诉你，这次不让你打仗，给你一个新任务。"

"什么新任务？"

"筹建新中国第一个导弹试验靶场！"

"导弹试验靶场？"

"不懂了吧？"萧华说，"就是用来发射导弹、火箭的发射场。告诉你吧，我们国家要自己搞导弹、原子弹了！"

"什么？我们要搞导弹、原子弹了，真的?!"孙继先一下瞪大了眼睛，甚至有点不相信地看着萧华。他知道，美国陆、海、空三军，早就装备了多种用途的导弹；而在朝鲜战场与美国的交锋中，让他的部队吃尽苦头的，也正是美国那些五花八门的炸弹！而且，自新中国诞生之日起，美国就没有一天放弃过对中国的核威胁。所以有着切肤之痛的他，当然非常渴望中国能有自己的导弹！

萧华说："老孙啊，你知道，美国总是吹嘘靠它的原子弹打败了小日本，朝鲜战争期间动不动也用原子弹来吓唬咱们。美国的意思很明白，就是要用核武器来称霸世界！因此，咱们只有尽快搞出自己的导弹、原子弹，才能打破美国的核垄断，粉碎它的核讹诈！"

孙继先很激动："他娘的，这下可好了！要是打起仗来，我们就再也不怕美国佬那些鸟弹了！"

萧华说："军委决定抽调二十兵团来筹建靶场。本来，这个任务是准备交给炮兵干的，后来陈锡联司令员说炮兵干不了，军委最后才决定，由你来牵这个头。”

孙继先感到这任务很意外，也很沉重，于是有些犹豫，说：“萧副主任，您知道，我一直是个带兵打仗的大老粗，现在突然让我来搞导弹，这恐怕有点吃不消啊！”

萧华摆摆手，说：“军委领导考虑来考虑去，觉得你能干，才让你马上从朝鲜撤回来。你先别担心，张爱萍将军和聂荣臻元帅明天还要找你呢，你有什么想法和困难，到时可以和他们谈谈。”

孙继先从萧华办公室出来，心里一直打着小鼓。靶场，导弹？导弹，靶场？这些玩意儿连见都没见过，怎么搞呀？

翌日一早，孙继先来到张爱萍将军的办公室。张爱萍一见孙继先，非常高兴，说：“继先，你回来得太及时了！知道吗，这个世界现在已经进入原子时代了，美国、苏联、英国、法国都建立了自己的导弹工业，我们如果不尽快搞起来，以后就会被动挨打。所以中央决定，一定要搞出我们自己的导弹、原子弹！这事中央的决心很大，很不容易啊！”之后，张爱萍又陪孙继先来到聂荣臻家。聂荣臻让秘书为二位沏上一壶上等好茶，然后把中央的部署和为什么要搞导弹的构想给孙继先讲了一通。

孙继先听后非常激动，却有些顾虑，说：“聂帅，这么重的任务，我感到压力很大啊！”

聂荣臻说：“是啊，搞导弹，是尖端科技，可不像当年强渡大渡河，这座山高得很呢！不下一番苦功夫，是攀登不上去的。但现在国际形势严峻，逼着我们必须要自己干！这是一个十分艰巨的任务，我相信你们一定能够完成的！”说着，端起一杯热茶，递到孙继先的手上。

孙继先接过茶杯，却一口也喝不下去。二十年前，长征路上那个月黑风高的夜晚，在半山腰的一个煤棚里，向他下达强渡大渡河任务的，正是刘伯承和聂荣臻。那天出发前，聂荣臻对他说，蒋介石说了，红军将成为第二个石达开，大渡河就是红军的葬身之地。但我们是共产党领导的红军，绝不是石达开，也不会成为第二个石达开。你们要突破这道天险，为后面的红军打开通道！他的态度非常坚决，说，请首长放心，管他什么“十达开九达开”，我们一定能渡过大渡河！结果，他指挥十七勇士，硬是顶着枪林弹雨，强渡大渡河，使红军绝处逢生。然而二十年后的今天，再次面对聂荣臻元帅，他却少了当年接受强渡大渡河任务时那份坚决的态度和豪迈的勇气。他只默默地点了点头，算是领受了任务。这在他二十六年的军旅生涯中，还是第一次。

当晚，孙继先难以入眠。时至夜半，还是睡不着。在共产党军队中，被称为“武林高手”的将军有两个，一个是大家耳熟能详的许世友，一个便是鲜为人知的孙继先。孙继先十二岁拜师习武，一套《杨家枪谱》一般人要学三年，他不到两年便背得滚瓜烂熟。他不光精通刀、枪、剑，还会棍、棒、鞭，从小打遍家乡方圆一百里，不曾遇到一个对手。1931年，孙继先加入革命队伍，参加了著名的宁都起义和第三、第四以及第五次反“围剿”；长征中，他因湘江之战赤手空拳杀出重围居然不留一处伤痕而扬名全军，也因指挥十七勇士强渡大渡河而威震四海；抗日战争和解放战争时期，他率领的部队转战冀鲁，战功卓著，名扬中原。从最早的宁都起义到刚刚结束的朝鲜战争，二十多年来他身经百战，出生入死，但敌人的子弹却从未在他身上留下一块疤痕！作为军人，这是一个奇迹，也是他的荣耀！而且，自参加革命那天起，他在任何任务面前从未犹豫过，更未退缩过。但这个晚上，面对导弹，面对靶场，他却感到有些顾虑，有些茫然，甚至还有些不知所措。他顾虑的当然不是自己的乌纱帽，而是共和国的第一个导弹试验靶场！他毕竟是一个泥腿子出身的农民娃娃，虽说弄枪舞棍玩刀耍棒，打了半辈子的仗，可他哪知道导弹这玩意儿是个啥脾气呀！

第二天，孙继先再次来到萧华办公室，把自己的担心与顾虑一五一十全盘抖搂出来。萧华看着孙继先，半晌没说话。片刻，才说道：“实话告诉你吧，让你一下承担这么重的担子，你心里没数，我心里也没底。但我们可以边干边学嘛。我们过去打仗，不也是边打边学吗？再说了，现在的有利条件也不少，钱学森是大科学家，搞导弹很有经验；聂荣臻和陈赓大将刚去了一趟苏联，和苏联签订了一份新技术协定，‘老大哥’很痛快，答应帮助我们搞导弹、原子弹。而且根据我们靶场建设的需要，苏联还将派来四十八名有关‘地—地’‘空—空’‘地—空’‘空—地’

'地—舰''舰—岸'等各种型号的导弹专家，我们也将选出四十八名专家与之搭配。现在，那边的准备工作已经开始了，我们的部分专家也已经报到，办公地点就在炮兵大院的东楼。你是一个从战火中冲杀过来的军人，我想……"

孙继先突然站起来："萧副主任，请不用再说了，什么时候报到？"

"明天如何？"萧华也站了起来。

孙继先说："行。"

萧华说："去吧，大伙都在等着你这个新上任的司令官呢。有什么具体问题，和专家一道商量着办。另外，还有一个重要任务，就是赶紧物色一个让你满意也让我们满意的副司令员。这个人物很重要啊，综合素质要好，文化程度要高，主要负责靶场的技术工作。也就是说，还要再找一个专门负责发射导弹的发射将军！"

萧华把孙继先送到门口，又叮嘱道："这项工作要绝对保密，无关人员一律拒绝介入。有什么困难，中央军委会大力支持你们的。需要调什么人，你尽管从二十兵团挑！"

孙继先说："二十兵团不还在朝鲜吗？"

萧华说："他们很快就要回国了。"

孙继先胸脯一挺，说："放心吧，我一定完成好这次任务！"

第二天上午 8 点，孙继先准时坐进了北京炮兵大院的办公室。

然而，一旦真正接触了导弹和靶场，孙继先才尝到了没有文化的苦头。靶场的筹建工作纷繁复杂，混乱无序，孙继先要闯的第一道难关，是学习。他的桌上，摆满了各种有关导弹、靶场的书籍和资料；四周的墙上，挂满了五花八门的图纸。面对这些厚厚的资料、五花八门的图纸以及一堆堆密密麻麻的文字和一串串长长的数据，他的脑袋都快裂了。至于什么"地—地""空—空""地—舰""舰—岸"，他更是丈二和尚摸不着头脑。可形势所迫，再难再苦，他必须硬着头皮往前拱。此外，发射场副司令员的人选，也是一个令他头疼的问题。为了找到一个最佳人选，他的案头放着几大本将官花名册，一有时间，他就查看几页。可两个月转瞬即逝，副司令员的人选也没落实。

其实，孙继先心里也明白，共产党这支队伍，自成立那天起就忙着打仗、打仗，一直打到现在。现在，朝鲜战争刚刚打完其实还没打完，台湾还没拿下正在准备拿下，突然又要搞导弹，要找秀才，上哪儿找去呀？事实上，在军队众多高级军事将领中，武夫居多，有文化的极少，秀才则更是凤毛麟角。虽说文官中也有那么几个秀才，如萧克、萧华、张爱萍等，但都是自学成才，并未正儿八经念过大学。再说了，一个发射场的副司令员，大兵团职务，一个少将足矣，总不能让一个上将人才，降职去当这个副司令吧。

一天晚上，孙继先正翻看一本花名册，眼睛突然一亮，目光停留在了“李福泽”三个字上。他拿起一支铅笔，高兴地在桌上敲了一下，然后在“李福泽”三个字的下方重重地画了一道红杠，嘴里还不停地嘟囔着，嗨！真是背着娃娃找娃娃！老伙计，这下你可跑不了咯！随后叫来秘书，立即呈报萧华。

第二天下午，萧华把孙继先叫到办公室，见面就问：“老孙啊，全军这么多将军，你为什么偏偏选择了李福泽？”

孙继先说：“我认为他最合适。”

萧华说：“理由呢？”

孙继先说：“第一，李福泽有文化，30 年代的大学生；第二，李福泽有能力，不仅脑瓜子好使，而且敢说敢干，工作起来有股拼命三郎的劲头；第三，李福泽思想正派，为人正直，既敢于坚持真理，又敢于承担责任。”

萧华笑了：“英雄所见略同，所见略同啊！”

孙继先非常高兴：“是不是立即把他调来？”

萧华笑道：“怎么，等不及了？”

孙继先说：“当然是越快越好咯。我知道，这家伙可是个有脾气的人，万一他不肯来呢？要不这样，您先打个电话，给这个家伙来个火力侦察！”

“好。”萧华伸手拿起桌上的红色电话，“给我接广州！”

三

1958 年的中国，很热；广州的夏天，更热。

这天，是广州入夏以来最热的一天。中午时分，一辆嘎斯六九吉普快速穿过喧闹的市区，转眼停在了广州军区司令部的办公楼前。未等嘎斯六九停稳，车门已经打开，一位小个子将军匆匆钻出车门，伸手抹了一把脸上的汗水，甩开大步，直奔办公楼。

这位小个子将军，便是李福泽。

将军四十四岁，少将军衔，时任广州军区副参谋长。将军 1936 年参加革命，1937 年加入共产党；历任鲁东抗日武装七支队队长，山东纵队“老一团”团长、一旅参谋长，鲁中军区三师参谋长、警备旅旅长，东野四纵队旅长、参谋长，安东军区副司令员，第四十一军副军长；参加过辽沈、平津战役，南下作战和朝鲜战争，是著名的塔山阻击战主要指挥员之一；荣获过二级独立自由勋章、一级解放勋章。将军个头不高，一米六五，却体魄强健，精瘦干练，走起路来像个小伙儿，腿一抬，裤腿都能荡出风来。身边的警卫员尽管只有二十啷当岁，可一旦出门，常常要一路小跑才能跟上。

这不，将军没走几步，警卫员便落下一大截。警卫员忙跑步跟上去，小声提醒说：“首长，阿姨刚才来电话说，家里的粮袋都空了。您已经十多天没进家门了，是不是先回家看看?”

将军继续往前走，边走边说：“你去财务处，把我的工资领了送回家，顺便再买上一袋粮，先凑合几天。跟阿姨讲一声，我这儿实在太忙，等手头的事一完，就回家。”

“是!”警卫员一转身，跑了。

将军一进办公室，把帽子往办公桌上一扔，抓起一包烟，屁股还没落下，便开始抽了起来。这时，电话突然响了。将军瞪了电话机一眼，一扭头，继续抽烟。秘书拿过话筒，小声说道：“首长，电话。”

“没见我在抽烟吗?”将军头也不回，继续抽烟。

秘书知道，将军工作重要，抽烟也重要。有时工作比抽烟重要，有时抽烟又比工作还重要。总之，在将军的生活中，工作、抽烟都重要。但还是补充了一句："是北京来的。"

"北京来的又怎么啦？没事打什么狗屁电话？"将军嘟囔了一句，继续吞云吐雾。这几天不知怎么搞的，将军心里像长了草似的，有点杂乱，有点发毛，还有点心神不定坐卧不安，冥冥中总觉着要发生点什么。

"是总政来的。"秘书年轻，却很有耐心。

"总政的电话怎么打到我这儿来了？"将军扔掉烟屁股，走过去拿起电话，话筒那边立即传来一个声音："是李福泽吗？"

"我是李福泽，谁啊？"将军粗门大嗓。

"我是萧华啊。"

"萧华？"将军吃惊不小。

"怎么，两年不见，就不认识了？"

"不是不认识，是没想到。你是知道的，我这人只管打仗，从来不和政治部门打交道。萧副主任，有什么事，直说吧。"

"没事就不能打打电话了？"萧华话中有话。

"当然可以了。不过我这里忙得一塌糊涂，很想休息，对面的老蒋又不让。这不，马上有个会还等着开呢！"将军抓起水杯，一边咕咚咕咚喝着水，一边开始打着埋伏。

"怎么接电话还有伴奏啊？你在搞什么名堂？"萧华问。

"我在喝水呢！咳，他娘的，广州这鬼天气热得让人喘不过气来，一天能出好几斤汗呢！"说着，将军又咕咚咕咚灌下几口。

"好了，我不是听你诉苦的，跟你说正事，你赶紧到北京来。"萧华言归正传。

"来北京？来北京干什么呀？"将军吃惊不小。

"有任务，很重要的任务啊！"萧华说。

"任务？哈哈，萧副主任，你就别蒙我了，现在仗都打完了，还有什么狗屁任务？"将军不以为然。

"先别问那么多了，总之让你到北京来，你就来，而且要尽快！"萧华的语气一下变得强硬起来。

“萧副主任，我这里的工作千头万绪，离不开啊！再说了，哪能说走就走啊!”将军使出了迂回战术。心想，我这里事情堆积如山，恨不能一个人劈成两半儿，你一个电话就想让我去北京，天下哪有这么便宜的事！

萧华有些急了，大声说道：“李福泽同志，这是命令，军委的命令!”

“嗨，啥命令不命令的，我来广州，不也是命令吗？而且是毛主席他老人家的命令!”将军是个吃软不吃硬的人。

这时，有人在旁边喊道：“参谋长，开会了，都在等着您呢!”

将军趁机说道：“萧副主任，对不起，台湾方面又有新情况了，这事我看等等再说吧。再见。”说罢，搁了电话。

搁下电话，将军愣在那里，还是想不明白：现在是和平时期，该打的仗都打完了，北京还有什么狗屁事呢？

李福泽抗命不从，萧华并不感到意外，他对这员虎将的脾气性格太了解了：不媚上，不屈从，有啥说啥，从不拐弯抹角，一根直肠子通到底。所以萧华不但不生气，反而转身笑着对孙继先说：“这个李福泽，软硬不吃，还是那副犟牛脾气。不过你尽管放心，他跑不了的。”说着，拿过笔，在日历上郑重地写下一行字：国庆前，李福泽必须来京报到！

孙继先看了看，嘴一撇，说：“您光把名字写在日历上，顶啥用啊？”

萧华说：“我自有办法。”

孙继先说：“有啥办法？”

萧华说：“我亲自去趟广州，就是拽，也给你拽回来!”

四

1958 年 9 月初的一天，萧华从北京抵达广州。萧华此行的目的，当然并非只为将军，而是还有一个任务：陪同波兰军事代表团访问广州。当晚，萧华下榻广州军区招待所，新朋老友络绎不绝，唯有将军没有露面，而且此后十几天也不见人影。

将军并非故意不来，而是实在太忙。9 月的广州虽气候宜人，却很不安宁。蒋介石疯狂叫嚣反攻大陆；美国人开着军舰在太平洋上巡视挑衅；妄图偷渡出境和准备潜伏过来的不法分子们也像赶热闹似的把作案时机选定在了这个秋天。所以在这个秋季里，时任广州军区副参谋长的将军主要负责广州沿海一带的战备设防工作。将军记性好，闭着眼都能说出防区内任何地方的地形地貌，被人称为军区的“活地图”。但战备设防工作繁忙而又琐碎，挖山洞，修工事，筑碉堡，野外勘察，还有军事演习等，所以将军从早忙到晚，连喘口气的时间都没有。特别是进入9月后，沿海一带敌情愈加复杂，几艘小船不时出没于海面，将军感觉情况不妙，带着部队昼夜执勤，严防死守，一连熬过了整整十二个夜晚。可十二个夜晚过去了，海面却依然风平浪静。随行的官兵们都劝将军回家休息，将军却说，我对你们放心，但对国民党特务不放心。果然，到了第十三天晚上，时至夜半，海面情况骤变，七八艘渔船箭一般驶向岸边。结果，三十二个乔装成渔民的国民党官兵还没反应过来，便全部做了俘虏——一次就抓了三十二个国民党特务，成为轰动广州军区的一大新闻。于是将军既要向军区领导汇报情况，还要负责审讯工作，白天晚上几乎连轴转。

这天，将军正忙着汇总审讯材料，萧华却突然出现在了面前。将军直愣愣地望着萧华，一时竟不知说什么是好。萧华忍不住哈哈笑道：“看着我干吗？不认识了？”

将军说：“萧副主任，你、你怎么亲自跑来了？”

萧华说：“怎么，广州难道是你李福泽一个人的地盘？只许你在这儿‘横行霸道’，就不准我来溜达一圈？”

将军说：“不不不，我不是这个意思。我是说，你来了，怎么也不先打个招呼？”

萧华说：“打招呼？我没打招呼都见不着你的影儿，一打招呼，你不得躲到防空洞去了？”

将军说：“对不起，这段时间实在太忙。”说着喊了一嗓子，“通信员，倒茶！”而后掏出香烟，递给萧华一支。

萧华一摆手，直视将军：“我什么时候抽烟了？”

将军说："噢，对不起，忘了你没这个口福了。好，你不抽，我抽，馋死你！"说着，自己点燃香烟，大口大口地抽了起来。

萧华端起茶杯，说："使劲抽，过足瘾后，赶紧收拾东西。"

将军停住了，问："收拾东西？收拾东西干吗？"

萧华说："明天就跟我走。"

将军愣住了："走，走哪去？"

萧华扫了他一眼，说："忘了三个月前的命令了？"

"命令，啥命令？"将军有点明知故问。

"我亲自给你下命令的时候可不多啊！别装糊涂了，你以为装糊涂就能躲得过去吗？"萧华看着李福泽，不再说话。

"噢，想起来了，想起来了！这时间也过得太快了，一晃就三个月了。"将军不好意思地笑笑，一只手直挠后脑勺。心想，这萧华办事还真较真，竟从北京追到了广州，真是躲得过初一躲不过十五啊！他猛吸一口香烟，想寻找一点挽回的余地，可说出的话却显得轻飘飘的，没有一点底气，"不是讲好了，我不去吗？"

"不行，明天你必须跟我走。"萧华口气很硬，不容商量。

"怎么这么急？"将军脸上的表情也有了变化，一副很不情愿的样子。

萧华说："这是军委的命令，知道吗，李福泽同志？既然军委已经决定了，就没什么可讲的。"萧华说完，把头转向一边，故意不看将军，也不说话。

其实，不是将军不愿走，而是他喜欢广州，喜欢广州的工作——准确地说是广州有仗可打！所以半晌才说："就是走，我也得交代一下工作呀，这儿还有一摊子事呢！"

萧华点点头："行吧，那就给你几天时间交代一下。别忘了，把老婆孩子也带上。"

"带老婆孩子干吗？"将军心里咯噔一下，脸上便有了几分落寞几分茫然，嘟囔道，"毛主席不是说要收复台湾嘛，我在这儿等着打台湾呢！去北京干吗？"将军当时和绝大多数中国军人一样，认为打了几十年的仗，淌了几十年的汗，流了几十年的血，目的就是要解放全中国！所以收复台湾的事，应该在他们那一代人手上解决，否则觉都睡不踏实。

萧华说："这次任务和收复台湾一样，很有意义，保准你八辈子不后悔。"

将军忍不住又问道："抗美援朝也打完了，小日本借他个脑袋也不敢来了，还有什么任务?"

萧华神秘地笑了笑："到了北京就知道了。总之，这个任务很对你的路啊！记住了，必须赶在国庆前到北京报到!"

"是!"将军腾地站起来，狠狠灭掉了手中的烟头。

五

列车疾驰在广袤的原野上。初秋的原野，一片金黄。车厢里，将军注视着窗外飞速而去的村庄，一动不动。也许是一身戎装衬托出一副军人的做派，将军即使随便往那儿一坐，也掩饰不住他那与众不同的气质与个性。不过，将军的着装也实在有些随便：油腻腻的帽子匆忙戴在头上，帽檐明显有点歪斜；将军服虽然显得挺拔，却忘了系风纪扣；脚上穿的既不是锃亮的皮鞋，也不是正规的解放鞋，而是一双普普通通的老头鞋。所以乍一看去，又像一个农民。

将军 1914 年生于山东昌邑县火道村。许是自幼在海边长大的缘故，大海赋予将军宽阔的胸怀和不屈的灵魂的同时，也赋予了将军桀骜不驯、争强好斗、不畏强权的性格。将军的爷爷从小在烟台学徒，勤奋好学，吃苦耐劳，长大后自己办起了缫丝厂，从此一发不可收拾，一战期间还向荷兰出口过小农具。烟台本是个小渔村，后来李氏家族先盖了三条街二百多间房，才慢慢形成烟台老城。及至"文革"结束，将军的名下还有两座小院十八间瓦房。李家鼎盛时期，拥有缫丝厂、进出口公司、期货公司、烟台农业银行、青岛电厂、青岛啤酒厂以及两个饭馆、八艘机帆船；此外东北还有二十万亩地的农场，大连的正大公司有股份，上海有买卖。那时，李家的人上街买东西从来不用带钱，都是记账，可谓名副其实的"资本家"。但李家祖祖辈辈都是规矩的生意人，而且父辈们很有眼光，从小就让孩子们念书，长大后再安排留洋深造，试图把李家的生意做到国外。将军的父亲是山东张裕葡萄酒厂的股东之一，家业在烟台一带算得上雄厚。但已是“资本家”的父亲还是抛弃烟台去了青岛，成为后来闻名全国的青岛啤酒厂的最早股东之一。所以说，将军的童年和少年，几乎就是每晚看着父辈们“哗哗哗”地点着钞票长大的。将军排行老三，兄弟四人，大哥在北平民国大学法律系读书，二哥在家照料生意。将军从小聪明过人，五岁进了私塾，再生僻难懂的文章，也能过目不忘。教书先生虽然厉害，手中的板子却从未落在将军的屁股上。1932 年，年仅十八岁的将军只身来到北平汇文中学念书，毕业后考入上海复旦大学政治经济系。富家子弟闹革命，是那个年代的时髦。在校期间，将军因参加“一二·九”运动，被学校开除并遭到国民党政府通缉，只好更名改姓，转入上海大夏大学（后与光华大学合并成立华东师范大学），继续攻读经济专业。本来，将军的父亲要送他去欧洲留学。可“七七”事变后，眼看即将大学毕业，将军却坚持要去延安，便给父亲发去一封电报，声称“出国留学，需要经费”。父亲接到电报后欣喜万分，当天便给儿子汇去一笔相当可观的学费，希望儿子早早学成归来，子承父业。然而父亲万万没有想到，儿子所谓的“出国留学”，玩的不过是声东击西、虚晃一枪的游击战术——将军压根儿就没迈出国门半步，而是经胡乔木写信介绍，带着出国留学的经费偷偷跑到了延安，以中华民族解放先锋队队员的名义进入陕北公学，扔掉笔杆子，扛起了枪杆子！两个月后，根据革命斗争的需要，将军被派回山东老家，而后靠着家里仅有的四条破枪，组建了山东八路军七支队，从此拉起队伍搞起了武装暴动。

此时的将军年方二十出头，既是七支队参谋长，又是昌邑县军事部长，血气方刚，敢作敢为，成天除了打仗还是打仗，颇有点“天下老子第一”的劲头。将军的队伍曾被日本鬼子打散过三次，每打散一次，他马上又重新组织队伍，以十倍的疯狂还击对手。将军足智多谋，勇敢善战，除了行军打仗，就是喝酒抽烟。将军家乡的老人们多年后还记得，将军只要出门，即便是在炮火连天、血肉横飞的战场，屁股的右边总是别着盒子枪，左边则挂着酒瓶子，一旦逮住机会，取下酒瓶就喝。甚至还有人看见，有一次将军举枪射向鬼子前，竟然左手举起酒瓶先灌下两口，而后右手才扣动扳机，且一枪一个，弹无虚发。再有就是抽烟。将军有空要抽，没空也抽。那时打的是游击战，成天风餐露宿，东跑西窜，只要累了往地上一坐，将军做的第一件事，不是抽烟，准是喝酒；不是喝酒，准是抽烟。当然，有时还要骂人。这一时期的将军，可以说是一个集正气、豪气、傲气以及多少还有点儿“匪气”于一身的另类人物!

将军参加抗日队伍后，由于有人告密，父亲被抓进了大牢。直到这时，父亲才知道儿子并没有去欧洲读书。父亲出狱后带着全家逃亡青岛，从此家族事业由鼎盛走向衰败。父亲知道枪子儿不会长眼睛，所以儿子成了他唯一的牵挂，最大的心愿就是有一天儿子能回家看他一眼。然而将军的仗越打越多，官越做越大，等新中国成立后，已是一位身不由己的高官了。在战争年代，一个富家子弟，一个大学生，能自愿投奔革命，且战功赫赫，最终成为一名优秀的军事指挥官，这在我军尚不多见。所以，1955 年将军被授予少将军衔。据说毛泽东有严格规定，抗战入伍的，原则上不授将军衔；但有几人例外，将军便是其中之一。

列车呼啸着继续前行，将军的目光依然没有离开窗外。窗外，天高云淡，秋高气爽，连空气中也弥漫着一阵阵奇异的芳香；空旷的田野里，铁渣矿石，比比皆是，一片狼藉；路边上，一个个土法上马的炼钢炉如同一座座孤独的坟茔，仿佛在默默诉说着那个年代早已被人遗忘的故事。而将军面对窗外的一切，却觉得那样的亲切那样的熟悉。十年前，他以步当车，从这儿走过，这儿的每一寸土地都留有他的足迹；十年后，他乘车北上，再次经过这里，只是这次比上次更为神秘。此时的他并不知道，他生命中的又一次远征，注定又从这条京广线上开始了。

将军轻轻伸了伸腿，变化了一下坐姿，右脚便像泥鳅一样从他的老头鞋里溜了出来。然后将军把脚后跟踩在鞋面上，便伸手抠开了脚丫。恰在这时，一位年轻的女列车员走了过来，刚要问“首长喝点什么”，却一下愣住了：这位身着将军服的首长，怎么会在众目睽睽之下用手抠脚丫？而将军却浑然不觉，他一边熟练地抠着脚丫，一边狠狠地吸着香烟，一边望着窗外飞驰而逝的一景一物，情不自禁地发出一声感叹：十年了，变化真大呀！

警卫员小张坐在将军的对面。一上车，这位山东小伙便瞪大眼睛注视着窗外的世界。此刻听见首长发出感叹，有些奇怪，便问："首长，您以前来过这里?"

将军点点头，吸了一口烟，缓缓说道："岂止来过，这里的每个村庄我都能叫得上名字，这里的每一棵树恐怕都认识我。"说着，将军指了指窗外，"你瞧，我们的部队就是从这里一路南下，打到广西，然后再打到广东的。"

将军说的是 1949 年 4 月，他带着部队从北平出发，沿着平汉路一直到武汉。将军的部队原本是过长江去打长沙的，不料等他们到达那里时，长沙已经和平解放了，没费一枪一弹。将军的部队在长沙附近休整了几天，养足了精神，在衡宝战役中，一家伙就消灭了白崇禧的四个师，俘虏四千多人！那天正好是 1949 年 10 月 1 日，毛泽东在天安门城楼向全世界庄严宣告："中国人民从此站起来了!"接着将军的部队进驻广西，打到广东；不久广东解放，将军便留在了广州。

将军一边吞云吐雾，一边娓娓道来，像在讲述一段儿时跟邻居家孩子打架的故事。警卫员小张的眼睛却瞪得溜圆，听得一愣一愣的。过去，警卫员只听说首长在战争年代打仗特勇猛，特厉害，立过战功，没想到首长在这条路上也打过仗！

火车缓缓驶入北京前门火车站时，已是第三天上午了。车刚一停稳，便上来几个人，将军一看，是"老一团"的老搭档王文轩、解放军报社总编辑欧阳文、军事科学院副院长高体乾，另外还有两个没见过面的空军军官和一个陆军军官。将军与他们一一握手后，一个年龄稍大点儿的空军军官自我介绍说："我叫徐明，空军作战处的。这位是林毅，北空的。"然后又指指身后一位年轻的陆军军官说，"他叫王玉群，秘书，二十兵团的，以后就归您了。"

二十兵团不是在朝鲜吗，什么时候回国了？将军暗自一惊，却没问出口来。

徐明说："咱们先去炮兵司令部大院报到吧。"

将军点点头，跟着徐明下了火车。

汽车一启动，秘书王玉群便开始偷偷观察起将军来。有关将军的故事王玉群早已听说不少：什么资本家出身，老爹是青岛啤酒厂大股东；30年代的名牌大学生，学问和脾气一样大；打仗特厉害，拍桌子骂人也厉害；等等。所以当王玉群得知自己要给将军当秘书时，心里直打鼓。他既想早一天见到将军，又怕见到将军；现在见着了，有几分陌生，又有几分熟悉。将军操一口浓厚的山东口音，看上去像个老兵，干练强悍，腰板笔挺，浑身上下透着一股军人特有的气质；但脸上偶尔释放出来的儒雅之气，又很像一位和蔼可亲的教书先生，让人很难与一位治军严厉、威风八面的名将联系在一起。汽车驶出不远，王玉群还发现，这位大资本家出身的将军和夫人、几个孩子，没有什么资产，几箱子沉甸甸的书，再加两个手提箱，便是全部家当了。

将军一路上并未在意身边的王玉群，只管看着窗外的北京。北京，他太熟悉了。十年前，在辽沈战役著名的塔山阻击战中，四野四纵名声大振。也就在这年的冬天，作为主力的四纵和十一纵最先进入北平，在东陵马石桥，四纵被改编为四十一军。身为参谋长的他率领部队入关后，曾在张家口、康庄、怀来打了一天一夜，三战三捷，消灭国民党整整一个军，俘虏五万余人。这么多的俘虏哪里管得了，没办法，便发动民兵站岗放哨，给俘虏发粮食，让他们自己开火做饭。很快，四十一军又接到新的任务，五万个俘虏只好交给聂荣臻的华北部队，而后驻扎在颐和园附近的大岳庄，准备攻打北平。这时却传来北平和平解放的消息，同时又接到总部命令：四十一军进驻北平，担任警卫北平的防务任务。将军清楚地记得那年冬天来得特别早，一夜间北平就被覆盖上一层厚厚的积雪，狂风挟裹着雪风昼夜不停地吼叫着，气候突然变得异常寒冷。部队进入北平后，他和驻北平城外的营以上干部，第一次享受到了特殊待遇：参观了一次故宫；游览了一次颐和园；观看了一场京剧；会了一次餐；洗了一次澡！3月25日，中共中央委员会和解放军总部迁至北平办公。中国人民革命军事委员会主席毛泽东、中国人民解放军总司令朱德等出席了在南苑机场举行的盛大的阅兵式。下午5时，一发照明弹升空，阅兵式开始，在五十门六〇炮鸣放的五百发礼炮声中，他和四十一军的官兵们接受了毛泽东、朱德、刘少奇、周恩来、任弼时、林伯渠等领导人的检阅。他们举着手臂，纵情高呼："毛主席万岁！""朱总司令万岁！"心情激动，久久难抑。但是，部队进城后的日子非常艰辛，上面规定部队不许进驻民房，于是三九严寒天，只能睡在马路边上，人一躺下，如同躺在冰块上；没有水喝，就嚼冰块，吃雪团，一口下去，哧溜一声能从嘴上凉到脚后跟；主食是冻过的馒头，石头一样粗硬，咬一口，硌得牙疼。可他率领部队硬是坚持了三个月，出色地完成了防守任务，才挥师南下……如今，十年一闪而过，他怎么也没想到，十年后的今天他会再次接到进京的命令。

那么这次等待他的，又会是什么任务呢？

六

将军前往炮兵大院时，孙继先司令员已在办公室等候多时了。

孙继先近年来一直很忙。按照中央军委的指示，由他负责组建西北酒泉导弹试验靶场（即酒泉导弹发射基地，内部番号为中国人民解放军第二十训练基地，对外代号是〇〇二九部队）。从1958年3月起，靶场筹建工作全面展开。万事开头难。刚起步的新中国，各个部门，从上到下，办事同样难，而且不是一般的难。孙继先要人没人，要物没物，要钱没钱，身边连个副手都没有，用他的话说，"是个名副其实的光杆司令"。而靶场筹建初期，下面各部门都急着向他伸手要钱。如，靶场基本建设要钱；修筑专线铁路要钱；新建机场要钱；购买器材要钱；招收技术人才要钱；安装设备也要钱！而且这些钱还不是一笔小钱，少则数千万，多则上亿元！

一日，孙继先去找总参装备部万毅部长。孙继先进门后不坐，也不说话，只站在那里，一个劲地叹气。

万毅看了他一眼，说："叹什么气呀，有事先坐下再说嘛。"

孙继先还是不坐。

万毅说："我知道你难，可我也难呀！我既不管人，又不管钱，你找我有什么用?"

孙继先说："那我怎么办？一个光杆司令，要人没人，要钱没钱，办公室连桌椅板凳都凑不齐!"

万毅说："我看这样吧，你要人，直接找总政副主任萧华；要钱，直接找总参谋长罗瑞卿。"万毅刚一说完，又忙改口道，"不不不，找罗总长恐怕也不行，据我所知，罗总长手上也拿不出那么多钱来。"

但孙继先还是直接找了罗瑞卿。罗瑞卿听了孙继先的"诉苦"后，半晌不说话，一个劲儿地直摇头，直到后来才说了一句："我看还是去找周总理想想办法吧!"

孙继先又去找周恩来。周恩来对建靶场的事非常重视，曾多次听取过孙继先的意见。所以听了孙继先的反映后，尽管犹豫再三，最后还是一咬牙，批了五个亿!

孙继先遇到的另一个难题，是为基地选配人才。

选配人才，看起来简单，其实不易。按照当时中央军委的统一部署，各级行政干部和技术干部的来源，一是以二十兵团机关和直属分队为基础抽调骨干，二是从军委各总部、各军兵种和各大军区挑选人才，三是从全国、全军高等院校选拔高才生，四是从全国各地选派优秀技术工人。问题是，当时中国正进行大规模的社会主义建设，各类干部尤其是专业干部非常缺乏；加之发射场所需干部，总政要求必须具备三个条件：一是政治条件好，家庭成分、个人历史、社会关系必须清白；二是身体条件要好；三是必须要有较高的文化。而且除了军事人才，苏联专家还提出，基地必须要有一些懂光学的专家；如果实在要不到，找一些会照相的人也行。后来孙继先找不到懂光学的专家，只有从北京八一电影制片厂和上海、东北等地选调了一批会照相的人，然后加以培训。

为了要人，孙继先几乎踏破了总政干部部的门槛，今天要一个政委，明天要一个副司令，后天要一个部长，大后天再要一个技术专家。从1958年起，孙继先一直在要人、要人、要人！这些人要来后，什么兵种的都有，什么成分的都有，说什么话的都有，穿什么服装的都有。譬如空军、陆军、海军、工程兵、装甲兵、雷达兵，还有通信兵、卫生兵、文艺兵，等等等等。这些人说土不土，说洋不洋，男男女女，老老少少，新兵老兵，杂七杂八。他们每天从院里进进出出，出出进进，附近老百姓见了，很是奇怪，碰上下岗的哨兵，总要问上一句，解放军同志，请问你们这是什么军呀？哨兵脱口答道，什么军？杂牌军！有一次孙继先路过门口，正好听到这话，气得哭笑不得。他对随行人员说，真没想到，我一个堂堂兵团司令，现在居然成了杂牌军司令！但成了“杂牌军司令”的孙继先，还得继续要人，而且要一个等一个，要一批等一批。人要来后，接着再要，再等。前不久，他等来了政委栗在山，接着等来了副司令员张贻祥，后来又等来了参谋长徐明。今天，他要等的则是另一个重量级人物——专门负责发射试验的基地第一副司令——李福泽！

孙继先和李福泽将军同为山东老乡，且是老战友、老伙计了。孙继先是山东省曹县人。抗战时期，孙继先受刘邓派遣挺进冀鲁，开辟敌后根据地，从那时起，便开始和将军在一个锅里摸勺子、在一个大通铺上睡觉。1941 年，孙继先任山东纵队一一五师教导一旅旅长，将军任参谋长。两人携手并肩，打了一个又一个的漂亮仗，为创建山东抗日根据地立下了汗马功劳。1945 年，山东部队接到进驻东北的命令，在罗荣桓的带领下，十万大军从胶东蓬莱出发，走海路，一路颠簸转赴牡丹江地区，跟着林彪打了一次又一次的大胜仗。两人从此声名显赫，成为四野和三野的名将。新中国成立后，孙继先被授予中将军衔，朝鲜战争爆发后，入朝出任二十兵团副司令员；而将军先是入朝作战，后奔赴广州，投身于南海疆域的设防工作。从此两人各奔东西，再也不曾见面。今天，分别多时的老伙计即将相会，而且从今后天天要在一个锅里盛饭，一个炕上睡觉。所以孙继先一想起来，便有几分激动。

“司令员，有人求见。”孙继先正想着，秘书轻轻走进来，低声报告道。

“是李福泽吗？”孙继先问。

“不是，是海军司令部的。”秘书说。

“不行，今天谁也不见。”孙继先用铅笔头重重地敲了敲桌子，“告诉他们，明天再来!”

话音刚落，将军便匆匆走了进来，一见孙继先，突然愣住了：“老伙计，你、你不是在朝鲜打老美吗？怎么突然从这儿冒出来了？”

孙继先握住将军的手，久久不肯松开：“老伙计，说来话长啊!”

将军把帽子一摘，往办公桌上一扔，端过茶杯咕咚咕咚喝下两大口，说：“萧副主任还跟我卖关子，让我到炮兵司令部报到，早知道是你老孙在这儿，我就……”

“就不想来了，是吗？”孙继先倒上一杯水，递到将军的手上，“老伙计，你可真难请呀，让我等了好几个月。萧华的命令你都敢违抗，广州就那么好吗？”

将军笑道：“老伙计，习惯成自然。再说了，人各有志啊!”

这时，刚任命为酒泉发射基地政委的栗在山也来了。栗在山是河南南阳人，也是四野的，原为志愿军空军军政委，曾任中原局刘少奇的秘书、新四军李先念五师参谋处处长。栗在山与将军虽是第一次见面，但将军的故事他早就听说了。孙继先作完介绍，两人的手便紧紧地握在了一起。

几句寒暄后，将军端起茶杯，又灌下几口，然后心急火燎地问孙继先：“我说老孙啊，到底让我来干什么啊？你们先给我交个底好不好？从接到命令到现在，我一直蒙在鼓里，急死人了！到底什么事这么保密，就是中央情报局，也得有个交代嘛!”

孙继先看了看栗在山，而后笑着拍了拍将军的肩膀，郑重说道：“老李，既然叫你来，肯定是好消息!”

将军说：“什么好消息？”

孙继先神秘地说：“告诉你吧，我们国家要搞导弹、原子弹啦!”

“什么，要搞导弹、原子弹?!”将军吃惊不小，马上激动起来，“真要搞的话，那就太好了！我们这么大一个国家，没这玩意儿哪行啊！快说，让我干点什么？”

孙继先说：“怎么样，来劲了吧？不过你知道，搞这种高科技，我的文化浅了点儿，所以调你来担任第一副司令。你是大学生，文化高，中国的外国的，杂七杂八的墨水装了一肚子，搞那玩意儿，你行!”

“不行不行!”一向豪爽的将军急忙摆手道，“导弹这玩意儿是新东西，光听说过，没见过，我也是一窍不通，一窍不通啊!”

孙继先说：“通不通都是你了，边干边学吧，全军像你这么高学历的将军，听说不超过五个，可谓凤毛麟角啊！我看呀，这一炮咱们还非放响不可！要知道，这是毛主席、周总理亲自下的任务，很光荣哪！当然了，也很难，很难哪!”

栗在山说：“是啊，这事很不容易，我们一同努力吧!”

孙继先说：“中国第一个综合导弹试验靶场选在了大西北的戈壁滩上，这是前不久才选定的，中央军委和毛主席已经正式批准了。目前，靶场的第一期工程施工已经铺开，张贻祥副司令员协同工程兵靶场特种工程指挥部正在前方负责工程建设。”接下来，孙继先把发射场的性质、任务和组建的基本情况向将军做了详细介绍。

听完孙继先的介绍，将军没有说话，只默默地抽着烟。不用说，他已深深感到了这个任务的分量。但作为一个老兵，他有打硬仗的习惯。他知道，目前最重要的，是尽快到前线去。于是他说：“如果北京方面没多少事，我想尽快去大西北看看。”

孙继先说：“对，时间紧，你先去看看，熟悉熟悉情况。至于具体工作，到了那里我们再商量。不过，你得有点思想准备，发射场也是战场，而且是我们从未经历过的战场，那儿的生存环境、工作条件，可能你连做梦都没想到。”

将军说：“那我明天就动身。”

孙继先说：“瞧你，打游击战打惯了吧？我看这样吧，你先把老婆孩子安顿一下，有些事情明天我们再碰碰头，后天一早动身，如何?”

“行!”将军一下站了起来。

第二章
戈壁风

当晚迎接将军的是大风。戈壁滩似乎永远姓风。带着口哨的风从早到晚刮个不停，偶尔停了人们还不习惯，总觉得一下子少了点什么。芦苇棚四处漏风，将军听起来，这风像野狼、似疯狗的嗥叫，根本无法入睡。难怪当地的牧民说，戈壁滩一年只刮两次风，一次刮半年。

七

1958 年 9 月的一天，将军第一次前往西北大漠。初秋的北京，本该秋高气爽，天空却一片灰蒙；若有若无的雨丝落在脸上，给人以凉飕飕、湿漉漉的感觉；西北风夹杂着寒气一阵阵吹来，直往将军的衣服里钻。

将军到北京后，全家暂时被安排住在京西沙沟炮兵大院的招待所。将军早上离家时，为他送行的是妻子梁山。梁山将一只手提箱递到他的手上，只看着他，不说话。这是一只老式手提箱，多年来跟着将军转战南北，从不离手。将军接过手提箱时，感到比以往多了不少分量，便问："弄这么多东西干啥？"

梁山说："那边气候比广东冷多了，听说能把耳朵都冻掉呢！棉衣棉裤我都给放里边了，我想还是多带点好，有备无患嘛。"

将军看了一眼妻子，好像有许多话要说，又不知说什么，结果还是和过去一样，你看着我，我看着你，什么也没说。

将军和梁山的结合，有点偶然，也有几分浪漫。梁山出生于宁波，长在上海，十八岁便从上海女子中学辍学参加了新四军，然后到盐城抗大五分校学习。抗战时期，将军带着部队在山东打鬼子，梁山在苏北做妇救会工作。一个新四军，一个八路军，为了一个共同的革命目标，后来相识在东北解放战场。那是 1946 年秋，东北大地，烽火连天，将军是安东（现丹东）军区的副司令员，梁山是辽东省委组织部的女干部，两个年轻人，两颗火热的心，再加上辽东省委书记江华的夫人胡大姐的热情撮合，两个黄色的军用背包往炕上一放，便筑起了一个窝。新婚那天，将军掏出身上仅有的五块银圆，对警卫员说，去，买两坛酒，半个生猪头，一把粉条，再加几棵大白菜和一捆大葱！而后将军袖子一挽，亲自上阵，指挥几个兵炖了满满一大锅猪肉炖白菜。锅里的香味弥漫了农家小院，弥漫了热腾腾的新婚炕头，也弥漫了半个丹东。老战友们闻着香味纷纷赶来后，将军先给每人倒上一碗酒，然后自己高高端起一大碗，兴奋地嚎着嗓门说，兄弟们，今天是我的新婚大喜日，大家都痛痛快快地喝，喝他娘的个一醉方休！说罢，将军端起酒碗，咕咚咕咚，一口气先灌了个底朝天……这天晚上，谁也不知道自己喝了多少酒，反正喝到后来，只要头一挨着桌子，便全呼噜开了。从不喝酒的新娘子梁山也醉了，她被人背进洞房后，放在床上就“睡”着了；将军更不用说了，醉得一塌糊涂，一倒下床，除了没忘记打呼噜，其他什么事都忘记了。后来有人开玩笑说，将军那晚的呼噜声把半个丹东城都给惊醒了！几天后，命令来了，将军顾不上收拾行李，甚至来不及和新婚的妻子多说几句话，便上了前线。临走前夜，梁山默默端过一个小木盆，让将军坐下，然后说，来，烫烫脚，明早好上路。将军被这话感动了，一屁股坐在板凳上，像个听话的孩子，乖乖地把臭脚丫子伸进脚盆。将军多年冲锋陷阵，出生入死，不光流血，还要出汗；加之一年四季脚上总是穿着一双破胶鞋，久而久之，便患上了严重的脚气，有事没事，有人没人，总忍不住要抠上几下，或挠上几把。将军的这个秘密在新婚的第二天就被梁山发现了，但梁山佯装不知，端着小木盆让将军烫脚时，不说“洗洗你的臭脚”，而是说“烫烫脚”。就这三个字，便让将军感动不已。梁山一边为将军洗脚，一边还心疼地问，疼吗？将军说，不疼。梁山又问，痒吗？将军说，不痒。梁山便笑了，笑得很幸福；将军也笑了，笑得很舒坦。此后，这个小木盆一直跟在梁山的身边，将军走到哪里，她就把小木盆背到哪里，无论东南西北，不管天涯海角，从不分离。后来等将军打完胜仗回到后方，回到他们那个临时的窝，梁山肚子里的孩子已经几个月了。婚后的梁山和当年革命队伍中的许多女同志一样，肩上除了挑着革命的重担，还得担起家庭的重任。梁山对将军的照顾，可谓体贴入微，每次将军打完一仗回来，她就用小木盆端来一盆热水，说，来，烫烫脚，明早好上路。然后再为将军烫脚。可第二天，将军翻身起床，说走就走了。这次离开广州也是如此。那天，将军刚进家门，就让梁山准备一下，说明天要离开广州，去北京。梁山本想问问将军，广州的日子过得好好的，为啥又要离开？可她还是没问。家对她来说，在哪里都一样，也并不重要，重要的是丈夫。只要工作需要丈夫，丈夫又需要她，无论丈夫走到哪里，她都会带着孩子跟到哪里，家也就安在哪里。多年来，每换一个地方就像换件衣服一样，每出一次远门就像上趟街一样。而且服从组织的安排，早已成为她的一种习惯。比如 1955 年全军大裁军，为响应号召，将军希望她脱掉军装，她什么也没说，说脱就脱了。所以将军说要离开广州，她同样什么也不说，只默默地进屋，默默地端来小木盆，然后让将军坐下，还是那句话：来，烫烫脚，明早好上路。

将军正要出门，两个小儿子突然叫喊着“爸爸”从里屋跑了出来，抱住将军的腿嚷嚷着要跟爸爸去坐飞机。梁山见时间不多了，忙把孩子哄到自己身边，然后很不放心地对将军说：“我查了资料，西北的气候很不正常，日夜温差一二十摄氏度呢！到了晚上，别忘了加衣服，吃饭前要先喝口热水。对了，要少喝冷酒，喝冷酒容易把胃造出病来。”

将军点点头，像个听话的孩子。虽是多年夫妻，可每次别离时听着妻子的唠叨，都有一种说不出的味道。

梁山看着将军，问：“多长时间能回来？”

将军咧咧嘴，说：“也许几年，也许十几年，也许这一辈子就扎在那儿了。”

梁山说：“我不在身边，你一定要自己照顾好自己，好让我和孩子们放心。”

将军说：“嗨！有什么不放心的，再偏僻的地方，也不会跑出九百六十万平方公里的国土。太阳照在这儿，也照在那儿，都一样。”

梁山知道丈夫是在宽自己的心，笑了笑说：“时间不早了，赶紧走吧!”

将军走了，一出家门，再没回头。他知道妻子肯定站在门口，正望着自己偷偷抹泪呢！可有啥办法，谁让自己是军人呢，军人在军令面前，还有选择吗?

将军来到北京西郊军用机场时，离起飞时间还有整整四十分钟。停机坪上，几架待飞的军用飞机停在那里，远远看去像一只只展翅欲飞的大鸟，却又显得是那样弱小那样孤单。将军坐在候机室，身边是秘书王玉群。王玉群二十七岁，已是七年的老兵了，他先在华北军区机要处当译电员，1953 年随大部队入朝后，又在二十兵团机要处当机要秘书。王玉群有晕车的毛病，不管什么车，坐上就晕，即便坐敞篷车，甚至坐牛拉车，也会吐得翻江倒海。而飞机，从来没坐过。所以，他今天最担心的就是晕机。为避免这种尴尬，从昨天中午到今天早晨，他一口饭没吃。所以伊尔-十四苏制飞机起飞后，王玉群紧闭双眼，双手死死捂住胸口，一动不动。将军问：“是第一次坐飞机吧?”

王玉群不好意思地点了点头。

将军安慰说：“第一次坐都有点儿紧张，没关系的，又不是让你开飞机。你就当是坐在办公室里，闭上眼，做深呼吸，打个盹，就到了。”说着还做了个示范。

王玉群仍然很难受，想吐，又吐不出来，只好一个劲地干呕。将军问：“早上是不是没吃饭?”

王玉群点点头。

将军说：“实在难受，就吐吧，吐出来就好了。”

王玉群说：“我、我怕吐出来让首长难受。”

“这孩子，看你傻的。记住了，今后不管是坐汽车、火车还是飞机，一定要吃饱，吃饱了想吐，吐出来就好了。”说着将军将一个橘子递过去，“快，吃下去压压胃就好了。”

王玉群把橘子填进嘴里，眼睛便潮湿了。他想起自己在老家种地的父亲，自七年前离开家乡后，他再也没有见到过自己的父亲，也没见过其他亲人。而眼前这位指挥过千军万马的将军，虽然不是他的父亲他的亲人，短短几句话，把他的心都快融化了。

飞机着陆的第一站是西安。将军在候机室里只休息了一个小时，又钻进了飞机。下午，飞机降落兰州。将军在兰州住了一个晚上，翌日一早，又向着大西北方向飞去。飞机穿云破雾，越过横亘千里的祁连山，飞过遍及万里的巴丹吉林大漠，来到位于河西走廊中部的历史名城酒泉上空。酒泉是丝绸之路的河西重镇，西汉前，这一带为匈奴的游牧之地。公元前121年，汉武帝攻打匈奴，开辟河西，相传著名的西汉将军霍去病远征匈奴，凯旋至此，汉武帝为了奖赏他的功劳，特赐御酒一坛。因酒泉城下有泉，霍去病便将皇上御酒倒于泉中，与三军将士一同豪饮！后来，当地百姓便将此地叫作“酒泉”。

此刻，机翼下白茫茫的云雾似一条宽阔的大河，涌起千朵浪花万层波澜；蟒蛇般的山脉蜿蜒起伏，造型神奇千姿百态；大片的云雾扩散开后，太阳羞羞答答地露出脸面，神秘莫测浩如烟海的戈壁滩便实实在在地映入了将军的眼帘。尽管飞机尚未落地，但眼前的漫漫风尘滚滚黄沙却让将军领略到了什么。将军闭上眼睛，任凭飞机穿云破雾，展翅前行。

飞机降落酒泉后，由于前方再无机场，将军只得改乘苏制嘎斯六九吉普车前往酒泉基地的中心——绿园。从酒泉到绿园，是二百四十公里的戈壁盐碱路。吉普车一启动，戈壁特有的冷风便像刀片样在脸上划来划去，直往骨头缝里钻；身上的衣服也一下变得薄如羽翼，既不挡风，也不御寒；走过一程，太阳光顷刻间又一片片洒落下来，耀得人睁不开眼。

司机是个“老戈壁”，说话早就习惯粗门大嗓，嘴一张，半个中国好像都能听见：“首长同志们，这里海拔高，比北京高了几千米，离太阳近，所以太阳很毒。不过大家不要惊慌，没事，过几天就习惯了！”说着，司机递过一包手绢，“给，每人一条！”大家接过手绢，你看我，我看你，不知派何用场。司机见大伙莫名其妙，忍不住哈哈大笑起来，笑完了，又扯开大嗓门说道，“首长同志们，这手绢可得拿好了，去绿园还有一大截搓板路呢！”

“什么叫搓板路啊？”有人问。

司机说：“这搓板路啊，就是坑坑洼洼，坡坡坎坎，就像你家的搓衣板，颠得可厉害啦！到时候，大家一定要把这手绢塞进嘴里，然后再用牙死死咬住，不然的话，牙给颠掉了，别怨我开车技术臭！”

众人一听，大笑起来，说：“司机同志，你说得太玄乎了吧，坐车还能把牙磕掉，世上哪有这种稀奇事？”

司机说：“不信就等着瞧吧。”

将军晃了晃手绢，让大伙平静下来，说：“咱就听司机同志的吧，入乡随俗嘛！”

说话间，吉普车忽地加快了速度，大嗓门司机又喊了起来：“首长同志们，请作好准备，前面就是搓板路了。”话音刚落，吉普车便像舞蹈般颠簸起来。颠簸的吉普车犹如一艘挣扎在狂风巨浪中的小船，车上的人开始东倒西歪，随着车身不断抖动。有的脑袋把车篷顶撞得嘭嘭直响，有的屁股被蹾得嗷嗷直叫，个个像喝醉酒似的，似乎随时都有被抛出窗外的危险。于是大家很快鸦雀无声，两百多公里的路程仿佛一下变得漫长起来。

将军的眼睛一直望着窗外，像个好奇的孩子，看着什么都新鲜。车越往前走，他就越兴奋，越激动，也越沉重。眼前是一堆堆千奇百怪、大小不一的沙丘；脚下是片片荒芜凄凉而又蕴藏着无限玄机的土地；远方的天空则显得狭窄低矮，仿佛与大地完全连成了一片。总之在将军眼里——戈壁是那样的壮美博大，又是如此的孤寂悲凉；那样的真切实在，又是如此的迷雾重重深不可测；既有一种渴望拥抱人类的滚滚热情，又有一种拒人千里之外的滔滔冷漠。将军突然想到大海。想到大海，将军便有些激动。将军的父亲开有轮船公司，所以将军的孩提时代，随时可以跟着伯伯们坐船到海上去玩，大部分闲暇时光都是在山东沿海边上度过的，辽阔的海滩成了将军的精神乐园。将军最惬意的事，就是站在礁石上眺望茫茫无际的海面，看海鸥追逐，看波涌浪翻，看水天一色，看渔帆点点。在那一个个风轻云淡、海阔天空的日子里，每当将军站在海边，就像依偎在母亲的身旁。那时，将军的理想既不是当万贯家财的资本家，也不是当风度翩翩的大教授，而是想当一名优秀的海军军官。在将军儿时的心目中，海军是海之骄子，浪中勇士，日日与海浪冲击，夜夜与海风搏斗，绝对的男子汉气魄！然而遗憾的是，将军最终没有成为一名驾驭大海的海军司令，而成了一名挺进太空的发射将军！

吉普车终于驶出搓板路，继而快速奔跑起来；太阳好像也在不甘落后似的不断升高。车行至一片盐碱地，阳光直直地照射下来，照得将军心里一阵迷乱。太阳火辣辣，金灿灿，很是刺眼；但细细品味起来，似乎又有一种陌生的亲切感。将军从未见过如此强烈如此灿烂的太阳，他强迫自己抬起头来直视太阳，试图与戈壁滩上这轮傲视天下、目空一切的太阳决一高下。可渐渐的，他的目光变得缥缈虚幻起来。在将军四十四岁的人生旅途中，双脚几乎都是奔跑在祖国的东半部，而从未涉足过西北大漠。一路上，将军对自己即将“攻占”的这块“高地”曾有过无数次的想象与猜测，对其恶劣环境也有过充分的思想准备。可此时此刻，当他真的置身于这片土地时，一路上所有的猜测与想象顷刻间都被击得粉碎。将军被眼前的这片土地深深吸引了，也被深深震撼了。他仿佛看到了这片土地辉煌的过去与美好的未来；同时也看到了这片土地沉重的苦难与千年的悲怆！

八

的确，这是一片神秘而又神奇的土地，它有一个陌生而古怪的名字——额济纳旗！额济纳旗为西夏党项族语，译成汉语，就是“黑水”的意思。额济纳旗地处内蒙古自治区西北端，属内蒙古高原的一部分，总面积约十二万平方公里，其中百分之六十为戈壁荒漠。早在新石器时期，东西方文化便开始在此交会。西汉战胜匈奴后，在这里设置了“西海部”。唐、宋、元也在此建立过自己的地盘。可自明朝始，额济纳旗被荒废五百年有余。1730 年，蒙古人迁此放牧。1772 年，乾隆皇帝在此设置额济纳旗，延续至今。额济纳旗以西二百四十公里，是酒泉；向南，是弱水河，也叫黑河。弱水河发源于祁连山，横贯整个巴丹吉林沙漠，最终汇入内蒙古西端的居延海。居延海匈奴人称“天池”，为我国第二大内陆湖。正是弱水河和居延海滋润着额济纳旗，这儿才上演了一幕又一幕的活剧、闹剧、喜剧和悲剧。千百年来，戈壁的漫天风雪，吹走了无数的尘埃与黄沙，却留下了无数意味深长、经久不衰的动人传说；而戈壁滩的烈烈长风，久久传递的则是从未停止过的玩命厮杀时带血的呐喊声。于是这片土地因传说而变得神秘，因神秘而变得神奇；同时也因无数的神秘与太多的神奇而受到百般的青睐与万般的蹂躏！从浩如烟海的史书中，则可以看到在这里曾经出现的无数血淋淋的残酷场景，闻到一股股浓浓的血腥气息。甚至到了 20 世纪 30 年代，日本军部还妄图在此建立秘密军事基地。然而恐怕上帝也没想到，当历史的巨轮隆隆驶进 20 世纪 50 年代时，一支神奇的大军从天而降，竟然要在额济纳旗创建新中国第一个导弹发射场！

发射场先期的勘测、筹建工作将军并没参加，但从孙继先等人的介绍中，将军也略知一二。1957 年底，发射场的基本框架搭起来后，发射场的选点工作随即启动。由于此事关系重大，中央军委特责成聂荣臻元帅亲自组织导弹试验靶场勘察小组，其成员有聂荣臻的秘书安东、炮兵司令员陈锡联、工程兵司令员陈士榘、总参作战部部长王尚荣、总参装备部部长万毅、二十兵团副司令员孙继先，以及海军、空军有关领导等。1958 年 1 月 18 日，陈锡联、陈士榘、孙继先、张贻祥几位将军接到勘察导弹发射场的命令后，当即带领包括苏联专家在内的五十人勘察小组，从北京乘坐伊尔-十四飞机秘密起飞。他们去哪里，干什么，绝对保密。别说同事、战友不知道，连睡在自己枕头边上的老婆也一概不知。勘察小组首先对东北三省进行勘察，而后沿着中蒙边界往回飞，经索伦到呼和浩特，在包头住了一夜，翌日又飞临贺兰山和吕梁地区，对其空中和地面均进行了勘察。接着在兰州稍作停留，再飞宁夏银川。对银川附近一带的空中、陆地勘察后，发现银川附近有一块荒滩相当不错。荒滩背靠银川市，生活有依托；前方是黄河，水源有保障；四周是山岭，保密很可靠。但勘察组返回北京后，在汇报勘察情况的会议上，中方提出选择银川方案时，苏联专家却认为，银川附近一带的生活条件、水源电力资源虽然不错，地域却不够宽阔，地质条件也不如意，还需继续寻找。

于是，由陈士榘、孙继先、张贻祥及苏联专家盖杜柯夫等亲自挂帅，勘察组再顺着河西走廊直飞酒泉。勘察组对酒泉四周的祁连山、中蒙边界、额济纳旗等地进行空中勘察后，认为额济纳旗的青山头一带不错，遂改乘汽车直达青山头实地考察。考察中，他们骑着骆驼，背着干粮，对中蒙边界的邻接位置、社情环境、交通条件、地形地貌、土质气象、水源电力、通信联络、土地占用、资源材料以及附近居民等情况，作了详细了解；之后又对酒泉以北、以东的戈壁沙漠和周围几个县展开调查，最后将额济纳旗列入重点对象。

1958 年 2 月 14 日，中央军委就发射场的定点问题在京西宾馆召开特别会议。参加会议的有彭德怀、黄克诚等中央军委领导和苏联专家等。会上，发射场到底选定在宁夏的银川还是西北的额济纳旗，出现了两种不同的意见。一种意见以苏联专家为代表，认为发射场选在戈壁滩的额济纳旗较好，理由有六条：

一是额济纳旗地势平坦、开阔；

二是额济纳旗移民不多；

三是额济纳旗水源条件好；

四是离额济纳旗不远处有一条铁路可通乌鲁木齐；

五是额济纳旗二百四十公里外的酒泉有个飞机场；

六是额济纳旗地处荒凉的大戈壁，利于保密。

另一种意见以孙继先为代表，认为发射场选在银川附近比额济纳旗好，理由有三条：

一是额济纳旗属于千古荒漠，交通不如银川，一旦选在那里，投入的人力、物力、财力和精力都会加大；

二是额济纳旗物质基础、生活条件太差，将给发射官兵和科技人员的生活、工作造成极大困难；

三是从战略角度看，额济纳旗离苏联边境太近，战争一旦爆发，戈壁滩地势开阔平坦，一望无垠，苏军的机械化部队只需两个小时，便可直抵发射场中心。

会议经全面比较衡量，最后还是尊重、顺从了苏联专家的意见，初步定在额济纳旗。但内蒙古和新疆为少数民族地区，额济纳旗属于蒙古族的地盘，部队要在那儿立足，必须首先征得主人的同意。于是最后请出席会议的乌兰夫、赛福鼎表态。乌兰夫说："靶场选在额济纳旗，我没意见。等你们最后定了，我让蒙古族同胞搬家就是了!"赛福鼎也说："让蒙古族同胞搬家让位，我没意见；但我们的动员工作必须做好，部队进驻后，一定要尊重当地的民风民俗!"

会后，勘察选场报告由万毅起草，苏联专家画图，再经陈士榘上将过目后送国防部长彭德怀元帅。彭德怀看后说："你们都研究好了，我没意见，完全同意。"说完在报告上郑重地签上大名，而后直送毛泽东。毛泽东看完报告后，大笔一挥，批示道："由书记处处理。"中央书记处总书记邓小平看完报告，再批给陈云、陈毅等人审阅。

最后，中国第一个导弹综合试验靶场正式定在了大西北额济纳旗。尽管孙继先等人一直认为银川比额济纳旗好，但在那个年代，苏联"老大哥"的意见就是真理，中国许多国家大事都是按苏联的意见办的，导弹靶场当然也得按苏联专家的意见办。何况报告中央已经批准，孙继先只能坚决执行。若干年后，当已经离休的孙继先听说基地的家属找不到工作，孩子们上学十分困难，最后连一个中专都考不上时，不无惋惜地说，其实基地建在西北酒泉，并不是最佳选择。要是当时把发射场定在银川附近，也许就好多了!

在勘察组选定发射场的同时，刚从炮兵学院调来出任第二十基地"地—地"导弹部部长的吕琳，则留在北京与苏联的靶场设计专家乌斯研究中国靶场的编成问题。按中苏协定，靶场设计均由苏联专家负责。苏联专家提出靶场编制的初步意见后，又制定了“地—地”“空—空”“地—空”导弹试验的编制表，以及《导弹试验靶场战术技术要求》。之后，苏联专家在国内经过四个月的设计，才携带初步设计图纸和相关设计资料来到中国。由于设计图纸全是俄文，尽管有翻译，中国专家工作起来依然十分吃力。后来，工程兵特种工程设计院的专家们对这些图纸再次进行了“反设计”，才批准交付施工部队。

1958 年 4 月，中央军委批准成立了创建靶场的特殊部队——以志愿军第十九兵团机关和志愿军工程指挥部为基础组成的“特种工程指挥部”，代号七一六九部队，陈士榘为司令员兼政委，曾旭清为副司令员，黄文明为副政委，姚国民为政治部主任。靶场的工程勘察和施工交由陈士榘所领导的工程兵负责；靶场机构的组建交由孙继先领导的二十兵团负责，并以二十兵团作为组建发射场的基础。由于导弹靶场工程意义重大，国家列为专项建设，并向全国作出特别规定：要人给人，要钱给钱，要物给物，一律绿灯，不得有误！于是，从 1958 年 3 月 30 日中央军委第一个调令起，十二个工程兵团、两个工程兵师、一个铁道兵师、两个汽车团及步兵、空军、北京建筑公司、兰州建筑公司等紧急调往戈壁；全国二十六个省、市、自治区的七百一十五个厂矿和各军、兵种积极支持，通力协作；英勇善战的铁道兵和特种工程部队奉命拔兵出山，向西昼夜进发；刚从朝鲜战场撤回的二十兵团立即集合精兵良将，取道山海关挥师南下，向西北荒原火速挺进。以至一直尾随跟踪中国军事动向的美国谍报机关很快在电台发出惊呼：中国志愿军第二十兵团突然失踪，去向不明！总之中央一声令下，十万大军在短短几个月里迅速挺进大戈壁，拉开了开创新中国第一个导弹发射场的大幕！

这支从天而降的神奇大军突然闯进西北大漠后，千里戈壁一夜间矗立起一片片黑压压的绿色帐篷。然而，茫茫沙海，一无所有，十万大军的吃、穿、住、用等一个个具体问题，全靠自己想法解决。

十万官兵遇到的第一难题，是住宿问题。今天的人们有谁能想到，中国第一个导弹发射场的起步，竟是从古庙、帐篷和地窝子开始的：“特种工程指挥部”的首脑机关借宿在一座破破烂烂的喇嘛庙里；其余官兵则在喇嘛庙的周围撑起上千顶帐篷，在地上挖一个一百五十厘米深的洞，用泥巴垛起来，再铺上一些红柳、梭梭草或骆驼刺，一个睡觉的窝便算筑成。可人多窝少，一个窝里必须要睡上三四个人。至于怎么睡，不管，能把一百多斤的身子像搁军用背包一样搁在地上就行。由于天气太冷，睡觉时谁也不准脱衣服。不但不脱，还要把能穿的衣服全部穿上，再戴上帽子，套上鞋子。等一觉醒来，半截身子全被埋进了沙土里，大活人硬是变成了“土地爷”。

十万官兵遇到的第二大难题，是水的问题。水是人的生存之本。发射场选在额济纳旗，就是因这儿有一条唯一的生命河——弱水河。但弱水河是一条季节河，由祁连山的冰雪融化而成，只有到了春天，河水才会消融。而部队进驻时，正值秋季，河床早已干枯多时。于是先头部队每人操一把铁锹，在河边挖井，必须挖下去三米左右，才能见到水。而弱水河的水分为深层水和浅层水，三米以下为深层水，可以饮用；三米以上为浅层水，则不能饮用。因为这水浑浊不清，尽是黄泥汤，太阳一照，白茫茫的一片，全是盐碱和看不见的芒硝，一旦喝进嘴里，又苦又咸。但初来乍到的官兵们并不知道戈壁滩上的水还有这么大的学问，所以见水就喝。结果，喝的全是浑浊不清的浅层水——盐碱水！后来，知道了水有问题，部队就派出拉水车到二百四十里之外的酒泉去拉水！从部队驻地到酒泉，只有唯一一条路，拉水车天天跑来跑去，轮胎不知跑爆了多少，水却远远供应不上；随处可见的，多是歪在路边的拉水车。拉水车拉来的水，首先满足苏联专家，然后是客人饮用，再然后才是基地首长。等轮到官兵们张开嘴巴，水早就没有了，只有继续喝盐碱水。直至两年后，饮水问题才逐步得到改善。

十万官兵遇到的第三大难题，是粮食问题。大部队进去后，粮食供应一下不能到位，即使有的面粉和小米到位了，也全是陈货——存放期少则三年，多则五年，甚至十年！炊事班只能掺上一部分青稞面，再做成窝窝头，作为官兵们一日三餐的主食。而所谓的菜，不是土豆蘸盐水，便是盐水煮土豆。由于官兵们每天喝的都是盐碱滩流出的苦水，吃的是青稞面和成的窝窝头，不仅胀肚子，而且还老放屁！所以无论是开会、学习、施工、干活，还是走路、乘车、吃饭；不管是司令官，还是大专家，或者普通士兵，放屁声从早到晚，乒乒乓乓，响个不停。尤其是晚上，大伙睡在帐篷里，屁声彼此起伏，接连不断，高潮迭起，响彻荒原！难怪有人开玩笑说，戈壁滩十万大军，个个都是"炮兵司令"！于是寂寞的戈壁滩从20世纪50年代末起，在历史的滚滚风尘中又融入了一曲千古绝唱——放屁！而且在后来好长一段日子里，这放屁声豪迈雄壮，轰轰烈烈，意味深长，在千里大漠久久回荡不息！

由于吃、喝、住都是大问题，不少人面黄肌瘦，有气无力，部分人甚至出现严重虚脱。甭说干活，连走路都困难。针对这种情况，指挥部决定召开首次工程动员大会。动员大会史无前例：在一片空旷的盐碱地上，四周插上几十面红旗，便是会场；再摆上一张歪歪扭扭的桌子，便是主席台；台下，十万将士席地而坐，连一个垫屁股的砖头也没有。这样的会场，肯定不像今天刻意经营的会场那般光彩照人富丽堂皇；但它却博大透明通畅宽广，是地地道道干事的场所，而不是装模作样游戏权力的地方。会议开始时，台上有人举起胳膊摆了两下，全场立即鸦雀无声，工程指挥部总指挥陈士榘上将便从后台走到了前方。陈士榘出身于工兵世家，是赫赫有名的"老井冈"，却看不出一点大官的架势，更别说什么"派头"，随便往那儿一站，就像一棵挺拔的大树！陈士榘环视了一下风中飘动的红旗和坐在地上的队伍，刚准备讲话，风却一下子呼呼地刮了起来。他急忙伸手扶住随时可能被风刮倒的桌子，而后被迫把讲话改为喊话——他扯着嗓门，大声喊道："同志们！大——家——好！"

台下十万人马也跟着张开大嘴，扯着嗓门一起喊： "首——长——好！"

千军万马的喊声，顿时回荡戈壁。许是十万大军的喊声惹恼了千百年来一直肆意横行、独霸戈壁的风神，陈士榘话音刚落，风又刮了过来，且比刚才还大。但风中的陈士榘依然挺直身板，再次喊道："同志们，今天，我们国家最伟大的一项工程就要从我们手上开始了！我要告诉大家，这项工程，是毛主席、党中央，亲自批准的！"

台下的掌声，雷鸣般响起；会场四周的红旗，也在风中呼啦啦地飘展起来。于是掌声、风声和旗帜的飘动声，一下便将陈士榘的声音淹没了。陈士榘只得停下来，等上一会儿，再用双手扶着快要倒塌的桌子，继续喊："同志们，我已经代表大家向中央和军委立了军令状，我们一定要以最大的干劲，最快的速度，最好的质量，把导弹靶场建设好！"

台下又是掌声雷动。接着就是一句接一句的口号，惊天动地，撼人心魄！

会后，成千上万份决心书和挑战书纷纷送到了工程指挥部。十万大军热情似火，豪气冲天，河西走廊，车轮滚滚，人嘶马鸣，一片沸腾……中国第一个导弹综合试验靶场的历史，由此拉开了帷幕！

将军，就是在这个时候来到基地的。

九

将军到基地后，住进了一间芦苇房。

芦苇房其实就是芦苇棚，即用当地的芦苇秆在戈壁滩上搭起的一个小棚子。将军先在地上铺上点干草，再将背包往上一扔，便是床了。住这样的房子，肯定不如住平房、楼房舒服，但比起那些住地窖、住帐篷的官兵来，芦苇棚简直就是皇宫、就是天堂了！

将军没等行李收拾妥当，打个盘腿，坐在芦苇棚的干草上，便开始听指挥部几个头头聊情况。芦苇棚很小，也就是五六平方米的样子，几位将军级的人物坐在地上，本来就小的芦苇棚便显得更小了。彼此膝盖顶着膝盖，屁股贴着屁股，肩膀靠着肩膀，虽拥挤不堪，却亲亲热热，暖暖乎乎。

当晚迎接将军的是大风。戈壁滩似乎永远姓风。带着口哨的风从早到晚刮个不停，偶尔停了人们还不习惯，总觉得一下子少了点什么。芦苇棚四处漏风，将军听起来，这风像野狼、似疯狗的嗥叫，根本无法入睡。难怪当地的牧民说，戈壁滩一年只刮两次风，一次刮半年。

将军只好起来，打开随身携带的军用帆布口袋，从中取出一把石锁，而后站成马步，一次一次地抓举着石锁。这把石锁，是新中国成立后将军专门托人用山东上等青石打造而成。石锁宽约二十厘米，高约三十厘米，重约十五公斤。石锁是将军的宝贝，和妻子常年随身携带的洗脚的小木盆一样，走到哪，带到哪，从不离身。这是将军的一个秘密。这个秘密除了贴身警卫员，从来无人知晓。将军从小喜欢锻炼，年轻时最喜欢的锻炼方式，就是抓举石锁，常常一举便是一百次甚至更多。新中国成立后，不行军了，也不打仗了，每日清晨起来，抓举几十次石锁，活动活动筋骨，便成了将军的家常便饭，也成了将军的一个习惯；只要逮住机会，将军总会抓起石锁举上几下。用将军自己的说法，抓举石锁，好处多多，一可强壮体魄，二可鼓劲壮胆，三可排解压力，四可去忧泄愤。这次来戈壁滩之前，将军还抓举了一次石锁，一举就是一百次，自然是为自己鼓劲壮胆。但这个晚上将军抓举石锁，既不为鼓劲壮胆，也不为去忧泄愤，而是用来御寒！

将军不停地举着石锁，一次、两次、三次、四次……直到举起整整一百次，举得满头大汗气喘吁吁，这才一屁股坐在石锁上，一边听着帐篷外呼呼号叫的大风，一边默默想着一些事情。尽管将军到基地才一天，却非常清楚脚下这片土地将承载什么，更清楚他和他的将士们将在这里干什么。自踏上这片土地那一刻起，戈壁滩的风好像就一直在提醒着他一连串的问题：这支部队能坚持下去吗？新中国的导弹能从这儿升起吗？……但将军是真正的军人。什么叫军人？明知前面有地雷，也得用双脚去踩，用膝盖去跪；明知前面有子弹，也必须用胸口去堵，用脑袋去顶！这才是军人！

翌日早上醒来，将军的身上、床上和鞋子里，全是厚厚的一层沙子。将军理理头，头上是沙子；擦擦脸，脸上是沙子；抠抠鼻孔，鼻孔里是沙子；摸摸耳朵，耳朵里还是沙子；甚至脖颈、眼角和牙齿缝里，也都渗进了沙子。将军早就听说，戈壁滩除了放肆的狂风，还有可怕的沙子。这些沙子无孔不入，不仅喝口水会硌牙，就是上趟茅房也会沾上一屁股。只是将军没想到，戈壁滩没有水。所以他只能伸手在脸上胡乱抹了一把，算是洗了脸；然后随便啃了一个干馒头，拍拍身上的沙子，便走出了芦苇棚。

将军要到下面转一转。

这天陪同将军出门的，是特种工程指挥部的副司令员曾旭清。一上路，曾旭清便向将军介绍说："部队进驻戈壁后，特种工程指挥部采取的方针是'边设计，边测量，边移民，边备料，边施工'。另外，还坚持一个原则，就是突出重点，主急次缓；先工业项目，后生活项目。"

将军一路听着，一路看着。沿途曲折坎坷，到处都在筑路，到处都在建房，到处都在施工，到处都是杂乱无章，所以车走得很慢，走得很难。车子路经一条正在挖掘的公路时，曾旭清指着窗外说："现在，铁路、机场、电厂、技术阵地、发射阵地等特种工程项目，都已先后动工；公路、铁路、营房，正在抢建之中；部分水泥公路已经修好，正在养护；有的房子也在开始打地基。只是由于没房住，大多数官兵还只能睡在地窝子里。能住上帐篷的，只有少数。"

将军说："看来，创建发射场，不比当年打仗轻松啊！"

曾旭清说："是呀。不过，尽管困难很大，问题很多，但官兵们没有一句怨言。我想，只要我们拿出战争年代那种敢打敢拼的精神，就没有过不去的火焰山，没有建不起的发射场！"

吉普车很快来到一个正在施工的工地。将军下了车，放眼望去，工地上人山人海，有穿着背心的，有光着膀子的，有挥锹舞镐的，有背扛肩挑的，干劲冲天，气势如虹！曾旭清喊了一声："同志们，李司令员看你们来了！"战士们便呼啦啦地围了上来。将军见很多战士的脸上、手上都裂开了血口，面颊上还有红斑，心里很不是滋味，便问："这是怎么回事儿？"

曾旭清说："戈壁滩气候干燥，风沙很大。由于战士们都不是土生土长的戈壁人，一天到晚暴晒在太阳底下，所以脸上、手上，都裂了口子。"

战士们见将军除了年纪比他们大，别的地方看不出有啥两样，气氛很快轻松起来，也热闹起来。将军与他们聊天时，个个嘻嘻哈哈，有问必答。中午到了，将军决定就在工地吃饭。但没有食堂，没有饭桌，只能蹲在工地就餐。戈壁滩风沙很大，而且说来就来。炊事班刚把饭菜送到，一阵风沙从北到南忽地一下便刮了过来。将军忙招呼大家坐下，围成一个圆圈，用后背与屁股挡住风沙；他自己也坐在战士们的中间，然后从脸盆里摸起一个馒头，送到嘴里就啃。谁知馒头硬得像块石头，将军好不容易咬下一口，却咽不下去。一个小战士忙端起一碗水，递到将军的手上，说："首长，来，喝一口水，就好了。"

将军朝小战士笑笑，接过来就喝了一口。可还没等咽下去，脸就变了形，还差点儿吐出来。将军嘴里含着水，苦着脸含糊地问："这是什么水呀？"

"盐碱水。"小战士说。

"盐碱水？什么叫盐碱水？"将军不懂。

小战士指着身边的盐碱地，说："就是我们从这地上挖出来的水。首长，您刚来，不习惯，就别喝了吧。"

所有的战士都看着将军，将军也看着战士们。将军笑了笑，仰起脖子，一咕噜，嘴里的水便咽了下去。然后问："你们每天都喝这种水吗？"

战士们点点头。小战士说："这水苦是苦点，但有水喝，总比没水喝强啊。"

将军说："你们能吃到蔬菜吗？"

小战士说："我们到这儿后，就没见过一点绿东西。土豆、萝卜偶尔倒是能吃上一口，可就在清水里煮一下，连个油星星都见不着，一点味道都没有。这些东西在我们老家，猪都不会吃的。"说完小战士咽下一块干馒头，噎得脖子都红了。

午饭后，将军又向另一个工地走去。将军一边走，一边对曾旭清说："曾副司令，咱们得想办法解决水的问题。另外还得想法弄点儿青菜来，官兵们日夜流血流汗，连一点水都喝不上，一点青菜都吃不上，这怎么行啊！咱们无论如何得想想法子，一定要让战士们从地窖里搬出来，住上房子，吃上蔬菜，喝上热汤！"

曾旭清说："我们也一直在想办法，已经尽了最大的努力。但这鬼地方不管撒下什么籽儿，连个芽也不长，拿着钱都没地方买。"

将军说："这儿的鬼天气，也够呛吧。"

曾旭清说："对。尤其是风沙，非常大，从早到晚刮个不停。风沙一来，数百公斤的铁桶都能刮到几十公里之外；施工的战士就更站不住了，必须趴在地上抓住铁轨才不会被刮跑；甚至前不久的一天，有一列火车车厢都被掀出了铁轨！"

将军说："来之前，我想到过这儿一定很苦，但没想到会这么苦！不仅生活条件差，气候还这么恶劣，真让官兵们吃苦了，我这心里很不好受啊！"

曾旭清说："其实，这儿除了缺水、缺菜，还缺一样东西。"

将军问："缺什么东西？"

曾旭清一脸的凄苦与无奈，说："缺氧。氧气不够吸。这儿比内地海拔高出大约两千米，氧气稀薄。有的官兵初来乍到，很不适应，高原反应很厉害！从早到晚，不仅呼吸困难，头晕胸闷，还四肢乏力，老打瞌睡，还流鼻血！尤其一部分年轻战士，反应非常厉害，真是求生不能，求死不得。但现在缺医少药，解决不了，很伤脑筋啊！"

将军说："部队的情绪怎样？"

曾旭清说："很稳定。官兵们没有一个喊苦喊累的，更没有一个当逃兵的！他们累了，就坐在工地上休息一下，大口大口地吸气，等感觉好一点了，再接着干。可他们越是这样，我心里越难受，这些战士都还是孩子呀！有十几个反应很厉害的，我已经让他们撤出工地，集中在帐篷里慢慢适应。也许忍过这一阵，就好了。"曾旭清说得很动情，声音都变了。

将军说："走，我们去看看。"

两人很快来到一顶帐篷前，帐篷里静悄悄的，没有一点声音。将军有点疑惑，看了看曾旭清，曾旭清说："老李，放心吧，战士们不会起来列队欢迎你的。"

将军说："为什么？"

曾旭清说："他们气还喘不过来呢！"

二人走进帐篷，躺在铺上的一个年轻干部忙挣扎着坐了起来，叫了一声："曾副司令。"听得出，声音非常虚弱。

曾旭清说："张排长，好些了吗？李副司令来看望你们了。"

将军一看，小伙子一副憨厚老实的样子，却满脸灰紫色，身体非常虚弱。将军伸出手去，要与小伙子握手。可小伙子很不好意思地朝将军笑了笑，忙把双手慌慌张张地藏到了背后。

曾旭清忙解释说："张排长的手指甲全脱落了，很瘆人的，他怕吓着您。"

将军说："没事，来，让我看看。"说着，捧起张排长的手，一看，手心鼓胀着，十个指头都是青紫色，指尖光秃秃的，还渗着丝丝血痕。将军心疼地问："这样待在这儿，能好吗？"

张排长说："听医生说，等慢慢适应了这里的气候，瘀血下去了，过上一年半载，指甲就能重新长出来。"

"疼吗？"将军问。

张排长使劲摇着头，手本能地挣扎了一下，却没能抽回去。他怯怯地说："首长，放心吧，没事的，就是指甲长不出来了，也没关系。"

将军说："为什么？"

张排长说："我已经娶媳妇了呀。"

将军和战士们都笑了。

将军又来到另一个小战士跟前。小战士正躺在被窝里大口大口地喘着气，见将军走来，挣扎着想坐起来。曾旭清忙拦住他说："别动。小山子，好点儿了吗？李副司令看你来了。"

小山子看着将军，一副很感动的样子，却说不出话来，只咧嘴笑了笑。旁边一个战士替他回答说："今天上午他又输了一瓶葡萄糖水，脉搏上去了，早上还吃了一小块馒头呢。这几天已经好多了，就是中午反应厉害点儿。不过，已经两天没流鼻血了，医生说这是好兆头。"

将军蹲在小山子的身边，把小山子的手放回被窝，而后替他掖好被子，这才走出帐篷。一出帐篷，将军便问："为什么不把他们送回内地去呢？"

曾旭清长长地叹了一口气，说："我们也曾经动员过，想让他们走，可软的硬的都使了，却没一个愿走的，没一个哭鼻子抹眼泪的。他们说，没事，坚持一下就过去了，不就高出两千米嘛，不少兄弟连队还在四五千米高的地方干活呢！我们不把发射场建好，怎么对得起毛主席啊。”

将军望着茫茫戈壁滩，不再说话。这时，戈壁滩的太阳正在缓缓下沉，西边的半个天空已被太阳染成一片血红，千里戈壁仿佛一下变得更加辽阔博大起来。第一次如此近距离地面对茫茫沙海，第一次如此近距离地面对戈壁滩上的官兵，将军仿佛又回到了战争年代，回到了自己年轻的岁月。将军忽然感到，一个人的生命在这茫茫戈壁滩上真比一粒沙子还要渺小，还要微不足道；但个体生命一旦组成一个群体、一个方阵、一支强有力的战斗队伍，便有可能变得坚不可摧势不可当！想到这些，将军的眼前好像出现了一种幻觉，沙海似乎变成了大海，波涛滚滚，浪花飞扬。而他，就站在这“大海”上——这“大海”，就是他即将登陆的新战场！

一周后，将军搭乘飞机回到北京。一下飞机，将军就感到浑身不对劲。秘书说：“先回家休息一下，再去办公室吧。”将军拒绝了。将军让司机把车直接开到了炮兵大院孙继先司令员的办公室门口，接着就和孙继先谈基地的情况，谈自己的想法。可谈着谈着，眼皮就开始打架，身上也开始发软。孙继先见将军不对劲，说：“老李，咱们今天就谈到这儿吧，你先回家休息一下，明天再说。”但将军还是坚持把意见谈完后才离开。

将军一到家，妻子梁山开门一看，吓了一跳，问：“老李，你的脸怎么跟黄表纸似的？是不是病了？”

将军拍拍胸脯：“不会，我这‘国防身体’，几十年一贯制，没事。”

梁山还是不放心：“要不去医院看看？”

将军说：“不用，就是感到头有点涨，困得要死！没事，我睡上一觉就好了……”说着往床上一躺，像块豆腐似的，起不来了。梁山一看，慌了，忙把将军送进了医院。医生刚检查完，梁山就问：“医生，他得的是什么病呀？”

医生说：“醉氧。”

梁山说："醉氧？什么叫醉氧？"

医生说："醉氧就是氧中毒，像喝醉了酒一样。从高山地带下来的人，很容易出现这种情况。"

晚上，李福泽转入病房，梁山一直陪在身边，不敢离开半步。尽管医生、护士都说没事，可她心里还是放心不下。她是过来人，对病人的事是有经验的。一般说来，医生越说没事，往往越有事，有时候事还会很大。所以医生的话，她不信。

第二天一早，将军刚一睁眼，便嚷着要出院。可医生不同意，说他的血压还偏高，症状还没完全消失，需要卧床休息。将军不再吭气，等医生一走，就要上厕所。梁山不放心，要陪他去。将军说没事，马上就回来，然后自个儿出了病房。

出了病房的将军没去厕所，而是偷偷直奔楼下。将军是从战争年代摸爬滚打过来的人，对地形地貌有着天才的通透本领，他抄了一条近道，躲过医务人员的视线，很快就来到医院的后院。一辆军车正好路过门口，将军一挥手，车便停在了他的跟前。十分钟后，将军脱下病号服，换上绿军装，大摇大摆地走进了炮兵大院。

梁山一直老老实实地坐在床边等。半个小时过去了，才恍然大悟，老家伙肯定是溜号了！医生护士得知"情报"后，慌作一团，把医院的厕所找了个遍，也没找着人影。梁山向炮兵大院打电话，那边回答说，李副司令正在会上讲话呢。梁山只好办了出院手续，临走时医生叮嘱说："醉氧跟醉酒一样，对身体只有坏处没有好处；如果反复氧中毒，内脏组织就会受到损伤，请提醒首长一定注意！"

晚上，将军回来了，梁山埋怨道："你怎么偷着跑了？"

将军笑了，笑得有些得意："不是我跑了，是你们太笨，没把我看住了。亏你们还是当兵的，连个病号都看不住。"说完，哈哈大笑。

梁山却一脸严肃，说："我想问你件事。"

将军说："什么事？问。"

梁山说："你去的那个地方到底是什么地方啊？"

将军说："你问这个干啥？"

梁山说："干啥？医生说了，你的身体不适合在那种地方工作。时间长了，内脏组织会受到严重损伤，到时候肝肺都会出问题，你吃不消的。"

将军说："胡扯！军人是世界上适应能力最强的人。国家需要在哪儿，你就得在哪儿，而且还必须在那儿站稳了！"

梁山说："你的体质特殊，能不能找上面说说，换一个不缺氧的地方，反正在哪儿都是为党工作。"

"那怎么行啊！"将军说，"你知道那里的官兵们都成什么样子了吗？告诉你吧，一个个十七八岁的小伙子，脸紫得像茄子，手指甲也全掉光了！可他们没一个人说不干的，更没一个人说要当逃兵的！你呀，就放心吧，我是国防身体，现在工作的那个地方，再适合我不过了。"

梁山知道将军的脾气，什么事情只要定了，就是十头牛也拉不回来。她转身拿起一个脸盆，指着将军身上满是沙土的军装说："脱下来吧，我给洗洗。"

"不用了。"将军说，"洗了就干不了了。明天，我就要到一个新地方去报到。"

"新地方？什么地方？"梁山暗暗一惊。

将军抬起右手，在空中做了一个往下压的手势。梁山一看就明白了。无论是在战争年代还是和平年代，每次看见将军这个手势，她的脑子里立马便会蹦出两个字来：保密！特别是将军这次从广州到北京后，这个手势出现得就更多了，往下压的感觉也更重了。于是她心知肚明，不再打听，只默默地端来小木盆，还是那句话：来，烫烫脚，明早好上路。

将军像个听话的孩子，乖乖地把臭脚丫子伸进了小木盆。

十

20世纪50年代的中国，各行各业都学苏联。搞导弹，自然也不例外。

1958年1月，经中央军委批准，解放军炮兵教导大队在北京丰台的长辛店成立导弹培训班，由苏联专家授课，对中国各兵种部队和高等院校的优秀人才实施专门培训。长辛店在 20 世纪 20 年代便是京汉铁路的重镇，它既是中国工人运动的起点，也是中国导弹、火箭事业的摇篮。中国的第一批导弹、火箭发射研制队伍，都是从这里起步的，且其中不少人物，日后皆成为中国导弹、火箭部队的领军人物。

将军便是其中一个。

将军被正式任命为二十训练基地即酒泉发射基地第一副司令员后，根据党委分工，主要负责技术训练、接收装备、接待苏联专家三项工作。这三项工作是基地的核心。尽管将军是军中少有的大学生，但面对导弹这个"巨人"，他还是深感自己的脑袋像一张纯净的白纸，急需填充内容。而恰在这时，即 1958 年 10 月下旬，将军接到了去长辛店学习发射导弹的秘密通知。于是将军脱掉将军服，穿上列兵装，带着戈壁滩的风尘，以下连当兵的形式来到了长辛店，开始了向苏联专家学习的历史。

从到长辛店第一天起，将军便以普通士兵的要求严格管束自己。站岗放哨，外出请假，进门喊报告等这些小兵该做的一切，他都认真去做，而且做得很好。但俄语这道难关，却像戈壁滩上的一座大山，一开始便横在他的面前。当时由于时间紧迫，绝大部分导弹资料都还来不及翻译成中文；而授课的专家又是苏联人，交谈的对象是苏联人，教材的编写者也是苏联人。所以中国的"小弟弟"们上课要听俄语，说话要讲俄语，查资料也要看俄语。将军虽说是个大学生，但他和中国绝大多数从战争中过来的"大老粗"将军一样，对俄语一窍不通；要想从苏联专家那儿学点东西，只能靠翻译。

当时，遵照中央军委的指示，有关部门火速从全国高校选拔了几个学翻译的大学生，紧急调往长辛店。可这些刚刚走出校门的年轻人突然要担当起翻译的重任，并非易事。尽管他们被冠以"翻译"的头衔，肚子里那点儿俄语知识却少得可怜，尤其是很多有关导弹的专业术语，既生涩，又复杂，相当难懂。据说，在中国当时的词典里，还找不着"导弹"这个字眼！而真正见过导弹这玩意儿的中国人，五亿人中只有一个——刚从美国归来的科学家钱学森！于是这些年轻翻译在报到的当晚，便开始投入工作，一本《中俄大词典》在他们的手上二十四小时不停地翻来翻去，不久就被翻烂了。此外，苏联专家多，中国翻译少，平均五个苏联专家才能摊上一个中国翻译。翻译们既要记录，又要口译，有时还得跟着苏联专家外出。因此一天工作下来，短的十五六个小时，长的二十来个小时，连喝口水、喘口气的时间都没有。等晚上回到宿舍，已是夜半，本想休息一下，一大堆资料又躺在那儿等着翻译，只好用凉水洗把脸，接着继续翻译。由于翻译们说话多，喝水少；加之休息不好，先是不停地咳嗽，后来持续地发烧，一个月不到，三个翻译全得了肺结核！

而翻译们最难的，是在课堂上为苏联专家当翻译。中国人本来对导弹这玩意儿就很陌生，平常自个儿翻译起来都非常困难，在课堂上当众翻译就更是难上加难了！因为课堂上翻译不是笔译是口译，而且是当众口头直译！即是说，每次上课时，苏联专家讲一段，翻译就当场翻译一段；翻译直接面对的，不光只是近在咫尺的苏联大专家，还有几十个赫赫有名的中国将军。但苏联专家对翻译的要求相当严厉，不管你这个翻译姓甚名谁，只要在一节课上出现三次卡壳——翻译不出来，立即重新换人，赶你下台！每当这个时候，被赶下台的翻译总是低着脑袋、满脸通红地坐到教室最后面的角落，恨不得找个洞钻进去！

将军第一次听苏联专家讲课，便遇上苏联专家赶走翻译的事。

这天担任翻译的小伙子叫李在武。李在武是 1957 年 12 月 28 日从大连解放军俄专学校秘密调到北京的；当时和他一起调到北京的，还有两个教员。来北京的路上，两个教员坐在卧铺车上，李在武却不敢坐。后来教员让他坐下，他才坐下。可教员刚一跟他说话，他立即就站起来敬礼、打报告。到北京后，李在武跟苏联专家一起在左家庄办公，办公地对外叫“中国供销合作总社”。直到这时，李在武才知道，国家要搞导弹了，他是调来给苏联专家当翻译的。当时，苏联专家到中国军事部门工作的人数已达一千五百多人；同时还带来了“地—地”“空—空”“地—空”导弹的资料、图纸以及一个导弹营。后来苏联专家在长辛店为中国导弹办培训班，李在武也就跟着到了长辛店。

这天上课的苏联专家叫巴达宁，是一名大尉军官。巴达宁大尉是苏联火箭学院毕业的大学生，专攻遥测系统，知识渊博，教学非常严厉。巴达宁大尉这天讲课时，李在武站在讲台边上，一直紧张地盯着巴达宁大尉的嘴；巴达宁大尉刚讲完一段，他就马上翻译一段。但巴达宁大尉还没讲上几段，李在武就卡壳了——翻译不下去了。

李在武说："巴达宁大尉，请您再讲一遍。"

巴达宁大尉又讲了一遍。

李在武没有听懂，说："对不起，巴达宁大尉，请您再讲一遍。"

巴达宁大尉又讲了一遍。

李在武此时已满脸通红，可还是没有完全听懂，只好央求说："巴达宁大尉，实在抱歉，请您再讲一遍，好吗?"

巴达宁大尉生气了，长满汗毛的手臂用力一挥，说："你给我下去!"

结果，满脸通红的李在武被当众赶下了讲台。下台后的李在武脸更红，觉得自己在苏联人面前出了丑，给中国人丢了脸，因而自尊心受到很大打击，连晚饭也没吃，把自己关在屋里偷偷抹泪。

亲眼看见了这一幕的将军的自尊心同样受到很大打击。将军想起那些正在戈壁滩上顶着风沙抢建发射场的官兵们，心里比李在武还难受。当晚，将军来到李在武房间，先是安慰了小伙子一番，然后鼓励几个翻译说："没关系，吃一堑长一智。下次专家讲课时，你们的脑子要跟着转，听一句消化一句，然后变成自己的东西，再用自己的话翻译出来。两个国家语言不同，肯定有很多障碍，不要逐字逐句地去翻译苏联专家的话，那样会很生硬，很别扭，还容易捡了芝麻，丢了西瓜。要抓住最主要的、关键的来翻译，化繁为简，让深奥的东西听起来通俗易懂，这样才便于大家记牢!"

此后，李在武和将军成了很好的朋友，常常得到将军的鼓励；而将军也从李在武那儿获得不少帮助，逐步闯过俄语这一关，学习渐入佳境。将军的学习方法是，这个班的课刚听完，接着又跑到另一个班去听课；课余时间别的学员都三五成群地在营区散步、打球，他却躲在教室埋头学俄语，啃导弹；课堂上听不懂的或者半懂不懂的，下课后他就跑到李在武的宿舍，一坐下就脱掉老头鞋，一边抠脚丫一边提问题，而且打破砂锅问到底！

然而，跟苏联专家学导弹，将军并非一帆风顺。当时，保密问题非常严格，凡涉及导弹领域，不管是谁，不能泄露任何信息，哪怕一个代码一个数字！即便是翻译人员，每天下班后，笔记本也必须交保密室，由保密室编号，统一保管；一旦泄密，轻者记过处分，重者还会杀头！翻译李在武就丢过一个笔记本——幸好中午丢了，下午就找到了。可即便这样，也被党组织记了一个大过！

有一次，苏联专家在课堂上画了一个图。下课后，将军第一个就冲到黑板前，准备把那个图形画下来。苏联专家却一下拦住他，然后拿起刷子，噌、噌、噌，几下就把黑板上的图擦掉了！

将军气呼呼地问："我要画这个图，你为什么要擦掉？"

苏联专家说："这是我们上级的规定。"

将军很生气，转念一想，还是忍了，拿起桌上的笔记本，转身就走。可苏联专家又将他拦住了，说："按保密条例规定，笔记本要交保密室，不能带出课堂！"

将军这下急了："我没听懂，回去还得熬夜复习呀！你不让我带走笔记本，我回去怎么复习？我回去不复习，下次还是听不懂，怎么办？"

苏联专家说："我不管你那么多，你必须把笔记本交上去，下次听课时，你再取出来！"

没办法，将军只好把笔记本生气地往桌上一扔，然后向教室门口走去。而就在将军快要走出教室的一瞬间，一不小心，没管住自己的臭嘴，顺口便骂了一句："我操！"

结果，这一"操"，"操"坏了。苏联专家当天便告到了陈赓大将那里，说中方有个学员很不礼貌，骂了苏联教员；如果这个学员不向他们赔礼道歉，就不准再进教室。

陈赓大将当即赶到长辛店，找将军谈话。陈赓说："李福泽同志啊，这是学校，不是战场，你怎么能随便乱'操'呢？要知道，这些'老大哥'都是来帮助我们搞导弹的，不像披着狼皮的美帝国主义！他们是师傅，我们是徒弟；他们是先生，我们是学生；他们是'老大哥'，我们是小弟弟；

他们是爷爷，我们是孙子！所以我们要忍、要忍、一定要忍！什么叫忍？我的同志哥，心字头上一把刀啊——哪怕刀搁在了心上，也要忍呀！我们要搞自己的导弹，又不懂，只有向他们学，如果不忍，你说咋办？”

第二天，一上课，将军便主动走到讲台前，向苏联专家赔礼道歉，态度非常诚恳。然后还当众宣布：“从今以后，我再也不用笔记本了！”

果然，此后每次听课，将军再也不带笔记本，而是用自己偷偷练出的绝活：不记在本上，记在脑子里！为了练出这手绝活，将军早上站在操场上死记硬背；白天坐在课堂上死记硬背；晚上躺在床上还在死记硬背！最后，凭着他天才的记忆力和超人的刻苦精神，把这过目不忘的绝活练到了炉火纯青的地步！难怪在后来的日子里，将军无论是开会、讲话，还是作报告、听汇报，从来不用本记；大会小会，也不用秘书写稿，有时秘书写了，他也不要；传达中央文件，也不照本宣科。什么东西只要看过一遍，便过目不忘，像被刻在了脑子里一样。即便外出办事，了解情况，无论大事小事，不管简单复杂，同样不用本记，至多顺手掏出一个皱皱巴巴的香烟盒，随便划拉几下了事。

培训班结束那天，孙继先司令员亲自来到长辛店。在结业典礼上，孙继先看着瘦了不少的将军，开玩笑说：“老李，你装了一肚子的导弹学问，我怎么也没见你胖起来呀？”

将军说：“嗨！都是让那些导弹公式给闹的。”

孙继先说：“你觉得够用了吗？”

将军说：“差远了，最多刚入门吧。”

孙继先说：“要不，再去回回炉？”

将军说：“饶了我吧，我做梦都在戈壁滩呢！戈壁滩的风沙，好像每天都在我的耳边刮来刮去。说句不怕你笑话的话，这儿的饭菜缺了沙子，我嚼着都没味儿！”

孙继先说：“那好呀，等百年之后，我们就留在戈壁滩，天天喝大风，顿顿嚼沙子！”

说罢，两人哈哈大笑。

第三章
不归路

火车终于驶进甘肃境内的清水站。清水是酒泉附近的一个小地方，当年外界几乎无人知晓；而由清水站再往里去的酒泉发射场，更是神秘莫测绝对保密。所以火车进站后，像一头劳累了一生的老牛，趴在那儿，再也不动弹了。但从清水站到发射场还有几百公里，进去的人必须改乘内部火车，通过一条秘密的专线铁路方能到达。

十一

1958年冬的一个夜晚，将军带领中方第一批技术人员，第二次前往西北大漠。

这个夜晚的北京，空中飘着雪花，街上除了偶尔有汽车路过，几乎见不到什么人影。老式火车乘着夜色，吭哧吭哧，像个得了哮喘病的老人，在夜色中驶出了北京车站。

火车向西默默前行。夜已深了，将军却没有一点儿睡意。一支烟抽完了，点上一支，再点上一支。将军想起1938年，也是这样一个夜晚，时任"老一团"团长的他根据山东省委创建鲁中根据地的指示，率部转战鲁中，支援兄弟部队。队伍正要跨过铁道时，一辆火车突然轰隆隆地开了过来。由于是第一次过铁路，也是第一次见到火车，战士们顿时吓得魂飞魄散乱作一团。他急忙举起驳壳枪，冲着队伍直喊：不要乱跑！不要乱跑！但混乱的队伍仍然一个劲地往还没有收割的豆子地里钻。最后，他好不容易把队伍重新集合起来，经过一番耐心讲解，才带过了铁道。没想到二十年后的今天，同样是这支队伍——见到火车都会吓得像兔子样拼命逃窜的队伍，他却要把他们带到荒无人烟的戈壁滩，创建中国的第一个发射场，发射中国自己的导弹！

秘书王玉群一觉醒来，见将军两眼通红，还在抽烟，便提醒说："司令员，您已经好几夜没有合眼了，睡一会儿吧，到了基地，还有一大堆事等着您呢！"将军说："没事，你自个儿睡吧。"说着，站起来伸了个懒腰，向车厢的东头走去。

车厢里，灯光一闪一闪，忽明忽暗，经过大半天的颠簸，官兵们早已酣然入睡，此刻正鼾声如雷。将军逐一检查每个铺位，发现有的被子蹬掉了，有的半个身子露在外面，还有的嘴角流着口水。将军替他们轻轻盖好被子，然后默默地望着一张张熟睡的脸，就像默默面对自己的孩子。

第二天，列车继续西行。但越往西行，西北的荒凉越令人眼睛发涩。车窗外，地广物稀，人烟渺渺，除了光秃秃的山，还是光秃秃的山。山峰线条硬朗，像刀刻一般坚韧。尤其看到一些寸草不生的光景，仿佛闯进了另一个星球。一个晚上晃当过去了，目标却依然遥遥无望，车上的人便感到有点儿无聊。将军看在眼里，便招呼大伙过来下棋。一群人马上围过来，与将军轮番对弈；其他人则拥在一旁观战。将军棋艺算不上很高，却不悔棋，一旦输了，该怎么处罚就怎么处罚，一点也不耍赖。每当将军受罚时，旁观者们便兴高采烈，手舞足蹈。不一会儿，过道里便被挤得满满当当，一节车厢像煮水饺样热腾起来。

火车终于驶进甘肃境内的清水站。清水是酒泉附近的一个小地方，当年外界几乎无人知晓；而由清水站再往里去的酒泉发射场，更是神秘莫测绝对保密。所以火车进站后，像一头劳累了一生的老牛，趴在那儿，再也不动弹了。但从清水站到发射场还有几百公里，进去的人必须改乘内部火车，通过一条秘密的专线铁路方能到达。专线铁路同样保密，年初刚刚通车。它全长二百四十公里，途经车站九个，给水站四个，会让站四个，涵洞六十九个，大中小桥梁七座，耗资五千九百六十万元。

此刻已是凌晨时分，去基地的专列还没过来，看样子还得等上一阵子。但夜晚的戈壁滩寒气逼人，火车停下后像个大冰箱，凡是睡觉的人都被冻醒了，只得爬起来在车厢里走来走去。而车窗外，风呜呜地刮着，像有上万只野狼在发出凄厉的嗥叫；还有细细碎碎的声音不断传来，打得车窗啪啪直响。王玉群看了一眼黑乎乎的窗外，说：“司令员，下雨了！”

将军笑了，说：“别做梦了，戈壁滩上几年难得下场雨，有个阴天都稀罕，哪有现在下雨的。走，下去看看。”说着，将军手一挥，领着王玉群等人下了车，向夜幕深处走去。

戈壁滩的夜晚干净得一尘不染，满天的星星好像一伸手便能捉到。没走多远，将军发现，前面孤零零地趴着两顶帐篷，被西北风像鞭子一样不停地抽打着，时而东倒时而西歪，发出阵阵声响。

王玉群问：“司令员，这帐篷里有我们的人吗？”

将军说：“当然有了。这两顶帐篷就是基地设在清水站的招待所，是基地的中转站，也是基地官兵们来来往往的必经之地。由于基地还来不及建房子，只能先用两顶帐篷凑合，以便给进出往来的官兵们提供一碗解渴的水，一个睡觉的窝。别看这两顶帐篷很不起眼，却非常重要啊！等有条件了，我看应该在这儿盖栋楼房，建一所正儿八经的招待所，不能用两顶帐篷就打发了！”

王玉群说：“司令员，要不您先进去避避风吧。”

“不要打搅他们了，这些战士非常辛苦，让他们好好睡个觉吧。”望着风中的帐篷，将军说。

将军刚一说完，一阵大风裹挟着狂沙便呼呼地刮了过来，他们急忙爬进了车厢。

十二

将军带着人马到达基地后，住房成了一大难题。

本着“先工作、后生活”的原则，基地只在发射场区盖了十五幢简易楼房，专供苏联专家、基地领导和贵宾住宿。基地后勤部门安排将军住简易楼，将军谢绝了，说，东北的雪窝子我都睡过，还有什么地方不能睡的。楼房还是留给尊贵的客人苏联专家和咱们的技术人员吧。于是将军把简易楼让给技术人员，自己带着秘书王玉群住进他的“老家”——四处透风的芦苇棚，帆布行军床一撑，棉大衣一裹，倒下就睡。

第二天，将军对王玉群说：“小王，找个车，出去转转。”

王玉群转了一圈，回来说：“司令员，车都出去了，只有一辆破车在家。要不改日再去吧，您刚到，先休息休息吧。”

将军说：“屎，管他什么车，能跑就行。”

不一会儿，一辆从朝鲜战场缴获的破破烂烂的美式吉普开来了。将军一拉车门，跳上车，王玉群也跟着钻了进去。汽车向右拐了个弯，驶上一条刚刚修建起来的路。将军和王玉群跑过这样的路，有经验，赶紧掏出手绢咬在嘴里。司机是个“老油条”，跟着二十兵团在朝鲜战场跑了好几年，从后视镜里看到将军咬手绢，就笑了，说：“司令员，您很有经验嘛！”

将军说：“命可以留在这里，牙可不能随便丢，我还得靠它喝风吃饭呢！”

戈壁滩的冬天来得格外早，刚刚进入 11 月，空气中便飘荡着逼人的寒气。由于汽车破烂，四面透风，将军浑身上下很快就被冻得冰凉，眼泪鼻涕也一把一把地往下流，好像血管里的血都快要结成冰了。王玉群不安地看着将军，将军却像一名老猎手，这儿看看，那儿瞧瞧，一副兴致勃勃、随时准备捕捉猎物的样子。

“司令员，去哪里呀？”说话间车已跑出十几里地，司机突然问了一句。

将军这才想起匆忙中忘记交代了。但到底去哪里，他也说不上来。望着灰色的天，他打了个寒战，下意识地拉了拉棉衣的领子，突然闪出一个念头：在这广袤的荒漠搞导弹，电是必不可少的。电厂已在 9 月开始供电，目前状况如何？何不先到那里看看。于是他说：“那就先去电厂看看吧。”

汽车驶出公路，很快冲进沙包密布的戈壁。车身忽上忽下，忽左忽右，车上的人晃来晃去，荡秋千似的。王玉群问："司令员，行吗？"

将军笑了，说："这点颠算什么哟，告诉你吧年轻人，1948年那次才叫颠呢！"

王玉群最爱听故事，忙说："司令员，给我讲讲，那次是怎么回事？"

将军说："那次也是12月天，一道命令让我们去东北，我们出发时坐的是小木船，从龙口上路，一只船上坐了一个连，挤得满满当当的。出发前，每人发了一个梨、一个烧饼，还发了一个小罐。"

"发小罐干吗使呀？"王玉群问。

将军说："不懂了吧。这小罐呀，是预备呕吐时用的。果然，没走一小会儿，大家就吐得一塌糊涂。开始吐饭，后来吐清水，再后来就吐黄水啦。走了一天一夜，一路上那个颠呀，现在想起来还难受！"

汽车很快来到电厂。这时，天空忽然风云突变，大片大片的黄沙，气势汹汹，铺天盖地，呼啸着从天边滚滚而来，顿时天昏地暗，四周漆黑，什么也看不见。车只好停下。可车停下了，仍被风沙吹得摇摇晃晃，哗啦直响，像随时要被狂风带走似的。

"这是怎么回事？"王玉群从来没见过这种场面，吃惊地问。

"这叫戈壁飓风，一会儿就会过去的。"司机老练地说。

将军只听说过飓风，却从未见过。此刻，风沙大得让人睁不开眼，也张不开嘴，三个人虽然挨得很近，却谁也看不清谁。过了好一阵，风沙才过去。天，跟着就亮了。三人抖抖身上的土，你看看我，我看看你，而后捧腹大笑。原来，三人经风沙袭击后，浑身上下，沾满黄沙，活像个兵马俑！要不是听声音，谁也辨认不出谁来。

这时，不远处有十几个战士在戈壁上狂跑，像是在追赶着什么，有几个战士还光着膀子，穿着大裤衩；而被追赶的东西则被风刮起，在地上不停地打着滚儿，像一只受伤的老鹰。王玉群很奇怪，问："司机同志，他们在追什么啊？"

司机说："他们在追帐篷呢，他们的帐篷被风刮跑啦！这种事我们经常遇到，刚来时几乎每天晚上都要与风搏斗。风一来，我们就四个人一拨，死死拽着帐篷不放。但即使这样还是斗不过风，最后干脆就不斗了，晚上睡觉时穿上棉衣、棉裤、皮衣、皮帽、大头鞋，任风刮去，只要不把人刮上天就行。等早上起床一看，我们半截身子埋在沙里，个个像是土地爷。大伙就乐了，说这是‘沙后春笋’，还念顺口溜呢！”

“什么顺口溜？念来听听。”将军说。

司机就大声念了起来：

地做床，
天做被，
星星当灯点，
风儿做和声。

刚念完，一顶帐篷忽然就被刮到汽车面前。将军跳下车，刚抓住帐篷，十几个拼命追赶帐篷的战士便赶到了。将军把帐篷交给为首的一个，问：“小同志，叫什么名字？”

“张秉衡。”

“这名字好啊！小张同志，什么时候进来的？”将军问。

小张不好意思地一笑：“刚刚进来不久。”

“原来是哪个部队的？”

“二十兵团的，一当兵就在朝鲜。”

将军“哦”了一声，又问：“小张同志，你们电厂有多少人？”

小张的眼里突然充满警惕。眼前这老头裹着一件半新的棉大衣，看上去像个伙夫。尽管小张也知道，这方圆数百里，别说坏人，就是一只苍蝇也休想溜进来！但严格的保密训练，让他还是不敢忘了自己的职责与身份。于是他摇摇头，说：“不能讲！”

将军笑了，说：“小张同志，你的保密观念还挺强嘛，好，不讲就不讲。”

小张一扭头，却看见了司机。司机小张认识，虽叫不上名字，却知道也是二十兵团的。在朝鲜的时候，小张经常见这个司机开着一辆美国中卡呼呼乱窜。小张便想，这老头肯定是个领导，但肯定不是个大官——一看那辆破车就知道。知道了是自己人，活泼可爱的小张，话一下就多了起来。小张说："电厂有三百多人，都是二十兵团的。我们先去天津学习发电，一个月后又到北京进行保密教育，然后就到这儿来了。"

"你们也是坐火车来的吗?"同是二十兵团的王玉群来了兴趣。

"是呀，坐火车先到酒泉，然后改乘汽车，没想到汽车中途抛了锚。那天天已经黑透了，前不着村后不着店的，没办法，大家只好先凑合着等天亮了再说，男的睡在车下，女的睡在车上。第二天，车修好了，却迷了路，转悠到晚上 12 点才到驻地。吃过饭，再收拾一番，支起帐篷已经 1 点多了。可刚睡着，大风又来了，一下把帐篷吹走了。我们赶紧爬起来重新搭帐篷，借着月光一看，大家都傻了，四周全是坟堆！我的妈呀，原来我们把帐篷支在坟地里了！我们吓得再也睡不着了，等天亮一看，才发现那不是坟堆，是沙包！"小张说着，自己先忍不住笑了，脸上还露出两个可爱的小酒窝。

将军也跟着笑了，趁机问道："小张同志，你们电厂情况怎么样?"

"复杂着呢，小小一个电厂，就有三个单位，建设单位是七一六九部队，安装单位是三十三工程处，我们〇〇二九部队是接收单位。"

将军说："三个单位在一起，好处吗?"

小张咧嘴一笑，说："您听听这个顺口溜就知道了——"

早晨哨响就起床，
不洗脸来不叠床，
不出早操进厂房，
不刷牙齿到食堂。
厂房是课堂，
食堂是战场。

将军说："食堂怎么成了战场?"

小张说："我们三个单位只有一个食堂，三个人合用一个碗一双筷子。第一批吃饭的是七一六九部队，吃完了赶快洗好放到桌子上，跑步出食堂；第二批是三十三工程处，等他们吃完了才是我们。我们是最大的一个点号，有好几千人呢，可我们的生活标准最差!”

将军说：“怎么个差法?”

小张说：“一天三顿都是土豆：早上是凉拌土豆，中午是蒸土豆，晚上是炒土豆，汤也是用刷锅水烧的土豆汤！您再听听我们用顺口溜编的歌就明白了。”说罢，小张竟轻轻哼唱起来：

钟声响，
进食堂，
端起碗，
无主粮，
只有土豆填肚囊，
嗨，只有那个土豆填肚囊！

将军把目光转向天空，许久不说话。小张见老头不吭气了，以为自己说错了什么，小声问道：“这歌不好，是吗?”

将军摇摇头：“不，很好，真的很好。小张同志，谢谢你给我讲了这么多。你能不能带我们去看看电厂?”

“可以。”小张痛快地答应了。

王玉群小声说：“司令员，要不要把领导找来?”

“不用，咱们看看就走，不必惊动他们。”将军说。

小张听到“司令”两个字，慌忙放慢脚步，疑惑地看了老头一眼，可还是没看出个“司令”的模样来。

来到电厂，将军一看，一栋楼房已经站起来了。这是戈壁滩上最早的一栋楼房。将军越过楼房，直接来到一片帐篷和新盖的芦苇棚前。前方不远处，上千名官兵穿着背心，光着膀子，正热火朝天地挥镐舞锹；欢快的说笑声，打闹声，隆隆地回荡在天地之间，好一个别开生面、撼天动地的劳动场面！此刻已是黄昏时分，一轮火焰般的落日印在辽阔的地平线上，正以缓慢而优雅的姿态向西缓缓沉去；一抹余晖斜射过来，洒在无边无际的戈壁上，照在上千个官兵汗淋淋的脊背上。将军默默地看着，想着，不说一句话，只有带口哨的风肆无忌惮地喧闹着来了，又忽地从身边去了。

离开电厂，将军又赶到通信团、发射团、气象站看望了官兵。在回来的路上，将军反复考虑的一个问题是：在如此恶劣的环境下，这十万大军能不能生存下去？如何生存下去？

十三

随着冬季的即将来临，戈壁滩的天越来越冷，大多数官兵居住的单帐篷既不挡风，也不避寒，风一吹，便呼啦啦地响。在基地党委会上，将军提出一个方案："边挖地窝子，边建房子，干部、战士和职工，一律参加。在寒冬降临之前，一定要让官兵们都有一个睡觉的窝！"

之后，将军亲自带着官兵挖地窝子。挖地窝子的程序是：先挖一个坑，然后往上面放上点木料，铺上些红柳条和梭梭草，再压上一层泥巴，一个地窝子就算告成。这样的地窝子能睡四五个人，风刮不着，雨淋不上，能睡上地窝子的兵，被戏称为"幸福兵"。与此同时，也盖简易房。盖房时，将军规定，每人每天必须打五十个坯！打坯也是个体力活，官兵们先拉来土，掺上沙子和野草，拌匀后再动手打。坯打好后，把竹耙子铺在上面，最后再用土和沙封顶。

但戈壁滩的冬天来得早，不等真正的冬天降临，一夜间气温下降，突然便冷了起来。由于天气太冷，有些工程不得不停下来；有的施工即便还在坚持，也只能一点一点地啃，进度极其缓慢。将军是个急性子，很是窝火，一着急，便睡不着觉吃不下饭。这天天不亮，将军就叫醒秘书王玉群，说："走，到工地溜达溜达去。"

王玉群揉着眼，问："干什么呀？"

将军说："喝点儿西北风，败败火！"

王玉群跟着将军来到工地，只片刻工夫，便冻得直流鼻涕，呼出的热气全在眉毛上挂了霜；而将军却若无其事，在工地上窜来窜去。一群战士正在打坯，累得直喘粗气。将军走过去，大声招呼说："大家辛苦了!"然后伸出手去要和战士们握手。战士们刚一伸手，发现自己的手沾满了泥巴，又急忙缩了回去。将军一把抓过战士的手，握在手里，说："泥巴怕什么？我也是个泥腿子出身嘛!"说着，袖子一挽，和战士们一起打起坯来。将军的坯打得又快又好，一边打，还一边给战士讲解："这打坯呀，就像做面活，一定要把泥和好了，要和得有韧性，草和沙子放进去后多拌一会儿，打出来的坯才好。"后来累了，将军便坐在一堆钢管上，脱掉老头鞋，一边抠着脚丫，一边招呼大家坐在身边，问："你们清楚不清楚为啥要到这个鬼地方来?"

大伙说："不清楚!"

将军说："告诉你们吧，帝国主义反动派老是欺负咱们，仗着几个破导弹在那儿叽里呱啦搞恐吓。可今天的中国已经不是当年被八国联军随便侵略的清王朝了，咱们是堂堂的中华人民共和国！咱们到这儿来，是党中央、毛主席的命令！党中央、毛主席命令咱们来干什么？来搞咱们中国自己的导弹!"

听到这儿，战士们高兴地鼓起掌来。

将军继续说道："正是为了搞出咱们中国的导弹，咱们才来这里吃苦！我知道你们很苦，可苦一点、累一点，怕啥？大家想想看，要是咱们今天不住地窝子，不住芦苇棚，不喝盐碱水，不啃冷馒头，将来哪儿来的高楼大厦，哪儿来的电灯电话？哪儿来的大米白面？咱们这是在为后人挖地基、修城墙啊!"

将军说着，站起来拍拍屁股上的土，一挥手，又向下一个工地走去。

下一个工地相距不过三百米。这个工地的任务是修建幼儿园和招待所。为了建幼儿园和招待所，将军此前费力不小。由于严格的保密制度，基地官兵一律不允许带家属，所以无论是已婚还是未婚，全是清一色的"光棍"。将军认为这不是长久之计，家属、孩子总有一天会来；家属、孩子一来，幼儿园就必不可少！还有招待所，是给苏联"老大哥"住的，也该建得像模像样！所以将军和孙继先、栗在山商量后，又专门去找了陈士榘上将。大家一致同意，这才将幼儿园和招待所列入基地首批建设项目之中。工程启动后，将军每天早上起床的第一件事，就是先去建筑工地转一圈；每晚回家之前的最后一件事，也是到建筑工地看一看。可今天，将军到工地一看，很不满意，扯着嗓门问道："这里谁负责啊?"

一个干部模样的人懒洋洋地从工地那边走了过来。

"跑起来!"将军一声大喊，那干部抬头一看，是司令员，立即跑到跟前，立正，报告："报告首长，我是张连长，工兵团正在施工，请指示。"

"这房子是谁让你们这么建的?"将军说。

张连长说："图纸上就是这样规定的，没错呀!"然后取过图纸，小心翼翼地递了过去。

将军接过图纸，展开，仔细看了看，说："戈壁滩这鬼地方什么都缺，就是不缺地，建这么窄干啥?"

张连长小声嘟囔说："又不是修天安门，要那么宽干啥?"

将军说："咱们是创业者，不是临时工。咱们是在给自己和苏联'老大哥'建造一个舒适的家，给导弹部队的后代铺一个宽敞的窝。听我的，在这个基础上再加宽一倍，谁有不同意见让他找我去。"

"是!"张连长啪的一个敬礼，拿着图纸转身就走。刚走了几步，他又被将军叫住了："回来回来，你可记住了，幼儿园的地板不能用水泥，小孩喜欢坐在地上，容易受凉；小孩爱摔跤，容易受伤。也别铺木地板，木地板一是滑，二是容易裂缝，不适合孩子们活动。要用泡沫水泥土，拌进锯末，再浇铸成地板，这样才软硬适度。"

后来，基地副司令张贻祥见人就说，别看李福泽平时粗粗拉拉，建幼儿园这事却蛮细心的。他这个爹比我这个爹当得好啊！将军听了后，却嘴一撇，说，拉倒吧，那老头儿的心比我细多了。一粒芝麻掉进缝里，都要抠出来瞧半天!

当晚，天气骤然变冷。将军无法入睡，披衣起床，对王玉群说："走，到工地查查铺去!"

迎着风，将军来到黑压压的帐篷前，走近一顶帐篷，撩起一看，大吃一惊：几十个铺位上，居然没有一个兵?！将军正纳闷之际，忽听不远处传来脚步声。他过去一看，寒风中，几十个兵在王排长的带领下，正围着帐篷跑步呢！

“怎么不睡觉?”将军问。

王排长扭头一看，是司令员，立马下达了“立定”的口令，几十个兵一下子便齐刷刷地收住了脚步。王排长报告说：“报告李司令，我们，我们睡不着。”

将军说：“为什么?”

王排长说：“帐篷里太冷了！有几个战士就是因为睡着了，感冒了。我们出来跑跑步，可以增加一点热量，这样就能保证不感冒。只要不感冒，就能保证明天参加施工大会战了！”

望着眼前年轻的战士，再看看风中摇晃的帐篷，将军走过去，把自己的大衣披在一个小战士身上，然后把小战士紧紧搂在身边。战士们看着将军，眼里溢满泪水。夜半的戈壁滩静寂无声，只有风在呜咽。将军随后走进帐篷，坐在地铺上，伸手捏了捏被子，问：“盖这被子，冷吧?”

一个战士说：“还凑合。不过我们有自己的土办法。”

将军说：“什么土办法?”

战士说：“睡觉前，我们把所有衣服都穿上，能穿多少就穿多少，然后两人合睡一个被窝，这样就好多了。”

借助帐篷的马灯，将军发现：大多数战士的脸像一块被烤过的地瓜，红中透紫；有的脸上起了冻疮，像有脓水在流；有的眼球发红，布满了血丝；有的嘴唇被风吹裂，渗出的血结成了痂；还有的棉衣已经磨烂，棉絮一块一块地翻出来，白花花的一片。将军叫过一个穿着破棉袄的战士，指着白花花的棉絮问：“小伙子，这棉袄能挡寒吗?”

战士不好意思地低下头，搓搓手，又跺跺脚，说：“不干活的时候，冷；干起活来，就不觉得冷了。”

将军鼻子一酸，对王玉群说：“记住了，让后勤部门想法给他们换棉衣，一定要换！”

接着，将军和战士们聊天。战士们见司令员很亲切，没架子，便有啥说啥。战士们聊得最多的，是老家，是戈壁滩，是眼下吃、穿、睡的问题，还有恶劣的气候。王排长告诉将军说，戈壁滩气候干燥，风沙多，温差大，盛行西北风。年平均风速四米/秒，最大风速四十米/秒；最大年温差四十九点七摄氏度，最大日温差二十九点六摄氏度；年平均气温八点七摄氏度，极端高气温四十二点八摄氏度，极端低气温零下三十四摄氏度。尤其是夏天，官兵住的帐篷像个蒸笼，温度高达四十五摄氏度！而到了冬季，帐篷里的最低气温又低达零下二十几摄氏度。这是人能忍受的最大极限了！

…………

将军返回办公室，已是凌晨。他刚想迷糊一会儿，却见孙继先司令员的办公室还亮着灯，便走了过去。孙继先正为官兵们的吃、住问题发愁，见将军推门进来，忙起身说道："来来来，老伙计，正犯愁呢！"

将军说："愁什么?"

孙继先说："寒冬马上就要到了，官兵们的过冬问题怎么办?"

将军说："我也在想这事儿。现在不少官兵还住在帐篷、芦苇棚和地窝子里，虽然他们没有一句怨言，但咱们得拿出具体的措施来，尽快解决他们的过冬问题。"

孙继先说："我想这样，一方面，咱们赶紧调运棉褥、棉被，抓紧解决一些具体问题；另一方面，咱们还得让大家树立艰苦奋斗、长期扎根的思想。"

将军说："对，想要这支部队在这儿站住脚，没有点拼命的劲头，豁出去的思想，肯定不行！"

孙继先说："我想起在南京军事学院学习时刘伯承元帅提过的一个口号，叫'干在石头城，埋在紫金山'！他娘的，咱们是不是也来他个口号?"

将军说："什么口号?"

孙继先说："这东头有座山叫青山头，我把刘伯承元帅的口号改了一下，就叫'干在戈壁滩，埋在青山头！'"

将军说："好，干在戈壁滩，埋在青山头！这个口号好，咱们就用这个口号来激励全体官兵的斗志。”

孙继先说：“咱们以这个口号为主题，在基地搞一个以苦为乐、以场为家、扎根戈壁的思想教育活动。”

将军说：“我看很有必要！”

孙继先说：“说干就干，咱们明天就开动员大会！”

第二天，大雪飘飘，寒风呼啸，气温骤然下降了十几摄氏度。各单位除了留下值勤人员，数万名官兵乘车的乘车，步行的步行，全部集合在一个空旷的露天会场；而基地的领导班子——司令员孙继先，政委栗在山，副司令员李福泽、张贻祥、林毅五位将军以及参谋长徐明、政治部主任张雷平、后勤部部长张志勇、后勤部政委曾凡有，也第一次在全体官兵面前集体亮相。

于是，人一片，车一片，红旗一片！如此规模宏大、声势浩大的动员大会，基地还是头一次，所以数万官兵热热闹闹，兴奋异常！

大会由政委栗在山主持。栗在山主要讲了动员大会的意义。然后将军讲话。将军首先对部队吃苦耐劳的精神给予了鼓励和表扬，接着对下一步的工作作了动员，最后说道：“同志们，你们记住我今天说的话，如果一年过去了，你们还住帐篷，还住芦苇棚，还住地窝子，你们就直接给党中央写信，给毛主席写信，撤我的职，罢我的官！”话音刚落，台下便响起一片掌声。

最后，孙继先司令员讲话。孙继先说：“同志们，党中央、毛主席要求咱们献身国防，献身戈壁，献身靶场，咱们就要把这里当成自己的家，当成咱们的战场！别人来了可以再走，咱们来了就不能走，就要永远留在这里。因为中国的导弹要靠咱们发射上天！这个道理大家明白不?”

“明白!”台下齐声喊道。

孙继先扫视了一下全场，而后手臂一挥，往东一指，问：“这东头有一座山，大家知道叫什么山吗?”

战士们齐声喊道：“青——山——头!”

孙继先说：“现在，我向大家宣布一个口号，希望大家把它牢牢地记在心上，这个口号就是：‘以苦为乐，以场为家；干在戈壁滩，埋在青山头！’大家记住没有？”

战士们齐声喊道：“记住了！”

孙继先说：“来，咱们一起喊一遍——”

于是，数万官兵和几位将军，一起振臂高呼：“以苦为乐，以场为家；干在戈壁滩，埋在青山头！”

喊声铿锵有力，威武雄壮，风一吹，在千古荒原轰然回荡开来。

第四章
兄弟情

将军高举酒杯，朗声说道："尊敬的专家朋友们，亲爱的'老大哥'们！今天，戈壁滩迎来了九十一位最尊贵的朋友，我们非常高兴！你们远离亲人与故土，来到这荒无人烟的戈壁滩，帮助我的国家搞导弹，体现了伟大的国际共产主义精神！你们是我们最亲密的朋友，最尊敬的老师，最信赖的'老大哥'！这份情义，中国官兵是永远不会忘记的，中国人民是永远不会忘记的！"

十四

1959 年 3 月 6 日，是苏联专家抵达酒泉基地的日子。吃罢午饭，将军叫上秘书王玉群，驱车赶到酒泉鼎新机场，恭候苏联专家的到来。

鼎新机场坐落在戈壁滩一个小小的角落，是一个很容易被人忽略的地方。虽是三月，天气依然寒冷，机场因空旷而显得不着边际，比平时好像大了几倍；机场出口，悬挂着一幅巨大的标语："热烈欢迎苏联专家的到来！"风一吹，标语哗啦哗啦地响。

将军身着将军服，伫立风中，衣角被风掀起又放下，再掀起再放下；眉毛、胡子甚至军大衣的领子上，很快就结下厚厚一层白霜。但将军犹如一尊雕像，一动不动，只管注视着西北的天空。西北的天空湛蓝湛蓝，湛蓝中似乎又躲藏着一个谜团，吸引着人去猜想，去琢磨，去思考，却又让你永远找不到答案——这样的天空不属于拥挤的城市，只属于辽阔的戈壁！而此时此刻，将军反复思考的是，苏联专家到基地后，如何与“老大哥”打交道，怎么才能伺候好“老大哥”。

其实，这个问题将军从接受任务那天起，便感到了微妙与棘手。将军知道，早在 1952 年 5 月，在一次讨论国防建设五年计划的会议上，中国便开始涉及导弹、原子弹的问题了。次年 2 月 24 日，中国政府派钱三强等人前往莫斯科，想借助斯大林的力量帮助中国发展导弹、原子弹。钱三强到莫斯科后，斯大林突然中风去世，结果无功而返。之后，中国再次将目光投向苏联。然而，任何一个国家对尖端的高新技术都是绝对保密，哪怕一块啃过的剩下的“骨头”，也绝不会轻易让人闻一闻。直到赫鲁晓夫上台后，以聂荣臻为团长、宋任穷和陈赓为副团长的中国政府工业代表团才于 1957 年 10 月 15 日在苏联国防部大楼正式签订了一份中苏协定。在这份协定中，苏联答应帮助中国进行原子能工业、导弹、火箭武器、航空新技术以及导弹和核试验基地等诸多方面的建设。这是苏联援助中国的首次官方承诺。根据这个协定，中国从苏联引进“地—地”导弹、“空—空”导弹、“地—空”导弹、“岸—舰”导弹四种导弹系统以及其设计制造技术和战斗使用资料。为配合苏联专家来华工作，中央军委责成炮兵组建导弹靶场筹备处，地点在北京东直门外左家庄十二号，由张贻祥、吕琳等人负责；此外，从解放军大连俄语专科学校选调了一批俄语教员和刚刚毕业的大学生组成翻译组，由夏铭智任组长，专为苏联专家服务。基地组建后，先后聘请了两批苏联专家来华帮助工作。第一批苏联专家来华的时间，是 1957 年 12 月 31 日，共十七人，组长是盖伊图柯夫少将，任务是帮助中国勘选导弹靶场和工程技术设计。第一批苏联专家来华的第二天，即 1958 年元旦，国防部在西直门招待所还为远道而来的“老大哥”专门举行了盛大的欢迎宴会。元旦过后，靶场的图上作业与空中勘察同时展开。第二批苏联专家来华的时间，是 1958 年 9 月 8 日，共三十五人，组长是乌斯上校。第二批专家帮助基地提出了在苏联订货的清单，编写了讲义，还向中方人员系统地讲解了有关靶场的试验工作。

将军今天迎接的，是第三批来华苏联专家，共九十一人，由谢列莫夫斯基带队，组长是罗金上校。这批专家多数来自苏联的靶场和工厂，按工作性质，分为两类：一类是试验专家，主要任务是帮助中国培训靶场人员，组织初期发射试验；一类是安装专家，主要任务是帮助中国安装调试从苏联进口的各种测试、发射、通信和测量设备，并帮助酒泉基地审查编制、编写工作条例、训练技术人员和安装特种设备等。这第三批专家非常重要，因为基地的设备安装和训练工作，必须要等他们驾到后才能开始。

这天陪同将军到机场的，还有基地第一试验部部长吕琳和秘书王玉群。王玉群几次想提醒将军进候机室，又怕打断将军的思考。王玉群跟随将军的日子虽然不算太长，但对将军的习惯已略知一二。将军思考问题时，是讨厌有人打扰的。所以将军不进屋，王玉群只能站在风中陪着。王玉群被凛冽的寒风吹得浑身颤抖，体内的五脏六腑好像都结了冰似的。后来，王玉群实在忍不住了，轻轻跺了跺麻木的双脚，提醒说："司令员，进屋去吧，飞机还不知什么时候到呢。"将军望了望天，这才进了候机室。

一进机场候机室，一股暖暖的气息便迎面扑来，将军头上的白霜很快融化成小小的水珠，冻得发白的脸膛渐渐恢复了原色。将军点燃一支烟，踱到结满霜花的窗前，看着窗外白茫茫的世界，便想起苏联专家罗金上校。一周前，将军曾在北京会见过由罗金上校带领的第三批苏联专家组，并与罗金上校一起研究了导弹的陆上试验问题。罗金是苏联火箭学校的校长，性格坦率，博学多才，对靶场试验这一套非常熟悉，可以说简直就是一个火箭通！也许军人的血脉是相通的，将军与罗金一见如故，而且大有相见恨晚的意思。尽管两人会面的时间很短暂，罗金却给将军留下了深刻的印象。将军当时就意识到，罗金身上值得学习的东西太多了，如果到时罗金真能亲临基地，对中国导弹事业的发展将是一大帮助。

"来啦！飞机来啦！"有人突然大声惊呼。

将军第一个冲出候机室。果然，远天出现一个移动的黑点，越来越大，而且还能听到轰隆隆的轰鸣声。小黑点渐渐变成一架苏制飞机，而后缓缓降落机场。飞机停稳后，将军看见，第一个出现在机舱口的，便是身材魁梧、一脸笑容的罗金！

将军迎上前去，与罗金紧紧拥抱在一起，大声说道："老朋友，我都有点等不及了！"

翻译李在武站在旁边，笑着把这句话重复了两遍。罗金笑着抱怨道："这鬼天气，要不早就到啦！对不起，让将军您久等啦！"

将军微笑着说："哪里，哪里，你们一路辛苦了！"

短暂的见面仪式后，苏联专家很快乘坐伏尔加轿车前往基地。当时，基地最好的车就是伏尔加，是北京特意拨给苏联专家享用的。将军上车时，却只剩下一辆没有篷的吉普了。这么冷的天，坐这种车跑两百多公里的土路，肯定不行。机场工作人员说："李司令，请稍等一等，我们再去找车。"

秘书王玉群也说："要不等苏联专家的车返回来以后，我们再走？"

将军却大声说："等个屎，等他们的车回来，黄花菜都凉了。要那么多讲究干啥？只要轱辘能转就行了！"说完一转身，看见不远处停着一辆从朝鲜战场缴获的美式中卡，手臂一挥，冲着司机就喊，"快，开过来！"

美式中卡开过来后，王玉群一看，车身破破烂烂，窗户的玻璃都碎了，屁股后面还挂了一个拖斗！他心想，这几百里一路颠回去，不颠破皮肉，也得冻僵了骨头，如何是好？将军却连眉头都没皱一下，手一挥，说："走，上车！"

美式中卡快速启动，急速而去。一路坑坑洼洼，滚滚风尘，没跑多远，车便出了毛病。修好车，再走一程，将军和王玉群已被颠得说不出话来了。等到了基地门口，已变成了"土人"。将军看着小王狼狈不堪的样子，开怀大笑，笑得前仰后合，那副轻松快活、无拘无束的样子，活像一个放学路上淘气的孩子。

这天的酒泉基地，天空和大地如同两个巨大的冰块，同样奇冷无比。刚刚兴建起来的大礼堂的门前，上万名官兵组成的秧歌方队，齐刷刷地站了一大片；清一色的军装，迎风飘荡的红旗，红绿相间，煞是扎眼！而大礼堂的上方，"东风"两个大字，闪闪发光，格外醒目。"东风"是基地的秘密代号。基地之所以用“东风”作为代号，是因为基地组建之后，必须与中央军委、国防科委以及解放军总参谋部、总政治部和总后勤部等外界单位在通信上保持紧密的联系。但按当时的保密规定，基地长途台不能与基地番号混用，而必须另设一个代号。那么用什么做代号好呢？通信部门有人想到了当时最时髦的毛泽东说的一句话——“不是东风压倒西风，就是西风压倒东风”。毛泽东说的“东风”“西风”，即指社会主义与资本主义。于是“东风”“西风”便成为当时社会主义和美帝国主义的代名词；而“东风”一定要压倒“西风”，则是那个年代的政治逻辑。因此，后来经上报批准，基地便使用“东风”二字作为通信代号。“东风”也就成了基地的代名词，故酒泉基地又称“东风”基地。——其实，“不是东风压倒西风，就是西风压倒东风”这两句话本身源自《红楼梦》，毛泽东顺手拈来，算是古为今用。

载着苏联专家的汽车一到路口，中方一声令下，上万名中国官兵组成的秧歌方队立即跳起了中国传统的秧歌舞。刹那间，锣鼓喧天，呼声阵阵，千万条红绸带在官兵们的手中快速飘动，宛若金蛇狂舞，犹如彩霞满天，染红了士兵年轻的脸庞，染红了戈壁的半个天空，原本冰冷的“东风”场区顿时变得热气腾腾！苏联专家呆呆地看着轰轰烈烈、别具一格的舞蹈场面，瞬间便被吸引了，感动了，离大礼堂还有几百米，就嚷嚷着要下车步行，边走边看。

用扭秧歌的方式给远道而来的苏联“老大哥”一个意想不到的见面礼，是孙继先和将军的得意之作。等苏联专家看完热闹，将军招呼意犹未尽的苏联专家上车，然后大声宣布说：“各位‘老大哥’朋友们，请注意了，我们现在去招待所。大家洗把脸后，晚上参加晚餐!”

本来该说“晚宴”，但行伍出身、多年带兵打仗的将军一不小心，却把“晚宴”习惯性地说成了“晚餐”。翻译翻译过去后，“老大哥”们哈哈大笑，笑得前仰后合，捂着肚子。

当晚，欢迎苏联专家的晚宴在夜色中悄然举行。

晚宴安排在基地第一招待所。第一招待所正在修建之中。因这个招待所是专为苏联专家而建的，所以其设计均出自苏联专家之手。招待所的四周是砖墙，为的是防止戈壁滩肆虐的狂沙；里面有浴池和舞厅，每个房间还有电话、台灯、写字台以及真皮沙发等。北京有人来看了后说，这个招待所相当于中南海的水平了，甚至有的地方还超过了中南海的档次。而基地的官兵们当时却住在帐篷、地窝子和芦苇棚里；住干打垒、土房子，是后来才有的事情。

苏联专家被安排好房间后，洗了把脸，便在翻译人员的陪同下陆陆续续走进招待所餐厅。苏联专家对下午的“见面礼”非常满意，一边走，一边议论纷纷，脸上洋溢着兴奋与满意的笑容，走到门口，还热情地同孙继先、李福泽两位将军拥抱了一下。将军是提前到的招待所，为了给“老大哥”留下一个好的印象，他特意换了一身崭新的将军服和一双新的皮鞋；好久不刮的胡子也刮过了，难见的笑容也挂在了脸上，显出少有的精神。一进餐厅，将军便听到了舒缓的俄罗斯小调和爽朗豪放的谈笑声；望着苏联专家一张张充满热情与真诚的面孔，将军心里充满了感激之情。

欢迎苏联专家的晚宴开始了。餐厅灯火辉煌，气氛热烈，行云流水般的俄罗斯音乐在餐厅悠悠回响，为丰盛的晚宴增添了一份难得的异国情调。晚宴由将军主持。将军高举酒杯，朗声说道：“尊敬的专家朋友们，亲爱的‘老大哥’们！今天，戈壁滩迎来了九十一位最尊贵的朋友，我们非常高兴！你们远离亲人与故土，来到这荒无人烟的戈壁滩，帮助我的国家搞导弹，体现了伟大的国际共产主义精神！你们是我们最亲密的朋友，最尊敬的老师，最信赖的‘老大哥’！这份情义，中国官兵是永远不会忘记的，中国人民是永远不会忘记的！在此，我代表戈壁滩全体中国将士，向你们致以最真诚的谢意！来，请大家举起酒杯——干！”说完，将军一饮而尽。

晚宴进行得非常热闹，也非常顺利。将军的豪爽令苏联专家感动不已。苏联专家频频举杯，表达谢意，而且很快就喜欢上了李福泽这个嗓门洪亮、心直口快的小个子将军。苏联专家第一次面对面和中国军人坐在一起，喝得尽兴，吃得高兴，聊得开心，不时爆发出阵阵爽朗的笑声。很快，中苏两国军人如同亲兄弟，彼此都有了一种一见如故、相见恨晚的感觉。席间，中方仅有的几个翻译跑前跑后，忙得团团转。后来，翻译实在忙不过来了，几个懂汉语的苏联专家和几个会说俄语的中国军人，竟主动当起了翻译。

晚宴进入高潮。罗金上校来到将军面前，说："李将军，认识您很高兴，能与李将军共事，是我今生的荣幸。我要感谢您为我们举行了这场丰盛的晚宴——哦，不不不，是丰盛的'晚餐'，还有这人间最好的美酒——香味扑鼻的茅台！"说罢举起酒杯，一饮而尽。

将军与罗金频频碰杯。两人越喝越对路，越喝越来劲，喝到最后，已经用不着翻译了。酒，成了最好的语言，酒杯一碰，什么话都变得多余。

当然了，在这种场合，将军是不会放纵自己的，尽管半斤茅台已经下肚，头脑却依然清醒。因为将军心里清楚，重要的事情还在后头呢！

后来，酒足饭饱的苏联专家唱起了《莫斯科郊外的晚上》，跳起了俄罗斯舞蹈，歌声高亢嘹亮，舞姿自由狂放；而不久前才从朝鲜坑道撤回的中国官兵在苏联专家的感染下，也热血沸腾，激情似火，跟着苏联专家唱起了歌，跳起了舞。于是沉寂千年的戈壁滩，似乎第一次有了人间烟火。

晚宴结束，将军把苏联专家送到招待所，这才回到办公室。将军干的第一件事情，就是急急忙忙脱掉皮鞋，然后赤脚踩在地上，伸出手指，开始抠脚丫。一种立竿见影、无拘无束的快感，很快便在将军偷偷地品味中渐渐释放开来。用脚掌直接触摸大地，是将军从小的偏爱。儿时的将军常常光着脚丫，独自一人在海滩玩耍，每当脚丫踩着沙滩，便会激起将军极大的冲动与快感；每当眺望着滚滚而来又汹涌而去的波涛，将军又会生出许许多多大胆的幻想。而正是这些大胆的幻想，激励着将军一天天长大——从大海走向陆地，从陆地走向太空。

将军一边抠着脚丫，一边把头靠在椅背上，闭着眼睛休息。这时，秘书王玉群走了进来，见将军在睡觉，刚要退出，将军却突然说话了："开会的人到了吗？"

王玉群说："马上就到。"

将军说："以后不要说'马上就到'。'马上'是什么概念？我们是军人，军人就要有强烈的时间概念，分分秒秒，必须一清二楚，不能稀里糊涂。在战场上，差一分甚至一秒，就会掉脑袋！在发射场也一样，一秒钟，导弹都飞到国外了！记住了，以后不要再说'马上就到'，而要说几点几分到！"

王玉群说："是，记住了。"

将军说："叫他们来吧。"

王玉群说："司令员，要不您先休息一会儿，让他们再等等？"

将军说："还等啥？再等，天就亮了。"

几个部长很快走进办公室。将军的办公室很小，人多，挤了个满满当当。此刻已是后半夜两点，加之没有暖气，冷，部长们个个都蜷缩着身子。将军拿出一盒烟，像当年打游击时给弟兄们分发子弹一样，散了一圈，然后自己点燃一支，这才说道："你们都看见了，苏联专家今天已经来了。九十一个，一个不多，一个不少。这九十一个专家明天就按各自的专长，分到你们每个部里去，开始设备的安装工作。你们要让咱们的技术人员一定抓住这个机会，跟班向苏联专家学习，参加设备的启封、清点、安装、调试、联试，再一起分析图纸，尽快在实践中掌握设备性能和工作原理以及操作使用。另外你们还要跟他们讲，苏联专家为了中国的导弹，远离故乡亲人，大老远跑来援助咱们，是作了很大牺牲的，是很够意思的！当然了，大家都没有接触过导弹，肯定会遇到很多困难。但是，不管困难再多再难，谁也不准偷懒！谁偷懒，他娘的我就收拾谁！"

"知道了，李司令。"几位部长说。

接着，将军问："跟苏联专家学习的人员名单列出来了吗？"

"基本列出来了。"一位部长说。

将军说："什么叫'基本列出来了'？列了就列了，没列就没列。记住了，以后凡是我要的名单，不能'基本'列出来，必须准确列出来，一个不多，一个不少！"说完，将军一边看着名单，一边问这些人的学历、技术专长、工作表现等情况。最后，将军和部长们确定了二十三名技术干部，分成几个小组，以学徒的身份，跟在苏联专家身边学习。

接着，将军说："毛主席和周总理都有重要批示，要把接待苏联专家的工作，当成一项重要的政治任务来完成！所以，你们要尽最大努力，为'老大哥'提供良好的工作环境，还要照顾好他们的生活，满足他们的所有要求，让他们有一种宾至如归的感觉。要知道，请这些'老大哥'到戈壁滩来，国家是花了大价钱的，是交了学费的，而且这学费昂贵得很哪！咱必须跟人家好好学点东西，不能老拄着别人的拐棍走路；拄着别人的拐棍走路，哪有自己的脚走着舒服啊！但是，中国的发射场目前还是一片空白，咱们对导弹这玩意儿一无所知，若不先伺候好'老大哥'，怎么向他们学习，咱们的导弹怎么上天？总之你们记住了，伺候好'老大哥'是政治任务，任何人不准跟我讲价钱！"

部长们点点头，表情兴奋而又凝重。

将军又强调说："你们回去后，今晚就通知到本人，让他们作好充分的准备，一定要尽快掌握发射导弹的有关知识和技术。"

部长们说："李司令，您放心吧！"

但送走几位部长后，将军还是有些不放心：在这荒无人烟的戈壁滩上，这些来自莫斯科的"老大哥"能待得住吗？

十五

苏联"老大哥"到基地的第六天，一场"罢饭"风波便发生了。

风波是由一盆肉菜引起的。这天中午，苏联专家在招待所餐厅用餐，一个苏联专家突然叫了起来："这肉是冷冻肉，有问题，不能吃！"先是两个苏联专家围上去，接着是五六个苏联专家围上去，最后，十几个苏联专家一口不吃，唰唰唰，把各自盆里的菜全倒进了泔水缸！

将军很快赶到招待所，一进餐厅，直奔泔水缸。看着一缸油花花的肉菜，将军心疼得直想骂娘！

当时，像酒泉基地这种绝密单位是中央的特殊供应单位，商业部有个二级批发站，专门给基地输送东北的大米，上海、舟山的鱼以及甘肃、河北的杂粮等。但这些鱼运到基地后，很快变成了鱼干；肉也硬得像块石头，没了一点鲜味；至于蔬菜，就更别提了。为了伺候好“老大哥”，让他们吃到最好的猪肉，喝上最新鲜的牛奶，早在“老大哥”到来之前，将军就派专人到各地组织货源，辛辛苦苦跑了一个月，好不容易才弄了些冻肉和蔬菜回来，没想到还是出了问题，惹“老大哥”生气了！但将军心里很清楚，朝鲜战争结束后，国家非常困难，在这么困难的情况下，国家还从全国人民的嘴里抠出这些东西来，已经很不容易了，可以说是下了血本了！再说这些东西本来是留给中国官兵过年过节尝上一口的，“老大哥”一来，全让进他们嘴里了，还要怎么样呢？

苏联专家见将军来了，马上围过来，毫不客气地提开了意见：

“李将军，这些肉存放时间太长了，很不新鲜，我们怀疑已经变质了！”

“我们天天吃这些冻肉，已经吃了一个礼拜了，这样下去怎么行啊？”

“李将军，您给想想办法吧，不是我们讲究，而是从来没吃过这样的肉，实在是受不了啦！”

苏联专家七嘴八舌，将军很耐心，脸上挂着笑，反复作解释，心里却在想：看来“老大哥”的嘴还挺刁的，不好伺候。这么好的肉，我的战士想尝一口都尝不上，他们却倒进了泔水缸——真是饱汉不知饿汉饥啊！但将军不能说出口，为了中国的导弹，憋着一肚子气，还得笑着脸给人家赔不是。

将军很快叫来军需助理员，当着“老大哥”的面，厉声问道：“这肉是怎么回事？”

军需助理员从泔水缸里捡起一块肉，连连叫苦：“司令员，这肉没变质啊！您瞧，好好的，就是存放的时间长了一点，口感不如鲜肉好。”

将军点点头，对军需助理挥挥手，然后对秘书王玉群说：“马上把翻译官谢家彬叫来！”

翻译官谢家彬是基地司令部办公室主任兼苏联专家组顾问，主要负责苏联专家的日常生活。早在 1945 年 5 月，谢家彬进入延安工程学校航校时，就开始与苏联俄语教员接触了。苏德战争爆发后，航校解散，谢家彬转入外文学校俄文系，直到抗战胜利。新中国成立后，谢家彬调哈尔滨外语专科学校任教员，后分配到东北军区，跟随东北地区苏联总顾问好几年。朝鲜战争爆发后，谢家彬又到朝鲜当翻译。所以说，翻译官谢家彬与苏联人打交道的时间不算短了，工作起来应该是很顺利了。可谢家彬来基地后，工作很不顺心。其根本原因，是戈壁滩的条件明明很差，将军却对他下死命令，硬是要他把苏联专家的生活搞得“丰富多彩”，还要“每天花样翻新”！这让他感到非常为难，也很窝火！

翻译官谢家彬赶到后，将军对他说：“你是俄语专家，说话方便，你去给‘老毛子’做做工作，解释解释，咱们目前的确有困难，请他们多谅解，暂时克服一下。”“老毛子”是当时中国官兵背地里给苏联专家取的绰号，在发射场，不少人都习惯这么叫。

谢家彬去了，很快又回来了，说：“司令员，我口水都说干了，可‘老毛子’嘟嘟囔囔的，还是有意见。”

将军说：“你再去，就说我说的，只要他们好好讲课，好好工作，什么要求我都答应，我保证让他们吃上新鲜猪肉！”

谢加彬看着将军，莫名其妙：“我的司令员同志，什么事都可以答应，这事可不能答应啊！您好好想想，戈壁滩这鬼地方，到哪儿弄新鲜猪肉去？”

将军有些急了：“弄不到也得弄，没办法也得想办法，就是一只公鸡，也要给我逼出蛋来！就是一头公驴，也要给我下出崽来！”

让公鸡下蛋，叫公驴生崽，说得轻巧！谢家彬心里嘀咕着，嘴上却不敢吱声，任务还必须落实。于是谢家彬向苏联专家转告了将军的承诺后，急忙回到办公室，打电话，问情况，查信息。很快，谢家彬就获悉一个重要“情报”：工兵团炊事班偷偷养了一头猪！

谢家彬放下电话，立马赶到工兵团，在一个偏僻的小小猪圈里，果然见到了一头猪——准确地说，是一头小猪！小猪见到谢家彬，很高兴；谢家彬见到小猪，比小猪还高兴。

晚饭后，按惯例，谢家彬陪同“老大哥”散步。不一会儿，谢家彬把苏联专家带到工兵团，炊事班一个小战士正在猪圈旁一勺一勺地从桶里舀出剩汤剩水，很细心地喂着小猪。苏联专家打量着小猪，有些奇怪，竟不知为何物，指着小猪问谢家彬："这是什么?"

"这就是猪，中国的小猪。"谢家彬说，"瞧见了吧，你们每天餐桌上吃的猪肉，就是这样一天一天、一勺一勺地喂养大的。在中国，一头猪从小到大，至少要养一年，还要吃掉不少粮食。可在这戈壁滩上，没有粮食，只能给它喂点剩菜剩饭、剩汤剩水。我的同志哥，在这个鬼地方，要养活、养大一头猪，不容易啊！你们不是要吃新鲜猪肉吗？我们部队就只有这一头小猪了，明天晚上，我就把这头小猪搬到你们的餐桌上！"

苏联专家一听，有人兴奋，有人难过，有人对着小猪叽里咕噜说了半天，像是聊天，像是道歉，连翻译家谢家彬也没听懂什么意思。

送走苏联专家，谢家彬找到工兵团团长，见面就说："我今天来，什么也不要。"

团长说："那你要什么?"

谢家彬说："我只要一头猪。"

团长说："什么，你要我的猪？我的妈呀，你要我的命可以，要我的猪可不行！这头猪刚养了几个月，瞧，没有饲料吃，缺乏营养，又小又瘦，多可怜呀！再说了，养一头猪容易吗？告诉你吧，在戈壁滩这鬼地方，养一头猪，比他妈养一个连的兵还难!"

谢家彬说："你的心情我理解，也理解战友们对这头猪的感情，可这不是我想吃这头猪，是苏联'老大哥'要吃这头猪。"

团长说："所有好吃的，全都让给他们吃了，干吗还要吃这头猪？苏联专家是贵宾，中国军人难道就不是人了？我们辛辛苦苦好不容易把猪养大，为的就是等春节犒劳战士们一下；你把猪弄走了，全团战士过年吃沙子、喝西北风呀?"

谢家彬又讲了一堆道理，团长死心眼，一根筋，怎么说也不松口。谢家彬只好报告了将军。将军一个电话，把团长叫到办公室，说："把团里最新编制情况给我汇报一下。"

团长是个老实人，一五一十，如数家珍，把全团干部战士的编制情况如实作了汇报。

将军看他一眼，说："你这个编制是不是漏掉一个？"

团长想了想，说："没有，一个没漏！"

将军说："没有？那你偷偷养的那头小猪就不是你的咯？"

"哎哟，我的娘呀！"团长一听，知道上当了，忙说，"司令员，您就别逗我了。不瞒您说，我们是、是养了一头猪。不过，这头猪还是一个'新兵蛋子'，实在太、太小了点儿！"

将军说："小？要你一头小猪都舍不得，要你一头大猪呢？"

团长说："李司令，不是我舍不得这头猪，是这头猪舍不得我们啊。您想啊司令员，在戈壁滩这鬼地方，战士们常年吃不到油水，一把野菜一把青草的，好不容易养了一头猪，眼巴巴瞅着就要过年了，全团战士都想尝尝这新鲜猪肉是啥味。要是这到嘴的肉都让别人叼走了，你说我这个当团长的，岂不比猪还笨吗？您说是不是李司令？"

其实，将军看着团长难受，心里比团长还难受，但他还是说："我的同志哥哥，你的心情我理解，但是，你也得设身处地为苏联'老大哥'想想啊。他们舍弃亲人，来到这鬼地方，为了什么？不就是为了帮咱们搞导弹吗？若是不把他们伺候好了，咱中国的导弹啥时能搞出来啊？如果咱们连一头小猪都舍不得，他们知道后会怎么想？总之，为了咱们的导弹，咱们即便有一万个不愿意，也得愿意。我的小兄弟，懂吗？这是政治！"

团长是军事干部，还是一根筋，说："猪是大伙养的，要杀，我一人也不能做主啊，怎么也得开个党委会研究研究！"

将军说："一头小猪，开什么狗屁党委会！这样吧，马上杀了，给苏联'老大哥'送去一半，你们自己留一半，让战士们尝尝新鲜猪肉是啥味，不就得了？"

团长一听可以留下一半，眼泪差点儿都掉下来了，说："李司令，有您这句话，我们就是不吃一根猪毛，也心满意足了。"

团长回去后，把将军的话向战士们讲了，战士们居然一致同意，纷纷表示：为了咱中国的导弹，应该把小猪全部送给苏联专家吃，我们自己就不留了，一根猪大肠也不留了！

于是当天中午，团长一声令下：杀猪！

然而，当炊事班的战士们将小猪按倒在一张床板上，举起屠刀，却怎么也下不了手；而围在小猪身边的上百名战士，看见小猪求救似的望着他们，也不知所措。最后，团长一把夺过屠刀，一狠心，嗖地插进小猪的脖子，殷红的鲜血伴着小猪绝望的号叫，顿时像水一样喷涌而出。望着躺倒在血泊里的小猪，战士们伤心至极。小猪很快被装进一个筐里，由两个战士抬着走出团部大门。战士们目送着小猪走了好远好远，直到再也望不见小猪，才偷偷抹开了眼泪。

小猪很快摆放在了“老大哥”的餐桌上。后来“老大哥”对将军说，这是他们到中国后，吃得最鲜、最香的一次猪肉。

十六

一个周末的下午，将军乘专机飞临北京。将军此行的目的，是要解决“老大哥”的新鲜猪肉和新鲜蔬菜问题。将军非常清楚，不先解决好“老大哥”餐桌上的问题，就无法开展好发射场的工作。所以将军一下飞机，便直奔总参谋长罗瑞卿家。

罗瑞卿这天刚回家，大老远就见门口候着一个人，觉着有些面熟；近了，再看，是风尘仆仆的李福泽。

罗瑞卿吃惊不小，忙问：“李福泽，你不是在西北配合苏联专家搞导弹吗，怎么、怎么突然跑到我家来了？”

将军不说话，跟着罗瑞卿进了门，屁股还没坐下，抓起桌上的茶杯咕咚咕咚就灌下一大口，然后嘴一抹，说：“谁说我在配合苏联专家搞导弹了？告诉您吧总参谋长，我是在那儿伺候我的爹，我的爷，我的老祖宗呢！”

“别发牢骚，有什么问题慢慢说嘛。”罗瑞卿心疼地看着这员爱将，递过一支烟，“怎么，‘老毛子’给你出难题了？”

将军这才坐下。可刚坐下，就想放屁。将军当然知道，北京不是戈壁滩，屁，是不可以随便放的；何况在老首长家，进门就放屁，岂不无礼！于是将军夹紧屁股，忍着。但到后来实在忍不住了，噗的一声，还是放了个屁。接着噗、噗、噗、噗的一连又放了好几个，而且是又臭又响！

罗瑞卿是四川人，说话办事，直来直去，从不绕弯，他捂着鼻子，直视将军，问："我说老伙计，你今天是怎么啦？一进门就臭屁连天，简直就是在打机关枪嘛！怎么，你把我家当戈壁滩了，拉屎撒尿，随随便便？"

将军忍不住哈哈大笑起来，这一笑，又接二连三蹦出几个响屁。

罗瑞卿也大笑不止，却不依不饶："说，怎么回事儿？是不是水土不服，闹肚子了？"

将军只好如实招来："老首长，真对不起了。实话告诉您吧，我和十万官兵在基地喝的全是戈壁滩上的盐碱水啊！"

"盐碱水？"罗瑞卿一愣。

将军说："这种水刚挖出来，简直就像一团泥，又黏又稠，一喝下去，肚子就胀气，鼓鼓的，还老放屁，没完没了。今天到您家，我这屁呀，还算客气的了，要是在戈壁滩，到了后半夜，十万大军一起放屁，我估计站在您家的阳台上都能听见。他娘的，比战场上放炮还响呢！"说罢，将军禁不住又笑了。可笑着笑着，突然停了下来——他看见，罗瑞卿的眼角有泪水溢出。

许久，罗瑞卿才缓缓说道："老李，我对不起戈壁滩上的十万将士呀！我简直没想到，为了搞出中国的导弹，你们连一口干净的凉水都喝不上啊！"

将军说："是啊，我也常常责骂自己，可在该死的戈壁滩上，别无选择，只能喝这种水啊！"

罗瑞卿说："你今天来，有什么困难，尽管说。我解决不了，可以向总理报告。"

将军说："没什么问题，就一个问题：'老大哥'死活不吃冻肉！"

罗瑞卿说："冻肉怎么啦？不是挺好的吗？我这里想吃还吃不上呢！"

将军说："'老大哥'说冻肉不新鲜，发了霉，变了质，闹着要吃新鲜肉！您是知道的，我那儿除了沙子就是风，上哪儿弄新鲜肉去？本来，我好不容易从内地搞了点鲜货，可一到戈壁滩，风一吹，他娘的，全成了肉干！”

罗瑞卿说：“这可怎么办呢？”

将军说：“您给我一架飞机就成！”

“什么，你、你要一架飞机?!”罗瑞卿吃惊地看着将军的脸，莫名其妙。

将军不慌不忙，点燃“中华”牌烟，说：“老首长，您听我说，这‘老大哥’是我们国家请来的老师，不是我自家的客人，您说要是照顾不好，这导弹能搞出来吗？”

罗瑞卿说：“当然应该照顾好，可你要飞机干什么使呀？”

将军说：“我有了飞机，可以每周从外地把新鲜货运回基地，保证‘老大哥’每天都能吃上新鲜猪肉、新鲜牛肉，还有新鲜蔬菜。”

罗瑞卿摆摆手，说：“不行，不行！要飞机哪儿行呀！”

将军步步紧逼：“我说老首长啊，您就甭谦虚了，这件事我已经想过了，非您莫属。您想啊，我们这么大一个新中国，为‘老大哥’贡献一架飞机算什么呀？这么芝麻大点事，我总不能去找周总理要吧？总不能去找毛主席他老人家要吧？再说了，您是解放军的总参谋长，是我们基地十万官兵的家长，我不找您，找谁啊？”

罗瑞卿笑了：“你别跟我耍赖好不好，飞机又不是我家的。要不，我给你叠一架，带回家哄孩子。”说着，拿过一张纸，真叠了起来。

“反正，今天我是黏上您了，不给飞机，我就不走了！”将军说着，往椅背一靠，然后脱掉鞋子、袜子，不慌不忙，抠开了脚丫，完全是一副反客为主的架势。

罗瑞卿见将军软硬不吃，只好劝说道：“我说老李呀，一架飞机又不是一辆马车，哪能说给就给？再说了，就是给，我也得开个会研究研究嘛！”

将军一听有门，腾地站了起来，笑嘻嘻地说：“行，您抓紧研究。我保证，老首长您肯定同意。顺便我也向您透露一个机密。”

罗瑞卿说："什么机密？"

将军说："我从基地来的时候，把飞行员也一块带来了。"

罗瑞卿说："什么，你把飞行员都带来了？"

将军说："是啊，北京的肉联厂，我也联系好了。他们说，猪肉、牛肉，由我挑，还答应到时帮我一块弄上飞机呢。明天下午，我就返回戈壁滩！"

罗瑞卿说："哎我说你这个李福泽呀，你的进步可真不小啊！过去在战场，你胆大过人，现在到了发射场，你简直就是胆大包天哪！"

将军一脸苦笑，说："没办法，为了'老大哥'，为了导弹，我只能这么干！"

罗瑞卿说："你这人呀，真拿你没办法，还是当年打仗那个德行！当年打仗时，一天到晚吵吵嚷嚷，找我要弹药；现在搞导弹了，又找我要飞机。谁知以后还找我要什么！"

"到时看情况，需要什么，再说，再说。"将军嘿嘿一笑，出门走了。

第二天，将军果然把一架飞机带回了基地，而且飞机上还装了不少新鲜货，什么猪肉、牛肉、面包什么的，净是"老大哥"喜欢吃的东西。

此后，这架飞机每周往返一次，从兰州、西安、北京、广州、海南岛等地，不断往基地运货。虽说专机空运代价昂贵，却保证了"老大哥"的碗里每天都能见到鲜货。只是有的蔬菜再好再鲜，等空运到基地、送到炊事班、再弄到饭桌上，也会失去原有的美味与鲜嫩。后来，将军改变计划，此类蔬菜专从兰州空运，因为兰州距离基地最近。同时将军还派专人、专车、专程到二百四十公里之外的酒泉拉水，专供"老大哥"饮用。而中国的官兵们，一日三餐，却只能喝胀气放屁的盐碱水！

但没过几天，苏联专家又找到将军，说："李将军，中国饭菜，味道很好吃。但一日三餐都吃中餐，不习惯，有的专家吃了还胃疼。能不能想法每天让我们吃一顿西餐？"

当时，苏联专家上校军官每月工资是一千五百卢布，少尉军官每月是一千二百卢布（一卢布当时换算价为五元人民币）。凡是到基地援助工作的苏联专家，基地每天补助六元伙食费。而基地的领导，每月工资是二百元左右，每天的伙食费是一元钱（基层官兵更少，每天只有几毛钱）。因此，有的中方人员得知苏联专家提出要吃西餐的要求后，就在背后抱怨说，这些"老毛子"也太难伺候了，什么中餐西餐的，能填饱肚子就不错了，哪有那么多讲究！我们的战士昼夜施工盖房，挖坑刨地，流汗流血，饭都吃不饱，甚至连干净的凉水都喝不上！他们倒好，中餐吃腻了，又要吃西餐了，真是毛病不少！

而将军在北京念过中学，在上海念过大学，无论在北京还是上海，吃西餐都不算什么稀奇事。所以对"老大哥"吃西餐的要求不但不感到奇怪，反而非常理解，认为这是"老大哥"在生活上最起码的要求，一点也不过分。问题在于，戈壁滩人迹罕至，连一个中餐馆都没有，上哪儿搞西餐去？而基地的炊事员别说没吃过西餐，连见都没见过西餐，又怎么可能做西餐？

将军便找孙继先商量。

此事孙继先也很头疼。上个星期，他曾派人到上海、天津、哈尔滨、齐齐哈尔等地去跑了一趟，希望能选调几个西餐厨师回来，可外出的人转了一大圈，最后空手而归。

于是孙继先对将军说："几个厨师的事看似鸡毛蒜皮，实则非同小可，事关大局。我看咱们怎么也得想法到北京'抓'几个回来，不然会有麻烦的。"

"谁去抓啊？"将军说。

孙继先说："这事看来只有你亲自出马了！"

于是将军又一次飞到了北京。将军这次到北京找的是北京市市长彭真。彭真这天在家看《大参考》，正看得入神，突然听见有人在咚咚地敲门。彭真家装有门铃，50 年代家有门铃是件了不得的事情，这种温柔的门铃声，彭真市长早就听惯了。可这天彭真听到的不是温柔的门铃声，而是咚咚的敲门声，像打雷似的。彭真有点奇怪，来者何方神圣，居然如此粗野？开门一看，原来是身着将军服的李福泽！

彭真曾是东北解放区的老领导，与将军是老相识了。所以未等彭真让座，将军已经坐在沙发上了，张口就说："老首长，无事不登三宝殿啊！我今天来，想求您办一件事，就一件事！”

彭真问：“什么事，说。”

将军说：“帮我从北京大饭店抓两个西餐厨师，就两个，多一个也不要！”

彭真愣了一下，反问道：“你那儿缺不缺领导干部？我的将军同志。”

将军有点纳闷，问：“什么意思？”

彭真说：“你要缺领导干部，我这儿多的是，可以白送你几个。如果你要西餐厨师，对不起，现在的西餐厨师比部级干部还稀罕呢！老伙计，北京是首都，来自世界各国的外宾每天都有，而且越来越多，我这儿都不够，上哪儿给你抓去？”接着，彭真把北京各大饭店的西餐厨师配备情况简单讲了讲。

将军立即起身告辞。

彭真拿着一个苹果，追到门口：“哎，等等，吃个苹果再走。”

将军头也不回，手一摆，大声应道：“苹果就不吃了，等下回您请我吃烤鸭吧！”

第二天，将军又直飞哈尔滨。一下飞机，便直奔哈尔滨市委书记家。将军来到书记家门口，书记的车刚好驶出大院。将军手一挥，对自己的司机说：“快，追上去，截住它！”车快速追了上去，几分钟后，便横在了书记的车的前面。书记气急败坏，是谁吃了豹子胆，竟敢如此横行霸道，挡住我的去路！下车一看，竟是老战友李福泽！

书记使劲握住将军的手，说：“我说老伙计，这是和平时期，不是战争年代，怎么还像国民党似的，对我实施围追堵截呀？”

将军说：“没办法，不追不堵，眨眼你就跑掉了。”

书记说：“快说，半路堵截，有何急事？”

将军说：“你这儿缺领导干部吗？”

书记摸不着头脑，问：“什么意思？”

将军说：“如果缺领导干部，我可以让北京市市长给你配几个，不讲任何条件，白送！”

“让北京市市长给我配领导干部？白送？”书记一脸茫然，不知将军葫芦里卖的什么药。

“对。但是，有个条件。”将军说。

书记问：“什么条件？”

将军说：“你得给我抓几个厨师。”

“厨师？没问题，四川的，还是山东的？”书记说。

“不。我要外国的——西餐厨师！”将军说。

书记哈哈大笑：“我说老伙计，你这个山东‘土老帽儿’，除了喜欢吃馒头，就是啃大葱，要洋厨师干吗使啊？你是中餐吃腻了，想开开洋荤，换个口味啊？换西餐可以，可别换老婆啊！”

将军一脸严肃，说：“你不要多问，这是军事秘密。我只能对你说，这事对国家很重要，你只管想法给我抓几个就成！”

“明白了。只要国家需要，我一定支持！”书记爽快答应了。

结果，凭着老战友的面子，将军硬是从哈尔滨“抓”了四名西餐厨师，而后马不停蹄，连夜飞回基地。

安顿好四位“大师”，将军高兴得不得了，来到孙继先司令员办公室，见面就说：“老孙，这下好了，咱们的导弹有救了！”

孙继先忙问：“怎么，抓到了？”

将军说：“抓到了，四个。不过，比当年抓俘虏还他娘的费劲！”说罢，两人大笑不止。

不久，将军“抓厨师”的故事传到了一位军委首长那里，这位军委首长当即派人出面，以每月三千元的高价，从北京和平饭店、前门饭店、北京饭店分别请了三位西餐名厨，还有一位面包师和一位调酒师，紧急调往大西北，专门伺候“老大哥”。

从此，只要苏联专家愿意，便能吃上西餐，而且摆在餐桌上的面包都是由当时最好的精面烤制而成。这些精面烤制的面包别说基地的战士吃不上一口，就是连见也见不着一眼，最多听人在工地上说起过而已。但烤制面包的香味却能传出很远很远。于是每当夕阳西下，当从没见过面包，更没吃过面包的战士们饿着肚子从工地下班路经招待所门口时，随风飘散在戈壁滩上空的面包的香味便会钻进他们的鼻孔，让他们的肠胃备受考验；有的战士实在经受不住考验时，就会偷偷舔舔嘴唇，在心里恨恨地想：什么时候要能啃上一块面包就好了！

十七

中苏两国在发射场上秘密合作期间，苏联援助中国的一百多个科研项目在全国其他地方也陆续展开。由于这是中苏历史上一次颇具规模的大举动，其援助项目又涉及导弹、原子弹等高尖端武器，搞得美国方面十分紧张。因此随着中苏关系的日渐亲密，美苏之间的较量愈演愈烈。

在中国西北大漠的苏联专家，对苏美之间的较量并不清楚，也不关心，他们来中国发射场，只是执行上级的命令。其内容包括：一、安装、调试发射场所需各种设备；二、培训靶场工程技术人员，传授导弹发射、测试技术。虽然他们在戈壁滩上的工作条件远不如国内，但在中国受到的尊重与敬仰，却远远胜过苏联。

一日，将军召集几位试验部部长和团以上干部开会，了解“老大哥”在发射场的工作情况。会上，有人对“老大哥”在生活上的一些要求和习惯，有些意见；但大家一致反映：“老大哥”在发射场上的工作兢兢业业，认认真真，非常投入，非常耐心，传授导弹的发射和测试技术时，有问必答，有求必应，掏心掏肺，十分真诚，深受技术人员的爱戴，彼此的感情日渐加深。

将军听了很高兴，他要的就是这个结果。

但将军很快发现，“老大哥”工作非常辛苦，业余生活却相当枯燥，甚至说非常无聊。每天晚饭后，“老大哥”唯一的休息方式，便是散步，甚至不少时间连散步都不行。因为戈壁滩上气候恶劣，一出门，不是风就是雪，不是沙便是土。风大时，别说走路散步，连站都站不稳，只能关门闭窗，闷在屋里。

一次，将军去北京开会，路过北京电影公司，心想，要是能在基地放放电影，岂不可以减少点“老大哥”的孤独与寂寞，增添点生活情趣？于是将军跑到北京电影公司，给人家好说歹说，最后北京电影公司同意一次发给基地十部电影，还签了一份协议。

影片发回基地后，在基地招待所的小礼堂播放，一周两次，“老大哥”称之为看“小电影”。影片是将军亲自挑选的，都是苏联卫国战争时期的片子，很符合“老大哥”的口味。影片放映时，“老大哥”舒舒服服地坐在沙发上，一边嗑着瓜子，一边喝着茶水，一边看着电影，一边还叽叽哇哇地议论着战争与和平、男人与女人、拿破仑与丘吉尔、希特勒与斯大林。能在戈壁滩看电影，自然算得上是一种高贵的精神享受，将军也陪着“老大哥”“享受”过一次；但到了第二次，电影刚一开始，将军心里就憋得慌，不到十分钟，便悄悄溜回办公室，急忙打开导弹发射流程图，独自钻研起来。

基地的战士很快就知道了苏联专家看“小电影”的秘密。不知道还好，知道了，原本平静的心便有点不平静了。开始，谁都不敢打主意，后来，几个胆大的哨兵乘晚上站岗之机，趴在小礼堂的窗户上偷偷地看。可黑色的窗帘把窗户遮了个严严实实，什么也看不见，只能贴着窗户听。“听电影”虽不如看电影，倒也别有一番滋味。哨兵们一边听，一边想，尤其听见有女人咯咯的欢笑声，就满脸涨得通红，愉悦得不行，下岗回到地窖，躺在被窝里，还说说笑笑议论纷纷。有的说电影里的女人说话像唱歌；有的说电影里的女人脸蛋儿像年画；有的说尖嗓子的那个女人一定是个瘦高个；有的说低嗓门的那个女人肯定是个胖姑娘。然后便开始猜测，开始嬉闹，开始一个晚上的胡思乱想，甚至有的还“跑马”遗精。奇怪的是，第二天干起活来，干劲儿比谁都大！

很快，连长发现了哨兵们“听电影”的秘密，担心哪天被苏联专家发现后节外生枝，引起误会。于是有一天将军到连队检查时，便向将军反映说：“李司令，战士们自到基地后，还没看过一场电影，大家很想看一看，能不能也给他们放一场，就放一场?”

将军说：“既然战士们喜欢看，就放给他们看吧！以后只要来了新片，先给苏联专家放一遍，再给战士们放一遍。反正这片子放一次是放，放他妈十次也是放，不放白不放。”

但基地当时没有电影院，战士们要看，人多，小礼堂装不下，只能在露天操场上放。

这天，太阳还没落山，银幕就挂在了操场上。这是基地第一次公开放电影，也是战士们第一次看电影，个个兴奋得连晚饭都吃不好，胡乱扒拉几口，抹了一把脸，换上干净军装，便早早集合来到操场。战士们等了一会儿，不见动静，有点急了。往常这个时候，太阳早下山了。可今天，太阳好像故意作对似的，就是迟迟不肯下山。太阳不下山，电影没法放，只有等。可等了半天，还不放映，有的战士就跑去问班长，班长，怎么还不放啊？班长再跑去问排长，排长，怎么还不开始啊？排长又跑去问连长，连长，到底还要等多久啊？连长正着急呢，反问排长，你问我，我问谁呀?!

这天将军也来了，小马扎一放，坐在了战士们中间。将军一边等，一边和身边一个小战士聊天。

将军说："过去看过电影吗?"

战士说："看过电灯，没看过电影。"

将军说："喜欢看电影吗?"

战士说："喜欢。"

将军说："怎么喜欢呢?"

战士想了想说："比娶媳妇还喜欢。"

身边几个战士就偷偷地笑了。

将军又问另一个小战士："在这操场上看露天电影怎么样?"

战士说："好。"

将军说："为什么?"

战士说："宽敞，透气。"

将军说："对，要看电影，就得在这大操场上看，这才过瘾呢！宽敞、透气，还凉爽。在屋子里看电影，黑乎乎的，人多地方小，挤得总想尿尿!"

战士们轰的一声，全笑了。

这时，发射团率先唱起了歌，唱的是《解放区的天》。发射团开了头，其他团也不甘示弱，大家争先恐后地唱了起来。在戈壁滩上唱歌，其实不是唱，是喊，是吼！大家扯着嗓子喊，比着嗓门吼，谁的嗓音喊得大，吼得远，谁就是英雄！于是一时间里，操场上喊声震天，吼声如雷，喊得银幕直摇晃，吼得戈壁直发抖！

电影终于开始了。操场上一下就沉静下来，上万人的队伍，居然听不见一点声响。银幕前，上万名中国军人席地而坐，整整齐齐，黑压压一大片；银幕后，上万名中国军人同样席地而坐，同样整整齐齐，同样黑压压一大片。电影是黑白片，画面有点模糊；声音刺刺啦啦，也不太清楚；时不时地人影还有点发抖。但战士们目不转睛，看得聚精会神，看得有滋有味。不一会儿，起风了，刮得银幕哗啦啦地响。接着，银幕上的人就被折叠起来，时而露出一个变了形的大脑袋，时而又伸出一张长长的马脸，这一折一叠，银幕上的人很快便分不清谁是谁了，只能靠听声音来判断角色。

后来，风越刮越大，银幕眼看就有被刮走的危险。说时迟那时快，连长当机立断，下令六个战士冲上去，分别站在两旁，拽住银幕下方的绳子，银幕这才暂时稳定下来。然而只片刻光景，一阵狂风又席卷而来，风中还夹杂着沙土；沙土被风刮起，打在银幕上，沙沙作响。接着银幕开始东倒西歪，剧烈摇晃，忽儿前凸，忽儿后荡，银幕上的人影儿也忽大忽小，时高时矮，时瘦时胖，个个成了“变形金刚”。战士们见人影儿如此奇形怪状，一个个瞪着眼睛张着大嘴直乐，风一吹，沙子全跑进了嘴里，眼睛还死死盯着银幕；将军也跟着战士们乐，乐得用手不停地拍打着沙土，连腰都直不起来了。

最有意思的是拽着银幕绳子的六个战士。六个战士拽着银幕，银幕也拽着六个战士，相互拉扯，彼此较劲，忽前忽后，忽左忽右；粗大的绳子勒进手心，血都渗出来了。可六个战士拽着绳子，就是不撒手，眼睛一直望着银幕，还不忘看电影——尽管只能斜着看，但斜着也要坚持看！

再后来，六个战士力气耗尽，眼看就要支撑不住了，连长再次下令，把一个班的兵力全部投了上去。于是戈壁滩上一道从未有过的“风景”出现了：银幕前后，是上万名坐着看电影的中国军人；银幕左右，是十二个死死拽住绳子的年轻士兵！狂风刮来刮去，放映就是不停；风中的银幕，始终稳如磐石，保持平整！

这道“风景”被几位散步的苏联专家看见了。苏联专家万万没想到，在这个世界上，还有这样看电影的，简直太新鲜、太有意思了！于是他们不再散步，偷偷躲在操场边上看——看中国军人看电影的奇特方式；看中国军人看电影的天真表情；看中国军人死死拽住银幕的豪迈壮举！看着看着，便被感动得不行了。

将军很快发现了操场边上的苏联专家。他猫着腰，离开队伍，来到苏联专家跟前，轻声问专家组组长罗金：“罗金上校，这儿看电影怎么样？”

罗金说：“爽，太爽了！只是风沙大，太冷！”

将军说：“没办法，我们的条件太差了。不过请你们相信，在不久的将来，我们一定会在这儿建起一个电影院！”

“我相信。”罗金指着死死拽着银幕的十二个战士说，“我还相信，有这样的军人，就没有搞不出来的导弹！你们中国军人很坚韧，很乐观，也很幽默。李将军，说实话，我长这么大，还是第一次见到这么看电影的。这简直就是戈壁滩上一道奇妙的‘风景’啊！”

将军说：“罗金上校，要说风景，戈壁滩上的风景太多了，这只是其中一道。如果你们有兴趣，我可以领你们去看看别的风景。”

罗金说：“当然有兴趣了。李将军，什么时候去？”

将军说：“这个周末，如何？”

罗金说：“好，一言为定！”

几位苏联专家急忙问：“李将军，去哪里看呢？”

将军笑了：“暂时保密，到了就知道了。”

十八

周末这天，将军带着翻译一大早来到招待所。几十个苏联专家全部上车后，队伍便出发了。

这天，戈壁滩风和日丽，万里无云，颇有一点寒冬过后三春回暖的意思。司机是个“老戈壁”了，一边开车，一边哼着小曲，一边还指指点点。苏联专家也兴致勃勃，望着窗外的沙丘、红柳、骆驼，一路上说着，笑着，唱着，心情十分愉快。不知不觉，汽车便来到祁连山脚下。

突然，坐在将军身旁的罗金惊叫起来：“李将军，您看，那是什么?”

将军顺着罗金手指的方向望去，只见天边一群跃动的黄影，正冲着他们飞奔而来，身后扬起一片漫漫黄沙。将军虽身经百战，却从未见过如此阵势。黄影越来越近，越来越清晰。等到眼前，将军定睛一看，原来竟是上百只正在奔跑的黄羊！黄羊灵性十足，形状像鹿，细细的腿，长长的脖，白色的肚，金黄的毛，奔跑起来，宛若荡起的风，如同射出的箭！很快，黄羊跑到车前两百米处，然后迅速拉开阵容，摆出一副横刀立马、舍我其谁的架势。

将军到戈壁滩后，听说过不少关于黄羊的传说，也亲眼见过黄羊追赶汽车的事实；但上百只黄羊挡住他的去路，却还是第一次。

苏联专家非常惊讶，纷纷问道：“李将军，这是什么动物?”

将军说：“黄羊！这是戈壁滩上特有的一种动物。戈壁滩的野生动物很多，尤其是这黄羊，遍地皆是，行车途中，随处可遇。”

苏联专家说：“这黄羊有什么特点呢?”

将军说：“黄羊最喜欢在午后下山吃草，日落时分出来喝水，出来时常常成群结队，少时三四十只，多时四五百只。黄羊善于奔跑，一旦狂奔起来，浩浩荡荡，飞沙走石，遮天蔽日，戈壁滩半个天空，都会被它们折腾得一片昏昏沉沉!”

此时，黄羊越走越近，竟走到了车前五十米处，大有逼退汽车的意思。

罗金指着挡在车前的黄羊问：“它们挡住我们，要干什么?”

将军说：“看样子，要和我们进行一场较量!”

“较量？黄羊要和我们较量?”罗金更加不解。

将军转身叮嘱司机说：“小伙子，慢一点，别碰着了黄羊。”

汽车离黄羊越来越近了，热乎乎、甜腻腻的气息直扑而来，黄羊突突突的心跳声仿佛都能听到，苏联专家感到既亲切又紧张。将军望着黄羊，黄羊也望着将军，眼神纯洁而温柔，像刚出生的孩子，打量着陌生的父亲。

突然，司机一踩油门，一打方向盘，汽车拐了个弯，接着像离弦的箭，嗖地便蹿了出去。说时迟那时快，黄羊立即调头，紧追不舍。于是，上百只黄羊和一辆汽车在戈壁滩上的赛跑大赛开始了：汽车在前面狂跑，黄羊在后面猛追；阳光像金子般洒落下来，映照在数百只奔、跑、腾、挪的羊蹄上；千古荒原，顿时展开了一幅生动绝妙的人间图画！

将军和苏联专家目不转睛地回望着狂追不舍的黄羊，个个惊得目瞪口呆！等从久久的震撼中清醒过来，汽车已跑出了十几公里的路程……

“停车！”突然，将军对着司机喊了一嗓子。

汽车猛地一刹车，停住了。

“怎么不跑了？”正看得入神的罗金问。

将军说：“我们不能再跑了，再跑，黄羊还会继续追，用不了一会儿，黄羊就会炸肺而死！”

“炸肺而死?!”罗金吃惊地看着将军。

将军说：“是的，黄羊生性纯洁老实，一旦领着它们跑了起来，它们就只知道一个劲儿地往前跑，不会拐弯，也不会抄近道，用我们中国军人的话来说，就是勇往直前！我曾经问过这儿的老百姓，老百姓告诉我说，母羊一般能跑上半个多小时，公羊则只能跑上二十多分钟。黄羊一旦跑久了，跑着跑着，就会突然倒地，伸出舌头直喘粗气，接着就会炸肺而死！所以，要想在戈壁滩上打黄羊，可以不费一枪一弹，就这么开着车跟它们赛跑，用不了一会儿，就可以下车捡黄羊了。”

罗金简直听得着迷，抬眼望去，只见黄羊果然还在傻乎乎地跟着汽车跑，跑着跑着，抬头见汽车不再动弹了，才缓缓放慢了步子。“这些黄羊真傻，一旦被人指了条路，就连命都不要啦。”罗金说。

将军说：“是呀，要不说，人才是最高级的动物呢！不过，我们人类要是都有黄羊这股傻劲，就好了！”

汽车继续前行，留下一地黄羊。又经一个多小时的路程，汽车来到戈壁滩最著名的历史古迹——黑城！黑城突兀荒原，已有上千年的历史，四周除了沙丘还是沙丘，除了苍凉还是苍凉。但是，黑城虽屡遭风沙剥蚀，却轮廓尚存，故址依旧。

将军领着苏联专家向着黑城城垛跋涉。一路黄沙太厚，双脚落地，立即深陷其中，每走一步，相当吃力。罗金一不小心，陷入一个沙窝，等拔出双腿，已不见了鞋子，只好用手拔出鞋子，搭在肩上，赤脚前行。众人爬上城墙，狂风乍起，沙尘滚滚，遮天蔽日，根本无法睁眼。但风过之后，再面对黑城千古遗迹，个个瞠目结舌，惊叹不已！

将军站在城墙上端，举目远眺，当年千军万马拼命厮杀、血溅疆场的壮烈情景仿佛历历在目。“这就是西北大漠有名的黑城。”将军抬手一指，划出一道弧线，像划过千年历史，“黑城距今已有数千年的历史，结构为长方形，北墙长约五百米，西墙长约四百米，总面积约两万平方米，是西北大漠中最大，也是保存最好的古迹之一。”

罗金说：“中国真是一个历史悠久的文明古国，每一粒沙子，好像都写着上千年的历史。”

将军说：“据史料记载，公元 10 世纪左右，中国的西夏王朝就建都于此。建都前，大批移民在这儿繁衍生息，放牧打猎；建都后，拓荒垦地，人丁兴旺，创造了自己独有的文字，还将泥活字印刷术演进为木活字印刷术。后来随着蒙古族的崛起，黑城不断遭到侵略，最终消亡在成吉思汗统领的十万大军的铁蹄之下。黑城落入元朝不长，又被明朝攻克。再后来，随着郑和下西洋发现了海洋航道，明清帝国的目光便开始投向蔚蓝色的海洋，于是辉煌了几个世纪的大漠疆土逐渐淡出人们的视野，热闹非凡的丝绸之路日渐凋敝，名扬四方的黑城沦为一座死城。黑城从此昏睡七百年，直至上个世纪初的一天，有一个人来到这里，才惊醒了沉睡中的黑城。”

罗金问：“这个人是谁？”

将军说：“您的同胞。”

罗金一惊：“俄国人？！”

将军说：“是的，此人叫波塔宁。上世纪中叶，世界上曾经掀起了一股中国西部探险热，波塔宁就是在这股热潮的推动下于 1886 年闯进这片死亡之海的。有一天，波塔宁无意中从当地资料中获得了黑城的线索，便不顾一路艰险，只身闯入这片荒漠。虽然这次波塔宁没有进入黑城，却获得了有关黑城的不少珍贵史料，回去后很快将黑城的秘密公布于世，从而引起西方世界的关注。1899年，另一个叫科慈洛夫的俄国人也来到这里，因当地人的封锁，科慈洛夫和波塔宁一样，也未进入黑城。但九年后，科慈洛夫利用俄国皇家地理学家组织探险队来中国探险之机，再次来到这里，终于进入黑城，从黑城的佛塔中掠走各类刻本抄本数千种、古代藏书两万四千多卷、绘画典藏精品三百余幅以及一大批极其珍贵的稀世文物。科慈洛夫的黑城之行引起世界轰动，英国、美国、日本、瑞典等国的探险家们随之漂洋过海，纷至沓来，最终将黑城藏宝席卷一空。此后，黑城成了一座空城，一片废墟，一段任凭风雨鞭打的历史！”

苏联专家久久沉浸在将军的追述中。片刻，才掏出相机，开始拍照。将军则站在城墙的最高处，抓起一把沙子，高高举在空中，然后慢慢松开手掌，让沙子缓缓滑落……如此反复把玩，像个调皮的顽童。等苏联专家拍完照，将军才大声喊道：“走，我带你们再去看看另一道风景！”

又经一路颠簸，汽车停在了弱水河畔一片沙丘旁。苏联专家下车一看，全惊呆了！呈现在他们眼前的，是好大一片胡杨林！时值金秋，苍劲的枝丫，灰绿色的叶片，斑斑斓斓，如潮如汐，漫及整个弱水河畔。胡杨千奇百怪的丰满造型，超凡脱俗的独特布局，坚忍不拔的傲然身姿，在万道晚霞的照耀下，在浓浓秋意的渲染中，简直如同一幅风格凝重、神韵游荡的组合油画！

将军伸出手臂，用力一指，说：“这就是戈壁滩上有名的胡杨林！”

苏联专家齐声叹道：“哇，胡杨林，真是太美了！”

将军领着苏联专家，穿行于胡杨林中，一边观赏，一边向苏联专家讲解道：“胡杨诞生于六千多万年前的古地中海沿岸，是杨柳科中唯一能扎根戈壁沙漠的树种。这种树耐旱、耐寒、耐碱能力极强，一棵树上能同时长出三种叶子，所以又叫‘异叶柳’。这弱水河畔的胡杨是世界上仅存的三片森林之一，也是保存最完好的一片森林。”

一位苏联专家说：“在如此一个荒原戈壁，能有这样一片胡杨林，简直堪称美不胜收，太珍贵了！”

将军说：“是的，这片胡杨确实很美，但在我看来，这还算不上真正的胡杨。”

“还算不上真正的胡杨？”罗金望着将军，一脸狐疑，“李将军，怎么讲？”

将军说：“现在我们看到的，只是胡杨优美的身姿，华丽的外表，而胡杨真正的风骨与魂魄，你们还没看到。”

“那在哪里才能看到？”罗金急问。

“跟我走吧。”将军说。

将军领着苏联专家沿着弱水河岸一路走去，很快来到另一块荒漠。等将军停下脚步，众人举目望去，但见眼前的一大片胡杨，与刚才看到的胡杨迥然不同。这儿的胡杨全是树干，没有一片树叶；枯瘦的树干如同一双双没有皮肉、只有骨头的手臂，高高擎起，直刺长空——既像是在面向苍天发出某种呼喊，又像是在俯视人间暗示某种真谛，给人以强烈的震撼与深深的思索！

将军说：“这就是戈壁滩上有名的‘怪树林’。”

罗金说：“‘怪树林’？怪在哪里？”

将军说：“怪就怪在，这树死而不倒，倒而不朽，朽而不腐，虽死犹存。这是大漠胡杨宁死不屈的一种天性。在民间，对胡杨还有一种说法，说胡杨‘生而不死三千年，死而不倒三千年，倒而不朽三千年’。所以生物学界把戈壁滩上的胡杨树称之为‘活化石’。我认为，这样的胡杨，才是真正的胡杨！”

罗金说：“我到过世界上许多地方，却是第一次见到如此绝美的胡杨，实在是太珍贵、太壮美了！”

“这儿的胡杨为什么会变成这个样子呢？”一位苏联专家抚摸着树干，好奇地问。

将军说：“其实，这儿原本是一片茂盛的胡杨林，因严重缺水，天长日久，最终导致胡杨全部枯竭而死。但胡杨生性顽强，即便死了，也依然傲立荒原，千年不倒。这，或许便是胡杨独有的生命价值与个性魅力所在。不过，这儿的人们却更愿意相信另一个传说。”

“什么传说?”罗金问。

将军说：“传说当年驻守黑城的是一位威震四方的黑将军。这位黑将军真名叫哈拉巴特尔，因脸膛黑如木炭，故人称‘黑将军’。成吉思汗的大军攻打黑城时，久攻不下，便截断流经黑城的弱水，致使黑城水源断绝，全城将士百姓，面临灭顶之灾。黑将军下令城中军民，掘地挖井。但挖至八十余米，仍滴水不见。绝望中，黑将军被迫将全城珍宝八十余车投入枯井，并亲手杀死妻妾儿女，而后在一个月黑风高的夜晚，率部突围。一场血战之后，终因寡不敌众，数千名将士全部阵亡。此后，星移斗转，天长日久，黑将军和数千将士的尸骨经岁月风化，化作了眼前这片胡杨林，被后人称为‘怪树林’!”

罗金感叹道：“这传说太感人了，但愿不是传说。”

将军说：“这个神奇的传说在荒原广为流传，经久不衰。不过在我看来，这片‘怪树林’一点不怪，它的存在，既是一段古人征战搏杀的历史，也是一种宁死不屈、死而不倒的精神象征!”

罗金说：“是的，中华民族和俄罗斯民族一样，都有一种百折不挠、宁死不屈的精神。俄罗斯人民用了近五个世纪，沿着伏尔加河，翻越乌拉尔山，征服了乌克兰和西伯利亚，直到19世纪末，才建立起罗马帝国崩溃以来最庞大的沙俄帝国。拿破仑和希特勒等一度称霸欧洲的征服者最终兵败于冰封雪飘而辽阔无垠的俄罗斯，也印证了俄罗斯民族不屈的顽强精神。而十月革命在俄国的胜利，不仅是一种主义的胜利，更是一个民族精神力量的胜利!”

将军说：“是的，精神的力量往往巨大无比。这千古荒原寸草不生，鸟过无痕，本是一片死亡之海，但新中国的第一支发射部队却大踏步地闯了进来，我们依靠的不是丰富的物资，而正是强大的精神！我们不仅要在这儿安营扎寨，繁衍生息，而且还要发射导弹、火箭，将来有一天可能还要发射飞船！当然了，我们也要在这儿铸造一把长空利剑，抵御外来者的入侵，保卫国家和人民的安宁!”

罗金说：“其实，我的国家也一样，为了把西伯利亚建成战略大后方，以适应‘世界革命’和‘世界战争’的需要，从20世纪30年代初开始，就开始实施工业东移和重点计划投资政策，近一千五百个大型工业企业和一千万居民撤往乌拉尔、伏尔加河流域和西伯利亚；与此同时，苏联每年还分配几万名大学毕业生到东部，并将大批东部干部、专家抽调到西部或送往国外培训。1944年，苏联科学院西伯利亚研究所组建。1957年，苏联科学院西伯利亚分院成立。这些举措为提高西伯利亚地区整体科学文化建设和水平发挥了重要作用，从而使苏联很快成为世界上唯一可与美国抗衡的超级大国。”罗金说着，眼前的胡杨仿佛变成了卓娅，变成了保尔·柯察金，变成了他心中所有崇敬的英雄——当然，也包括眼前这位中国火箭发射将军。

将军走到一棵高大挺拔的胡杨树干面前，双手抚摸，凝视片刻，然后对罗金说道："但愿五十年甚至一百年之后，轮到我们作古时，我们也能变成这片不朽的胡杨林，傲立荒原，永远不倒!"

众人望着胡杨，一片静默。唯有风过荒原，发出呼呼声响。

十九

三个月后，当戈壁滩的自然风景只能留作心中美好的记忆时，血性十足的"老大哥"便开始渴望男人心中最美的"风景"——女人了。

中国将士为了中国的导弹，可以在荒凉的戈壁滩忍受饥饿，忍受寒冷，忍受孤独，忍受寂寞，甚至忍受性饥渴带来的极大苦闷。但苏联专家不行，他们是"老大哥"，是贵宾，是中国导弹的救星，因而比中国男人更有理由，也更有资本需要女人——这是那个年代中国人的情感逻辑。

然而大漠荒原，没有女人。

于是一个关于女人的问题，摆在了将军的面前。

这天，将军刚从发射场回到办公室，屁股还没坐稳，一个大个子苏联专家就气冲冲地闯了进来，情绪非常激动，满嘴俄语，叽里咕噜说了一大堆。结果，将军一句也没听懂。将军在大学时学的是英语，没学过俄语，俄语是到戈壁滩之后"现炒现卖"的。所以简单的俄语还能听，也能说，复杂一点，就不行了。但将军不着急，他先热情地招呼“老大哥”坐下，再倒上一杯热水，然后让他慢慢说。“老大哥”说了足足五分钟，将军终于听明白了：他老婆到北京了，翻译官谢家彬却不给他派飞机去北京见老婆！

当时，中苏合作有规定，凡是来华帮助中国工作的苏联专家，超过三个月的，夫人都可以来华探亲，并由中方统一安排住在北京总政西直门招待所。然后基地利用每个周末，把在戈壁滩上工作的苏联专家用专机送往北京，让小两口过一晚上的“性福”生活，再用专机接回基地。

将军安抚、送走这位“老大哥”后，一个电话把翻译官谢家彬叫到办公室，问：“苏联专家闹着要派飞机的事，到底是怎么回事?”

谢家彬说：“昨天，我刚安排一架飞机飞北京，事前我通知了每一个苏联专家，可报上来的名单中没有这位专家。今天他却跑来找我，说他老婆马上就到北京了，要他到机场去接，让我马上给他派一架飞机飞北京。我跟他说，我们国家现在还很困难，没有条件专门为您派一架飞机，我会马上想办法，尽可能让您早点去北京。可我话还没说完，他就气呼呼地走了。没想到‘老毛子’也学会打小报告了。”

将军说：“这事你没错。他老婆来了，我们肯定要让他见，但派飞机又不是派毛驴车，哪能说派就派啊!”

谢家彬说：“这些人也实在太难伺候了。这位专家肯定还会来找我闹，怎么办?”

将军突然想起十四号。十四号是基地二部即“空—空”导弹试验部机场的代号。十四号机场刚开通不久，任务很繁重，经常有飞机去全国各地办事。于是将军拿起电话，找到十四号的负责人，一问，正好有一架飞机第二天要飞北京。将军放下电话，让谢家彬马上去通知这位苏联专家。

接着，将军又把翻译李在武叫来，让他去给苏联专家多讲一些中国的现实情况和有关政策，让他们安心工作，有什么问题一定会想办法解决。第二天，基地利用列宁的诞辰日，举行了一次隆重的纪念活动，并让苏联专家选派一位代表上台讲话。这一安排让苏联专家非常高兴，他们没想到在异国他乡，在荒凉的戈壁，还能纪念自己的伟大领袖列宁！这天，发言的苏联专家一腔赤诚，热泪滚滚，上台表达了对列宁的敬仰之情；虽然讲话时有风沙钻进"窗户"，让他吞吃了不少沙子，却赢得全场一片掌声。

但是，随着枯燥的日子越来越长，苏联专家的情绪开始出现波动，脸上的表情就像戈壁滩上久久不见太阳的天气；甚至个别专家在工作期间，也精力涣散，无精打采。将军注意到了这一点，忙让谢家彬下去了解情况。第二天，谢家彬来到将军办公室，闷着头，不张嘴。将军问："怎么，又遇到麻烦了？"

谢家彬说："这回麻烦大了！"

将军问："什么麻烦？"

谢家彬憋了半天，这才挤出一句话来："'老大哥'想女人了！"

"老大哥"的确想女人了。有时想得晚上睡不着觉，他们就爬起来，围着招待所的小院跑步；跑累了，站在遥远的戈壁滩上，望着更遥远的故乡，接着再想。虽然按规定，苏联专家可以到北京会见老婆，但问题是：有的专家没有老婆；有的专家有老婆，却没条件来中国；有的老婆有条件来中国，时间又不可能太长，一个礼拜见一面，和老婆睡一觉，还得从戈壁滩飞到北京，完事后马上再回来。这一去一回，结果比先前更孤独、更苦闷。至于有的专家的夫人来到基地，穿着内衣、躺在阳台的躺椅上晒太阳，搞得招待所站岗的战士头都不敢抬，那是后来的事。

中国军人也想女人。但和苏联专家不一样，至多偶尔像过电一样，在脑子里过一下，便完事了。因为基地创建初期，天天都要干苦活，干脏活，干重活，还要拼命向"老大哥"学习非常复杂深奥的导弹发射技术，每天又累又困，晚上倒下便呼呼大睡——不睡不行啊，第二天还得干活，还得学习。所以就是想，也没时间多想。

这一天，两名苏联专家瞒着谢家彬，直接来到将军办公室，用生硬的汉语说："李将军，我们今天来找您，想谈一件很重要的事情。"

将军说："有什么事尽管直说。"

苏联专家说："这儿生活太枯燥，能不能搞个舞会，让大家跳跳舞？"

“跳舞?”将军愣了一下，但很快回答说，“搞舞会，这个主意不错。请回去转告其他专家同志，我们一定尽快想办法搞起来。”

送走苏联专家，将军当即叫来谢家彬，谈了舞会一事。谢家彬有点担心，说：“李司令，这些苏联专家是外国人，给他们搞舞会，合适吗?”

将军说：“跳个狗屁舞，有什么稀奇的？告诉你吧，我在上海念大学时就参加过学校的舞会了。后来去延安，听说在窑洞边上毛主席、周总理还跳舞呢！新中国成立后，中南海每个礼拜都有舞会，周恩来、毛主席都是常客。既然战争年代能跳舞，中南海能跳舞，戈壁滩为什么就不能跳舞？再说了，为了咱们的导弹，给‘老大哥’搞个舞会，又不是开妓院，怕个屎!”

谢家彬说：“李司令，搞舞会是可以，关键是没舞伴啊。您是知道的，基地几万官兵，全是光棍，因为保密，连一个家属都不准带。用战士们的话来说，天上飞的鸟，地上爬的虫，全是公的，您让我到哪儿找舞伴去啊?”

“对呀，跳舞得有女舞伴啊！不能光棍搂着光棍跳吧。他娘的，这可咋办?”将军恍然大悟，突然难住了。

谢家彬想了想，说：“要不从基地医院里挑几个护士?”

将军说：“不行，医院的护理工作很重，一旦头天晚上跳舞，第二天肯定影响工作。再说，医院女兵本来就少，会跳舞的女兵更是寥寥无几，僧多粥少，到时非打起来不可。”

谢家彬说：“那就找地方政府要。”

将军说：“更不行，发射场是绝密单位，弄些地方娘儿们来，深更半夜、出出进进的，万一混进来个女特务、女间谍什么的，岂不坏事!”

最后，还是将军想了一招：“干脆，从文工团抽调舞伴!”

二十

酒泉基地文工团，即当年有名的“火线文工团”，组建于 1958 年底，其团员均是从朝鲜战场撤回来的第一军、十六军和二十三军的三个文工团中挑选出来的骨干。而女文工团员多是小兵，有的年仅十二三岁，都是 1949 年参的军。参军后就跟着大部队“雄赳赳，气昂昂，跨过鸭绿江”，在朝鲜一待就是八年。这些小女兵跨过鸭绿江不是去打仗，而是去慰问那些在朝鲜打仗的志愿军。在朝鲜的坑道里，她们摸爬滚打，风餐露宿，每天迎着枪林弹雨，打快板，唱小调，散传单，办小报，作动员，喊口号；或者下伙房，劈柴火，烧姜汤；甚至有时还要上战场，抬担架，背伤员！1958 年，文工团随最后一支入朝部队回国，不久总政把三个文工团调到北京排练话剧（即后来轰动全国的《三八线上》），向国庆十周年献礼！献礼结束后，国防科委从三个团二百五十名团员中，挑选出一百二十名政治合格、业务棒、表现好的团员组成了二十基地文工团。被选中的女团员非常高兴，非常自豪，因为领导告诉她们说，能被选上，是毛主席对她们的信任，是最大的光荣！可她们根本不知道二十基地是什么单位，更不知道在哪里，干什么的，就知道两个字：保密！领导只让她们去买个风镜，说可以用来挡挡风。于是她们这才知道要去的那个地方有风；至于风有多大，不知道。可她们跑遍了北京城，到处找风镜，最后也没买到一个风镜。1959 年 1 月，她们连爹妈都来不及见上一面，一声令下，就被一列闷罐火车咣当一声拉到了戈壁滩。到基地后，基地的房子还没盖好，房顶尽是枯草和木棍，她们晚上在屋里睡觉，一睁眼居然能看见月亮和星星；一盆水几个人洗脸，洗完脸再用来洗脚擦桌子；澡堂就一个——战士们用铁锹挖的一个大水池子，按规定时间，统一集体洗澡，一个月最多能洗上一次。她们除了上厕所、洗澡、睡觉不和男团员在一起，其他干什么都和男团员在一起，却从来没感觉自己是个姑娘。每天除了劳动，就是排练节目，排好就下基层演出。给北京建筑工程大队演，给兰州建筑工程大队演，给一〇九工兵团和铁道兵演。没有舞台，就在饭堂里搭个台子。饭堂是木板搭建的，小，装不下成千上万、热情似火的战士，战士们就坐在饭堂外面，透过饭堂四周木板的洞眼和缝隙看。每次演出，风都刮得呼呼的，还有沙子，风一吹，直往裙子里钻。但所有这些苦，她们都不在乎，也不惧怕。她们是在朝鲜坑道里滚过的人，是在枪林弹雨中走出来的兵，听从组织的召唤，服从组织的安排，把一切交给党，已然成为一种习惯。所以，当文工团的副政委把陪苏联专家跳舞的决定告诉她们后，她们二话不说，服从！

第一场舞会开始这天，文工团的姑娘们刚吃罢晚饭，便打来半盆凉水，洗了一把“集体脸”，然后换上一身难得一换的干净衣服，早早来到基地招待所小礼堂。这是基地第一次为苏联专家举办舞会，也是沉寂千年的戈壁滩有史以来的第一场舞会。姑娘们来得早，“老大哥”来得更早。姑娘们进门一看：哇，仅一百平方米的小礼堂早已挤满了牛高马大的“老大哥”；而“老大哥”一见姑娘们光临，像刚刚灌下一杯浓浓的咖啡，眼睛放光，立马来了精神。

音乐响起，姑娘们犹如一群鱼儿跃进水池，手臂、双腿、大脑、心情，渐渐舒展开来。姑娘们能歌善舞，多才多艺，对于交谊舞，当然不会陌生。因为她们是在朝鲜战场的坑道里摸爬滚打过的兵。苏联交谊舞刚传到朝鲜时，她们就开始学习了，学会后便在联欢会或庆功会上陪苏联顾问和朝鲜人民军跳，陪中国志愿军跳；板门店谈判时，还和联合国的军官在狭窄的坑道里跳。本来去板门店之前，领导告诉她们去板门店值班，执行政治任务。结果，她们在那儿陪联合国的军官跳了一个月的舞。联合国的军官情感丰富，思想活跃，跳舞时容易想入非非，上级就指示，让男团员保护女团员。回国后，在北京排练话剧期间，她们还常到中南海陪国家领导人跳，毛泽东、周恩来都曾是她们的舞伴。所以现在和苏联专家跳舞，简直就是小菜一碟。不仅快三步、慢三步，跳得十分流畅；探戈、华尔兹，同样跳得非常专业；还有俄罗斯民间舞蹈，也跳得很像那么回事。

而苏联“老大哥”对于跳舞，更是轻车熟路。他们刚一搂着中国姑娘，便舞兴大发，激情四射，如饥似渴，像在大漠荒原跋涉已久的过客，突然遇上一湾清凉的甘泉，掬起一捧，狂饮不止。别看这些“老大哥”在发射场上得意扬扬，派头十足，可一旦掉进舞场，见到中国姑娘，就像士兵见到将军、臣民见到皇上，立马变得彬彬有礼老老实实，一点没了“老大哥”的模样。跳舞中他们不但要看中国姑娘的脸色，还要想法讨好中国姑娘，就像在发射场上中方人员要看苏联专家的脸色，想法讨好“老大哥”一样。

舞池中最突出者，当数小英子。小英子年纪最小，名字中有一个字是“英”，故“老大哥”都叫她“小英子”，久而久之，便省了她的姓，也略了她的名。小英子脸盘长得俊，身段生得美，舞池中绝对鹤立鸡群。舞间休息时，小英子即兴唱了一首俄罗斯民歌，赢得“老大哥”一片掌声；接着又唱了两首俄罗斯情歌，更是博得满堂喝彩。“老大哥”早就听说，东方出美人，没想到在这荒凉的戈壁滩上居然还有如此风情万种、才貌双全的美人！这让沉浸在美色和音乐中的“老大哥”心醉神迷，手忙脚乱，争先恐后，邀请小英子跳舞。小英子把跳舞真的当成政治任务，有请必应，跳了一曲又一曲，跳得红扑扑的脸蛋大汗淋漓，依然翩翩起舞旋转不止。于是，嘣嚓嚓，嘣嚓嚓，优美的舞曲当晚久久萦绕在大漠深处，直至翌日凌晨。

此后，根据“老大哥”的愿望，基地每周举办两次舞会。“老大哥”对此反应很好。可到了第四周，问题便出来了。问题出在舞伴上。由于文工团担任着繁重的演出任务，节目都是自编自导，还要天天下基层找素材，所以姑娘们不可能每次全部到场，只能谁有空谁去伴舞。于是舞场上僧多粥少，男女比例严重失调，舞伴怎么也不够使，这个“老大哥”刚一撒手，另一个“老大哥”又一把搂了过去，不到曲终，决不撒手，好比一颗好不容易含进嘴里的葡萄，没有品足味道，绝不吐皮。而那些没有舞伴的“老大哥”，则坐在一旁，睁着一双猎人似的眼睛，一旦发现哪位姑娘终于“释放”，立即迎上去，犹如战士冲向战场。“老大哥”的兴致越跳越高，舞会的时间也就越拖越长，几个小时旋转下来，姑娘们早已累得大汗淋漓气喘吁吁了。而当时，正值中国大饥饿降临的前夜，基地的粮食已经开始吃紧，每月供应的粮食比原来减少了三斤半，还多是粗粮。跳舞前，尽管姑娘们汤汤水水喝了一肚子，可有数量，没质量，一个月的油水加起来也抵不上“老大哥”一天的营养。所以跳到后来，渐渐不在状态，甚至有的头晕腿软，两眼冒金星！

最让姑娘们不能忍受的，是“老大哥”身上的那股气味儿！这股味儿像是来自娘胎，很难说清是香是臭，是腥是酸。每次舞会过半，随着

"老大哥"兴奋度越来越高，热能越来越多，从体内散发出来的气味就越来越浓。姑娘们一闻到这味儿，便苦不堪言，兴趣全无。尤其是小英子，第一次和苏联人跳舞，对这股味儿就非常敏感！小英子十三岁就跟着文工团去了朝鲜，在战场，她不怕苦，不怕累，不怕枪，不怕炮，甚至不怕死。可现在到了舞场，却成了懦夫，一闻到"老毛子"身上的那股味儿，就恶心，就难受！因此小英子就找到副政委，希望把每周的两次舞会减少为一次。副政委说，每周两次舞会是苏联专家的意思，是李司令定的，要改，你们找李司令改去，我说了不算。小英子早就听说过李司令的厉害，哪敢找去！可"老大哥"身上的那股味儿她实在忍无可忍，怎么办呢？便开始悄悄琢磨如何对付"老大哥"。于是，中苏之间的暗中较量——中国姑娘柔软妩媚的腰身和苏联"老大哥"长满汗毛的手臂——在中苏两党关系尚未破裂之前，便在戈壁滩的舞场提前开始了。

周末这天，小英子准时步入舞场，脸上照常面带微笑，舞步依然潇洒漂亮。可跳着跳着，小英子突然佯装踏错了步点，一下踩在了"老大哥"的脚上，然后用半生不熟的俄语说了句"对不起"，便想离去。可小英子的体重不过八十来斤，一只小脚踩在牛高马大的"老大哥"的脚上，犹如小孩给大人挠痒痒。所以"老大哥"脸上依然笑态可掬，眼里照常含情脉脉，如同一个老练的猎手，伸手扶着小英子柔软的腰肢，重新跳了起来——不但没有影响跳舞的情绪，反而刺激了好奇的心理，平添了一份玩性。小英子只好继续忍受着"老大哥"身上的气味，继续陪"老大哥"跳舞。后来实在忍不住了，只好佯装崴了脚，才一瘸一拐地退出舞场。可她刚坐下，另一个"老大哥"又赶到面前，请她跳舞。她便指指脚，故作痛苦状，说："对不起，我不小心崴了脚。""老大哥"说："没关系，不能与你共舞，请你唱歌总可以吧。听你唱歌，也是一种享受。"没办法，为了表示对"老大哥"的歉意，弥补自己的"过错"，小英子只好以歌当舞。于是每当音乐响起，小英子便站在舞厅一角，握着话筒，像战士握着钢枪，唱了中国的民歌，再唱俄罗斯的民歌，一首接一首。唱到后来，嗓子都快冒烟了，依然坚持着唱。如同一个上了战场的战士，战斗没有结束，绝不停止射击。一个晚上下来，居然一口气唱了十二首！

第二天，小英子的嗓子沙哑得像破锣，火辣辣地疼，话都说不出来了，当即就被送到卫生队，打针、吃药、休息。可几天后，小英子又出现在了周末的舞会上。病后的小英子风摆杨柳，婀娜多姿，宛若从唐诗宋词中走出的玉女，比病前反而多了一份妩媚。“老大哥”一见小英子，纷纷上前问候。但因无法忍受“老大哥”身上的气味，小英子还是借口“脚伤”未愈，不跳舞只唱歌。舞会结束后，小英子的嗓子又哑了，而且比先前哑得还厉害。嗓子反复沙哑，是歌唱演员的大忌，后果不堪设想。于是文工团副政委立即下令，让小英子卧床休息！可小英子在床上躺了两个小时就躺不住了，决定去文工团炊事班帮厨。

小英子刚到炊事班，就碰见在苏联专家餐厅工作的一个战士，拿着大蒜来找文工团炊事班老班长换土豆。战士说：“老班长，苏联专家只要一闻到蒜味，就哇哇乱叫，一点蒜也不能吃，所以我想用我的大蒜换点您的土豆。”

小英子听到这话，眼睛一亮，转身跑回文工团，向几位姑娘说了苏联专家怕吃大蒜的秘密，然后说：“在跳舞前，要是我们吃上几瓣大蒜，跳舞时苏联专家一闻到蒜味，肯定就不愿和我们跳舞了。”

几个姑娘马上叫好，说：“这个主意不错，至少我们可以少跳一会儿，少闻点臭味！”

又一个周末到了。吃晚饭时，小英子和几个小姑娘跑到炊事班，找到老班长，说：“老班长，给我们点大蒜吧！”

老班长说：“姑娘家，吃大蒜干啥？”

小英子说：“天冷了，我们预防感冒。”

老班长便提出一篮子蒜头，往灶台一放，说：“自己拿吧。不过，不要吃得太多，这戈壁滩的蒜不比内地，味大，特辣，还毒！”

姑娘们拿着大蒜回到饭桌前，先吃上一口菜，再塞进一瓣蒜，刚嚼了一口，一股浓烈的蒜味立即辣得额头冒汗舌尖发颤，半天合不拢嘴。但姑娘们一想到苏联“老大哥”身上的那股味儿，硬是咬着牙一瓣一瓣地往下咽；咽一瓣，吸一口气，再咽一瓣，再吸一口气，直至舌头发麻，嘴唇发木。

之后，姑娘们来到舞场。优美的舞曲刚一响起，“老大哥”便搂着姑娘们跳了起来。由于有些“老大哥”是从东北来的，能说一些汉语，所以他们一边兴奋地跳着，一边用简单生硬的中国话与姑娘们聊天。比如，“你的舞跳得真好!”“你长得太美了!”“你的老家在哪里?”“在戈壁滩习惯吗?”等等。几个吃了大蒜的姑娘只是抿嘴笑笑，却不张嘴。后来，随着热气的升腾，“老大哥”身上的气味开始散发，几个姑娘实在无法忍受时，便开始张嘴说话了，出气也大了。结果，随着姑娘们的小嘴一张一合，一股股浓浓的大蒜味随之飘散出来，直扑“老大哥”的鼻孔；接着，大蒜味随着空气的起伏和音乐的律动，很快弥漫于小小的礼堂。于是舞兴正浓的“老大哥”突然间好像不是身在舞场，而是掉进了一个大蒜加工厂！他们本能地把头扭向一边，身体与姑娘们也拉开了距离，舞步随后开始出现紊乱。“老大哥”明明知道大蒜味出自中国姑娘漂亮的小嘴，却又不敢相信，也不愿意相信这是真的，就像手里握着个烫手的山芋，捧着不是，扔了也不是。后来实在忍无可忍，才匆匆逃出舞场。

舞会从开始到结束，不到半小时。

苏联“老大哥”离开舞场后，热热闹闹的舞场便只剩下了几个满嘴蒜味的中国姑娘。舞场顿时一片寂静。这一结果，完全出乎中国姑娘的预料。吃几瓣大蒜，熏一熏“老大哥”，在几个小姑娘的心里不过是一场儿戏而已，想不到事情竟会闹到这种地步！于是一个个“呆”在那里，你看着我，我看着你，全傻了!

几分钟后，小英子才吐出一句满是蒜味的话来：“坏了!”

二十一

事情的确坏了。

苏联“老大哥”离开舞场后，很快来到翻译官谢家彬的办公室。他们七嘴八舌，吵吵嚷嚷，一口气说了一大堆，总的一个意思是：要求换舞伴，不和原来那些姑娘跳舞了!

谢家彬一听，头都大了。戈壁滩除了文工团和医院能找到几个女的，用战士们的话来说，连天上飞的鸟都是公的，他上哪儿找人换去？除非上天显灵，仙女下凡。于是他几乎是哀求道："尊敬的专家同志们，文工团的姑娘个个挺好的，又年轻，又漂亮，怎么要换啊？"

一位"老大哥"这才说道："这些姑娘跳舞时，吃了大蒜，一说话，一出气，全是蒜味，熏死人啦！我们苏联人，不怕苦，不怕累，就怕中国的大蒜味！这不，把我们全都熏跑了！"

谢家彬终于明白了。心想这帮丫头们怎么会这样呢，简直是胡闹嘛！他气得脸色铁青，又不便发作，只好耐心劝慰道："尊敬的各位专家同志，这个情况太突然了，我的确不知道。这样吧，今晚换舞伴已来不及了，下次吧，下次我一定安排好！"

但"老大哥"不同意，要见将军！

基地举办舞会后，将军很少跳舞，他总是叼着烟，在礼堂门口转来转去，不时进屋和"老大哥"说说话、聊聊天。当然偶尔也跳，跳得虽不标准，更谈不上漂亮，却潇洒自如，节奏鲜明，还有七分高雅三分狂野。这让苏联"老大哥"多少感到有点惊讶，没想到以"土包子"著称的中共将领中，居然还有如此人才——既能打仗，又可发射，还会跳舞！

谢家彬带着苏联"老大哥"来到将军办公室。将军听了谢家彬的汇报，知道事情坏了，忙笑呵呵地招呼"老大哥"坐下。"老大哥"不坐，把吃大蒜的事又说了一遍。将军说："我首先向各位专家赔礼道歉！我保证，一定严肃处理这件事情！当然了，这些姑娘还是一些孩子，也请你们多原谅。今晚临时更换舞伴，很仓促。这样好不好，北京刚来了一部新电影，今晚你们先看看电影，下次舞会我一定让你们满意！"

"老大哥"见将军态度诚恳，又是赔礼又是道歉，还安排看新电影，气也就消了一半，同意回去看电影。

"老大哥"刚一离开，将军桌子一拍，对着通信员就喊："去，让文工团的副政委马上跑步过来！"

副政委跑步赶到后，将军见面就说："你小子有种啊，胆子越来越大啦！"

副政委颤颤地问了一句："我、我胆子怎么大了？"

将军眼一瞪："你少给我装蒜！我问你，今晚跳舞，是谁批准那些姑娘吃蒜的？"

副政委一头雾水："吃蒜？吃什么蒜啊？"

旁边的谢家彬忙把事情的经过说了一遍。副政委直喊冤枉："李司令，这、这吃蒜的事，我可真的是一点不知道呀！"

将军说："马上回去，给我查清楚，到底是怎么回事？处理不好，我就撤了你！"

副政委回到文工团，冲着值班员就是一声吼："所有女文工团员，马上紧急集合！"

值班员很快将姑娘们带到排练厅。副政委一进屋，啪、啪、啪，将电灯开关全部打开。刹那间，所有灯光齐刷刷地照在了姑娘们的脸上。几个吃了大蒜的姑娘本来就羞愧难当，现在大白于灯光之下，更是无地自容。尤其是小英子，认为都是自己惹的祸，更是悔恨不已。

副政委双手叉腰，怒目圆睁，大声嚷道："今晚偷吃了大蒜的，全给我站出来！"

姑娘们低着头，盯着自己的脚尖，一声不吭。

终于，小英子第一个站了出来。

副政委盯着小英子，不相信。

很快，另一个姑娘站了出来。接着，又一个姑娘也站了出来。最后，五六个姑娘全站了出来。

副政委指着第一个姑娘问："你吃了几瓣？"

姑娘说："两瓣。"

副政委指着第二个姑娘问："你吃了几瓣？"

姑娘说："三瓣。"

副政委又指着第三个姑娘问："你吃了几瓣？"

姑娘说："四瓣。"

副政委指着小英子问："你呢？"

小英子说："八瓣。"

"八瓣？哎哟我的姑奶奶呀，难怪那些'老大哥'全让你们给熏跑啰！"副政委气得叫苦不迭。

小英子见气坏了副政委，一下就哭了。她一边抹着泪，一边把事情的原因和经过老老实实地讲了一遍。讲完后，还一个劲儿地说："副政委，我错了，我以后再也不敢了！"

副政委是个老好人，本想大发一顿脾气，见姑娘们认错的认错，哭鼻子的哭鼻子，心也就软了。他喘了口气，缓缓说道："我说姑娘们啊，你们什么都不怕，为什么偏偏就怕'老大哥'身上那股味儿呢？为什么偏偏就想出个用大蒜熏'老大哥'的馊主意呢？你们这不是太岁头上动土——找死吗？陪'老大哥'跳舞，事关中苏两国的友谊，这事说小了是方法问题，说大了可就是政治问题啦！可你们，居然、居然敢用大蒜去熏'老大哥'，真是吃了豹子胆了！这些'老大哥'是我们花大价钱请来的，真要把他们熏跑了，谁来教我们搞导弹？这事要是闹到北京，上面追查下来，别说我顶不住，就是李司令也照样顶不住啊，我的姑奶奶！"

"说得好！"副政委正说着，将军走进了排练厅，身后是谢家彬和警卫员。刚才，苏方负责人给将军打来电话，说舞场上的"大蒜事件"是对苏联专家的态度问题，如果中方不作处理，他们就要电告苏联大使馆！将军不是个怕事的人，但他承认这事的确做得不对，他向苏联专家道了歉，表了态，就急忙赶到这里。将军问："情况搞清楚了吗？怎么回事？"

副政委把几个姑娘吃大蒜的原因如实作了汇报。姑娘们直直地站在那里，吓得大气都不敢出。小英子更是胆战心惊，本来她只想开个玩笑而已，没想到苏联专家却认真了，居然把事情闹到这个地步，连司令员都惊动了！将军望着姑娘们，却许久说不出话来。他知道，这些姑娘们漂亮的舞姿，本该属于轻歌曼舞的城市，属于万众瞩目的舞台，可为了中国的导弹，却让她们来到这与世隔绝的戈壁滩，去陪苏联专家跳舞，还要忍受苏联专家身上那股难以忍受的怪味儿！这真够难为她们、委屈她们了！

将军掏出烟来，慢慢点燃，吸了几口，又急忙灭掉。然后，这才说道："你们这些小姑娘啊，让我说什么好呢？我早就说了，跳舞也是革命工作，也是政治任务，可你们居然耍起了小聪明，玩起了小把戏，偷吃了大蒜！我知道，苏联专家身上那股味儿你们不愿意闻，可谁又愿意呢？我这个当司令的就愿意吗？我就愿意天天看他们的脸色吗？我就愿意花了钱还要求着他们吗？我就愿意像伺候亲爹一样伺候他们吗？我也不愿意啊！实话告诉你们吧，我李福泽革命几十年，还从来没伺候过谁呢！可话又说回来，谁让咱们国家不如人家强大呢，谁让咱们的技术不如人家先进呢，谁让咱们自己搞不出导弹呢！再说了，为了帮助咱们搞导弹，这些专家远离祖国，舍弃亲人，牺牲家庭，来到这鸟都不飞的戈壁滩，和咱们同生活，同工作，同吃苦，你们陪他们跳跳舞，闻点不喜欢闻的味儿，又怎么了呢？又算得了什么呢？战争年代你们都经受住了战场的考验，和平时期怎么就败倒在舞场上了呢？"

片刻，将军继续说道："姑娘们，咱们数万发射官兵在戈壁滩上像骆驼一样吃苦、受累、挨饿、遭罪，为的什么？不就是为了搞出中国的导弹吗？搞出导弹来干啥？不就是为了咱们的国家能强大起来吗？所以姑娘们呀，要学会忍哪！什么叫忍？陈赓大将说了，忍，就是心上一把刀啊！没受委屈要忍，受了委屈要忍，受了冤枉受了屈辱也要忍！要忍气吞声，甚至还要忍辱负重！咱中华民族近百年来不就是忍着屈辱走过来的吗？不就是从心上这把刀尖上挺过来的吗？现在，全世界的社会主义兄弟国家都要听苏联'老大哥'的，连毛主席、周总理都要看苏联'老大哥'的脸色，可你们倒好，竟耍起了小性子，敢用大蒜熏'老大哥'！从现在起，你们记住了，国家利益永远高于一切！在国家利益面前，任何个人都必须作出牺牲！所以为了咱中国的导弹，我的姑奶奶们，你们就好好陪苏联专家跳舞吧，这事就算我这个当司令的，求你们了！"

姑娘们被将军的话深深打动了。她们抱成一团，顿时号啕大哭起来，一边哭，一边还泣不成声地说："司令员，我们错了，从今以后，我们一定好好陪苏联专家跳舞，再也不吃大蒜了！"

第二天，文工团处理小英子的复员报告送到了将军面前。将军看完报告，点着烟，心里有一种说不出的难受，几次拿起笔，又几次放下。

在他眼里，小英子是个很有艺术天分的小姑娘，如果不离开部队，完全有可能成为一个优秀的歌唱家、艺术家！但她是个军人，违反了纪律，就必须受到处分！否则，"大蒜事件"一旦被苏联方面上升到政治高度，当成一个政治事件闹到北京，小英子的命运将会更惨！让小英子离开基地，复员回家，既是对苏联专家的一个交代，也是对小英子最好的保护。所以将军最后还是拿起笔来，在报告上写下"同意"二字。

小英子离开基地那天，将军和文工团的姑娘们都去车站送她。望着小英子，将军什么也不说，像什么事情也没发生。小英子却像一个犯下大错的孩子，几次欲言又止，直到快上车了，才流着眼泪对将军说："司令员，我只有一个请求，请您一定要想法留住苏联专家！只要他们能留下来帮咱们搞导弹，我就是回老家种一辈子的地，也心甘情愿！"姑娘们拉着小英子的手，全哭了。

小英子走后第二天，基地小礼堂舞会照常举行。当欢快的舞曲悠然响起时，"老大哥"搂着中国姑娘柔美的腰肢步入舞池，嘣嚓嚓、嘣嚓嚓的舞步声继续回响在礼堂。一年后，中苏两党撕破脸皮，"老大哥"嘣嚓嚓、嘣嚓嚓的舞步声从此消失在大漠深处。不久，据说基地有人去山东出差，将军让顺便打听一下小英子的消息。此人回来说，小英子回老家后，当地纷纷传说她在部队犯了"生活作风"问题，被部队开除回家了！谣传越传越多，小英子有嘴难辩，无脸面对父老乡亲，便含泪离开了家乡。后来有人说她去了山西，嫁给了一个挖煤工人；有人说她去了西藏，削发为尼，皈依佛门。总之小英子从此杳无音信下落不明。几十年后，将军赋闲在家，每当有人提起当年的"大蒜事件"时，将军总会沉默良久，说，没办法呀，谁让人家是"老大哥"呢！那个年代，为了中国的导弹，别说处分一个小女兵，就是牺牲十万中国军人，也得干啦！

第五章
大饥饿

由于基地粮油供应匮乏，孩子们没有多少东西可吃，导致营养严重缺乏，身体普遍很差，半夜三更常常饿得哇哇乱叫！而基地开始没有幼儿园，父母们要忙于搞导弹，每天上班前就只有用军用背包带把孩子绑在床头或拴在桌椅上。有个孩子被绑在床上，中途发高烧，加上饥饿导致身体虚弱，等父母下班回家，竟被高烧活活烧死了！

二十二

1960年，一场史无前例的大饥饿悄悄降临在了中国九百六十万平方公里的土地上。生存在那个年代的中国人，几乎人人都在挨饿：城里的工人饿，农村的农民饿，边防的战士饿，甚至牙牙学语的孩子说出的第一个字都是“饿”，奄奄一息的老人留给世间的最后一个字也是“饿”！大面积的饥饿，像一头凶狠的野兽，狂吸着五亿中国人的血，啃噬着五亿中国人的心，勒索着五亿中国人的命！

对于这场大饥饿，几十年的说法都是“自然灾害”，或许准确的说法应该是“天灾人祸”！当然，造成这场灾难的原因比较复杂，相信历史自有公论。但自1958年1月南宁工作会议后，在全国一片冒进声中，在全国“土法大炼钢”、百万座“小高炉”熊熊烈火的照耀下，中国农村原有的上百万个初、高级合作社在数周内合并成了两万六千四百二十五个人民公社，让中国农民一步跨进了“吃饭不要钱”的“共产主义天堂”，结果三年间上千万的中国贫民在“天堂”活活饿死，却是事实。本来，面临如此大灾荒、大饥饿，中国完全可以向国际购粮赈灾，请求赈济，但毛泽东“自信人生二百年”，不愿向“帝国主义”伸手求援；还有一个叫斯大林的同志说得更绝妙、更豪迈：死一个人是个悲剧，死一百万人，就只是个统计了！

因此，当这场惊世骇俗、史无前例的大饥饿降临中国时，几乎全国人民都陷入了大饥饿的惊恐与挣扎之中；而地处千古荒原的酒泉基地，近十万发射将士也同样感受到了来自饥饿的巨大威胁。换言之，大饥饿已经严重影响甚至说已经严重危及共和国第一支导弹部队的生存了！

其实，酒泉基地的饥饿从1959年就开始了。当时，按全军的军粮供应标准，基地每人每月的定量是三十八斤，而实际上每人每月只有三十六斤。这三十六斤粮，自然不够吃，但即便这样，定量还在不断往下减！

一天，将军接到基地后勤部送来的通知。通知说，鉴于全国粮食紧张，根据上级的规定，要从原来每人每月的三十六斤粮食中，再减八斤！也就是说，每人每月只能剩二十八斤粮了！

将军一看，眼睛都大了。他把通知一扔，抓起电话就打到北京，找到有关部门负责人问：“这是怎么回事嘛！本来就不够吃，还要克扣我们的军粮？知道吗，克扣军粮，在古代是要杀头的！”

对方答复说：“这是总后勤部的规定，我们也没办法。”

将军说：“那这样，不要减八斤了，就减七斤，怎么样？”

对方说：“李司令，你这可是斤斤计较啊！”

将军说：“我的同志啊，你要知道，我的战士不是在首都北京，而是在戈壁滩，他们都是十七八岁的小伙子，正是长身体的时候，每天饿着肚子干活，我不斤斤计较，能行吗？”后来在“文革”中，“斤斤计较”这一条，也被人算作了将军的“罪状”之一。

原有定量被扣掉后，基地的饥饿就更严重了，甚至剩下的二十八斤粮食也不能完全吃到嘴里。原因在于，一方面，粮食部抽调的粮食从北京运到甘肃兰州，再转运至发射场，沿途会有部分损耗，而这些损耗国家不可能再补上，只能从定量中减除；另一方面，基地还要从这不足二十八斤的定量中扣除一部分，去支援当地老百姓。

实事求是地说，当时国家对搞导弹是非常重视的，对搞导弹的部门和单位也是非常重视的，不仅酒泉基地被视为重中之重，大西北其他几家保密单位也被列为中央的特供单位。然而随着饥饿日益严重，从全国运到基地的食品，开始全是细粮，后来就变成了大部分是粗粮，少部分是细粮；再后来，面粉、大米就见不着了，取而代之的则是青稞面、高粱面、豆面等；再再后来，每人每天就只剩下几两粮了，一日三餐，餐桌上除了盐水泡土豆，便是土豆煮盐水，炊事班偶尔抬出一锅青稞稀饭，都能照出人影来，战士们一口气能喝下十几碗！而且由于青稞饭又苦又涩，还尽是沙子，所以不能嚼，进嘴就得咽。虽然此时基地还不至于饿死人，官兵们却因饥肠辘辘，腹中空空，干起活来浑身出虚汗，两眼冒金星，风一吹，脚底像没根的草，直打飘！

可即便发射官兵们都饿成这样了，基地党委还特别作出一条规定：为了不影响搞导弹，谁也不准向苏联“老大哥”透露，我们中国军人没有粮吃了！

没有粮食吃，官兵们只有天天喝青稞粥。青稞粥极苦。这种苦，是那种吃到嘴里苦不堪言的苦，咽进肚子说不出来的苦。但再苦，官兵们也得喝。只是一旦喝下去，肚子就发胀，鼓鼓的，走起路来还咣咣响。更为严重的是，一天要跑好几趟厕所，有的一晚上就得跑七八趟厕所，甚至翻译官李在武一个晚上竟创造了十二次“短跑”纪录！于是排队拉稀的人比发射场干活的人还要多，排队上厕所成了戈壁滩又一道史无前例的“风景”；而同在戈壁滩上的苏联“老大哥”，却始终住在有浴室的高级招待所里，每天吃着中国人为他们准备好的面包、牛肉、牛奶以及他们最喜欢用手撕着吃的烤全鸡和生咸鱼！

面对大饥饿问题，孙继先司令员及时召开基地常委会。会上，孙继先第一个发言，他说：“现在国家处于困难时期，我今天请大家来，不为别的事，请大家先算一笔账。这笔账就是，我们在戈壁滩上工作，除了享受十一类地区的工资外，国家还给了我们边疆补贴，这两项加起来，与北京工作的同志相比，等于拿的是双份工资了。比如我的工资，总数都超过毛主席了！我怎么能和毛主席相比呢？所以，我表个态，从下月起，我只按当地标准拿工资，别的补贴，一分不要！”孙继先刚说完，栗在山、李福泽、张贻祥、徐明等几位基地领导也当场表态：只拿当地工资，不拿边疆补贴！

接着，孙继先又讲了一个情况：机关有个司务长，最近外出采购食品，路过甘肃境内的一个村庄，感到村里死气沉沉的，进村一看，发现村里已经有人饿死了。还有不少人饿得躺在床上，奄奄一息，甚至有的年轻小伙子，也饿得不能出门了！所以，孙继先提议，组织部队轮流到这个村去看一看。

第二天，将军便带着部分官兵，去了这个村。将军进村一看，这个村的确很穷，家家户户，碗里、锅里、缸里，没有一粒粮食，甚至十七八岁的大姑娘都没裤子穿，只能和母亲共穿一条裤子——母亲出门时，姑娘躲在被窝里；姑娘出门时，母亲再躺在床上。由于没粮吃，村里不少人饿得只有啃树皮，吃野菜，咽树叶。有些人出去找粮，粮没找着，反而饿死在路边，亲人想把死人埋了，却连埋死人的力气都没有了！将军还听说，远处戈壁滩有个劳改农场，关押着上千名的右派知识分子，有时一天就能饿死十几个！

为了帮助发射场附近的老百姓度过饥饿的日子，孙继先和将军号召基地上上下下，积极开展节粮运动，并明确规定：司政机关每人每月必须节约一斤粮食，基层官兵每人每月必须节约半斤粮食，专门用来救济老人、妇女和儿童。于是，仅 1959 年一年，基地就拿出一万多公斤粮食、六百五十套棉衣，救济酒泉、金塔、额济纳旗等地的老百姓；与此同时，基地还发起一场自发的募捐活动，孙继先和将军等基地领导率先带头，广大官兵积极响应，纷纷捐出粮票和油票。有的捐两斤，有的捐一斤，有的捐半斤；有的官兵实在拿不出粮票、油票，就捐出自己新婚的花被子和红毛衣；甚至一部分因营养不良而患了夜盲症或浮肿病的战士，还从自己的口粮中抠出一两、二两捐给生命垂危的饥民！

由于孙继先司令员一下少拿了一半的工资，有时还要从剩下的这一半工资里再拿出一部分钱来捐给灾民，所以每月寄给北京家人的钱也就减了一半，甚至有时就没钱可寄了。孙继先自从受命到戈壁滩搞导弹后，从未在公开场合露过面，美国的情报机构找不到他的踪迹，便把他说成是“此人下落不明”。而孙继先的家人，也只知道他在大西北工作，却不知道他在大西北具体什么地方工作，更不知道他具体干什么工作；而且，他一个人在戈壁滩已经三四年了，家里没有一个亲人来过基地！孙继先平常是个省吃俭用的人，只要有一点好吃的，全都省给了秘书、警卫员和司机。有时秘书悄悄为他搞上一点吃的，他也不吃，总是让给得了夜盲症的战士。他说战士们年轻，正是长身体的时候，他从小习武锻炼，身体底子好，再饿，也比小战士们能扛啊！孙继先的秘书因营养不良腿脚出现浮肿，体检时发现转氨酶偏高，秘书怕传染他，便有意躲着他。他却不在乎，对秘书说，没关系，我身体好着呢！再说了，我可以利用开会的机会回北京，我北京家里吃的东西有的是，我回家吃点好的，抵抗力就上来了。可秘书后来才知道，孙继先说的全是假话。

有一次，秘书跟孙继先到北京开会，自己悄悄去了一趟孙继先家，进门后才知道，原来孙继先的儿子孙冬生正在上中学，由于吃不饱，缺乏营养，已经连续三次出现浮肿了。而孙继先的妻子和他七十高龄的父亲，也因饥饿得了浮肿病，已经半个多月没出门了。秘书还发现，孙继先家中的餐桌上放着一块黑面包，这块黑面包是孙继先陪同苏联专家坐飞机时，飞机上的乘务员分发给孙继先的（当时只有陪苏联专家乘坐飞机才会发一块黑面包）。但孙继先自己没舍得吃，悄悄带回家中留给了老父亲。面对这块黑面包和孙继先的老父亲，秘书哽咽得说不出话来。临走时，秘书把自己兜里仅有的五元钱悄悄放在了孙继先父亲的枕头底下，抹着眼泪离开了孙继先家。

二十三

将军对饥饿的直接感受，是从一块馒头干开始的。

将军虽然身为发射场司令员，却同样吃不饱，同样挨饿。将军不但没有“老大哥”吃面包的口福，相反还得去关照“老大哥”的胃口。为了让“老大哥”满意，将军常常饿着肚子到苏联专家餐厅“视察”，问问“老大哥”面包是否酥软，咖啡是否可口，蔬菜是否新鲜，汤是咸了还是淡了，茶是热了还是凉了。“老大哥”一边大口大口地吃着面包，一边回答着将军的各种提问，却不知将军正饿着肚子说话。将军后来说，什么叫“饱汉不知饿汉饥”？看见“老大哥”大口大口地啃面包，我才真正懂得了这句话的含义。

一日，将军去苏联专家餐厅，见灶间里扔着几块剩下的馒头，拿起一块闻闻，没有异味；捏捏，硬得像石头，便问餐厅师傅：“这些馒头是怎么回事啊？”

师傅说：“是‘老毛子’吃剩下的，我没舍得扔。”

将军说：“他们不都吃面包吗，怎么会吃馒头？”

师傅说：“有几个专家说中国的馒头好吃，想尝尝，我就做了一些。但没过几天，他们又嫌不好吃，就扔在这儿了。”

将军说：“这些馒头都是上等的面，扔了太可惜，不能白白糟蹋了。”说着，将军捡起几块馒头，直往口袋里装。

师傅急忙拦住说：“李司令，不行啊，这馒头，是他们啃、啃过的。再说，太干了，像石头！”

将军笑了，说：“我最喜欢啃的，就是干馒头。放心吧，我自有办法。”

回去后，将军让炊事班的战士把馒头切成片，再烤成馒头干，然后装进一个小布袋，放在办公室里。有时晚上加班，饿了，便摸出一块，掰成两半，伴着一杯开水充饥。但将军这个秘密很快就被饿得四处找食的警卫员和秘书发现了，他们时不时地从小布袋里偷偷摸出一块，几个人再偷偷分着吃。将军开始并不知道，直到有一天伸手一摸，才发现小布袋已经空了，连馒头渣也没了。

但在饥饿的日子里，将军照样坚持锻炼身体——打乒乓球。将军喜欢打乒乓球，但到戈壁滩后，没有乒乓球台。有一天，将军指挥几个战士，弄来几块石板，抬来几袋水泥，再架上一些砖头，只半天工夫，便筑起一个乒乓球台，看上去土头土脑，却很实用。此后每天傍晚，机关的干部战士，开始轮流排队打乒乓球。打球的规矩是，不管干部战士，不管官大官小，谁赢了，谁就坐庄当“皇帝”；谁输了，谁就从乒乓球台下钻过去。在基地几位领导中，论乒乓球水平，孙继先第一，将军第二，参谋长徐明第三。将军打球有赢有输，通常是赢多输少，赢了就坐庄当“皇帝”，输了照样钻乒乓球台。但将军也有耍赖的时候，他先钻到乒乓球台下，不动，趴上一会儿，再折回来。大家问他怎么不钻过去。他说，我钻过去了，又钻回来了，比你们还多钻了一次呢！将军不光喜欢打球，也喜欢看球，尤其喜欢看打比赛的球。看球时，将军总是站在旁边指指点点，大喊大叫。谁输了，他就为谁出谋划策，鼓掌加油。

可大饥饿开始后，将军常常输球。有时刚打上两盘，便头冒虚汗，腿脚迟缓，击球无力，频频失误。观战时，喊叫声也大不如从前。有一天，将军和机关的一名小战士打比赛。一个赫赫有名的将军，一个默默无闻的战士，二者悬殊太大，谁都认为这场球将军赢定了。结果呢，一场本该赢的球，将军却输了，而且输得毫无道理一塌糊涂！将军只好遵守规矩钻乒乓球台。可将军钻下去后，却久久不见钻出来，大伙低头一看，原来将军趴在乒乓球台下，已没有力气再爬出来了。将军送到医院后，医生只说了两个字：饿的！

出院后，将军决定下去走一走。他要看看部队到底饿到了什么程度。

将军最先去的是工兵团。工兵团每顿吃的，全是窝窝头，这种窝窝头是把青稞、骆驼刺和梭梭草磨成粉之后做成的，只能充饥，没有营养，所以工兵团百分之八十五以上的官兵都因营养不良而得了夜盲症，有的人还全身浮肿，根本无法正常工作。凡是得夜盲症的人，天一黑，就什么也看不见，只能躲在房间里不出门，晚上上厕所，必须让战友扶着去，甚至有的大白天走路也会撞在电线杆上。前不久一个战士到工地干活，就撞在了电线杆上，额头被撞了个大青包，当场晕倒在地。因此，团里的学习、演练、测试、操作等工作进度比从前缓慢多了；站岗、放哨、值勤、巡逻等，也受到影响。将军得知情况后非常心痛，问团长孙培生：“你是怎么搞的，把我的兵弄成这样?”

孙培生说：“李司令，没办法，粮食全吃光了!”

将军说："没粮吃不能坐在家里等呀，坐着等，能等出粮食来吗？得想办法呀！"

孙培生说："想什么办法？我头发都想光了，也没想出办法！"

将军说："可以让部队去河边挖野菜呀！"

孙培生说："挖野菜？野菜能吃吗？"

将军说："你这个死脑筋，能不能吃，你不知道，当地的老百姓还不知道呀！"

第二天午休时分，孙培生团长带着战士们来到弱水河河畔，开始挖野菜。弱水河由祁连山的冰雪融化而成，从金塔县折北而流，绵延数千里，史称"弱水流沙"。基地之所以选在这儿，其中一个原因就是这儿可以解决发射官兵的饮水问题。只是谁也没想到，由弱水河滋养出来的野菜、野草，现在居然成了发射官兵的救命粮！但弱水河只有到了春天，两岸才会杂草丛生，野草茂盛。而1960年的春天来得晚，弱水河两岸除了尚未化尽的冰雪，便是冰冷的石头和枯黄的干草，绿色植物很少。所以战士们只有瞪大眼睛，在没膝深的枯草丛里一点一点地找，就像淘金者在大漠一粒一粒地淘金一样。有的灰灰菜、苦菜、马连草只有铜钱那么大，也被战士们挖出来装进了菜篮；有的蒲公英、达达菜刚刚冒芽，也成了战士们眼中的稀世珍宝。总之，除了当地老乡说的几种野菜不能吃，战士们看到野菜就挖，见了绿的就刨。野菜挖回去后，统一交到炊事班，洗净了，剁碎了，烧上一锅水，再放进锅里熬成汤。虽然没油、没醋、没酱油，更没有其他作料，只能撒上一把盐，但战士们盛上一碗端在手里，照样喝得喷喷香。当然，战士们年轻，很难准确判断所有野菜，所以也出现了误吃野菜而中毒的情况。

此后，尽管野菜成了发射场火箭将士们的"代食品"，但依然远远不能满足官兵们饥饿的肚子。官兵们又开始采集甘草叶、骆驼刺、芦苇根以及其他一些可吃的野生植物。炊事班将采集回来的骆驼刺、芦苇根连同野菜按一定比例，掺到面粉和玉米面里，然后做成馒头、花卷、窝窝头，以增加"代食品"的数量。只是这些骆驼草、芦苇根和野菜做成的"代食品"吃了后，导致严重消化不良！尤其是有一种叫"三合一窝窝头”的“代食品”，里面加了骆驼草磨成的粉，骆驼草本是骆驼吃的，骆驼吃了后拉的屎都像铁疙瘩似的，人吃了自然受不了：一是胀气，二是放屁，三是便秘，四是拉稀。最难受的是便秘，常常一蹲就是半小时，哼哼叽叽，叫苦不迭；拉稀也很不是滋味，每天饭后第一件事就是排队上厕所，拉上几次，肚子便空空如也，饿得不行。可肚子饿得咕咕叫，却吃也不是不吃也不是——吃了胀肚子，不吃饿肚子！

后来，为了抵御饥饿，炊事班又发明了一种饥饿疗法，叫“增量法”。所谓“增量法”，用将军的话来说，就是“自欺欺人法”。其具体做法是：蒸饭时，先用一个罐头盒装二两粮，蒸好后再加一次水，再蒸一次。结果外表看似很多，实际上分量一点没增加，给人一种错觉和心理上的安慰，官兵们依然饿得慌。

而这个夏季好像也来得特别晚，端午节还没到，便见不到绿色了。不仅绿色的树叶没有了，甚至连泛青的树皮也被人扒去了，到处是光秃秃的。而且，戈壁滩还闹起了千年不遇的臭虫！随着天气越来越热，屋子里的臭虫越来越多，拽起床铺一抖，便能抖落一层，看一眼都瘆得慌。但一开始战士们不认得臭虫，以为是一般的小虫子，谁也没在乎。没想到饥饿年代的臭虫比战士们还饥饿，每天拿战士们的血当粮吃！不少战士的身上很快被咬出大片大片的红疙瘩，奇痒难忍，通夜睡不着觉。后来战士们跑去问医生，怎么回事？医生不知道是臭虫咬的，看了看说，这是过敏，吃点儿药就好了。医生给的是安眠药，战士们吃了就昏头大睡，臭虫再怎么咬，也没知觉了。于是吃安眠药的战士越来越多，安眠药没几天便洛阳纸贵；而战士们身上的疙瘩也越来越多，臭虫越长越肥。后来大家才知道，那是臭虫。于是全体出动，围歼臭虫！最有效的办法就是用修汽车的喷灯烧——只要喷灯对准床铺板的缝，臭虫一烧就死。臭虫烧死后，战士们把臭虫搜集一堆，用簸箕端出去，再在戈壁滩上挖个坑，像埋沙子一样埋掉。一年后有人还说，好像还能闻到臭虫的焦煳味！

由于饥饿，发射将士雄风大减，几乎失去了一个男儿应有的力气。尤其是随着严冬的降临，虚弱的身体驮着一身笨重的棉袄，别说干活，连走路都很吃力。而就在这时，一个出大力气的重活，却偏偏找上门来。

这天，将军突然接到一个紧急报告：发射场过冬御寒的煤，只有三天的储存量了！若不及时解决煤的问题，基地数万官兵无法过冬！

在寒冷的冬季，戈壁滩最可怕的事情就是燃煤中断！因为燃煤一旦中断，发电厂就会停电；发电厂一旦停电，就会导致发射场大型设备关机、精密仪器停转、水塔报废、火车停运、供暖设备冻裂、深水泵中断！——倘若果真如此，整个发射场都将陷入瘫痪！

将军立即电告北京，请求紧急救援。

北京高层紧急会商。最后决定，为确保基地发射将士平安过冬，立即从全国抢运燃煤，紧急运往戈壁！

燃煤到达基地这天，将军欣喜万分，立即命令直属警卫团、通信团、工兵团和汽车团组织精兵强将，全力卸煤！

负责卸煤任务的，是基地司令部副参谋长乔平。乔平以为，十几个车皮，带上二百人马，两个小时便可完事。谁知到现场一看，不仅作业面狭窄，人手难以施展，工具也不对路子；更伤脑筋的是，运输人员为了防止沿途漏损和人为扒抢偷盗，每一节煤车都用水浇了个透。于是经一路寒霜浸打，整个车皮全被冻结成了一个大冰坨！战士们一镐下去，只能敲个小白点。乔平只得命令通信工程队，以“一级战备”姿态，携带全部装具，火速赶来助战！通信工程队赶到后，迅速挥动钢钎、长铲、大锤、撬杠、电钻、风枪，呼呼啦啦，埋头大干。可没干一会儿，战士们浑身冒汗，身上脸上，全是黑煤渣子，衣服上也结起一层冰碴儿；有的战士手上磨出了血泡，震出了血口子；有的战士由于饥饿，血糖降低，当场昏倒，灌上两口凉水，醒来后再爬上列车继续卸煤！

卸煤队伍中，最卖力气的，要数小邱。小邱，山东大汉，健壮如牛，一米八五的个儿，粗腿粗胳膊，大脚大手，大鼻子大眼，每个器官都长得一副憨厚老实的样子。小邱是通信仓库的保管员，已超期服役五年，家里年年催他退伍，可连队舍不得他走，理由只有一条：力大如牛，干苦力绝对是把好手！比如，推电缆盘，别人四人一组，他一人单干；抬水泥杆子，别人两人抬小头，他一人抬大头；甚至有一次往工地运送器材，汽车途中抛锚，他竟一人把满满一卡车器材卸下来，把卡车推出沙窝子，再把器材装上另一辆车！小邱最能干，也最能吃，一顿能吃十六个馒头，还净挑大个儿的。所以大饥饿开始后，小邱总是饿肚子。而小邱老家的人，饿得更厉害，村里不少人饿死了，他最小的妹妹饿死了，他妈妈的眼睛也快饿瞎了！于是本该退伍的小邱要求再留一年，他怕回家会饿死。副参谋长乔平是个菩萨心肠，不仅同意小邱留队，还悄悄给他家寄去三十元钱。此后，小邱干活就更卖力气了，常常饿着肚子拼命争表现。乔平眼瞅着他身上的肉一天天往下掉，星期天便安排他去炊事班帮着劈柴火。小邱非常珍惜这个机会，硬是把一个个坚硬的梭梭木疙瘩，劈成一块块细细的柴火，堆得像小山一样高，身上的汗水湿了又干，干了又湿。而他得到的唯一好处，就是可以吃点炊事班剩下的锅巴！有一次，小邱嗓子大出血，被送到医院抢救。经检查，原来是锅巴又干又硬，而他的肚子太饿，咽得太快，锅巴把嗓子给戳破了！医生在他食道口的浅表层处，竟缝了八针！

但不久，小邱还是复员了。小邱复员，与一头猪崽有关：司政机关食堂的猪圈里，有几头刚刚生下不久的猪崽，由于缺吃少喝，天寒地冻，很快就活活饿死了一头！食堂司务长心疼得直掉眼泪，把猪崽挂在树枝上，守了整整一天，直到猪崽冻僵了，才将猪崽埋在河边。小邱知道后，觉得实在可惜，饥饿难熬的他便和另两名战士一起，趁着天黑跑到河边，偷偷把猪崽挖出来，拿回去连夜用一个脸盆煮来吃了。不料第二天就被连队发现，结果小邱挨了一个处分，被处理回家。据说小邱回到老家后，由于家里颗粒无收，只好被迫外出要饭。但他个头太高，无法引起人们的同情，最后竟活活饿死在了马路边上！

二十四

每天挨饿的，不光是基地的发射官兵，还有发射官兵的孩子。

20 世纪 60 年代的第一个春天，随着大部队的到来，戈壁滩上迎来了第一批孩子。孩子们当时面临的一个普遍问题，和大人们一样，也是吃的问题。由于基地粮油供应匮乏，孩子们没有多少东西可吃，导致营养严重缺乏，身体普遍很差，半夜三更常常饿得哇哇乱叫！

而基地开始没有幼儿园，父母们要忙于搞导弹，每天上班前就只有用军用背包带把孩子绑在床头或拴在桌椅上。有个孩子被绑在床上，中途发高烧，加上饥饿导致身体虚弱，等父母下班回家，竟被高烧活活烧死了！

鉴于此，基地党委决定：孩子们的伙食，按团级干部的标准供应。只要苏联专家能吃到的肉食和新鲜蔬菜，也一定想法让孩子们吃到！

基地幼儿园成立后，将军还给每个孩子每月特批了一斤油（当时基地干部每人每月只有半斤油），同时尽量让孩子们多吃细粮，少吃粗粮。比如，基地偶尔从内地搞来点花生米，这些花生米本来主要是供应苏联专家的，后勤处有时也给基地首长的小灶上送来一点。将军发现后，马上就让人给幼儿园的孩子送去。有一次，某位国家领导人来基地视察工作，送了基地领导四个黄澄澄的杧果，将军当即作了分配：给伤病员和幼儿园各送两个。伤病员知道内情后，不吃，坚持要把两个杧果送给幼儿园。结果，四个杧果最后都到了孩子们的手上。

至于其他副食供应，只要发射场区有的，孩子们肯定有；发射场区没有的，只要基地首长有的，孩子们也有；有的基地首长没有的，孩子们照样可以有。将军常对身边的工作人员说："我们这些大老爷们儿，喝碗水都能顶一天。可孩子们的身体耽误不得，他们将来是要干事的！只有把孩子照顾好了，父母们才能安心工作。"

将军还是幼儿园的常客，也是幼儿园最受欢迎的人。将军每次去幼儿园，孩子们都会呼啦啦地围在他身边，眼巴巴地望着他——望着他的口袋，比见了自己的父母还高兴。因为孩子们知道，李爷爷的口袋里有"大白兔"！

"大白兔"是20世纪60年代中国上海的名贵奶糖，一般的老百姓别说吃，连见都没见过。远在戈壁滩的将军同样见不着，更吃不上，只有在北京的妻子梁山给他寄。但每次将军收到妻子寄来的"大白兔"，自己一块也舍不得吃，首先想到的就是幼儿园的孩子。可惜妻子寄来的"大白兔”有限，怎么才能合理分配到孩子们手上呢？将军想到了一个办法：奖励。

于是将军每次收到妻子寄来的“大白兔”，就会抽空来到幼儿园，招呼孩子们围在一起，然后笑眯眯地说：“谁给我背一首唐诗啊？”孩子们马上就会争先恐后地背诵唐诗，将军这才掏出“大白兔”，一块一块地分到孩子们的手上。有时，将军也让孩子们做游戏；而更多的时候则是出智力测验题，谁答对了，就奖励一块“大白兔”！

后来，有苏联专家得知此事后，非常感动，把中方每月配发给他们的二两糖块尽量省下几块，然后交给将军，将军再给孩子。于是，“大白兔”成了饥饿年代里孩子们最深刻的记忆，以至于后来这些孩子长大成人，走出戈壁，走出国门后，儿时在戈壁滩发生的许多事情早已随风飘去，唯独“大白兔”的事记忆犹新！

而在那个年代，将军对自家的孩子，却根本无暇顾及。

将军的几个孩子当时都寄宿在军委子弟小学——北京十一小学，尽管这是一所高档学校，但几个孩子同样吃不饱，每天都饿着肚子，饿得实在受不了时，连榆树叶也吃！军委子弟小学当时有个规定：三年级以下吃饭管饱；三年级以上定量。所谓定量，即每次开饭时，八人一桌，只有一小盆饭，先由“丈量员”用筷子量好八份，然后再分着吃。将军的二儿子数学好，又是班干部，总当“丈量员”，却总拿最后一份，所以每次都饿得够呛。后来二儿子想了个“绝招”，让一年级的弟弟从食堂给他偷偷带上一点。这“绝招”后来被走漏风声，一传十，十传百，很快就在同学中盛行起来。于是学校就在低年级食堂门口设岗，进行“搜身”。

后来，将军的妻子梁山见几个孩子饿得实在不行了，只好星期天带着几个孩子到中央党校附近挖蚂蚱菜吃。

而这些，远在发射场的将军毫不知情。

二十五

随着饥饿越来越严重，基地官兵们除了挖野菜，又开始在一些小动物身上打起了主意，以作为对“代食品”的一种补充。

兔子，是戈壁滩上最常见也是最弱小的一种动物，所以有的单位最先把目标瞄在了兔子身上。官兵们先是开着车在戈壁滩上追兔子，撞兔子，兔子看到飞奔而来的铁家伙，吓得慌不择路，四处乱逃，结果被活活吓晕，或者被撞死。后来，兔子渐渐找不着了。因为兔子连连上当吃亏后，便和官兵们耍起了心眼，捉起了迷藏。白天，它们全部躲藏起来，只有到了夕阳西下的傍晚，才从北山下来，去弱水河边喝水。北山与弱水相隔一条公路，兔子去河边喝水，必须穿过公路。穿过公路时，兔子不再是散兵游勇，而是成群结队，大兵团作战，远远看去，颇有几分壮观的意味。官兵们很快发现了这个秘密，便事先埋伏在公路四周，等兔子穿越公路时，再一网打尽。结果弱小的兔子最终还是未能逃脱被宰杀的厄运，成为饥饿的官兵们餐桌上的“救命食品”。

发射中队一中队队长姜学福，还琢磨了一套捕捉兔子的好办法。姜学福的办法是，用细铁丝卷一个圈，做个扣，绑在树上，兔子走来，昏头昏脑，一头钻进去，慌乱中就跑，结果越勒越紧，最后乖乖束手就擒。姜学福除了用这种办法套了不少兔子外，还发明了一套套狐狸的办法。他知道狐狸喜欢闻有香味的东西，便先摸清狐狸行踪的规律，预先在狐狸经过的地方埋下四个套，并将香水洒在地上；狐狸循着香味找来，一下就被套住了。他用这个办法，两个晚上就套了半麻袋狐狸。

戈壁滩还有一种特有的动物叫沙鸡。沙鸡这东西很怪，样子像鸽子，颜色像鹌鹑，脚爪则像人指，一只半斤左右。沙鸡喜欢结伴飞行，且飞得很低，其高度约与电线杆平行。沙鸡最怕大风，一刮大风，头就犯晕；头一晕，满世界乱飞，一旦撞在电线杆上，便会当场毙命。

一日，一个战士在路边巡逻，饿得头晕目眩，再也走不动了，只有靠在电线杆上。这时，飓风四起，席卷戈壁，战士很快就被飓风刮晕过去。后来，风停了，战士醒了，睁眼一看，身边竟横七竖八地躺着好几只沙鸡！战士欣喜若狂，将这些沙鸡捡起来用军装包裹好，然后带回连队，美美地打了一顿牙祭。一周后，戈壁滩上又刮起了飓风，这个战士跑到几根电线杆下，又捡回一堆沙鸡。他把这个秘密报告了班长，班长报告了排长，排长报告了连长，连长报告了团长，秘密很快传遍整个基地。于是每当戈壁滩一刮飓风，饥饿的官兵们便兴奋不已，飓风一过，他们就沿着电线杆一路捡去，常常能捡一麻袋的沙鸡！

可惜，戈壁滩不是天天都有飓风，所以官兵们不能等着捡沙鸡，还得主动打沙鸡。沙鸡身子笨，飞得慢，目标大，只要枪法差不多，一枪一个，少有落空的时候。沙鸡还有一个特点，即有草便做窝，有窝便当家，有家便下蛋，有蛋便会孵。所以到了春季，战士们还会到戈壁滩寻找沙鸡蛋，有时运气好了，“巡逻”一遍，能捡回半桶沙鸡蛋。

但后来，沙鸡和兔子一样，越来越少了。它们被官兵们的枪声吓跑了，被饥饿的人群吃光了！

于是，乌鸦和猫头鹰，也成了盘中餐。

一个周末，是党团员活动日，通信团几个战士跑到河边，看到树上有个乌鸦窝，里面有几只小乌鸦在探头探脑。一个胆大的战士便爬到树上，把整个乌鸦窝端了下来。外出觅食的老乌鸦正好回来，急得飞扑过去，与战士搏斗。一只小小的乌鸦哪是人类的对手，结果，在这场人与动物的搏杀中，乌鸦最终成了牺牲品。战士们高高兴兴地把乌鸦逮回炊事班，杀了就煮。但乌鸦还没煮熟，便立下一个规矩：只有患了夜盲症的战士才可以吃肉，其余的人只能喝一小勺汤！

吃猫头鹰的人，则是司令部办公室的几个秘书。一天晚上，秘书李炳耀值班，肚子饿得睡不着，便睁着眼睛画饼充饥。突然，他见窗台上有个黑乎乎的东西蹲在那里，两只眼睛像两个黑洞，正罩着自己呢。他定神一看，原来是只猫头鹰！李炳耀的第一反应，就是这东西能吃吗。李炳耀没听说过猫头鹰能吃，也没听说过猫头鹰不能吃，便想，只要是活的，肯定能吃。于是他悄悄爬起来，向猫头鹰慢慢靠近。也许猫头鹰和他一样饿花眼了，对他居然视而不见，结果他一伸手，猫头鹰就当了俘虏。李炳耀很快叫来在办公室加班的王玉群、赵贤愚等几位秘书，大伙一看抓了个活的，眼睛都亮了，二话不说，取下枪刺，七手八脚，便杀了猫头鹰。接着几个人拔毛，冲洗；另两个人跑到办公楼前摸回几个已经发芽的土豆，再从床底拽出一个电炉，然后将猫头鹰和土豆放进一个脸盆，这才围着满满一“锅”坐下来，耐心地看着电阻丝由黑变红，猫头鹰由红变黄，个个馋得直咽口水。

不一会儿，王玉群突然想起少了一样很重要的东西：盐！那年月，盐是戈壁滩很紧俏的商品；加上半夜三更，上哪儿找盐去？李炳耀说，我听说古乃尔湖的水含盐，咱们去捡几块回来吧，今晚吃了，以后还可以吃。大伙觉得有道理，便让李炳耀和王玉群一起去捡“盐”。

这晚戈壁滩上有月亮，李炳耀和王玉群不知哪来的力气，踏着月色，竟一口气便跑到了几里之外的古乃尔湖。古乃尔湖很美，湖水含盐碱多，经过戈壁滩长年累月强烈的紫外线的照射，湖水结晶，变成一块块石头样的固体，表面像是有人撒了一层面粉，白白的，在月光的映照下，看上去和盐差不多。两人顾不上欣赏古乃尔湖的夜色，抓起湖边的白色固体就往自己衣服的口袋里塞。临走前，李炳耀还抓起一块，用舌头舔了舔，说，王玉群，怎么不太咸呢？王玉群说，这又不是纯盐，有点咸味就不错了！两人满头大汗赶回值班室，“锅”里正咕嘟咕嘟开得欢。两人掏出“盐”来，大伙噼里啪啦，一口气就往“锅”里放了七八块“盐”。而后各自抓过早就准备好的碗筷，狼吞虎咽地吃了起来。不一会儿，满满一脸盆土豆炖猫头鹰，连汤带皮，稀里哗啦，便被吃了个底朝天。可几个人抹抹嘴回到宿舍，不到半小时，便全捂着肚子在厕所“集合”了。李炳耀来回跑了好几趟，后来干脆蹲在厕所不走了。直至天亮，一个干部起来上厕所，见有人蜷缩在厕所角落里，扳过脸一看，原来是司令部秘书李炳耀。

这时，上班的人陆陆续续进了办公楼。将军早就到了，他坐在办公室等秘书来送文件、传真和电报。可半个多小时过去了，几个秘书一个不见。将军正纳闷，王玉群晃晃悠悠进来了。

将军一看王玉群脸色蜡黄，忙扶他坐下，问是怎么回事。王玉群有气无力地把吃猫头鹰的经过说了一遍。将军听后大惊，指着王玉群的鼻子说："你们这些小年轻啊，古乃尔湖的'盐'怎么能吃呢？你们是把芒硝当蛋糕了！快，马上送医院！"

二十六

猫头鹰中毒事件发生后，将军愈加感到了饥饿的严重。于是为了部队的生存，他不得不让各单位组织狩猎队，到场区周围和祁连山打黄羊！

黄羊，是戈壁滩上的珍贵动物之一。大饥饿前，戈壁滩的黄羊胆子很大，从不怕人，即便有人靠近它身边，也从不躲避，更不逃遁，反而总是用欣赏的眼光看着你，一副又俊又傻、可爱至极的样子。黄羊怕人，是大饥饿降临之后的事情，准确地说是戈壁滩上密集的枪声响起之后的事情。打黄羊最先是河西本地人，这些人中有县上组织的，有专署组织的，也有当地自发的；后来省里也组织了打黄羊的队伍；还有陕西、四川、宁夏、河南等地也来了很多人。这些打黄羊的队伍，不是赤手空拳徒步过来，而是举着刀、扛着枪、开着大卡车过来，常常一来就是十几辆大卡车，甚至几十辆大卡车！开始，他们用的是双筒猎枪，后来嫌不过瘾，就把民兵"备战备荒"的步枪和机关枪也扛来了。而且，打黄羊还打出了"状元"。河西走廊有一个打黄羊的人，一天能打六十只黄羊，事迹上了省报，便成了打黄羊的"状元"。于是此人每天除了打黄羊，就是戴着大红花，上台介绍打黄羊的经验。

而基地的发射官兵打黄羊，则是在地方老百姓之后。开始，部队打黄羊只是一种游戏，一种业余爱好；但饥饿开始后，就是为生存了。由于部队打杀黄羊的武器比地方的"土枪土炮"先进，因而更具杀伤力，有时一天之内，数百只黄羊便会躺倒在官兵们的枪口下。

于是每个周末，地方的，部队的，到处都是打黄羊的队伍。一只一只的黄羊被围剿，一群一群的黄羊被追杀，到处都是黄羊的皮，到处都是黄羊的血，到处都是黄羊的泪，甚至就是呼吸一口空气，都能闻到黄羊的血腥味！河西走廊成了黄羊的屠宰场，戈壁滩变成了黄羊的葬身地。

不仅中国官兵喜欢吃黄羊，苏联专家也喜欢吃黄羊，他们除了喜欢吃烤羊排、手抓羊肉外，最喜欢吃的是黄羊的下水，比如羊肠、羊肚、羊心、羊肝什么的。也就是从这个时候起，侥幸从枪口下逃脱的黄羊开始怕人了，只要一见了人，就拼命地跑，拼命地逃，往祁连山深处跑，往腾格里沙漠藏。所以，黄羊也就一天比一天稀少了。

一个周末，将军带着警卫员、秘书和司机，开着一辆嘎斯六九吉普车，带着两支自动步枪，也在戈壁滩到处寻找黄羊。途中，将军见了骆驼刺、野菜、沙枣叶什么的，也让警卫员顺便捞上一把。当然他们最希望的，还是像以前那样，没走多远就能见到黄羊，而且是一群黄羊！可遗憾的是，这天从早上太阳升起，跑到下午太阳落山，别说一群黄羊，一只黄羊也没见着。将军只好在一片沙枣地带歇了下来。

此时已近傍晚时分，落日映在地上，戈壁一片绚丽辉煌。将军颠簸了一天，坐在地上，全身酸痛，好像胳膊大腿都不听使唤了。秘书王玉群摸出一块骆驼刺窝窝头送到将军手上，说："司令员，吃点儿东西垫垫吧!"

将军摆了摆手，说："我不饿，你们吃吧。"

王玉群其实知道，将军不是不饿，而是饿了不吃。近半年来将军瘦多了，走起路来，脚底像没了根似的，一副有气无力的样子，速度也大不如从前。本来，基地机关食堂有个小灶，是专供基地领导用餐的，伙食标准自然比一般的高。但大饥饿开始后，将军一声令下，把基地首长的小灶给关了，从此基地领导天天和战士们一起吃野菜、咽窝窝头、喝野菜汤!

"看！黄羊!"突然，司机轻声叫了起来。

将军循声望去，一只黄羊果然正朝不远处的小河边走去。将军忙摆摆手，示意大家别出声，然后操起步枪，匍匐过去，举枪，瞄准。透过准星，将军看见，这是一只少见的气质极为高贵的漂亮的黄羊，它优雅地站在潮湿的河边，并不急于喝水，而是先警惕地向四周看了看，而后才咬起一棵骆驼刺，细细地啃了起来。黄羊圆润的舌头一伸一缩，吃得很香，很甜。片刻，黄羊缓缓抬起头来，嘴上叼着半截骆驼刺，眯缝着眼睛，望着渐渐西沉的太阳一动不动。然而，就在将军即将扣动扳机的一瞬间，手指却蓦地僵住了！因为将军从准星里清楚地看到，这只漂亮的黄羊原来是一只身怀六甲的母羊！母羊的眼睛清纯如婴儿般透明，充满了母性的万般柔情。将军被母羊的这双眼睛深深地打动了，一向勇敢的手臂随之垂落下来……

将军久久地愣在那儿，大脑一片空白，甚至，意识也有点模糊不清了。在大饥饿面前，人类这样捕杀黄羊，是对还是错？到底是应该填饱官兵的肚子，还是应该留住黄羊的生命？将军不知道，或者说不清楚。将军只知道，人在任何时候都不该丧失人性，这是人类与动物最本质的区别。在基地官兵未闯入这块禁地之前，戈壁滩的黄羊本是快乐的，自由的，幸福的；而正是基地官兵的到来，才使戈壁滩的黄羊丧失了自己的家园，甚至生命！是的，黄羊的灾难，正是人类饥饿的结果。即便自己今天不开枪，这只母羊明天同样会成为别人的盘中餐。那么在大饥饿面前，怎样才能既保证官兵们的生存，又留住这些黄羊呢？难道我们真的要把戈壁滩上的黄羊包括其他动物全部赶尽杀绝吗？难道这就是达尔文说的弱肉强食适者生存吗？……望着眼前的母羊，将军忽然有了一种深深的负罪感！

王玉群爬到将军的身边，问："司令员，怎么不打了？"

将军没吭声，抓起枪就往回撤，动作很轻，怕被黄羊知道似的。

两人上车后，司机以为要用车追赶黄羊，刚要启动，就听将军喊了一声："别动！"

司机愣在那里，不知怎么回事。王玉群看着将军，更是大惑不解。汽车就那么静静地停在那里，谁也不说话。这时，河边那只黄羊吃饱喝足后，转身慢慢离开。不一会儿，便消失在戈壁深处。将军一直目送着黄羊缓缓离去，直到黄羊再也不见身影，才收回目光，轻声说了一句："回吧，那可是一只母羊呀！"

多年后，有人和将军聊起在戈壁滩打黄羊的事。将军说，戈壁滩的黄羊是为中国的导弹事业作出了牺牲的，应该在发射场边为黄羊立下一块碑，碑上刻上四个字：黄羊有功！

二十七

导弹部队挨饿的消息，很快从戈壁滩传到了中南海。

这天，周恩来刚走进办公室，秘书便将一份刚刚送来的报告递到他的手上。报告是从国防部转来的。报告说，苏联顾问巴道夫建议中国国防部，把酒泉基地的苏联专家从戈壁滩撤回来。其理由是，基地的苏联专家联名给他写信，反映那里的生活条件非常艰苦！

于是，1960 年 4 月的一天，根据中央的指示，解放军总后勤部组织了一个生活调查组，专程从北京赶到酒泉基地，调查苏联专家和发射官兵们的生活情况。

按惯例，北京方面来人了，基地应该好好款待一番才是。但当时基地实在困难，招待所所长很想拿出一点像样的东西摆在桌上，就是拿不出来。情况反映到将军那里，将军一个电话叫来基地后勤部部长张志勇，说："北京总后勤部的首长检查工作来了，你怎么也得想法弄点能放到桌子上的东西来！"

自大饥饿开始后，张志勇最怕的就是上面来人，更怕基地首长找他。不是他抠门儿，而是巧妇难为无米之炊，他实在弄不出"能放到桌子上的东西来"。所以一脸苦相，说："李司令，您是知道的，仓库里已经没有东西了呀！"

将军说："你光说没东西怎么行啊？得想办法呀！客人大老远地从北京来了，你说应不应该给他们弄点填肚子的？我们总不能让首都的客人到我们这儿喝凉水饿肚子吧！"

张志勇说："李司令，仓库真没东西了，您要不信，我让助理员把仓库打开您看看？"

"看什么看？什么都没有，你让我看个屁啊！"将军发愁了，一个劲儿地摇头。

张志勇说："这样吧，我让炊事班给他们做窝窝头的时候，少放点沙枣叶，多掺点玉米面。"

将军说："好好好，谢天谢地了，一定想法多搁点玉米面！另外，再想法搞两盒罐头，哪怕先去苏联专家餐厅借两盒也行，到时我再想法还他们！"

调查组了解了苏联专家的生活情况后，又亲自走访了不少基层单位和食堂。每到一个单位，他们看到的不是浮肿病，就是夜盲症；每到一个食堂，看到的不是梭梭草面，就是窝窝头。调查组临走那天，为了用事实说话，证明基地官兵到底饿到了什么程度，还专门找来两台秤，给机关干部称体重。为了称得准确，调查组要求每个人把衣服全部脱光后再称。但这些戈壁滩上的发射官兵们，别看一个个都是天不怕地不怕死不怕的大老爷们儿，要让大白天当着生人的面而且是上级首长的面，一下扒光衣服，却很不好意思，也很不习惯，一个个躲在那里坏笑，就是不动弹。

这时，将军和秘书来了。知道情况后，将军说："怕个屌！戈壁滩上又没女人，天上飞的，地上跑的，全他妈是公的，连石头都是公的，有什么不敢脱的！"说着，三下五除二，自己先脱光衣服，第一个站到了秤上。

调查组负责过秤的人很快报出一个数来："九十六斤！"

将军看看秤，说："这秤不对吧？怎么少了这么多？"

调查组的人说："没错。请问李司令刚来戈壁滩的时候多重？"

秘书说："一百五十五斤。"

将军纠正说："不对，一百五十四斤。"

官兵们见将军都脱光了，也就跟着脱了起来，然后光着屁股，排起队伍，一个接一个地站到秤上称体重。

司令部的张参谋是个山东大汉，原来一百八十斤，一称只有一百二十斤；秘书李炳耀长得五大三粗，一称只有九十四斤；机要处副处长梅根生更可怜，一称只有九十三斤，不信，再称第二次，还是只有九十三斤！后来，李炳耀和梅根生两人作为那个年代饥饿的典型，还上了总后调查组的《调查简报》。

将军看着一个个光着屁股、瘦骨嶙峋的部下，心里有一种说不出的滋味。将军带过疲惫不堪的队伍，带过伤痕累累的队伍，甚至带过流血不止的队伍，却从未带过食不果腹、饥肠辘辘的队伍！现在，这支队伍就列队站在他的眼前，一丝不挂，光着屁股，没一个“不缺斤少两”的！作为一个顶头上司，他觉得愧对部属。将军对秘书说：“等称完体重后，把他们过去和现在的体重情况，给我做一份对照表出来！”

第二天，机关干部的体重对照表摆在了将军的办公桌前。将军用铅笔头指着表上一个个熟悉的名字，一边对照着看，一边连连叹息！仅仅半年时间，干部们的体重就平均下降了十斤，最多的甚至下降了三十斤！机关干部较之基层，应该说条件要好一些，机关干部尚且如此，基层战士就可想而知了。

将军感到问题严重，拿起电话，把这一情况告诉了孙继先。孙继先当即表示，明天开党委扩大会，专门研究饥饿问题。

二十八

饥饿问题不仅引起基地党委的重视，也引起了中央的重视。

总后调查组回京不久，即 1960 年 4 月最后一天，中央针对导弹部队的饥饿问题，专门召开会议，每个与会者的面前，只放着一样东西，即《关于酒泉基地生活状况的调查报告》。当调查组负责人把在酒泉基地看到的情况如实汇报后，与会者们震惊了！此前，他们知道这支导弹部队很苦，也知道这支导弹部队正在挨饿，却不知道这支导弹部队竟然苦到了这个程度，饿到了如此地步！

会议开到最后，导弹部队是继续坚守还是马上撤退，成为会议讨论的焦点：一方主张暂时撤退，一方主张继续坚持。前者认为，导弹部队目前面临生存的困难，不妨先采取以退为进的策略，把部队暂时先撤回来，保存实力，等下一步视情况变化再作打算；后者认为，中国导弹事业刚刚起步，发射导弹的事八字还没一撇，如果就因饿肚子问题而中止脚步，此事一旦传出去，岂不成了国际笑话！再说了，援助中国搞导弹的苏联“老大哥”好不容易花重金请来，现在突然让他们回去，怎么向他们解释？难道对他们说，中国现在吃不起饭了，你们先回去吧，等我们国家啥时有饭吃了，再请你们来？

会议主持者周恩来的心情一直很沉重。酒泉基地的情况，他是最清楚的，这支发射队伍是撤是留，事关重大，非同小可。听了各种意见后，周恩来表态说："我的意见是，即使全国人民都勒紧裤腰带，也要支援这支导弹部队渡过难关。要知道，他们是共和国第一支发射部队，是我们国家的宝贝啊！即便空军撤了，海军撤了，导弹部队也不能撤！至于目前遇到的困难，我们一定要想法解决。我相信困难是暂时的，很快就会过去的。"

接着，聂荣臻等人也表示了相同的意见。

但会议开了三个小时，酒泉基地是留是撤，也未形成结论。最后意见是：先征求酒泉基地党委的意见，再作决定。

于是，一份密电于当日下午传到基地司令员孙继先的手上。

孙继先接到密电后，当即召开常委会。这天戈壁滩的风很大，从早上到傍晚，一直呼呼地刮个不停。常委会开始后，风却突然停了。风一停，会场突然安静下来。但会场愈安静，给人的压力愈大。压力最大的当然是孙继先。孙继先在基地主持过无数次常委会，过去任何一次，都没这次挠头棘手！部队如果继续留下，有留下的道理；马上撤走，也有撤走的理由。但是留是退，事关重大，一旦决策有误，必是千古罪人！为慎重起见，孙继先决定一个个地征求意见。将军是主管发射场技术工作的副司令，最有发言权，所以孙继先让将军先表态："老李，你先谈谈你的意见。"

将军坐在那里，一直低着头，谁也不看，只大口大口地抽烟。将军过去一直抽的是"中华"牌，大饥饿开始后，"中华"牌中断了，只能抽梭梭草卷成的烟。这种烟味很大，特别呛人，一般人抽不了。但这天将军刚吸完一支，马上又接上一支，致使白里泛黄的烟雾弥漫整个会场，让本来就紧张的空气变得更加紧张。部队是留？是撤？他不知已经想了多少遍，所以听到孙继先让他表态，他毫不犹豫地说："我的意见不能撤！道理很简单，我们是新中国第一支导弹发射部队。现在，国际国内形势错综复杂，不能没有这支部队！而且这支部队建起来不容易，走到今天不容易，把苏联'老大哥'请过来更不容易！所以我们无论如何也不能撤，不管有天大的困难也不能撤！再说了，这儿的老百姓几千年都能生存下来，我们在这儿才待了几年，为什么就活不下去呢？当年二万五千里长征那么艰难，我们都能翻过雪山，走出草地，创建一个新中国，我就不信在和平年代的今天，我们会活活饿死在戈壁滩!"

孙继先说："老李说得对，我们这支队伍是走过二万五千里长征的，也是跨过鸭绿江的，在朝鲜战场，面对全世界最强大的美帝国主义，我们都不怕，都能打败它，今天难道我们就闯不过饥饿这道关？"孙继先说完，又把脸转向张贻祥副司令，"老张，说说你的意见？"

张贻祥说："如果现在撤出去，两年的心血就等于白费了。为了建这个靶场，组建导弹部队，国家是下了血本的，我们不能就这么轻易放弃!"

接着，另外五位常委林毅、徐明、张雷平、张志勇、曾凡有也一致表示：不能撤！真要撤了，广大官兵是不会答应的！

孙继先最后请政委栗在山表态："政委，说说您的意见。"

栗在山说："走，肯定不是上策；但留下来，问题确实也不少。现在，不光是我们这支队伍在挨饿，全国都在挨饿。眼前我们急于要解决的问题，就是吃饭问题。部队留下来，不走，我同意。但留下来后怎么办？国家能不能负担得起？我们自己能不能拿出一个行之有效的应对方案？要好好研究一下。"

孙继先说："是啊，十万大军都在张嘴等着吃饭，的确是个大问题。如果我们等着国家来养活我们，肯定不行。我看啊，自力更生这个老传统，咱们还离不了。"

将军说："我的想法是，我们马上去北京和别的地方，想法要一点儿粮食，先支撑一段时间。另外，把今年冬季的训练，暂时放一放，这样可以让官兵们储存一点体力。"

孙继先说："对，'死在戈壁滩，埋在青山头!'这是我们当年曾经许下的誓言，无论如何，我们也一定要兑现！现在，是走是留？请大家举手表决!”

表决结果，大家一致同意部队留下不撤！而且，还当场形成了一份会议决议报告。报告大意是：经基地党委反复研究，部队决定留下不走！请国防科委领导放心，请党中央、毛主席放心！我们有决心、有信心渡过难关，也有决心、有信心把导弹发射上天！我们的誓言是：“死在戈壁滩，埋在青山头!”报告结尾处，是基地全体常委的集体签名。九个常委，九个将军：

司令员：孙继先（中将）

政治委员：栗在山（少将）

副司令员：李福泽（少将）

副司令员：张贻祥（少将）

副司令员：林毅（少将）

参谋长：徐明（少将）

政治部主任：张雷平（少将）

后勤部部长：张志勇（少将）

后勤部政委：曾凡有（少将）

报告很快送到北京聂荣臻办公室。聂荣臻看完报告后，非常高兴，心中的焦虑一下减去不少。他知道，只要基地的将士们坚持不撤，保住这支导弹部队就大有希望。他激动地拿起电话，向周恩来作了汇报。听了汇报的周恩来也很高兴，说：“请你马上给基地的同志发一份电报，你就说，周恩来谢谢他们了！告诉他们别松劲，别泄气，粮食问题我们正在想办法，很快就会有的，一定会有的!”

接着，周恩来接通了粮食部负责人的电话，说：“你们马上通知甘肃省有关领导，在兰州成立一个二级批发站，物品由第二物资部供应，直接服务的对象，就是酒泉基地的导弹部队!”

一个月后，舟山的带鱼、上海的黄花鱼、青岛的海鱼、四川的大米、东北的大豆、河南的大白菜以及山东的大葱、大枣等第一批食物，顺利送到了戈壁滩，送到了岌岌可危的导弹部队官兵的手上。

救济食物运抵基地后，犹如一场春雨突然降临久旱的戈壁。经基地党委研究决定，这批东西首先用于改善飞行员的生活，让飞行员的待遇跟苏联专家一样，每天保证能吃一次黄豆，每周保证能吃一次油炸花生米。因为当时许多飞行员已经全身浮肿，不能正常飞行了。营级以上科技干部，每人每月享受半斤黄豆，每人每月供应一两油。基层战士的餐桌上，也增加了玉米糊糊、粥或者高粱面饼子，偶尔还能吃上一顿大米。

而基地机关食堂最大的变化，是一个月可以吃上一次花生米。遗憾的是，吃花生米时，实行分餐制，每人只有一小勺。而且每次分花生米时，炊事员担心不够分，舀起一勺后，总要晃一晃、抖一抖，每晃一次、抖一下，花生米便会掉下几粒，等剩下的花生米倒进饭碗里，也就只有十来粒了。所以每次分花生米时，偌大一个食堂，战士们的眼睛什么都不看，全都盯着炊事员手中的勺子和勺子里屈指可数的花生米!

一天中午，将军来到食堂，战士们正排队等待分吃花生米。将军见一个小战士端着饭碗从打饭的窗口前走过来，边走边抹眼泪，便拦住小战士，问："怎么了?"

小战士看了看将军，支支吾吾，不敢说话，最后才嘀咕了一句："炊事班欺负人。"

将军问："怎么欺负你了?"

小战士说："他们给我分花生米时，勺子抖了一次，又抖了一次!"

将军一看，小战士的碗里确实没有几粒花生米了。将军安慰了小战士几句，走进炊事班，从炊事班班长手上接过勺子，盛上一勺花生米，轻轻抖了抖，然后对炊事班班长说："下次分花生米时，你们手中的勺子一定要抖轻一点，再轻一点。"

第六章
天变了

霎时间，大地嗡地晃了一下，从液氧槽车里排放出来的液氧气体，像团团雾霭，片片云朵，白茫茫凉飕飕，缓缓升腾起来，千古荒原仿佛只剩下一种颜色，很快罩住了半个天空。就这样，中国人辛辛苦苦研制出来的价值一百五十万元人民币的二十吨液氧全部白白倒进了沙海！那一刻，数千名在场的发射将士悲痛至极，哽咽不止，伤心的泪水纷纷滴落在了滚烫的沙土上。

二十九

1960年的中国，内外交困，矛盾重重。

就在饥饿如同决堤的洪水在神州大地日夜蔓延之时，国防科委正式下达了一个秘密任务：在1960年5月至6月间，发射第一枚苏制P－2导弹，任务代号：“一〇一”。

P－2导弹是苏联设计研制的一枚近程“地—地”导弹。导弹从北京秘密运到酒泉基地后，由于基地没有一个人见过导弹，所以基地专门举行了一个隆重的欢迎会，让大家一饱眼福。会上，司令员孙继先指着导弹向大家介绍说：“看见了吧？这就是赫赫有名的P－2导弹！要把这玩意儿发射上天，可不简单哟！你们中不少人原来都是干炮兵的，目前国际上最先进的火炮，也就能打几十公里，最多一百公里。可这枚导弹，从基地首区打到落区，一打就是五百多公里！这么远的射程，过去我们谁见过？所以，从现在起，我们首先要转变观念，从过去常规武器的使用，转变为导弹武器的发射试验！而且，这是我国第一次发射‘地—地’导弹！是毛主席、党中央交给我们的任务！我们能接受这样的任务，非常伟大，非常光荣，也非常荣幸！”

接着，将军走到导弹跟前，强调说：“这枚导弹，是咱们从苏联‘老大哥’那里过继来的一个儿子，这个儿子虽然不是咱们亲生的，但现在已经到了咱们家，就是咱们自己亲生的儿子了！所以呀，从现在起，咱们一定要像对待自己亲生的儿子一样，只能让它在摇篮里生，不能让它在摇篮里死！”

此后，将军抓的第一件大事，是保密问题。

保密问题，在基地创建初期就是一个非常重要而又相当严肃的问题。基地所有的《保密条令》和《保密守则》，都是1958年由苏联保密专家为基地制定的。这些条令和守则非常严格，其主要内容有：

1. 必须断绝与直系亲属以外的各种社会关系；

2. 工作中相互之间不许打听过问，不许看其他系统或其他人的资料；

3. 学习业务技术时，不准随身携带笔记本，必须先到保密室领取保密本，下班时再将学习资料、文件包和保密本全部交回保密室，统一保管，不许把保密本带回宿舍；

4. 不许观看基地的建筑设施和仪器设备，更不许拍照。

此外，出于严格的保密原因，基地首脑机关和基地下属的所有单位，统统不叫名字，而一概以“号”代称。比如，发射场叫二号，发射团叫三号，通信团叫六号，技术阵地叫七号，测量站叫八号，燃料站叫九号，基地首脑机关叫十号，甚至连埋葬死人的烈士陵园也要保密——叫九号半！不管是谁，只要命运的列车将你抛在了发射基地，等于与世隔绝，美丽的青春与活脱脱的生命从此便由一个个的号码替代。这些枯燥无味的、秘而不宣的号码星罗棋布般撒落在荒无人烟的戈壁滩上，每一个号码——无论是“三”还是“六”，不管是“九”还是“十”——都是一个密不透风的驿站，一个不可言传的秘密。于是，本来就枯燥无味的日子一旦被这些枯燥无味的号码替代，官兵们的人生便愈加枯燥无味，更加冷酷无情！

比如，凡是在基地工作的官兵，绝不许向外透露有关基地的一个字，即便给家人、对象、朋友写信，也必须三年之后。而且写好信后，信封不能擅自封口。必须先把信件送交政治部门，由政治部门检查确认之后，政治部门再统一封口，然后方可寄出。为了密上加密，总参还把当年曾在炮火连天的朝鲜战场为志愿军传递“万金家书”的二十兵团邮局也搬到了戈壁滩，成为全军最早的唯一一个在编的邮局。而且明明是人在酒泉基地，通信地址却一律使用“兰州市二十七支局××信箱”——写信人的所在与信封上的地址南辕北辙风马牛不相及，差距近一千公里！因此，当时不少官兵的妻子到基地约会丈夫，或者爹妈去基地看望儿子，好不容易千里迢迢辛辛苦苦赶到兰州后，找遍了兰州市的大街小巷，却连丈夫、儿子的影子也见不着。有一位山东大爷，他按照儿子的通信地址到了兰州，然后在兰州火车站附近一个邮局给儿子发去一封电报，说就在某某邮局门口等。结果他在邮局门口等了两天两夜，也没等着儿子。因为即便儿子能从基地赶到兰州，途中至少也得三天。还有一个老兵的妻子，带着刚满月的孩子到基地探亲，出发前她给“兰州”的丈夫发去一份电报，让丈夫在兰州车站接她。可她到了兰州后，搂着孩子在车站苦苦等了一个晚上和一个白天，也没等着丈夫！

基地还有一个特殊情况，就是由于当时国际、国内政治背景复杂，不仅台湾特务机构一直对基地实施严密监视，派遣了大量的特务、间谍潜入内陆，千方百计搜集有关基地的机密情报，而且还引起美国中央情报局对基地的高度警惕，多次派出高空侦察机在基地上空秘密侦察。

因此，基地每次开大会，将军讲的第一件事，就是保密问题；每年给新兵上的第一课，也是保密问题。保密问题，成为基地的头等大事；《保密条令》，成为基地一部神圣的法规！

而官兵们对基地的种种保密规定，也总是自觉遵守，习惯服从。比如，1959 年 8 月6 日，空军要在基地进行一次“地—空”导弹实弹演习。由于用于演习的导弹都是从苏联装好运过来的；加之又是中国首次进行这种实弹演习，所以能否发射成功，从上到下，心里都没底。而越是没底，越要保密。但基地的官兵听说要发射导弹后，都想看看，尤其是一些基层部队，愿望非常强烈，天天打报告，天天找领导。最后，将军开会研究决定，只允许师长和政委观看，其他人一律不准。至于那些从来没有看过导弹发射而又比谁都想看的战士，则统统把他们安排到帐篷里学习，还明确规定，发射前必须排除大小便；到时万一有拉屎撒尿的，一律面朝西，不许往东看！为什么呢？因为导弹发射的方向是东边！结果，发射那天，战士们个个严格遵守，毫无怨言；个别战士拉屎撒尿时，不仅一直面朝西，还始终埋着头，生怕自己眼睛的余光看见了冲天而起的导弹！

还有一次，孙继先司令员领着基地文工团几个姑娘去中南海跳舞。中南海每个周末都要举行舞会，孙继先有时就利用到北京开会之机，带上几个姑娘乘飞机到北京陪中央领导人跳舞。当时舞场里悄悄流行着一句话：“男同志和江青跳；女同志和周恩来跳；刘少奇等人跳；毛主席没人敢和他跳。”但这天晚上文工团有个姑娘很幸运，和她跳舞的居然是她心中最敬仰的毛主席！姑娘是第一次和毛主席跳舞，开始有点紧张，毛主席刚一把将她搂在怀里，她情不自禁地说了一句：毛主席，您好高啊！毛主席说，高个子不好，还是低个子好。姑娘说，为啥呀？毛主席说，第一，低个子做衣服省布料；第二，低个子最安全，天塌下来有高个子顶着！姑娘听后扑哧一声笑了，觉得毛主席很幽默，也很亲切，紧张的步子一下就欢快起来。接着，毛主席问，小丫头，你们部队是干啥的呀？姑娘刚想张嘴，忽然想起基地的《保密条令》，便回答说，毛主席，这个……这个不能讲。毛主席哈哈大笑，说，好，你连我这个主席都不信任了！你的保密工作做得好，做得好啊！

不仅如此，许多官兵保守秘密，就像保护自己的生命一样，甚至看得比生命还要重要！比如，基地有一位新来的女技术员，有天晚上正在帐篷里搞设计图，突然大风骤起，刮走了帐篷，也刮走了设计图。女技术员想起保密教育时将军说过，“图纸就是生命”，于是担心设计图刮走后被台湾特务捡到，便什么也不顾，跑出去拼命追赶设计图！后来女技术员好不容易追到了设计图，不想归来时却遇上一场罕见的大风暴，把她和设计图一并卷进了沙海！等战友们找到这位女技术员时，她的大半个身子已经埋进了沙土，停止了呼吸。然而当战友们扒出她的尸体时，却惊奇地发现，女技术员双臂紧紧搂着设计图，像一位母亲紧紧搂着自己的孩子！

不过，由于种种原因，基地的泄密事故仍然时有发生。据统计，1959 年至 1960 年，按照当时的审查标准，全基地发生的泄密事件大大小小有上百起！甚至还有人因为泄密而丢了性命！这个因泄密而丢了性命的人，叫梁正智。梁正智原是哈尔滨军工学院的高才生，在校时因成绩优秀，表现出众，曾荣获三等功。毕业后分到酒泉基地第一试验部，很快成为一名技术骨干，还担任了第一试验部的党支部委员。1959 年 9 月，梁正智在北京学习，母亲突然生病住院。由于家里太穷，无法支付大笔医药费，实在走投无路之际，梁正智便偷了同事一块手表，打算拿去卖了再去支付母亲的医药费。可他刚偷了手表，便引起同事的怀疑。组织一追查，他马上就交代了偷表经过，并退还了手表，还在会上作了检讨。但那个年代，军人偷窃一块手表，好比今天有人抢劫国库。所以事过之后，梁正智越想越害怕，怕自己会被关进大牢，怕自己关进大牢后母亲无人赡养。于是他便偷偷跑到印度驻华使馆，用英文写了一张字条，大意说，自己是名犯人，将被政府逮捕杀头，想到国外去，愿意提供中国导弹的秘密情报。结果，梁正智当场遭到印度驻华使馆的拒绝。接着，梁正智又跑到天津港，打算乘坐一艘希腊商船溜之大吉，结果同样没有得逞。梁正智只好返回家中，把事情的前后经过告诉了妻子，希望求得妻子的帮助。然而梁正智万万没想到，与他同床共枕多年的妻子虽不是共产党员，却对共产党忠心耿耿，忠贞不渝，妻子大义灭亲，偷偷报告了组织。结果，梁正智被公安局正式逮捕。后来，此案报到中央军委秘书长黄克诚大将那里。黄克诚看罢大怒，说，这个案子必须从重从严，绝不留情！1960 年 1 月 15 日，酒泉基地检察院、军事法院开庭审理了此案，并当场宣布：判处梁正智死刑，缓期两年执行！后因梁正智抗拒改造，被就地枪决！

当然，在严格执行保密制度的过程中，有些地方在今天看来，也难免有过头之处。比如，1959 年底，基地执行“空—空”导弹射击训练任务时，国家公安部的一位处长正好从北京来基地检查工作。那天下午，基地保卫部部长阎五福、保密检查科科长杜郁陪同这位处长外出，汽车途经机场跑道时，司机不经意间探了一下头——瞥了一眼停在机场上的飞机。没想到回到驻地后，公安部处长立即拿出一个小本本，记下了司机的名字，要严格追查此事！阎五福部长当即把此事向将军作了汇报。将军了解这个司机，知道这个司机是从朝鲜战场下来的老同志，还立过几次战功呢，不会有问题。于是说，探一下头怎么啦？不就看了一眼吗？又不是看女人脱裤子，有什么大不了的，说不定正好是司机的脖子被蚊子叮了一口，他忍不住偏了一下头呢！但国家公安部的人还是很快从北京赶到了基地，组成了一个庞大的调查组，对“探头事件”展开调查。将军见情况不妙，担心司机会锒铛入狱，便一边协助调查，一边暗中叮嘱基地调查组的人说，严守秘密是对的，但不能总是怀疑自己的同志，老是琢磨人；更不能动辄上纲上线，随便整人，而一定要实事求是！结果，调查组内查外调，查了一两个月，差点把司机查出精神病，最后也没查出个名堂，只得不了了之。

此外，1961 年，基地第四试验部六处一位叫沈启钧的科长，也是一个典型的例子。这位科长与印度一位女学生谈恋爱，两人谈了一年多，女友一直不知道他是哪个单位的，更不知道他是干什么的。有一次两人约会中，在女友的再三追问下，这位科长一不小心说漏了嘴，竟把基地的任务和性质告诉了女友。后来他的女友在与印度驻华大使馆的一个外国留学生的交往中，无意中又把基地的工作性质说了出去。结果造成严重泄密，这位科长被开除军籍，还被军事法院判了七年徒刑！

将军抓的第二件大事，是导弹的安全问题。

自 P-2 导弹进入发射场那一刻起，将军与导弹几乎形影不离，他再三叮嘱工作人员：“一定要小心，千万别碰了，这可是来之不易的宝贝！”

但问题还是发生了。

一天，工作人员从运载车上往下卸导弹设备，一不小心，就把一个新建的起重机厂房砸倒了。厂房正在建设之中，上面没有横梁，只有几根木头作支撑，所以倒塌时还砸伤了三个人！接下来，在空军和基地共同进行的一次实弹演习中，打出去的第一枚导弹不是飞向靶心，而是飞向了与靶心相反的方向——落在了参观演练的人群中！虽然侥幸没有造成人员伤亡，却是一起大事故。而且经苏联专家检查，故障的原因居然是中方一个技术员把控制导弹方向的一个部件给装反了！苏联专家气急败坏，当场指着中方人员破口大骂："你们这些中国人，简直是大笨蛋！要知道，这不是粗心，而是无知，是犯罪！"骂得在场的中国人个个垂着脑袋，一声不敢吭。将军当时也在现场，受辱的滋味，可想而知。

将军当即安排苏联专家给中方发射技术人员讲课。此前苏联专家也给中方人员讲课，却不定期。这次一周两次，雷打不动，而且专讲发射场的安全、发射程序以及操作常识问题。将军还向中方技术人员强调说："苏联专家讲课，一定要认真听，认真记笔记。尤其是发射导弹、测试导弹的经验，是拿钱都买不来的好东西。学习中，要多看，多问，多动脑子，要打破砂锅问到底，不要不好意思。人家是老师，咱们是学生，不懂就不懂，不要装懂。只要'老大哥'舍得把肚子里的'货'往外倒，我们苦点、累点、委屈点，没有什么；只要能向'老大哥'学到东西，咱们怎么伺候都行！"

讲课时，基地没有专门的教室，更没有讲台，苏联专家就站在发射场边一个临时垒起的土台子上讲，中方技术人员则围在土台子前一块空地上听——有的坐在小马扎上，有的坐在砖头上，有的坐在石头上，有的干脆坐在地上。而不管是坐在砖头上还是石头上，所有听课人的神情都像教堂里的信徒聆听神父传诵《圣经》一样，聚精会神，极为虔诚。

讲课的苏联专家是个"眼镜"，瘦高个儿，一副很斯文的样子，大家都管他叫"眼镜专家"。"眼镜专家"是苏联专家中的技术尖子，在发射场上很有一套，别看他外表文静斯文，做起事来，却认理不认人，非常较真儿。

这一天，“眼镜专家”刚开场，就说：“发射场就是战场，什么意外情况都可能发生，不管你在什么岗位，必须时刻谨慎，万万不可掉以轻心！尤其是发射程序进入‘倒计时’以后，更要格外小心！”

“眼镜专家”刚讲到这里，一位坐在砖头上的中国军官站起来，恭恭敬敬地举起右手，问：“请问什么叫‘倒计时’？”

“眼镜专家”看了中国军官一眼，有点不相信自己的耳朵：“怎么？你不知道什么叫‘倒计时’？”

“对不起，我是第一次听说。”中国军官说。

“眼镜专家”说：“那好，我就先给大家讲讲什么叫‘倒计时’吧。所谓‘倒计时’，就是发射导弹的时候，发射时间是倒着计算的，所有发射程序均按‘倒计时’运行。比如，还有最后十秒钟就要发射了，计时表的时间显示是：九秒、八秒、七秒，六秒……到了零秒，就下达‘点火’发射的口令！”

中方技术人员这才恍然大悟，原来发射导弹用的是“倒计时”。此前还以为发射导弹也是按通常的计时法计时呢！

接下来，“眼镜专家”又对“三小时准备”该干什么，“二小时准备”该干什么，“三十分钟准备”该干什么，“十分钟准备”该干什么，最后“一分钟准备”该干什么等问题，作了耐心地讲解。并强调说：“发射程序执行起来是个非常复杂非常严格的问题，一点儿也马虎不得，哪怕扳错一个开关，接错一根导线，喊错一个口令，都有导致发射失败的可能！”

将军也常听苏联“老大哥”讲课。每次听“老大哥”讲课，将军和其他技术人员一样，提着一个小马扎，坐在发射场边上，或者食堂的后排，像个懂规矩、有礼貌的小学生。与众不同的是，将军听课从不带本，而是全凭脑子记，至多听到关键处，掏出一个破烟盒，在上面划拉几句；如遇有不理解的问题，将军还会当场举手提问。所以，苏联“老大哥”都很喜欢他这个被称为“发射将军”的“学生”，也很乐意回答他的各种提问。而将军是军内少有的名牌大学学生，加上脑子聪明，又很勤奋，很快便掌握了不少导弹方面的知识。如什么“地—空”导弹、“空—空”

导弹、“地—地”导弹等，他都能说出个子丑寅卯来。

然而将军对此并不满足。

当时，苏联专家在发射场的地位是至高无上的，中国军官平常是不可以随便接触的；即便是将军，除了正常的工作来往，想有更多的接触，也得找合适的机会和理由。于是为了尽可能和“老大哥”多有接触，多学一些导弹知识，确保导弹首次发射成功，将军采取了好几种接触“老大哥”方式。这些方式用今天的眼光来看似乎多少有点俗气，甚至不可思议，但在那个特殊的年代、特殊的环境，既是将军一种迫不得已的选择，也是将军一种随性的习惯表现、一种真情的自然流露——

第一种方式，喝酒。将军嗜酒成瘾，远近闻名。战争年代喜欢喝酒，和平年代喜欢喝酒，到戈壁后更喜欢喝酒。将军好酒，苏联“老大哥”也好酒；将军最喜欢茅台，“老大哥”更喜欢茅台。“老大哥”刚到基地时，每个周末，将军都请“老大哥”喝茅台。20 世纪 50 年代，一瓶茅台四块人民币，到了 1960 年，涨到八块。如果是公宴，酒钱公家出；若是私下小聚，将军则自己掏腰包。将军请得最多的是苏联专家组组长罗金上校，有时也叫上其他几位“老大哥”。每次请“老大哥”喝酒，将军都不忘带上翻译。他事先对翻译说，我的主要任务是喝酒，你的主要任务是把我们喝酒时聊天的内容记下来，这些内容对我们今后大有用处！而每次喝酒时，常常是“老大哥”没醉，将军已经“糊涂”了；等“老大哥”真的醉了，将军反倒清醒了。每当这时，将军就会拣一些关键的技术问题问。后来，大面积的饥饿开始了，粮食紧张了，全中国酒厂的产量都直线下降了，八块一瓶的茅台再也买不到了，也买不起了，将军就托人从北京每月捎来几瓶竹叶青。“老大哥”除了喜欢茅台，便是竹叶青。再后来，竹叶青也买不到了，也喝不起了，将军就托人从北京每月捎来几瓶二锅头。北京的二锅头虽远不如茅台芳香四溢，也不像竹叶青香醇有味，却火辣、劲儿大，很对“老大哥”的胃口，一喝就难忘，再喝便上瘾。再再后来，粮食没有了，二锅头也很难搞到了，但酒不能不喝。不喝，就少了和“老大哥”接触的机会。

一个周末，将军想找罗金喝酒聊天，可酒没有了——只剩最后一瓶二锅头了。将军叫来后勤部部长张志勇，说："去，给我搞点酒来！"

张志勇说："李司令，水都快没得喝了，哪还有酒呀！"

将军说："没酒，没酒就不能想点办法了？"

张志勇说："李司令，什么事都有法子想，就是这酒，只能酿出来，打死也想不出来！"

将军说："笨蛋，你去燃料库弄半桶酒精回来，不就有酒喝了吗？"

张志勇大惊，忙提醒说："李司令，再大的酒鬼也只有喝酒的，哪有喝酒精的呀？不行，这酒精我不能让您喝！"

将军哈哈笑道："你这死脑筋！你弄半桶酒精回来，再兑上半桶凉水，不就变成一桶可以喝的'酒'了吗？"

张志勇只好到燃料库弄来半桶酒精，再让警卫员提来半桶凉水。将军把半桶酒精倒进半桶凉水里，一桶"酒"当即"酿"成。"酿酒"完毕，将军很是得意，说："这叫'水酒'，自己发明、自己酿造的中国'水酒'！"说着，抓过一个军用漱口缸，舀起半缸"酒"，咕嘟一声，自己先灌下两大口。然后，将军让炊事班把剩下的一点黄羊肠子切碎了，再搁点干菜，爆炒一下，便是一盘上等的下酒菜。等翻译把罗金上校请来，将军已是酒菜俱全了。

但喝酒时，将军让罗金喝二锅头，自己则喝自己酿造的"水酒"。"水酒"毕竟不是酒，而是酒精！这种"酒"又烈又辣，怪味刺鼻，一口喝下，舌尖发麻，肠胃还火辣辣地疼。将军却面带笑容，一直陪"老大哥"喝，一杯接着一杯。后来，罗金觉得不对劲儿，喝了一口将军的"酒"，问："李将军，您喝的是什么酒啊？"将军只好如实相告。罗金被深深感动了，要将军也喝二锅头，但将军坚决不从。

罗金说："李将军，您怎么能喝这样劣质的酒呢？这很不公平，您是立过战功的将军啊！"

将军一抹嘴，笑了，说："我的国家现在正处于最困难时期，全国人民都在勒紧裤腰带渡难关，在这荒凉的戈壁滩上，我能有这样的酒喝，已经很不错了，我很知足了！"

说罢，将军举起酒杯，继续喝，继续聊，边喝边聊，边聊边喝。于是，有关导弹的秘密，聊着聊着便不再是“秘密”了。后来，翻译担心酒精损伤身体，不让将军再喝了，可将军依然坚持继续喝。在回来的路上，将军才对翻译说：“你以为我愿意喝吗？谁愿意喝酒精啊？可为了咱中国的导弹，为了学到真东西，不喝，行吗？”十年后，将军患了严重的肝硬化，医生说，这与当初喝酒精直接有关。

第二种方式，抽烟。将军不仅是“大酒鬼”，还是个“大烟鬼”。将军抽烟，如同喝酒，瘾大着呢！有时烟瘾上来了，简直就不叫抽烟，而是吃烟——像一只饥饿的野狼，大口大口地吞吃着羔羊！似乎只有大口大口地“吃”，才过瘾，才能消除所有的疲累与烦恼。由于烟瘾太大，将军的衣服常常被烟头烧出不少小洞。但将军抽烟，很讲究，除了“中华”牌香烟，别的一概不抽（抽梭梭草卷成的烟，那是后来的事情）。当时一条“中华”烟是六块钱，别人都舍不得买，将军舍得。将军一向只顾革命，不顾家庭，每月的工资，不是喝酒，就是抽烟。除了喝酒、抽烟，便所剩无几了。但将军是个慷慨之人，用自己的工资买来的中华烟，不是他一个人抽，而是和苏联“老大哥”一起抽。每次与“老大哥”见面，出于中国人的一种礼节和他的性格使然，他就掏出“中华”牌，先敬“老大哥”一支，嘴里还说，来来来，烟酒不分家。接着掏出一个过去从台湾特务身上缴获的打火机，为“老大哥”点燃。而后一边抽，一边聊。虽然一个月下来，五六条“中华”烟灰飞烟灭，但发射场上不少疑难问题，却像他抽烟一样，被一一解决了。

第三种方式，散步。“老大哥”刚到基地时，最喜欢散步，也只能散步，将军常常作陪。但在戈壁滩上散步，是件非常单调、非常枯燥的事情。后来将军了解到，“老大哥”最喜欢吃花生米，便想法弄来点花生米，让炊事班油炸一下，再撒点盐，做成五香花生米，装在兜里。每次陪同“老大哥”散步时，走着走着，将军便掏出一包花生米，而后一边和“老大哥”品尝着花生米，一边和“老大哥”天南地北地聊天。于是散步的气氛比往常轻松了许多，彼此的距离越走越近，一些有关导弹的事，不知不觉便从“老大哥”的嘴里溜了出来。

第四种方式，收徒。在中苏交往中，不仅中国人跟苏联人学俄语，苏联人也跟中国人学汉语；尤其对中国的成语，他们有着浓厚的兴趣。比如罗金上校就认为，在世界四大语系（即中文、英文、阿拉伯语、西班牙语）中，中国的成语最有意思，像“破釜沉舟”“迎刃而解”“望风而逃”“画龙点睛”等，这些成语的前面都有一个动词，背后还有一个典故。所以将军向罗金讨教俄语时，罗金也跟将军学中国成语。后来，其他“老大哥”见了将军，也吵嚷着要听将军讲中国成语。将军便开玩笑说，愿意学中国成语的，我可以收为弟子。不过有一个条件，我给你们讲一个中国成语，你们得给我讲一个技术问题。“老大哥”满口答应。于是工作间隙，一些“老大哥”便围在将军身边，甘当学生，听将军讲成语。结果，“老师”“学生”，各受其益。后来苏联专家撤离基地时，不少人都能说一些中国成语。三十年后，一位苏联专家重返中国，在北京与中方讨论飞船问题时，嘴里还不时蹦出几个中国成语。

当然，并不是所有的苏联“老大哥”都是友好的，也不是所有的苏联“老大哥”都是高素质的。因为当时中国向苏联聘请专家时，并不是你想要什么专家就给你什么专家，也不是你想要几个就给你几个，而是由苏联政府统筹考虑决定。有时中方需要一个发射专家或测试专家，苏方派来的却是一个安装专家或者工程专家，甚至还派来过什么都不是的“专家”。譬如，在第一批来华专家中，就有一个年纪很大的“安装专家”，这位“安装专家”几乎不懂安装，在基地只待了几天，便打道回府了。有的名曰“专家”，实则只是一个士官；有的专家像走过场似的，今天刚飞来，明天就飞走了；甚至还有个别的“专家”，身份证上注明是某某专家，实际上却是一个克格勃！这类“专家”来中国的任务，就是暗中监视其他苏联专家，以防止核心机密技术泄密。

三十

1960 年 3 月的一个上午，苏联驻华首席军事顾问巴托夫大将乘专机飞临酒泉基地，检查导弹的发射准备工作。巴托夫大将在基地待了三天，通过对各系统的检查，对基地的准备工作表示满意，当即向北京国防科委主任聂荣臻发去一封密电：

> 各种导弹试验的第一期工程，在5至9月即可完成；P—2“地—地”导弹的训练和发射，在8月以前也可完成。酒泉基地已经具备了发射导弹的条件，发射时间可定在下半年。

聂荣臻当即报告了周恩来。随后，中央军委召开专门会议，制订了导弹的大致发射日期，同时也加紧了与苏方的联系。

于是，酒泉发射场数万官兵顶着饥饿，开始昼夜加班！

而最忙碌的，是发射大队。

发射大队是一支地地道道的“土包子”队伍。1959年冬，经过长辛店半年的培训，基地拥有了五个专业技术大队：一大队搞“地—地”导弹；二大队搞“空—空”导弹；三大队搞“地—空”导弹；四大队搞“海—空”导弹；五大队搞“测量控制”。由于中国是第一次发射导弹，一大队便成为中国人民解放军历史上的第一个发射大队。发射大队的大队长叫施存壁，是1958年6月从郑州炮校调到基地的。那年，黄河决口，淹没了大片土地和庄稼，也淹没了成千上万的百姓，郑州炮校接到命令，协助舟桥部队架黄河浮桥。那天，施存壁正在施工现场与洪水搏斗，一纸调令突然下到现场，让他火速赶去北京报到。施存壁很不高兴，说，这儿黄河正决口呢，让我去北京干啥？北京又没决口！负责传达命令的学校政治部主任说，少啰唆，既然调你去，肯定有任务，架浮桥也不缺你一个。放心去吧，等哪天浮桥架好了，我给你个信，再回来。施存壁不敢耽搁，当天便踏上开往北京的列车。一到北京，就被接到长辛店“地—地”导弹培训班。施存壁这才知道，中国要搞导弹了，自己还是毛主席亲自挑选的人才呢！这次离开北京来基地前夕，国防科委领导亲自为发射大队送行，一位领导还握着他的手说，你们是“宝贝疙瘩”，肩上的担子很重啊！

施存壁带着发射大队来到基地后，将军让他带着队伍直接到新西庙安营扎寨。队长施存壁一听去新西庙，以为新西庙就是一个新的庙宇，于是心里就偷着乐。施存壁在北京就听说戈壁滩的生活非常艰苦，住宿条件极其恶劣，没想到别的部队住帐篷，住地窝子，司令员却让他们去住新西庙—— 一来基地就享受上了"宝贝疙瘩"的待遇，不一样就是不一样啊！所以他非常高兴，在去往新西庙的路上，竟领着发射大队的军官们唱起了歌：

解放区的天，是明朗的天，
解放区的人民好喜欢。
…………

唱毕，一位年轻军官问："大队长，我们要去的庙里有和尚吗？"

施存壁摇摇头："不知道，没听说。"

年轻军官又问："这个庙宇是不是跟北京的故宫一样？"

施存壁说："恐怕不一样，不过也差不多。别急，到了就知道了。"

队伍来到新西庙，施存壁刚下车，便愣住了，问司机："不是说住新西庙吗？"

司机抬手一指："那不是吗？"

施存壁举目一看，前方不远处，是一片一望无际的红柳树。红柳丛中，几间破败不堪的泥房子可怜巴巴地蹲在那儿，有的房角已经坍塌，有的窗户已经破碎，有的房顶还有几个大窟窿。几株干枯的红柳枝耷拉在房檐下，在寒风中瑟瑟发抖。施存壁看着看着，禁不住哈哈大笑起来；其他官兵则不知所云，全傻在那儿了！——他们怎么也没想到，所谓的新西庙，原来竟是一座惨不忍睹的破庙！

施存壁细细一打听，这才知道，原来这里过去是蒙古族人居住的地方；新西庙不是一座新庙，而是蒙古族人的一座古庙，叫老西庙，里面一直供奉着神。后来部队进驻戈壁滩后，蒙古族人迁徙，庙里的神也随同主人一起消失了，只留下了一座空庙。这座古庙原本有一个美丽动听的名字，只因最先到此的官兵不识蒙古文，便顺口取了一个汉族名字——新西庙！新西庙位于基地东北角，与基地机关相距仅三十里；加之这里靠近弱水河，所以有利于部队的生存。

施存壁见大家一副沮丧的样子，立即集合队伍，就地动员说："同志们，我们是来戈壁滩发射导弹的，不是来享福的。我们能到戈壁滩来，是党和毛主席对我们的信任，也是我们的光荣，不管住什么地方，就是住在地窖里、雪地上，我们也要住！"

话音刚落，官兵们立即呼啦啦地解开了背包。但发射大队共有两百余人，一个小小的破庙，即便是一个挨一个躺在地上，也睡不下，战士们只好在庙外再撑起两顶帐篷，挤成一堆，凑合着睡。至于吃饭，由于缺粮，只有吃掺了骆驼刺的青稞面窝窝头。这种东西出锅后猛地一看，特像牛粪，不仅味道极差，还不顶饿，而且无法保证每顿吃饱。后来将军派人送来两袋救济粮，才算暂时解决了肚子问题。

吃住解决了，水电又成了拦路虎。由于发射大队驻地太远，基地车辆有限，没法专门为他们送水，将军让他们自己想法解决。怎么解决？虽然新西庙位于弱水河畔，可正值隆冬时节，河水已结成厚厚的冰，根本无水可寻。施存壁当即召开紧急会议，会议最后决定：组织官兵，砸冰取水！

于是，一声令下，风雪中，两百多名官兵挥锹抡镐，劈河取冰。由于冰层太硬，官兵们不得不使出浑身力气，一镐一镐地劈。折腾了半天，个个气喘吁吁，满头大汗，才好不容易砸出十几块碗口大的冰碴子。然后架起行军锅，点上火，把冰碴子放进一口大铁锅里，煮。等冰碴子煮化了，再喝冰水。至于电的问题，因新西庙不在发射场区，和水一样，无法供应；而煤油当时也很紧张，就是点煤油灯，都得省着点。事实上，即便有煤油，风沙一天到晚呼呼地吹，也很难点着。因此一到晚上，官兵们干脆连煤油灯也省了。好在戈壁滩白天太阳充足，晚上月光明亮，若是遇上加班的活儿，比如挖个地基什么的，官兵们借着月光，照样能干。

发射大队立足后，为了学好发射本领，日夜刻苦操练。在与苏联"老大哥"的交往中，更是毕恭毕敬，百依百顺，唯恐对"老大哥"有丝毫的不恭。

但尽管如此，还是惹出了麻烦！

这天上午，苏联专家和发射大队测试中队进行导弹测试。测试过程中，苏联的“眼镜专家”发现一根导线短路，当即认定是中方人员搞的，并生气地说：“看看，你们中国军人，素质就是差，没文化，连一根导线这样的小事也做不好，怎么发射导弹？”

发射大队队长施存壁是个革命性、原则性非常强的人，一听“眼镜专家”这话，心里就很不舒服。他承认，自己没有多少文化，发射场上不少中国军人也没多少文化，但他最反感的，就是苏联专家说“中国军人没文化”。所以他一听就急了，顶了一句：“没文化咋啦？没文化也可以学嘛！”

“眼镜专家”见施存壁不服气，更生气，说：“学什么？马上就要发射了，怎么学？”

施存壁一听“马上就要发射了”，只好忍气吞声，不再说话，让技术员更换了导线。

下午，导弹测试暂时告一段落，为了给发射场营造气氛，施存壁领着俱乐部几个战士，拎着一个白灰桶，拿着一把刷子，在发射场的四周写口号，刷标语：

不是东风压倒西风，就是西风压倒东风！

为有牺牲多壮志，敢教日月换新天！

只许成功，不准失败！

恰在这时，“眼镜专家”路过发射场，见墙上、地上、架子上写满了各种各样的标语口号，满脸不高兴，指着那些标语口号问施存壁：“你们这是在干什么？”

施存壁说：“我们在写标语、口号啊！”

“眼镜专家”说：“写标语、口号干什么？”

施存壁说：“鼓干劲，长士气呀！”

“眼镜专家”指着其中一幅标语说：“这写的是什么？”

施存壁有些得意地念道："只许成功，不准失败！"

"眼镜专家"说："发射导弹是科学试验，既然是科学试验，就可能成功，也可能失败，天底下哪有只许成功，不准失败的道理啊？"

施存壁说："我们这是高标准，严要求！"

"眼镜专家"说："什么高标准严要求？你们中国军人就喜欢搞形式主义，本来没文化，还要装出有文化的样子！"

施存壁一听，就来气了；再想起上午的话，就更来气了。心想刷标语、写口号，是中国共产党的老传统了，也是中国军队的老传统了，当初不少共产党人刚参加革命时，不就是天天提着糨糊桶、拎着大笤帚，在田间地头、大街小巷、马路边上甚至厕所墙上刷标语、写口号吗？这个传统现在带到发射场上，有什么不好？于是气呼呼地说："没文化咋啦？没文化照样打胜仗，照样打天下！照样打败'美帝国主义野心狼'！我们写的是我们毛主席的话，周总理的话，有啥错？"

"眼镜专家"说："这是发射场，不是会议室！"

施存壁心里还是不服气，但想到导弹发射在即，只好忍气吞声，罢了。谁知"眼镜专家"在发射架的背后，又看到了一条用俄文写的标语，一见这条标语，"眼镜专家"非常生气——不，不是非常生气，简直就是愤怒至极！未等施存壁搞清怎么回事，"眼镜专家"已经跑去找到一部部长吕琳，先把吕琳劈头盖脸地训斥了一顿，然后再告到苏联专家组。

苏联专家组立即将情况上报苏联大使馆，同时通报了将军。将军马上找来一部部长吕琳查问情况。原来，发射大队一位刚毕业的大学生，用俄语写了一幅标语。这位大学生本想表达的意思是："苏联专家同志们，你们辛苦了！"可他俄语基础差，写标语之前，没有请教专业翻译，自己翻了翻字典，便自以为是地写了这条标语。结果，这位大学生把"辛苦了"，写成"痛苦了"；不仅意思搞反了，而且语法不当。所以苏联专家一看，这条标语的意思就变成了："苏联专家同志，和你们在一起很痛苦！"或者是："苏联专家同志，苦难降临到你们头上了！"

情况搞清后，将军哭笑不得。他首先向苏联专家诚恳地道了歉，然后又详细作了解释，并让写标语的大学生写了检查。最后，"标语事件"

才未被扩大为政治事件，大学生也才逃过一劫。

第二天傍晚，将军驱车赶到发射大队。一下车，将军大老远便听见发射场上的标语被风刮得呼呼直响。大队长施存壁拿着一把刷子，正撅着屁股在一个池子边上清洗石灰桶，见将军驾到，吓得心里怦怦直跳。因为施存壁清楚，将军有两点在基地最有名：一是抠脚丫。将军无论走到哪里，都喜欢穿一双老头鞋，袜子的后跟上还有两块补丁。只要逮住机会，就抠脚丫；起身离开时，常常是鞋子穿上了，袜子却留下了，等回到宿舍，才发现原来光着脚丫。于是再让警卫员回去找，有时能找着，有时找不着。再一点就是脾气大。将军的脾气在基地远近闻名，一旦骂起人来，谁都怕。但将军只训干部，不骂士兵。施存壁知道自己这回撞到枪口上了，所以赶忙扔掉石灰桶，笑呵呵地迎了上去。

将军指着发射场四周的标语口号问："这就是你们干的?"

施存壁说："是，是我们干的。"

将军说："刷标语是可以的，但一定要准确。如果'老大哥'不喜欢这些玩意儿，咱就别弄了。其实刷个标语抹个口号，也没多大意思。'老大哥'说得对，发射场就是发射场，别搞得像个会场似的。他们在发射场摸爬滚打几十年，怎么才能把导弹打上天，心里最有数。如果刷标语、喊口号就能把导弹弄上天，还请他们来干什么？以后呀，不管遇到什么事，该让的要让，该忍的要忍。坚守我们民族的感情是对的，但也要考虑到苏联专家的感受。人家来这里干什么？不就是为了帮助咱们搞导弹吗？现在是咱们求别人的时候，只要不是原则问题，委屈点算个啥，韩信还受过胯下之辱呢!"

施存壁说："李司令，我以后一定注意!"

将军说："去吧，找几个人，把这些标语拿掉算了！哦，对了，告诉那位新来的大学生，掌握知识，一定要扎实，来不得半点马虎。在这节骨眼儿上，不准再出任何差错了！下次再犯这种低级错误，我可要收拾他了!"

本来，施存壁是等着挨将军一顿臭骂的，没想到将军的态度今天竟是如此温和，而且事情会是这么简单，反而感到很不好意思了。他跑过去，叫上几个战士，唰唰唰，三下五除二，就把“苏联专家同志，和你们在一起很痛苦!”的标语，痛痛快快地给清除掉了。回来时，施存壁见将军坐在发射场边上，正咬牙切齿地抠脚丫呢！便走过去，鼓着勇气，多少有点讨好的意思问了一句：“李司令，晚上就在这儿吃饭吧?”

“好啊。”将军说。

施存壁没想到将军答应得如此痛快，简直受宠若惊。他知道，将军是极少在下面吃饭的，每次下来检查工作，每次都挽留将军吃饭，可每次都被将军谢绝。将军总是说，不行，粮食本来就不够吃，我饭量大，吃一顿，顶好几个兵呢！可今天，将军居然答应留下来吃饭，而他正好也有事要找将军，所以高兴得不得了，马上叫来炊事班班长，吩咐道：“李司令今晚要在这儿吃饭，快去，把咱们那头黄羊给做了!”

炊事班班长叫苦不迭：“大队长，你是不是饿晕头了？哪还有黄羊呀，那头黄羊早就吃光了!”

施存壁一拍脑门，急了：“他娘的，那还有啥呀?”

炊事班班长说：“只剩半斤羊肠子了，这还是我偷偷给你留下的。”

施存壁说：“那就羊肠子吧。记住了，李司令是山东人，多放几根大葱!”

晚餐很快做好了，用餐就在发射场边一块大石头上。将军刚盘腿坐下，施存壁就从兜里摸出一瓶二锅头，笑得合不拢嘴。将军说：“你怎么还有酒?”

施存壁说：“这瓶酒呀，在我箱子里藏了半年了，一直没舍得喝。”说着，咕嘟咕嘟，把酒倒进一个军用漱口缸。

将军喜欢喝酒，却从不在下面喝酒，今天破例了，原因很简单，导弹发射在即，他要摸摸发射大队的底。将军端起漱口缸，灌下一口，夹起一截羊肠子，问：“这是什么玩意儿?”

施存壁说：“李司令，对不起，黄羊肉吃光了，今天只有请你吃羊肠子了。”

将军说：“羊肠子，这个年头能吃上羊肠子，太有口福了!”

施存壁说：“下次来，我一定想法让你吃黄羊腿!”

将军盯着施存壁的眼睛，说："你今天请我喝酒，还请我吃羊肠子，有什么事?"

施存壁说："李司令，你怎么知道我有事?"

将军笑了："就你那点鬼心眼，还想瞒着我?"

施存壁只得如实招来："李司令，是这样，发射大队没有发射训练车，只有一辆破嘎斯，几个司机每天轮番抢着跑。嘎斯车在美国和苏联，早就淘汰了，我们却还像对爷一样天天侍候着，一不小心，还弄出一堆毛病来。现在马上就要发射了，我这儿却只有一辆训练车。没车怎么训练啊？我的意思是，你要是给我弄辆训练车，那就太好了！来，李司令，喝酒!"

将军说："你这个施存壁，我吃你一截羊肠子，你就要我一辆训练车，天下哪有这种便宜事!"

施存壁不说话，只端着酒杯笑。

将军说："好了，别给我玩小把戏了。这样吧，明天，你带个司机去，把那辆'老大哥'赞助的车弄来，好好训练。不过，我可告诉你，这次要打不好，我就找你算账!"

施存壁高兴地说："您放心李司令，保证没问题!"说着，夹起一截羊肠子送到将军的碗里，"来，李司令，再来一截羊肠子!"

三十一

就在将军吃羊肠子的这个夜晚，一份来自北京高层的密电送到了孙继先司令员的手上。孙继先打开一看，只见上面这样写道：

> 中苏关系近期出现裂痕，望加紧学习苏方技术，并注意掌握苏联专家在基地的动态……

看罢密电，孙继先愣在那里，一动不动。

20世纪50年代的中苏关系，本是"同志加兄弟"的亲密关系。然而赫鲁晓夫上台后，似乎便注定了中苏两国的分手是早晚的事情。避开中苏两党政治立场不谈，单就赫鲁晓夫与毛泽东的个性而言，赫鲁晓夫自视老大，喜好指手画脚；毛泽东桀骜不驯，我行我素。前者企图称霸世界，统领一切，不接受毛泽东的独立意识；后者老子天下第一，目空一切，无法容忍赫鲁晓夫的老大做派。二人相生相克，谁也不服谁。

其实早在1954年，赫鲁晓夫首次访华、首次与毛泽东见面时，彼此便多少有些不快。1956年2月，赫鲁晓夫在苏共二十大上全盘否定斯大林，毛泽东对此表示不满。1958年4月，赫鲁晓夫要中国签订一个防止核扩散条约，以此限制中国，联手美国，再次引起毛泽东的强烈不满。1958年夏，刚在政治权力斗争中获胜并夺得部长会议主席的赫鲁晓夫第二次访华，提出要与中国共建“联合舰队”，被毛泽东拒绝，两人不欢而散。1959年3月，中国西藏发生叛乱，中印边境引出争端，赫鲁晓夫授意塔斯社发表声明，公开指责中国政府。6月，赫鲁晓夫违背中苏签订的关于国防新技术的协定，拒绝向中国提供原子弹样品及相关技术资料，限制中国发展尖端武器。9月，赫鲁晓夫应美国总统艾森豪威尔之邀访问美国，牺牲中国利益与美国亲善。毛泽东对此非常生气，骂赫鲁晓夫是“赫秃子”！1959年9月30日，赫鲁晓夫率苏联党政代表团应邀参加新中国十周年国庆活动。当晚，在隆重的晚宴上，赫鲁晓夫当着毛泽东和众多中共领导人的面，在盛赞美国的同时，毫不掩饰地指责中国政府不该与印度尼赫鲁发生冲突；而毛泽东却始终“装聋作哑”，光抽烟不说话。第二天，毛泽东和赫鲁晓夫一起登上天安门城楼，在北方萧瑟的秋风中检阅中国海陆空三军阅兵队伍。当重型军用卡车载着苏式“地—空”导弹雄赳赳、气昂昂地驶过长安街时，赫鲁晓夫指着车上的苏式导弹很是得意地对毛泽东说，毛泽东同志，在导弹、原子弹问题上，我们可能不好再帮你们什么忙了。现在，苏联有许多专家在中国工作，我们正在考虑撤回的问题，请中国的同志们理解。毛泽东立即回应道，赫鲁晓夫同志，这几年苏联同志对我们的帮助很大，我本人是希望他们留下的，留下后能在技术上帮我们一把。当然啰，实在不能帮，硬是要走，我们也不阻拦，你们自己考虑决定吧。不过，我希望双方签订的协议大家都要执行！第二天，赫鲁晓夫与中共领导人正式会谈，会谈中赫鲁晓夫暴跳如雷，毛泽东也拍了桌子，双方吵得一塌糊涂。结果，赫鲁晓夫气得提前返回苏联。这是赫鲁晓夫与毛泽东的最后一次会面，此后二人至死再无往来。1960 年 2 月，华沙条约缔约国在莫斯科召开政治协商会议，赫鲁晓夫在当晚克里姆林宫乔治大厅举行的宴会上，指桑骂槐地骂中国共产党，甚至矛头直指毛泽东。赫鲁晓夫说，马列主义的学说真是伟大呀，明明是个笨蛋，马列还要把它背在背上驮着往前走。我们不应该鼓励笨蛋和蠢事，这会使人民付出血流成河的代价。接着又说，共产主义只是一种形式，内容就是面包、黄油。有人讲以苏联为首，为首顶个屁用，等于一个公共痰盂，谁都往里吐痰！当然了，我们对老年人是要尊重的，但我们尊重的不是年纪的大小，而是是否英明。年老而不英明的，就像一双老套鞋，只能把它扔到墙角里！2 月 22 日，毛泽东在中南海颐年堂召开中央政治局常委会，决定对赫鲁晓夫予以反击。6 月，在罗马尼亚举行的全世界社会主义国家参加的大会上，赫鲁晓夫率领的苏联代表团对中国展开全面攻击。至此，中苏两个亲密无间的“兄弟”，正式分道扬镳，彻底撕破脸皮！

当然，无论是在戈壁滩艰苦奋斗的基地官兵，还是在发射场上埋头苦干的苏联专家，并不清楚中苏上层之间的种种矛盾与斗争。即便是司令员孙继先，也不清楚，他只不过常去北京开会，听到过某些传言而已。但凭直觉，孙继先确实感到中苏高层之间发生了什么，尤其是见到这份密电之后。

而接下来发生的事情，更让孙继先感到了中苏问题的严重。1960 年五一节的前一天，孙继先到北京参加五一节庆祝活动。当晚，中南海紫光阁举行舞会，周恩来邀请孙继先一起跳舞。在中南海跳舞，孙继先不是第一次。第一次是 1955 年，全军授衔的那个晚上。那个晚上舞会搞得相当隆重，不光刘少奇、周恩来以及数十位老帅、老将参加了舞会，而且毛主席也参加了！由于孙继先刚被授予中将军衔，所以心情愉快，舞兴甚浓，跳了一曲又一曲。但五一节这天晚上毛主席没有来，而且由于饥饿的原因，舞场较 1955 年也平淡了许多。孙继先刚刚跳完第二首曲子，毛泽东的秘书就来到他的身边，轻声说了一句："孙司令，主席请您去一下。"

孙继先急忙扔下舞伴，跟着秘书来到毛泽东的住所。毛泽东这个晚上正看一份有关苏联方面的文件，孙继先刚一落座，毛泽东放下文件就问："孙继先，我找你来，是想问一下，你们这段时间跟苏联专家，到底学到东西没有？"

孙继先说："学了一点。"

毛泽东说："学一点怎么行啊！现在虽然战争结束了，进入和平时期，但我们要搞建设，要建立一个强大的新中国，没有尖端武器咋行啊！搞尖端武器也是打仗，而且打的是一场硬仗！"

孙继先说："开始很不适应，现在好多了。我们主要通过办教导队和与苏联专家跟班作业的方式，学习一些东西。"

之后，毛泽东又问了苏联专家在基地的一些工作情况。孙继先如实作了汇报。最后，毛泽东说："孙继先同志，你身上的担子很重啊！既然我们把苏联专家请来了，就要好好利用这个条件，尽量多学一点，学一点不够用啊！我也在学嘛，不学就会落后。记住了，光学了东西还不够，关键是你们自己要能独立运用！"

孙继先说："请主席放心，我们一定努力！"

在这次简短的会谈中，毛泽东只字未提有关中苏上层的问题。但孙继先从毛泽东谈话的口气中，好像获得了某种暗示：中国的导弹发射技术，一定要掌握在自己的手里！而在随后的几天时间里，孙继先又从军委有关领导人口中，知道了有关中苏之间的一些内幕。离开北京这天，周恩来还叮嘱他说："你们基地的苏联专家较多，在生活上要多照顾点他们。他们和我们的生活习惯不一样，又远离故土和亲人，很不容易。不过，也不要忘了，一个人光靠拐杖走路是不行的，也是靠不住的，早晚还得依靠自己！"

直到这个时候，孙继先才真正领会了毛泽东找他谈话的意图。

孙继先回到基地后，当即召开党委会，他在会上强调说："技术人员要加快学习的进度，一定要想方设法从苏联专家那儿学到更多的东西，就是抠，也要抠出来！"

然而，事情的变化，有些出乎预料。

这天，孙继先和技术干部们在食堂听苏联“眼镜专家”讲推进剂加注问题。“眼镜专家”刚讲到关键处，像想起了什么，突然停住，而后话题一转，转到了另一个无关紧要的问题上。

敏感的孙继先却立即意识到什么，休息时，他问“眼镜专家”：“刚才的问题你讲了一半，为什么不往下讲了？”

“眼镜专家”见孙继先一脸严肃，只好回答说：“下边的内容由于保密的原因，不能讲。”

“怎么，老师教学生还要保密？你们苏联也没这样的先例吧？”孙继先话中有话。

“眼镜专家”说：“孙将军，您别生气，不是我不想讲，而是……”

“而是什么？”孙继先说。

“眼镜专家”说：“孙将军，实话告诉您吧，是上面有人不让讲。”

孙继先说：“为什么？”

“眼镜专家”说：“孙将军，具体情况您就别问了，我也不清楚。尽管我们是朋友，但我们首先是军人。国家利益高于一切，这一点，我想您比我更理解。”

孙继先当即离开了“讲堂”。

当晚，孙继先和将军一起散步。两位司令的心情有些沉重，一边走，一边分析苏联专家的情况。孙继先说：“我认为目前从整体上来看，绝大多数苏联专家的情况还是不错的，工作很投入，也较稳定。”

将军说：“为了防止意外情况，下一步我想我们应该抓紧时间，想办法从苏联专家那里把一些关键技术和重要经验多学点过来。”

孙继先说：“这样，咱俩分头找找有关专家。你先找找罗金，他是组长，又是技术权威，他脑子里的东西能多抠一点，就多抠一点！”

第二天，将军带上翻译，邀请罗金去弱水河畔钓鱼。

戈壁的春天来得晚，已是初夏时节，春天的脚步才刚刚迈出门槛。但戈壁滩春天的脚步一旦迈出，万物复苏的景象便比任何地方都表现得更为强烈，也更为鲜明。将军和罗金来到弱水河畔时，河岸还无一个人影，只有轻轻摇曳的红柳和静静流淌的河水。将军与罗金并肩坐于河畔的东岸，各自手里握着钓竿，默默垂钓。

将军生于海边，与水有情，和鱼有缘，故喜好钓鱼。然而今天，醉翁之意不在酒，将军一脑门子心思都在导弹上；而罗金，一门心思却在钓鱼上。

将军和罗金，两人说来很有一点缘分。将军最崇拜的将军，是美国的巴顿。将军喜欢巴顿的简单，喜欢巴顿的透明，喜欢巴顿的率真，甚至喜欢巴顿粗野地骂娘！有一次罗金说，将军像巴顿。将军说，我岂敢和巴顿相提并论，但我确实喜欢巴顿。罗金问为什么。将军说巴顿是一个伟大的军事家，最能打仗，打胜仗！而打仗，是军人唯一的职责；能打胜仗，就是最好的军人！罗金说，我也喜欢巴顿，喜欢他少见的人格魅力，还有美国男人的个性。于是，美国的巴顿，拉近了罗金和将军的距离，两人渐渐成了名副其实的好兄弟。

有一次，罗金见将军在菜地种菜，便问，李将军，中国军人能扛枪打仗，能搞导弹，怎么还能种地？将军哈哈大笑，说，罗金先生，我们军队百分之九十以上的官兵都是农民子弟，种地是我们的看家本领。告诉你吧，他们不少人几岁时就开始挑粪种地了！罗金问，那将军您呢，入伍前也种过地吗？将军说，没有，我的父辈都是生意人。我六岁进了学堂，一直到参加革命还是个学生。但我喜欢劳动，喜欢锻炼。说罢，将军抹了一把额头的汗水，哼起了京剧段子。罗金听得如痴如醉，击掌问道，李将军，这是什么曲子？将军说，京剧，中国的国粹。罗金说，李将军，虽然我听不懂你唱的是什么意思，但这旋律我听起来非常有力，韵味无穷，能不能教我唱一段？将军说，当然可以。于是将军一边整地种菜，一边教罗金唱起了京剧。几十年后，一位苏联专家撰文记下了这段生活，文中这样写道：

> 60年代初，在中国西北的戈壁滩上，天地冷得像冰块一样，发射将军李福泽却只穿一件单衣，挥动着镢头刨地。休息时，他一屁股坐在地上，擦一把脸上的汗水，然后一边抠着脚

丫，一边教我们唱京剧。他的京剧唱得很好，嗓音圆润，音域宽厚，给人以强烈的感染力。我就是从那个时候迷上京剧的。京剧不愧是中国的国粹，听一遍，耳目清新；唱两句，通体舒坦。而更多的时候，李将军则给我们讲他亲身经历过的有关战争的故事……

不久前的一天，罗金私下里还悄悄对将军说，李将军，你们要注意，我们为你们提供的资料有两种，一种是试验阶段的，一种是成功阶段的。只有“地—空”导弹的资料才是成功阶段的，其他都是试验阶段的。将军急忙问道，那就是说，试验阶段的资料都是没用的？罗金点了点头，说，是的，这些资料几乎都是我们在试验过程中废弃的资料，在实际操作中，基本没什么用处。所以，你们不要把时间花费在这些资料上，一定要注意听我讲课。

将军立即将这一情况通报了孙继先。孙继先马上对工作计划和中方技术人员重新作了安排。之后，将军对罗金更多了几分感激与敬重。

此刻，太阳渐渐升起来了，河岸生机勃勃，水面波光粼粼。但将军的眼睛看着的不是河面的鱼漂，而是坐在岸边的罗金。罗金则旁若无人，眼睛始终盯着河面的鱼漂，十分投入，非常专心。

忽然，罗金哇的一声叫了起来。将军一看，原来一条鱼咬住了罗金的鱼饵，罗金使劲往上拽着鱼竿；鱼儿在空中挣扎着，企图挣脱诱饵。可为时已晚，罗金已经一把抓住了悬在半空的鱼，兴奋得哇哇乱叫！

时至中午，罗金已钓了好几条鲫鱼，将军却两手空空。翻译架起红柳枝，再往上泼点酒精，点燃火，开始煮鱼。不一会，一股浓浓的鱼香味便弥漫在弱水河畔。接着，翻译欢叫着，端上一锅鲜美的鱼汤。将军和罗金一边吃鱼，一边喝酒，煞是开心。后来，两人干脆铺开雨布，并肩躺在河岸边，望着天空，边喝边聊。

罗金说：“这里的天空真美，让我想起我的家乡。”

将军说：“是呀，我也很想我的家乡。可惜，身不由己啊！”

罗金说：“李将军，您的家乡在哪里？”

将军说："山东，海边。"

罗金说："海边，那一定很美。"

将军点头道："是的。小时候，我常常独自一人躺在沙滩上望着天空，就像现在这样。家乡天空那个蓝呀，简直美极啦！到了晚上，我也不回家，就躺在那儿，数着天上的星星。可天上的星星怎么也数不过来，天空太神秘啦！你看，戈壁滩的天空，多蓝啊！这蓝色的天空，该有多少不为人知的秘密啊！"

罗金说："是呀，我在俄罗斯时，也常常喜欢看天空，可俄罗斯的天空没有这儿的蓝。我常想，宇宙浩瀚无边，神秘莫测，人类何时才能破解这些秘密呢？"

将军说："我们现在不是正在进行这项工作吗！"

罗金说："不过，人类对宇宙的探索，是个大课题，太难把握了。"

将军说："是啊，就像导弹，一旦上天后，人就很难控制！"

罗金说："其实也不难。"

将军说："有什么好办法吗？"

罗金说："用光学仪器测量就行。"

将军说："万一光学测量跟不上，怎么办？"

罗金说："将军，您问了一个很重要的问题。这样吧，我给你们一个导弹计算公式，你们按这个公式去推算，准没错。"说着，罗金坐起来，从身上掏出一张纸，开始写了起来。

将军问："这个公式的准确性怎么样？"

罗金一边写一边说："按照这个公式推算，保证错不了。导弹飞行时，你们只需测个主动段就行了。"

就在这时，一阵冷风沿着河岸刮来，刮得罗金手上的纸哗哗直响。由于公式太长，罗金刚写了一半，便失去耐心，停住笔，抬头看了看天，说："不好，看样子要变天了！这个公式很复杂，等回去后我再找个时间跟你们讲讲。"说着将手中已经写了一半的公式的纸片揉成一团，一下扔进了河里。

一切来得是那样的突然。将军还没反应过来，纸团在水中打了一个旋，转眼就被冲走了，急得将军差点跳下去。将军扭头看了看翻译，翻译正无奈地看着他，意思是说，对不起，太意外了，我也没把这个公式记下来。

将军轻叹一声，收起鱼竿，刚刚起身，一声惊雷，横空炸响！接着，滂沱大雨，倾盆而至！

戈壁滩的天，骤然变了！

三十二

三天后，苏联巴托夫大将从北京乘专机再次来到酒泉基地。

巴托夫大将此次基地之行，名为看望苏联专家，实为秘密摸底。但孙继先司令员在巴托夫大将即将离开的头天晚上，依然倾尽基地财力，为巴托夫大将举行了一场高规格的晚宴。

然而，就在晚宴行将结束之际，巴托夫大将却突然站起来，一手举着酒杯，一手指着身边的罗金上校，向大家宣布说："中国朋友们，现在我向大家通报一个情况，你们的朋友罗金上校，明天就要回国了！"

太突然了！孙继先吃惊地望着巴托夫大将，像不认识似的，杯中之酒不经意间竟抖落在了桌上。少顷，孙继先才缓缓说道："巴托夫将军，发射场的工作刚开始不久，罗金上校怎么突然就要离开呢？"

巴托夫笑了笑，说："我们苏维埃共和国的社会主义建设，也很需要人才啊！"

孙继先说："将军，你是知道的，导弹即将发射，我们这里很需要'老大哥'的指导！"

巴托夫说："孙将军，请原谅，这是莫斯科的决定，我只是履行我的职责。"

而罗金听到这一决定后，同样惊诧不已。他问巴托夫："将军，这到底是怎么回事？是不是有什么误会？"

巴托夫说："上校，不是误会，而是命令！"

罗金一脸疑惑："命令？谁的命令？"

巴托夫说："国防部的命令。上校，你什么都不要再问了，回国后就知道了。"

罗金依然据理力争，企图挽回成命："将军，这里的工作现在很需要我，一些工作已经做了，一些工作只做了一半，而还有一些工作急等着我们去做！作为一个发射场的专家，我不能撇下手头的工作不管，更不能中途离开我的岗位！我必须对发射场负责，对中国朋友负责，同时也是对我的良知负责！"

巴托夫根本不听罗金在说什么，严肃地说："上校同志，我再说一遍，这是命令！我知道你是科学家，但别忘了，你首先是军人，一个苏联军人！"

罗金问："那什么时候离开？"

巴托夫说："你今晚准备一下，明天就跟我上飞机！"

"什么？明天?!"罗金惊呆了。

巴托夫说："什么也别说了，回去好好准备吧！"

罗金放下酒杯，不辞而别。

孙继先望着巴托夫，气愤至极。若以他过去的脾气，这位强渡大渡河的将军早就一脚踢翻了酒席！可一想到导弹，想到发射场上数万官兵，孙继先只能强压心头怒火，继续强装笑脸，陪巴托夫大将喝酒、吃菜，吃菜、喝酒，直到与巴托夫碰完最后一杯，才闷闷不乐地回到办公室。

本来，孙继先以为巴托夫的驾到，会为这次即将发射的导弹加快速度，提升动力，没想到风云突变，巴托夫却给他来了个釜底抽薪，突然袭击！如同战争年代他即将指挥队伍发起攻击，有人却突然要撤走他的战将，断掉他的粮草！

孙继先在办公室来回踱着步子。过了很久，才渐渐冷静下来，决定先给北京方面打个电话，问问情况，再作对策。可就在他刚要拿起电话时，一个意想不到的情况出现了：罗金上校突然推门而入！

孙继先吃惊地看着罗金，不知发生了什么。

罗金二话不说，走到孙继先跟前，从包里掏出一份有关导弹资料的小册子，匆匆塞在孙继先手中。

职业的本能使孙继先马上反应过来。孙继先马上关上门，又拉下窗帘，说：“罗金上校，请坐，请坐。”

罗金上校这才悄声说道：“孙将军，我明天就要走了，这是我万万没想到的，也是我很不情愿的。但没办法，我是军人，必须执行命令。但临走前，我要告诉你们的是，我们为你们提供的一些资料，你们只能作为参考，有些是可用的，有些是没用的。这份导弹资料对你们很有用处，你今晚抓紧看看，天亮前必须还我！”

孙继先非常清楚，苏联在尖端技术方面严格的保密制度，是闻名世界的，不仅一般国家无法搞到想要的东西，就是无所不能的美国也常常叫苦不迭无能为力。因此孙继先深知罗金送来的这份导弹资料的分量，更清楚罗金这样做的风险和一旦暴露不堪设想的后果！所以他接过这份导弹资料小册子，紧紧握住罗金的手，什么也不说。

罗金冲孙继先点点头，转身离去。

孙继先感到事情重大而迫切，这份导弹资料该作何处置，一时竟有些拿不定主意。他决定用红色专用电话，向北京的周恩来汇报。电话接通后，孙继先向周恩来如实作了汇报，周恩来当即指示说：“这份导弹资料很重要，马上找人用照相机照下来，不管有用没用的，全部照下来，过后再翻译，再分析。”

放下电话，孙继先心里踏实多了。他立即通知两位照相人员，带上摄影器材，马上赶到保密室。两位摄影人员赶到后，孙继先叮嘱说：“你们要一页一页地照，动作要快，今晚必须全部照下来！”而后站在旁边，亲自督战。

而这个晚上的将军，并未参加为巴托夫大将举行的晚宴，他在忙着给几位部长和翻译布置任务，想抓紧从苏联专家那儿再抠点东西出来。几位部长和翻译刚走，罗金上校突然就出现在他的面前。将军见罗金神情有些反常，忙问：“罗金上校，你不是参加晚宴去了吗，怎么回来啦？”

罗金一屁股坐在沙发上，一言不发，像欠了将军一大笔债似的。片刻，才缓缓说道：“将军，今晚我有个小小的要求，不知将军是否答应？”

将军说：“你尽管说，只要我能做到，一定满足你的要求！”

罗金说："今晚我想和将军再喝一次酒。"

"喝酒？好呀！"将军说，"我也正想请你喝酒呢！我马上叫人拿酒来。"

罗金说："希望你把几个系统的负责人都叫来，我们一起喝。"

"好，人多热闹。"将军立即吩咐秘书王玉群，"你去把吕琳部长他们几个叫来，然后一定想法搞两瓶二锅头，再让炊事班做两个下酒菜。对了，一定要做一个罗金上校最爱吃的油炸花生米！"

吕琳部长和几个系统的负责人很快跑步赶到。吕琳是最早参与中苏合作的工作者之一，对苏联人比一般人有更多的了解。在与"老大哥"两年多的合作中，彼此虽然也有过争执有过分歧，但更多的还是友好和愉快。所以吕琳一进门，便从怀里掏出一瓶二锅头，往桌上一放，说："这瓶酒是一年前我从北京带来的，一直没舍得喝，今天，我们把它消灭了！"

将军看也没看，张嘴用牙一啃，咬开瓶盖，哗哗哗，把酒倒进杯子。炊事班的战士也很快送来了下酒菜：一盒罐头，一盆萝卜干，还有一碟罗金最爱吃的油炸花生米。

将军问："还有羊肠子吗？"

战士说："李司令，对不起，羊肠子早、早就吃完了。"

将军一摆手："没有算了，就这样凑合吧。来，大家坐下，喝！"

罗金举起酒杯，却迟迟不喝。他站起来，看了看大家，然后才缓缓说道："将军，对不起，今晚我之所以要和你们一起喝酒，是因为，因为我就要离开你们了。"

将军说："离开我们？去哪儿？"

罗金说："回莫斯科。"

将军大惊："回莫斯科？这怎么可能！我们的合作刚刚开始，而且导弹即将发射，你为什么偏要在这个节骨眼儿上回莫斯科呢？"

罗金耸耸肩，一副无可奈何的样子，说："这是上级的命令，我刚刚才知道。其他，什么也不清楚。"

将军忙问："啥时走？"

罗金说："明天。"

“明天?!”将军一下愣了，大伙也全愣了。

罗金说：“是的，明天就走，跟巴托夫大将一块走。刚才，我已经向孙司令员道过别了。”

大伙你看着我，我看着你，都不说话。将军的心情更复杂。罗金突然离去，他一点儿思想准备都没有。将军不是一个婆婆妈妈的人，可一想到“老大哥”说走就走，而且这一走很可能永远不再回来，心里便有一种说不出的难受，一种很无奈的沉重。但将军很快打破沉默，他举起酒杯，说：“同志们，今晚这酒，就算是为罗金上校的送行酒了！为了感谢罗金上校一年多来对我们工作的指导和帮助，来，我们敬他一杯!”

罗金手举酒杯，像举着一个沉重的十字架。这位苏联火箭学校大名鼎鼎的校长，这一刻不知怎么的，竟像一个知错的孩子，流下了热泪。沉默片刻，罗金才缓缓说道：“李将军，各位朋友，明天我就要离开你们了，离开发射场了，我首先向你们表示深深的歉意，同时非常感谢你们一年多来对我无微不至的关心！我有幸来到中国，有幸与诸位一起携手搞导弹，这是我生命中很有意义的一段历史，我会连同你们的友谊，永远珍藏在心中。非常遗憾的是，我在这儿的工作还没做完，就不得不离去，这让我深感不安。也许我们还有机会见面，也许这是永别。但无论怎样，我坚信科学是没有国界的，一个优秀的科学家心里装着的是全人类！如果有一天你们有机会去我的祖国，我一定带着我的夫人到莫斯科机场迎接你们，然后请你们到我家做客!”罗金说到这里，哽咽着再也说不下去了。

将军说：“罗金先生，由于我的祖国正处于困难时期，基地各方面的条件很有限，尤其在生活上照顾不周，请你一定多多谅解！来，干杯!”将军举起酒杯，一饮而尽。

罗金也一饮而尽，然后放下酒杯，从兜里掏出一页纸，递到将军手上，轻声说道：“将军，这个，就留给你们了。”

将军问：“这是什么?”

罗金说：“别声张，看看就知道了。”

将军打开一看，满满一页纸上，写着的正是那天钓鱼时他急于想得到的弹道测量计算公式！将军一把握住罗金的手，激动得不知说什么是好。

罗金说："光有这个公式，是不够的，还必须知道这个公式的测算方法和推导过程。"

将军有些着急地问："那怎么办？"

罗金说："我今晚请你们来，其实并不是为了喝酒，我想利用最后一个晚上，给你们再上最后一课，讲讲这个公式的测算方法和推导过程。"

"那太好了！"将军警觉地走到窗前，望了望，随手拉上窗帘，然后拿起一块小黑板放在前面，再将一支粉笔恭恭敬敬地递到罗金的手上。

罗金说："再给我一支香烟。"

吕琳急忙抽出一支，递到罗金手上。

罗金接过香烟，却没点燃，他走到小黑板跟前，快速写下一个弹道公式，然后举着手中的香烟，一边比画着，一边小声说道："我手中这支香烟，好比就是一枚导弹。导弹在飞行中一般分为三个阶段，初始阶段、运行阶段和落点阶段。由于导弹在每个阶段的飞行状态和飞行速度不一样，每个阶段的数据也就各不相同，所以我们在计算导弹飞行中的弹道数据时，计算方法和推导步骤也各不相同。下面，我就给你们演示一下。"

…………

两个多小时，转瞬即逝。罗金一边讲解，一边喝酒，一边和将军等人耐心交谈。中苏两国专家，在交杯换盏中，将一切误会稀释为一腔纯情；而两国军人血脉中的豪迈与真诚，却像从心底长出的翅膀，穿越两国政治地缘的篱栅，而后飞向天国。皆因情真意切，离别愁绪，罗金眼里布满血丝与泪痕，该说的说了，不该说的也说了；而将军们，该问的问了，不该问的也问了。道别前，将军把妻子唯一的一个翡翠手镯放在罗金的手中，让他带给远在莫斯科的夫人；而罗金留给将军的，除了满满一页纸的弹道测量计算公式，还有一枚金光闪闪的P－2导弹模型！

而孙继先那边，这个晚上更是争分夺秒，挑灯夜战，直至天色微明，一册导弹资料才全部照完。孙继先拿起电话，再次向周恩来作了汇报。周恩来得知事情顺利结束后，高兴地说："继先同志，你做得很好。但注意，一定要保密，一定要保密!”

第二天，基地所有领导都到机场为巴托夫大将和罗金送行。临上飞机前，孙继先握着巴托夫大将的手说：“P－2导弹发射在即，基地现在很需要苏联专家的支持，您回去后请向莫斯科反映一下基地的情况，希望不要再从发射场抽走苏联专家了。”

巴托夫大将握着孙继先的手，语气中透出些许歉意，他说：“你们的心情我理解，我会尽力而为的。但如此重大的事情我力不从心，还得听克里姆林宫的。”

将军也紧握着罗金的手说：“祝愿你回国后事业更加顺利，也祝愿你的国家更加强盛！若能争取回来，我非常欢迎你再回到你熟悉的发射场!”

“再回来的机会不会有了。”罗金苦笑了笑，指着一望无际的戈壁滩，说，“不过，将军我要告诉您，我有一个预感，在这片神奇而伟大的土地上，一定会有奇迹发生！只可惜我不能亲眼看到了!”

将军说：“我相信你的预感总有一天会变成现实。但我非常清楚，在这预感与现实之间，我们还有一条很长的路要走，而且充满坎坷，很不平坦!”

罗金说：“李将军，您的认真和执着，是我见过的中国军人中少有的！从您的身上，我看到了中国军人的坚韧与聪慧，我相信我会等到这一天的!”

将军说：“谢谢你的鼓励！谢谢你教会了我们许多东西!”

“保重!”

“保重!”

专机缓缓启动了。在依依惜别的挥手中，苏联“老大哥”的身影，离戈壁滩越来越远，越来越远。

三十三

罗金的离去，对留在发射场的苏联专家产生了很大的影响，部分专家对中方的态度开始有了明显变化，致使发射场不愉快的事情时有发生。

比如，罗金走后的第二天，基地第一试验部有个苏联专家，本来该他上课，他却躺在宿舍睡大觉。中方翻译去叫他，他捂着脑袋说，头疼，不舒服。可翻译前脚刚走，他就下了床，四处散布一些不利于中苏团结的话。第六试验部也有一个苏联专家，中方技术员多次请他写个试验法，他都不愿意，后来写了一点，就不写了，中方人员再三请教，他还是不写。而第三试验部有个苏联专家，给中方技术人员讲课时，也只告诉计算弹道的公式，却不讲这个公式是怎么推导出来的。中方人员无论怎么问，他都不作解释。中方人员只好自己推导，再请他判定，他却看都不看一眼就说："你们是不可能推导出来的，即便推导出来了，也是一堆废纸，没用！"

情况反映到将军那里，将军苦不堪言。此时的将军虽然还不大清楚中苏两国上层间究竟发生了什么，却开始意识到，中苏两国关系已进入了一个非常敏感的时期，两国的"兄弟关系"已然非同往常；倘若一件生活小事处理不当，都有可能影响到彼此的合作，甚至上升为政治问题。因此，在对待"老大哥"的问题上，将军告诫部属，必须慎之又慎！

这天，将军事先摆好酒和花生米，请上述三位"老大哥"来吃、来喝、来聊。可酒喝了，花生米吃了，天也聊了，折腾了整整一个下午，三位"老大哥"光吃不"吐"，将军什么也没捞到。等三位"老大哥"离去后，将军很生气，骂他们是"白眼狼"！骂完后才知道，原来酒和花生米，在"老大哥"那里也有失灵的时候。

而第四试验部有个苏联光学专家，更是可恶。有一天，这位"老大哥"趁中方人员不注意，居然把一台刚从苏联进口的——其实是已被淘汰的光学仪器的旧标牌取下来，烧了，再换上一个新的标牌。这个举动凑巧被中方技术员发现了，立即向将军作了汇报。将军非常气愤，当即赶到现场，质问这位"老大哥"："你为什么要这么干？"

"老大哥"一看将军怒气逼人，有点害怕了，忙说："对不起，这不是我换的，是我们国内大修时搞的。"

将军说："不管是谁搞的，这样做都太缺德了！请你记住了，我们中国人不是要饭的！你们的设备，是我们国家花钱买来的！你们给了我们这些旧设备，还要把旧牌子换成新牌子，这不是成心坑害我们吗！”

“老大哥”自知无理，忙将新标牌摘了下来。

当然，不可否认的是，罗金走后，多数苏联专家在发射场上的表现还是不错的。这些专家对中国怀有深厚的感情，愿意在离开基地之前，把自己的技术尽可能传授给中方人员。

比如，有一天吕琳部长刚走进机房，一位名叫乌斯的苏联专家就把他叫到一边，对他说：“你一定要转告你的部下，作为发射场的一名操作手，最关键的是要做到四点：一是要沉着冷静，二是技术过硬，三是不能粗心，四是不能喝酒。苏联有一次发射时，就是因为计算一个数据时，小数点点错了一位数，结果导弹落在了一个小镇上，炸死了许多人。再有，就是发射时千万不能紧张，苏联第一次发射导弹时，有一个操作手因为太紧张，屎尿都拉在裤子里了。这些经验教训，你们一定要注意吸取。”

接着，乌斯又把吕琳部长领到机房，指着设备特意告诉他说：“这些设备都是你们花大价钱买来的，很不容易！如果你们要动用设备时，一定要经过上级批准，千万不能自作主张，随便挪动。另外，这些设备最重要的一点，就是要预防老鼠！这是我们在发射场多年总结出来的经验。老鼠这家伙最喜欢咬电缆线，啃塑料或者橡胶之类的东西，还喜欢把粮食搬到机柜下面藏起来。我们的发射场就发生过一起因为老鼠咬了电缆线而导致短路的事故；还有一次，我们发现老鼠居然把高粱运送到导弹里去了！这些事情看起来很小，却是最危险的，你们检查时一定要吸取这些教训，引起警惕！”

吕琳部长当即把苏联专家的这些意见向将军作了汇报，将军马上召开技术人员动员大会，开口第一句话就是：“今天我要讲的，是关于老鼠的问题。”

会后，基地立即发动全体官兵，展开灭鼠活动！

还有一个专家叫巴达宁，是苏联专家中最年轻的大尉，罗金的好朋友。罗金走后，巴达宁情绪低落，精神恍惚，讲起课来没精打采，甚至有时讲着讲着，思维便像一匹脱缰的野马，乱蹦乱跳——不是不愿好好讲，而是他失去了讲课的欲望。

有一天，巴达宁大尉和翻译李在武一起去教室上课，走着走着，巴达宁突然对李在武说：“李在武同志，今天的课我想让你来讲。”

李在武非常意外，忙说：“我讲？不行不行，我哪儿能讲！再说我也没准备。”

巴达宁大尉说：“不用准备，就凭你的记忆讲。我就坐在下面，不清楚的问题，可以随时问我，我陪着你。”

李在武还是觉着不妥：“不行啊，大尉同志，你是我们专门请来的专家，而我是个翻译，还没有讲课的资格呢！”

巴达宁大尉停住脚步，一脸严肃，说：“李在武同志，你不要老想着我是专家，你们自己也要成为专家啊！你想想看，假如哪一天我像罗金上校一样，突然被召回国了，你们怎么办？难道这些课以后就不讲了吗？难道你们中国的导弹就不上天了吗？”

巴达宁的话像一颗子弹击中了李在武。这一刻，李在武好像突然领悟到了什么。他什么也不再说，点了点头，便走上了讲台。

这堂课，李在武讲得出奇的好，好得连他自己都感到吃惊。他不仅对遥测系统的概念作了准确的表达，而且对其中的一些数据、公式及注意事项等，也讲得清清楚楚。坐在下面的巴达宁大尉看在眼里，喜在心头，讲课刚一结束，便跷着大拇指迎上前去，热情地拥抱了李在武，连声说道：“哈拉绍，哈拉绍！”

当晚，巴达宁大尉又把李在武叫在一起，把一些未来得及在课堂上讲授的内容，给他作了详细的讲解；还把自己的备课笔记也借给了李在武，并特别叮嘱说：“你可以一边翻译，一边摘录。但一定记住了，别让其他苏联专家看见，千万不要弄丢了！”

此后，一有时间，巴达宁大尉还对李在武进行单兵教练，头天晚上给李在武讲一些新的知识点，第二天就让李在武在课堂上讲。听课的中方人员明显感到，李在武用汉语讲课，比苏联专家用俄语讲课，效果好得多。

而三部有一位叫卡瓦廖夫的专家组组长，对中方技术人员更是掏心掏肺。卡瓦廖夫未来中国之前，对中国这个东方美丽的国度就充满了好奇与幻想；来基地后，对戈壁滩上的每一道风景、每一棵胡杨、每一株红柳、每一个脚印，甚至每一片落叶和每一粒沙尘，似乎都充满着温情与爱恋；尤其与基地的中国官兵，更是结下了真正的兄弟情谊。卡瓦廖夫喜欢文学，爱好摄影，崇拜自然，生性好玩，天生浪漫。但是，他在基地一年多的日子里，把全部精力与才华都用在了发射场上，是来华专家中加班最多、玩得最少的一个。

一天，卡瓦廖夫找到将军，诚恳地说："李将军，从今天晚上起，我想加班给你们讲课。"

将军早在北京长辛店火箭技术讲习班就听过卡瓦廖夫讲课。在所有苏联专家中，将军感到这位英俊的中校军官和罗金上校一样，授课最认真，解答学员的问题最具体。因此，他立即安排技术员晚上加班听课。

当晚，讲课按时进行。不料卡瓦廖夫刚讲了半个小时，一位小个子苏联少校军官却突然闯了进来，坐在后排"听"卡瓦廖夫讲课。卡瓦廖夫见有人进来，先是愣了一下，随即话锋一转，大谈特谈俄罗斯的民族文化，以及西伯利亚的自然风情。后来，小个子军官离开了，他再把话题转回到导弹上。第二天，将军在篮球场上遇到卡瓦廖夫，卡瓦廖夫对他说："昨天晚上那位小个子少校军官，你们要提防一点儿。"

但不幸的命运，很快落在了卡瓦廖夫自己头上。

一个周末的晚上，基地小礼堂的舞会如期举行。卡瓦廖夫中校先去舞厅转了一圈，然后悄悄退出，回到宿舍，拎着一个小皮箱，来到一间会议室。按事先约定，将军领着中方技术人员早已集合在此。卡瓦廖夫进门后，二话不说，打开小皮箱，从底层取出一捆图纸，缓缓展开，然后指着图纸，一点一点地给中方技术人员讲解。这张图纸中方技术人员从未见过，将军也是第一次见到，所以大家瞪大眼睛，竖起耳朵，一句不落地听着，一字不漏地记着。

而就在这时，苏联小个子少校军官突然冲了进来，指着摊开的图纸，叽里呱啦地对卡瓦廖夫说了一大堆，然后把图纸匆匆一卷，快速塞进了小皮箱。

将军腾地站起来，厉声问道："你要干什么？"

小个子少校指着卡瓦廖夫中校的胸口，咆哮着说："你问他，他最清楚！"

将军说："你是军人，应该明白，在职务上他是你的上级。"

小个子少校说："上级？哼，李将军，您知道我是干、干什么的吗？"

将军故意说："你是火箭专家呀！"

小个子少校说："我有自己特殊的职责。"

将军一下明白了，直视着对方的眼睛："如果我没猜错的话，你是国家安全委员会的？"

"无可奉告。"小个子少校脖子一挺，提着小皮箱，出了大门。

此后一连几天，将军都没见到卡瓦廖夫，一打听，原来在苏联专家的党小组生活会上，卡瓦廖夫受到了严厉批评，近几天一直闷在屋里写检查呢。将军心里很不好受，立即找到新来的苏联专家组组长，替卡瓦廖夫求情。将军说："那天晚上卡瓦廖夫加班讲课，是我安排的。如果有什么问题，由我负责任！"

组长说："李将军，卡瓦廖夫也要准备回国了。"

将军一惊："罗金刚走，怎么卡瓦廖夫也要走？"

组长说："将军，我只能告诉你，这是上级的决定。"

将军问："什么时候动身？"

组长说："明天。明天先到北京，后天返回莫斯科。"

将军说："卡瓦廖夫中校跟我们合作得非常愉快，他的工作还没结束，双方的合同也没完全履行，怎么中途就走了呢？"

组长面无表情，说："我个人毫无办法，只能执行莫斯科的决定。不过，卡瓦廖夫走了以后，他的工作我们会安排别人接替的。"

将军回到招待所，见到了正来找他的卡瓦廖夫。卡瓦廖夫说："李将军，我已经正式接到了回国的通知，明天就要起程了，我想利用今天晚上，给中国朋友再讲最后一课。"

将军很感动，却又担心："你这样做，万一……"

卡瓦廖夫说："没关系，我已经想过了，反正已经决定让我走了，不管我怎么做，回国后结果都一样。发射导弹，有很大的风险性，作为一名技术专家，明知有问题，不讲清楚就走人，是违背职业道德的，也是不负责任的。"

当晚，在一间小会议室里，卡瓦廖夫为中方技术人员讲课。中方人员都知道卡瓦廖夫明天就要走了，所以听得非常认真；而卡瓦廖夫的最后一课，也讲得格外卖力。时至12点，卡瓦廖夫才合上讲义和教案，动情地说："尊敬的中国朋友们，明天我就要离开你们了，这是我给你们上的最后一课！也许，今生今世我再也没有机会踏上这片土地了，但我永远不会忘记你们这些中国朋友，不会忘记你们给予我的种种帮助。能在这戈壁滩上与你们共事，是我一生中很有意义的事情，我在你们身上看到了中国军人的朴实、坚韧以及百折不挠的拼搏精神。可惜你们的导弹刚刚起步，我就不得不离开了，作为一名导弹专家，未能善始善终地参加完这一工作，是我最大的遗憾！但是我相信，在不久的将来，中国人自己研制的导弹一定能从这儿飞上太空！"卡瓦廖夫说完，行了一个标准的军礼，眼里早已噙满泪水。

第二天，将军到机场为卡瓦廖夫送行。临别时，卡瓦廖夫从口袋里掏出一个精巧的打火机送到将军手上，说："李将军，送你一个小小的打火机，但愿它能帮助你们点燃心中希望的火光！"

将军接过打火机，说："谢谢你的好意！可惜，作为军人，我们都不能选择自己的命运。不过，你是专家，回国后还可以继续搞导弹！"

卡瓦廖夫摇摇头说："我有一种预感，回国后，导弹这一行我想是不会再让我干了。"

将军说："那你怎么办？"

卡瓦廖夫说："我想搞计算机。"

将军说："计算机？计算机在发射场很重要吗？"

卡瓦廖夫说："非常重要。计算机相当于人的大脑，搞导弹必不可少。没有计算机，将来远程导弹的设计和试验，根本无法进行！"

将军紧紧握着卡瓦廖夫的手说："卡瓦廖夫中校，非常感谢你的提醒，祝你一路顺风！”

“李将军，祝你们导弹早日发射成功！”卡瓦廖夫转身登上专机，挥手道别。

三十四

卡瓦廖夫走后的第二天，将军刚进办公室，秘书便将一份来自北京的密电递到他的手上。将军展开一看：

> 莫斯科来电表示，中国购买的苏制P—2导弹，须经苏联国防部部长批准，才能发射！……

看罢密电，将军禁不住倒吸了一口冷气。

当时，发射场各系统已经准备就绪，而且基地指挥部向全体参试人员刚刚下达了发射P—2导弹的“一号命令”！“一号命令”下达后，不仅中方参试人员情绪高昂，苏联专家也很高兴——尤其是那些在基层的苏联专家，其高兴的程度从某种意义上说并不亚于中国官兵。因为当时来基地的苏联专家分两类，一类是名副其实的高级专家，他们的军衔一般都是校官以上，无论在繁华的北京还是在荒凉的戈壁滩，各方面所受的待遇都是高规格的；另一类则名不符实，他们其实就是技术员、操作手，多是尉官一类角色。这类“专家”人数不多，薪水低，待遇差，既不住在专家楼，也没资格每周乘专机到北京和老婆享受“性福”生活，而是和基地连队的官兵住在一起，睡通铺，吃食堂；加之戈壁滩环境恶劣，再遇上中国天灾人祸，日子过得艰辛而又清苦。他们表面看上去很像“国际共产主义的光荣战士”，真实心态却如同二战时期出征的俄国士兵，时刻都在渴盼战争快点结束。因此，基地“一号命令”下达后，这类“专家”和中国官兵一样，个个欢呼雀跃，异常兴奋，不分昼夜，拼命加班！

而这次首次发射试验，按理说既是对中国发射队伍的一次检验，也是对中苏两国合作的一次考核，对于双方都是一件好事；何况中苏两国政府早有协议在先——协议明确规定，中国掏钱购买的这枚导弹在苏联的帮助下可以择机发射。那么往日情同手足、亲如骨肉的“老大哥”，为何自食其言、突然发生变故呢？

将军当即向正在北京开会的孙继先打去电话，询问电报背后的真相。原来，中苏上层之间出现矛盾后，苏联军方即国防部，突然改变主意，不打算再让中国发射苏制P－2导弹了，且态度强硬。面对苏联国防部的强硬态度，中方别无选择，只能与苏联国防部反复斡旋。经几番交涉，苏联国防部最后退了一步，原则上同意中国发射这枚导弹。但前提是，这次发射不能使用中国生产的液氧燃料，而必须订购苏联生产的液氧燃料！理由是液氧属于低温燃料，易燃易爆，为确保苏制P－2导弹的安全，必须按国际标准即苏联的标准严加控制！

但令将军不解的是，他与苏联专家打了一年多的交道，苏方从未说过中国生产的燃料不能用，更没任何人提起过要进口苏联生产的燃料，所以基地一直都在积极准备中国自己生产的燃料。现在发射在即，“老大哥”为何突然提出要进口他们生产的燃料呢？是因政见的分歧，还是故意刁难？是想趁机赚点外汇，还是真的对此次发射负责？

其实，中国在导弹的起步阶段，就重视导弹的燃料问题。发射导弹，燃料是关键，如同人之血液，没有它，导弹就上不了天。当时世界上使用的燃料有两大类，一类是固体，一类为液体。液体燃料属于非常危险的一种，这次发射P－2导弹，采用的就是液体燃料。这种液体燃料又分为氧化剂和燃烧剂两种，发射“点火”时迅速混合，产生巨大推力，不仅研制难度极大，且易燃易爆，还有毒，使用起来十分麻烦。所以全世界除苏联、美国外，统统望而却步。中国刚开始搞导弹时，因为有从美国归来的导弹专家钱学森，知道导弹的燃料的重要性，所以一开始钱学森就说，搞导弹、火箭，燃料很重要，中国科学院要把科研的重点放在开发中国自己的高能燃料上。这样导弹、火箭才能越做越大，越射越远。因此中国在寻求苏联援助的同时，顺便也打了个小算盘，或者说叫“坚持独立自主的原则”，作了两手准备：如果苏联到时能够提供现成的燃料，就用苏联的；万一苏联到时不能提供，就用中国自己研制的。于是中苏新技术协定签订后，中国科学院力学研究所、化学研究所以及其他几个相关研究所遵照国务院、中央军委的部署，从1958年起就开始了高能火箭燃料的研制；此外，大连化学研究所、长春应用化学研究所、上海有机化学研究所等单位，也同时在搞高能火箭燃料的研制。化工部落实了生产液氧和偏二甲肼的定点工厂后，将军还曾经派专人到工厂督办过此事。

但燃料问题毕竟是中国遇到的一个新问题，也是最担心的一个问题。中国虽然生产出了自己的燃料，检验燃料的标准却是中国自己定的。这些燃料到底能不能真正用于发射导弹，实事求是地说，无论是北京的上层官员，还是基地的发射将军，谁都没有绝对把握；加上基地绝大多数官兵又是炮兵出身，只打过大炮，没发射过导弹，自然也就没使用过燃料。倘若使用中国自己生产的燃料发射，万一失败了，谁来承担这个责任？谁又承担得起这个责任？更何况，那是一个一切由“老大哥”说了算的年代，“老大哥”都说了不行，“小弟弟”还敢说行？说了能行？

于是，中国国防部出于对苏联的信任，同时也为确保中国首次发射成功——当然也有几分迫不得已，只好接受了苏联的条件，同意订购苏联生产的液氧，并于1960年3月31日与苏联国防部补签了一份订购合同。该合同明确规定：1960年5月25日前，苏联的第一批液氧运抵基地；1960年6月5日前，苏联的第二批液氧运抵基地。同时国防科委于1960年5月16日，正式通知基地，P－2导弹的发射，暂不使用中国生产的液氧，改为使用从苏联进口的液氧。

接到上级的正式通知，将军稍稍松了口气。在他看来，中国首次发射，出于安全保险考虑，使用苏联的液氧也不失为一种选择。单就发射而言，不管使用中国的还是苏联的燃料，只要把导弹打到天上，就是成功就是胜利！而一直受到西方世界胁迫的中国，目前最需要的就是成功就是胜利！现在，导弹的燃料问题解决了，他心上的一块石头也就落了地，剩下的事情就是等待苏联的液氧。只要苏联的液氧一到，即刻便可发射！

然而，基地从4月初等到5月底，等了足足一个月，也没等到苏联的液氧燃料！

将军拿起电话，询问北京。北京答复说，苏联国防部承诺，5 月 28 日前，液氧燃料可运到基地。

基地只好继续等。可等到 5 月 28 日，苏联的液氧燃料还是没到。将军再次抓起电话询问北京，燃料到底何时能到。北京答复说，苏联国防部回话，要推迟到 7 月才能到。

将军是个急脾气，最怕的就是等，尤其这种不靠谱的等；又不得不等，不能不等。可一直等到 6 月底，苏联的燃料还是没到！

将军觉得情况有些不妙，和孙继先商量后，急忙叫来后勤部部长张志勇，说："我们不能再这样傻乎乎地等下去了，必须主动出击！苏联承诺的日期马上就到了，你立即派一个小分队，先到东北中苏边境的小镇绥芬河去等。一旦苏联的液氧槽车出境，你们就地接收，然后马上运回来！这样可以节省一点时间，要不就来不及了。"

张志勇马上挑选出十名精干的技术员，组成一个押运燃料的小分队，接着召开紧急会议，下达紧急任务："你们十个人的任务，就是马上赶到中苏边境小镇绥芬河，等待接收苏联的液氧！苏联的液氧槽车到了后，迅速办好交接手续，马上赶回。途中不管出现什么情况，无论遇到什么困难，必须安全、顺利地把液氧燃料护送回来。记住了，咱们中国的第一枚导弹能不能发射，关键就看你们能不能运回燃料了！"

小分队立即备上干粮，连夜起程，登上北去的列车。小分队的指导员叫韩连根，技术负责人叫周长林。周长林 1958 年 7 月毕业于北京石油学院，是第一批秘密分到基地的地方大学生。周长林大学毕业时正赶上"大跃进"，热血沸腾的大学生们都争先恐后踊跃报名到祖国最艰苦的地方去，周长林是学生干部，又是活跃分子，于是一口气写下十几份申请，强烈要求到新疆油田工作，最后却被国防科委选中。那个年代穿军装吃"皇粮"，几乎是所有中国热血青年最奢侈的梦想；何况周长林是整个石油学院应届毕业生中唯一入选国防部队的人才，所以非常自豪！可周长林穿上军装后却不知道自己是干什么的。有一天领导召开秘密会议，说部队是搞导弹的，接着就宣读了《保密条令》。周长林听了后吓得心惊肉跳，担心自己有一天万一泄露了国家机密怎么办？而和他一起入选的另一位女大学生更是吓得脸色苍白，双腿哆嗦，以致本来家住北京和平门，当晚都不敢回家。领导问她为什么不回家，她说怕。领导问她怕什么，她说怕回家说梦话，向爸爸妈妈泄露了国家机密！周长林到基地后分配在特种燃料处当助理员，主要工作就是跟着苏联专家筹建燃料库。为了搞出中国自己的燃料，周长林跟随一个专家组在全国跑了很多工厂，反复深入调研燃料问题。而正因为他熟知燃料的重要性和危险性，所以上车后，一路上满脑子想的全是燃料问题！

小分队赶到绥芬河后，当即投入接收燃料的准备工作。他们每天跑到边境线上，蹲在炎热的绥芬河车站，从早等到晚。饿了，啃上几口干粮；渴了，喝上几口凉水。可他们苦苦等了近一个月，每天出现在满洲里对面贝尔加斯克铁路线上的，全是苏联的敞篷车和平板车，就是见不到一辆液氧槽车！

与此同时，在基地等待的发射官兵，与其说是等待，不如说是煎熬了！而以孙继先为首的基地领导班子更是每晚都睡不着觉，时时刻刻都在盼望着小分队，盼望着苏联的液氧！因为导弹已经安装在了发射架上，检测程序已经做了一百次，天天整装待发，夜夜值班放哨，万事俱备，只欠东风！

将军更是望眼欲穿，坐卧不安，简直就像一只热锅上的蚂蚁。将军每天起床的第一件事，就是等燃料；第二件事，还是等燃料。隔三岔五，还给北京打电话，或向满洲里拍电报。可时间一天天过去了，“老大哥”的燃料就是迟迟不到！好比一场迫在眉睫的大战，黑压压一群炮兵早已进入阵地，只等炮弹上膛，便可发起总攻，可炮弹就是迟迟不见运到！将军为此非常窝火，一天骂上好几次：他娘的，这是什么事啊！

这天，将军实在憋不住了，跑到苏联专家顾问组，找到组长契尔科夫，气冲冲地问：“契尔科夫同志，你们的燃料为什么还不到啊？你是知道的，现在导弹已经竖在了发射架上，万一天气出现变化，是很危险的呀！”将军本想说，中苏之间是有合同的，你们应该按合同办事，应该遵守起码的合同规则啊！可话到嘴边，又像口水一样咽回去了。

契尔科夫对将军的厉害有过领教。不久前，在中苏间的一次协调会上，一位苏联专家说了一句有损中国军人自尊心的话，将军当场拍了桌子，发了很大的脾气，契尔科夫对此留下很深的印象。所以契尔科夫客气地让将军坐下，而后拍了拍自己胸脯，很有把握地说："李将军，请你相信，我们苏维埃社会主义联盟共和国一向是讲信誉的，我们上级已经表示，燃料一定运到！你们就放心地再等等吧！"

就在契尔科夫拍完胸脯的第三天，将军刚走进办公室，脸色铁青的孙继先便将一封来自北京国防科委的密电递到了他的手上。将军打开一看，惊呆了——

苏联国防部已电告中国国防部，因西伯利亚液氧厂发生不可抗拒的事故，不再生产液氧，苏联方面已无法履行合同！

看罢密电，将军勃然大怒，一把撕碎电报，张口就骂："他娘的，'老毛子'把我们给耍了！"

孙继先气得嘴唇发抖："这帮龟孙子，太不讲信誉，太不讲规矩了！"

"都是赫鲁晓夫这兔崽子干的好事，等有朝一日，我们把导弹打上去了，气死这狗娘养的！"将军在屋里来回乱转。

"他娘的，什么不可抗拒的事故，我看就是政治谋杀，就是一场骗局！还口口声声'同志加兄弟'呢，还什么'社会主义大家庭'呢，全他娘的放狗屁！"孙继先一拳砸在窗户上，震得房顶嗡嗡作响。

…………

就这样，两个发射将军，面对北方——苏联的方向，妈一声娘一声，高一句低一句，轮番开骂！

骂完了，骂够了，孙继先当即召开基地党委会。会上，众将怒气难消，一边开会，一边还不时骂娘！

会议最后决定：以基地党委的名义，代表全体官兵，上书中央军委，坚决要求使用中国自己生产的液氧燃料！

报告当日电传聂荣臻。聂荣臻接到报告后，既高兴，又忧虑。近一时期来，聂荣臻的身体一直不好，原因是心情。自 1959 年庐山会议起，聂荣臻的心情几乎就没好过一天——不是不想好，而是没法好！一方面，庐山风云乍起；另一方面，中国要搞导弹。二者令他伤透脑筋，又无法回避。尤其是接到苏联国防部不能供应液氧的电报后，聂荣臻气得心脏病都犯了！他向周恩来报告后，周恩来也非常气愤，说，苏联想用卡燃料的办法把我们的导弹事业扼杀在摇篮中，办不到！我们一定要想法把导弹发射上天！

中央军委最后决定，同意基地的意见，发射 P－2 导弹，可以使用中国自己生产的燃料！

基地接到通知后，当即向在中苏边境苦等燃料的小分队发去一封电报：

不要再等苏联的燃料了，马上赶往吉林一〇二厂装运国产液氧！

小分队接到基地电报后，马不停蹄，连夜赶到吉林一〇二化肥厂。吉林一〇二化肥厂是当年化工部落实生产液氧的定点工厂。该厂从 1959 年起，在没有任何外来资料的情况下，一直坚持液氧燃料的研制，经无数次试验，最后终于取得成功！该厂接到国防部的紧急密令后，昼夜加班，只用了五天五夜，便生产出了三十二吨液氧燃料。经厂中心化验室鉴定，三十二吨液氧质量全部合格！

在当地政府的秘密协助下，小分队护送着三十二吨液氧，火速踏上归途。为确保安全，吉林铁路公安处派专人负责处理列车行驶中的各种问题。从吉林到酒泉基地，全程约四千公里，正常情况下，要走五天五夜。装运液氧的铁路槽车，是 1959 年中国专门从苏联“老大哥”那儿订购的。这辆铁路槽车外表看起来像新的，其实是一辆早就报废的旧槽车，车厢上连生产日期都没有，只是在车厢表层喷了一层亮漆，再挂上一个新标牌而已。因此保温效果差，蒸发量大，途中一天就要损耗液氧一点五吨，五天就要损耗七点五吨！就是说，等液氧运到基地——到基地转注时还得损耗一吨——就只剩下二十三点五吨了。若真是这样，液氧到基地后三天内就得发射，否则液氧就不够用！于是，为了减少途中液氧的损耗，尽可能给发射留够充足的时间，周长林他们大胆修改了苏联的《槽车勤务指南》中的有关规定，将列车运行中的槽罐压力由常压改为一个大气压。这样，液氧的损耗量可由每天一点五吨下降至零点八吨。

然而，液氧的护送过程危险而又艰辛。液氧是零下一百八十三摄氏度的低温，车外烈日炎炎，车内却冻结出一层十厘米厚的冰霜。小分队的十个人登车后，像被人塞进了一个冰箱里，即使穿上厚厚的毛皮棉袄，也冻得瑟瑟发抖。由于液氧易燃易爆，专列每到一个站台，四周间隔二十米就站着一个铁路警察，不能出现一个旅客。而且，车上车下，不能有一点点明火。专列无论是进站还是出站，常规信号灯一概禁止使用，只能用手电和小旗代替。为确保安全，小分队二十四小时昼夜值班，每人每天只能靠在凳子上或者躺在地板上迷糊两个小时。

经五天五夜的连续奔波，载有液氧燃料的专列终于顺利抵达酒泉基地！由于官兵们没见过液氧，加上此前又听说中国的液氧不行，便愈加的好奇，围着液氧车不走，非要把液氧看个究竟。

将军这天特别高兴，便向周长林挥挥手，说："就把液氧放点出来吧，让大伙开开眼界！"

周长林走过去，把液氧车的阀门轻轻拧了一下，一股液氧便冒了出来，与空气相遇后，嗖地蹿起一股白烟，哧溜一声，比风跑得还快。

战士们大失所望，说："这液氧有什么了不起呀，不就是我们老家烧柴火做饭时冒的烟吗！"

将军安顿好液氧槽车，然后把苏联燃料专家斯捷潘诺夫请到现场，请他亲自指导中方技术人员，对中国生产的液氧作一次取样化验和全样分析。

化验室设在发射场附近一个临时搭起的帐篷里，条件虽然简陋，化验手段却基本具备。很快，液氧化验和分析结果出来了。其纯度、密度、黏度、闪点、杂质等各项指标显示：中国自己生产的液氧，符合P-2导弹发射的技术要求！

将军拿着化验报告，看了又看，高兴得像个第一次考了一百分的孩子。他抓起电话，把喜讯告诉了孙继先。孙继先说："快，把化验报告送苏联专家组组长契尔科夫看看!"

契尔科夫住在基地苏联专家楼。将军敲响契尔科夫的房门时，契尔科夫正在屋里一边审阅资料，一边喝着从莫斯科空运过来的伏特加。将军一进门，就兴冲冲地将化验报告递到契尔科夫的手上，说："契尔科夫先生，我们的液氧化验结果出来了!"

契尔科夫连看都不看一眼，便连连摇头说："不行，不行!"

将军犹如遭到当头一棒，沸腾的心凉了半截："为什么?"

契尔科夫说："你们生产的燃料不可能合格。"

将军说："契尔科夫同志，我们刚刚化验过了，没有问题呀!"

契尔科夫说："液氧燃料的化验，一定要使用国际标准，你们中国现在的化验条件，还不具备国际标准，那怎么行啊!"

将军说："这可是你们的燃料专家和我们一起化验的呀，怎么会不行呢?"

契尔科夫道："李将军，这是发射导弹，不是放风筝，搞不好，是要死人的!"

将军一下急了："真死了人，我们自己负责，与你们无关!"

契尔科夫说："李将军，你说得对，死了人你们负责，因为死的是你们中国人！但是，导弹出了问题呢，谁负责？你能负得了这个责吗？别忘了，李将军，你们要发射的这枚导弹，是苏联人设计的，它姓'苏'不姓'中'，一旦发射出了问题，这个责你们中国负得起吗?"

将军意识到契尔科夫是在存心刁难，以他的脾气，真想"赏"对方一个耳光。但他强压火气，告诫自己：为了中国的导弹，再忍一忍，再忍一忍!

将军转身来到孙继先办公室，说了说情况，孙继先气得直骂娘，抓起电话，叫来吕琳部长，说："走，他娘的，我们找他问个明白!"

三人来到契尔科夫住地，孙继先一见契尔科夫就说："契尔科夫同志，请你跟我走一趟。"

契尔科夫有点摸不着头脑，问："去哪儿?"

孙继先扬了扬手中的化验单，说："去化验室，我们一起再作一次检验！"

"这……"契尔科夫见三人都整整齐齐地虎着脸，只得跟着去了化验室。

第二次化验结果很快出来了，结果与第一次一样：燃料合格，可以使用。

孙继先拿起化验报告，一声不吭，递到契尔科夫的手上。

但契尔科夫看了后，仍坚持说："孙将军，我要郑重地告诉你，给导弹加注燃料，非常关键，只要有一点点问题，都将酿成大祸！我们对燃料的检测，向来有着严格的标准，不像这戈壁滩上的士兵，只要饿了，什么东西都可以往肚子里填。何况这是我们苏维埃共和国援助中国的第一枚导弹，我们必须慎之又慎，不能有半点马虎！"

孙继先尽量压住自己的火气，说："契尔科夫同志，刚才的化验过程和结果，你都亲眼看见了，中国的液氧没有问题。你手上拿着的这份报告，就是事实，就是依据。如果你硬要说不行，总得给我一个理由吧！"

"对，契尔科夫同志，请您尊重一下事实。"将军指着身边的苏联燃料专家斯捷潘诺夫说，"这位是你们的燃料专家，我们是在你们的专家的指导下进行的化验，化验过程他一直在场监督，凭什么说我们的燃料不行？"

契尔科夫说："据我们的了解，你们吉林化工厂不是一个正规的化工厂，而是一个小小的化肥厂！明白吗？化肥厂！想想看，化肥厂是生产肥料的，怎么能生产发射导弹的燃料呢！何况这个化肥厂也不正规，它生产出来的燃料是有杂质的，这种有杂质的燃料一旦加注到导弹的肚子里，结果是灾难性的！"

孙继先回敬道："你这是什么逻辑！化肥厂怎么啦？化肥厂就不能生产燃料啦？燃料行不行，关键是看合格不合格，与什么工厂无关，只要合格，就能发射！"

契尔科夫说："如果你们要用这种燃料发射，那我们就不参加，也不负责！"

孙继先一下站了起来，怒斥道："这本来就是我们中国人自己的事，我们自己负责，用不着你们负责!"

将军也按捺不住了，大声说道："契尔科夫同志，你别忘了，为了发射这枚导弹，我们请你们来，我们国家是付了昂贵代价的！我可以明确告诉你，你们一个少尉军官一个月的工资，就是我们国家领导人的好几倍！再说了，有关燃料的问题，中苏两国政府之间是有协议的，你们应该按协议履行你们的职责!"

契尔科夫说："那你们找我们政府好了。"

将军把桌子一拍，吼了起来："你在这里，代表的就是你们政府!"

契尔科夫一看两位将军真的动了肝火，马上改变态度，做出一副无可奈何的样子，说："对不起，请二位将军谅解，上级的指示，我不能违抗。"

孙继先说："我看你们就是存心在卡我们!"

将军怒气未消，说："背信弃义，不讲信誉！简直就是赤裸裸的政治谋杀!"

两位将军一甩手，走了，脚步噔噔的。

三十五

很显然，中国能不能发射 P－2 导弹，不是燃料合格不合格的问题，而是苏联政府想不想让中国发射的问题。

由于发射决定权掌握在苏联驻华军事顾问团手中，北京上层只好与苏方再次交涉；与此同时，钱学森则让国防部五院负责发动机生产试制的专家，把液氧化学分析资料送给苏联专家施涅金，请他给出一个结论。

施涅金是苏联驻中国国防部五院发动机专家组组长，苏联专家队伍中的技术带头人。此人正直善良，学识渊博，对液氧的鉴定颇具权威性。倘若他能认可中国的液氧，问题有可能迎刃而解。于是，像小学生向老师递交答卷一样，中方专家把中国的液氧化学分析资料恭恭敬敬地送到了施涅金先生的手上。施涅金先生最后在中方的送审报告上这样写道：

"中国生产的液氧，性能符合设计要求，可以使用。"

遗憾的是，施涅金写下结论后不几天，苏联国防部便通知他离开了中国。

而此期间，发射场上的官兵们一边等待，一边坚持合练。合练时，他们要求在导弹初级点火时把液氧试验一下，苏联专家也不同意。孙继先便指示周长林他们说："你们抓紧时间，利用这些液氧作一些研究和试验，否则，液氧就全他妈浪费了。"

周长林立即组织特燃库化验室的八位同志，分成三个小组，加班加点，分别对液氧的含油、机械杂质过滤等，进行了大量的试验。最后取得几百个试验数据，让中方人员对液氧的使用和管理有了进一步的认识，从而提高了技术水平。

这天，将军实在忍受不了等待的煎熬，走出办公室，想透透胸中的闷气。这些日子来，燃料问题搞得将军焦头烂额，甚至夏季已经来临了，他都没感觉到。将军不知不觉来到特种燃料仓库，几辆闷罐车静静地停在那里，周长林等人蹲在旁边，看样子情绪非常低落。将军走过去，刚想问什么，一股异常的味道突然钻进鼻孔，他立即意识到，这是液氧蒸发后发出的气味。

将军问："液氧现在情况怎样？"

周长林说："液氧运回基地后，还剩大约二十八吨，近日天气渐渐热了，每天蒸发的数量正逐渐加大！"

将军说："现在每天蒸发多少？"

周长林说："大约五百公斤。"

将军一惊："五百公斤？！现在还剩多少吨？"

周长林说："大约二十吨。如果能尽快发射，现在的液氧还能满足发射的要求；要是继续这样蒸发下去，到时肯定不够用！"

将军心里忽然有了一种恐慌的感觉。他叮嘱了周长林几句，然后转身离开特种燃料库，直奔孙继先办公室。将军一见孙继先就说："老孙，发射不能再等啦！"

孙继先说："不等怎么办？"

将军说："现在液氧每天挥发得厉害，再这样等下去，我们好不容易弄回来的几十吨液氧就全他妈报废了！"

孙继先说："是呀，我也很着急。可北京还在和苏联交涉，我们自己无权决定。"

将军非常气恼："交涉个屁！他娘的，完全是故意刁难！"

孙继先直摇头："是呀，如果仅仅是燃料的问题，不该这么复杂。我看这燃料的背后，全他娘的是政治！唉，弄不好，我看这几十吨液氧真的要报废了！"

几天后，基地终于接到了国防科委的正式通知。通知说，在中国国防部的再三催促下，苏联国防部终于作出答复：中国生产的液氧不宜进行这次发射；若要发射，必须重新订购苏联生产的燃料！

面对这份通知，两位发射将军愤怒至极，却又无可奈何。最后只有关起门来，你一句，我一句，大声骂娘！

骂完娘，将军又匆匆赶到发射大队。

发射大队的官兵们得知燃料的消息后，肚子气得鼓鼓的，当晚的饭菜凉了又热，热了又凉，始终没一个人动一下筷子，不少战士还流下了眼泪。他们万万没想到，度日如年，昼夜煎熬，从冬等到春，从春等到夏，最后等到的竟是这样一个结果！

面对发射大队的官兵，将军再次忍不住发了脾气，他说："我曾经作过一个粗略的计算，一个苏联专家在基地一天的生活费，足够中国的一个老百姓吃上半年！可他娘的，我们好吃好喝伺候着他们，他们也口口声声说是我们的'好兄弟'，没想到到头来却把我们狠狠坑了一把！大家想想，如果要重新订购苏联的燃料，就意味着我们好不容易从吉林护送回来的几十吨国产燃料只能统统报废！他娘的，这不是骑在咱脖子上拉屎嘛！"

将军一说完，官兵们更愤怒了，立即纷纷咆哮起来：

——对，这是"老毛子"在耍花招，故意刁难我们！

——我们用自己的燃料，不用"老毛子"的燃料！

——中国人有志气，不受"老毛子"的窝囊气！

——去他娘的"老大哥"，离了他们，我们照样把导弹打上天！

然而，志气归志气，问题是问题。现在的问题是：中国的液氧不准使用，苏联的液氧还须重新订购。导弹发射遥遥无期，几十吨国产液氧放在发射场，等于放着一个几百吨 TNT 当量的炸药包！而且，多放一天，就多一分危险，一旦发生意外，后果不堪设想！

因此，在孙继先主持的基地党委会上，会议最后被迫决定：将剩下的二十吨液氧全部倒进沙海！理由很简单：既然液氧早晚都要蒸发，与其让它慢慢蒸发，不如干脆一下全部倒掉！

倒掉液氧燃料的时间定在下午 5 点。这是戈壁滩上一个奇特的黄昏，大片大片的残阳把夏日的天空染得血红血红，千古荒原一片肃穆悲壮；排放燃料的加注兵早早来到距离发射场十公里外的一片沙丘上，默默地注视着液氧槽车，一动不动；而四周，是数千名赶来为燃料送别的发射官兵，远远站在一旁，像是为出征的战友壮行。每个人的眼里都含着屈辱的泪水，每个人的脸上都充满着愤恨的痛苦，甚至不少战士还狠狠地瞪着北方，咬牙切齿，偷偷骂娘！

将军乘坐嘎斯六九吉普车悄没声息地来到现场，饱经风霜的脸上胡子拉碴，像冬日长满野草的戈壁，冰冷生硬，没有一丝表情。将军看着眼前数千名官兵，数千名官兵也看着将军，他们很希望能听到将军说点什么，哪怕骂上几句娘也好。可将军一声不吭，双唇紧咬，像锈住了一般！而此时此刻，千里戈壁，夕阳好像定格了，时间似乎停止了，除了数千名发射将士怦怦的心跳声，则是一片可怕的静！

不知过了多久，将军才收回目光，最后看了一眼冒着青烟的液氧槽车和泪流满面的战士，而后手臂一挥，大吼一声：“开始——放！”

霎时间，大地嗡地晃了一下，从液氧槽车里排放出来的液氧气体，像团团雾霭，片片云朵，白茫茫凉飕飕，缓缓升腾起来，千古荒原仿佛只剩下一种颜色，很快罩住了半个天空。

就这样，中国人辛辛苦苦研制出来的价值一百五十万元人民币的二十吨液氧全部白白倒进了沙海！那一刻，数千名在场的发射将士悲痛至极，哽咽不止，伤心的泪水纷纷滴落在了滚烫的沙土上。

半小时后，液氧像蒸气一般挥发殆尽，只留下一片淡淡的白烟，在天际久久萦绕；落日渐渐复现，鲜嫩浑圆，通红如血；戈壁的天空透明如初，千古荒原，好像什么也不曾发生。

望着渐渐消失的二十吨液氧，将军悲痛万分，心如刀绞，双手抱住脑袋，一下蹲在了地上。片刻，将军突然站起，冲着戈壁滩，疯了似的吼了一句：

"'老毛子'，我操你八辈子祖宗！"

三十六

1960 年 7 月的一天，将军收到了苏联专家卡瓦廖夫中校的来信。信是这样写的：

想念的李将军：您好吗？

我在我的故乡——顿河岸边给您写信，首先让我以俄罗斯的习俗拥抱您！

我已经离开莫斯科，离开军界，离开我一生钟爱的工作岗位，回到了我的故乡。至于原因，我想您是知道的，不便多说。

我在贵国的戈壁滩，度过了两年短暂的时间，这是我第一次踏上那块有着几千年文明历史的英雄国土。在那里，我兴奋地看到您和您的将士们为开创贵国的第一支导弹部队所表现出来的可贵的献身精神，令我非常钦佩，深受感动！尽管很遗憾，我不能亲眼看到导弹在贵国的发射场升起，但我十二分地相信，这一天终会到来，我在遥远的故乡为你们祝福！

李将军，中苏两国人民之间有着源远流长的友谊，尽管现在出现了一些不正常，但我坚信，这种不正常早晚会结束的，中苏两国人民的友谊是永存的！

望将军多保重！

再见！

您永远的朋友：卡瓦廖夫

看完卡瓦廖夫的来信，将军的心里可谓五味俱全。一方面，他对卡瓦廖夫这样的苏联专家深表同情，心存感激；另一方面，又对苏联政府的背信弃义感到不可理喻，非常气愤！毫无疑问，卡瓦廖夫的结局，就是所有援华苏联专家的结局——将军后来得知，不少援助中国的苏联专家奉命回国后，几乎都改行做了其他工作，有的还受到了国防部的审查。而且，液氧事件绝不是一个单纯的技术问题，背后必然有着深刻的政治原因，它预示着一场更大的风暴的来临！

果然，1960 年 8 月 2 日，基地接到了国防科委和总参谋部的正式通知：苏联政府将撤走全部在华专家！

当将军从孙继先手中接过这个通知时，犹如晴天霹雳，五雷轰顶，悲愤的心情简直无法形容！当晚，将军把自己关在屋里，抓起石锁，整整举了一百次！而后，接着再举！一边举，一边在心里骂娘！本来，液氧事件发生后，将军就非常气愤；现在，专家又突然全部撤走，更让他不寒而栗！在导弹即将发射的关键时刻，苏联专家全部撤离基地，他清楚这意味着什么！

事实上，早在 7 月 16 日，苏联驻华临时代办苏达利柯夫就照会中国政府，单方提出要召回全部在华苏联专家。苏方首先为中方扣上一顶“对苏联专家执行明显的不友好路线”的帽子，同时还称“苏联政府是根据苏联专家的愿望将其召回的”。紧接着，苏方不等中方作出回复，又第二次照会中国政府：7 月 28 日至 9 月 1 日，将撤走全部一千三百九十名援华的苏联专家；终止与中国签订的所有技术合同——三百四十三项专家合同和二百五十七项科研合同；要求中国归还朝鲜战争期间购买苏联武器装备时欠下的三百五十亿元债务！7 月 31 日晚，中国外交部副部长章汉夫通过苏达利柯夫照会苏联政府。中方以大量事例，义正词严地逐条反驳了苏方对中方的无理指责。但苏方不屑一顾，一意孤行，依然坚持实施撤走全部在华专家的计划。该计划的内容是：7 月 6 日起，撤离援助中国原子能领域的苏联专家；7 月 29 日起，撤离援助中国核工业领域的二百三十三名苏联专家；8 月 1 日起，撤离援助国防部五院的苏联专家；8 月 7 日起，撤离援助酒泉基地的苏联专家！

紧接着，8 月 3 日，基地又接到了国防科委的秘密指示：

> 一切希望都要建立在自己拼命去搞的精神和工作安排上，不要存在任何向外去要的打算，哪怕是微小的一点打算，在目前都不适宜，也达不到任何一点目的。你们提出的再向他们索取遥测弹照片，急供九号尚缺器材等，都不要企望，目前主要向专家学习技术知识。如无器材，主要是先弄清所缺一切东西的名称、性能、任务、构造及元件等问题，以便我们自己研究和自制。此外，除以共产主义、国际主义去鼓励感谢专家外，还应提高警惕，防止个别不怀好意分子对资料、设备的破坏。

看完国防科委的这个指示，将军一个电话，把“地—地”导弹部部长吕琳叫到办公室。

吕琳部长简直不相信这一切竟是真的，他说：“怎么说走就走啊？住个旅店蹲个茅坑，还得打个招呼呢！”

将军说：“没办法，弱国无外交。从今天起，我们不能再有任何依靠外来援助的幻想了，一切只能靠我们自己！现在最紧要的，就是抓住最后机会，想方设法，尽量从苏联专家那里多掏点东西出来！另外，虽然苏联政府背信弃义，但绝大多数苏联专家是友好的，他们是我们的老师！中国有句古话说得好，一日为师，终身为父。我们一定要尊重他们，绝不做过河拆桥、忘恩负义的小人！在这节骨眼上，不能感情用事，节外生枝，只要顺顺当当地把他们送走，就是胜利！你马上去一趟北京，购买一些礼品，表示一点我们的谢意。”

当天，吕琳部长便乘坐基地专机，专门飞往北京，采购了不少富有中国特色的工艺品——其中有的礼品，是特意送给“老大哥”的夫人的，然后再乘专机返回基地，把礼品送到“老大哥”的手上。

而中苏个人之间，也私下相互赠送礼品。比如翻译军官赵贤愚，最早曾陪同苏联专家搞过发射场的勘测定点工作；苏联专家到基地后，他尤其和一位叫耶尔玛科夫的苏联专家交往甚密，感情颇深。耶尔玛科夫是二战时期苏联空军的一位战斗英雄，对赵贤愚等中国官兵十分友好，非常热心于中国的导弹事业。因此，当将军要求翻译们在苏联专家离开基地之前尽快接近苏联专家、争取多掏点东西出来时，赵贤愚马上找到耶尔玛科夫，把自己非常喜爱的一个景泰蓝花瓶送给了他；而耶尔玛科夫也将自己最心爱的一架卓尔基相机送给了赵贤愚（此相机后来赵贤愚交了公），还给赵贤愚讲了不少有关发射场需要注意的问题。

三天后，发射场的苏联专家也接到了回国的正式命令：六十多名苏联专家，将分三批撤离基地！接到命令后的苏联专家，心里同样不是滋味。他们中虽然有的人很不友好，出言不逊，甚至幸灾乐祸；但也有不少人并不乐意离开基地。原因很简单，他们刚刚熟悉、适应了中国发射场的工作和戈壁滩的环境，突然离开，缺乏心理准备，感到很别扭。而且回国后的生活待遇远不如在中国好，所受到的尊重更不能相提并论。再者，他们和中国官兵相处了一两年，发现中华民族是一个很重感情的民族，尤其是这些在戈壁滩上常年孤军奋战、远离人群的中国军人。现在导弹发射在即，发射场的工作千头万绪，他们身为技术专家，一拍屁股走了，此前的发射准备工作也必将半途而废，这在感情上对中国人是一种很大的伤害！

因此，这部分专家深感内疚，临走前想方设法为基地做了不少具体而又实惠的事情。比如，有的仔细讲解某些关键技术岗位；有的手把手示范某些动作要领；有的悄悄留点实用的资料；有的主动解答某些疑难问题。在基地工程部欢送第一批苏联专家的宴会上，斯捷潘诺夫和布利瓦洛夫斯两位苏联专家还向工程部部长诚恳地表示："我们来华工作，按合同规定，还不到期，任务也没完成，但上面叫我们返回，我们只得服从，我们对此表示深深的歉意。在基地工作期间，你们在生活等方面，给予了我们很好的照顾，我们表示衷心的感谢！"由于这些专家在一些细节上给予了指点，使基地减少了不少损失，少走了一些弯路，为中国火箭日后的起飞作了铺垫，以至于多年后孙继先将军说起这些专家时，还情不自禁地伸出大拇指说："那才叫真正的国际共产主义战士！"

而在北京国防部第五研究院，同样也有真正的“老大哥”。譬如，前文中提到的施涅金先生。施涅金先生得知自己的政府要撤走全部在华专家时，诚恳地向中方人员表示说：“苏共中央的这个决定我想不通，导弹的仿制工作即将完成，为什么在这个时候让我们撤走呢？我是苏共党员，组织的决定我必须服从，但心里是不愿意在这个时候离开中国的。”说完，竟歉意地流下了热泪。施涅金先生离开中国时，国防部五院送给他的礼物，是一个可以转动的九层象牙雕刻球；而他送给国防部五院的礼物，则是一本自己撰写的关于液体发动机的专著，并签有自己的大名。在机场分别时，施涅金先生还对中国专家说：“将来中苏关系恢复了，我一定还会到中国来看老朋友的!”三十三年后，即1993年，已是九十高龄的施涅金先生果真再次来到中国北京，而且是自费。施涅金先生与时任航天工业部部长的张均以及许多当年一起工作过的中国专家见了面，彼此进行了诚恳的交谈。当他亲眼看到中国终于成为世界航天大国，并听说中国即将发射宇宙载人飞船，把中国航天员送上太空时，非常激动，他说：“我早就知道，中国一定行，一定行!”

1960年8月7日，酒泉基地以党委的名义，代表全体官兵，为以苏米洛夫为首的九位苏联专家举行隆重的欢送宴会。宴会上，孙继先首先向九位苏联专家赠送“中苏友谊”纪念章，而后发表临别感言。苏联专家突然全部撤走，对身为基地司令员的孙继先来说，简直是致命一击！孙继先几天几夜吃不下睡不着，以他老红军的脾气，他早把这些“王八羔子”拉到戈壁滩统统毙了！但按上级的要求，他不光要继续笑脸相伴，伺候好“老大哥”，而且发表临别感言时既要表明中国政府的观点、立场，又不能伤害了苏联专家的感情。至于具体如何拿捏得当，就看他自己了。孙继先是行伍出身，干这种咬文嚼字的活，比当年攻打一个山头还难！他折腾了两个通宵，才完成临别感言。从来不喜欢拿着稿子说话的他，为慎重起见，这天也不得不拿着稿子照本宣科。

亲爱的专家同志们：

在今天欢送苏米洛夫同志为首的九位专家同志回国的宴会

上，请允许我再次对你们表示衷心的感谢。感谢你们对我们很大的帮助，感谢你们的辛勤劳动，感谢你们的国际主义精神。

同志们，在此期间，我们大家相处得很愉快，很友好，我们怀着无比热望的心情，希望同志们完成这次发射任务之后再走。但是，你们却要马上被召回国，于后天（礼拜二）就要离开这里了。对此，我们表示十分的留恋和惋惜。同时，我们也知道和体谅这不是在座专家们所能决定的问题，而是苏联政府决定的。

稿子念到这里，孙继先看了看眼前九位苏联专家，语气由亲切变为严肃。

同志们，据说苏联政府突然决定召回苏联专家，理由是说：近来中国工作人员在苏联专家中间散发专门挑选出来的用俄文出版的材料，宣传同莫斯科宣言相矛盾的观点，把专门印成俄文的名为《列宁主义万岁》的小册子硬塞给每个苏联专家一本，力图把这些观点强加于苏联专家，使他们同苏联共产党和苏联政府对立，并由此得出结论说，“中国方面开始对在华工作的苏联专家执行明显的不友好的路线”。我们认为这是完全与事实不符的。

我们向苏联专家提供材料，介绍情况，由来已久。苏联专家到中国的时候，一再提出希望了解中国的情况和中国党和政府的政策，我们也很同情苏联专家同志们的这种愿望。基于在政治上对苏联专家的关怀和为了使专家同志在工作中更好地发挥作用，好几年来，我们一直向苏联专家提供用俄文出版的各种内部和公开的材料，其中包括杂志报纸、新闻简讯、小册子等等。我们也经常主动或应邀为苏联专家同志作介绍中国情况和政策的专题报告。我们这样做，证明对专家同志的工作是有益的。我们认为在苏联工作和学习的中国同志，如果也能够得到同样的便利，则对他们的工作和学习也是有益的，定会受到他们的欢迎。为使中国同志能够了解苏联建设的情况和经验以及苏联党和政府的政策，中国方面也是经常请在华的苏联同志们作各种报告。苏联方面也通过报纸、杂志、小册子、书籍等印刷品，和苏联驻华大使馆新闻处所转发的材料，莫斯科广播电台举办的对华广播节目，以及其他途径，向中国人民介绍苏联的情况和政策。我们认为，双方这样做，对促进我们两国人民的相互了解，总是有好处的。不错，中国共产党和苏联共产党对于马克思列宁主义的一些原则问题存在着不同意见。这种不同意见不可能不在双方的出版物和言论中反映出来。但是，正因为存在着分歧，彼此就更需要互相了解，互相介绍自己的情况和政策，并不意味着一方要另一方同意自己的意见，根本谈不上什么强加于人。我们认为，我们社会主义国家之间，互相介绍情况和政策，增进相互了解，这是完全正常的。为纪念列宁诞生九十周年，中国同志写的《列宁主义万岁》《沿着伟大列宁的道路前进》和《在列宁的革命旗帜下团结起来》三篇文章，就是按照上述惯例，介绍给苏联专家的。这三篇文章，阐述了中国共产党对于马克思列宁主义的一系列重大原则问题的立场。我们认为，这三篇文章的观点，是完全符合莫斯科宣言的，是完全正确的。但是，我们从来没有把这些观点强加于任何人的意图，也没有企图把苏联专家拖入某种他们所不愿意的辩论中去。

据说还提到中国人民解放军副总参谋长杨成武上将和中国人民解放军傅钟上将的报告。这件事，我想在座的专家同志中有的是知道的，这两个报告，都是应苏联军事专家组负责人的邀请而作的。报告的内容，因为是介绍中国人民解放军当前情况，当然要涉及中国党和政府在战争与和平问题上以及在对目前国际局势的估计问题上的一些观点。事后，苏联军事专家组的负责人一再表示感谢，并且希望今后能经常作这样的报告。

但是据说又把这个报告作为指责中国同志的借口，这不能不令人感到惊异。

召回专家再一个理由是说：“苏联专家本人认识到，中国方面没有给予他们为完成向他们所提出的任务所必需的信任，更得不到对这些专家在帮助中国人民发展经济、文化和军队建设中给予他们应得的尊重。粗暴地否定苏联专家的意见，公然不考虑他们的建议，甚至竟然达到了示威性地焚毁了苏联专家所提供的包括用各种相应建议和技术规程的文件。”并由此得出结论说，“苏联专家在中华人民共和国被剥夺了完成他们的有益的职责和充分地运用他们的知识及经验的可能。他们的忘我工作不被重视，而且，他们从中国方面实际上得不到感谢。因而，使苏联专家感到委屈，而且也引起了正当的愤慨；这一切迫使他们在不给予他们信任的情况下，向苏联政府提出了返回祖国的请求。”

我们认为，这是不符合实际情况的。我们所知，中国政府一再指示中国同志对专家们要抱着满腔热情的同志式的态度，并且尊重苏联专家的要求，为苏联专家提供各种便利。如果苏联专家或苏联政府认为，我们的做法有什么不妥当的地方，尽可以提出意见，我们双方完全可以商定出新的办法。无论如何也得不出来照会中所说的中国方面近来对苏联专家执行明显的不友好政策的结论，更没有理由作出召回全部苏联专家的决定。苏联政府提到希望中国政府会正确地理解作出召回全部在华苏联专家的决定的原因，坦白地说，中国同志很难把苏联政府的这个决定理解为是从维护和加强中苏两国友好和团结的立场出发的。对于苏联政府的这个决定，不仅中国人民不能理解，而且苏联人民和社会主义阵营其他国家的人民也都会感到难以理解。

苏联政府片面决定撤走全部在华的苏联专家，把一些工作合同尚未期满的专家突然撤走，这显然破坏了两国政府所签订的有关协定和合同，必然会对中国正在进行的建设工作造成一些损失，并且带来一些困难。这种做法从政治上、法律上说，都是无法辩解的。这种做法，在一般国家关系中也是罕见的。何况中苏两国是社会主义兄弟之邦，我们两国签订的伟大的中苏友好同盟互助条约还明确规定了“彼此进行必要的经济合作”的神圣义务。因此，这就更加重了苏联政府这种行为的严重性。

同志们！我们坚信，中苏两国人民的伟大友谊和团结是牢不可破的，是任何人也破坏不了的。我提议：

为中苏两国人民的伟大友谊和团结干杯！

为苏联专家同志们的身体健康和一路平安干杯！

孙继先说完，有掌声，有泪水，也有沉默。

接下来，基地九位将军纷纷举起酒杯，与九位苏联“老大哥”一一敬酒。但双方喝酒多，说话少；有的只喝酒，不说话。宴会气氛，三分热烈，七分尴尬。

当晚，基地还为苏联专家举办了最后一次舞会。舞会气氛压抑，情绪低沉，连音乐的调子仿佛都充满了淡淡的忧伤；甚至有的苏联专家在与中国姑娘跳舞时，依依不舍，眼泪汪汪。舞会结束后，不少苏联专家还送给文工团的姑娘们一些小礼物，比如一枚列宁头像的小徽章，或者一副非常精致的扑克牌，等等。

8 月 24 日，最后一批苏联专家撤离基地。中方组织了庞大的欢送队伍，列队站在基地礼堂两旁，有的舞着红绸，有的举着鲜花，有的敲着锣鼓，有的喊着口号，向苏联专家纷纷致谢，一一道别！

专车到达机场，中苏两国的专家紧紧拥抱在一起，热泪盈眶，依依不舍。有一位苏联专家对苏联政府的做法不满，愤愤不平，临上飞机前，还悄悄对孙继先说：“苏联政府的这种对华政策，不是苏联人民的政策。如果有一天赫鲁晓夫下台了，我相信一切都会改变的！”

苏联专家到北京后，还发生了一件意想不到的事情。当时，基地文工团正在北京排练节目，基地要文工团的团员们去机场欢送苏联专家，并作为一个政治任务来完成。这本是一件好事情，可文工团的一位姑娘在机场与一位“老大哥”告别时，“老大哥”突然用一种俄罗斯的礼节方式亲吻了姑娘一下。姑娘曾经和这位“老大哥”在基地多次跳过舞，彼此很有好感，并结下了深厚的“革命友情”——也许还有爱情。但面对这个意想不到、突然而至的吻，姑娘顿时惊慌失措，失魂落魄！因为姑娘非常清楚，时过境迁，今非昔比，现在站在她面前的这位“老大哥”已经不再是亲爱的“老大哥”，而是一个背信弃义的坏家伙！于是刹那间姑娘不知从哪儿来的勇气，竟然扬起手臂，啪的一声，旗帜鲜明地扇了这个“老大哥”一个响亮的耳光，而后抹着委屈的泪水愤然离去！

此事很快惊动了苏联大使馆，直至外交部，苏联方面借此大做文章。幸而那位亲吻过中国姑娘的“老大哥”一再表示，纯属误会，责任在他；而中方又对姑娘及时作了复员回家的处理，最后才避免了中苏间一场政治事故的发生。

然而，这位姑娘最终还是难逃厄运。“文化大革命”开始后，姑娘尽管已在家隐居多年，还是被人“挖”了出来，说她当年与“苏修分子”跳过舞，谈过爱，是个里通外国的“大破鞋”！于是，姑娘再次被打入生活的底层，从此孤守一生，没有嫁人。据说，这位姑娘其实一直深爱着那位吻过她的苏联“老大哥”，而那位“老大哥”也始终深爱着这位中国姑娘，只因中苏两党关系破裂，两人才不得不把各自的爱深埋心底。在此后中苏两党政治对峙的数十年时间里，姑娘一直偷偷坚持学习俄语，即使在“文化大革命”动乱不堪的日子里，也从不放弃。而且，姑娘自从被那位“老大哥”亲吻后，一生中再也没有碰过第二个男人，也没有第二个男人碰过她；唯一碰过她一次的男人，便是那位当年的“老大哥”，后来的“苏修分子”！

第七章
争气弹

苏联专家一甩手，走了。轰轰烈烈的千古荒原，重归寂静。原本荒芜的戈壁滩如同遭遇了一场从西伯利亚滚滚而来的寒流，比以往任何时候都显得更加空旷寂寥、清冷凄凉。而此前轰轰烈烈的发射场，一夜间也变成了一个惨不忍睹的烂摊子：尚未竣工的工程突然中断，正在进行的试验被迫停止，关键资料均被烧毁，主要图纸全被带走，器材设备弃于荒野……

三十七

苏联专家一甩手，走了。

轰轰烈烈的千古荒原，重归寂静。原本荒芜的戈壁滩如同遭遇了一场从西伯利亚滚滚而来的寒流，比以往任何时候都显得更加空旷寂寥、清冷凄凉。而此前轰轰烈烈的发射场，一夜间也变成了一个惨不忍睹的烂摊子：尚未竣工的工程突然中断，正在进行的试验被迫停止，关键资料均被烧毁，主要图纸全被带走，器材设备弃于荒野，预定货物彻底封锁，发射程序全部打乱。一些安装过半的仪器因苏联专家撤走前没有交代清楚怎么使用，中方技术人员把笔记本都翻烂了依然不会，只能白白扔在露天；甚至，已经竖在发射架上的导弹，也不得不含着眼泪重新卸了下来……

苏联专家离去的那个夜晚，将军一夜不眠。这是将军生命中最痛苦的一个夜晚。液氧袅袅挥发的情景像钉子一样钉在他的眼里；机场苏联专家撤离的背影令他心坎滴血。将军躺在床上，怎么也睡不着。后来索性爬起，走到墙角，抓起石锁，反复挺举。一次，两次，三次，四次……将军一直举了一百次，举得气喘吁吁大汗淋漓，这才放下石锁，站在窗前默默地叹气，默默地抽烟……

是的，“老大哥”突然离去，对刚刚起步的发射部队，绝对是釜底抽薪沉重一击！而且这一击，绝不亚于在朝鲜战场遭遇了美国佬扔下的重型炸弹！而个别苏联专家临走前扔下的一些话，更让将军的自尊心受到极大的刺激。有的专家说：“我们走了，不出两年，你们的这些设备，非锈成破铜烂铁不可！”有的专家说：“离开了苏联，中国要是自己能把导弹发射上天，我们愿意买专利！”甚至赫鲁晓夫也说：“就让中国人看着那些铁疙瘩一天天地生锈去吧！”作为军人，将军可以接受任何挑战，但决不容忍对手的藐视！所以，这个晚上的将军，除了感到窝火，还感到窝囊！而同时让将军感到难受的，还有饥饿！由于前段时期主要食品都让给了苏联“老大哥”，骆驼刺、沙枣叶、野菜团、窝窝头、蘸盐水，便成为基地官兵维持生命的“口粮”；加之基地实行定量就餐，官兵们没有蔬菜可吃，维生素严重缺乏，导致许多官兵都得了夜盲症、浮肿病。官兵们拖着浮肿的双腿在沙海中每移动一步，或在发射塔上攀登一次，付出的都是吃奶的力气。因此，苏联专家的全部撤离和大面积饥饿的发生，像两座沉沉的大山，死死地压在将军的心上，让他根本无法入眠。

但第二天一早，将军便出门遛弯。到戈壁滩第一天起，将军每早都会出门遛上一圈，风雨无阻，雷打不变，甚至每天遛弯的线路都一模一样。多年发射场的生活，已让将军深深地爱上了戈壁，他已习惯了风暴的喧嚣，沙尘的侵袭，荒原的寂寞；而大都市的那份热闹，反而会让他感到清冷，感到孤独。所以每早遛弯，已成为将军的一种习惯，甚至说一种享受。在遛弯途中，将军常常喜欢站在戈壁的晨曦中，凝望着霞光沐浴中的发射塔。每当这时，将军的胸中便会涌出万般的诗情画意与豪情壮志。将军喜欢古典书籍，喜欢唐诗宋词，喜欢中国古人的妙语警句，尤其喜欢唐朝诗仙李白和宋朝名将岳飞。由于将军嗜酒成性，有时一边遛弯，一边会情不自禁地哼上几句李白的《月下独酌》："花间一壶酒，独酌无相亲。举杯邀明月，对影成三人……"有一次，将军爬上高高的发射塔，还面对茫茫大戈壁，高声朗诵起了岳飞的《满江红》："怒发冲冠，凭栏处，潇潇雨歇……"

当然，将军遛弯，看似浪漫，实则并不轻松，因为他常常要在遛弯中琢磨一些棘手的事情。这个早上同样如此。本来，戈壁滩的初秋，应是黄金季节，往年这个时候，已是沙枣花开，树木挂果，河水碧蓝，草叶泛青。可这个早上在将军的眼里，野菜绝迹了，沙枣树秃顶了，昔日的郁郁葱葱、热气腾腾统统不见了。千里戈壁，天地上下，只有落叶在飘零，冷风在嘶吼，到处一片空空荡荡，

冷冷清清！将军没走多远，便见太阳已经露头，一列列出操的队伍迎面跑过；但紧接着，一阵大风又席卷而来，把地上的落叶一扫而光。将军禁不住打了一个寒战，突然意识到：发射场的天，不是凉了，而是冷了！

当日上午，基地召开党委紧急会。会上，几位常委首先明确表示了一定要把导弹发射上天的态度与决心，所以会议只用了不到一个小时，大家便统一了认识，理顺了思路：苏联专家全部撤离后，基地当下最重要的工作，就是稳定军心，鼓舞士气！而决不能因为苏联专家的撤走，让基地官兵动摇发射导弹的决心与信心！

下午，基地在礼堂召开全体军人动员大会。将军走进会场时，明显感到会场气氛不同往常。往常每次开会，都是人声鼎沸，彩旗飞扬，笑语声，拉歌声，口号声，声声震天响。可今天，尽管大家早早就进了会场，却老老实实、安安静静地坐在座位上，个个耷拉着脑袋，面无表情，一声不吭。会场气氛，十分沉闷。

会议开始后，孙继先司令员首先发言，他说："同志们，苏联专家走了，大家不要难过，没有什么了不起的！他们走了，戈壁滩还有我们，发射场还有我们！我们是谁？我们是新中国的第一支火箭导弹部队！我们的身后，有党中央的支持，有毛主席的支持！所以，不管出现什么情况，无论遇到什么困难，我们都不要怕，就是天塌下来，也要顶住，不能趴下！"

接着，栗在山政委发言，他说：“同志们，部队当前最重要、最关键的任务，是稳定情绪，打起精神，团结起来。只要我们振作精神，团结一心，共同努力，就没有过不去的火焰山，就没有克服不了的困难！”

最后，将军讲话，他说：“同志们，人最重要的是精神，最可怕的是失去信心。要是精神垮了，信心没有了，一切就没救了！但只要咱们精神还在，信心还在，希望就一定还在！不错，苏联专家走了，让咱们一下失去了很多东西，但咱们中国军人的骨气和血性，绝不能丢失！俗话说得好，人活一口气，树活一层皮，从现在起，咱们要自己拼命钻研技术，抛掉对苏联的任何幻想！咱们要用咱们的行动，让苏联人看看，让全世界看看，中国人离了苏联这根拐棍，照样能走路！”

大会结束后，官兵们纷纷表示，从头学起，决不气馁，用实际行动，迎接新的挑战！甚至有的连队，还写下了血书！

三天后，基地党委代表全体官兵，向国防科委呈送了请战报告。报告表示：请上级放心，基地全体官兵有决心、有信心，用中国人自己生产的燃料，把第一枚导弹发射上天！

然而，决心不等于决策。

第一枚导弹到底是继续发射，还是就此终止，需要等待中央高层的最后拍板。

三十八

苏联专家撤走时，中央高层不在北京，而在北戴河。

1960 年 7 月 5 日至 8 月 10 日，毛泽东在北戴河主持召开中央工作会议，出席会议的有政治局全体常委。7 月 16 日，苏联照会中国的消息当天便传到了北戴河，并在会上引起轩然大波。但唯有毛泽东对此沉默不语，好像一切早在预料之中。直至两天后，即 7 月 18 日上午，毛泽东才以他特有的幽默，表示了他对赫鲁晓夫的强烈不满。毛泽东说：“从现在起，我们要下决心搞尖端技术。赫鲁晓夫不给我们尖端技术，很好！如果给了，这笔账是很难还的。”接着毛泽东又补充了一句，“我看应该奖给赫鲁晓夫一枚一吨重的勋章!”

当日下午,主管科技工作的聂荣臻向毛泽东、周恩来汇报了有关导弹、原子弹的研制情况,并建议马上召开国防工业紧急会议,讨论、研究苏联专家撤走后中国的尖端技术究竟怎么搞的问题。毛泽东、周恩来同意了聂荣臻的建议,并决定于 8 月 5 日至 8 月 8 日,在北戴河召开国防工业紧急会议,与中央工作会议同步进行。

8 月 5 日,国防工业紧急会议如期举行。此次会议开得非常激烈,甚至还有几分悲壮,与会者不仅纷纷声讨赫鲁晓夫的无情,还谴责“老大哥”的无义;聂荣臻还在会上提出了一个二十字的方针,即“集中力量,突破尖端,保证重点,卧薪尝胆,发愤图强!”并强调说:“一定要打掉一切依赖思想,下最大决心依靠自己的力量,突破国防尖端技术!”

会议结束后,聂荣臻回到北京,立即邀请钱学森、梁守槃、屠守锷、任新民等几位导弹专家座谈。钱学森表示:“现在国家遇到了来自各方面的困难,国外压我们,国内经济困难,反右斗争中一些科技人员也受委屈,有些人自然有想法,有点怨气。但是,我们绝大多数人绝不会动摇对祖国、对党的信心,我们一定会在苏联的强大压力面前挺直腰杆。请聂帅转告中央放心,我们通过努力能够建立起我们自己的导弹事业,苏联压不倒我们!”其他几位专家也表示,一定竭尽全力,争取早日搞出中国自己的导弹!聂荣臻很高兴,说:“主席在北戴河讲过,赫鲁晓夫不给我们尖端技术很好,如果给了,这笔账是很难还的。主席讲得有道理,苏联一逼,我们就早一点站起来,早一点独立干了!我相信我们一定能取得成功!”当晚,聂荣臻请几位专家在自己家中共进晚餐。

9 月 1 日,副总参谋长张爱萍受中央军委的重托,乘专机穿越瑟瑟秋风,抵达酒泉基地进行实地考察。张爱萍抵达基地这天,是戈壁滩一个大风天,风从凌晨开始,便呼呼地刮个不停。专机在十四号机场停稳后,张爱萍第一个走出机舱,刚下舷梯,一阵狂风忽然刮来,把张爱萍的帽子一下刮到了地上。随行人员措手不及,赶紧去追帽子,样子十分狼狈;前去迎接的孙继先和李福泽将军也很尴尬,忙请张爱萍上车避风。张爱萍却原地不动,望着像皮球一样在地上滚来滚去的大檐帽,不但不生气，反而还用纯正的川音大声说道：“没关系，刮掉一顶帽子算个屁，我张爱萍是见过大风大浪的人。不过这风也够大的了，是不是从西伯利亚刮过来的啊？现在，全世界都在朝着中国刮风，凶得很啦！但大家不要慌，不要怕，刮点风没什么大不了的，关键是看我们能不能顶得住。要是顶不住，就像我这帽子一样，一不小心，就被刮得稀里哗啦了！”说罢，好一阵仰天大笑。

张爱萍到基地后，看望了专家和发射官兵，听取了基地的汇报，逐一检查了发射场各系统准备发射第一枚导弹的情况，然后和军委秘书长罗瑞卿通了电话，说从当前基地的实际情况来看，可以用国产燃料发射第一枚苏制导弹！罗瑞卿在电话里同意了张爱萍的意见。但为确保首次发射成功，罗瑞卿希望张爱萍再到工厂跑一趟，看看中国自己生产的液氧到底能不能使用。

张爱萍当即赶到化工厂，与工厂的技术人员一起对国产液氧又进行了一次化验。结果表明：质量完全合格。然后张爱萍请有关专家，用国产液氧燃料进行了一次发动机试车。结果发动机工作正常。张爱萍还不放心，又让专家们搞了第二次。结果同样正常。张爱萍这才放心地回到北京，向罗瑞卿递交了一份正式的书面报告。该报告说：

> 国产液氧符合技术要求，可以使用。仿制苏联的导弹在10月1日前可生产出五枚，建议用国产燃料在1960年9月9日至15日期间，择机发射第一枚仿制导弹！

罗瑞卿看完报告，当即作了批示：“拟同意。报军委批准，同意用国产燃料发射，时间可定在9月10日。”

紧接着，周恩来在紫光阁召开专门会议。出席此次会议的有陈毅、贺龙、聂荣臻等几位元帅以及国防科委和基地主要领导。由于大家的心里都憋着一口气，恨不得当晚就把导弹发射上天，所以会上的意见几乎是一边倒。

陈毅说：“‘赫秃子’简直欺人太甚，他以为不给我们燃料，撤走专家，我们就打不成导弹了。哼！他娘的，中国人不是软柿子，可以随便让人捏的！”

贺龙说：“苏联专家撤走，也给了我们一个惨痛的教训，这个教训就是，靠别人是靠不住的，必须自力更生！只要我们拿出战争年代血战到底的拼命劲头，我就不信，离了‘老毛子’，中国人就把导弹打不上天！”

聂荣臻说：“丑媳妇总是要见公婆的，迟见不如早见。我看这枚导弹可以早打，打成功了，可以鼓舞士气，打失败了，也可以总结经验嘛。另外，两枚导弹的计划可以同时安排，先打苏制导弹，再打我们自己的导弹，二者间隔时间不必拉得太长。”

周恩来说：“我完全同意大家的意见。赫鲁晓夫采取卡脖子的办法，想把我们的导弹事业扼杀在摇篮里，这是办不到的。我们中华民族是有骨气的民族，也是有智慧的民族，没有什么力量能压制我们，也没有什么事情能难倒我们。酒泉发射基地的指战员们一致要求用国产燃料发射，现在检验过了，燃料完全合格。所以，不管我们面临多大的困难、多大的压力，我们一定要依靠自己的力量，把这枚导弹发射上天！”

会议最后决定：9 月 10 日，用国产燃料首先发射第一枚苏制导弹；接着，再发射一枚仿制的国产导弹，并由张爱萍亲赴现场坐镇指挥！

会议结束时，周恩来掏出笔，在酒泉基地送来的报告上签下“同意”二字；但似乎还是有些不放心，又把基地司令员孙继先单独留下，小声说道：“继先同志，你先别走，我有一个问题，请你坦率地回答我。”

孙继先说：“总理，有什么问题，您尽管问好了。”

周恩来说：“这次发射导弹，你心里究竟有多大把握？”

孙继先想了想，回答得很谨慎：“百分之八十吧。”

周恩来说：“还有百分之二十呢？”

孙继先说：“第一次发射，没有经验啊！”

周恩来说：“说得对，万事开头难。这件事我们过去没干过，是开天辟地第一次，所以发射前的工作一定要认真细致，稳妥可靠，力争做到百分之百。不过，不要担心，你们就大胆放手干吧，有什么问题，直接与我联系。”

孙继先说："请总理放心，我们一定竭尽全力，确保首发成功！"

三十九

1960年9月3日，中央军委正式批准了用国产燃料发射苏制P—2导弹的计划，任务代号仍为"一〇一"。当天，罗瑞卿亲自打电话通知国防科委，国防科委再通知酒泉基地。

基地数万官兵一度失落的情绪，立即高涨起来。基地党委趁热打铁，及时召开了"一〇一"任务誓师动员大会。会上，将军激动地说："咱们这次发射的，不是一枚普普通通的导弹，而是一枚争气弹！希望大家鼓起劲来，为国家争气！他娘的，我就不信，离了苏联人，中国人就发射不了导弹。咱们就是用火烧，也要把导弹烧上天！"

会后，基地成立了"一〇一"发射指挥部，由第一试验部副部长崔子高任指挥员，第六试验部副部长高维新、基地司令部作战处副处长张敏任副指挥员。各单位则竞相参战，决心书、挑战书、请战书、保证书，争先恐后，纷纷送到基地党委办公室，有时一天就能收到好几十份。与此同时，二十桶国产过氧化氢、八点七吨纯度达九十六度的酒精以及三十二吨国产液氧，也分别从天津、山东、吉林，一路昼夜兼程，安全运达基地。

但将军的压力仍然很大。尽管基地发射官兵经过苏联专家的培训，学到了不少发射导弹的知识和技能，可大部分图纸资料已被苏联专家带走，而且发射场没有电动计算机，只能连续二十四小时使用手摇计算机；加之时间太短，又是第一次发射导弹，没有一点实战经验，一切得靠自己摸索。好比一个蹒跚学步的孩子，刚被大人搀扶着走了几步，就被扔在了路边——倒下去容易，要想站起来，立住了，再往前迈一步，就太难了！所以，这些日子里将军一直跟着导弹走，测试的每个数据，他都要亲自过目，发射场哪怕出现一点异常，也休想瞒过他的眼睛。

这天，将军来到发射大队，直奔训练场，看着官兵们饿着肚子，依然坚持发愤训练，尤其是看见好几个战士已经得了夜盲症，饿得全身没有了力气，仍坚持闭着眼一次次地做扳动开关的练习时，将军被深深感动了！可将军还是有几分不放心，悄悄问发射大队队长施存壁："伙计，你觉得这次行吗？"

施存壁望着自己的队伍，自豪地说："有什么不行的，我打了那么多年炮，从没落空过。我就不信，还打不上去一枚导弹！"

将军说："你先别吹牛，打之前你给我立下军令状，到时要是拉了稀，我就撤了你！"

施存壁笑笑，说："李司令，不用麻烦您，要真打不上去，我自己就打背包回老家了。"

将军说："好，军中无戏言，到时别怪我挥泪斩马谡。"

施存壁说："不过，我现在遇到了一个难题。"

将军问："什么难题？讲。"

施存壁说："二减一的问题。"

将军说："什么二减一？"

施存壁这才诉苦道："我有两个发射中队，一中队和二中队，现在这两个中队都摩拳擦掌争先恐后，拼命抢着要第一个参加发射任务。可司令您是知道的，两个中队只能有一个参加。这几天，两个中队一边刻苦训练，一边敲锣打鼓给大队送决心书，几乎每天都有。一个中队一百多号人，每人一份，你写'刀山火海也要打'，他就写'不打导弹誓不休'！一份比一份感人，一份比一份动情。总之两个中队都想打第一枚导弹，谁也不服谁。司令您说我该减掉哪一个？"

将军听了后，笑道："嘿，搞了半天，你是想让我得罪人呀？你少给我下套，我才不上你的当呢！告诉你吧，让谁打，减哪个，是你的事，我不管，反正都是咱们的队伍。但有一个原则，二减一，不能等于一，必须等于二！哪个中队技术好，作风硬，把握大，就让哪个中队先打。打不上去，我就拿你是问！"

将军走后，施存壁的压力反而更大了。他左思右想，觉得两个中队旗鼓相当，谁先参战，实在难定，那就由大队党委会来决定吧。党委会一开始，会场气氛就相当火热。一中队队长首先详细介绍了本中队人员的思想和技术状况，然后向大队党委立下了军令状；二中队队长立即回应，也向大队党委立下军令状。总之，两个队长都把自己中队说成铁壁铜墙，把自己的战士夸成了一朵花；而大队党委委员的意见也不统一，有的主张一中队先打，有的主张二中队先打，各有各的理由，争持不下。

而会议室外，两个中队的战士也自发组织起来，守候在院子里，焦急地等待着大队党委的最后决定。两个中队的战士为了显示各自的实力，为本队助威提气，营造声势，先比赛打鼓，再比赛唱歌。可一个下午过去了，开饭时间早就到了，会议室外的战士没有分出胜负，会议室内的党委会也没争出结果，会议只好放到晚上接着开。

晚上会议一开始，两个中队的队长就争论起来，谁也不让谁，谁也不服谁。争到最后，争论变成了争吵，吵得脸红脖子粗，甚至捶桌子拍胸脯！而会议室外，两个中队的战士也不睡觉，不是敲锣打鼓，就是喊口号。有的嗓子喊哑了，喊出血了，喝上一口水，接着再喊。甚至有几个战士为了表示勇夺第一、破釜沉舟的决心和勇气，还当场咬破手指，在决心书的名字上按上血淋淋的手印，然后再举着血淋淋的决心书强烈要求进入会场！大队长出来轰了好几次，也轰不走。

会议开到半夜 12 点，争吵还在继续，意见还没统一。大队长施存壁终于忍耐不住了，呼地站了起来，大手一挥，说："别争了，我有一个办法。"

"什么办法?"大家盯着施存壁。

施存壁说："我们按照大队的序列编制，来决定参加任务的顺序，这样谁都没意见。就是说，第一枚导弹，一中队打，第二枚导弹，二中队打。就这么定了，谁也别争了，统统跟我回家睡觉去!"

一中队的战士得知消息后，欢声雷动！一个敲鼓的战士用力过猛，一锤下去，把鼓都敲破了！

四十

9 月 8 日，苏制 P-2 导弹在技术阵地经四天四夜周密细致的检查，顺利完成了发射弹、点火弹和备份弹的测试，成功转往发射阵地，最后高高竖立在了发射架上。官兵们第一次看见导弹站在发射架上，非常兴奋，像新郎第一次见到新娘坐在了花轿上。

当晚 10 点 30 分，将军一声令下，导弹开始垂直测试。

9 月 9 日，燃料开始转注。P－2 导弹使用的是三种燃料作为推进剂：一是液氧；二是酒精；三是过氧化氢。存放过氧化氢的燃料库是苏联人设计的，储存量非常之大，二十多立方米的罐子就有好几个，总储存量高达五十六吨！若按三天发射一枚导弹、每枚导弹加注三百公斤计算，基地每年可发射一百枚导弹！但当时基地一年至多能发射两枚导弹，如此一个庞然大物，与中国国情相差甚远，完全是苏联燃料库的照搬。而问题还在于，这个燃料库建起后，事先从苏联订购的一个转注燃料的专用工具——过氧化氢泵——就是迟迟不到，后来拖了好长时间苏方才答复说，这个泵是苏联从民主德国订的货，现在民主德国不生产这种泵了，我们也没办法。于是这个好不容易建起来的庞大的燃料库，便成了一个摆设，一堆废物！尤其是当基地特燃处从天津东方化工厂运回二十桶过氧化氢时，由于没有转注工具——过氧化氢泵，无法把过氧化氢从燃料库转注到发射大队的加注车上，所以一辆辆的加注车只能停在路边等。

而过氧化氢这种燃料，属于很活泼的化学物质，很不稳定，且有一定毒性。倘若碰到铁、铜之类的金属或木材、棉布等，立即分解。轻者燃烧，重者爆炸，尤其肉体一旦与之接触，瞬间就被烧焦。因此，必须及时将其转注到加注车上，才能确保安全；也只有转注到加注车上，才可能加注到导弹的肚子里，保证发射的起码条件。

为此，将军非常着急，当即把特燃处周长林等二十多名技术人员召集起来，下令让他们开动脑筋出主意，一定要尽快拿出一个可行的办法来！

特燃处经过反复讨论，决定土法上马，孤注一掷，在五十吨的铁路棚车上进行过氧化氢的转注。为防止渗漏，他们想找一块塑料布铺在上面，却找不着，只好在地板上铺一层聚氯乙烯塑料薄膜；为了减压，他们想找一个专业抽气筒，还是找不着——被苏联专家带走了，只好跑到训练部借来一个给篮球打气的气筒，改装后再变成抽气筒。由于一个玻璃瓶只能装十毫升过氧化氢，瓶子装满后，他们只好排成一个长队，挨个地把瓶子往下传递，再一瓶一瓶地倒进加注车里。传递中燃料不能溢出一滴，瓶子更不能磕碰，一旦发生磕碰，不仅燃料报废，人也完蛋。所以整个传递过程就像捧着一个刚刚降生的婴儿，徒步行走在钢丝上。

把酒精转注到加注车上，同样不易。此前，全国各地生产酒精的厂家纷纷送来样品，都希望这次发射导弹能使用自己生产的酒精。基地最后选择了济南黄台酒厂的酒精，因该厂的酒精纯度最高，高达九十六度。但好不容易把酒精从济南运到基地后，由于一年前从苏联订购的酒精自吸泵直至苏联专家离开基地也没到货，所以酒精无法注入仓库，只能先存放在铁路槽罐里，再转注到酒精加注车上。可酒精是九十六度，发射燃料只允许九十二度，必须先对酒精进行稀释。而基地当时没有可靠的计量器具，特燃处的同志只好从发电厂拉来蒸馏水，然后一部分人负责倒蒸馏水，一部分人负责计算蒸馏水和酒精的密度。等把密度计算好后，先把蒸馏水用磅秤和量筒量好，倒进加注车，再发动加注车，让蒸馏水和酒精在车上自己慢慢晃动，直至将二者摇匀，再作计算，看是否达到要求的密度。可惜，基地当时只有手摇计算机，不仅速度极慢，费事费时，而且常常摇到第八位数，就再也摇不动了，只好改用手算。于是常常一个数据要反复算上好几遍甚至几十遍！然而即便如此，特燃处的同志硬是完成了三种燃料的加注工作。

9 月 9 日晚，高架上数千瓦的探照灯把发射场照得如同白昼，发射人员在对导弹作最后一次检测。将军裹着一件棉大衣，不声不响地来到发射场，静静地观察着现场的每一步程序、每一个细节。秋日的戈壁，凉风袭人，但将军完全沉浸在热气腾腾的气氛中，没有一点儿冷的感觉。由于气氛紧张，将军掏出香烟，刚准备点燃，一眼看见发射场边一块牌子上写着“严禁吸烟”几个大字，又慌忙塞了回去。

深夜 1 点，化验室几名女技术员乘坐野战化验车来到发射场，对液体推进剂作最后一次检测，并测定加注的温度和密度。检测结果，国产燃料完全合格！合格报告当即送到将军手上。将军看了一遍，又看了一遍，这才长长地舒了一口气，活动了一下麻木的四肢——身上的沙土，竟簌簌抖落一地。

随着夜色深沉，雾气越来越重，发射场愈加空空荡荡冷冷清清，唯有高高站在发射架上的导弹始终挺着腰板傲视苍穹。不知过了多长时间，东边天际渐渐露出一抹曙光，曙光下有个人正绕着发射架踱步。将军抬眼看去，踱步的人原来是同样一夜未眠的孙继先！

9 月 10 日早上 7 时 41 分，离发射还有最后一分钟。戈壁滩一片寂静，人们屏住了呼吸。地下指挥所里，大伙既激动又担心，心扑通扑通跳个不停，紧张的气氛令人窒息。由于是第一次发射导弹，没有经验，发射场周围没有挖掩体，只在几道小土沟的上面盖了几块水泥板。当所有工作人员全部撤离现场后，将军却坚持站在一辆消防车的屁股后面，不走。秘书王玉群吓得不行，劝将军走，自己也好跟着撤。将军却说："我就在这儿。没什么可怕的，战争年代，这些东西见多了！他娘的，都说导弹厉害，我今天偏要看看这导弹到底是怎么飞上天的！"

结果，将军不走，秘书想走也只能不走。

7 时 42 分，调度单机里，随着发射指挥员一声令下，一位叫赖纪从的广西兵大胆地按下了发射"点火"电钮！

"点火"口令刚一发出，将军急忙抬头，只见发射架上呼的一声，伴着一阵雷鸣般的巨响和熊熊的火光，导弹在滚滚浓烟中腾空而起，随后熊熊的火焰迅速变成一个大火球，有二三十米高，就悬挂在自己的头顶！此时将军已无路可逃，便拽着秘书顺势趴在了地上。趴在地上的将军只觉得戈壁滩在剧烈地摇晃，自己的身体在不停地哆嗦，耳朵什么也听不见。随后，导弹冉冉上升，而后转弯，越飞越远。大约一分钟后，导弹在空中逐渐消失，只留下一条长长的蓝白色烟带……

而发射塔底座下的熊熊火焰，这时开始像海浪一般扑向将军，距离只有六七十米。将军感到脚下一片滚烫，脸也被烤得热辣辣地疼，慌忙一个翻滚，躲闪一旁。突然，将军透过火焰，看到八一电影制片厂的三名摄影师端着摄像机，正从三个不同的角度转来转去，直往火焰跟前凑，相距不过三十来米；而火箭总设计师谢光选和几位分管发动机的专家，也正朝着火焰腾起的方向反复观看，比摄影师凑得还近。

将军急忙大声喊道："危险，快，离远一点！"

谢光选总师大声回应说："不能撤，我们要看清火焰的大小和走势！"

摄影师也大声喊道：“不行，我们要记录下这历史的瞬间！”

导弹渐渐远去，将军从地上站起，望着天空，摇了摇头，脑袋依然嗡嗡作响，耳朵还是听不见。

将军一转身，看见了仍旧趴在地上的王玉群。王玉群怔怔地趴在地上，傻了一样半张着嘴，惊恐的眼睛望着天空发呆，看样子还没醒过神来。王玉群事后回到单位，见人就说：“吓死我了！吓死我了！”脸色依然苍白。此后，将军作了一个规定，发射时除发射控制人员外，所有人员必须撤离发射场！随后基地还在敖包山成立了指挥所，发射时大家在此观看。

此时，导弹仍在空中飞行。由于是第一次发射导弹，虽然看着上天了，却不知道能不能命中目标，所以在场的人全都皱着眉头，心里忐忑不安，焦急地等待着前方弹着区的消息。

七分钟后，调度单机里终于传来消息：导弹准确击中目标！

消息瞬间传遍基地每个角落。发射官兵们从各个隐蔽位置，纷纷涌向发射场，欢呼雀跃，激动万分，到处是泪水，到处是笑容，到处是欢呼声和口号声，寂寞千年的戈壁滩一片沸腾！

第一试验部部长吕琳迅速将参试人员集合在发射场上，然后请孙继先司令员讲话。孙继先说：“同志们，苏联专家撤走后仅十七天，我们在没有任何经验的情况下，完全依靠自己的力量，用咱们中国自己生产的燃料，成功地发射了第一枚苏制导弹！这说明咱们基地有能力完成新武器的发射试验任务。参加这次任务的全体人员都付出了辛勤劳动，我代表基地党委，向全体参试单位和参试人员，表示热烈的祝贺、衷心的感谢！”

当晚，基地没有举行庆功会，只有发射大队搞了一个小小的会餐，几个战士还在食堂门口的一个小黑板上，用粉笔歪歪扭扭地写了这样一句话：

热烈祝贺我国第一枚导弹发射成功！

由于正值大饥荒，食堂的餐桌上没有肉。一盘野菜炒鸡蛋，再加几个窝窝头，就算是“美味佳肴”了；至于酒，当然不可能有。但战士们把凉水倒在漱口缸里，晃一晃，以水当酒，举起来，咣当碰一下，一饮而尽，像真的一样。

将军这个晚上也在发射大队“赴宴”。将军坐在战士们中间，端着盛满漱口缸的“酒”，与战士们一一碰杯。待“酒”足“饭”饱，将军才拍着大队长施存壁的肩膀说：“你们这次干得不错，应该记一功！”

施存壁很得意，说：“李司令，我看发射导弹啊，没有‘老毛子’说的那么玄乎，跟打炮差不多！”

将军说：“别骄傲，万里长征，刚走了第一步！从明天开始，全力以赴，准备发射咱们的第一枚国产导弹！这可是一枚争气弹，好好为国争气！”

四十一

苏制 P-2 导弹发射成功的当天，中央军委在北京召开扩大会议，提出了“发愤图强，突破尖端，两弹为主，导弹第一，建立独立完整的现代化国防工业体系”的方针；会议同时决定，11 月至 12 月，在酒泉基地发射中国第一枚国产导弹——“东风一号”，即一〇五九导弹，任务代号：“一〇二”。

所谓“国产导弹”，其实是中国按照苏联的 P-2 导弹仿制的一枚导弹，而并非自己独立设计的导弹，其射程为五百九十公里。为确保此次发射成功，中央军委根据副总参谋长张爱萍的建议，组成试验委员会，由张爱萍任主任，孙继先、钱学森、方强等十二人为委员，负责领导整个发射试验工作；同时基地成立了“一〇二”任务办公室，将军任主任。

“一〇二”任务一共发射三发导弹，其中两发是战斗弹，一发是遥测弹。与上次发射苏制 P-2 导弹相比，这次的发射难度要大得多！难就难在，这枚导弹是第一次仿造的导弹，其质量是否过关，还是一个未知数。因此将军除了组织技术干部在发射场加强操作训练外，又选派了五十多名技术骨干，专程赴北京工厂学习。

1960年10月的一天，第一枚“东风一号”导弹从北京顺利运抵基地。因这次发射非同小可，其成败不光决定着国产导弹的命运，还事关国家民族的荣辱，所以基地党委全力以赴，进行了严密分工。但是，在导弹模拟飞行训练时，一个中队长因思想疏忽大意，在指挥中还是出了差错。将军在发射场向来以严厉闻名，正常的差错他一般不予追究，若是疏忽大意或玩忽职守，他不但要训人，还会骂人！但他只训干部，不训战士；只骂主管，不骂下属。于是将军立即叫来这个中队长，严厉批评说：“‘老毛子’欺负咱们，刁难咱们，你还稀里糊涂，不练点真本事，那怎么行！从今天起，你给我老老实实地记住了，咱们这次发射的，是一枚‘争气弹’，它姓‘中’不姓‘苏’！你要是再出现一点差错，我就立即送你回老家！”

10月30日，国防部部长林彪从北京来到基地。也许是出于安全考虑，刚刚取代了彭德怀职位的林彪没有坐飞机，而坐的是火车。林彪的专列抵达基地后，林彪并未走出包厢，而是先由叶群出面接洽妥当之后，才下了火车。在基地领导的陪同下，林彪一行住进了基地第一招待所西楼。本来，基地原计划是安排林彪住东楼，可东楼刚刚粉刷一新，林彪怕光，怕风，更怕刚刚刷上去的油漆。所以基地征求了林夫人叶群的意见后，把林彪安排在了西楼。

林彪此行之目的，是考察中国刚刚起步的导弹技术情况。林彪先观看了P－2导弹发射实况的电影纪录片，接着又参观了技术厂房以及“地—地”弹道和“地—空”导弹试验场。在整个参观过程中，林彪很少提问，很少说话，只在参观发射阵地的地下室时，问了问地下室的承受力有多大，而后才说了两句话：“看来导弹、原子弹也没什么可怕的嘛，打个洞子，学老鼠钻沟子，就可以对付了！”林彪说得好像很轻松，身边的人脸上便有了笑容。

将军是分管导弹发射的，所以一直陪着林彪参观，并不时介绍一些导弹发射前的准备情况。工程兵司令员陈士榘上将与林彪过去就熟，所以当晚亲自拿着纸墨，请林彪给他的部队题词。林彪是打仗的高手，对舞文弄墨这一套，似乎不像有些领导那么有兴趣甚至上瘾。不过许是初来乍到，加上酒泉基地是国防重地，工程兵功不可没，身为国防部部长，写个字题个词，鼓励鼓励，也是应该的。所以不爱题词的林彪不仅答应题词，见了陈士榘还说："在这么短的时间，把工程搞成这样一个规模，你们工程兵是有功劳的！"说着，提起笔来，写下"自力更生，发愤图强"八个大字。后来有人发现，林彪把发奋图强，写成了发"愤"图强。"奋"与"愤"，一字之差，不知是有心插柳，还是无意栽花？

林彪写罢，连看也没看一眼，顺手把笔往桌上一搁，便回房休息去了。

有人说，好书法！

有人说，好功力！

将军看了看，什么也没说。

林彪只在基地待了一天，便起程回京。说来奇怪，林彪双脚刚刚踏上飞机，即 11 月 1 日中午 12 时 50 分，发射场便出了一起大事故：导弹在技术阵地作水平测试时，当第二台发动机典型试车进行到最后五十五秒之际，氧化剂泵突然发生爆炸，导致氧化剂泵盖上十八个螺栓全部拉断，泵盖飞出三十米开外，重重地砸在了试车台观察间的墙上，发射场顿时乱作一团！

当晚 11 时 30 分，以任新民主任为首的发动机组连夜召开紧急会议。倘若导弹不能按计划发射，不仅是个重大的技术问题，更是一个严肃的政治问题，所以会议气氛十分紧张。幸而会议经过反复讨论，认为尽管氧化剂泵发生了爆炸，但发动机涡轮泵完全可靠，飞行试验可以按原计划进行。

随后，钱学森和几位火箭专家也从北京匆匆赶到基地，有惊无险的发射场才重归平静。

11 月 4 日，即林彪离开基地两天之后，聂荣臻元帅在张爱萍、陈士榘、张劲夫、方强等人的陪同下，从北京乘专机来到基地。聂荣臻此次来基地的任务，就是亲自主持发射第一枚国产导弹！临行前，周恩来特意叮嘱他说："你这次是去帮国家完成大事的，毛主席很关心呢！这是头一回自己打自己的导弹，打好了很好，打不好再从头来，我们中国人有这个志气!”

周恩来越这么说，聂荣臻越感责任重大。自苏联专家撤走之后，聂荣臻倍感压力加大。在没有苏联专家现场指导的情况下，中国能不能研制出导弹并将它成功发射上天，在聂荣臻看来是一件相当不简单的事情。国庆期间，为鼓励科技人员自力更生发愤图强，聂荣臻和陈毅受周恩来的委托，在人民大会堂宴请在京的科学家和六级以上的科技人员。那天，聂荣臻端起酒杯，诚恳地对科学家们说：“现在是逼上梁山了！我们中国科技人员不比别人笨，我们自己干吧，靠别人是靠不住的。党中央寄希望于我们自己的专家，以后就靠大家了!”

钱学森代表科学家也在宴会上表了态，他说：“聂帅说，中国科技人员不比别人笨，这是客气话。我要说，中国科技人员是了不起的！我们不仅具有聪明智慧，还特别能艰苦奋斗。国家有难，我们科技人员寝食难安，我们会夜以继日废寝忘食地去干的，甚至为此损坏健康、牺牲生命也在所不辞!”

当晚，聂荣臻还特意安排科学家们到北京人民艺术剧院观看了刚上演的话剧——《胆剑篇》。

聂荣臻到基地后的第一件事，就是到技术阵地和发射阵地考察核心岗位和关键细节，结果令他非常满意。但考察结束时，他还是问了孙继先一个大家都很担心也是他最担心的问题：“明天能不能准时发射?”

孙继先很有把握地说：“放心，能准时发射!”

而将军最担心的，是安全问题。安全问题包括导弹的安全和首长、专家们的安全。两天前，鼎鼎大名的钱学森来基地时，头天晚上周恩来专门打电话给孙继先说：“钱学森同志明天要来发射场进行技术指导，我们的‘国宝’就交给你啦，你一定要保证他的安全!”孙继先转告将军后，将军很快作了相关布置。而现在，不仅总参谋部副总长张爱萍来了，陈士榘上将来了，中国科学院党组书记张劲夫来了，连聂荣臻元帅也来了！将军自然不敢有半点的疏忽大意。不久前，他从内参上看到，苏联发射一枚中程火箭时，因火箭发生爆炸，一个元帅、两个上将、几个中将共十七名将帅，瞬间血肉横飞，化为乌有。因此，这个血的教训必须吸取！

然而当天晚上，聂荣臻还是坚持去了发射场。

这个晚上的发射场灯火辉煌，气温达到零下二十摄氏度，导弹从技术阵地已转到了发射阵地。聂荣臻走进发射场时，担当本次发射任务的一中队全体官兵正在对导弹进行垂直测试。为便于操作，不少官兵摘掉了皮手套。手被冻麻后，就使劲搓手，搓得通红，再接着干；脚冻僵了，就原地跺跺脚，或者在操作的间隙分批跑步，跑到身体发热了再继续操作。有一个叫蒋时庄的操作手，顶着刺骨的寒风在十多米高的发射台上负责检测导弹仪器舱内的仪器。仪器舱设备最集中，舱内电缆密如蛛网，舱口十分狭小，操作时他只能侧身将头和肩部伸进舱内，不但操作不便，而且稍有不慎还会碰坏仪器或折断电缆。于是为保证安全可靠，他干脆脱掉皮帽和工作服，只穿一件衬衣，顶着严寒，咬牙在舱内坚持工作了半个多小时。等把仪器调整到最佳状态，他的脸蛋和胸脯早被冻得发紫了。还有一个叫吕同生的操作手，只因中午吃了骆驼刺和沙枣叶做的窝窝头，下午就开始拉肚子。导弹对接起竖时，他又想拉肚子了。可他的工作岗位是在几十米高的发射架上，如果下到地面去拉，就会耽误导弹的对接起竖。于是为了赶抢时间，他急中生智，干脆用一截绳子扎住两个裤腿，而后专心致志继续工作。直到导弹对接起竖结束，他才发现自己早已拉在裤子里了。

将军送走聂荣臻后，自己继续留在发射场。他先去控制室与关键岗位人员作了简短的交流，又对燃料的加注管道作了最后检查，才来到发射场边一个掩体内的一块石头上坐下来，迫不及待地点燃一支烟，而后大口大口地吸了起来。

夜越来越深，戈壁滩越来越冷，坐在冰冷的石头上的将军心里却像揣着一团火。中国的第一枚导弹明天就要发射，而发射场却全是中国的“土包子”，没有一个苏联“老大哥”！这枚“争气弹”明天能争气吗？忽然，将军想起了苏联“老大哥”，是那种发自内心的想，而且这种想念渐渐变成了一种渴望——要是“老大哥”不走，明天发射时“老大哥”都在现场，那该多好啊！若真是这样，这次发射就更有把握了，他也就放心了！可惜，“老大哥”已经扔下“小弟弟”走了，一个不剩了，再也不管了！现在唯一可靠的，只有中国人自己！

这时，从发射场的东边，突然传来一阵洞箫声。箫声悠扬凄婉，十分动听；但在这动听的箫声中，似乎又隐含着某种淡淡的悲怆与忧伤。

在这寂静的深夜，是谁在吹箫呢？

将军循着箫声走去，原来吹箫者是他非常熟悉的一个老兵。这位老兵十六岁参军，抗美援朝战争爆发后，响应号召去了朝鲜。在朝鲜老兵摸爬滚打了三年，后随二十兵团回国，连亲爹亲娘都来不及看上一眼，就匆匆来到了戈壁。老兵在朝鲜打仗十分勇敢，一次战斗中，一人拼刺刀拼掉了五个美国佬。但后来美国佬扔下一枚炸弹，却炸死了他十二个战友。老兵痛哭了三天三夜，眼睛从此落下了爱流泪的毛病。老兵来到戈壁后，工作非常卖力，第一年便立了三等功。饥饿开始后，老兵先是把自己的口粮分给战友吃，后来又偷偷把自己的津贴寄给在朝鲜战场牺牲的战友的父母。不幸的是，由于营养严重缺乏，老兵不久便得了夜盲症，一到傍晚，什么也看不清。但老兵每天晚上依然坚持加班，凭着熟练的技能，他闭着眼睛扳开关、插导线，常常一练就是好几个小时。有一次，他在下班的路上竟撞在了电线杆上，额头碰了个大包，眼病从此加重。将军知道后，下令不让老兵去发射场上班，立即去医院治眼。可基地医疗条件有限，一个月过去了，半年过去了，老兵的眼睛一到傍晚还是什么也看不见。于是老兵常常独自站在发射场边吹箫，借此排解心中的忧愁与伤感。

“怎么还不去睡？”将军来到老兵身边，轻声问道。

老兵说：“李司令，睡不着啊！”

将军从老兵手中接过洞箫，看了看，似乎很熟悉，却想不起在哪儿见过，便问：“这是用什么做的？”

老兵说：“是用一截废枪管做的。”

将军问：“谁做的？”

老兵说：“我自己。”

将军问：“什么时候做的？”

老兵说："在朝鲜的坑道里。"

将军搀扶着老兵，并排坐在一块石头上。夜空的月亮静静地照在发射场上，照在将军和老兵的脸上。

将军说："你心里有什么话，就对我说吧。"

老兵说："李司令，当年美帝国主义在朝鲜战场欺负我们没有导弹，对我们狂轰滥炸！现在，苏联又欺负我们不会搞导弹，专家们全溜走了！我咽不下这口气呀！可我的眼睛看不见了，没有用了。我是有劲使不出来，恨自己不争气啊！"

将军安慰说："不要着急，你这是因饥饿引起的夜盲症，等咱们的导弹发射成功了，就好好给你治病。到时有粮食吃了，一定会慢慢好起来的。"

老兵说："李司令，我问过了，这病不好治，请不要再为我操心了，我只有一个请求。"

将军说："什么？你说。"

老兵说："明天发射导弹的时候，我想留在离发射场最近的地方。我知道，我的眼睛看不见了，但我的耳朵还听得见。所以，李司令，我请求您，就让我听一次发射导弹吧！听完这次发射，我心里就踏实了，就再不来发射场了。"

"我一定满足你这个要求。"将军说罢，沉默了许久，才把洞箫塞在了老兵的手上，然后轻声说道，"吹吧，心里闷得慌，吹吹就好了。"

四十二

11 月 5 日清晨 5 点，聂荣臻、张爱萍、张劲夫、赵尔陆等在孙继先和将军的陪同下，来到三号发射阵地。此刻的发射场，曙光初露，头顶没有一丝浮云，执行发射任务的全体官兵早已列队等候。聂荣臻走到队列前，与发射官兵和导弹专家们挨个地握手，然后说："同志们，我国自己仿制的第一枚导弹再过一会儿就要从你们手上起飞了！你们能执行这项任务，是非常光荣的！一定要沉着、冷静，不要紧张，毛主席信任你们，党中央信任你们，全国人民信任你们！"说完，聂荣臻与发射中队的官兵和国防部五院的专家一起合影，之后又为导弹发射仪式剪彩。

清晨6点，发射指挥员下达了三小时准备的命令，撤离场区的警报骤然拉响，参试人员和各种车辆纷纷撤到离发射场一公里左右的敖包山指挥所。

8点整，将军向聂荣臻敬礼、报告："报告聂老总，导弹发射试验工作准备完毕，是否可以进入一小时准备程序？"

聂荣臻回答说："可以进入一小时准备！"

无关人员立即全部撤离发射场坪，躲到了两百米外的掩体内；聂荣臻、张爱萍、钱学森、孙继先等，也进入距发射台三百米左右的一间没有任何防护措施的木板房里；八一电影制片厂的几位摄影师，冒着生命危险继续留在距离发射台大约只有三十米的地方；将军则坚持守在距发射台一百米左右的一个土坡上。本来，秘书和工作人员好不容易已经把他劝到地下控制室门口，可他比较了一下，说远了看不清导弹是怎么飞起来的，还是近点看着心里踏实，又折了回去；而将军身后不远处还站着一个人——吹箫的老兵！老兵面对发射架的方向，已站了整整两个小时，一动不动，始终全神贯注地在等，竖着耳朵在听！

"三十分钟准备！"

"十分钟准备！"

"一分钟准备！"

9点2分28秒，指挥员果断下达了"点火"指令，中国第一枚国产导弹"东风一号"在滚滚气浪中开始缓缓垂直上升，发射台四周喷出滚滚白烟，导弹的轰鸣声随之震动荒原。几秒钟后，导弹开始向西拐弯飞向预定目标，随后越飞越高，越飞越远。沿途各个观察站通过电波不断向指挥中心传来报告：

"发现目标，飞行正常！"

"发现目标，跟踪良好！"

亲眼望着第一枚国产导弹成功起飞，聂荣臻的眼里闪着泪花，高兴得像个孩子，他紧紧握着孙继先和将军的手，激动地说："太好了，我们终于成功了，谢谢你们，谢谢基地全体参射人员！你们为祖国争了气，争了光!”张爱萍将军是第一个带头鼓掌的人，他一边鼓掌一边大声喊：“太漂亮了，跟大姑娘上轿似的!”然后一转身，紧紧抱住了钱学森。

而吹箫的老兵此刻更是激动得泪流满面，他的眼睛虽然看不见，却用耳朵听完了导弹发射的全过程，而且每次指挥员喊一声口令，他也在心里跟着喊上一遍。后来，他听见发射场所有的人都在大声欢呼：“成功了！成功了!”他也跟着大声狂喊：“成功了！成功了!”由于太激动，他一下竟摔倒在了地上，什么都看不见的眼里，尽是泪水!

十分钟后，导弹在预定弹着区爆炸，腾起冲天烟柱！随即，弹着区传来兴奋的报告声——

“弹头落点准确!”

“导弹命中目标!”

发射场上，所有参试人员狂欢蹦跳，奔走相告，相互祝贺，相互拥抱，并大声喊叫着：“成功啦！成功啦!”

是的，成功了！中国第一枚仿制的近程导弹——“争气弹”——终于发射成功了！中国从此有了自己的第一枚导弹！这枚导弹不仅填补了中国尖端武器的空白，而且还把一个民族的尊严与志气，第一次写到了天上!

当晚，基地在第一招待所小礼堂举行庆祝“晚宴”。“晚宴”四菜一汤：炖黄羊、西红柿炒鸡蛋、军用罐头炒辣椒、青菜炒豇豆。黄羊是将军专门派人到深山好不容易打来的，西红柿是聂荣臻从北京带来的，青菜是张爱萍从北京军区要来的，豇豆是基地官兵自己种的。总之这个由“伙食尾子”凑成的四菜一汤虽然看起来简简单单平平常常，但在那个饥饿的年代，导弹专家和发射官兵们能享受到如此高规格的“晚宴”，已经是相当奢侈了!

聂荣臻元帅出席了这个盛大的“晚宴”。“晚宴”开始后，聂荣臻高举酒杯，用他特有的四川话致祝酒词，他说：“同志们，今天是个大喜的日子，在祖国的地平线上，飞起了我国自己研制的第一枚导弹。这是毛泽东思想的胜利，是工人、技术人员、干部以及解放军指战员辛勤劳动的结果，也是我军装备史上一个重要的转折点！从今以后，我们有了自己的导弹！这次试验情况，我已经打电话报告了毛主席和周总理，他们听了很高兴，让我一定要向你们表示祝贺，表示感谢！为了中国的导弹，为了国家的强盛，请大家举起酒杯，让我们一起干杯！”

全体参试人员高举酒杯，齐声喊道：“干杯！干杯！”

碰杯声，叫喊声，在千里戈壁久久回荡不息。

在热烈的碰杯声中，将军端着酒杯在狂欢的人群中寻找吹箫的老兵。老兵站在小礼堂的一个角落里，泪水早已打湿双眼。当将军来到老兵跟前时，老兵非常激动，说：“李司令，现在好了，咱们中国终于有自己的导弹了！我虽然看不见咱们的导弹是怎么发射上天的，却亲耳听见了咱们的导弹是怎么发射上天的。作为一名在战场和发射场都战斗过的军人，我这一辈子知足了！”

将军说：“没有你们付出的沉重代价，就没有今天的导弹上天，你们是历史的功臣，应该感谢你们！来，敬你一杯！”将军说着，举起了酒杯。

第二天，老兵向连队递交了一份申请复员报告。开始，连队没批；后来在老兵的一再坚持下，连队还是批了。老兵离开基地时，没向组织提出任何要求，只给连队留下一封信。老兵的信是这样写的：

亲爱的连长、指导员，亲爱的战友们：

我明天就要离开发射场了，就要离开你们了。其实，从我内心来说，我是很不愿意离开部队的，很不愿意离开战友们的；但我的眼睛看不见了，是个瞎子，如果我继续留下来，就是个负担，会连累你们，影响大伙的工作。我走了，就不再给部队添麻烦了，大伙就省心了，你们就可以一心一意地搞导弹了！所以，我考虑再三，还是决定回家。请战友们放心吧，我会自己照顾好自己的。

最后，祝战友们工作顺利！祝我的祖国越来越强盛！

一位曾在发射场战斗过的老兵

一年后，据说有人在兰州的某个街头看见了老兵。老兵穿着一身没有帽徽领章的旧军装，在街头反复不停地吹箫。老兵的脚下，是一个破旧的军用茶缸，茶缸里有一些零零碎碎的钱，其中有一角的、二角的，还有二分的、一分的；而老兵的胸前，则挂着一枚金光闪闪的三等功勋章！

将军得知这一消息后，立即派人去找，结果连影子也没见着。

第八章
粮啊粮

将军问："你们吃沙枣叶有多长时间了？"团长说："已经两个星期了。我们实在饿得没办法了，才去打沙枣叶吃的。开始，战士们只打沙枣吃，后来沙枣吃光了，才打沙枣叶吃；下面的沙枣叶打光了，上面的够不着，战士们才用棍子打，或者爬到树上去打。没想到战士们不懂事，不小心，就、就把树枝给弄坏了……"

四十三

第一枚国产导弹发射成功，从北京到戈壁，上上下下，扬眉吐气，大快人心！

然而对将军来说，短暂的欢喜过后，心头依然沉重。这沉重主要来自两个方面，一是苏联专家撤走，等于釜底抽薪，刚刚起步的基地必将面临更大挑战；二是全国大饥饿，等于雪上加霜，官兵们的肚子越来越饿，粮食却越来越少。换句话说，基地的发射将士们是饿着肚子把两枚导弹发射上天的！但两枚导弹发射上天后，他们每天依然还是饿着肚子！

按理说，苏联专家撤走后，原来为苏联专家高薪聘请的几位大厨师应该回北京了，但基地只有炊事员，没有大厨师。有人就向将军建议，把几位伺候苏联专家的大厨师留下来，让中国的专家们也吃点可口的饭菜。将军觉得有理，便去第一招待所找到几位大厨师，诚恳地对他们说，各位大师傅，我从北京把你们弄到戈壁滩来，让你们受苦了。现在苏联专家已经走了，照理说你们也应该回去和老婆团聚团聚了，但咱们自己的专家还在这儿搞导弹。这些专家非常辛苦，不仅吃不上可口的饭菜，甚至还常常填不饱肚子！所以我想再委屈你们一下，请你们继续留下来，等以后条件好了，我再送大师傅们回北京。几位大师傅当即点头答应说，李司令您放心，我们虽然很想回北京，很想老婆孩子，但为了导弹，我们愿意继续留下来，给自己的专家做饭炒菜！

当日下午，几位大师傅便穿上白大褂去了食堂。

可将军清楚，巧妇难为无米之炊，筐里没有菜，缸里没有粮，大师傅们的厨艺水平再高，也不可能填饱几万官兵的肚子。现在，基地现存的粮食几乎都被吃光了，倘若继续发展下去，饥饿很可能会成为一枚随时引爆的炸弹，给部队以毁灭性的一击！

这天是周末，将军拿着乒乓球拍去打球，由于晚饭只喝了半碗粥，走起路来脚下轻飘飘的。乒乓球场在距招待所不远的一块空地上，球网是捡来的烂砖头。过去，每天晚饭后，机关不少人都来打球，每个周末还要举行一场比赛；可这天将军来到乒乓球场一看，除了孙继先围着乒乓球台在散步，四周没有一个人影。将军这才想起，为减少体力消耗，周末的乒乓球赛和篮球赛早就取消了。

将军和孙继先彼此打了个招呼，两位司令便盘腿坐在球台上，开起了“小会”——

将军说：“基地的口粮，越来越紧张了。昨天，又有几个战士饿晕在了发射场上。”

孙继先说：“粮食问题，现在全国都很紧张。如果我们光张着嘴等人喂食，恐怕不是长久之计。”

将军说：“现在，官兵们吃进嘴里的每一粒粮食、每一滴油水，都是全国人民咬紧牙关从牙缝里抠出来的，如果长期靠这些从牙缝里抠出的粮食来养活部队，肯定不行。看来我们得想办法自己养活自己！”

孙继先说：“可他娘的，戈壁滩这鬼地方，除了沙子石头，寸草不长，我们怎么自己养活自己呢？”

将军指着远处白雪皑皑的祁连山说：“你看，等祁连山上的雪化了后，春天就要到了。开春后，我们能不能发动官兵，先搞点开荒种田，自己种点菜、种点粮什么的？等肚子问题解决了，再抓紧发射场的训练！”

孙继先说：“在这戈壁滩上开荒种粮，能行吗？”

将军说：“可以试试嘛。官兵们吃不惯青稞，咱们可以种点小麦之类的东西。”

孙继先说：“这倒是个好主意。茫茫戈壁，什么都缺，就是不缺地。成千上万亩的地在那儿闲着，若不创造出点东西来，我看也对不住历史，对不住后人。”

将军说：“是啊，咱们到这儿来，是打江山的，如果连自己的肚子问题都解决不了，还算他娘的什么军人啊！前几天我和张副司令跑到老乡家请教过，老乡告诉我们说，种粮种菜，关键是水，只要有水，就能活，他们祖祖辈辈都是这么过来的。”

孙继先说：“但戈壁滩最缺的就是水，基地附近就一条弱水河，一到冬季，水就结成了冰。我们到哪儿去弄水呢？”

将军说：“我和张副司令有个想法，我们自己能不能建它一座水库？”

孙继先说：“这个点子不错。种菜、种粮离不了水，我们这支队伍要长久地生存下去，更离不了水。要是我们自己能修建一座水库，把戈壁滩的水留住，即使到了冬天，也有水来浇土灌地。”

第二天，基地党委正式作出一项决定：自己动手，兴建水库；种菜种粮，度过灾荒！

在戈壁滩建水库，是破天荒第一次。但基地一声令下，官兵们立即响应。没有现代化机械，官兵们就用铁锹一锹一锹地挖，用铁镐一镐一镐地刨，然后再将挖出来、刨出来的沙子，用手推车一车车地推，用柳条筐一筐一筐地挑。尤其是挖到十米深的时候，坑底下的泥浆直往外冒，官兵们就脱掉鞋子，把裤腿挽到膝盖处，然后再挖、再刨！由于没粮吃，官兵们每天饥肠辘辘，无论是锹挖还是镐刨，不管是车推还是人挑，总之干起活来个个大汗淋漓，两眼冒金星，双腿直打战。

开工第一天，将军就来到工地，脱掉棉袄，只穿一件衬衫，抡起铁锹就开干。可没干一会儿，便腹中空空，体力难支，虽是冬天，头上、脸上全是汗，像下雨似的。那年月，官兵们的肚子空了的时候，总想往肚子里填点什么，实在没东西可填时，就喝水！用水解渴、抗饿，虽说顶不了大事，却比空着肚子强。所以将军叫来炊事班长，说，去，烧几锅水送到工地来！开水送来后，大伙灌下两大碗，喘上一口气，又可以干上一阵子了。将军也靠喝水解渴、抗饿，而且喝得比谁都多。于是几天后工地上便出现了一个奇怪的现象：每个人的脸越来越瘦，肚子却越来越大，像一个大水袋，一走动，唱歌似的咕嘟咕嘟响。将军又叫来炊事班长，说，从明天起，不要再送白开水了，你在锅里放点盐，再搁点菜，烧成盐菜汤送来！

第二天，炊事班长让几个炊事员提着铁桶，守在工地上，一旦发现有挖出来的草根、野蒜头或者芦苇根什么的，便捡起来放进桶里，然后拿回去烧成汤，再送到工地。这种“菜汤”不仅新鲜解渴，还能充饥抗饿。只可惜这些东西有限，炊事员有时在工地蹲了半天，也只能捡到一点点草根，烧出来的“菜汤”自然就缺少内容。因此秘书王玉群每次给将军盛汤时，总习惯性地在锅底捞上几把，想给首长捞点儿干货。将军见后，笑了，说，倒回去吧，我喝点儿汤就行了。你不懂，这营养都在汤里呢！有时，将军的汤碗里也会浮出半截芦苇根，他便捞出来，拿在手上，不急于吃掉，而是一点一点地嚼，直到嚼得很碎，才肯咽进肚子。他说，这叫细嚼慢咽，余味无穷！这种方法很快就在工地推广起来，战士们一旦发现汤碗里有芦苇根、野蒜头什么的，也学着将军的样子，不急于咽下，而是细嚼慢咽，反复品尝。短短一截芦苇根，或者一瓣野蒜头，常常能在嘴里嚼上好一阵子。虽不能充饥，却能解馋——嘴里有点东西嚼着，总比空着肚子强啊！

就这样，几个月下来，官兵们硬是在弱水河畔挖出一个十平方公里的水库，水库边上立下一块石碑，碑上凿上四个大字：“东风水库”！后来，有人把“东风水库”称为“戈壁第一水库”。“第一水库”名不虚传，蓄水量可达一千八百万立方米，既可灌溉，又能养殖，还可洗澡。

有了水库，官兵们便开始种菜。但戈壁滩辽阔无边，能生长植物的土壤十分稀少，真要整出一块菜地来，只能像燕子衔泥一样，一点一点地把土堆积起来。于是，基地官兵们的业余生活，就是刨地，运土。他们出门办事，或饭后散步，一旦见到土，就想法带回去。如果没有东西装，就装在衣兜里；遇上土多，就拿柳条筐来抬。尤其是星期天或节假日，整菜地的人一拨接一拨，翻地的，运土的，筛沙子的，捡石头的，干什么的都有。

将军一有时间，也来整地。尤其是早上，战士们还在出操跑步，将军已经猫在菜地里了。将军整地时，常常不顾休息，一整就是两个小时，谁也劝不住。后来，战士们为了让将军休息，想了个主意，让将军讲故事。将军爱讲故事，尤其是爱讲打仗的故事，这在基地远近闻名。平时，不管是在建筑工地，还是在发射场上，一有空闲，大伙就吵吵嚷嚷让他讲故事。而每当这时，将军就先往地上一坐，再让战士们围坐在自己身边，然后脱掉老头鞋，一边抠脚丫，一边抽烟，一边讲故事。将军的故事多，不是一个接一个，而是一串接一串，全是打仗的。将军嘴皮子功夫好，记忆力又强，参加的每一个战斗，走过的每一个村庄，干掉的每一个据点，打死的每一个鬼子，包括枪支型号、部队番号、联络暗号、行军路线、地形地貌，以及山名、水名、村名、人名、狗名等各种细枝末节，他都能如数家珍，点滴不漏，绘声绘色，一一道来。

这天，休息时间到了，战士们又让将军讲故事。将军二话没说，往地上一坐，一边抠着脚丫，一边滔滔不绝地讲了起来——

要说艰苦，1941年那才叫艰苦！当时，国际法西斯势力日益猖獗，抗战进入最艰苦阶段。这一年的8月，日寇在山东的兵力增加到四万七千多，伪军也增加到十六万人，并成立了“山东剿共军”天天进行“扫荡”“蚕食”，使根据地的军民陷入空前的困境。咱们“老一团”11月接到了攻打垛庄的任务。那天，北风呼啸，天空飘着雪花，冻得人肠子都硬了。晚上，我带着两个营迅速接近垛庄，然后兵分三路展开猛攻。我先指挥工兵排爆破围墙，用三挺机枪掩护。三名爆破手借着雪地的白光，迅速冲向围墙，把炸药放在围墙根下，然后点燃导火索，转身就跑。刹那间，一声巨响，烟火腾空而起，碎石乱飞，围墙被炸开一个大口。部队趁机冲进缺口，与鬼子拼起了刺刀。鬼子见部队冲进大院，立即释放毒气，战士们先是打喷嚏、流眼泪、呕吐，接着有的扑通扑通就倒下了。我一看，急忙大喊，快把毛巾打湿，捂着嘴！但枪声像雨点样噼里啪啦落下来，战士们根本听不见，我只好命令部队撤出战斗。这时，天快亮了，我带着两个营长重新察看了地形和鬼子的火力配系，又去老乡家找了一些大白菜，让战士们咬在嘴里，作为防毒措施。天亮前，我们再次发起进攻，一营只用了几公斤炸药就将北面的围墙炸了个大口子，然后冲进院内，占领了鬼子的弹药库和毒气储存室；二营也很快围攻了西大院，准备攻破中心炮楼。但中心炮楼无法挖洞爆破，只好外爆。就是说，在火力的掩护下，先将小包炸药放在炮楼底下，然后再用机枪扫射，将炸药引爆。很快，炮楼被炸塌一半，鬼子被炸得乱喊乱叫！

故事讲完了，有的战士还没从战场上回过神来，多数战士已经又叫嚷开了："司令员，再讲一个，再讲一个！"

将军却一下站起来，拍拍屁股，大声喊道："好了，不讲了不讲了，下次再讲，干活去！干活去！"说着，自己先挥动铁锹，甩开膀子干了起来。

一块几亩见方的菜地平整出来后，将军和主管后勤的张贻祥副司令员从外地请来种菜的技术员，指导大家种菜，什么西葫芦、豆角、黄瓜、辣椒的，能种的都种上。没有水浇菜，官兵们就跑到一里之外的地方，用脸盆一盆一盆地把水端来浇地。戈壁滩常年干旱，一脸盆水倒下去，哧的一声就没了，只留下一个小小的湿润的窝。但在大家的精心护理下，这些菜不久还是开出了各色各样的小花，白的，黄的，紫的，还有绿的。可惜花一开完，花蕾跟着就掉，怎么也结不出果来。将军跑到菜地蹲下看了又看，越看越纳闷，急得在菜地里团团转。后来才知道，像黄瓜、西葫芦这些草本植物蔬菜，长有雄蕊、雌蕊两种花蕾。花蕾开花时，花瓣里有若干粉粒，每个粉粒里都有一个生殖细胞；蔬菜要结出果实，必须创造条件，让雄蕊花和雌蕊花的生殖细胞有一次结合。而这个任务，一般只有蜜蜂和蝴蝶等昆虫才能承担。但戈壁滩除了红柳、胡杨以及沙枣，没有鲜花。虽然沙枣树有花，可要等到 5 月才会开，且花期不长。没有鲜花的吸引，蜜蜂和蝴蝶就不会光顾。所以西葫芦、黄瓜秧等开出的花便成了地地道道的“黄花闺女”，自然结不出果来。

种菜如此艰难，开荒种粮，更是不易。千古荒原，一片沙漠，哪儿种粮？怎么种粮？将军和张贻祥副司令想到了距离首区三十多里的新西庙。新西庙有一大片荒地，荒地上到处长满了红柳树、沙枣树、梭梭草等，郁郁葱葱，茂盛至极，发射官兵们给它取了一个很有诗意的名字——“戈壁小草原”。将军认为，戈壁滩哪里有绿色植物，哪里就肯定有土；只要有土，就能长出粮食。新西庙之所以草木旺盛，正是因为这里有土，或者说土多沙少。另外新西庙距离弱水河仅数百米之遥，弱水河虽是季节河，每年流水寿命只有短短几个月，但水是长了脚的，哪里有水，哪里就有适合生长粮食的土地。因此，将军和张贻祥经过一番实地考察，决定先从新西庙下手，开荒种粮，把新西庙建成基地第一个生产农场！

根据基地“开荒种粮”的指示精神，司令部、政治部很快组成开荒大队，再分编成五个小队，当即开赴新西庙。然后找个避风的地方，帐篷一撑，便是睡觉的窝；草席一围，便是做饭的房；再把军用铁锅一支，红旗一插，锣鼓一敲，口号一喊，千古大荒原顿时便热闹起来。

开荒大队实行的是定任务、下指标、分片包干的办法。按照分工，年轻力壮的战士刨树。新西庙满世界都是树，沙枣树、红柳树、梭梭树、胡杨树，等等。有的一棵树几十厘米，有的一棵树足有一抱粗，树龄至少几百年，比石头还要硬！战士们先用锯子锯，锯不动；用斧头砍，也砍不动；只好再用镐刨，一点儿一点儿刨。七八个壮小伙儿，一两天才能刨出一棵树来。老红军、老八路主要和泥、打土坯、盖房子。别看老同志年纪大，一些重活、苦活落在他们手上，常常四两拨千斤。女干部、女战士主要负责抬土坯，一根扁担一根绳，先把长方形的土坯一片片摞起，再用绳子盘好，然后抬到指定地点。这活儿看起来比刨树容易，却不比刨树轻松，因为土坯是实打实的泥块，一块少说有二三十斤，一二百斤的土坯压在瘦弱的肩头，身子顿时像矮了一截。比如司令部有个保密员叫李英杰，身高一点五米多一点，体重只有七十余斤，胳膊、大腿又瘦又细，风一吹都会倒似的。机关本来安排她打土坯，她却主动要求挑土坯，而且一次偏偏要挑八块！八块土坯摞起来，差不多和她一般高，等她挑到目的地，刚放下扁担，便扑通一下趴在了地上。而文工团和机关的文艺才子们除了参加开荒，还画画。画面都是一派丰收的景象，什么金黄的小麦沉甸甸地低垂着头啦，红高粱像工地上的红旗一样红啦，黄灿灿的玉米棒子长了一尺多长啦，等等。他们将这些宣传画挂在工地，大伙看了，心里暖暖的，饥饿的眼里尽是对丰收的渴望！

但是，到了第五天第六天，规定的任务就渐渐完不成了。为什么？没有粮吃，饿得不行。当时，开荒大队一天的粮食不够一顿吃，为了节省粮食，只好将一日三餐，改为一日两餐。而这两餐，吃的还是青稞面、苞谷粉；加上没有油荤、蔬菜，所以一天十几个小时干下来，个个头晕眼花，全身发软，走进帐篷，双腿硬得像木棍，腰疼得断了似的，一旦躺在地铺上，想翻个身都翻不动。而且正值冬季，气温低达零下二十摄氏度，连漱口水和洗脸毛巾都冻成了冰块，睡到半夜，手脚仍然冰凉，只有缩在被窝当“团长”。有时因为太累，反而睡不着，他们便从帐篷缝隙里看星星，然后想家，想爹妈，或者想孩子。可越想越睡不着，越想越寂寞，越想越难熬。熬到天亮，起床号刚一吹响，又腾地爬起，穿上衣裤，钻出帐篷，冲向荒地。尽管人人都感到很苦，却没一个人退出。结果不到十天，躺在荒地上的病号就有几十个。

开荒大队领导当机立断，改进措施：一是放慢进度，降低定额；二是早睡觉，迟起床，减少劳动时间；三是每周返回大本营休整一天；四是每晚举办“垦荒篝火晚会”，搞点精神会餐。就是说，夜幕降临后，官兵们便点燃篝火，戴着毛皮帽，穿着毛皮大衣和毛皮鞋，提着小马扎，围坐在篝火旁，自娱自乐，演出自己编排的小节目。节目有快板、相声、数来宝、三句半、故事会、谜语会，以及革命歌曲专场、毛主席诗词朗诵专场、京剧专场等。此外，隔三岔五，还举办象棋、围棋、扑克牌等比赛。于是一个原本寂寞无聊的大荒原，被官兵们搞得红红火火，热闹非凡。

然而随着深冬的到来，第一场大雪一夜间降临了。雪花纷纷扬扬，落在千里戈壁滩上，也落在官兵们的脸上、身上和心上。日子滴水成冰，雪越下越大，漫天遍地，荒野被铺排得一片银白，能见度仅有几米。开荒的工地上，却依然人山人海。第一批开荒队员走了，第二批又来了。因为播种季节很快就要到来，基地党委定下目标：播种前最少开荒一万亩！于是为了抢进度，一些青壮官兵干脆脱掉棉袄，只穿一件衬衫，一镢头一镢头地刨。汗水很快湿透衬衣，雪花落在后背，风一吹，便结成冰；背一抖，咔吧咔吧直响。既苦又累，还饿得不行。可每次开饭的哨音响了一遍又一遍，就是不见一个人停。最后领导强行下令，才肯收工。有的官兵刚放下工具，眼前一黑，便倒在了地上，身边的人忙将他背到铁锅旁，喂下一碗汤，才慢慢睁开眼睛。

大雪中最苦的，还是女兵。

女兵有二三百人，包括女文工团员。女兵是第一次参加这样的劳动，瘦弱的身体穿上棉袄棉裤，加上饥饿引起的浮肿，个个看起来像大腹便便的孕妇。不少女兵内分泌严重失调，月经紊乱，还出现了绝经。每次来经时，说来就来，且量大得惊人。那个年月，戈壁滩匮乏的不仅仅是粮食，还有属于女兵的专用品。花朵般的女兵们由于找不到属于自己的专用品，一旦“倒霉”，只能任凭青春的血液顺着裤管流。裤子弄脏了，找不到多余的裤子换；即使有换的，也没时间没地方换，更不可能去洗。遇上这种情况，按理说本该躺在帐篷里好好休养，可由于羞涩以及比羞涩更重要的原因——政治表现，竟没一个人请假休息，相反比平时还能干，唯恐影响了自己的进步。

有一个女兵，大伙都叫她小季。小季身高一米六，体重九十斤，到工地不到一个月，只剩下六十八斤。小季吃干馒头，喝野菜汤，没水洗脸，就用冰块擦，直至第一场大雪降临，才改用雪团洗脸。洗脸时，她先把雪团攥在手上搓，搓化了，再往脸上擦。有时在工地上渴了，没水喝，就抓把雪团塞进嘴里。小季最苦恼的，是自己那不争气的身子。自开荒之日起，小季的身子就没干净过，由于大量流血，她脸色苍白，浑身冰凉，身子虚弱得像风中的芦苇。但她从不休息，像个机器人似的，别人抬八块土坯，她抬十块；别人跑两趟，她跑三趟，每天都超额完成任务。到了晚上，她躺在帐篷里浑身疼痛难忍，听着呼啸的风声，总是忍不住问自己：我是不是快要死了？可天一亮，她又爬起来，跟着开荒的队伍跑到工地。小季心里其实只有一个想法：多开点荒地，赶紧种上庄稼，明年就能吃上一顿饱饭了。有一天，一个小战士见小季脸色白得吓人，急忙问了一句："怎么？你生病了？"

小季低下头，羞得说不出话来。

小战士突然看到了小季从裤腿流出的血，更是大吃一惊："你、你受伤了？"

小季身子一晃，一屁股坐在地上，竟哇的一声哭了出来。

大伙急忙围了上去。一位年纪稍大的女干部一看就明白了，转身对小战士说："你这个傻小子，不懂的事以后不要瞎问。"

小战士摸不着头脑，噘着小嘴说："我怎么瞎问了，她是受伤了呀!"

"小屁孩儿，你不懂。快，把她背回去。"女干部命令道。

小战士还是不明白自己错在哪里，但女干部的命令不得不听，只好背着小季慌慌张张地离开了工地。

…………

严冬过后，发射官兵们在戈壁滩上开垦出了一万二千亩荒地。春节一过，祁连山的雪开始一天天解冻，太阳一照，水便哗哗地流了下来，把万亩荒地淹了足足一尺多深。至 4 月，荒地上十厘米厚的土层便开始变得丰润起来。

一个周日的上午，将军和孙继先、张贻祥以及后勤的同志一起来到荒地，望着眼前泥浪滚滚的万亩"良田"，个个兴奋得像在野地里玩耍的孩子。

将军抓起一把土抛向空中，说："现在地开垦出来了，但种什么好呢？”

张贻祥副司令说：“要不种小麦？”

后勤部的一位同志说：“部队刚到这儿时，有人试着种过小麦，结果颗粒无收，全被盐碱地给烧死了！我看还是种青稞有把握。”

将军说：“我们开荒的目的就是能吃上几口馒头，青稞那鬼东西跟咱的胃不对路，吃那玩意儿老蹲厕所，我看还是种小麦吧。虽然收成如何现在说不准，但多种几次，也许就有经验了，到时收多少是多少。再说，春天来了，我们可以利用弱水河的水先浇浇地，要不就浪费了。”

孙继先说：“对，种小麦，要种就种好的！”

于是，基地官兵们很快在盐碱地开出一条长达五六十公里的水渠，把弱水河的淡水引过来，一遍遍地对盐碱地进行清洗，而后再积土成田，播下种子。不久，小麦冒出了小芽，上万亩荒地第一次长出了层层绿色；风一吹，太阳一照，小麦泛起片片金黄，辛劳了一个冬天的官兵们眼里便有了喜色。可惜啊，戈壁滩是盐碱地，加之遇上倒霉的干旱，官兵们千辛万苦开垦出来的上万亩麦田，第一次只收了千把斤小麦！

种粮暂时无望，基地只好组建采集队，到戈壁深处打沙枣！

沙枣树是戈壁滩上的一种野树，耐酷寒，抗干旱。沙枣橙黄，甘甜，可食；沙枣枝清热止咳，镇静助眠；尤其是沙枣花，每年初夏来临，一旦绽放，香飘万里，醉倒戈壁一大片。沙枣树被蒙古族称为“神树”，故深受蒙古族同胞的敬重。

然而在那饥饿的日子里，沙枣树更受发射官兵们的青睐。因为沙枣树上有沙枣，沙枣可以填充肚子，维持生存。

采集队队长是司令部副参谋长乔平，队员是从机关挑选出来的干部，个个年轻力壮，还是清一色的共产党员。采集队出发这天，千里大漠，天寒地冻，将军和基地参谋长徐明亲自为队伍送行。汽车发动后，徐明紧紧握着采集队队长乔平的手再三叮嘱说：“你这个队长，一定要确保安全，车不能‘抛锚’，人不能走失，还要注意防病防冻。总之，二十四个人，一个也不能少。如果实在顶不住了，就往回跑，千万不能死人！”

采集队经一百多公里行程，来到一片荒漠，搭好帐篷，架完锅灶，喝了一碗糊辣汤面条，便分成四个作业小组，开始四处寻找沙枣树。傍晚时分，三个小组扛着一麻袋沙枣以及四大捆骆驼草顺利返回驻地，每个人的军用挎包和衣兜里都塞满了沙枣，个个高兴得不得了。可眼看天色渐黑，第二小组却不见返回。乔平让大家在沙丘上点燃篝火，让司机不停地按喇叭。可十分钟过去了，没任何动静，艾平立即下令找人！找了两个多小时，第二小组总算找到。原来，第二小组的队友们在家饿怕了，发现沙枣后，太贪心，总想多打些沙枣回去，没想眨眼天就黑了，左转右转，转过几个沙梁子，便迷路了。

第三天，戈壁滩突然刮起十级大风。风尘滚滚，黄沙弥漫，气温骤然降至零下二十五摄氏度。采集队员晚上只能捂着被子蹲在帐篷里睡觉。没有水喝，他们就去河里取冰；没有粮吃，就啃沙枣。由于天天爬树打沙枣，加之风吹霜冻，几天下来，个个便伤痕累累，嘴巴、鼻子、脸上都裂了口。风一吹，口子越裂越深，流血不止。血流完了，结成痂；痂落了，再流血。另外，脚上和手背上也长了冻疮，先是发红变紫，接着起泡流黄水，之后就溃疡。没有药，只有涂抹牙膏、蛤蜊油或凡士林。到后来，实在坚持不住了，采集队的队员们才扛着装满沙枣的麻袋返回基地。炊事班长刚见到一麻袋一麻袋的新鲜沙枣，高兴得手舞足蹈，连连欢叫着说："这下有救了，这下有救了！"

沙枣可以充饥，让基地的下属部队受到启发。于是基地上上下下，各个连队，很快也跟着打起沙枣来。一时间，基地打沙枣成风，打沙枣上瘾。而正是这些打来的沙枣做成的窝窝头，支撑着戈壁滩上共和国第一支导弹部队的生存！

四十四

在将军的感觉中，1961 年的饥饿比起 1960 年，似乎来得更为凶猛，更为可怕！

的确，在毛泽东"大跃进"旗帜的召唤下，1961 年的浮夸之风愈演愈烈，"跃进"壮举，可谓登峰造极。中国当时的局势是：一方面，美国封锁，苏联逼债，台湾叫嚣，金门鸣炮；另一方面，“运动”不断，“跃进”不止，灾荒遍地，饥民盈野。于是国际国内，四面楚歌。尤其是饥饿问题，像台风，似海啸，日夜席卷着九百六十万平方公里的神州大地。全国各行各业，精减员工，下放干部，上至中央领导，下到庶民百姓，几乎人人都在捂着肚子，苦苦煎熬。后来有人统计，三年天灾人祸，中国经济损失一千二百亿人民币，饿死者上千万！而苏联“老大哥”落井下石，硬是逼着缺吃少穿的中国限期偿还几千亿的高额贷款！据说，心高气傲的毛泽东为此非常恼火，赌气地说，中国人哪怕勒紧裤腰带，也要还清苏联的贷款，绝不欠账！

在此情况下，中国的导弹、原子弹是继续搞下去，还是立即下马，一时间从中央到地方，从北京到戈壁，出现了两种截然对立的意见。于是，中央决定，1961 年 8 月 4 日，在北戴河召开国防工业会议。

将军是 8 月 1 日这天接到会议通知的。将军后来才知道，这个会被叫作“上马下马会”，中心主题就是导弹、原子弹到底是上马还是下马。将军接到通知后匆匆赶到北戴河。北戴河的夏天本是轻松愉快的，将军的心情却沉重而郁闷。途经北京时，将军就听几个老战友说了，眼下全国闹饥荒，局势相当吃紧，整个国防工业岌岌可危，导弹、原子弹等尖端武器的研制陷入空前困境！不光搞导弹的酒泉发射基地没吃没喝，搞原子弹的新疆罗布泊核试验基地也因断粮而致使一半以上的队伍遭到遣散；位于天子脚下的京畿之地北京，由钱学森领导的国防部导弹研究院也因粮食短缺，居然大冬天派人到千里之外的内蒙古打猎和采摘野果；而由钱三强主持的核研究院里，即便是赫赫有名的大专家的餐桌上，每顿同样掺进了树叶、野菜和草根！如此一来，要求导弹、原子弹下马的呼声很高，其中包括不少高层领导和专家；尤其是一些搞经济的人，坚决主张暂时下马；甚至军界也有高官放出话来，你搞你的原子弹，我扔我的山药蛋，谁怕谁啊？不搞导弹、原子弹，老子一样打胜仗！在朝鲜战场，美国佬手上有导弹、原子弹，不照样被我们打败了吗？

因此，导弹是上马还是下马，基地能否保得住，关键就看这次会议了！

将军一到会场，果然感到气氛紧张。会议从第一天起，“下马派”和“上马派”就唇枪舌剑，你来我往，谁也说服不了谁，谁也不服谁。第二天，还发生了激烈争吵，吵得脸红脖子粗，青筋暴涨，不可开交！

“下马派”的主要观点是：

一、导弹、原子弹等尖端武器费钱、费力、费时，花钱太多，投入太大，严重影响了国民经济其他部门的发展。现在已经搞了三年半了，还没搞出有实际意义的作战武器。

二、在今后三五年时间里，如果爆发战争，还得靠常规武器解决问题。既然如此，何不停止导弹、原子弹的研制，集中人力、财力、精力，多搞些作战飞机等常规武器。这样既可满足战争的需要，又能节省财力，减轻国家的经济负担。

三、苏联对中国尖端武器的技术援助已经彻底中断，眼下国家的经济如此困难，导弹、原子弹的研制进展缓慢，没有必要，也没有能力再搞下去！

“上马派”的主要观点是：

一、对年轻的共和国来说，国防安全最重要。搞不搞“两弹”，不是纯粹的科技问题，而是事关国家安全的大问题。

二、美帝国主义欺负了中国一个多世纪，就是因为他们手中有尖端武器。要想摆脱美帝国主义的欺负，冲破美帝国主义的封锁，就必须搞出中国自己的导弹、原子弹，一旦美帝国主义使用核武器，我们才有还手之力。

三、搞尖端武器这支队伍组建起来，很不容易，走到今天，更不容易。为了这支队伍，国家除了在国内培养人才，还花了大量经费在国外培养人才，并请来苏联专家，引进大量设备器材。解散队伍容易，重组队伍很难。何况这支队伍已经搞了近四年，近四年的实践证明，导弹、原子弹是现代科学技术的结晶，搞“两弹”可以带动其他科学技术的发展，所以无论如何，不能下马！

身为科技大军主帅的聂荣臻，是当然的“上马派”。早在7月4日，聂荣臻就给毛泽东呈送过一份报告。这份报告谈到了日本的军事工业情况，并就中国的尖端武器是上马还是下马的问题，表明了自己的态度。7月13日，在杭州休养的毛泽东看了报告，向林彪、贺龙、聂荣臻、罗瑞卿作了批示："中国的工业技术水平，比日本差得很远，我们应该采取什么方针，值得好好研究一下。"还提出要与聂荣臻"谈一谈"关于导弹、原子弹的问题。因此，在这次北戴河会议上，聂荣臻明确表示："'两弹为主，导弹第一'的方针，是去年在中央军委扩大会上定下的。不管是尖端武器还是常规武器，都不能退，都不能下马，要继续积极地搞下去。中国在三五年或更长一点时间突破国防尖端技术，是有条件的，也是有把握的。科技人员的裁减也不要一刀切，千万不能伤筋动骨，伤了元气。"但由于会上"下马派"呼声很高，且态度强硬，聂荣臻也多少显得有点势单力薄。于是会议每天在争吵中开始，在争吵中结束，吵到最后也没形成决议，两派意见只好呈报中央定夺。

不日，中央政治局会议在庐山举行。会上讨论到"两弹"问题时，一部分人认为，"两弹"可以暂缓，或者下马；多数人则表示，中国眼下的困难的确很大，但困难再大，也不能放弃国防工业，也不能让"两弹"下马，因为"两弹"事关中国未来武器发展战略问题！据说，会上贺龙、陈毅两位元帅的嗓门最大，陈毅那句著名的经典名言——"脱了裤子拿到当铺当了也要搞"——就是在这次会上喊出来的；贺龙的口气同样十分强硬，他说："就是砸锅卖铁也要搞！"而气壮山河的毛泽东的意见更是横扫千军：国防尖端技术不是上马下马的问题，而是如何加紧进行的问题！

"两弹"下马风，由此打住。

然而，酒泉基地因粮食短缺而引起的大面积饥饿问题，依然是个严重的大问题！基地从最初的缺粮、欠粮，到眼下的断粮，情况越来越严重。上一年，基地多多少少还剩下点家底，树上、地下，也能找到点填肚子的东西。然而进入1961年后，野菜挖完了，草根拔没了，骆驼刺砍光了，沙枣树也只剩下了光秃秃的树干了，甚至有的连队把沙枣树的树皮也当成了充饥的"零食"！于是千里戈壁，似乎便只剩下了一群群饥肠辘辘、张着大嘴、等着吃饭的人！

为此，孙继先将军心急如焚，甚至连做梦都在想办法。有一天，他看了中央新闻电影制片厂拍的一部科教片。片子说的是一个农村姑娘，因为没有饲料喂鸡，就把鸡赶到山上当羊放，她一吹哨子，满山遍野的鸡都听她的指挥，既节约了饲料，又下了蛋，姑娘后来成了“鸡司令”。孙继先看完这个片子后，就想，戈壁滩上到处都有兔子能吃的沙枣树和骆驼刺，兔子的繁殖力很强，如果从幼兔开始就将兔子赶出去吹哨放养，岂不既节省了喂兔的菜，又增加了兔肉的产量？于是孙继先找到后勤的同志，说：“你们去作个试验，看能不能像电影里的那位‘鸡司令’一样，把兔子赶到戈壁滩，用吹哨子的办法来放养？”

后勤的同志说：“兔子与鸡本性不同，一吹哨子就会吓跑的，肯定不行。”

孙继先一听就急了，说：“你不试验怎么知道不行？”

后勤部的同志只好试验“吹哨养兔”，孙继先还亲自作陪。结果，兔子放出去后，哨子一吹，吓得四处乱窜，不但没有造就“兔司令”，反而还把兔子弄丢了几只，搞得有病乱投医的孙继先有苦难言。

孙继先马上找到将军，说：“老李啊，上趟北京吧，找聂荣臻元帅诉诉苦去，看能不能想法弄点什么吃的回来？不然再这样下去，这支队伍就完蛋了！”

第二天一早，将军登上了飞往北京的飞机。

四十五

飞机降落在北京南苑机场，已是中午时分。将军草草啃了一个飞机上发的面包，便直奔聂荣臻办公室。

聂荣臻这天满面愁容，正为新疆马兰核试验基地的饥饿问题而焦虑不安，没想同样满面愁容的将军屁股刚一落座，便向他诉起苦来。

将军说：“聂老总啊，我今天专门来找您，就实话对您说了吧，戈壁滩今年粮食歉收，已经没有东西吃了！现在，发射日期用天计算，官兵们的肚子以顿计算，有的连队吃了上顿就没下顿了；不少战士饿得腰都直不起来，别说爬发射架，就是在平地上走路，双腿都打战！”

聂荣臻问："基地官兵们的情绪怎样？"

将军说："情绪很不稳定，人心浮动啊！不过，您放心，官兵们的基本觉悟还是有的，他们即便饿到这个地步，每天依然坚持在一百米高的发射架上爬上爬下。只是，有的战士吃了沙枣、骆驼刺，总是拉肚子。有时好不容易爬到发射架的顶端，肚子就闹腾起来了。为了抓抢时间，不影响工作，他们干脆用绳子拴住裤腿，让大便流在裤子里，等干完活后，再去清洗。"

聂荣臻沉默了片刻，才说："现在国民经济困难，肚子问题很不好办啊！饿肚子的，不光是你们，还有国防科委其他好几个基地！他们和你们一样，也在张着嘴巴等粮吃！但是，导弹部队是国宝，是金字塔，无论如何不能断送在我们的手上！"

将军说："可怎么解决眼下的粮食问题呢？"

聂荣臻说："我倒有个主意。"

将军说："什么主意？"

聂荣臻说："分散就食！"

将军不明白："分散就食？"

聂荣臻补充道："就是说，把一些工作任务不重的同志撤出基地，大大压缩机关人员。这些撤出和压缩的人，一部分转业复员，一部分由我向军委汇报，疏散到其他军区去。至于他们的家属和孩子，可以先转到内地，以后再说。这样的话，就可以减少基地吃饭的压力。这叫丢卒保帅，舍不得孩子打不了狼！就像打仗，只有用小部分人的牺牲，换取大部队的胜利！"

将军说："这个办法好。这样的话，基地一下就可以减掉万把张嘴了！"

聂荣臻说："但是，知识分子、科技人员不能减，新分配来的大学生也不能减。他们是火箭导弹事业的金疙瘩，要把火箭导弹送上天，还得靠他们。这些人再困难也得留下！"

下午，将军返回基地。

当晚，在召开的基地党委紧急会议上，将军传达了聂荣臻缩短战线、裁减人员的指示精神。大家几经争论，最后认为，要想保住这支发射队伍，就只有一个字：减！只有减，才能保证留下的人有饭吃，不致饿死，从而确保导弹上天，除此别无选择。最后，会议还定出四条具体措施：

第一，疏散、压缩工兵团、警卫团、汽车团；

第二，降低节粮指标；

第三，停止军事操练；

第四，缩短劳动、施工时间。

于是，在1961年那个悲凉的秋天，一列列载着提前退伍的士兵的火车，在瑟瑟秋风中开走了；一列列载着机关勤杂人员和文工团员的火车，在瑟瑟秋风中开走了；一列列载着家属和孩子的火车，在瑟瑟秋风中也开走了！在那一个个少言寡语的日子里，风沙弥漫的月台上，军人与军人挥泪告别，军人与妻子儿女挥泪告别。尤其是那些孩子，在风中摇着无助的小手，哭天喊地，依依不舍，死活不肯离去；还有那些长着娃娃脸的士兵，在戈壁滩已经熬过了三年，好不容易盼到导弹即将上天，却必须离开发射场，就像一个身处前线的战士，明明已经听到冲锋号吹响，却必须离开战壕！于是许多战士蹲在地上抱头痛哭，久久不肯上车……将军站在送行的队伍里，望着一列列呼啸而去的火车，热泪盈眶，默默无语。

送走最后一批精减人员，将军急忙驱车赶往十四号机场，为“老飞”送行。十四号机场属于基地管，“老飞”是十四号机场的一位飞行员，技术好，军龄长，资格老，所以大伙都管他叫“老飞”。基地创建之初，“老飞”和他的队友们便只身来到十四号机场，积极投入飞行训练，为导弹的发射提供重要的数据参数。“老飞”离队的原因，说来很简单。有一次苏联代表向基地提出，希望把飞行员每月特供的半斤油，挤出一半，分给苏联专家。基地为了让苏联专家安心工作，忍痛割爱，同意了。但随着训练量的不断加大，本来就缺肉少油、营养不足的飞行员们渐渐难以支撑，有人病倒，有人浮肿，有人虚弱得连爬上机舱都很困难。“老飞”看在心里，痛在心上。在一次飞行团召开的党委会上，他便忍不住流着泪斗胆说了几句牢骚话，也是心里话——他说："外国飞行员想吃什么有什么，可我们的飞行员每天却吃沙枣、啃窝窝头！苏联专家是吃得好与不好的问题，我们的飞行员是有没有吃的问题，甚至是死与活的问题！"没想到，会后"老飞"被人打了小报告，于是有人趁这次精减之机，硬是要把"老飞"清除出飞行队，还要抓他的"典型"，以"反革命言论罪"论处。将军知道后，一再为"老飞"奔波求情，"老飞"最后才未被打成"反革命"，只作转业处理。

将军来到十四号机场时，"老飞"正背着背包走出大门。"老飞"一见将军，七尺汉子居然手足无措，紧紧拉着将军的手，半天才说出话来："李司令，谢谢您了！"

将军说："不用谢我。没有留住你这个人才，我应该向你道歉才是。"

"老飞"说："李司令，其实，我是非常热爱飞行事业的！可我做梦也没想到，这项事业会是这么艰难，这么曲折！我要走了，只有一个心愿，就是今后不管遇到多大困难，多少曲折，希望你们一定要把中国的导弹搞上去！我们的国家要想强大，不受欺辱，没有这东西不行啊！"

将军紧握着"老飞"的手，说："好同志，记住我一句话，咱的亲娘，还有被坏蛋侮辱的时候！"

"老飞"顿时热泪滚滚。他什么也不再说，向将军敬了个标准的军礼，而后朝着一辆军用卡车大步走去。

四十六

通过精简整编，基地一下减掉了一万多人，压力确实减小不少。然而，由于全国饥饿的形势没有改变，基地的粮食无法增加，数万发射官兵在整体上依然无法摆脱挨饿的局面。官兵们的饭桌上，每天依然缺粮少菜，不见油水；食堂里每顿唱主角的，除了野菜团、骆驼刺，就是干白菜；更严重的是，患浮肿病、夜盲症的战士与日俱增，今天发现几个，明天躺下一片，甚至每天几乎都有人因饥饿而晕倒在发射场！

这天吃罢晚饭，将军照常遛弯。没走出几步，一股强劲的风沙便骤然刮起，打在脸上，一阵刺痛。风，又是大风！望着眼前波涛汹涌似的大风，将军想起 1943 年在山东那段饥饿的日子。当时，沂山、鲁山地区的“土皇帝”吴化文公开投降了日本鬼子，而后协助日寇对我根据地进行“扫荡”“蚕食”，将沂山、鲁山地区变成了骇人听闻的“无人区”。为了拔除这块毒瘤，将军率领“老一团”踏着小雪、顶着寒风赶到那里。那天是个黄昏天，风大得出奇，队伍踏着一路蒿草走了几十里，也不见一个人影一丝炊烟，甚至听不见一声犬吠鸡鸣。后来，队伍终于见到了第一个活物，却是一只伏在尸体上的乌鸦！乌鸦大概饿昏了头，队伍已经离它很近了，依然狼吞虎咽地啃吃着尸体！直至队伍到了跟前，才仓皇飞去。将军上前一看，死在路边的是本村的一位老人。四年前，即 1939 年 10 月，将军曾带着“老一团”在这里打过山东抗战两年来最漂亮的一场歼灭战，乡亲们特别是这位活活饿死的老人曾经给过“老一团”最无私的帮助。后来“老一团”奉命南下，吴化文占据了这里。将军嘱咐几名战士埋葬了老人的尸体，带着队伍进了村，接着下令找回那些四处躲藏的村民，然后组织村民开荒种地，发展生产，乡亲们很快便有了衣穿，有了粮吃，从此过上了不受欺负的日子……

然而，将军怎么也没想到，近二十年后的今天，共和国的第一支导弹发射部队居然还填不饱肚子！

这究竟是哪儿出了问题？

饥饿到底还要持续多久？

部队难道就这样活活等死？

将军正想着，几个官兵迎面跑来，急急火火的样子，像是发生了什么事情。将军急忙拦住其中一个干部，问：“咋回事？”

干部抬头一看是司令员，忙说：“报告李司令，我们发射二中队的战士小马今天早上起来上厕所，因患了夜盲症，看不清路，一头撞在了电线杆上，当场昏倒，我们送他去卫生所抢救！”

将军鼻子一阵发酸，一起来到卫生所。小马经医生抢救，很快脱离了危险。将军坐在小马身边，抓起他的手，小马睁开眼睛，却什么也看不见，又闭上了。

干部忙对小马说："小马，李司令员看你来了。"

将军摆了摆手，望着躺在床上的娃娃脸，说："没事的，好好休息吧，过几天就好了，啊！"然后将军又找到院长，交代说："一定要用最好的药，把他的夜盲症治好！"

院长迟疑了一下，说："知道了，李司令，我们一定尽最大努力！"

将军回到办公室，电话就响了。将军抓起桌上的电话，话筒里立即传来空军司令员兼国防部五院院长刘亚楼的声音："老李啊，有一件事很严重啊！"

将军急问："出什么事了？"

刘亚楼说："当地政府把你们告到国务院啦！"

将军大惊："什么？告到国务院了，为什么啊？"

刘亚楼说："还不是你的部队干的好事？乌兰夫副总理已经把报告转到我这里了，说你们基地有一个团，在驻地打沙枣，把他们三十多平方公里的沙枣林全给毁啦！"

将军说："我的部队一向纪律严明，怎么会有这种事呢？我们打沙枣是不假，可并没有毁坏沙枣林呀，是不是说得有点严重了？"

刘亚楼的嗓门一下高了起来："毁林三十多平方公里还不严重啊？你还想怎么着？我的同志哥，这是人家地方政府的正式报告，不是开玩笑！国防科委已经研究过了，你立即查清楚，严肃处理，然后把处理结果报国防科委！"

将军放下电话，不敢马虎，带上警卫员立即驱车赶往沙枣林。到了沙枣林，将军一看，当地政府反映的情况完全属实：像屏风一样绵延数十平方公里的沙枣林带，一棵棵沙枣树被打得稀里哗啦，不光沙枣被打光了，沙枣叶也被打光了，只剩下光秃秃的树干和树枝，像被蝗虫啃过一样；而方圆几十公里的地上，到处都是残枝败叶，一片狼藉！

"简直是胡闹！走，去团部！"将军手一挥，匆匆来到团部。一个年轻参谋在值班，将军黑着脸问："你们团长呢！"

年轻参谋立即站起，啪一个敬礼："团长到工地去了。"

将军厉声说道："去，让团长立即跑步来见我！"

"是！"年轻参谋飞身而去。

将军坐在团长办公室，等。他想起不久前，也是这个团长，带着打猎队外出打猎，却误把人家老百姓的牦牛打死了。老百姓找到部队说理，最后赔了五百元钱，才算了事。可这次，三十多平方公里的沙枣林给毁了，绝不是赔钱的小事，而是涉及军队和地方、汉族与蒙古族关系的大事，而且还告到国务院，捅到乌兰夫副总理那里去了，这还了得啊！

将军突然觉得头一阵眩晕，腿也有些发软，急忙把头靠在墙上。从早上到现在，他只啃了半个野菜窝窝头；加上刚才一路匆忙颠簸，确实有一种熬不住的感觉。片刻，他慢慢站起来，推开窗户，好大一片沙枣林便出现在眼前。只可惜，这些曾经枝繁叶茂的沙枣树，现在全都赤身裸体，一片凋零！这些沙枣树由于失去了树叶的遮蔽，就像提前进入冬季一样，只能凭着粗壮的躯干，去抵挡戈壁风沙的侵袭。

"报告李司令！"一口气跑了两公里的团长很快出现在门口。

将军背着身，劈头就问："沙枣树是你们打的？"

团长满面通红，气喘吁吁："是，是我们打的。"

"谁批准的？"

"是、是我。"团长的声音小了。

将军说："沙枣树是戈壁滩的生命，是蒙古族人民的希望和信仰，你知道吗？"

团长说："知道。"

"知道为什么还要这么干？"

"我们见别的单位打，也就跟着打了。"

"他们打的是沙枣，你们打的是沙枣叶——不！你们连沙枣枝、沙枣树全给打了！"

团长埋下头，不说话。

"说话呀！有理说啊！不说话是什么意思？"将军情绪激动了，"我就想不通，你们打沙枣也就罢了，为什么还要把沙枣叶也扫个精光？如果有人把你的衣服裤子全扒了，你高兴吗？你乐意吗？你这个当团长的，组织纪律性哪里去了？你知道吗？当地政府已经把你们告到国务院了！

告到乌兰夫副总理那儿去了!”

“什么?!”团长望着将军，目瞪口呆。突然，他再也控制不住了，竟哇、哇的号啕大哭起来。

将军一下蒙了，愣在那里，不知所措。

片刻，团长才哭诉道：“李司令，实话告诉您吧，我们团已经、已经没有一粒粮食了，我们现在只有打沙枣叶吃了!”

“什么，你、你们吃沙枣叶了?”将军惊呆了。

团长点了点头。

将军问：“你们吃沙枣叶有多长时间了?”

团长说：“已经两个星期了。我们实在饿得没办法了，才去打沙枣叶吃的。开始，战士们只打沙枣吃，后来沙枣吃光了，才打沙枣叶吃；下面的沙枣叶打光了，上面的够不着，战士们才用棍子打，或者爬到树上去打。没想到战士们不懂事，不小心，就、就把树枝给弄坏了。当然，老百姓打沙枣叶的也不少……”团长说着说着，泪流满面，哽咽得说不下去了。

听了团长的话，将军心如刀绞。他简直没想到，战士们的生存已经到了如此地步!

“李司令，您就撤了我吧，只要能保住队伍，保住战士们的生命，您怎么处罚我都行!”团长抬头看着将军，大声恳求说。

将军挥挥手，说：“不，这不是你的问题，而是我的责任，是我这个司令员没当好！回头，你代表我向全团的战士们捎上一句话，就说，我李福泽对不起他们，让他们挨饿了，受苦了，遭罪了！我一定想办法让他们尽快吃上粮食，绝不再吃沙枣叶!”

四十七

将军决定再次进京，找关系，开后门，要粮食!

正准备动身，将军却接到了总参谋部打来的电话，要他马上进京，去见代总参谋长杨成武。将军不清楚是什么事，却知道肯定不是好事，否则杨成武不会亲自点他的名。不过他转念一想，正愁没地方要粮呢，老司令员杨成武自己却找上门来了，岂不正好。于是当即起程，飞往北京，下了飞机，便直奔杨成武家。

将军突然出现在杨成武家中，杨成武并不意外。杨成武是二十兵团的老司令员，二十兵团是他一手带出来的，所以对将军的脾气性格非常了解。过去，将军每次到家里来，杨成武都是好烟好酒款待；可今天，未等将军屁股落座，杨成武就拍着桌上的一份报告，生气地问道："李福泽，这是怎么回事?"

将军拿起报告一看，正是刘亚楼在电话中提到的关于当地政府状告基地毁坏沙枣林的事。

杨成武问："当地政府说你们毁坏沙枣林三十多平方公里，真有这事吗?"

将军说："老司令员，真有这事。"

"真有这事?!"杨成武眼睛都大了，"唉，我说李福泽呀李福泽，你们是怎么搞的? 二十兵团作风硬朗，纪律严明，全军谁不知道啊！怎么到了你们手上，居然就、就干出了这种伤天害理的缺德事!"杨成武说完，把报告啪地摔在了桌上。

将军只好如实相告："老司令员，实话告诉你吧，我们已经……已经断粮了。"

"断粮了?!"杨成武吃惊地看着将军。

将军说："从今年开始，我们的粮食越来越少了，戈壁滩上的野菜、野果，总之只要是带点绿色的，几乎都进了发射官兵们的肚子，比兔子啃得还干净！我们先是去打沙枣吃，后来沙枣打完了，有的部队实在没有东西吃，就去打沙枣叶吃。"

"什么，你们吃沙枣叶了?!"杨成武震惊了！

将军说："是的，不仅我们打沙枣叶吃，当地的老百姓也打沙枣叶吃。"

杨成武说："我的天呀，这沙枣叶怎么吃啊?"

将军说："沙枣叶打回来后，先磨成粉，然后掺和到面粉里，再做成窝窝头吃。这样，既可节省不少粮食，又能充饥。只是没想到，几十平方公里的沙枣林，树叶很快就被打光了，还弄坏了不少树枝，毁坏了沙枣林!”

杨成武的眼睛潮湿了，他说：“我简直没想到，你们在那儿受了这么大的苦！当年红军长征啃着树皮闹革命，现在你们还吃着树叶搞导弹，我这个代总参谋长有责任，对不住你们啊！当然了，沙枣树被蒙古族人民奉为神树，你们把人家的神树都给毁了，当地政府告你们，是对的。不过，我相信蒙古族人民和乌兰夫副总理知道事情的真相后，会理解的，有机会我向乌兰夫副总理作检查去。告诉你吧，这份报告是周总理转来的，总理已经把我批评一顿了。”

将军说：“不，打沙枣的命令是我下的，是我错了，你们怎么处分我都没意见。但是，请老司令员一定转告军委，不管困难多大，酒泉基地这支导弹发射部队决不能散了摊子!”

杨成武说：“说得对，这支队伍从朝鲜到戈壁，能走到今天，很不容易！虽然现在全国上上下下都很困难，但我想，就是全军将士、全国人民勒紧裤腰带，也要保住你们这支发射部队！我把情况向总理汇报一下，让他也想想办法。”杨成武说到这里，才想起将军进门后就一直站着，于是一边招呼将军坐下，一边招呼秘书说：“快，上茶!”

将军说：“老司令员，能不能不喝茶啊?”

杨成武说：“不喝茶，那你喝什么?”

将军说：“能不能喝碗面条啊？我饿得快死了，哪怕一小碗也行!”

杨成武鼻子一酸，急忙吩咐秘书说：“快，想法弄碗面条来!”然后转身对将军说，“你这家伙啊，拿你真没办法。我走南闯北几十年，只见过坐在马路边上要饭的，没见过坐着飞机来要饭的!”

将军哈哈大笑起来：“我在戈壁滩饿肚子，到了老首长家，还不管饭啊?”

秘书很快端来一碗面条，放在茶几上。杨成武说：“快吃吧，吃完再谈。”

将军端起面条，呼呼地吃了起来。杨成武则要通了周恩来的电话，把基地打沙枣树的情况简要作了汇报。周恩来听了后，问："李福泽同志现在哪?"

杨成武说："正在我家吃面条呢!"

周恩来说："我想和他当面谈谈。"

杨成武说："那好，我们马上过去。"

周恩来说："别急，让他慢慢吃，一定要让我们的发射司令吃上一顿饱饭!"

杨成武挂掉电话，一碗面条已被将军吃了个精光。杨成武问："饱了没有?"

将军拍了拍肚子说："饱了饱了，好久没吃过这么饱了。"

杨成武笑了："你倒是饱了，我一天的口粮却让你全报销了!"

将军说："老司令员，这笔账你记着，我李福泽欠你一碗面条。不过，得记好了，这可是一碗素面条，连点肉渣子都没有。等我戈壁滩的粮食丰收了，我一定还你十碗面条!"说罢，两人哈哈大笑起来。

杨成武和将军很快来到人民大会堂福建厅。周恩来一见将军，便热情地伸过手去，说："李福泽同志，辛苦了！基地现在的情况怎样?"

将军说："主要是没有粮吃了。"

周恩来说："能不能发动战士们先挖点野菜，或者自己种点粮?"

将军说："粮我们已经种了一些，没想今年遇上干旱，几乎是颗粒无收；野菜我们也去挖了，弱河两岸几十公里的野菜，像什么苦苦菜、甘草叶、马莲草根、芨芨草根等，都被挖光了，还是填不饱小伙子们的肚子!"

周恩来说："那能不能组织一点人，到山里打打猎什么的?"

将军说："我们已经组织人去祁连山打猎了，但地方打猎的人越来越多，现在已经很难见到黄羊的影子了。有的部队在戈壁滩跑上好几百里，也打不上一只黄羊；有的战士为了追赶一只黄羊，已经追到青海了，黄羊没追上，人却迷路了，再也没有回来；有的部队实在没吃的了，只好去打沙枣叶吃。没想到，打沙枣叶，就打出事来了。"

周恩来沉默片刻，才说："了不起啊！你们在这种情况下，还能坚持把导弹发射上天，真的很了不起！不过，你们那儿是少数民族地区，蒙、汉关系很重要，部队不管多困难，也不能违反纪律，这一点一定要注意！至于毁坏沙枣林的事，不怪你们，责任在我。”

“不不不，总理，责任全在我。”将军诚恳地说。

周恩来说：“你实话告诉我，部队到底还能坚持多久?”

将军想了想，说：“撑死，也就十天半月吧!”

周恩来沉默了。

将军说：“前不久，因为没粮吃，担任基地施工任务的工程兵、铁道兵都已经撤出了。现在，基地的官兵们最担心的，就是怕像工程兵、铁道兵一样被解散。近一段时间，我们听到了不少这方面的议论。”

周恩来突然站了起来，说：“不！导弹部队是国家的宝贝疙瘩，不管遇到多大的困难，也不能解散！你回去转告基地党委，一定要坚持住，坚持就是胜利！粮食问题，我一定尽快想办法，无论如何，也要保证这支队伍填饱肚子!”

送走将军后，周恩来回到办公室，立即接通了粮食部部长的电话，希望粮食部想法再为酒泉发射基地调拨一点粮食！没想到，粮食部部长却恳求周恩来说：“总理，国库就剩下这点粮食了，说什么也不能再动了！万一发生突发事件，前线部队怎么办啊?”周恩来拿着话筒的手抖了抖，再也没说一句话。接着，周恩来又接通了邓小平的电话，告诉了邓小平酒泉基地缺粮的情况，请邓小平马上了解一下，甘肃、内蒙古等国家粮库现在到底是个什么情况，为什么酒泉基地的粮食不能得到及时供应?

当日下午，周恩来来到中央军委会会场。出席此次会议的，都是各大军区司令员。周恩来一进会场，便心情沉痛地说：“同志们，我今天来，不是来作指示的，而是来化斋的，专门为我们的导弹部队化斋的!”周恩来停顿了一下，接着说道，“为了搞出导弹，酒泉基地已经在荒凉的戈壁滩奋战三四年了！这支队伍是全军的宝贝疙瘩，是我们国家唯一的一支导弹发射部队，他们的生存直接关系到国防事业的发展。可现在，这支队伍没有粮食吃了，每天靠窝窝头、骆驼刺甚至沙枣叶维持生命。我们总不能让中国的导弹饿着肚子飞上天吧！所以，我希望你们像关心自己的亲兄弟一样，紧一紧自己的裤腰带，一定想法支持他们一下!”在场的司令员们被周恩来的话深深打动了，有的甚至还流下了眼泪。大家纷纷表示，回去后一定尽最大努力，哪怕从牙缝里抠，也要抠出粮食来，支援导弹部队渡过难关！

而将军告别周恩来后，则直接来到了聂荣臻办公室。

聂荣臻近期一直为粮食发愁，为基地几万官兵的肚子问题揪心。本来他身体不好，已经住进了医院，却无法安心躺在病床上，又强烈要求出院。一出院，聂荣臻便以个人的名义到处为基地官兵化斋，他先是给自己的老部下北京军区副司令员郑维山打电话要粮，接着又给广州军区、沈阳军区、兰州军区以及海军、空军等单位的头头打电话要粮。陈毅知道这事后，对他说，为导弹部队要粮，好，我举双手赞成，把我陈毅的名字也加上！

但今天，聂荣臻见了将军后，却满脸的不高兴，劈头盖脸就问："李福泽，我听说基地这次精简整编时，有的单位把科技知识分子也给打发走了，你老老实实地告诉我，有这事吗?"

将军有苦难言。尊重人才，尊重知识分子，是将军一到发射场就确定的指导思想。他总是对部下说，到戈壁滩来的科技人才本来就很少，如果我们不看重他们，不尊敬他们，导弹怎么上天？所以在平常的工作中，一旦有行政领导和知识分子发生矛盾，将军批评的总是行政领导，而对知识分子则偏爱有加。有一次，基地有一台光学仪器出了毛病，将军专门请来中国"光学之父"、长春光学研究所所长王大珩。将军不光一直陪在王大珩先生的身边，王大珩给技术人员讲课时，他也跟着去听；中秋节之夜，他还拿出最好的望远镜陪王大珩在戈壁滩上赏月。望着天上的月亮，王大珩兴奋得像个孩子，禁不住喃喃自语，戈壁滩的月亮没有经过污染，就是比别处纯洁、漂亮！但王大珩在基地待了一个月，却还没洗过一次澡！因为当时基地吃水都很困难，后勤人员也就忘了"洗澡"这个概念。有一天，将军和王大珩一起研究光学设备问题，他见王大珩总是用手指蘸着口水在胳膊或者小腿上搓来抹去，便问，这是干啥呢？王大珩说，洗澡呀！将军说，没水怎么洗澡？王大珩说，这叫干洗。王大珩说罢，哈哈大笑。将军这才知道，这位大科学家已经一个月没洗过澡了！将军火了，立即叫后勤人员跑步到办公室，不由分说，劈头盖脸就是一顿训！而后下令：不管想啥办法，马上烧水，给科学家洗澡！几十年后，王大珩还说，那是他一生中洗得最痛快的一次澡！而在这次精简整编中，将军本来事先也叮嘱过各单位领导，要重点保护科技人员。可全基地六七万人，大小单位几百个，沿线分布数千里，他顾得上这个，顾不上那个。有两个单位的领导是工农干部，平常对知识分子就看不惯，有偏见，所以趁这次精简整编之机，把几个所谓“不听话”的科技人员给打发走了，气得将军直骂娘！今天，将军来找聂荣臻，除了要粮，就是汇报这事。没想聂荣臻这么快就知道了。

将军说：“聂老总，把知识分子打发走了，的确有这回事。情况是这样的，在精简整编中，有个别的团长、政委想不通，说工农干部要精减，为什么科技知识分子就不能精减？饥饿面前人人平等嘛！所以，就把几个科技知识分子打发走了。这事都怪我的工作没做好。”

聂荣臻一听，火气更大了，一下提高嗓门说：“什么‘饥饿面前人人平等’，简直是胡说八道！一个工农干部，一个知识分子，能平等吗？精密仪器要运转，导弹要上天，没了科技人才，怎么运转，咋个上天？李福泽同志，你是一个大学生，你应该知道英国科学家莫斯莱的故事吧，怎么会……”聂荣臻气得说不下去了。

莫斯莱的故事将军当然知道。莫斯莱是英国的物理学家，牛津大学高才生。1913 年，莫斯莱用不同材料制成的 X 射线管测得一系列的 X 射线，从而使元素周期表比过去排列得更加完美，对周期素和光谱分析法的发展起到了重大作用。但是，这样一位杰出的科学家，在第一次世界大战中，竟被土耳其的子弹打穿了脑袋！年仅二十八岁，便倒在了战场，结束了生命！

聂荣臻说：“像莫斯莱这样杰出的科学家，为什么死在了战场，死在了不该死的地方？我们应该好好想一想！你知道吗？莫斯莱牺牲后，英国政府后悔莫及，他们的征兵法从此规定，不准再征召科学家当兵！李福泽同志，资本帝国的英国政府尚且如此爱惜知识分子，知道亡羊补牢，我们共产党人为什么就不知道爱惜知识分子呢？难道我们还不如他们吗？”

将军说："聂老总，这事我错了，你就狠狠地批评我吧！不过，请聂老总放心，我回去马上想办法。"

聂荣臻说："你想什么办法？"

将军说："我回去立即派专人把这几位科技知识分子再请回来！就是找遍天涯海角，也要把他们找回来、请回来！"

聂荣臻说："好！这才叫领导风度。人才问题要保住，粮食问题也要落实好。我现在正在抓紧想办法，等有了消息，我马上通知你。总之，记住了，无论多么艰难，人才不能流失，队伍不能散伙！"

第二天，将军又找到刘亚楼上将。刘亚楼和将军交往多年，两人在一起时，总爱开玩笑，所以刘亚楼一见将军进门，就笑了，说："老伙计，听说这几天你到处要饭，快从发射司令变成'要饭司令'了？"

将军说："刘司令，您说得太对了，现在我就饿得不行了，快给我弄点什么填填肚子吧！"

刘亚楼二话没说，打开一个柜子，拿出半袋奶粉，递到将军面前："这本来是补助我的，今天倒被你这个'要饭司令'给打劫了！"

将军拿过奶粉，看了看，说："好，好奶粉，好奶粉啊！"一边说着，一边把奶粉往自己的提包里塞。

刘亚楼说："怎么？又吃又捞啊？"

将军笑道："这样的上等奶粉，我看上一眼就饱了。实话告诉您吧刘司令，这半袋奶粉要是倒进一口锅里，我想足够我们一个团的战士喝了。"

刘亚楼说："好，奶粉带走，你人留下，晚上我管你一顿饱饭！"

将军说："等下次吧，我的队伍还在饿着肚子呢！刘司令，实不相瞒，无事不登三宝殿，我今天来找您，只有一个请求，请您一定想法帮我一把，给我的队伍搞点粮食，哪怕千把斤，甚至几百斤也行！"

刘亚楼拍了拍胸脯说："放心，我一定尽最大努力！"

当日下午，将军便飞回基地。将军一进办公室，第一件事，就是叫来两名干部，命令他们立即起程，去把那几位被精减掉的"不听话"的知识分子请回来！将军说："你们去了后，首先向他们诚恳道歉，就说我李福泽对不起他们，请他们原谅！他们有什么要求，一概答应。总之，一定要把他们请回来！要是一周后我见不着人，找你俩算账！”

接着，将军又驱车赶往六十公里外的一个观察站。这个观察站前段时间因忙于执行一项特殊任务，精简工作推迟了，现正在进行当中。将军担心这儿的领导搞不好又把科技人员打发走了，所以决定亲自去看一看。

将军来到观察站，部队刚刚训练完毕。观察站的政委一看将军来了，立即让炊事班准备饭菜。将军手一挥，说：“别瞎忙了，我今天来不是吃饭的，而是来看你们精简整编情况的！”

政委说：“李司令，我们这儿的精简整编，都落实好了。”

将军微微一笑：“是吗？把技术干部的花名册拿来。”

政委说：“拿花名册干啥使啊？”

将军说：“少废话，快去拿来，我要亲自点名！”

政委拿来花名册，又把技术干部集合起来，然后向将军报告。将军拿着花名册，走到队伍前面，二话不说，一个一个地点名。每点到一个名字，队伍里就答一声“到”，可当将军点到一个新来不久的哈军工的大学生时，连喊了三遍，队伍里却始终没人答“到”。

将军问：“人呢？”

政委说：“送走了。”

将军问：“谁让你送走的？”

政委小声说：“群众反映，这个、这个‘哈军工’，小勤务工作不积极，还说戈壁滩很艰苦，伙食不好；另外，还、还顶撞领导……”

将军一听就火了：“什么群众反映，别拿群众当牌使！什么小勤务工作，他是个知识分子，要干的是大事，不是小勤务！说戈壁滩艰苦怎么啦？说伙食不好怎么啦？他说的是真话嘛！说真话有什么不好？说真话难道还有错？顶撞领导又怎么啦？领导他娘的就全对啦？你知道吗？他是哈军工的高才生，是人才啊！基地人才本来就缺少，苏联专家他娘的又全撤走了，目前咱们最需要的就两样东西：人才和粮食！可你们，粮食吃光了，人才也放走了，还发射什么导弹啊！我看你们只有去戈壁滩捡鸟蛋！”

政委连忙认错：“李司令，我、我们，错了。”

将军说：“错错错，就知道错，光知道错，顶个屁用！快告诉我，什么时候走的？”

政委说：“刚走不久，估计刚上火车。”

将军说：“火车几点发车？”

政委说：“4 点 30。”

将军抬腕看了一下表，说：“你立即打电话，通知下一站，把这位‘哈军工’留下来！然后，好好给我写检查！”说罢，将军一转身，手一挥，对司机说，“走，追上去！”

嘎斯六九像一匹脱缰的野马，立即横冲直撞向着火车站飞奔而去。不一会，将军远远便看见火车已经缓缓驶出站台了。将军立即对司机说：“快，加速，抄近道，追上它！”司机心领神会，拼命加足马力，见近道就抄，半个小时后，终于追上了火车。接下来，时而火车在前，时而汽车在后；时而火车在后，时而汽车在前；时而汽车火车相差无几，时而火车汽车齐头并进。一路狂风阵阵，风尘滚滚，直至傍晚时分，汽车才追到了下一站。火车刚停稳，就听站台的高音喇叭在反复叫喊着“哈军工”的名字。将军一下车，便看见“哈军工”从火车上走了下来。两人一见面，忍不住都笑了。原来，这位“哈军工”刚到部队时，有一次在发射场执勤，正好碰上到处溜达的将军。将军那天没穿军装，又没证件，“哈军工”硬是把他当“可疑分子”带到了团部。到了团长办公室，“哈军工”才知道，这位“可疑分子”竟是基地赫赫有名的司令员！顿时满脸通红，手足无措。将军却笑呵呵地说，小伙子，不错，警惕性蛮高的，我这个“可疑分子”抓得好！

所以，将军一见“哈军工”，就拍着他的肩膀说：“老朋友，对不起，委屈你了，我向你道个歉！不过，你今天得答应我一个要求，为了我们的导弹，你得跟我回去！”

结果，“哈军工”热泪盈眶，什么也没说，提着行李，跟着将军就上了车。

回到观察站，将军对政委说：“以后你再敢亏待知识分子，我就收拾你！”

政委小声问了一句：“那……我的检查什么时候交啊？”

将军手一挥："交个屎，有这工夫，多想点儿跟踪导弹的事！"然后转身对司机说，"走，去发射大队！"

来到发射大队，将军立即叫来大队长施存壁，吩咐说："去，二十分钟后，把所有得夜盲症的、浮肿病的、拉肚子的战士全部叫来，到食堂门口集合！"

然后，将军自己一头闯进伙房，让炊事班班长烧开水。炊事班班长不知道烧开水干什么，也不多问，只管将大块的木柴塞进灶里。只片刻工夫，炉火熊熊，热气腾腾，锅里的水便咕噜咕噜响了起来。将军站在沸腾的大铁锅前，从包里掏出从刘亚楼那里"打劫"而来的半袋奶粉，缓缓倒进锅里。于是，一股久违的奶香随着徐徐晚风很快钻出伙房弥漫食堂。

食堂外，战士们早已集合完毕。战士中，有患夜盲症的，有得浮肿病的，还有胀肚子、拉肚子的，虽然个体质虚弱脸色苍白，却依然昂首挺胸，站在那里，等着将军训话。然而他们做梦也没想到，炊事班竟把一口热气腾腾的大铁锅抬到他们面前，接着将军亲自掌勺，把香喷喷的奶汤盛进碗里，然后高高举起大声说道："同志们，这是我刚从北京空军司令员刘亚楼那里带回来的奶粉，咱炊事班把它熬成了一锅奶汤，大家趁热喝了吧！"说着，将军把一碗奶汤递到前排第一个小战士的手上！

小战士端着奶汤，望着将军，看着队长，不知所措。

大队长说："快，喝了吧！"

小战士这才把碗送到嘴边，伸出舌头舔了舔，然后喝了一小口，又急忙把碗传到下一个战士的手上；下一个战士也只喝了一小口，又急忙把碗传到再下一个战士的手上……不一会儿，一碗奶汤便从十几个战士的手上传了一遍，而碗里最后依然还剩半碗奶汤！

将军被深深地感动了。他几乎是含着眼泪说："同志们，不是每人喝一口，而是每人喝一碗。你们就放心地喝吧，我保证你们每人都能喝上一碗！"

将军把一碗碗奶汤依次递到战士们的手上。

战士们端着奶汤，你看看我，我瞅瞅你，还是不喝。

将军只好对大队长施存壁下令道："施存壁，你带头，先喝他娘的一碗!”

望着风中的战士，施存壁热泪滚滚，一仰脖子，带头喝下一碗!

战士们这才举起碗来，慢慢地，一小口一小口地，喝了一碗梦寐以求的又香又甜的奶汤。有的战士喝完了，还伸出舌头，把碗的边缘，舔了又舔。

少顷，将军很是愧疚地说：“同志们，我知道，这段时间你们受苦了，我对不起你们！今天，我要告诉你们的是，你们没有粮吃，不光基地领导着急，毛主席、周总理、聂老总也很着急！现在，周总理、聂老总正在北京为我们紧急筹粮呢！请大家再咬牙坚持一下，过不了几天，粮食就要运来了！我李福泽用我的人格向你们保证，以后再也不让你们吃沙枣叶了!”

将军话音刚落，战士们立即相互搂抱着，失声痛哭起来……

四十八

然而，粮食却迟迟不到。

将军从北京回来的第二天，就接到北京来电，说已为基地紧急调拨了一批粮食、蔬菜和杂物，速派人前去押运。将军立即派人赶往北京。接着将军又听说，他此次北京要粮，惊动了军委，惊动了中央，军内外不少领导都在为基地的粮食而四处奔忙。中央书记处总书记邓小平也非常着急，亲自打电话让有关部门通知各省市，哪怕搞点本地的土特产，也要支援导弹部队！接着就有消息传来，说运送粮食的专列已从北京起程，过了西安，到了兰州，正往基地进发。于是基地上上下下，开始等粮。可两天过去了，依然不见专列的踪影。

将军着急了。

这天晚饭后，将军出门遛弯。时近黄昏，风呜呜地刮着，天气异常寒冷。将军走到第二招待所门口，远远就见司令部的王参谋慌慌张张地跑来，边跑边喊：“李司令，粮食运到啦！粮食运到啦!”

“在哪里?”将军心里一阵狂喜。

“在清水车站。但、但……”王参谋结巴起来。

“但个屁！怎么啦？”将军急了。

“但是，列车刚到清水站，就、就被人抢啦！”王参谋说。

“什么，被人抢了？！”将军大吃一惊，

“是的，好多人呢，黑压压一大片！”王参谋说。

将军脱口骂道：“他娘的，谁这么大胆，敢对军粮下手？”

王参谋说：“具体情况，现在还不清楚。”

将军吼道：“还愣着干什么，走，看看去！”

嘎斯六九疯了似的在戈壁滩上狂奔起来。将军一个劲儿地催促司机：“快点儿！再快点儿！”嘎斯六九来到清水站，将军远远就看见停着一列车皮的站台上，数百个老百姓潮水般地从四处涌来，疯了似的哄抢着车上的粮食：有的提着布兜；有的拿着脸盆；有的扛着麻袋；有的刚刚冲进站台；有的已经爬进车厢；有的正扛着粮食逃离现场……总之，寒风呼啸的车站附近，到处是面黄肌瘦、两眼发绿的老百姓，尽管不少人已被押运粮车的战士死死拽住了衣服，却依然不顾一切地冲进站台，拼命爬上车厢！将军非常清楚，这批粮食要是真的被抢走了，受到威胁的不光是基地数万官兵的生命，更重要的是国家刚刚发展起来的导弹事业！

说时迟那时快，嘎斯六九刚一停下，将军便从车上跳下来，嗖地拔出手枪，对着天空，砰、砰、砰，连开数枪！人群听见枪声，先是一阵慌乱，撒腿便跑；接着突然停住脚步，双腿像被钉子钉住一般，一动不动！

全场顿时一片肃静。所有人的眼睛都齐刷刷地盯着将军手中还在冒烟的枪口。片刻，有人小声嘀咕了一句：“不得了了，当官的来了！”

一路上，将军对抢劫军粮的人作过种种猜想：小偷？土匪？强盗？农场劳改犯？可此刻，他走近了一看，简直不敢相信自己的眼睛。原来这些抢劫军粮的人，既不是土匪，也不是强盗，而全是当地的牧民！他们中，有年轻气盛的小伙，有豆蔻年华的姑娘，有身怀六甲的妇女，有全身浮肿的大伯，有四五岁的小孩，有七八十岁的老人。个个衣衫褴褛，骨瘦如柴，单薄的身子撑在风中，像随时都会倒地的树干！望着这些朴实得如同戈壁滩的沙土一样的牧民，将军久久说不出话来。将军迅速收回手枪，目光在人群中扫视了一圈，很快就发现，其中有不少人都是熟悉的面孔。这些面孔虽然已经被饥饿折磨得不成样子，甚至有的已经变了形，但他们的穿着，他们的眼神，他们的一举一动，甚至他们喘气时的声音和心跳时的表情，将军无不记忆犹新，历历在目。

将军知道，这个地方叫绿园，是额济纳旗蒙古族土尔扈特人祖祖辈辈赖以生存的地方。土尔扈特人之所以把自己的故乡叫作“绿园”，就是希望祖祖辈辈都能够过上幸福如春的好日子，永远生活在绿色的家园！然而三年前，十万“天军”从天而降，要在这里安营扎寨，组建共和国的第一支导弹发射部队，创建共和国的第一个发射场！尽管额济纳旗经济、文化都很落后，既远离繁华都市，又远离现代文明，更远离“红色政治”，但这些牧民们却懂得重情重义，懂得一个再朴素不过的道理：有国才有家。于是为了新中国的第一个导弹发射场，四千多牧民同胞怀着万般留恋、依依不舍的心情，把绿园这片额济纳草原最好的牧场，无私地让给了新来的发射官兵作为基地的首脑中心，而后在旗政府的率领下，卷起帐篷，扶老携幼，赶着十万头牛羊、骏马和骆驼，毅然忍痛搬出了祖祖辈辈赖以生存的故乡，远迁到了弱水河的下游；甚至连额济纳旗政府也曾三度搬迁！将军至今还清楚地记得，部队刚到这儿时没有房子住，正是眼前这些牧民，带上铁锹铁镐，风里雨里，帮着部队挖地窖；部队没有东西吃，还是眼前这些牧民，挤出自家的口粮，做成一袋袋馍馍，亲自送到发射官兵们的手上。多年来他们用一副副瘦弱的肩膀和一颗颗善良的心支撑着步履蹒跚的导弹部队，支撑着顶天立地的发射场！以至于聂荣臻元帅还亲口对将军说过：“额济纳旗人民为国防建设作出了巨大的牺牲，有机会一定要回报他们！”可将军万万没有想到，现实竟是如此残酷如此无情，他用什么去回报他们呢？

很快，将军的目光与另一双眼睛相遇了。这双眼睛饱经风霜，满含泪水，将军太熟悉了！记得部队刚到基地不久，有一天司令部一个参谋跑来向将军报告说，当地的老百姓把一群骆驼赶到发射场去了，怎么办？骆驼进了发射场，这还了得！将军急忙来到发射场，只见一个白发老汉甩动鞭子，正赶着十几匹骆驼在发射场上晃晃悠悠地遛弯呢！戈壁滩上的骆驼是将军最喜欢的动物，无论是在风雨中还是在烈日下，始终沉着地迈着步子，高傲地昂着头颅，坚韧、顽强、不屈。在将军看来，这是一种生存的姿态、生命的境界，别的动物，根本无法攀比。将军走过去，伸手抚摸着骆驼，客气地问道，老人家，您怎么把骆驼赶到我们发射场上来了呢？白发老汉看了将军一眼，撇了撇嘴，一甩手中的鞭子说，什么？你们的发射场？这个地盘本来就是我们过去放骆驼的地方，你们来了，怎么一下就变成你们的了？我们祖祖辈辈都住在这儿，你们赶走了我们的人不算，还不准我们的骆驼遛遛弯呀？人累了要躺一躺，骆驼累了就不能放松放松？请问共产党，这是哪家的王法？将军这才想起，为了搞导弹，建靶场，保住国家机密，根据上级的指示，政府已经动员祖祖辈辈生活在这儿的乡亲们离开故土，迁徙到别的地方去了。但还有十来户人家怎么也不肯离开，基地群工部正反复在做动员工作呢。于是面对白发老汉，将军有一种深深的歉疚感，忙对白发老汉说，老人家，对不起，是我的部下打扰了您的骆驼。您老人家的骆驼就随便遛弯吧，想怎么遛就怎么遛，想遛到什么时候就遛到什么时候！没想到，将军这短短的几句话，却感动了这位白发老汉。第二天，白发老汉就对剩下没走的牧民说，我看这支队伍行，当官的通情达理，很有人味！我们就响应政府的号召，把家搬了吧！结果，不仅白发老汉祖宗三代十二口人很快离开了绿园，而且在白发老汉的带领下，剩下的十来户人家也全部搬出了绿园！

然而，这些如此友好善良的牧民，今天怎么加入了抢劫军粮的队伍呢？而且那位可亲可敬的白发老汉，一看就是个领头人！这究竟是怎么回事？这一切为什么会发生？

将军正想着，突然听见噗的一声，一袋粮食从白发老汉的肩上滑落下来；接着，白发老汉扑通跪在了地上，大声喊道："长官大人，对不起啊！对不起啊！"

将军疾步走过去，弯下腰，急忙扶起白发老汉，说："老人家，请不要这样，请不要这样！"

白发老汉老泪纵横，泣不成声："长官大人，实话对您说了吧，我们不少人都饿死了，我刚满一岁的孙子也给活活饿死了！我们实在没法活了，才来这儿的，可我们不知道是国家的军粮啊！要知道是你们的军粮，我们就是饿死，也不会来抢呀！你们一直把自己的口粮节省下来给我们吃，我们不是白眼狼啊！这次是我饿昏了头，才带着乡亲们来的，对不起，我不是人啊！我干下这种缺德丢人的事，再也没脸活在世上了，你就一枪打死我吧！"

白发老汉说着，竟抽了自己一个耳光，然后扑通一声，再次跪倒在了冰冷的地上。接着，白发老汉身后的人群，哗啦哗啦，也跟着跪倒一大片，然后一起高声说道："长官大人，我们抢军粮有罪，罪该万死，您就一枪打死我们吧！打死我们吧！"

望着跪倒在地的一片牧民，将军鼻子一阵发酸，忍不住在心里发出连连的感叹：这就是中国的老百姓啊！这就是中国的老百姓啊！

将军慌忙走进人群，把牧民们一个个扶起。可他刚扶起这个，那个又跪了下去，最后他只好站到列车的车厢上，大声喊道："乡亲们，你们快起来吧，不要再跪了，天冷，会生病的！我叫李福泽，是基地的司令员，我不责怪你们，你们没有错，更没有罪，是我们没有照顾好你们，是我的错！我们部队来到这儿后，你们给了我们很多的帮助，我们不会忘记你们的！我知道，现在你们每天都在挨饿，日子很不好过！我们部队现在也遇到了很大的困难，这些粮食，都是国家从全国各地要来的，都是兄弟部队从他们的牙缝里抠出来的，是我们部队的救命粮！但是，我们是人民的子弟兵，你们是我们的衣食父母，我们不会眼睁睁地看着你们挨饿的！请你们放心，我向你们保证，只要有我们吃的，就有你们吃的！现在，请大家排好队，我把粮食先分一部分给大家，过两天我再想办法，总之一定不让大家饿肚子！"

人群中，有小部分人下意识地挪了挪脚步，多数人则一动不动。

"乡亲们，这粮我们不能要，一粒也不能要！"白发老汉突然站起来，冲着乡亲们大声喊道，"这些都是军粮，从古至今，军粮就是皇粮，一粒也不能动！大家听我的，把粮食全都放下来，走，跟我回家去！"

人群一阵骚动。片刻，有人放下肩上的粮袋，偷偷走了；有人望着手中盛满了粮食的脸盆，恋恋不舍；有人倒出粮食，几步一回头；有人长跪不起，大声喊着："老天爷，这是在造孽啊！"

…………

暮色悄悄降临了。暮色中，将军目送着牧民渐渐远去的身影，双眼潮湿，仰天长叹！

当晚，基地召开党委会，会议一致决定，这次的救济粮主要照顾发射大队等技术单位；另外，挤出部分粮食，送给当地牧民！

第二天，将军便派专人为牧民送去部分粮食和副食品。牧民们捧着粮食，千谢万谢，感激不尽！白发老汉还带头跪在地上，给送粮的官兵们连磕了三个响头。

接着，将军又跟着送粮车，亲自把粮送到发射大队，然后对发射大队的官兵们说："同志们，不容易啊，这些粮食有的是中央领导给我们要来的，有的是各大军区的兄弟们勒紧裤腰带给挤出来的，有的是全国的老百姓凑份子给凑出来的。大家一定记住了，你们吃的是百家奶啊！"

将军走后，发射大队炊事班的战士急忙团团围住粮袋和菜筐。然而，当他们打开粮袋和菜筐时，一个个全惊呆了：粮袋和菜筐里夹着一张张粮票和一张张纸条，粮票有两斤的、一斤的，还有二两的、一两的；而每一张纸条上，都写着捐献者的名字。其中最小的一张纸条，是武汉军区八一小学一个三年级的小学生用铅笔写的。这位小学生这样写道：

火箭部队的叔叔阿姨们：

我是武汉八一小学三年级的一个小学生。我听爸爸妈妈说，你们已经没有粮食吃了，只能吃沙枣叶了，我十分难过。我没有钱，只能把我从午餐里节省下来的二两粮票送给你们，请收下我的一点心意。

一个热爱你们的小朋友

1961 年 11 月 26 日

这张纸条很快传遍发射大队。传到将军手上时，将军的手颤抖了！

第九章
核导弹

中国在本国国土上进行核弹试验，全世界史无前例，不仅困难重重，且风险极大！一旦发生意外，无论核弹头落在国内还是国外，都注定是一场巨大的灾难！尤其是核导弹万一偏离轨道落在境外，轻则引起重大国际纠纷，重则还可能导致第三次世界大战！如此风险的核试验，中央敢拍板吗？

四十九

1962年刚刚来临，戈壁滩便刮起一股罕见的西北风。这股西北风横扫千里戈壁，连续刮了三天三夜，有的电线杆被刮断了，有的房屋被刮倒了，甚至有的大树也被连根拔起！而戈壁滩之外的中国大地，此时也刮起了一股十级大风——浮夸风！此风从北到南，从西到东，刮遍大江南北，刮遍长城内外，刮遍工厂车间，刮遍田间地头，越刮越大，越刮越远，史无前例！渐渐地，此风刮到了科学大院，刮到了国防战线，刮进了神圣庄严的酒泉发射场！

浮夸风的到来，使本来就风沙弥漫的戈壁滩更加乌烟瘴气。第一枚国产导弹发射成功后，中国搞导弹的队伍面临从仿制苏联的导弹到自行研制导弹的转变。但如何转变？众说纷纭，各持己见。以聂荣臻为首的人认为，欲速则不达，应该用“爬楼梯”的方法来开展导弹的研制工作，即一层一层地往上爬，先从仿制中了解导弹武器系统的概况，在此基础上再作局部修改，提高性能，熟悉其研制方法和规律。但也有部分人头脑发热，把搞导弹看得很简单，以为第一次发射成功了，第二次也肯定成功。他们还说："导弹没啥了不起的，我们打炮的人能把火箭打出去，造炮的人就能把火箭造出来！"所以主张"迈大步"，直接研制中远程导弹。

本来，设计研制导弹是七机部的事，但在浮夸风的直接影响下，基地一部分人也成天躲在帐篷里，自己画图纸搞导弹，梦想"遍地开花"。并在帐篷里、墙壁上，到处满满当当地贴着各种标语口号，比如，"人有多大胆，地有多大产""只要有胆量，导弹飞上天"等。甚至有人还说："真正好的导弹，不是出自设计单位，而是出自好的靶场。"

刚刚研制出来的"东风二号"导弹，就是在这种背景下从北京运到酒泉发射场的。

"东风二号"导弹是中国人自己独立设计、独立研制的第一枚中近程导弹，射程为一千二百公里至一千五百公里，比"东风一号"导弹的射程增加了一半还多！基地这次的任务，就是要对"东风二号"导弹进行一次试验性的发射。但是，苏联专家撤走后，中国是第一次设计、研制中近程导弹；加上形势特殊，条件有限，谁能保证这枚导弹的质量就一定过关呢？

将军接手这枚导弹后，同样担心的也是质量问题。可越是担心，越出问题。这天，"东风二号"导弹刚从专列上卸下来，现场工作人员便发现一个很不正常的细节：上次运来的"东风一号"导弹，脱螺仪上的四个眼都是空的；而这次的"东风二号"导弹，脱螺仪上却只有两个眼是空的，另两个眼则是用铅封死的。这是怎么回事呢？

随车押送导弹的保卫人员对此非常警觉，看了一眼，就说："这是不是有人搞了破坏啊？"

基地保卫部的杜郁看了看，却有不同意见，说："也许导弹改进了，用两个眼，也行。"

保卫人员说："明明打了四个眼，怎么又封死两个呢？既然要封死，何必要打呢？"

杜郁说："测试一下，不就知道了吗？"

保卫人员说："不能测试，万一爆炸了怎么办！我看八成是阶级敌人搞的破坏!”

杜郁说：“导弹是你们北京造的，也是你们从北京运来的，刚到基地，谁搞破坏了?”

保卫人员听出了弦外之音，一下急了，说：“你这是什么态度？你这么说是什么意思?”

杜郁说：“我的意思很明确，我们基地没人搞破坏!”

保卫人员说：“没人搞破坏，怎么有两个眼被堵住了呢?”

…………

两人你一言，我一语，吵了起来。

将军来了，先制止杜郁，然后对保卫人员说：“别吵了，这事很简单嘛，直接给工厂打个电话，问问到底是怎么回事，不就清楚了。”

就给工厂打了个电话。工厂回答说：“两个眼行，四个眼也行，两个眼四个眼，都行。”

来自北京的保卫人员，这才没有追查下去。

1962 年 3 月 21 日，“东风二号”导弹经一系列检测后，顺利竖在了发射架上。9 点 5 分，按照正常程序，正式“点火”发射！非常遗憾的是，“东风二号”导弹起飞后仅十八秒，便像个喝多了酒的醉汉，开始摇晃起来；飞至六十九秒，突然失去控制，一个跟头从空中栽落下来，接着便是一场惊天动地、烈焰熊熊的大爆炸!

此次爆炸，距离发射台仅六百八十米，不仅把一位来自北京的工程师当场炸死，还将发射场附近的一个厕所夷为平地，炸出一个深四米、宽二十二米的大坑！于是，成千上万的发射官兵惊慌失措，目瞪口呆；导弹专家捶胸顿足，悲恸欲绝，五六十岁的大男人了，竟站在风中抱头痛哭；基地的几位将军虽然久经沙场，在导弹爆炸的一瞬间，同样心惊胆战，回天无力!

将军冲出掩体后，在发射场转了一圈，发现气氛空前紧张，非常压抑，个个长吁短叹，悲痛万分。于是为了缓和一下发射场紧张的气氛，他见导弹总设计师谢光选站在前面不远处正望着天空发呆，便走过去，冲着谢光选故意吼道：“谢光选，你的导弹炸坏了我的厕所，你得赔我一个厕所!”谢光选一回头，也冲着他大声喊道：“李司令，你得先赔我一枚导弹，我再赔你一个厕所!”两个老朋友这一吼一喊，现场气氛一下缓和了许多……

“东风二号”导弹发射失败，是中国导弹发射中的第一次失败，就像一个咿呀学语的孩子，刚学走路，便狠狠摔了一跤！因而不仅震惊了基地，震惊了科委，也震惊了中央！发射失败的当天，导弹技术总负责人钱学森从北京乘坐专机赶到基地，亲自查看了爆炸现场和导弹残骸。之后，主动向国防科委主任聂荣臻作了检查。钱学森说：“我是技术总负责人，我有责任。”聂荣臻不但没有横加批评，反而安慰他说：“不要泄气，科学试验，本身就包含成功与失败两种可能。失败了是正常现象，重在总结经验教训。”还说，“五院在技术上，应该由钱学森当家!”

然而，一股莫名其妙的“追查风”还是很快悄悄刮到了基地，甚至有人放出话说：“这次爆炸，是基地造成的，是发射前操作失误引起的!”于是发射场上，一时间风声鹤唳，草木皆兵！有的技术干部吃不下饭，睡不着觉，担心自己会降职降级，开除军籍；有的操作手整天提心吊胆，夜夜做噩梦，生怕灾难会落在自己的头上；甚至有几位技术干部的家属，半夜三更梦见自己的丈夫被北京来的人用手铐给铐走了，吓醒后的第一反应就是伸手去摸丈夫，看还在不在身边，摸到丈夫后就再也不睡觉了，也睡不着了，一直坐在丈夫身边守到天亮。

面对一片责难，将军不辩解，不声明，不推卸，不惧怕。在他看来，谁负责任已经不重要了，重要的是要找出失败的真正原因，唯其如此，方能确保下次成功。于是将军二十四小时不睡觉，组织相关人员在现场分析情况，查找故障。后经多方专家鉴定，总算有了结论：失败的原因不在基地，而在导弹质量本身。

导弹爆炸的风波，这才渐渐平息下来。

五十

1962 年 10 月，孙继先司令员调离酒泉发射基地，前往北京出任国防部第五研究院副院长；同年 11 月 21 日，将军经周恩来批准，出任酒泉发射基地代司令员！

孙继先离开基地的前夜，和将军一起，来到基地刚刚落成不久的烈士陵园——“东风革命烈士陵园”。陵园位于基地机关大院东北四公里处，占地约三万平方米，由聂荣臻元帅题写“东风革命烈士纪念碑”的碑名，张爱萍上将题写“东风革命烈士陵园”的园名。由于保密的原因，该陵园对外人称“九号半”；而埋在这儿的第一位军人因为叫李幸福，故有人又把陵园叫作“幸福村”。令人痛心的是，创建发射场仅仅几年时间，酒泉基地、工程兵和空二基地等单位的官兵、职工，除四十六人残疾外，就有三百多人的生命永远埋葬在了这里。因此这个晚上的孙继先和将军面对陵园三百多座坟茔，心里有一种难言的沉重。

孙继先说：“记得刚到基地时，我提出一个口号：‘干在戈壁滩，埋在青山头！’没想到，这几百个战友的生命真的就埋在这里了。”

将军说：“看来在发射场付出的代价，并不比战场小啊！”

孙继先说：“等我死了后，我这把老骨头也埋在这里，埋在发射架下，永远和他们在一起。”

将军说：“好，我死了也把老骨头埋在这里。”

孙继先说：“一言为定！”

将军说：“绝不食言！”

说罢，两位司令操起铁锹，为新坟添土。而后两人盘腿坐在坟前，聊至深夜，才离开陵园。

孙继先走后，身为代司令员的将军肩上的担子更重了。1963 年整整一年，将军把所有精力都用在了如何保存导弹部队实力以及怎样提高部队的技术水平上。他狠抓业务学习，组织举办多种集训班，一边吸收、研究苏联留下来的技术经验，一边学习、总结中方的实践教训；同时还组织有关技术人员到北京研制生产导弹的工厂，边实践边学习，看导弹到底是躺在帐篷里吹牛吹出来的，还是真刀真枪干出来的。通过工厂的实践，基地技术人员加深了对导弹的认识，头脑渐渐清醒起来。

而让将军感到最欣慰的，是基地尽管经历了三年的大饥饿，但队伍最终还是保留了下来。因此，当1964年的春节即将到来之际，将军特意让后勤处去南方拉了一个专列的青菜回来，让全基地的官兵们痛痛快快地吃了一顿鲜菜饺子！虽说僧多粥少，一个专列的青菜对数万名官兵来说不过杯水车薪，可饿了三年肚子的官兵们过年这天能在戈壁滩吃上一顿鲜菜饺子，那简直就是天大的福分了！

然而，1964年的这个新年，将军过得并不轻松。大年初一，太阳刚刚露出脸面，将军便驱车沿着中苏边境开始秘密巡视。一路所见，令人担忧。将军心里很清楚，中国眼下面临的国际局势，并不比前几年好多少，甚至在某种意义上说，还要糟糕！一方面，美国几年前就在越南发动了大规模战争，并在东南亚一些国家建立了军事基地，旨在结成反对中国的军事同盟。尤其是近一个时期以来，美国加紧了对中国的全面遏制和战略包围，时不时还挥舞几下原子弹这块牌子，吓唬吓唬中国。对中国西北部这块地盘，也比以前盯得更紧了，其U-2高空侦察机多次秘密飞临基地上空，实施侦察；另一方面，大陆与台湾的对峙日趋紧张，国民党的U-2高空侦察机不断从南朝鲜飞临大陆上空，也在秘密侦察。更严重的是，自中苏关系彻底破裂后，七千多公里长的中苏边境线一直冲突不断，苏联调集重兵进驻蒙古，秘密部署核战略部队，对中国构成严重威胁，中苏之战，一触即发！而从中蒙边境到北京、长春等内地战略重镇的直线距离，分别不过五百七十公里和五百二十五公里；距中苏边境的酒泉发射基地，则仅有几十公里。倘若中苏战争一旦爆发，酒泉发射场必是首当其冲的攻击目标，其后果不堪设想！因此新年之际，当将军驾车悄然巡视在中苏边境时，感受最深的其实不是戈壁的寒冷，而是来自北方那扑面而来的滚滚杀气！

当然，将军也知道，面对美苏的核威胁，中国并未坐以待毙，而是在研制导弹的同时，也在秘密进行原子弹的研制。而且为了确保导弹、原子弹齐头并进，顺利发展，1962年11月，中央还成立了专门委员会，简称中央专委会，由周恩来担任主任，聂荣臻、贺龙、李富春、陆定一、罗瑞卿、张爱萍等七位副总理和七位部长任委员。只是，在中国悄悄进行这一切的时候，一直受到美国、苏联、日本以及其他周边国家的暗中监视。

将军曾在内参上看到过一篇报道，这篇报道刊登在美国1959年8月3日的《新闻周刊》上，该报道说：

> 亚洲在地平线上的乌云仍然还不到一个人的手掌那么大，这只手掌是赤色中国的手掌，而这片乌云的形状是一次核爆炸的形状，这个信号的确是个凶兆。西方的情报机构认为赤色中国的科学家们完全有可能解决核武器的理论问题，至少已经肯定知道的是：1958年俄国人给了赤色中国一个在托木斯克技术学院制造的二千五百万电子伏的回旋加速器。1958年6月13日以来，一个七千至一万千瓦的小型原子反应堆已经在北京附近运转。西方科学家们计算，一个一万千瓦的反应堆每年大概能够生产三公斤的钚。在理论上这意味着，完全不要俄国人的任何进一步帮助，中国人就能够生产足够的钚。在十八个月后，即今年年底制造他们的第一颗原子弹。当然，俄国可能是在帮助中国人。但是，西方的专家们对此表示怀疑。因为莫斯科并不希望把它的东部边境摆在一个用核武器武装起来的对手面前。

将军还看到过日本《朝日新闻》驻香港分社社长江藤在1958年8月19日写的一篇报道，该报道说：

> 最近，人们不断推测共产党中国实行核武装问题。一种推测是：共产党中国可能会在国庆十周年的10月1日宣布拥有核武器。另一种推测是：共产党中国的原子能研究工作还处于低级阶段，今后两三年无论如何也不可能参加核集团。不管怎样，共产党中国一定正是为了“武器”“和平利用”这两个目的而努力进行原子能研究工作。问题可能是共产党中国不可能只靠自己的力量进行研究，必须得到苏联的援助，而苏联将在什么程度上帮助共产党中国呢？去年6月，共产党中国已经开始运转

> 试验性原子反应堆。据说，从理论上说来，共产党中国在今年年底以前“能够拥有”制造原子弹所必需的原料。但是，这种情况是否立刻就同实行核武器发生联系，还有疑问。问题是共产党中国的综合科学、技术、材料、经济等方面的力量是否已经达到这样的水平。可以认为，苏联可能会帮助共产党中国“储存、装备、试验已经制成的原子弹”。但是，据说共产党中国对依靠别人的力量实行核武装不大感兴趣。显然，共产党中国正在加速进行独立的原子能研究工作。

是的，苏联专家撤走后，中国便开始了独立研制导弹、原子弹的历史；同时对导弹、原子弹二者如何结合的问题，也在秘密的研究之中。“东风二号”导弹，便是有备而来的一枚试验导弹。就是说，该导弹若是试验成功，将承担起发射中国第一枚核弹头的任务！只可惜，“东风二号”首次发射试验，便栽了一个大跟头，而且最令人尴尬的是，这个跟头还栽在了一个茅坑里！这自然成了西方“帝国主义”讥笑的一大“丑闻”，也着实让白宫和克里姆林宫的政客们茶余饭后笑话了好一阵子。

庆幸的是，“东风二号”导弹此后经过中国导弹专家们两年多的重新改进设计，并在地面进行了十七项大型试验、一百零五次发动机试车，终于在 1964 年 5 月下旬重新运达基地。接着，于 6 月 29 日 7 时进行了全程试射，一举获得成功！而几乎与此同时，即 1964 年 10 月 16 日，中国第一颗原子弹也在新疆马兰基地爆炸试验成功！当黑色的、恐怖的蘑菇云在罗布泊上空缓缓绽放时，全世界都被震惊了！颇有讽刺意味的是，就在中国第一颗原子弹爆炸试验成功这天，苏共总书记赫鲁晓夫正式下野，从此退出政治舞台。

“东风二号”导弹的发射成功，标志着中国依靠自己的技术力量掌握了导弹和火箭的运载技术，从而让发射核弹头成为可能；而原子弹的爆炸试验成功，则标志着中国突破了核裂变技术，掌握了当代世界最强的核武器！于是二者成功的消息，一夜间便刮遍了全球的每个角落，令西方世界不寒而栗！美国总统约翰逊在当天便召开了国防部安全紧急会议，并发表声明说："东方中国的核爆炸，是世界历史上最不幸的时刻之一"；台湾的蒋介石更是宛若惊弓之鸟，也在当天举行紧急防御会议，磋商对付大陆共产党的新招；而越南、阿尔巴尼亚、朝鲜等社会主义国家则向中国纷纷致电祝贺，称"中国原子弹的成功爆炸，打破了超级大国的核垄断和核讹诈，为捍卫世界和平作出了重大贡献"！

当然，以美国为首的西方诸国在受到震惊的同时，并没忘记对中国讥讽嘲笑一番。比如，美国《纽约时报》10 月 17 日发表文章说："中国虽然有了原子弹，却没有发射原子弹的导弹。有'弹'无'枪'，等于白搭。"而其他国家对中国当下的核实力也并不看好，法国《世界报》10 月 17 日就发表评论说："中国要拥有一种真正意义的'打击力量'，目前似乎是不够的，因为必须要拥有一种运载工具——洲际导弹。"西德《明镜》周刊 10 月 21 日载文说："远东的核爆炸声，从短期来看，在军事上将是无意义的。北京通向世界核大国的道路还很漫长：西方专家认为，最少还要四年中国人才能从粗糙的原子弹发展到制造可运载的原子弹。无论如何，红色中国还必须发展自己的运载工具，红色中国的火箭发展还在初始阶段。"一位叫布伦的美国人也撰文称："北京在 1958 年左右开始发展近程导弹，可以在 1970 年左右或在这之前生产导弹。这种一千一百公里到一千六百公里射程的火箭可以打到印度以及整个南亚和东南亚。除此以外，可以猜测，北京要用十年至十五年的时间才能发展有核弹头的洲际导弹。"而美国国防部部长麦克纳马拉的分析则是："五年内中国不会拥有运载核武器的工具。因为美国从第一颗原子弹爆炸到发射载有核弹头的导弹，用了十二年，苏联差不多也是这个时间。因此，中国要有发射核弹头的洲际导弹，至少需要十年！"

按照上述西方人的说法，中国至少还要十年才能搞出发射核弹头的导弹。这等于说，中国的原子弹至少还要十年才能真正具有实战能力。倘若果真如此，已被西方列强欺压了百年的中国，岂不还要在美国、苏联的核垄断与核威胁中煎熬十年?!

对于西方舆论的这些评说，将军并不在意。将军只承认他们说对了一点，那就是，中国如果搞不出发射原子弹的导弹，即便造出了原子弹，也无多少实际意义。因为假如战争一旦来临，中国不可能再像当年美国那样，用飞机把原子弹运到日本广岛的上空，然后再往下扔！

事实上，1965 年 5 月 14 日，中国在新疆马兰基地，曾用一架轰－6 飞机载着核航弹飞临核试验场区的上空，让原子弹在五百米的高空作爆炸试验，获得成功。此举之目的，是想证明中国不仅造出了原子弹，而且仅半年多一点又有了能够用于飞机投掷的原子弹，完全可以让核武器投放于实战！但是，由于中国的轰炸机相当落后，且数量有限，一旦起飞，无论美国还是苏联，任何一架歼击机都能轻而易举地实施有效拦截。所以中国如果想依靠轰炸机来建立自己的核力量，不仅是愚蠢的，也是不可能的；而要让原子弹显示威力，最好的回应，就是搞出真正具备发射核弹头能力的导弹！只有用导弹携带核弹头，替代轰炸机的使命，才会拥有真正的核威胁。就像造出了子弹，还必须要有枪，才可能把子弹射向对方一样！否则，原子弹再厉害，不插上导弹的翅膀，充其量不过就是一枚核地雷而已。于是中央决定，加快“东风二号”导弹的发射试验，让“东风二号”导弹成为发射核弹头的运载工具。也就是说，“子弹”（即原子弹）已经有了，就等着导弹这把“枪”了。

所以，核试验的工作重心，很快从新疆马兰转到西北酒泉。从 1965 年 1 月起，酒泉基地对“东风二号”导弹实施了一次又一次的发射试验。但由于“东风二号”导弹比第一枚导弹射程远，重量重，所以第一次竖在发射架上时，风一吹，摇摇晃晃，给人一种很不可靠的感觉，以至于国防部五院副院长王诤看了后，开玩笑说：“怎么像林黛玉似的，摇摇摆摆，扭扭捏捏？”但通过一系列的反复试验，“东风二号”导弹终于日趋成熟，具备了发射核弹头的能力。尤其是 1965 年 11 月 13 日，增加射程后的“东风二号甲”导弹首次发射获得成功！接着，基地又连续七次发射了“东风二号甲”导弹，结果是六次成功，一次失败！

于是，发射核导弹的条件已经成熟。即是说，从 1965 年起，中国不仅有了“弹”，也有了“枪”。如果美国、苏联胆敢用核武器向我发起攻击，只要把这“弹”装进“枪”膛，就有可能打到美国的白宫，或者苏联的红场。

但有了“枪”，有了“弹”，仅为发射核弹头提供了前提条件；要想把核弹头打出去，还必须把核弹头装在导弹上，真枪实弹地进行一次“两弹结合”的发射试验！而这样的发射试验，英国不敢搞，法国不敢搞，德国也不敢搞，日本、印度等亚洲国家更不敢搞——不是不敢搞，而是想搞搞不了。截至 1965 年，全世界只有美国、苏联搞了。但都是从本土打到公海。美国是 1958 年，苏联是 1962 年。

中国的情况则完全不同，既不具备打到公海的技术条件，也不拥有打到公海的经济实力，只能在自家的国土范围，从陆地打到陆地。即是说，要么从北边打到南边，要么从南边打到北边，而不管从北打到南，还是从南打到北，都只能在陆地上进行。

很显然，中国在本国国土上进行核弹试验，全世界史无前例，不仅困难重重，且风险极大！一旦发生意外，无论核弹头落在国内还是国外，都注定是一场巨大的灾难！尤其是核导弹万一偏离轨道落在境外，轻则引起重大国际纠纷，重则还可能导致第三次世界大战！

如此风险的核试验，中央敢拍板吗？

五十一

1966 年 3 月 11 日，将军乘专机赶往北京参加第十五次中央专委会。会议由周恩来主持。会议主题：中国到底能否实施“两弹结合”的发射试验？此前，国防科委曾邀请二机部、七机部、总参作战部、装备计划部，以及酒泉、马兰基地等有关领导，对发射核弹头的诸多问题进行了研究，并就发射阵地、弹着点的位置和射程、爆炸高度、测试项目等问题作了具体分析。最后认为，“两弹结合”的发射试验条件已经具备，应该加快进行。而其中的一条理由就是，中苏关系日趋恶化，苏联很可能在中国尚不具备发射核导弹能力之前先发制人，对中国实施摧毁性的打击，所以中国必须尽快拥有自己的核力量！基于这样一种认识，专委会经过反复讨论，原则上同意“两弹结合”的试验计划。周恩来在会上特别强调说：“在大陆上进行导弹核武器的飞行试验，是我国两弹事业发展的新阶段，也是世界上的一个创举。要以对人民高度负责的精神，发动群众，确保质量，一定要做到万无一失。这次试验要严密组织，保证绝对可靠，绝对安全，即使掉下来，也不能发生核爆炸，出了乱子就是犯罪!”周恩来还说：“说实话，搞这样的试验，我总是不放心，怕核弹头掉下来。二机部和七机部要好好研究一下，七机部要研究如何保证不掉下来，二机部要研究万一掉下来怎么保证不发生核爆炸!”

会议最后作了五项具体决定：

> 第一，“东风二号甲”导弹具备了发射核弹头的能力，导弹、原子弹可以进行一次核试验。
>
> 第二，二机部负责对核弹头进行地面试验，确保核弹头在未解除保险时，即便出现各种异常，也不会在地面发生核爆炸。
>
> 第三，酒泉基地作为核弹头发射的首区，新疆马兰基地作为核弹头的落区。即是说，核弹头从酒泉基地发射，在马兰基地罗布泊上空爆炸。
>
> 第四，为稳妥起见，先进行“冷”试验，即不装核燃料的试验。“冷”试验成功后，再进行“热”试验，即装上核燃料和真核弹的试验。
>
> 第五，总参谋部、国防科委负责当地居民和参试人员的紧急疏散工作。

会议结束时，周恩来又补充了一句：“由于‘两弹结合’试验事关重大，还要上报中央政治局批准才能实施!”

会议结束后，将军第一件事，就是跑到休息室，一边大口大口地吸烟，一边使劲抠脚丫。而后马不停蹄，赶回基地，连夜召开紧急会议。尽管如此，将军依然不放心。

不放心的，还有中央书记处总书记邓小平。

1966 年 3 月 26 日，即中央专委会结束半个月后，邓小平便来到基地。随同邓小平一起到基地的，还有国务院副总理李富春、薄一波以及余秋里、赵尔陆等。在中国所有发射基地中，酒泉基地是中央和军委大人物出行最多的一个基地。此前，聂荣臻来过，罗瑞卿来过，张爱萍来过，叶剑英来过，林彪也来过。这次邓小平来基地，其目的是检查西北四省的工作和基地“两弹结合”试验的准备情况。也许是出于安全考虑，邓小平的专列到达基地已是深夜两点。邓小平对余秋里说：“太晚了，我们就在车上过一夜算了，免得影响基地的同志睡觉。”结果，邓小平一行在火车上凑合着睡了一夜，第二天在栗在山政委和李福泽将军的陪同下，才走进基地第一招待所。

一进招待所，将军就向邓小平介绍说：“这儿原来是专家楼，是当年苏联专家设计的，苏联专家一撤走，就成了我们自己的招待所了。”

提到苏联专家，邓小平似乎很有感慨，说：“这个发射场当初组建和定点时，还是我批的呢！戈壁滩很艰苦，你们在这儿当无名英雄，很不容易！苏联专家走了，这是一个教训啊！一个人，一个国家，什么时候，都得靠自己，用别人的拐棍走路，靠不住啊！”

接着，政委栗在山和将军向邓小平汇报了发射场区的建设、布局、训练、试验等情况。邓小平听了后高兴地说：“过去这儿是‘风吹石头跑，遍地不长草’，现在有了铁路、公路、树木和房子，像个小城市。这是你们辛勤劳动的结果。1959 年、1960 年，差点儿都撤出去了，你们能够坚持下来，很不容易啊！三年自然灾害，部队也没饿死一个人，更不容易！我相信，历史会记住你们的！”

邓小平说到这里，看了看窗外，问：“这附近的山有多高，延伸多远？”

将军说：“东西长五十多公里，纵深则比较大，山高是三百到五百多米。”

邓小平说：“这样的山高和纵深够了，可以设防防御。不过，这里离边境太近了，很不安全，你们要赶紧选建一个新的发射试验场。”

当日，邓小平接见了一线的基地官兵和铁管处的员工。但接见结束后，不少基层员工和战士反映，车速太快，没看清邓小平的脸，能不能再接见一次？将军报告了邓小平，邓小平爽快答应，又把基层的员工和战士重新接见了一遍。

中午，将军特意安排邓小平吃了一顿颇具西北风味的手抓羊肉。下午，邓小平先是乘车前往“地—地”导弹发射场参观操作表演，接着再赶到“地—空”导弹发射阵地观看“地—空”导弹的发射试验。当导弹准确击中目标时，邓小平激动得站起来鼓掌。将军告诉邓小平说：“前几年，我们就是用这种导弹，打掉了美国的 U－2 高空侦察机的。”邓小平说：“这就是我国发达和神圣不可侵犯的标志。祝贺你们！”

第二天，邓小平接见了基地机关一万两千多名官兵、职工和家属，并与大家合影留念。下午，离开基地。

1966 年 7 月 17 日，同样不放心的周恩来结束对罗马尼亚、阿尔巴尼亚的访问后，也转道来到基地。

周恩来这次是第五次到基地。第一次是 1965 年 6 月 1 日。那天周恩来一下飞机，便对基地领导人说：“毛主席工作很忙，来不了这里，我来看看大家。毛主席很关心这里的建设和试验任务，你们的事业很光荣啊！”周恩来只待了一个多小时，便离开了基地。此后在不到一个月的时间里，周恩来又先后三次来过基地，可惜都只在机场短暂停留。而只有这次，才住进了基地。

周恩来这次一到基地，就观看了“地—空”导弹的实弹射击，当晚还与基地官兵共进晚餐。周恩来一进食堂，就端起酒杯和一盘切好的苹果走进厨房，首先看望炊事员，并向每个炊事员斟酒、碰杯。晚饭后，在基地举行的联欢晚会上，周恩来还亲自指挥大家一起高唱《东方红》。

翌日上午，周恩来在杨成武和将军的陪同下，乘直升机视察了场区以北的居延海、黑城子、乌苏木等地，还看了兰州军区的工事。

接下来，周恩来详细听取了将军关于“两弹结合”试验准备情况的汇报，然后特别强调安全问题，他说：“这次‘两弹结合’的发射，绝对不能出问题！一旦出了问题，就是大问题！”

周恩来离开基地这天，乘坐敞篷车接见基地的干部、战士、职工、家属、学生和儿童。敞篷车正准备启动时，周恩来发现政委栗在山和李福泽没有上车，便大声喊道：“栗在山同志、李福泽同志，快上来，我们一起检查部队，看望同志们!”

栗在山、李福泽上车后，本能地往边上站，周恩来忙说：“你们是这儿的主人，应该站中间，我站在边上，便于看望群众。”说着，周恩来自己站到边上，让栗在山、李福泽站在了他和杨成武之间。

敞篷车缓缓启动后，周恩来这才举起双臂，向站在两旁的上万名基地官兵、家属和孩子们频频挥手道别。

然而，此刻谁也没想到，在千里之外的北京，毛泽东大手一挥，拉开了“文化大革命”的帷幕，随即轰轰烈烈，席卷全国!

五十二

“文化大革命”突然而至，令将军始料不及，根本无法作出什么预测与判断。但有一点将军是清楚的，那就是，要想顺利完成“两弹结合”的试验任务，基地必须有一个安定可靠的环境。否则，一切都他妈扯淡!

然而位于西北荒原的发射场不是一块净土，也不可能是一块净土，它虽远离政治中心北京，身处与世隔绝的荒凉大漠，却非世外桃源。社会上的种种消息，如同戈壁滩上年年岁岁刮来刮去的大风，很快便吹到了发射场。特别是一些从北京、上海到基地参加试验任务的工作队的队员，随时都会把“文化大革命”的信息带到基地。于是基地部分本来就不太安分的人，就更难以安分守己了。

基地掀起的第一个浪头，是所谓的“二月逆流”。“二月逆流”刚刚“流”到基地时，有人就提出了一个口号：“踢开党委闹革命!”这个口号传到将军的耳朵里时，将军桌子一拍，破口大骂：“放他娘的屁！踢开党委闹革命？闹出事来了，谁负责啊?!”而当北京炮轰国防科委领导的大字报出现在机关大院的墙上后，基地机关也开始受到冲击。为此，将军顿顿吃不好，夜夜睡不着，总有一种天下大乱的感觉。

其实，将军最担忧的只有一个字——乱！将军是从战火中拼杀出来的老军人，比谁都清楚，如果部队一乱，“两弹结合”发射试验，肯定也会跟着乱，甚至很可能半道夭折!

这天，有人向将军反映说，自“文化大革命”开始后，基地机关有两个战士非常活跃，天天不上班，跑到领导办公室强烈要求“闹革命”，还要坚决搞“四大”（即大鸣、大放、大字报、大辩论），简直无法无天，谁劝也不听，搞得单位鸡犬不宁！

将军决定和这两个战士谈谈心，便让秘书把两个战士请到自己办公室。两个战士来了后，将军客气地请他俩坐，他俩却不坐，手握《毛主席语录》，昂首挺胸，硬邦邦地戳在那儿，一高一矮，像两截钢管。高个儿战士看了将军一眼，二话不说，把《毛主席语录》往胸前一放，便一本正经、虔诚无比地背诵起来：“领导我们事业的核心力量是中国共产党，指导我们思想的理论基础是马克思列宁主义。”接着，矮个儿战士也满脸严肃、字正腔圆地背诵道：“世界上怕就怕认真二字，共产党最讲认真！”

将军看着两个还是一张娃娃脸的战士，皱了皱眉头，说：“你们有什么话好好说，不要动不动就背《毛主席语录》好不好？”

高个儿战士说：“《毛主席语录》是我们革命小将的武器，为什么不背？我们要天天背，月月背，年年背，背到老，学到老！”

将军说：“你们的任务是把本职工作干好，不是天天背《语录》。就算我这个当司令的求你们了，行不行啊？实话告诉你们吧，要背《毛主席语录》，我倒着背，都比你俩背得利索。我今天叫你们来，是要告诉你们，基地是搞导弹的，不是背《语录》的，更不是搞‘四大’的！”

矮个儿战士冷笑道：“李司令，不搞‘四大’，就是不听伟大领袖毛主席的话！”

将军强压着心头的火气，说：“我说基地不搞‘四大’，就不搞‘四大’！从今天开始，过去的事，就过去了，你们不要再闹什么‘革命’了，你们年纪还小，回去好好上班，好不好？”

高个儿战士咧嘴一笑：“李司令，如果我们就是要闹革命呢？”

将军说：“你们还是小孩子，闹什么革命？就你们这样闹下去，能把导弹闹上天吗？”

矮个儿战士说：“不高举革命的红旗，导弹怎么能上天？伟大领袖毛主席教导我们，你们要关心国家大事！我们闹革命你不支持，就是和毛主席唱对台戏!”

将军这下火了，一拍桌子，说：“好啊！要革命，我今天就先‘革’了你俩的命!”说着，冲着门口一声大喊，“保卫部，来人!”

两个保卫干事很快赶到，将军用手一指：“把这两个小家伙给我关起来！我就不信，两个小兔崽子，还反了不成!”

两个战士当即被关了“禁闭”。

本来，将军是想吓唬吓唬两个战士，可两个战士被关“禁闭”后，“革命斗志”依然十分坚强，不仅不老实，反而天天大喊大叫，还学当年地下党的样子，变着戏法，偷偷往外传递纸条，串通其他人也起来“闹革命”！将军每天忙得团团转，哪能容忍两个毛孩子兴风作浪，何况一粒老鼠屎还会坏了一锅汤呢！于是一声令下，将两个战士“发配”新疆（即调至新疆一个偏远的观测站）。两个战士离开基地那天，将军让军务处处长在两个战士的背包里悄悄塞了五斤苹果和两听罐头，然后叮嘱说：“先让这两个小家伙到那儿静一静，避一避，等过了这阵风，再给我接回来。”

将军的这一做法与当时的“革命潮流”显然背道而驰。战士“发配”新疆，很快成了“政治事故”，成了基地“造反派”闹事的由头。于是基地“造反派”很快组织人马，对将军和基地其他党委成员反复实施围攻。到了 1966 年 8 月下旬，基地四分五裂，人心涣散；尤其是一部分人成天上蹿下跳，四处游动，不但不把心思放在“两弹结合”上，反而严重妨碍试验工作。将军眼看基地形势江河日下，心急如焚，决定去北京，找国防科委主任聂荣臻!

此时的北京，“革命形势”已发生了空前的大转变。就在八一建军节前夕，以江青为首的“中央文革小组”在人民大会堂召开了科学界的万人动员大会，江青在会上大讲科学界的运动很不得力，没有生气，要赶快加温，迅速发动“文化大革命”，云云。自身难保的聂荣臻这时尽管已经遭到大字报的“炮轰”，但听了将军的汇报后，在中央军委的常委会上，还是坚持提出了自己的意见：导弹和原子弹试验基地等科研单位的任务很重，这些单位的“文化大革命”应该推迟；即使将来要搞，也只能进行正面教育。聂荣臻的建议得到中央军委多数人的支持，很快，中央军委向全军下发了指示：军队内部不搞“四大”！

军委的指示下达基地后，将军的心这才踏实下来。当天，基地党委在东风礼堂召开大会，由政委栗在山传达中央军委关于军队内部不搞“四大”的指示。不料，栗在山传达完军委指示，刚走出礼堂门口，就被一群人气势汹汹地围住了。栗在山往外冲了几次，都没冲出去，只好问道：“你们到底想干什么？”

领头人说：“我们想请政委解答几个问题。”

栗在山说：“什么问题？”

领头人说：“请问政委，为什么不让我们搞‘四大’？”

栗在山说：“这是中央军委的指示，只管执行就行了，不要问那么多为什么。”

人群立即叫嚷起来：“你的传达不算数。今天不讲清楚，就别想走人！”

于是，栗在山从上午到晚上，一直也没走出人群的包围圈。

将军这天没有参加栗在山主持的会议，而在主持“两弹结合”的试验训练计划会。将军的会开到很晚，晚到晚上 12 点。按惯例，每晚 12 点以前，将军都要和政委碰碰面，交换交换情况。可将军到了办公室，却迟迟不见政委露面，便问秘书王玉群：“政委的会早该散啦，怎么还没回来，去看看怎么回事！”

不一会儿，王玉群就慌慌张张地跑了回来，说：“司令员，出事啦！政委在礼堂前被人围住了！”

将军吃了一惊，抓起衣服就往外走：“走，看看去！简直胡闹！”

将军带上警卫员和秘书一路小跑来到礼堂。礼堂前，几百人围在那里，黑压压好大一片！有人见司令员来了，吓得赶忙缩回了脑袋，低头喊了一声：“李司令来了！”闹哄哄的人群立即安静下来，并马上闪出一条道来！

其实，将军是个很随意也很随和的人。别看他是资本家的后代，又是大学生，还是赫赫有名的发射司令，外表却一点也不像。于是，有人给他作了一个很经典的概括，说他是“知识分子工农化”。

的确，将军平常吃穿一点也不讲究。除重大活动或者来了中央领导人外，他从不穿皮鞋，而特别喜欢穿一双圆口布鞋——俗称“老头鞋”。有时他的老头鞋已经穿裂口了，也不换。秘书让他换一双新的，他说，换啥？我有脚气，裂个口，正好透气！尤其是1965年取消军衔制后，部队无论官大官小，一律都戴红领章、红帽徽，所以将军出门被哨兵拦住查问，是常有的事。有一次，将军乘专机外出勘察发射场，飞机在机场加油，将军趁机在机场边上溜达溜达。机场一位小姐看见后，见这老头朴素平常，像个伙夫，便截住查问：老同志，您的机票呢？将军一本正经地，说，我没有机票，只有飞机！小姐一听，吓了一跳。后来一打听，才知道这位像个伙夫的老头儿原来是大名鼎鼎的发射司令！

但将军在基地的厉害，远近闻名，基地上上下下，没有几个不怕他的。所以，当将军带着秘书和警卫员大步穿过人群，往栗在山政委身边一站时，不用说话，便有一种不怒自威的霸气！

将军问：“你们围住政委干什么？”

众人面面相觑，不说话。但很快，领头人就向众人大声喊道：“大家不要怕他，现在不是过去了。现在是‘文化大革命’，李福泽不能一手遮天！”

另一个领头人也跟着喊了起来：“对，别怕他！革命无罪，造反有理！”

甚至有人冲着将军大声叫道：“不给我们说清楚，你今天也休想走！”

将军冷笑一声，问：“你们要政委说什么？”

一个领头人说：“我们坚决要求搞‘四大’，这是我们神圣的革命权利，政委凭什么说不准搞‘四大’？”

将军说：“同志们，请听我说，现在都半夜1点了，你们把政委围了这么长时间，他已经很累了，让他先回去休息吧，你们的问题，我来解答。”

将军突然自己出来“顶罪”，闹事的人反而一下没了主意。人群把目光集中到领头人的脸上，几个领头人看了看表，点了点头，便让开一条道，让早已双腿麻木的栗在山一瘸一拐地走了。

栗在山刚一走，领头人就问："请问李司令，基地凭什么剥夺我们搞'四大'的权利?"

将军看着对方，笑了笑，不说话。

领头人说："你笑什么？这是个很严肃的问题。"

将军说："对，正因为是个很严肃的问题，所以今天上午政委才专门开会传达了中央军委的指示！你没听见吗?"将军一转身，面对群众，又大声说道，"同志们，现在已经很晚了，明天还要工作，请大家先回去休息。如果有什么不明白不理解的，明天我们再讨论，好吗?"

将军刚说完，领头人就大声喊叫了起来，并挥着拳头逼到了将军的面前："大家千万别上他的当，李福泽在耍我们，今天非要让他说清楚不可!"

警卫员拔出手枪，一个箭步冲上去，护住了将军。

将军一把拨开警卫员，冲着领头人厉声喝道："小兔崽子，你给我听好了，你要再胡闹，我立即把你抓起来!"

人群一下安静下来，只有风，在嗖嗖地刮着。领头人被将军一下镇住了，一时僵在那里。将军趁机对警卫员和秘书说："我们走!"可刚走了两步，人群中突然有人叫了一声："不能让李福泽走!"于是涌动的人群再次聚合起来，把将军团团围住。

将军一看，立即对警卫员喊了一嗓子："去，把警卫团给我叫来!"

警卫员刚走，将军便一屁股坐在地上，脱掉老头鞋，慢慢抠开了脚丫!

人群望着将军满不在乎的样子，有点不知所措。

警卫团团长带着一个连的人马很快赶到了。人群见司令员动真格的了，纷纷往后散去；几个领头的开始还站着不动，后来见警卫战士个个荷枪实弹怒目而视，很快也败下阵来。将军趁机劝说道："同志们，现在什么都不重要，国家的安危才最重要！我们是一支特殊的国防部队，不能搞什么四大五大的。我们现在最紧要的任务，就是团结起来，集中力量，顺利完成党中央交给我们的‘两弹结合’的试验任务！好了，大家赶快回家睡觉吧，明天还要上班呢！”说完，大摇大摆，走出人群，扬长而去。

两天后，将军以党委的名义，向全基地正式下达了命令：“两弹结合”试验期间，任何人必须停止一切“革命”活动！因为将军已经接到秘密通知，历经万般磨炼的核弹头，很快就要运往基地了！

五十三

载着核弹头的特级专列从北京秘密开往基地的时间，是 1966 年 9 月 8 日晚。专列上除了经过严格审查的上百名参试人员外，便是牵动着无数国家领导人和核专家们大脑神经的核弹头！鉴于当时波及大江南北的红卫兵大串联活动已经开始，全国交通秩序出现混乱，所以为确保核弹头一路安全，专列出发前，周恩来亲自下令发布了一道非常特殊的指令：任何人沿途不许登车，任何人不得以任何理由检查专列！核弹头要用武装保卫！

而根据中央的指示精神，此次“两弹结合”试验，必须保证核弹头万一出现意外掉在地上也不能发生爆炸！周恩来特别强调：“这次试验必须做到万无一失，绝不能在自己的国土上发生核爆炸！因为一旦发生爆炸，就等于是自己给自己扔了一颗原子弹！”于是，时任七机部副部长的钱学森向周恩来当面保证：我们保证核弹头不掉下来！时任二机部副部长的李觉也向周恩来当面承诺：我们保证核弹头万一掉下来，也不发生爆炸！

为确保上述承诺，在核弹头反复试验的过程中，尽管不具备试验条件，但专家们绞尽脑汁，土法上马！比如，没有大震动台，就把核弹头搁在汽车上，让汽车在最颠簸的山路上拼命狂奔；为了观察冲击传感器的反应，有一次还让一位身强体壮、力大无穷的师傅用拳头对着核弹头使劲地砸；没有大型低温实验室，就到部队的冷库里实验；没有高温实验室，就到工厂的喷漆烘干房去烘，甚至把核弹头放在柴火上烧，搁在炭火上烤！

现在，经千锤百炼的核弹头终于运到基地，最紧张的人自然就该轮到将军了。虽然，过去每次导弹落户基地，将军都会紧张，但这次比以往任何一次都更紧张。因为这次是威力四射的核弹，而不是普普通通的导弹，无论是杀伤力还是国际影响力都要大得多！

所以，核弹头刚到基地没几天，国防科委主任聂荣臻、副主任张震寰以及大专家钱学森等便赶到了基地。在基地召开的动员大会上，聂荣臻大声强调说："这次试验任务非常重要，大家一定要高度重视！试验的准备情况和重大问题，我将随时向周总理汇报，关键时刻还要向毛主席报告！"一听要向毛主席报告，官兵们顿时热情高涨，精神大振。

9月28日，中央专委还向基地发来一份电报，该份电报说：

> "两弹结合"试验，是用导弹作运载在大陆本土进行，在国际上都是个创举，只能成功，不能出事，出了事影响太大！这不单是个技术问题，还是个政治问题。一定要先把合练搞好，保证不出事故！

接着，周恩来针对这次试验任务，也专门作了指示："在过去飞行可靠性百分之九十左右的情况下，现在要靠发挥人的主观能动性，来解决剩下的百分之十不可靠的问题。总之，要坚决做到：严肃认真，周到细致，稳妥可靠，万无一失！"周恩来讲的最后四句话十六个字，史称"十六字方针"，第二天就被基地宣传部门用笤帚蘸着白灰，赫然刷写在了发射场边的水泥墙上。

面对如此泰山压顶般的局势，将军作为本次试验任务的发射司令，深感千头万绪，压力重重，如履薄冰——

一是保密问题。保密问题一直是基地的重点。发射导弹要保密，发射核弹头更要保密。将军首先下令，必须做好保密工作，任何人绝对不得走漏一点风声，否则严惩不贷！然后，又责令基地保卫处挑选出十二名身强体壮的士兵和1964年全军大比武中的尖子，组成一个加强警卫班，昼夜看守核弹头。

二是导弹与核弹的技术协调问题。就保密级别而言，导弹的级别本来也不低，但和核弹相比，核弹的保密级别更高。而问题是，一直以来，搞导弹的是搞导弹的，搞核弹的是搞核弹的，二者鸡犬相闻，却互不往来。现在，导弹与核弹要结合在一起，二者的技术指标就得相互交底，否则无法协调统一。可这事就像两人谈恋爱，导弹方已向核弹方毫无保留地“吐露真情”，核弹方却总是“羞羞答答躲躲闪闪”，不敢“敞开胸怀大胆示爱”。因为核弹方有严格的保密规定，其技术指标只能内部单线交流，不能对外横向联系。这就给将军的协调工作造成很大的障碍。后来由国防科委牵头，组成联合技术小组，才克服了这一难题。

三是设备仪器的隐患问题。一次核导弹试验，从指挥发射到跟踪测控，再到定点爆炸获取数据，涉及仪器设备成千上万，任何一台仪器藏有隐患，到时必将功亏一篑。于是将军督促全体参试单位对所有参试设备、仪器、仪表，统统作一遍认真细致的检查，排除一切可能出现的疑点和隐患。比如仅通信中队一个单位，就检查了仪器设备的接点一万零八百三十一个，调试电子管一千三百一十三个，发现疑点一百一十六个、隐患六十三个。

四是预想应急方案问题。发射场技术复杂，人员众多，每个岗位、每个环节、每部设备、每台仪器、每个开关，发射中随时都有可能出现技术故障或突发性问题，这就必须事先想好应急方案。这在发射场的流行语中，称为“预想”。为确保不出丁点问题，将军发动官兵，反复开展各种预想活动，最后预想出来的可能发生的故障和问题，共有一千八百六十五个！而后将这一千八百六十五个预想出来的故障和问题分门别类，记成卡片，制定成一千八百六十五个相应的解决方案，再督促每个操作人员倒背如流，烂熟于心。这一自创的土办法后来居然传到了中央，周恩来在一次专委会上还给予了肯定。

五是政治觉悟问题。执行这次发射任务的，是第一试验部发射大队二中队。因时值“文化大革命”初期，政治统帅一切，自然也要统帅发射场。于是不仅基地的三个政委全蹲在了二中队，而且北京的国防科委也组织了一个政工组住进了二中队。为提高政治觉悟，增强斗志，二中队的官兵们不光要天天操练技术，还要天天学习“老三篇”，背诵《毛主席语录》。由于“用毛泽东思想武装了头脑”，二中队个个信誓旦旦，干劲冲天，有的生了病，继续带病工作；有的受了伤，坚持不下火线；有的将父母病故发来的电报，悄悄藏在床下不让领导知道；有的老婆生孩子也不回家，请邻居帮助照顾；有的母亲从千里之外赶到兰州看望儿子，儿子忙给兰州招待所的母亲打电话，说自己有任务，让母亲立即回去，并在电话里给母亲讲张思德、白求恩的故事。没等故事讲完，母亲已放下电话抹开了眼泪……

总而言之，上述任何方面出现问题，都将酿成大祸！

还好，经一个月小心翼翼的测试，导弹和核弹一切顺利。

接下来，将军带领官兵们要干的第一件大事，就是炸毁一枚导弹！是说，先把一个假的核弹头装在导弹上，再把导弹发射上天，而后在预定时间里让地面安全控制系统发出炸毁指令，将上天后的导弹炸毁！其目的就是通过发射，检验“东风二号甲”导弹的安全自毁系统是否可靠。因为发射真的核弹头那天，万一导弹出现问题，只能让核弹头在空中爆炸，而不能掉在地上爆炸，所以必须先让一枚导弹“以身试法”，提前作一次自毁试验。

自毁试验的日子，定在 1966 年 10 月 7 日。这天，载着假的核弹头的“东风二号甲”导弹起飞后刚五十点二秒，地面安全控制系统便向空中的导弹发出炸毁指令。过去，每次发射时，大家最担心的是导弹发生爆炸；而这次，大家最担心的是导弹不发生爆炸。结果，炸毁指令一经发出，导弹当即横空爆炸，无数弹片犹如天女散花般掉在方圆几十公里的地上。试验证明，“东风二号甲”导弹的安全自毁系统，完全可靠！

第二天，即 10 月 8 日，周恩来在北京主持召开中央专委会，听取国防科委副主任张震寰和基地司令员李福泽将军有关“两弹结合”的准备工作情况汇报。会上，周恩来强调的还是安全问题，他说：“一定要注意安全！‘冷’试验时要严格检查，都要记录下来；‘热’试验时要保证不出一点差错。我们是在自己的国土上搞，千万不能出乱子！”

之后，基地在 10 月 13 日和 16 日，又先后成功地进行了两次“冷”试验，射程均为九百公里；同时还按实弹的发射程序，与新疆的马兰核试验基地进行了合练。

由于此次发射牵涉面非常之广，直接参试的单位就有马兰基地、二机部、七机部、空军、总参气象局等十七个大单位，涉及专业几百个，参试人员数万人，因此在对实弹作最后一个环节的检查、测试时，将军要求操作员必须在每个环节都要做到绝对可靠，不留一丝隐患！有一次检查弹体时，有个叫王长山的操作员特别细心，居然用肉眼发现了弹内二十四号插头的第五个接点上有一根约五毫米长的小白毛。这根小白毛若未被清除，通电时就会短路。王长山先用镊子夹，没夹出来；又用细铁丝挑，还是没挑出来。大冷的天，他急得汗流浃背，头发都湿了。后来王长山急中生智，找来一根猪鬃，轻轻套，慢慢钩，经过好一番折腾，终于取出了这根仅有五毫米的小白毛，为导弹排除了隐患。钱学森知道后，赶到现场，找来一块红布，郑重其事地包好这根小白毛，然后放进包里，说：“我要把这根小白毛带回北京去，这是作风细致最典型的例子，每一个科技人员都应该受到教育！”

10 月 20 日，周恩来再次在人民大会堂福建厅召开中央专委会，叶剑英、聂荣臻、杨成武等出席了会议。周恩来听完李福泽、张蕴钰等人的汇报后，心头的压力减去了不少，说：“赫鲁晓夫说我们二十年搞不出原子弹，结果呢，我们只用了四年多一点的时间。后来，西方人说我们虽然搞出了原子弹，却没有运载工具，嘲笑我们有‘弹’无‘枪’。麦克纳马拉还说中国至少要十年才能掌握导弹核武器，现在才多长时间？两年多一点嘛！”

聂荣臻说：“这几天，巴黎正在召开一个西方国家的禁运会，美国怀疑我们偷他们的技术，所以要封锁我们。这次‘两弹结合’试验，我们要让他们彻底明白，中国人并不比他们少一个脑袋！”

不过，大家还是有些担心。叶剑英说：“过五关斩六将，这是最后一关，一定要检查得更细一些，坚决杜绝疏忽大意！这次试验是在我们自己的国土上搞，是要冒很大风险的，必须作好一切准备。你们可以提出若干条甚至一百条预想方案嘛!”

周恩来说:“这次试验是空前的大会战,只许成功,不许失败,一定要百分之百地完成!因为万一核弹头在发射现场爆炸,或者中途掉下来,或者偏离弹着区,后果都不堪设想。所以,从领导到下面的操作员,都要小心、细心,保证地面上不出问题,操作中不出问题,坚决消灭人为的误差。当然,该做的都做好了后,也要敢于冒一定的风险,毛主席说了,无限风光在险峰嘛!另外,工作检查好了后,要让部队好好休息,还要想法把伙食搞好!”

最后,聂荣臻向会议提出一个请求:希望中央能派他到酒泉发射场主持这次试验任务。

周恩来询问了聂荣臻的身体状况后,同意了聂荣臻的请求,说:“我们把精神的原子弹转化为物质的原子弹,还要把物质的原子弹转化成精神的原子弹!”

会议结束,周恩来、叶剑英、聂荣臻一起来到钓鱼台国宾馆,向毛泽东汇报。

听完汇报,毛泽东说:“谁说我们中国搞不出核导弹,现在不搞出来了吗?”不过,毛泽东的心情似乎也不轻松,又说,“这件事虽然很重要,但有风险啊!你们要大力协同,干好这件事情!”得知聂荣臻要亲临发射场时,毛泽东对聂荣臻说,“你是一个一贯打胜仗的常胜将军。不过,这次试验非同一般,可能打胜仗,也可能打败仗,得有思想准备哟!”

五十四

1966年10月25日,聂荣臻从北京乘专机飞临酒泉基地。当日下午,聂荣臻召集会议,听取有关导弹、核弹方面的情况汇报。参加会议的有国防科委副主任张震寰、七机部副部长钱学森、二机部副部长李觉以及基地司令员李福泽将军等。由于大家的压力都很大,早早就来到会场,但都不说话。聂荣臻一进会场,所有人的眼睛全都盯着他。聂荣臻见大家神情紧张,反而用标准的四川话开起了玩笑:“你们都盯着我干啥子吗？我又不是核弹头!”大家哄的一声全笑了，紧张的气氛一下缓和了不少。

聂荣臻首先传达了毛泽东和周恩来对“两弹结合”的有关指示，然后问将军：“安全工作现在准备得怎么样?”

将军说：“为了防止可能出现的意外情况，铁道部三列火车在红柳园待命，总后勤部和国防科委派了五百台汽车在西安待命，此外空军还派有飞机对预定飞行弹道两侧各二百公里的地区进行搜索。一切准备就绪，没有问题。”

聂荣臻说：“导弹起飞后，一旦发生意外，安全自毁系统没问题吧?”

将军说：“没问题。我们作过多次模拟试验，每次都很成功。”

聂荣臻说：“近期气象情况怎么样?”

将军说：“根据气象部门预报，从今天晚上起，发射场将受到强冷空气的袭击，同时还有大风，风速大约每秒二十米。如果定在后天发射，也就是 27 号，导弹与核弹头明天就必须从技术阵地转到发射阵地。到时候，这股强冷空气和大风，会对‘两弹’的转运产生一定的影响。”

聂荣臻说：“那这场大风什么时候可以过去呢?”

将军说：“明天风速将继续增大，最大风速可达每秒二十五米以上。27 日 0 点左右，风速开始减弱。8 点后，天气开始好转，风速可下降至每秒五米左右。”

聂荣臻想了想，说：“如果定在 27 日发射，可不可以?”

将军说：“我看可以。”

聂荣臻说：“那就定在 27 日吧，越往后拖，恐怕越不好办。”

于是会议决定，27 日 9 点，正式实施发射!

聂荣臻当即向周恩来作了报告。

第二天，果然狂风怒吼，气温下降，滚滚寒流席卷而来。8 点 50 分，发射场上所有官兵，全部列队站在发射架下。9 时整，将军和栗在山政委准时来到发射场。栗在山先领着大家背诵了一段《毛主席语录》：“世界上怕就怕认真二字，共产党最讲认真。”然后作了简短动员，请将军讲话!

将军脱掉大衣，往身边的秘书那儿一甩，疾步走到队伍面前；扫视了一眼队伍，然后大声说道："同志们，你们知道四年前，赫鲁晓夫知道我们要搞原子弹的消息后，是怎么说的吗?"

官兵们望着将军，不知所云。

将军说："赫鲁晓夫说，'中国人不会是用提篮子的办法造原子弹吧。前几年我去中国访问，他们让我去参观一个水利工程，那些像蚂蚁样的中国人，一个挨着一个地排成长队，用篮子提土。他们说这叫大跃进!'赫鲁晓夫还说，'中国的科技水平和经济实力我非常了解，中国人现在穷得连裤子都穿不上，还想搞原子弹。没有二十年，他们别想搞出原子弹!'"

将军停顿了一下，继续说道："同志们，结果怎么样呢？才两年多一点，我们就搞出了原子弹！不仅搞出了原子弹，而且两年后的今天，我们还要用自己研制的'东风二号'导弹，在自己的国土上，发射自己的核导弹！这次发射一旦成功，我们的核导弹就插上了翅膀，中国就拥有了真正的核力量！只要美国、苏联胆敢欺负我们，我们就可以像伸出自己的拳头一样，狠狠揍他狗日的!"

官兵们精神大振，使劲鼓掌。

将军接着说道："但是，我们必须清醒地认识到，这是一次有很大风险的发射！尽管我们对导弹已进行了十六次地面试验，但我们毕竟是第一次在自己的国土上用自己的导弹发射核导弹。不光是导弹的头上顶着一颗威力无比的核弹头，导弹的下面还有五万个老百姓！也就是说，一旦有误，五万条生命就有可能葬身火海！因此，我们必须下定决心，全力以赴，只能成功，不许失败!"

"请首长放心，保证完成任务!"官兵们齐声喊了起来。

动员大会结束后，官兵们各就各位，迅速投入准备工作。

下午，由将军和第一试验部政委高震亚带队，将导弹、核弹头分别从七号、六号阵地装车，然后运往五十号发射阵地。装运导弹、核弹的车走在前面，将军、高震亚紧随其后，左右不离。一路遮天蔽日，黄沙漫漫，狂风卷着沙砾扑面而来，打在脸上，针扎似的痛。而且能见度越来越差，后来竟然不到二十米，即便汽车打开大灯，路况依然不清，车队只好顺着电线杆慢慢往前爬行。可走着走着，还是迷路了。结果，五十多公里的路程，走了三小时！

导弹、核弹运到发射场后，要把二者竖立在发射架上，需要“吊装”。按常规，风速每秒十五米以上、气温零下十一摄氏度以下，参与吊装的高架起重机是不能起用的。但负责现场指挥的将军与吊装组的队员商量后，决定打破常规，坚持吊装。由于风大，导弹、核弹刚吊离运输托架，就在空中摆动起来，甚至连龙门吊也出现了轻微的摇晃。将军一看，忙大声喊道：“快，组织人来，用绳子拉着！”于是，有人很快找来一根绳子，系在导弹、核弹上，而后八个小伙子站在两边，小心翼翼，拉住绳子，尽量减轻导弹、核弹晃动的幅度。

但导弹、核弹吊起来后，由于有风，在空中仍然有些摇晃不定。张震寰、钱学森、李觉等人一直顶着寒风坐在水泥地上，提心吊胆地看着导弹、核弹一寸一寸地往上吊装；后来实在坐不住了，张震寰跑过去，对第一试验部司令部参谋长王世成说：“王参谋长，风太大了，能不能先停一会儿再吊啊？”

王世成摇摇头，说：“夜长梦多，还是先抓紧弄完为好，万一天气再变，风大了，就更麻烦了！”

于是拉绳子的人由原来的八个，又增加到十二个，并增加了一条绳子。之后，指挥员一边观察，一边指挥，一边操作——时而让导弹一毫米一毫米地缓缓上升，时而让导弹一毫米一毫米地徐徐降落，最后终于将摇摇晃晃的导弹安全转吊到了发射架上，大家这才长长地松了口气。

接下来，是导弹与核弹进行对接。这更是重中之重，险中之险；加上天气恶劣，操作手是第一次实弹对接，异常艰难！将军抬头看了看天，见风势没有减弱的意思，便将有关人员召集起来，再次作了详细布置，具体分工。由于将军一直站在风口，身子早就麻木了，只好一边跺脚，一边说话。将军刚说完，一辆小车急速而来，停在了发射场边上。将军回头一看，是皱着眉头、一脸愁云的聂荣臻。

聂荣臻下车就问：“老李，吊装情况怎样？”

将军说："还算顺利。"

聂荣臻说："什么时候对接？"

将军说："马上开始。"

聂荣臻说："好，一定要加倍小心！"

将军说："聂老总，这儿很危险，天气又冷，您还是先到隐蔽房去吧。"

聂荣臻说："这个时候我不和大家在一起，还是聂荣臻吗？"说着，拉过身边一个凳子，一屁股坐在上面，"你们都不怕危险，我有什么可怕的？你们什么时候对接成功，我就什么时候离开！"

将军只好陪着聂荣臻、张震寰、钱学森、李觉守候在发射架下。

此时，发射架上负责对接的操作手小田已经作好准备。随着一声令下，小田脱掉工作服，摘掉皮手套，一头钻进了导弹与核弹之间仅有五十厘米的一个夹缝里，然后对导弹与核弹的各种连线，像绣花一样，细细地"绣"了起来……

三十分钟过去了，小田没有出来；

六十分钟过去了，小田也没出来；

七十分钟过去了，小田还没出来。

聂荣臻不停地看表。将军等人也不停地看表。寒风凛冽，大家浑然不觉。直至整整八十分钟过去了，完成了上百个动作的小田才终于露出通红的脸蛋，用冻得发抖的嗓子报告说："报、报告首长，对、对接完毕，一切正、正常！"

小田从发射架上下来后，将军第一个赶过去，脱下自己的军大衣，披在小田的身上；聂荣臻也上前紧紧握着小田的手，说："小伙子，干得不错，辛苦了，走，到屋里暖和暖和去！"说着，聂荣臻搂住小田，朝着一个临时搭起的蒙古包走去。小田泪流满面，感动得一句话也说不出来。

夜幕悄悄降临了。此时的发射场，灯光若明若暗。第一批人员已经全部撤离，四周一片寂静。将军来到燃料加注小组，加注小组的战士正一边工作一边不停地搓着手，冻得直哆嗦。但风，很快又呼呼地刮了起来，而且越刮越大，越刮越狠，像一块块薄薄的冰片，满天飞舞，发出刺耳的尖叫。这些年来，戈壁滩几乎没有一天不刮风，比这大的风，将军见得多了，可唯有今晚的风，令他格外揪心。因为明天发射能否按时进行，很大程度上取决于这风的大小。虽然气象部门预报，明天风会停，可多年的经验告诉他，戈壁滩的风，变化无常，来时无踪，去时无影，没有成为事实之前，谁也不敢拍胸脯；何况无论国内国外的气象预报，都有犯错的时候。

一阵大风总算过去，发射场又变得平和起来。将军仔细检查了加注情况后，这才向临时搭起的蒙古包走去。蒙古包里，聂荣臻、张震寰、钱学森等指挥部成员都未睡觉，正盯着一支温度计看呢！气温，也是当晚大家担心的问题。气温太低，将会直接影响燃料的加注。将军凑上去看了一眼，温度计显示为零下十二摄氏度，虽然偏低，还不至于影响加注。

但就在这时，远在千里之外的新疆马兰基地却传来不好的消息：核弹头预定着陆区的三千米高空，骤然刮起一股六至七级的西南向大风！面对这一突发情况，发射程序是按原计划进行，还是重新调整，指挥部有些举棋不定。

最后，聂荣臻拿起直通周恩来的专线电话，报告了这一突发情况。

周恩来当即回答说："你是现场指挥员，一切由你决定！"

聂荣臻放下电话，当即召开指挥部会议，紧急磋商对策。

二十分钟后，新疆马兰基地再次传来报告：经气象部门严格计算，大风正以每小时五十公里的速度从核弹着陆区移出，预计明日 8 时左右天气可以转好。为防止万一，我们已作好了核弹着陆区人员的紧急转移准备。

于是指挥部决定，仍按预定程序加注！

27 日清晨 5 点，聂荣臻再次拿起了直通周恩来的专线电话，报告道："总理，一切准备顺利，是否可以加注？"

听到聂荣臻的报告，一夜未眠的周恩来非常高兴，回答说："可以加注！要安全发射，准时发射！从现在起，我就守在电话机旁，等着你们的好消息，毛主席也在等着你们的好消息，祝你们成功！"

聂荣臻大声说道："请总理放心！请毛主席放心！"

五十五

27日清晨6点，离发射时间，还有最后三小时。

燃料加注顺利结束，发射场的第二批人员全部撤离。发射场区上万名家属、孩子以及部分群众，也通过防空演习的形式，用专列拉出发射场区，全部安全转移。

然而随着时间一分一秒地迫近，一种随之而来的说不出的紧张情绪，如同空气般悄悄弥漫在发射场的四周。将军送走聂荣臻等人后，一夜未眠的他刚走出蒙古包，一下便感觉到了这种紧张的气氛。此前，他曾问过导弹总师谢光选，这次发射导弹掉下来的可能性究竟有多大？谢光选告诉他说，他们作过计算，可能性是十万分之六。十万分之六，这个概率应该说已经很小了。但再小，也还有十万分之六啊！万一导弹上天后，偏偏就碰上了这十万分之六，怎么办？想到这些，将军不愿再想下去了，他揉了揉惺忪的眼睛，活动活动四肢，便向地下控制室匆匆走去。

所谓的地下控制室，其实就是在发射架附近临时挖的一个洞，有点像70年代人们常见的防空洞。这个"洞"由于离发射塔仅有一百多米，所以危险最大。发射前，所有人员都要撤离，唯有地下控制室的人一个不撤，必须坚守到底！因为地下控制室是前哨，是发射场的前沿阵地，在导弹发射的最后时刻，发射场所有的指挥权全都集中在这里。因此经指挥部反复研究决定，最后只选定了七人进入地下控制室。这七人后来被称为戈壁"七勇士"。他们是：

高震亚（第一试验部政委）

王世成（第一试验部司令部参谋长）

颜正清（发射大队二中队队长）

张其彬（技术助理）

刘启泉（加注技师）

佟连捷（控制台操作手）

徐虹（控制台操作手兼观察员）

将军来到地下控制室门前，“七勇士”已列队站成一排，即将准备进入地下控制室。“七勇士”自接到任务后，便作好了最坏的打算，每个人都背着家人，向党组织递交了一份遗书。在遗书的最后，他们这样写道：

保证做到勇敢沉着，坚守岗位，扳每一个开关，读每一个参数，都绝对向党负责，向人民负责，坚决完成这次发射任务！人在阵地在，誓与阵地共存亡！

将军走过去，与“七勇士”一一握手。当将军的手刚一握住年仅二十岁的观察员徐虹的手时，徐虹抓住将军的手说：“司令员，我不是党员，却让我进入地下控制室，我非常感谢党组织对我的信任！如果这次我牺牲了，我只有一个请求，请求组织追认我为共产党员!”将军点了点头，再一次紧紧握住徐虹的手。

接着，“七勇士”全体立正，庄严地举起右手，由“七勇士”的负责人高震亚向将军作最后的报告：“报告司令员，一切准备完毕，是否可以进入地下室?”

“可以进入地下室!”将军大声下达了命令。

“七勇士”依次走向通向地下控制室的洞口，然后顺着木梯，迅速进入地下控制室。将军目送着“七勇士”一个个从地面消失，眼圈一阵发热。

“七勇士”进入地下控制室后，与地面彻底隔绝，仿佛一下进入了另一个世界。地下控制室的结构像个烟筒，面积十来平方米，距离地面约四米。空间本来就狭小密闭，加上许多仪器装备摆在里面，七个人进去后，更显得拥挤不堪了。地下控制室的顶是个特制的钢盖子，发射前，这个钢盖子必须扣死，为的是防护原子辐射。至于这个钢盖子到时能不能真正起到防护的作用，谁也说不准。此前，为了检验地下控制室是否可行，二中队队长颜振清和技术安全科王和春两人，曾带着五个战士进入地下室进行亲身体验：第一个小时，他们坐下来背《语录》，读《毛选》，感觉还不错；第二个小时，他们说话，唱歌，然后大喊大叫，又蹦又跳，还算可以；第三个小时，先是胸闷、气短，然后心跳过速，也能坚持；第四个小时，便不行了，个个气喘吁吁，满头大汗，最后不得不启动了备用的氧气再发生器，才爬出地下控制室。因此，为了防止意外发生，他们提前在地下控制室放好了足够吃上三天的东西，如饮水、饼干、馒头等。此外，药品、手电、氧气等各种急救物品，也一应俱全。当然了，那个年代特有的"精神食粮"，也是必不可少的——地下控制室四周的水泥墙上，用油漆、白灰刷写的《毛主席语录》和标语口号，比比皆是。比如：

我们需要的是热烈而镇定的情绪，紧张而有秩序的工作！

我们的责任，是向人民负责，每句话，每个行动，每项政策，都要符合人民的利益，如果有了错误，定要改正，这就是向人民负责！

发扬勇敢战斗，不怕牺牲，不怕疲劳和连续作战的作风！

严肃认真，周到细致，稳妥可靠，万无一失！

人在阵地在，誓与阵地共存亡！

"七勇士"进入地下控制室后，按规定，除"七勇士"外，发射场的所有人员必须全部撤离！但将军没走。将军抬头看了看天，又伸手试了试风，发现天变蓝了，风也小多了，于是趁大家匆匆撤离之机，他暗自作了一个谁也没想到的决定：不但没有离开发射场，反而悄悄溜进了地下控制室！

将军进入地下控制室后，坐在后面，一声不响，只默默地注视着控制面板上的各种信息。此时，"七勇士"正各自忙着自己的工作，谁也没注意到他的到来。大约十分钟后，技术助理张其彬转身拿工具，这才突然发现了将军，不禁大吃一惊！将军赶紧示意张其彬不要吭声。但张其彬一转身，就向高震亚告了"密"："政委，咱地下室多了一个人。"

"谁啊?"高震亚压根儿不相信，连头也不回。

"李司令!"张其彬说。

"什么?!"高震亚一扭头，只见身穿皮夹克的将军果然坐在后面一个箱子上，而且正一边抠着脚丫，一边冲着他笑呢!

高震亚是地下控制室最大的官，他走过去，几乎是冲着将军喊了起来："司令员，这里很危险，不是您待的地方，请您马上出去!"

将军摇了摇头，说："我不走，我要和你们在一起!"口气像小孩。

高震亚不得不口气严肃地说："司令员，地下室人员名单里没有您!"

将军说："没有我，再添一个，不就有了。"

高震亚说："不行，我是地下室的最高负责人!在这里，我说了算!"

将军笑了，说："我是基地司令员，官最大，全基地都归我管!"

高震亚说："你的官再大，也得经党委批准!"

将军说："这事不用麻烦党委，我自己就批准了。"

高震亚一看没辙，转身拿起了直通敖包山指挥所聂荣臻的电话。电话接通后，高震亚马上说："报告聂老总，我是地下控制室负责人高震亚，李司令员未经批准，偷偷跑到我的地下室来了!"

"什么?!"聂荣臻吃惊不小。

高震亚说："我请他离开，可他不听。他是否留在这里，请您指示。"

聂荣臻说："不行，让他马上离开!"

高震亚说："他不走!他是司令员，我怎么办?"

聂荣臻："让李司令接电话。"

高震亚转身把电话递给将军，说："对不起，司令员，告您的状了。"

"兔崽子，反了你了!"将军一边嘀咕着，一边接过了话筒。

聂荣臻说："老李，你，你怎么跑到地下室去了?"

将军说："聂老总，没事，我在这里挺好的。"

聂荣臻说："不行，你是司令员，发射场的指挥官，必须立即撤离地下室，马上回到敖包山指挥所来!"

将军说："聂老总，您听我说，我和他们在一起，可以稳稳心，心里也踏实一点。"

"我不听！你必须马上离开！"聂荣臻啪的一声挂了电话。

"七勇士"一起看着将军，心想这下司令员该上去了吧。谁知将军放下电话，自个儿嘿嘿笑了笑，一屁股又坐回箱子上，像什么事也没发生，压根儿就没走的意思。高震亚这下真急了，心想如果司令员真的不走，万一发生意外，如何对得起自己敬重的首长！于是他急中生智，很快想到一招，说："司令员，您如果不上去，我就立即停止发射！"

将军腾地站了起来，一下愣了："你，你敢！"

高震亚说："怎么不敢？我是这个地下控制室的最高负责人，是基地党委任命的，发射不发射，我有这个权力！再说了，坚持真理，敢说敢当，也是您常常教育我们的。"

此刻，各系统的报告声突然此起彼伏，纷纷响起，争先恐后地回荡在狭小的地下控制室里：

"二号报告，检查完毕，一切正常！"

"六号报告，检查完毕，一切正常！"

…………

将军急忙看了看表，无可奈何地瞪了高震亚一眼，然后一边扶着梯子磨磨蹭蹭地往上爬，一边嘴里不停地嘀咕说："高震亚，这次算你狠，到时看我怎么收拾你！"将军刚一爬出洞口，只听身后咔嚓一声，地下控制室的钢盖子被高震亚彻底关死了！

而距离发射场五公里远的敖包山指挥所，各单位撤离的人员这时已全部到齐，聂荣臻却依然不见将军的影子。他急了，一跺脚，对身边两个保卫部的人下令道："你们两个，马上赶到发射场，把李司令给我请回来！"

保卫人员说："李司令的脾气很倔，他要是不回来怎么办？"

聂荣臻说："你们就是扛，也要给我扛回来！"

"对，就是绑，也要绑回来！"科委副主任张震寰也大声喊了一嗓子。

小车一路狂奔，很快赶到发射场。两位保卫人员下车一看，竟被眼前的情景惊呆了：将军坐在发射场边的水泥场坪上，一边盯着发射架上的核导弹，一边抠着自己的脚丫，完全一副若无其事、优哉游哉的样子！

保卫人员走到将军面前，立正，敬礼，说：“李司令员，请您马上离开这里！”

将军头也不抬，说：“不用操心了，我在这儿挺好的，待一会儿就走。”

保卫人员说：“我们是聂老总派来的，聂老总指示，您必须马上离开！”

将军愣了一下，说：“那……再等一会儿吧。”

“不行，为了您的安全，我们得执行聂老总的命令！”保卫人员说。

“没事，脑袋掉了，不就碗口大个疤嘛！”将军继续望着导弹，继续抠着脚丫，还是一副满不在乎的样子。

两个保卫人员使了个眼色，突然贴身过去，架着将军的两只胳膊，硬是强行“押”到了车上。将军挣扎了两下，无济于事，只好“束手就擒”。

小车一路疯跑，很快到了敖包山指挥所。聂荣臻见到将军，这才如释重负。他刚想批评将军几句，却见将军一只脚穿着鞋，另一只脚则光着脚丫，感到很是奇怪，便问：“怎么回事？”

将军莫名其妙，反问：“什么怎么回事？”

聂荣臻指着将军的光脚丫：“鞋呢？我的大司令，你的鞋呢？”

将军低头一看，这才发现自己脚上居然少了一只鞋！原来，他穿的是一双老头鞋，刚才保卫人员与他拉扯时，一不小心，竟把他的一只鞋弄丢了！当时谁也没注意，一路过来，连他自己也不知道。现在被聂老总发现了，将军立即反守为攻，强词夺理，大声叫道：“好啊聂老总，你派人去绑架我，还弄丢了我一只鞋，你得赔我！”

聂荣臻说：“那就从我的脚上扒一只赔你吧！”

将军说：“不行，你得赔我一双！”

聂荣臻说：“我弄丢你一只，你却要我赔一双，我岂不亏了！”

说罢，两人哈哈大笑。拥挤不堪的指挥所，仿佛一下变得宽松起来。

五十六

10月27日8点30分，离发射还有最后三十分钟。

整个发射场区的气氛，越来越紧张；地下控制室的气氛，更是令人窒息。随着时间的推移，安装在地下控制室的各种设备通电运行后，热量越来越大，不断散发，气温很快升至四十多摄氏度！因此困在里面的“七勇士”就像置身于一个火炉中，不仅胸闷、头晕、脑涨，甚至连呼吸都很困难。特别是操作手佟连捷和徐虹，两人的身体本来就虚弱，昨天拉了一天的肚子，今天一天又没吃饭，心里非常难受，有一种快要虚脱的感觉！但尽管如此，“七勇士”仍然一分一分地坚持着，一秒一秒地硬挺着！

8点45分，倒计时进入最后一刻。参谋长王世成果断地下达了“十五分钟准备”的口令，发射场的上空随即回荡起王世成洪亮的口令声；而距离发射场一百米远的地下控制室里，一个庄严的仪式正在举行——

“七勇士”列队站成一排，恭恭敬敬地面对墙上的毛主席像，各自拿着一本《毛主席语录》放在胸前，而后在高震亚的带领下，认认真真地背诵《毛主席语录》：

下定决心，
不怕牺牲，
排除万难，
去争取胜利！

背诵完毕，高震亚拿出七枚红色的毛主席像章，分别为六个战友别在胸前，而后再在自己的胸前别上一枚；接着，“七勇士”面对墙上的毛主席像，举起紧握拳头的右臂，集体庄严宣誓：

敬爱的毛主席，亲爱的党，请您放心，即使发生天大的事，我们一定团结战斗，坚决完成任务！人在阵地在，誓与阵地共存亡！

宣誓完毕，“七勇士”重新回到各自的岗位上，全神贯注，专心操作，好像一切已经豁出去了，什么事都不用担心了！尽管他们心里全都明白，发射一旦失败，他们的生命必将葬身火海，永远告别这个世界！

9点零10秒，王世成扯着大嗓门果断下达了最后一道口令：“点火！”

操作员佟连捷果断按下了发射按钮！载有核弹头的导弹随之腾空而起！观察员徐虹离发射架最近，他趴在地下控制室的观察口，只听轰的一声巨响，便清楚地看见导弹从发射架上隆隆升起，接着眼前一片熊熊火光，火光中导弹急速扑向天空，很快便消失在了蓝天白云中……

导弹起飞后，第一个冲出指挥所的是将军，接着是聂荣臻、张震寰、钱学森等。他们站在敖包山上，目光紧紧追随着导弹飞逝的方向，连眼都不眨一下。然而，尽管导弹已经顺利升空，他们却依然焦急万分。因为导弹是否正常入轨，入轨后最终能否准确命中新疆罗布泊的目标，还要等待千里之外马兰基地的最后报告。

而这个等待，需要整整九分钟！

九分钟，五百四十秒，在时间的长河里完全可以忽略不计。然而此时此刻，这九分，这五百四十秒在他们的等待中，似乎比九天九夜还要漫长！

九分钟终于过去，千里之外的新疆马兰及时传来报告：“核弹头按五百六十九米的预定高度，在靶心上空爆炸成功！”

刹那间，敖包山一片沸腾！聂荣臻、张震寰、钱学森、将军等人紧紧拥抱在一起。秘书王玉群这时从远处疯了似的跑过来，一边跑一边冲着将军大声喊道：“司令员，成功啦！成功啦！”

将军抹了一把额头的汗水，手臂一挥，说：“走，去地下控制室看看！”

此刻的地下控制室，“七勇士”热泪滚滚，相互拥抱在一起，不停地大声欢叫着："成功了！成功了！毛主席万岁！毛主席万岁！万岁万岁万万岁"！当"七勇士"掀开头上的钢盖，沿着梯子爬出洞口，以胜利者的姿态站在地面时，看见发射场上成千上万的人都在欢呼，都在流泪，都在反复不停地大声喊叫着"成功了！成功了！毛主席万岁！毛主席万岁！"而地面的人群看见他们后，立即欢叫着、哭喊着跑过来，与他们紧紧拥抱，而后再将他们一次又一次，抛向空中……

发射场，顿时变成了狂欢的海洋！

将军赶到发射场后，最先和"七勇士"的领头人高震亚紧紧拥抱在一起。高震亚很不好意思地说："司令员，对不起，刚才我赶您出去，态度不好，请您原谅！"

将军仰天大笑，说："赶得好赶得好！只要导弹上天，别说把我赶出地下室，你就是让我爬出地下室，我也高兴啊！"说罢，又是一阵仰天大笑！

翌日上午，基地在东风礼堂前的广场上举行浩大的庆祝活动。庆祝活动开始，将军首先请聂荣臻讲话。一夜未眠的聂荣臻非常精神，非常动情，他说："同志们，我国进行的导弹核武器试验圆满成功了！这次试验，不仅震撼了世界，同时也标志着中国的国防实力有了突破性的飞跃，结束了中国的核武器有'弹'无'枪'的历史！面对美苏的核威慑，中国从此不再束手无策，而具备了真正的还手能力！霸权主义者对我国进行核讹诈、核威胁的阴谋，彻底破产了！"

聂荣臻刚一讲完，台下立即爆发出一片热烈的掌声！

接着，二中队队长颜振清代表"七勇士"，将一块用红布包裹着的接线板，双手送到聂荣臻的面前。聂荣臻打开一看，深红色的接线板上，是颜振清、李西川两人用钢针刻下的一行醒目的汉字：

中国核导弹于一九六六年十月二十七日在五十号场地发射成功！

聂荣臻把接线板高高举向空中，双臂不停地颤抖着。

全场掌声雷动，欢声一片！

第二天，全世界各大媒体几乎都进行了报道：

——中国核导弹试验，是世界的特等重大事件！

——中国核导弹试验，犹如亚洲上空的一声春雷震撼了全世界！

——中国在世界核技术竞赛中，已经超过了英国和法国，成为世界第三个原子超级大国！

——中国闪电般的进步对西方来说，简直就是一个不可思议的神话！……

而就在这一年，中国悄悄组建了第一支战略导弹部队——第二炮兵！

第十章
东方红

又过了五分钟，落区依然没有发现目标。将军急忙抓起电话向北京报告。之后，周恩来连续给将军打来三次电话："导弹到底飞到哪里去了?"一次比一次着急。周恩来最担心的，是导弹落在了苏联。当然，周恩来也没忘记安慰几句："你们千万别太紧张，如果真的打到苏联去了，我已作好了去莫斯科说明情况的准备。现在最要紧的，是尽快搞清导弹的落点，找到这枚导弹!"

五十七

中国核导弹发射成功，让世界刮目相看，使中国的国际地位获得空前提高，同时也为中国下一个宏伟目标——赶在日本之前发射第一颗人造卫星"东方红一号"——奠定了基础。

两年前，中国原子弹爆炸成功，世界曾经为之震惊!震惊最厉害的是美国，以至于正在度假的美国总统约翰逊立即终止度假，连夜召开国家安全委员会议，紧急商讨如何应对突然"变脸"的中国。幸而国防部部长麦克纳马拉的一番讲话，才打消了美国总统的焦躁与恐慌。麦克纳马拉说，诸位用不着慌张，虽然社会主义中国爆炸了原子弹，但是，我敢打赌，中国在五年内搞不出运载原子弹的导弹。因为，美国从第一颗原子弹爆炸，到发射载有核弹头的导弹，用了整整十二年，苏联也差不多。所以，中国要想发射核导弹，至少还得十年!

然而，两年——仅仅两年，中国就成功地发射了核导弹，令世界再次震惊！不过，这次震惊最厉害的不是美国，而是苏联。中国发射核导弹的消息刚一传到克里姆林宫，接任赫鲁晓夫总书记职务的勃列日涅夫便气急败坏地对部长会议主席柯西金说，疯子，简直是疯子！赫鲁晓夫的话有一千句是错的，只有一句话说对了，那就是“中国人是疯子”。而部长会议主席柯西金则说，不，总书记同志，我的看法恰恰与你相反，赫鲁晓夫的话可能有一千句说对了，只有“中国人是疯子”这句话说错了，因为疯子是不可能搞出核导弹的！

遗憾的是，就在中国发射的核导弹震惊世界的这一年，即 1966 年，突然爆发的“文化大革命”犹如突然炸响的原子弹，同样震惊了中国震惊了世界！这场“文化大革命”不仅搅乱了中国国防战线的阵脚，也给酒泉发射基地带来了很大的麻烦，甚至说是一场灾难！

1967 年的春节，本该是一个喜庆的节日，但这个节日对将军来说，却是一个郁闷的节日。大年初二一早，将军披着一件军大衣，独自坐在第一招待所的台阶上。这天戈壁滩的天空干净得一尘不染，大地出现了少有的温和，没过一会儿，太阳就缓缓升了起来。阳光斜射下来，照在将军的身上，偶尔还有风吹过，传递着丝丝暖意。但坐在冬日阳光里的将军对此却毫无感觉，既不知太阳从哪里来，也不知风飘向何处。他只知道 1966 年一眨眼刚刚过去，1967 年一抬腿跟着就到来了。而新年一到，红旗更红，口号更响，热情更高，会议更多。多得难以适从，多得心急火燎，多得眼花缭乱莫名其妙！

按理说，“两弹结合”发射成功后，将军应该兴奋应该高兴，应该高枕无忧应该举杯欢庆！更何况，继核导弹发射成功之后，基地于 1966 年 12 月 26 日又成功地发射了第一枚“东风三号”中程导弹！但将军却怎么也高兴不起来，心里总感觉堵得慌。究其原因，不外乎两个。一是任务繁重。自中苏两党关系步步恶化后，边境冲突接连不断，为防止“苏联修正主义”的入侵，从去年 5 月起，再建一个发射场的计划便列入议事日程。张贻祥副司令带着勘察组几经勘察，最后决定建立华北导弹发射场。同时，基地还参与了论证研制洲际导弹测量船及“东方红一号”

人造卫星跟踪船的任务，对中程“地—地”导弹和远程洲际导弹的发射阵地也进行了工程扩建，并接管了中国科学院各个卫星观测站的建设任务。尤其是发射“东方红一号”卫星，作为“天字号”的政治任务，已经摆到了中央的会议桌上，国防科委也对基地下达了具体任务，各项准备工作必须尽快落实。二是“文化大革命”。由于将军的坚持，将军的强硬，甚至说将军的“霸道”，基地在 1966 年有幸没有闹出什么大事来——这种相对稳定的局面对完成“两弹结合”试验任务无疑起到了至关重要的作用。然而这种稳定与平静，事实上是一种假象，基地暗地里的“革命活动”一直就没停过。这让将军非常头疼。可有什么办法呢？“文化大革命”的滚滚洪流，一泻千里，势不可当，全中国都在大喊大叫：“革命啦！”“造反啦！”作为共和国的第一个导弹发射试验基地，难道可以袖手旁观？他身为发射司令，难道可以等闲视之？何况，发射场是一个非常特殊的场所，没有发射任务时，除了家属、孩子，全是穿军装的军人。一旦有发射任务了，来自全国各地不穿军装的人便开始轮番进入基地。他们中，尽管大部分人的心思都放在了搞导弹上，但也有少部分人的兴奋点却在“革命”上。这部分人把外面的“革命”信息带到基地后，与基地的“造反派”串通起来，大肆宣传北京的“革命形势”如何一片大好，上海的“造反斗争”怎样轰轰烈烈，接着就开小会、搞活动、写大字报，每天拿着刷子，提着糨糊桶，在第一招待所东楼的过道上晃来晃去，很快将走路的过道变成了大字报的海洋。而基地还有一部分群众由于常年封闭，与世隔绝，对外面的世界非常好奇，也天天跟着凑热闹。于是“革命”的“星星之火”遂成燎原之势，在戈壁滩上很快蔓延开来，一些本不该在发射场发生的事情偏偏在发射场发生了。

前不久，某团有个干部当上了“学习毛主席著作积极分子”，不久被提升为团参谋长。可刚提升不久，他便鼓动不明真相的群众夺了团长和政委的权。此事发生后，另一个单位也跟着乱了起来，一夜间就把大字报贴在了食堂门口，还要开政委的批斗会，让政委交代“假党员”的问题。将军当然不会同意。他知道，政委一旦受到批斗，就会影响整个干部队伍；而干部队伍一旦混乱，就无法执行“东方红一号”人造卫星的发射任务。但“造反派”为了施加压力，竟然搞起了绝食请愿活动，提出不搞“四大”不让批斗，就全体游行，坚决绝食！将军立即派出三人小组外出调查，结果这个政委没有问题，“造反派”这才暂时罢休。

谁知事隔几天，北京方面又下了指示，要求基地成立一个“清队办公室”，专门清查团以上干部中的汉奸、叛徒或者假党员！将军的心再也难以平静了。根据将军的经验，在这样一个政治热潮高涨的年代，稍有不慎，冤假错案很容易发生。抗战时期他亲身经历过的山东“肃托”运动，便是一次惨痛的教训！1939 年，党内某些人制造的“肃托”事件殃及将军所在的山东纵队一支队。一支队有个外号叫“王瘤子”的保卫科科长，是个隐藏在革命队伍中的投机叛敌分子，他要抓的第一个所谓“托派分子”，是一支队的王培汉。王培汉是大革命时期的老党员，与“王瘤子”一起参加过农民暴动，“王瘤子”知道王培汉了解他的底细，便趁机杀掉了王培汉等八个科长，接着又杀掉了三十二个干部！面对如此血腥的屠杀，一支队人人胆战心惊，谁也不敢站出来说话，队伍眼看就要被搞垮。值此关键时刻，时任一支队一营营长的将军不顾一切地站了出来，找到政委周赤萍说，我们一支队是寿光、潍北、昌邑一带的子弟兵，大部分干部战士都有亲属关系，如果再这样继续错杀下去，这支队伍就彻底完蛋了！据我所知，司政机关被杀的这八个人，彼此都不熟悉，不可能发展成什么“托派组织”。特别是王培汉，是个老党员，刚调到司令部不到一个月，怎么会是“托派”呢？还有马健生同志，参军后当过红军连队的文化教员，从延安回寿光后就参加了八支队起义。另外，担架连的陈树模指导员，今年才十八岁，刚从延安回来，参加五井战斗转移时因为背包没打好，就说他要投敌，给杀了，简直莫名其妙！我怀疑是有坏人捣鬼！周赤萍听了将军的反映，先扣下营连干部的案件，然后向山东纵队报告了一支队的“肃托”情况。罗荣桓接到报告后，发来电报，这才制止了“肃托”事件的继续扩大。

此外，还有一件事，将军同样记忆深刻。1959 年 9 月 16 日至 10 月 30 日，基地遵照总政治部的指示，开展“反右倾机会主义”的斗争和反对个人主义的整风运动，批判彭德怀、黄克诚的“右倾错误”和基地

"右倾思想严重"的干部。在二部召开的一次会上，有人问基地副司令员兼二部部长林毅，彭德怀到底是人民内部矛盾还是敌我矛盾啊？当时，林毅副司令员刚从八百里秦川回来，他在那儿亲眼见到了当地老百姓吃不饱穿不暖的贫苦日子，心情很是沉痛，便回答说，彭老总不就是向党中央、毛主席反映了一下人民的疾苦吗？这当然是人民内部矛盾了，怎么能是敌我矛盾呢？结果，林毅很快遭到批判，并被撤销一切职务，赶出基地，从此打入冷宫！而参加此次整风运动的二千二百五十名干部中，竟有一百零九人被点名批判！

想起这两次事件，将军自然就联想到了眼前的这场"大革命"。将军不知道眼前的"大革命"会不会出现当年那样的结果，但凭多年的政治经验，他确实感到形势不容乐观。于是他对自己的前途与命运，做了最坏的打算。

当然，作为一个久经沙场的老将，一个火箭发射司令，将军最担心的不是头上的乌纱帽，而是他所率领的这支发射部队的前途与命运。新中国要强大，要在世界上站稳脚跟，就不能没有强大的国防；要有强大的国防，就不能不发展自己的导弹火箭；而要发展自己的导弹火箭，就不能没有这支发射队伍！倘若这支队伍一旦受挫甚至散伙，那就不是他个人的不幸，而是整个民族的不幸了！

然而，眼前的现实是，全中国都在"闹革命"，从上到下，各级组织几乎都瘫痪了，各级头头几乎都"靠边"了，甚至连刘少奇、邓小平这样的国家级首脑人物也都被"打倒"了！作为一个身处荒原、远离首都的发射将军，他又有什么能耐可以扭转乾坤呢？他现在要做和能做的，只能在自己的职权范围内尽最大努力，保护好基地的每一个干部、每一个家属和每一个士兵。

事实上，别看将军外面厉害，敢于抗上，多年来他却一直利用自己手中的权力，竭力保护自己的部属，且不怕牵连，敢于承担责任。

就拿婚姻问题来说吧，此前基地的官兵们在朝鲜战场浴血奋战了好几年，到戈壁滩后不少人都三十好几了，早就到了该找女人睡觉的时候。可按当时基地的规定，女方成分有问题的，不能谈恋爱，更不准结婚；

是党员的，不准和非党员群众结婚；再加上基地地处与世隔绝的戈壁滩，各种保密条例层层限制，致使不少人眨眼间就成了老光棍。后来基地政策稍稍放宽了一些，准许部分老光棍回家解决女人问题。但每个光棍临走前，政治部门都要给他们上一次政治课，要他们回家找女人时，一定要注意家庭成分，成分不好的，再好的女人也不能找。所以光棍们探亲归队后，如果找到了对象的，第一件事就是向党组织汇报对象的家庭成分。如果党组织认可，再去函或去人调查，等确认根正苗红后，方可建立恋爱关系；若是组织不认可，即便你找了个仙女，党组织也得活活拆散！比如基地有个指导员，他在老家早就定了亲，刚准备结婚，朝鲜战争爆发了。他本想打败美帝后再结婚，可刚一回国，就被一列闷罐车拉到了戈壁滩。到基地后，前几年不让探家，不让写信，他度日如年，心急如焚，担心自己的女人万一等不及了跑去找了别的男人。等他熬到三十二岁这年，终于允许探亲了。可他回去一查历史，女方的成分是中农。他怕组织不同意，打一辈子光棍，便偷着结了婚。归队时新媳妇死活要跟他到部队，他只好把新媳妇带回基地，说是自己女朋友。后来营部派人去他老家调查，发现女方成分是中农！这还了得，营教导员立即找他谈话，说你小子真是色胆包天啊，女的是中农，也敢结婚！他嘟嘟囔囔说，中农不也是团结的对象嘛！营教导员说，你老婆这一辈是中农，再往上查三代，说不定就是富农、地主了！你是革命军人，找老婆只能找根正苗红的贫农！他辩解说，她家穷得连裤子都穿不上，跟贫农的日子有啥区别呀？营教导员一听就火了，说，党组织是看她的成分好不好，不是看她的日子穷不穷。他还是不明白，说，我们定亲是新中国成立前，那会儿共产党还没划成分呢！营教导员一看他很顽固，干脆把他关了禁闭，隔离了！此事层层上报，最后报到将军那里。将军多年来一直为官兵们娶不上老婆而头疼，便让秘书把这小两口叫来办公室，问问情况。小两口来到将军办公室，规规矩矩站在门口，脸色苍白浑身哆嗦。将军一看，招呼小两口进屋坐，还叫通信员倒茶！将军问，听说你俩结婚了？小两口点点头。将军说，喜事办了，怎么也不给我这个老头子来两块喜糖？小两口见司令员平易近人，满脸是笑，这才把半个屁股放在了凳子上。将军详细问了情况后，说，婚也结了，觉也睡了，以后就好好过日子了！回去吧，安心把工作干好！工作干不好，我就找你算账！然后，将军叫来营教导员，见面就是一顿训，什么中农贫农的，看不出来吗？脸色像菜叶，都他妈一个样！你们这些人呀，当个狗屁小官，手上有点权，就烧包了！权力是干什么吃的？权力是用来保护人的，而不是用来整人的！我们共产党要讲成分，但还得讲感情啊！他俩婚也结了，觉也睡了，怎么着？难道再让他俩离了？那不是把人往死路上逼嘛！

基地还有一个技术员，在沈阳上大学时谈了个女同学，女同学的父亲因为曾在日本留过洋，她就成了“黑帮子女”。这位技术员很希望自己的女同学也来基地工作，可申请结婚报告写了几十份，甚至还写了血书，组织上不但不批，反而还派人做他的思想工作，让他跟那个“黑帮子女”断绝关系。他没答应，一直拖着，一拖就拖到了三十出头。小伙子各方面条件都不错，眼看着一起分来的同学都成了家，然后又成了孩子的爹，便有了情绪。将军知道这事后，很快派人调查，然后派人把他的女同学接到基地，同意他俩结婚。有人表示反对，说是不是给上面打个报告，请示一下？将军说，请示个屁，我已经调查过了，女孩儿的父亲年轻时去过日本，已经去世十多年了，怎么“里通外国”？八竿子打不着边嘛！之后，将军不仅为他俩举办了婚礼，还安排新娘在基地当了技术员。小两口婚后日子过得甜甜美美，工作上比着干，很快成了基地的技术骨干。但这事后来还是被人捅到了上面，上面批评将军是“自由主义”，并因女方是“黑帮子女”，对小两口作了转业处理。小两口临走前，来向将军告别，眼睛都哭肿了。将军什么也没说，从台历上撕下一页纸，拿起笔来，唰唰唰，写了一封信，然后指着信封上的名字说，去吧，到北京找这个人，他会给你们安排工作的。

此外，上纲上线，打小报告，也是那个年代的“特产”。甚至有时一句话，一个人就可能锒铛入狱。比如基地有个张孝德，原在广州“地—空”火箭雷达控制处当副处长，1958 年调到基地当了第一任“地—空”导弹营的营长，算是降职使用。没想这一降，就降了十二年！可张孝德毫无怨言，该怎么干还怎么干。张孝德是山东人，当年将军带着“老一团”征战沂蒙时，还是儿童团的团长呢！此人能力强，有魄力，敢说真话，敢给领导提意见，甚至还敢和将军顶牛。而将军看重他的，正是这一点。就是这个张孝德，在与空军的一次试验合作中，与空军方面的人发生争执。对方说了一句，我怀疑你能不能打仗。他立即还击说，我的装备，我的技术绝对没问题，你要不信，把你们空军的飞机开来，我三发导弹打你三架飞机，打不下来，砍了我的脑袋！张孝德此话一出，很快被人当成政治事故传了出去，而且越传越玄乎，等传到军委某个领导那儿，竟变成了“你把刘亚楼的飞机开来，我照样能打下来！”——这还了得！空军司令刘亚楼的飞机你都敢打，周总理的飞机呢？毛主席的飞机呢？酒泉基地竟有这样的狂妄之徒，岂不反了！于是，有人立即把将军叫到北京，不问青红皂白，劈头盖脸就是一顿训！为了不让张孝德受到牵连，将军替人受过，把责任全部揽了下来，又是解释，又是保证，这才让张孝德逃过一劫。但将军回到基地后，逮住张孝德就是一顿臭骂，说，张孝德，你小子这臭德行也不改一改，难道还要带进棺材?！张孝德嘟囔着说，改，怎么改？心直口快，有啥说啥，还不是跟你学的！……

然而，时过境迁，今非昔比，在这轰轰烈烈的“文化大革命”运动中，将军还能利用自己手中的权力，保护好自己的弟兄吗？

这时，远处突然传来一阵锣鼓声。随着锣鼓声越来越近，将军抬头一看，一支四五十人的队伍便出现在眼前：有的扛着红旗，有的举着标语，有的抬着黑板，有的撑着树棍——树棍上居然还挂着花花绿绿的裤衩！这是基地的“造反派”，将军抬眼就认识。“造反派”来到门口，见将军坐在台阶上，正冷冷地看着他们，一副威风凛凛的样子，脚步不由得便慢了下来，锣鼓声也戛然而止。

但凡招待所的工作人员都知道，坐在台阶上晒太阳是将军最喜欢的一种休息方式，每次将军往那儿一坐，便会点燃一支香烟，一边吸，一边抠着脚丫。他们第一次见将军抠脚丫，非常吃惊，不可思议，后来时间长了，看的次数多了，也就习惯了；有时不见将军抠脚丫，反倒觉得不正常了；而只要见将军坐在那儿抠脚丫，就知道一定是将军又有心事了，或者是累了，于是便会把过路的脚步放轻，把干活的声音压低。

而这伙“造反派”也同样清楚，眼前的这位将军是打过大仗立过战功的人，从来都是天不怕地不怕，老子第一谁也不尿。不光在基地，就是全科委，也是老少皆知，赫赫有名！每次只要将军往那儿一站，他们就会感到有一种说不出的威慑力，所以对将军既恨又怕。

“你们来干什么？”将军问。

“造反派”领队的是个高个儿，不知是见了将军紧张，还是本来就口吃，说话结结巴巴：“我、我们要、要见王、王朔！”

将军冷冷地说：“王朔正在开会，不能出来！有什么话对我说。”近一个时期以来，保护干部成了将军的主要任务，王朔是基地技术部的部长，必须保护。

人群中有人将一个小黑板举到将军的面前，指着小黑板上用粉笔写得密密麻麻的几个问题，要将军答复。将军看了一眼，说：“这些问题我个人无权回答，需要党委研究后再说。”

高个儿说：“我们要、要求党委二十四小时内答、答复。”

将军说：“不行！最快也得三天！”

高个儿说：“那、那怎么行？”

将军说：“那、那怎么不行？”说完，转身回到办公室，一屁股坐在椅子上。

“造反派”盯住不放，也跟着进了将军的办公室。开始，将军不予理睬，只管干自己的事，后来见这伙人越来越张狂，一拍桌子，大声吼道：“你们这群兔崽子，统统给我滚出去！”

“造反派”一下被震住了，你看看我，我看看你，一时不知如何是好。将军接着训斥道：“看看你们，成什么样子了，啊？一个当兵的，不去扛枪扛炮，却举着花裤衩到处游逛，算他妈的什么男人！举着花裤衩好看吗？要觉得好看，你们给我举回家去，让你老爹老娘看看！”

“造反派”哑口无言，灰溜溜地退了出去。

将军砰地关上门，望着墙上“东方红一号”人造卫星的飞行航线图，狠狠一拳砸在桌上。

五十八

1967年1月23日傍晚，将军登上了飞往北京的专机。上午，北京紧急通知，让他和政委速去北京开会。至于开什么会？没说；何以如此紧急？更不清楚。通知只说，速到北京京西宾馆报到，务必严守秘密！

专机一起飞，将军便闭上眼睛睡觉。坐车睡觉，是将军在战争年代养成的习惯。那时兵荒马乱，整天东窜西跑，难得有个稳定的安身之地，因而少有机会踏踏实实地睡上一觉，只能在行军途中骑在马背或者坐在车上打盹。现在不同了，江山打下来了，坐上了江山的共产党将领们不光坐在汽车上打盹，还可以坐在飞机上睡觉。可惜，这天坐在飞机上的将军却怎么也睡不着。近期北京发生的事，令他一头雾水百思不得其解。中央专委办公室主任罗瑞卿打倒了，国防科委副主任张爱萍“靠边”了，甚至老帅聂荣臻也被贴了大字报！中央究竟发生了什么事情？北京到底出了什么问题？一个个巨大的问号像风一样，在将军脑子里刮来刮去，搅得他心烦意乱不得安宁！

专机到达北京时，已是晚上10点。将军走进京西宾馆九楼会议厅，才知道今晚参加会议的除国防科委领导外，还有各个基地的司令和政委。将军和几位司令、政委点了点头，算是打过招呼，然后在一个靠边的位置坐了下来。将军坐下的第一感觉是，今晚的会场特别神秘，特别安静，神秘得有些紧张，安静得有些异样。大家默默地坐在那里，若有所思，心照不宣，一言不发，好像说什么都是多余。张爱萍将军“靠边”后，国防科委工作由副主任罗舜初主持。但罗舜初今晚也神情忧郁，心神不定，似乎想说点什么，又什么也没说，直到后来见大家有点着急了，才站起来说道：“同志们，今晚的会是聂老总通知大家来的，现在聂老总正在开一个很重要的会，脱不开身，请大家再稍等一下。”

但已近深夜12点，聂荣臻还没到场。大家不停地看表，不停地探望着窗外。将军也起身走到窗前，点上一支烟，静静地望着长安街。长安街上，淅淅沥沥的雨不知什么时候已经下起来了，夜幕下的街灯正在渐渐变暗、变淡，行人、车辆也越来越少，长长的长安街显得寂寞而清冷。将军突然有些忐忑不安，聂老总十万火急地将大家秘密召集进京，究竟是什么重要的事情呢？聂老总召集开会，从来都是准时的，今晚为何一推再推？在这混乱动荡的年月里，该不会出什么事吧？

“文化大革命”开始后，将军对上层的政治斗争虽然有所耳闻，但对其中的许多内幕却不清楚。其实，中央两派间的政治斗争早就开始了，而聂荣臻一直处于斗争的旋涡之中。“两弹结合”试验成功后，聂荣臻亲赴大西北，成功地组织了氢弹原理试验和中程导弹试验，等他回到北京，全国已经一片混乱，军队有的地方也出现了难以控制的局面。他和几位老帅只好离开中南海，悄悄搬到西山军委的一栋楼里办公。于是从 1966 年深秋开始，在西山那条铺满落叶的小道上，警卫战士们常常看见叶剑英、陈毅、聂荣臻、徐向前等几位老帅一起散步。这些警卫战士当然不会知道，老帅们正是利用散步之机，在秘密商讨国家和军队的大事情，其意见是：

军队是国家稳定的柱石，不管天下多乱，军队不能乱！军队应该尽快拿出一个文件稳住军心，否则军队一旦乱起来，后果不堪设想。

后来，在叶剑英的主持下，军委很快起草了一份文件呈送林彪。林彪审阅后，同意上报中央和毛泽东。1967 年 1 月 14 日，中央下发了《关于不得把斗争的矛头指向军队的通知》。然而，在 1 月 19 日下午中央军委召开的碰头会上，当讨论到军队应不应该搞“四大”时，江青、叶群、陈伯达等人却站出来，与叶剑英、聂荣臻、徐向前等公开抗衡。陈伯达说，军队不能当防空洞，要开展“四大”，已经下文件了。江青马上附和说，对，军队也要参加“文化大革命”，不能搞特殊！叶剑英立即反驳道，军队是无产阶级专政的柱石，战略任务很重，军队如果稳不住，敌人就有入侵的可能！聂荣臻也说，军队就是军队，不能搞“四大”！军队一旦发生混乱，后果不堪设想！

而就在当天夜晚，某军区的“造反派”在江青的指使下，还以突然袭击的方式冲进总政治部主任萧华家，企图抓走萧华。幸亏萧华早有警惕，才从后门逃出。第二天上午，军委会议继续进行，萧华刚一露面，江青等立即群起而攻之。叶剑英忍无可忍，拍案而起，因用力过猛，右手掌骨竟被震裂！接着徐向前也拍了桌子，并抓起茶杯、香烟，狠狠砸在地上。总之会议吵得一塌糊涂，最后不欢而散。会后，几位老帅决定就军队搞不搞“四大”的问题，再征求一下各大军区头头的意见。于是便有了今晚聂荣臻紧急召集的秘密会议！

聂荣臻赶到会场时，已是深夜12点。大家见聂荣臻平安到来，立即精神大振，同时也意识到了会议的紧迫与重要。聂荣臻一改往日的风格，与大家一一握手后，开门见山，直截了当，说：“同志们，对不起，我刚参加完一个重要会议，让大家久等了。现在已是12点，我们就叫它‘零点会议’吧。会议就一个意思，想听听大家的意见，各基地到底要不要搞‘四大’？不搞‘四大’行不行？因为明天一早，我就要向军委汇报，所以时间非常紧迫，请大家抓紧时间，发表意见，表个态吧！”

聂荣臻话音刚落，大家纷纷发表意见。一部分人认为，基地坚决不能搞“四大”，一搞肯定乱套，工作没法开展；另一部分则有些担忧，认为现在全国上下都在搞“四大”，如果军队不搞，会不会与“文化大革命”的潮流不符？现在“造反派”的热情非常高，已经沸沸扬扬地闹开了，要是强行不准搞“四大”，会不会惹恼他们，反而造成局势的进一步恶化？而将军的意见很明确，他说：“现在最棘手的问题，是怎么制止那些已经行动起来的狂热的‘造反派’。由于基地受全国形势的影响，这个难度很大。但无论如何，基地决不能搞‘四大’！如果‘四大’搞起来了，火箭卫星就该落地了！”

最后，大家一致认为，基地不能搞“四大”！并针对基地的实际情况，商讨了几条不搞“四大”的具体意见。聂荣臻让秘书当即把意见整理出来，请各位司令、政委签上自己的大名，然后又匆匆离开了会场。

聂荣臻离开会场后，连夜带着秘书，直奔叶剑英、徐向前家。翌日上午，聂荣臻又和叶剑英、徐向前一起，亲临林彪毛家湾住所，向林彪汇报如何稳定军队局面、不搞“四大”的意见。林彪听了后，说，那你们就拟一个条条出来吧。于是三位老帅当晚秉灯夜战，起草了一份《中央军委命令》的初稿，一共七条，其核心内容是：军以下单位坚持正面教育，不搞“四大”，不准串联，不准冲击军事领导机关。而其中有三条，是专门针对酒泉基地的：一是坚持正面教育，二是稳定部队，三是执行好发射试验任务。紧接着，中央军委连夜召开会议，对此进行讨论。意见统一后，叶剑英第一个带头在会议纪要上签了名，接着朱德、林彪、陈毅、徐向前、刘伯承、贺龙、聂荣臻也签了名。

据说八个元帅在一份会议纪要上联合签名，还是第一次。但林彪签名后又说了一句，最好送“中央文革小组”看看。于是叶剑英、聂荣臻、徐向前三位老帅又去征求“中央文革小组”的意见，并邀请了周恩来出面。开始，江青等人坚决不同意，后经一番激烈争吵，直至凌晨，在周恩来的鼎力支持下，《纪要》才勉强通过，随即呈送毛泽东。

28日下午，毛泽东召集林彪、徐向前、叶剑英、陈毅、聂荣臻五位元帅在中南海丰泽园，就《中央军委命令》一事进行商讨。商讨中，毛泽东又加了一条：不准随意抄家！

至此，《中央军委八条命令》正式形成，随后火速下发全军。

五十九

《中央军委八条命令》下达基地后，将军连夜开会传达。谁知文件刚传达下去，“造反派”立即炸了窝，找到将军，气势汹汹地说：“基地无权限制我们的政治自由，基地不让搞‘四大’，我们就去北京告状！”将军说：“你们提意见、写信、打电话，都可以，但有一条，不能到北京告状！”

但第二天，将军正在开党委会，保卫处处长杜郁便匆匆进来报告说：“李司令，那伙人去北京告状了！”

将军问：“什么时候走的？”

杜郁说：“走了快一个小时了。我也是刚得到消息。听说那伙人先步行到酒泉，再从酒泉乘火车到北京告状！”

将军感到事情严重。从基地到酒泉，有两百多公里的路程，途中全是荒无人烟的戈壁滩。告状，将军不怕，他怕的是这伙人万一在途中出了事故，麻烦可就大了，局势也更不好控制了。他立即叫来一位干部，吩咐说：“你马上坐车追上去，给他们讲明不准到北京上访的道理，然后再让他们回基地！”

不料这位干部追上告状的“造反派”后，不但没有劝阻，反而支持他们进京告状。于是“造反派”又惊又喜，继续前行，徒步到达酒泉后，马上给基地的“造反派”打回电话，说他们为了告状，下定决心，不怕牺牲，勇往直前，一天行程八十公里！这个消息立即被“造反派”用大字报张贴在机关门口，一些不明真相的群众看了后，情绪马上就被煽动起来。

而就在这时，北京有人假借聂荣臻的名义，向基地下发了一个所谓的“四三〇”指示，要求迅速传达到部队！其核心内容是：为满足广大群众愿望，各基地领导可用民主生活会的形式，接受排以上战士的批判，以避免人们来京上访。这个“指示”虽然只有薄薄一页纸，可到了将军手里，却重如泰山，压得他透不过气来。将军反复看了好几遍，怎么也不相信是聂老总的意见。将军想起不久前京西宾馆的那个深夜，聂老总的态度是那么的坚决，怎么突然又改变了呢？怎么办？是服从还是反抗？是传达还是不传达？这个“指示”如果传达下去，“造反派”一定拍手称快，高呼万岁；若是拒绝传达，肯定授人以柄，自找麻烦。因为将军心里清楚，自“文化大革命”开始后，小鬼都成精了，有些人一直在找他的碴儿，若他拒不执行，正好成为“造反派”打倒他的绝妙借口。但将军想来想去，最后还是决定，先不传达，等等再说。

两天后，将军接到了去北京京西宾馆开会的通知。下了飞机，车刚到国防科委大院门口，一群人呼地就围了上来。将军一看，多数是基地留守处的人，其中还有几个上访人员。将军摇下车窗，问：“你们来这儿干什么？”

为首者不紧不慢，说：“我们想请司令到左家庄去一趟，革命群众听说司令要来，专门为你准备了一个欢迎会；另外有许多不明白的问题，想请司令给解答解答。”

将军说：“有什么问题就在这里说吧，我还要赶去开会。等会议结束后，我再去看望大家。”

为首者说：“莫非你心里有鬼，怕面对革命群众？”

将军是个吃软不吃硬的人，他“哼”了一声，说：“那好，走吧，见识见识去！”

到了左家庄，将军一瞧那阵势，立即明白了，哪里是什么欢迎会，分明是一个精心策划好的批斗会！批他，他不怕，他担心的是这些人胡搅蛮缠，耽误了开会的时间。他往众人面前一站，很诚恳地说道：“同志们，你们在这里辛苦了，我代表基地党委来看望大家一下。因为马上要开会，我不能久留，请大家谅解。”

有人立即说道：“既然来了，就不要走。把问题说清楚了再走！”

将军说：“好，有什么问题尽管提出来！”

为首者立即问道：“前两天科委给基地下达了一个指示，你为什么不传达？不执行？”

科委下达的“四三〇”指示，本是一个秘密，将军没想到，这么快就有人捅出去了，便故意反问道：“请问，你说的指示，具体是哪一个啊？”

为首者知道这个指示并未公开，还在基地党委的保密柜里，一下支支吾吾，犹豫起来。

将军乘机说道：“你们连什么指示都不知道，让我怎么回答？等我开完会再说吧！”说完，向秘书手一挥，走了。

将军一进京西宾馆会场，直觉就告诉他，今天的会非同寻常。主席台上，国防科委几位新添的“造反派”头头正襟危坐，台下的人都是各基地负责人，大家默不作声。会议开始后，主持人宣布：“今天会议的中心议题，就是讨论如何贯彻‘四三〇’指示。”但在讨论中，将军们纷纷表示反对。新疆马兰基地一位姓华的主任甚至还气愤地说：“我们正坐在火山尖上，你们还在放火，还让不让我们活了？”将军这才知道，“四三〇”指示其实是江青暗箱操作的，目的就是要基地变相搞“四大”。

但第一天过去了，会议没有结果。第二天，会议接着再开。为使与会者就范，国防科委的“造反派”会内会外，串通一气，要起了小阴谋：

下午，当会议争论到最激烈时，酒泉基地一百多个在京人员向京西宾馆发起冲击，大吵大嚷要让国防科委负责人出来表态，借此向会议施加压力，变相发难。国防科委负责人只好让将军出面，劝说酒泉基地人员撤离现场。

将军走出会场，这伙人立即将他团团围住。将军厉声吼道："你们到这里来瞎胡闹什么？还不赶快回去！"

为首者说："你今天不给我们一个明确答复，我们就不回去。"

将军说："答复什么？"

为首者说："你为什么坚持资产阶级反动路线，不执行科委的'四三〇'指示？"

将军说："国防科委正确的指示，我们从来都坚决执行，从来就没违背过。"

有人说："李福泽在诡辩，他从来就没把国防科委放在眼里，他想把基地搞成一个针插不入、水泼不进的独立王国！"

有人跟着就叫了起来："对，李福泽就是西霸天、黑司令！"

将军说："不管我李福泽是黑司令还是红司令，你们先回去，基地的问题，回基地解决。"

但无论将军如何劝说，这帮人胡搅蛮缠，就是不走。将军只好在大厅边上找个地方坐下来，守住大门，不让这帮人冲击会场。而这帮人进不了会场，也不离开，就坐在院里等候。

一个晚上过去了，第二天天刚蒙蒙亮，京西宾馆警卫连的连长带兵出操，见一群人围在那里，立即带队跑过来，大声问道："你们是干什么的？"

"造反派"说："我们是来找我们的司令员回答问题的。"

连长问："你们司令员在哪里？"

"造反派"用手一指："在那儿呢！"

警卫连长一看，一个老头坐在大厅的一个角落，两眼半睁半闭，正用手不停地抠着脚丫呢！连长想，这人哪是什么司令员，分明是个看守大门的老头嘛，这伙人肯定是瞎说八道，故意捣乱，便黑着脸大声下令道："有什么问题，回你们部队解决。这是北京，国家领导人居住的地方，不是你们撒野的地方，再不走，我就把你们抓起来!"

"造反派"马上老实了，有人嘟囔了一句："我们没有车，怎么回去啊?"

"要车好办，我来派车!"将军突然从大厅角落站了起来，边走边说。

警卫连长仔细一看，大吃一惊，这位刚才坐在角落抠脚丫的老头儿果然是一位军人，而且是一位标准的老军人!

送走"造反派"后，将军重新回到会场。"四三〇"指示到底执行不执行，会议争论了一个晚上，仍然吵得热火朝天不可开交。科委一位"造反派"的头头见将军回到会场，点名要他表态，与会者的目光便落在了将军的脸上。将军想起"东方红一号"卫星的大事，基地还在等着，而这里却将大把的时光浪费在会议桌上——一个狗屁指示，竟折腾了一天一夜！于是脾气一下就上来了，大声说道："对不起，科委的这个指示我不理解，无法执行！如果科委硬要我执行，可以；但前提是，必须先收回下发的《中央军委八条命令》！否则，我李福泽无法执行!"说完，屁股一拍，拂袖而去，脚步踩得咚咚响。

六十

将军回到基地，他在北京"罢会"的消息跟着就回到了基地。有人说，他"太冲太直"；有人说，他"目无领导"；有人说，他"胆大包天"！紧接着，国防科委的正式通知也随之下发到了基地：必须把"四三〇"指示及时传达到部队！

无奈之下，将军只好召开党委会，让党委会来决定。会上，将军仍然旗帜鲜明地坚持自己的意见，他说："我个人认为，这个指示不能往下传达，因为它不符合聂老总的一贯主张。去年，聂老总在我们这里住了一个多月，目的就是为了稳定部队。后来聂老总从新疆返回北京时，又在十四号机场听取了我和政委的汇报，再次提出一定要稳定部队，千万不能乱！前不久，《中央军委八条命令》中也有明确规定，基地不搞'四大'。所以科委的这个指示，我们可以不执行。"但党委分成两派，各持己见，谁也说服不了谁。会议开了一天一夜，直至 6 点，意见还是不统一。将军一直铁青着脸，一支接一支地抽烟，最后实在没辙了，只好同意。但他定了一个规矩：只准传达到团以上主要领导干部。

谁知团以上主要领导听了"四三〇"指示后，多数人表示反对，甚至有人当场就站出来批评党委："你们是非不明，好坏不分，到底想把我们引向哪里啊?"铁管处的一个处长更激动，说："这个指示传达下去，如果铁路瘫痪，我概不负责!"接着警卫团、工兵团、发射团（发射大队此时已改为发射团）的领导也纷纷表示反对。将军感到很欣慰，也感到很忧虑，因为党内的分歧意见一旦扩散出去，会给那些不怀好意的人有机可乘。于是将军当即宣布："任何人不准将会议消息透露出去，一切后果由我负责。"会后，将军又把基地几位领导派到下面各工区去检查工作，以便万一自己被打倒，这些领导还可以继续率领官兵完成"东方红一号"卫星的发射任务。

然而基地"造反派"很快就知道北京京西宾馆的会议精神了，于是他们借此兴风作浪，矛头直指基地党委，挖空心思制造种种非难；甚至将战争年代的一些陈年旧事，也一件件抖搂出来，以致后勤部部长张志勇将军和二部部长胡嘉，一夜间便被搞成了"叛徒"!

张志勇将军 1937 年随红西路军长征来到西北，西路军惨败后，多数人被捕，他却奇迹般地从"马家军"手里逃了出来，继续追随革命，参加了新四军。后来"皖南事变"中，他再次被捕，又再次突围。这本是一位在战争年代与死神几次擦肩而过的勇士，可"造反派"硬是把这两件事翻腾出来，按自己的逻辑推理：张志勇如果不是被捕后叛变了革命，为什么别人都没回来，偏偏就他回来了呢？不是叛徒，能活着出来吗？

胡嘉也是一位老红军，1958 年 3 月随二十兵团从朝鲜来到基地时，就是二十兵团司令部通信处处长。胡嘉到基地后，和其他通信专家一起，承担了基地最早的通信系统组建和草拟试验通信方案的任务。为了掌握导弹对通信的要求，他亲自带着通信科的同志下连蹲点，学习各种设备的操作使用，每天都要工作十小时以上，为基地的通信工作立下了汗马功劳。早在战争年代，胡嘉的胃就被切除三分之二，经常吐血；来基地后，虽是老红军，生活待遇上却只能吃师团级的干部灶。而且每次吃饭时，他都让通信员把饭菜打回通信处，和参谋们一起分享。由于生活太苦，他的体质明显下降，却从不休息，坚持加班。1960 年 7 月的一天，因劳累过度，晕倒在办公室。此后，他的身体每况愈下，越来越虚弱。因此将军每次出差，总要给他买些治胃病的药回来。

这样两位同志，怎么会是"叛徒"呢？

张志勇、胡嘉的事还没完，"造反派"又掉转枪口，对准了将军。"造反派"给将军罗列的一大罪名是："反对敬爱的林副统帅！"此事的起因，是 1960 年 10 月 30 日林彪来基地视察时的那幅题词。当时，林彪题完"自力更生，发愤图强"八个字后，屁股一拍，走了。林彪走后，工程兵本来计划在东风礼堂前建个纪念塔，而后再把林彪的题词刻在上面。可工程兵还没来得及干这事，便匆匆撤走了，临走时把这事移交给了酒泉基地。而 1960 年的酒泉基地，官兵们连饭都吃不饱，哪顾得上建什么塔，刻什么字，不经意间也就拖下来了。这一拖，几年过去了。1964 年，副总参谋长张爱萍来基地视察，将军就此事请示张爱萍。张爱萍说，建那东西干啥？有钱还不如搞个冰棍房，做几根冰棍让战士们吃吃，还能消消暑，解解渴！于是为"林副统帅"建塔刻字之事，从此放下不提。然而将军万万没想到，事隔多年后的今天，"造反派"却用这事当"炮弹"，向他发起攻击！

将军对此当然不敢大意。须知，当年的"林副统帅"是何等人物啊！如果说在中国毛泽东是当然的老大，林彪便是当然的老二，他李福泽就是吃了豹子胆喝了老虎血，也不敢不敬啊！于是将军立即召开党委会，就林彪"建塔刻字"一事，让大家表态，集体决定。当时，基地"造反派"和北京一些人常常串通一气，一点鸡毛大的事，也能捅到北京，所以党委对此非常谨慎。经过反复研究，党委最后的意见是：这事还是得办，不办不行。办了，一是完成了一个政治任务；二是可以阻止"造反派"无休止地胡闹下去。但在具体方案上，将军的意见是，搞个纪念碑就可以了，建纪念塔就没必要了。于是有关部门很快在东风礼堂前厅的一面墙上，竖了一块大理石纪念碑，再把林彪的题词恭恭敬敬地刻在了上面。

如此这般，将军才过了“造反派”这一关。

但接着文工团有人也要搞“四大”，要“请”将军“光临”现场，听取“革命群众”的意见；为了达到批判的效果，还特意为将军准备了一把椅子，放在会场的中间。将军去了，一进门，瞥了一眼，压根儿不当回事。组织会议的头头儿让将军坐在会场中间的椅子上，将军说：“不用了，我就跟你们坐在一起。”说着，走过去，一屁股坐在那些头头中间，嘻嘻哈哈，一个劲地往里挤，边挤还边说：“来，挤一挤，大家挤在一起，就不分‘左’派右派了，就是一家人了嘛!”

组织会议的头头儿不上当，坚持要将军坐在特意为他准备的椅子上。但将军就是不坐椅子，干脆一屁股坐在旁边一个乒乓球台上，而后腿一盘，脱掉老头鞋，一边招呼其他人过去，一边抠着脚丫说：“你们是不是对我有意见啊？如果有，就提；对党委有意见，也可以提。”等不少人围在乒乓球台周围后，将军又说：“我肯定有做得不好的地方，没事，有意见你们尽管提，我双手欢迎!”

组织会议的头头儿说：“我们就是要闹革命，要搞‘四大’!”

将军哈哈大笑，笑完了，说：“闹革命闹革命，你们就知道闹革命！闹革命是啥意思知道吗？闹革命可是要掉脑袋的哟！当然了，你们如果硬是要闹、要搞，我也同意。不过我有一个要求，要闹你们关起门来闹，不要和基地外的其他组织搞串联。因为你们一串联，红旗举上天，咱们的卫星就该落地了。”结果，将军和身边的文工团员们热热闹闹地聊了一晚上的京剧，几个组织会议的头头儿却被晾在了一边。

然而，正当将军准备全身心投入“东方红一号”卫星的准备工作时，“徐明事件”的突然爆发，又让他陷入更深的泥潭，甚至说整个基地都被卷进了“革命”的旋涡之中。

六十一

“徐明事件”来得实在有点突然。

1967年6月1日深夜，基地政委栗在山突然接到国防科委的电话，让他速去北京。栗在山不敢怠慢，第二天一早，和将军打了个招呼，便上了飞机。栗在山一下飞机，直奔国防科委某领导办公室，屁股还没坐稳，领导便拿出一堆材料，说：“最近，有人查出你们基地的徐明同志有历史问题。”

栗在山一听就愣了。徐明是基地的参谋长，黑龙江阿城人，1961年被授予少将军衔，是基地最早的创业者之一。早在1932年，徐明就加入中国共产主义青年团，上学时还在北平参加过“一·二九”运动，1936年转为中共正式党员，曾任东北军六十七军工委书记、西北青救会军训部长、中南空军政治部主任、中央军委空军司令部作战值班副参谋长……这样一位忠于革命的老同志，怎么会有历史问题呢？

“会不会是搞错了？”栗在山问。

领导无奈地摇摇头，说：“国防科委机关的局势最近很乱，也很复杂。但人家把材料报上来了，不处理怎么办？当然，徐明的问题还要进一步调查，你和李司令知道就行了，先不要扩大范围。你们可以先跟他本人谈谈话，暂时停止他的工作，其他事情等局势好转后再说。”

栗在山回到基地，见了将军，却半天不说话。将军急了，问：“老栗，你吊我胃口啊？”

栗在山这才嘟囔道：“上面说，参谋长徐明有、有历史问题。”

“什么？徐明有历史问题?!”将军眼睛都大了，“徐明参谋长与我共事多年，能力出众，为人正派，忠心耿耿，出身清白，怎么可能有历史问题？他娘的，肯定是谁吃饱了撑的，硬是给整出个‘历史问题’来!”

栗在山说：“科委领导说了，先暂停他的工作，其他事情以后再说。这事不往外传达，我俩知道就行了。”

将军一拳砸在桌子上，震得窗户嗡嗡响。

6 月 4 日，栗在山再次接到去北京的通知。两天后，带回了对徐明的停职审查意见。按照上面指示，徐明的停职审查意见要在基地党委扩大会上传达，并要徐明交代自己的历史问题。

6 月 6 日下午，基地召开党委扩大会。会议一开始，栗在山首先宣读上级对徐明的停职审查意见："徐明 1936 年在北平《东方晨报》上发表了《反共启事》。当时徐明叫徐流。现在，北京的'造反派'查出了这一事实……"

徐明如雷轰顶，目瞪口呆！他看着栗在山，又望着将军，不知到底发生了什么。将军理解徐明，却无奈，他看了徐明一眼，也不得不沉痛地说："现在，请徐明同志自己讲一讲，1936 年在北平的事情。"

徐明这才如梦初醒。他觉得荒唐、可笑，更感到委屈、气愤！但他很快调整好自己的情绪，还是如实作了"交代"："日本人侵占东北后，张学良将军退入关内，把东北大学迁到了北平。1936 年，我是东北大学的学生。当时地下党员组织闹学潮。我在一次学潮运动中，与宪兵斗争时被捕。不久，我又被放了出来，回到学校继续读书。那次敌人没审问，就放了我，当时我也感到有点儿蹊跷。可其他几个同学和我一样，都放了出来。我不知道这是怎么回事。就这些。"徐明的"交代"振振有词。

"徐明，你不要避重就轻，《反共启事》到底是怎么回事？老老实实把内幕交代出来！"参加党委会的一个"造反派"头头儿厉声说道。

"《反共启事》？什么《反共启事》？"徐明莫名其妙。

"都这个时候了，你还装什么呀？""造反派"头头儿说着将一份《东方晨报》上的《反共启事》的影印件，啪地甩在了桌上。

徐明拿起早已发黄的《东方晨报》影印件，看了一遍，又看了一遍，还是想不起来这《反共启事》到底是怎么回事。

原来，1936 年徐明因闹学潮和其他党员被关进国民党的监狱后，负责华北局工作的刘少奇与统治北平的宋哲元将军谈判，要求释放关押在北平的六十一名共产党员以及关在其他地方的几百名共产党员。宋哲元答应放人，但为防止蒋介石追究责任，提出了一个条件：让被关押的政治犯在《东方晨报》上发表一则《反共启事》。刘少奇答应了这个条件。

于是，《东方晨报》很快刊登出了一则《反共启事》，徐明等被关押的几百名共产党员也因此而获得释放。但是，徐明自己以及其他几百名共产党员并不知道事情的真相，更未写过什么《反共启事》。那则发表在《东方晨报》上的《反共启事》，完全出自张学良将军的一个参议的手笔，徐明的名字被改成了“徐流”。因此，这桩公案尽管已经过去三十多年，徐明却始终蒙在鼓里。现在突然被人从几十年前的历史堆里翻捡出来，他就是被打死也说不清啊！

徐明本来就有心脏病，加上事情突然，天气炎热，早已汗流浃背，头晕眼花。于是面对“铁证如山”的《反共启事》影印件，他有口难辩，气急之下，眼看就要晕倒。将军急忙上前扶了他一把，他才勉强靠在了椅背上。

突然，“造反派”头头儿大声说道：“现在，我奉上级命令，逮捕徐明！”这一招来得太突然，别说徐明自己惊出一身冷汗，就连久经沙场的将军也吃惊不小！未等大家完全明白怎么回事，早就等在门外的两个人已冲进会场，将徐明胳膊一拧，随即押了出去。

“给我站住！怎么回事？”将军大吼一声，震惊全场！

“造反派”头头儿只得停住脚步，回头说道：“我是奉上级领导的命令，逮捕徐明。”说着，居然从包里掏出一纸盖有红色钢印的逮捕令。

将军说：“我不管你奉谁的命令，有一点你给我听清楚了，徐明的问题还在调查中。在没有搞清楚之前，你们不能动他！我是司令员，这儿我说了算！”

“造反派”头头儿说：“出了问题，谁负责啊？”

将军胸脯一拍：“我负全部责任！”

接着，将军把基地的两位保卫干事叫到一边，叮嘱道：“把徐明参谋长暂时安排在十二号水库。记住了，一定要保护好他的安全！另外，他有心脏病，一定要注意。”十二号水库离首区不远，当时基地所有“有问题”的人，都放在那儿。将军的考虑是，万一有意外情况发生，他能及时赶到，有利于徐明的安全。

押送徐明将军的车很快来到十二号水库。徐明被几个战士搀扶着下了车，等站稳脚跟，抬头一看，自己都忍不住笑了。原来，几年前正是他领着广大官兵，在这儿挖掘了一个大水库，解决了基地官兵们的用水问题。可他做梦也没想到，他这个当年开掘水库的“功臣”，现在却要在这儿遭到囚禁！而更令他感到可悲的是，当年他因为闹学潮，被国民党抓进了监狱；而今他为新中国搞导弹，却被自己人关进了水库。莫非，这就叫“自掘坟墓”？

当晚，“徐明是叛徒，已被逮捕”的消息很快传遍基地上上下下，官兵们无不为徐明的命运感到担忧。官兵们对自己的参谋长太熟悉了，东北人，大眼睛大鼻子大嘴巴，胖乎乎的，个头不高，精明强悍，文武双全，待人随和，最能和官兵们打成一片。而且爱好十分广泛，不仅擅长游泳、溜冰、滑雪、打球、跳舞，还喜欢唱俄罗斯民歌，迷恋武术和足球。尤其是足球，上大学时就爱踢，可戈壁滩没有球场，他便把劲儿全部倾注在了发射场。从第一枚导弹起，基地几次震惊世界的发射，无不展现出他的聪明与才干！可这么一位可亲可敬的参谋长，怎么一夜间就成了“叛徒”呢？

而基地的“造反派”对此并不罢休，他们连夜召开紧急会议，决定乘胜追击，先把徐明从十二号水库抢出来，召开批斗大会；再把背后保护徐明的人也揪出来！批斗大会的时间，定在 6 月 9 日上午 10 点。

于是 6 月 9 日一大早，“造反派”举着红旗，敲锣打鼓，一路浩浩荡荡来到十二号水库。负责看护徐明将军的两名保卫干事见情况不妙，立即咔嚓一声，锁了铁门，而后把在门口，不准任何人进入！“造反派”却气势汹汹，上来就说：“把叛徒徐明交出来！”

一位保卫干事噌地掏出手枪，举在空中，说：“没有司令员的命令，谁也不准带走徐明！”

“造反派”看着黑洞洞的枪口，一时没了主意。但他们很快发现房子后面有个窗户，于是一边在前面与保卫人员纠缠，一边派人从后面偷偷爬进窗户，硬是把徐明从窗户拖了出去！

徐明将军已是五十多岁的人了，加上患有严重的心脏病，被强行拖出窗户后，面色铁青，气喘吁吁，心脏衰弱，很快便连话都说不出来了。

然而即便如此，“造反派”仍给他戴上一顶高帽子。这顶高帽子非同一般，外面看起来糊的是一层纸，里面却是铁架子，重达十二斤！这样的铁帽子即便戴在一个壮汉头上也难以承受，何况扣在患有严重心脏病的徐明将军的头上！徐明被“造反派”押着站在一辆军用大卡车的最前面，火辣辣的太阳当头照射下来，汗水吧嗒吧嗒往下掉。大卡车刚刚开到东风礼堂门口，几个高音喇叭便同时喊叫起来：“大叛徒徐明已被革命小将带到大礼堂了，请革命群众速来大礼堂开会！请革命群众速来大礼堂开会！”

将军这天正准备去检查十七号“地—空”导弹的进展情况，突然听见大喇叭在叫喊，拽上栗在山便往外走。二人匆匆赶到东风礼堂，只见礼堂前红旗飘飘，人山人海，一辆大卡车停在中间，戴着高帽子的徐明大汗淋漓地站在车上，四周拥挤着数千人。大家见司令、政委来了，纷纷让出一条道来。将军大步走上主席台，质问道：“这个会是谁召开的？”

回答将军的是一片狂呼乱叫：“打倒大叛徒徐明！打倒大叛徒徐明！”

将军说：“同志们，徐明是不是叛徒，现在正在调查中，不能乱下结论！”

有人立即喊道：“徐明就是大叛徒，打倒叛徒徐明！”

将军意识到今天形势不妙，如果听任“造反派”批斗下去，局势不堪设想。于是他挥挥手，让大家静下来，继续说道：“同志们，等徐明同志的事查清楚后，你们再批斗好不好？”

有人立即站出来举着一份复印件，高声喊道：“大家请看，这就是当年徐明在《东方晨报》上发表的《反共启事》。铁证如山，难道还需要查证吗？”

此刻，时值中午，烈日炎炎，十二斤重的铁帽子像山头样压在徐明将军的头上。徐明渐渐支撑不住了，他几次差点晕倒，又重新站直，既不低头，也不说话，始终昂首挺胸直视前方。将军见徐明扶着车厢的手不停地颤抖着，而且越抖越厉害，心如刀绞。于是他几乎用一种哀求的口气对“造反派”说道：“你们怎么批我都行，但在上级没有明确结论之前，请你们不要批斗徐明，因为徐明同志患有严重的心脏病！”

气势汹汹的“造反派”根本不理将军的碴儿，一边使劲煽动群众，一边继续高声呼口号：“打倒大叛徒徐明！”“打倒无政府主义徐明。”接着，广播里传来一个响亮的声音：“批斗叛徒徐明的大会现在正式开始！”

将军见大势已去，只好说道：“要开这个会，也得有个主持人。”

“造反派”说：“那你说谁来主持？”

栗在山政委一把抢过话筒，说：“同志们，不！革命小将们，我是党委书记，这个会我来主持！”栗在山过去在群众眼里，一直是个“温和派”，这个时候突然站出来，让“造反派”始料不及。

将军急忙说道：“对，栗在山是政委，按党委的分工，这种会应该由他来主持！”

栗在山马上说：“既然大家没意见，现在我宣布：会议开始！”接着又说道，“革命小将们，中央军委有明确规定，基地不准搞‘四大’，咱们先把徐明的高帽子摘了，再开会好不好？”

“造反派”吵吵嚷嚷不同意。栗在山说：“开会不等于批斗，没必要戴帽子嘛！如果不摘，今天这个会就不开了。”

将军趁机一挥手，机关两名干部立即爬上大卡车，把徐明的高帽子摘了下来。帽子一摘，徐明一下就晕倒在了地上。两个“造反派”马上冲上去，又把徐明拉起来，强烈要求继续开会。将军没办法，只好沉着脸说：“今天开会只提意见，不批判！”然后叫来卫生所一名护士，守在徐明旁边，为徐明的脸上、额头抹上一些清凉油，防止晕倒。可没过一会儿，徐明脸色发紫，还是晕倒了。将军见状，向栗在山使了个眼色，栗在山立即大声宣布：“今天的会议，现在结束！”

将军立即让保卫部门，把徐明护送回十二号水库。

不料，徐明将军在护送途中，还是被早有预谋的“造反派”抢走了！他们将徐明带到七号，关在一间小屋里，然后发动十几名“造反派”中的妇女同志，严加看守。其计划是，把徐明押到各个点号，重新进行批斗！

将军得知徐明被抢后，非常生气，对两个保卫干事发火说：“你们是干什么吃的？怎么能让他们把人抢走了？”

保卫干事小声说："他们人多，我们还没反应过来，就给抢走了！"

将军说："他们能从你们手上抢走，为什么你们就不能从他们手上抢回来？"

保卫干事哭笑不得，说："司令员，你不知道，他们派了一帮妇女同志守在门口，大热天的，个个穿着薄衣薄裤，有的还敞胸露怀，把徐明参谋长团团围在中间，我们个个都是大老爷们，怎么好意思和她们挤在一起抢啊！"

"他奶奶的！"将军脱口骂了一句，一屁股坐在沙发上，一个劲儿地抽烟。没保护好徐明，将军觉得自己失职。但他最担心的，是基地出现大乱。一旦乱起来，发射"东方红一号"卫星的事，也会跟着乱！

栗在山得知徐明被抢后，也很着急。栗在山不抽烟，一进将军的办公室，抓过烟盒，也胡乱点燃一支。于是，一个司令，一个政委，面对面地坐在那儿，不说话只抽烟，你一支我一支，像比赛似的。一会儿工夫，办公室便"乌云密布"了。

突然，将军灭掉烟头，说话了："擒贼先擒王，我看得先把那几个核心人物制服了！"

栗在山点点头，说："对，可以先从器材部那两个家伙入手。"

将军立即叫来器材部两位部长，具体作了安排；然后又叫来警卫团团长，吩咐道："从今天起，你们每晚派人到各个部巡逻，一定要注意'造反派'的行动，有情况及时向我报告。"

但第二天，"造反派"强烈要求对徐明进行再批判；若不同意，就停止工作，上京告状！将军什么都不怕，就怕中断工作，影响"东方红一号"卫星的发射，只好同意。条件是，必须由三部副部长王占利主持会议。王占利正直聪明，敢说敢为，由他主持批斗会，将军放心。

6 月 10 日下午 3 点，"造反派"押着徐明将军来到三部十七号露天操场。戈壁滩的太阳，毒辣无比，无遮无挡，下午 3 点正是一天中最热的时候。"造反派"把徐明原来戴的高帽换成了草帽，草帽无檐，只有一个圈，而徐明的头已经秃顶，太阳照射下来，正好射在徐明秃了顶的头上——这正是"造反派"费尽心机，想要的效果。徐明一路走来，气喘吁吁，大汗淋漓，押上台后，站立不稳，摇摇晃晃。主持人王占利见徐明仅仅两天就被折磨成这个样子，心里很是难受。他见徐明刚一站稳，马上宣布："批斗大会现在开始!"接着又故意大声喊道，"徐明，你马上坐下，好好听听群众的意见!"

"造反派"立即高声抗议道："徐明站起来！不许徐明坐！让他站着向革命群众低头认罪!"

王占利装着什么也没听见，继续大声说道："现在，请同志们抓紧时间发言，对徐明进行批判!"

"造反派"代表立即上台发言，展开批判。

就在"造反派"代表站在台上慷慨激昂地批判徐明的罪状时，会场两边电线杆上的高音喇叭却突然没有了声音（有人故意悄悄关掉了扩音器)。结果是：台上的人批得唾沫四溅，台下的人却不知说的啥。后来，这个秘密被"造反派"发现了，立即有人叫唤起来："喇叭不响了！喇叭不响了！这是阶级斗争的新动向!"会场顿时一片吵吵嚷嚷，乱成一锅粥。等高音喇叭"修"好后，开饭时间已经到了。王占利趁机抓过话筒大声问道："同志们，今天会议开得好，批得好！但开饭时间已经到了，现在散会，大家同意吗?"

部分机关干部心领神会，齐声喊道："同意！同意!"

于是王占利理直气壮，大声宣布："散会!"

"造反派"一看急了，挡住人群，大声喊叫着："不要走！不要走!"可短短几分钟，多数群众纷纷离场，只剩下一二十个"造反派"在操场乱喊乱叫。

但"造反派"并不就此罢休，他们连夜串联有关单位，还要继续批斗徐明，甚至鼓动外单位的人坐火车来参加批斗大会。将军得到"情报"后，抓起电话，让保卫部立即把徐明从十二号水库秘密送回机关。

当晚，徐明将军被接回机关，秘密住进一间芦苇棚里。住进芦苇棚的徐明痛苦而又孤独，他唯一的要求，就是要一个半导体收音机。他说他要听新闻，要听发射"东方红一号"人造卫星的消息!

六十二

“徐明事件”的发生，让基地大多数官兵深感困惑，他们不知道戈壁滩之外的世界究竟发生了什么，也不明白发射场为什么会突然变成这样。他们只明白一点，好不容易创建起来的导弹基地，不能毁于一旦！

于是 1967 年 6 月 10 日晚，基地有三个干部——姚树文、刘良天、于实检，经过一番“密谋”，悄悄起草了一个电话稿。电话稿的大体内容是：由于二十基地担任着重要的国防任务，“徐明事件”的出现，使二十基地的局势出现混乱，希望中央尽快出面制止！

然后，由姚树文连夜把电话直接打到了“中央文革小组”值班室。“中央文革小组”值班员接到电话后，一字一句地记录下了通话内容，记完后还复述了一遍，然后说：“你们放心，我会尽快把这事向领导汇报的。”姚树文听了非常高兴，问了一句：“请问您贵姓?”对方说：“你们不用问我的姓名，只记住 6 月 10 号‘中央文革小组’电话值班员，就行了。”放下电话，三人兴奋得一夜没睡。

这个晚上的将军同样一夜未眠。“徐明事件”让他意识到基地形势的严峻，若照此下去，“东方红一号”人造卫星的任务肯定无法执行；即使执行了，也不能确保发射成功。于是将军连夜给国防科委副主任罗舜初发去一封相当直率的加急电报，其大意是：参谋长徐明被抓，基地形势严峻，我们管不了了，请尽快想办法吧！

罗舜初接到急电后，当即呈送聂荣臻。聂荣臻看完电报后非常生气，拿起电话就向周恩来报告：“总理，东风基地的参谋长徐明已经被‘造反派’抓起来了！徐明是一个很有能力的同志，战争年代表现就不错，这些年在靶场组织发射试验，也很有成绩，现在却被搞成了叛徒！司令员李福泽等人的处境现在也很危险，要是这些人都打倒了，发射‘东方红一号’卫星的事就没人干了!”周恩来当即表态说：“徐明同志我了解，在延安时期就和我们很熟。他是经过军委从全军挑选出来的，他当参谋长还是彭德怀老总下的命令。基地的情况看来很复杂，我尽快向军委和毛主席反映。”

6 月 13 日，经林彪审批、毛泽东圈阅的中央军委的三点指示便从北京下发到了酒泉基地。这三点指示是专门发给酒泉基地的，其原文是：

> 一、要说服和教育群众，不要贴大字报，不要开批斗大会；
>
> 二、基地地处边疆，备战和试验任务繁重，必须遵守中央军委规定的坚持正面教育，不搞“四大”的方针，保持部队的稳定和正常指挥；
>
> 三、所有人员必须坚守岗位，不得以任何理由擅离职守，外协人员必须遵守基地有关正面教育的规定。

有了中央军委的这三点批示，将军这才缓了一口气。于是他一边大力宣传中央军委的三点指示，一边积极布置“东方红一号”卫星的发射任务。

但有一天，将军正在发射场检查工作，秘书却慌慌张张跑来报告说：“司令员，不好了，‘造反派’把孙培生打倒在地上，已经不能动弹了！要不赶快救出来，就要出人命了！”孙培生是工兵团的团长，一直反对基地搞“四大”，所以“造反派”对他恨之入骨。

将军立即打通工兵团副团长的电话，下令道：“你赶快派一个班，把孙培生团长抢回来。记住了，不要穿军装，也别带武器。”

孙培生很快就被抢了回来，当即送进基地五一三医院。将军来到医院，只见孙培生头上、身上、胳膊上到处缠着纱布，脸也肿得像个茄子。将军先安慰孙培生一番，然后对院长说：“‘造反派’很可能还要来找孙团长，你们得想点办法，比如今天换个病房，明天换个病房，实在不行了，就弄个病危什么的。总之要保护好孙团长，不能再落到那伙人的手上！”

果然，将军前脚刚走，“造反派”后脚就到。他们在医院门口大喊大叫，要“孙培生滚出来”！医生、护士立即将孙培生扶上担架，然后盖上床单，推进手术室……结果，“造反派”几次来医院，都被医生、护士以手术为名，堵了回去。有一次，狭路相逢，医院实在没辙，竟把孙培生推进太平间，搁了整整两个小时。但“造反派”很快就知道，是将军在暗中保护孙培生，于是恼羞成怒，立即组织人马，开始对将军进行持续不断的围攻！

“造反派”围攻将军的方式非常“文雅”，也很“革命”，基本程序是：每天晚饭后，少则几十人，多则上百人，把将军团团围在基地俱乐部的门口，然后请将军为“革命群众”解答疑难问题。“造反派”把人群分成若干个小组，每个小组轮流上阵，一个问题接一个问题地问。第一组的人问完了，回去蒙头睡觉；第二组的人接着上阵，继续再问。一个晚上折腾几个问题，天就亮了，第二天晚上接着再问。其目的就是不让将军睡觉，还让将军没脾气，迫使将军“低头认罪”。谁知将军风风雨雨见得多了，“造反派”的这点小伎俩，他压根儿就没放进眼里。将军每晚准时出现在俱乐部门口，陪“造反派”“练嘴皮子”，白天照样组织人马搞卫星。将军每次一去，往沙发上一躺，先点燃一支烟，然后就说：“好了，有什么问题问吧，我‘上班’了！”

“造反派”说：“你为什么不让基地搞‘四大’?”

将军说：“你们弄错了，不是我不让搞，而是中央军委的文件规定不让搞。”

“造反派”说：“文件为什么要这么规定?”

将军说：“文件不是我定的，是中央军委定的，毛主席批准的，要知道为什么，你们问中央军委去，问毛主席去！”说着掏出一支烟，点燃，不紧不慢，吸上一口，然后闭上了眼睛。

“造反派”立即吼道：“革命群众都还站着，你怎么就睡觉了?”

将军闭着眼睛，说：“我没睡觉呀！”

“造反派”说：“没睡？没睡怎么闭上眼睛了?”

将军说：“闭上眼睛就等于睡觉了吗？你们张开嘴就等于吃饭了吗?”

“造反派”无言以对，打开“红宝书”，开始给将军念《毛主席语录》：“马克思主义的道理，千头万绪，归根结底就是一句话，造反有理！”

“世界上怕就怕认真二字，共产党最讲认真！”

“造反派”念了一段，又念一段；一个人念累了，第二个人接着再念：

“革命不是请客吃饭，不是绘画绣花，不是温良恭俭让。革命是暴动，是……”“一切反动派都是纸老虎，你不打，它就不倒……”

“停！”将军突然睁开眼睛，大声质问道，“咱们之间是什么矛盾？”

“造反派”说：“人民内部矛盾呀。”

将军说：“既然是人民内部矛盾，你们为什么念的是敌我矛盾的语录？如果你们认为我们已经是敌我矛盾了，还和我谈什么？”

“造反派”说：“你别转移话题。你老实交代，你是不是在发射场上抽过烟？”

将军说：“是抽过。不过，不是在发射场上，而是在发射场边上。”

“造反派”说：“不管在发射场上，还是在发射场边上，反正你抽过烟！”

将军说：“抽过烟又怎么了？朱德参加革命前是个旧‘军阀’，还抽过鸦片呢，后来不照样当了红军总司令！建党初期，毛主席还当选过国民党中央候补委员呢，后来不照样做了新中国的领袖！老子干累了，抽支烟，算个！”说完，伸手脱掉鞋子，抠开了脚丫。

“造反派”气急败坏，大声喊道：“李福泽，不准抠脚丫！”

将军哈哈大笑，道：“我这脚气是老毛病了，不抠就痒，你说咋办？要不，你来帮帮忙？”

“造反派”噎在那儿，一时说不出话来。

…………

就这样，将军一连被围攻了四十二个晚上。四十二个晚上，他几乎没睡过一次安稳觉。有时闹到后半夜两三点，有时折腾个通宵达旦；有时到后半夜“造反派”熬不住了，他才有机会在沙发上打个盹。

此期间，为了避免节外生枝，风波再起，将军把徐明送到北京左家庄留守处悄悄保护起来。但后来上级通知，要徐明去“五七”干校劳动改造。“五七”干校在陕西的眉县，将军觉得徐明去“五七”干校也许是个躲避政治灾难的好机会，便顺水推舟，同意了。

徐明去“五七”干校这天，将军亲自为徐明送行。途中，两人并肩坐在车上，默默不语。时值盛夏，戈壁滩酷热难熬。路边的红柳，一棵棵，一簇簇，却遍地开花，生机勃勃。红柳秋天落叶，夏季开花，根须可伸至沙漠底层数十米处；而且环境越恶劣，长势越顽强。所以将军最喜欢戈壁滩的两种植物，一是胡杨，二是红柳。

将军一路上望着路边的红柳，望着望着，便忍不住了，叫司机停下车。然后，和徐明一起来到路边。望着傲立风中的红柳，将军说：“还记得八年前我们第一次看见红柳吗?”

徐明说：“当然记得。那天，是我第一次见到红柳，我不认识它，不知道它叫什么名字，更不了解它的本性。”

将军说：“那时候我也不理解，戈壁滩的气候如此恶劣，又是风又是雨的，这些红柳怎么能活下来呢？后来我听说，红柳最不怕的，就是风沙，只要被风沙埋没一次，就会长高一寸；风沙把它的根埋得越深，它的生命力就越旺盛！现在我终于明白了，狂风暴雨，飞沙走石，风霜雪剑，电闪雷鸣，其实正是红柳在戈壁滩生存的唯一的条件和理由。离开了这些，戈壁滩的红柳也许就活不下来了；即使能活下来，我想也不会这么健壮!”

徐明心领神会，点了点头，什么也不说，走过去，面对红柳，深深鞠了一躬。

此后，徐明将军一直在陕西眉县的“五七”干校劳动改造。当时基地所有的“叛徒”“特务”“牛鬼蛇神”以及所谓“有问题”的人，全集中在陕西眉县，共约百十来人。这些人一律下地干活，只有三名“重犯”例外：一名“重犯”姓方，是基地唯一的一个高级工程师，他的任务是喂猪；一名“重犯”是副参谋长侯福，后来西昌基地的司令员，他的任务是烧火做饭；还有一名“重犯”就是徐明，他的任务是每日在山中放牛！一位昔日在发射场上威风凛凛的将军，现在却成了荒山野岭中的一个牛倌，其生活，其精神，该是何等的凄苦！何况此期间，徐明将军的爱人——北京铁道部的“走资派”——也被打倒了，整天不是被“造反派”押着游街，就是挨斗；而两个年仅十来岁的女儿也成了“黑五类”，被驱赶到了千里之外的海南！然而徐明，也许因了常年在发射场与导弹火箭打交道的缘故，心胸开阔，高瞻远瞩，超然物外，与天相通，每日早上高高兴兴地赶着牛出去，晚上再嘻嘻哈哈地赶着牛回来。他将所有的苦闷全部压在心底，一直坚持在眉县的大山沟里——当年李自成起义的地方——默默当了八年的牛倌！

八年后，徐明将军得以平反昭雪，重新回到戈壁滩，出任酒泉基地第四任司令员。遗憾的是，这位坦荡无私、刚正不阿、文武双全、多才多艺、为中国导弹火箭事业呕心沥血了大半辈子的发射将军，却因“文化大革命”的飞来横祸，身体遭到严重摧残，以至于在后来的数千个日日夜夜里，每日陪伴他的，净是一包又一包、一罐又一罐的中草药！1985 年 3 月 30 日，徐明因心脏病突发，在北京逝世，年仅六十九岁！

六十三

送走参谋长徐明后，将军本该歇口气了，可非但歇不下来，反而更加紧张。按照中央的计划，“东方红一号”卫星的各项准备工作，必须在 1968 年春季前完成；并在 1968 年五一国际劳动节前，把“东方红一号”卫星发射上天！而且不仅要把卫星发射上天，还要保证卫星在天上高唱当时红遍中国大江南北的那首经典的红色歌曲——《东方红》！既要唱出来，还要唱准了，不能乱了节奏，更不能跑了音调。换句话说，这次发射不仅仅只是一次科学试验，更是一次重大的政治任务！因此，在将军的感觉中，如果说发射第一枚导弹是枚争气弹，发射核导弹是个炸药包，那么现在即将发射的第一颗“东方红一号”人造卫星，简直就是一颗政治炸弹！一不小心“碰”着了，不仅会炸着别人，还会伤了自己。

然而，正当中国“文化大革命”的烈火在神州大地轰轰烈烈如火如荼地蔓延时，日本岛国的第一颗人造卫星也在加紧准备发射中。于是中国与日本，谁能成为继苏联、美国、法国之后第四个发射人造卫星的国家，就不仅仅是一个科学技术问题，而是一个事关国家荣辱、民族尊严的国际政治问题了！由于历史的局限，中国的发射官兵包括中国的导弹卫星专家，内心一直潜藏着一种非常特殊而又微妙的心理定式，那就是，中国输给别的国家比如美国、苏联可以，但绝不能输给日本！因为在近代历史上，中国输给日本的东西实在太多了！政治改革输了，如明治维新；军事对抗输了，如甲午海战；还有经济、教育；等等，等等。所以，中国的第一颗“东方红一号”人造卫星必须抢在日本之前发射，无论如何也不能再输给日本了！在世界航天俱乐部的席位上，苏联做了老大，美国当了老二，法国成了老三，中国怎么也该坐上第四把交椅了！所以必须争分夺秒，全力以赴！——在将军心里，这才是一件大事，一件真正的国家大事！

遗憾的是，已然天下大乱的中国，除承担发射任务的酒泉基地一片混乱之外，承担研制任务的中国科学院、七机部等部门也处于瘫痪状态，因而原准备在 1968 年之前发射卫星的计划，渐被彻底打乱。好在后来有毛泽东、周恩来的亲自过问，“东方红一号”人造卫星的发射准备工作才不致中断。

1969 年 8 月 27 日，第一枚供发射“东方红一号”卫星试验用的中远程导弹终于运抵戈壁，并很快竖在了发射架上！导弹起竖当天，便惊动了美国和苏联；对中国一直虎视眈眈的日本，更是瞪大了眼睛，当即加快了发射第一颗人造卫星的步伐；而大权在握的“中央文革小组”，由于把“东方红一号”卫星看成一颗政治卫星，自然也是特别“关心”。于是，基地一夜间名声大振，卫星仿佛成了一块唐僧肉，好几个打着“中央文革小组”牌子的“革命小组”，均以帮助基地发射卫星为名，千里迢迢赶到发射场。什么工作组、战斗组，什么造反派、保皇派，还有乱七八糟的红旗、标语、锣鼓和口号，一时间，发射场应该有的没有，不该有的好像全都有。用将军的话说：“他娘的，全是不务正业的胡扯淡!”这些人来到基地后，不去工地，不去燃料库，不去试验场，只和基地的“造反派”串联一起，天天学习《毛选》《语录》，夜夜讨论材料、文件。

将军一眼就看出了苗头，于是在党委会上作了两条规定：

第一，凡来基地参加发射“东方红一号”卫星的任何组织、任何个人、任何派别，不准打出代表自己派别组织的红旗；

第二，不管这派那派，若有意见，可以给基地党委写信，但不准召开所谓的“革命群众大会”，不准张贴大字报！

“革命小组”当然很不满意，派代表找将军谈判。将军口气强硬，当面顶了回去：“对不起，我没时间！”

“你什么时候有时间？”对方反倒很有耐心。

将军说：“我什么时候都没时间！实话告诉你们吧，打卫星的可以留下，‘闹革命’的请去北京！”

对方也不甘示弱：“闹革命是中央的精神，你不让闹革命，不符合中央的精神！”

将军冷笑道：“我闹革命的时候，你们还没出生呢！我这儿是发射场，不是天安门。要闹你们到北京闹去，到中央闹去！来我这儿‘闹革命’，你们走错庙门了。只要我在这儿当司令，就只打卫星不‘闹革命’！”说罢，手一挥，大喊一声，“通信员，送客！”

事后有人劝将军：“好汉不吃眼前亏，对‘上面’的人还是客气一点为妙。”将军嘴一撇，说：“跳蚤能蹦到哪儿去？老子不吃他们这一套！”照样我行我素，一如既往。将军的原则是，有利于发射卫星的指示文件，坚决执行；反之，一概不予照办。至于其他花样百出的种种“文件”“指示”以及一些“讲话”——包括江青在内的讲话，他统统不理！此外，对其他一些“检查组”“清查组”“工作组”，他非但不予好好接待好好伺候，反而又作了三条规定：

第一，不准住机关，统统住连队；

第二，工作范围不得超过业务范围；

第三，伙食标准一律按基地规定吃，谁超过一分钱，就从谁的腰包里扣！

一天，财务科长拿来一张报销单，要将军签字。将军一看，按规定的伙食标准，超过了一角二分钱，便问："这是怎么回事?"

科长说："这是北京组织部来的工作组，他们晚上加班写材料，很辛苦，所以……"

将军说："别说组织部，就是政治局也不行！告诉他们，这多吃了的一角二分钱，由他们自己掏腰包，少了一分，就别想上飞机!"

科长急忙说："司令，这是不是太不给面子了?"

将军说："面子顶个屁用！你们给我记住了，凡是那些只动嘴不干活的'工作组'，每人、每天、每顿吃的每元、每角、每分，我都必须过目，没有我的签字，一分不许报账!"

这就惹恼了基地的"造反派"。

基地"造反派"见到北京来的"工作组"，有一种找到了"党"的感觉，而将军如此不给面子，不就是存心跟"党"作对吗？不就是有意和他们过不去吗？于是为了给将军"一点颜色看看"，基地"造反派"想了一个馊主意：每天组织一帮人马，到将军家里集体示威！什么时候将军答应了他们的要求，就什么时候撤兵。

于是将军每天下班回家，都能见到地板上、沙发上、板凳上坐了满满一屋子人，连进门都困难。将军和妻子梁山平时都吃食堂，家不过是一个睡觉的窝。可将军一进家门，这伙人就开始闹腾，一闹就闹到半夜，存心不让你睡觉。将军不但不生气，反而每天一进门就笑呵呵地说："同志们，谢谢你们帮我看了家。现在我回来了，你们早点儿回去休息吧!"说着，几步挤进卧室，连衣服也不脱，往床上一躺，很快便打开了呼噜。

遇上这样的"老兵油子"，"造反派"折腾了几天，渐渐没了脾气。再说基地上上下下都在忙着发射卫星，将军不接"招"，继续闹下去，自觉没趣，也就撤了兵。

然而，1969 年 10 月 18 日，解放军总参谋部根据总参谋长黄永胜的口头授意，连夜整理出一份关于"要加强战备"的"绝密"命令，上报主持军委工作的林彪后，以总参的名义，将《一号命令》火速下达全军。该命令的大致内容是：

> 为了加强战备，防止敌人突然袭击，全军立即进入紧急战备状态，组织精干的指挥班子，进入临时指挥位置；各级要加强首长值班制度，及时掌握动态，一有情况，立即报告。同时，中央和各大城市的机关、学校、工厂以及居民等，马上疏散到偏远农村。

这就是后来所谓的林彪的《一号命令》。

六十四

《一号命令》下达后，“东方红一号”人造地球卫星的发射计划，险些乱了方寸。

《一号命令》并非空穴来风，而是事出有因。自中苏两党分手后，中苏边境冲突不断，两国关系愈演愈烈。1967 年 6 月 17 日，中国继第一颗原子弹爆炸试验成功后，又再次成功地爆炸试验了第一颗氢弹。于是苏联将导弹部队开进了蒙古国境内，靠近中国边境竖起了一座又一座的发射架，安装了上百枚射程为三千公里左右的导弹，悄悄瞄准了中国包括北京在内的诸多战略要点，并针对中国的国情，组织了多次军事演习。接着，1968 年 8 月 20 日深夜，苏联借“保卫社会主义成果”之名，大兵过境，风卷残云，短短六个小时，便侵占了“不听招呼”的捷克斯洛伐克。事发后，中国震惊，世界震惊！而就在当月，苏联军用飞机多次入侵中国领空，进行侦察、骚扰、挑衅，甚至还将带有核弹头的远程导弹安装在了中蒙边境，一是恐吓中国不准将氢弹安装在中远程导弹上，二是意欲摧毁中国酒泉、马兰两个发射基地。事实上，自苏联与中国翻脸后，几乎一天也没停止过对中国边境的卫星侦察，且侦察手段越来越高，仅 1969 年一年，就发射了三十二颗回收式侦察卫星！仅在中苏边境，这些侦察卫星就部署了一半以上；而针对中国在中苏边境部署的中程导弹发射基地，竟达三十二个之多！因此种种迹象表明，苏联很有可能对中国发动一场前所未有的核大战！在此险恶的局势下，中国领袖毛泽东提出了“深挖洞，广积粮，不称霸”的对应策略。九百六十万平方公里的神州大地，迅速掀起了规模浩大的“深挖洞”运动。尤其是 1969 年 3 月 2 日，中苏珍宝岛战役爆发，两国边防部队进入实战状态，双方摆出了决战的阵势。苏联将核弹头装上导弹后，中国也不示弱，于 1969 年 9 月 23 日和 29 日先后在西部进行了第一次平洞地下核试验和高爆试验。这两次核试验，惊动了世界，更刺痛了苏联！于是中苏之战，剑拔弩张，一触即发！

所谓的林彪的《一号命令》，便是在这种背景下出台的。

《一号命令》下达后，一夜间便惊动了全军，自然也惊动了基地，惊动了将军！一个身经百战的老兵，对有关战争的任何一点讯息都是敏感的。所以将军见到《一号命令》，就像听到了战争隆隆的脚步声！因为将军非常清楚，当年发射基地建在紧靠中苏边境的酒泉，是由苏联专家一手策划并选定的；发射场的总体设计方案，甚至发射场的每一个坐标、每一个军事据点、每一套军事设备、每一张图纸，也都出自苏联专家之手。这些方案和图纸除了中国国防部有一套之外，苏联国防部也有一套。因此，苏联对酒泉基地可以说是了如指掌。现在，中苏边境乌云密布，狼烟四起，紧靠中蒙边界的酒泉基地理所当然地便成了最危险的目标。倘若中苏一旦动起手来，苏联第一个进攻的地点很可能就是离酒泉发射场不远的居延海。而居延海一带属于硬戈壁，地势辽阔，一马平川，苏军坦克可长驱直入，先打清水、酒泉，再占河西走廊，而后切断兰新铁路，直逼兰州；若从蒙古国进入，只需五个小时，便可直捣基地心脏！

因此，为落实《一号命令》，防止战争突然爆发，兰州军区十九军火速开到边境，日夜修碉堡筑工事，时刻准备迎战。将军根据《一号命令》的指示精神，也很快组织大家拟定了几套对付方案。11 月 1 日，解放军总参谋长黄永胜、副总参谋长吴法宪在北京京西宾馆接见将军、栗在山、张贻祥、曾凡有等基地领导。黄永胜说：“中央军委对基地的处境非常担心，基地发射卫星的任务很重，但战备工作也一定要抓紧！如果打起来，苏修首先就会打你们，打掉靶场。所以除留下发射卫星的试验队伍和必要设备外，其余的人要赶快撤出基地！资料也要搬走，不能让苏修给搞走了！”吴法宪也说：“基地搞了这么多年，的确很不容易，但大敌当前，只有撤！有些东西如果实在搬不走，就用炸药炸掉！反正一旦开战，你们不炸，苏修也要先炸你们。你们千万不要抱有侥幸心理！”

将军回到基地后，当即组织部队展开行动：一是抓紧抢挖防空洞，二是大搞防空演习和疏散演练，三是裁减、撤离基地人员。而裁减、撤离人员中，又分为两部分，一部分回老家种地，一部分搬迁至陕西、河南。当时，基地总人数为五万四千人，家属、孩子九千余人，还有各种设备、器材、物件和食品，部门繁多，盘根错节，千头万绪！因此面对这成千上万的官兵、家属、孩子以及无数设备器材，怎么裁减，如何撤离，是个非常棘手的问题。

而最让将军感到难办的，也最于心不忍的，是即将回家种地的这些官兵以及这些官兵的家属和孩子。想当年，组织需要时，只要一句话——“组织需要”，这些官兵便抛妻离子，来到戈壁；现在，这些官兵已经在戈壁滩苦苦奋斗了十多年，好不容易打下天地，站稳脚跟，并对发射场有了很深的感情，可组织不需要时，同样只要一句话——“组织需要”，他们又得离去！“组织需要”这句话，如同一根柔软的纤绳，始终被组织握在手中，紧紧牵扯着他们的命运；而他们则像戈壁滩上的骆驼，叫走东就走东，叫走西就走西，让向前就向前，让后撤就后撤，从无怨气。尤其是他们的老婆，多年来就像军人肩上的背包，军人走到哪儿就跟到哪儿，无论是被提起还是被放下，不管是被打开还是被卷起，始终知暖知凉，贴心贴背。前几年，由于保密的原因，她们一律不准来基地，后来好不容易走进铁打的营盘，全家总算凑在一起，刚过了几天靠着丈夫肩膀的日子，连炕还没暖热，现在又要让她们回去！但为了“支持丈夫的工作”，她们拍拍身上的沙土，擦擦灶台的饭粒，包袱一卷，孩子一抱，二话不说，抬腿就走。作为女人，她们一生的愿望就是有一个踏踏实实、有依有靠的家，可家对她们来说只能是个梦——睡觉时梦着了就有，没梦着便无。为了这个梦，她们付出了一生的力气，而现在却必须离去，重新回到原来起步的地方。还有那些可怜的孩子，有的仅一岁，有的才半岁，有的甚至刚刚呱呱落地。这些孩子因父母工作需要都断奶了，路上没有奶吃，而基地地处戈壁荒原，没有奶粉，途中怎么办？

这天傍晚，将军去发射团，路经弱水河畔，忽见一位蒙古族少女正在河畔放羊，上百头羊在落日的映照下，缓缓移动四蹄，显得分外动人。望着这些可爱的羊，将军忽然有了一个主意，忙对身边的秘书说："咳，我们到老乡那儿买上两头奶羊，放在火车上，让后勤人员伺候好奶羊，孩子在路上不就有奶吃了吗？"秘书说："这个主意不错。"于是，将军很快让后勤人员从牧民那里买回两头奶羊。

官兵、家属和孩子撤离基地这天，戈壁滩的气氛伤感而悲凉。上千名官兵和几百个家属、孩子用汽车拉到火车站后，躺在母亲怀里的孩子像有某种心灵感应似的，未等上火车，小手便紧紧抓住母亲的衣服，扯着嗓门又哭又叫！而两头奶羊上火车时，两腿使劲蹬着车门，身子拼命往后撇着，死活也不肯上去。后来，两头奶羊好不容易弄上了火车，一不留神，又扑通、扑通从火车上跳下来，在地上打了个滚，爬起来撒腿便跑。几个战士追了好大一圈，才追回逃走的羊，然后找来绳子，拴住羊的脖子和后腿，再往车上赶。可奶羊咩咩咩地叫着，就是不愿上车，甚至后腿已被绳子磨出了血，也不肯离去！战士们只好把两头奶羊的八条腿全部捆住，这才抬上了火车。于是，闷热的车厢里，奶羊叫，孩子哭，孩子哭，奶羊叫，奶羊孩子一起哭，一起叫！奶羊的叫声凄凄切切，孩子的哭声撕心裂肺。后来，车上的母亲跟着孩子哭，车下的官兵跟着车上的家属哭。哭声汇成一片，似风似雨，如涛如浪，感动了戈壁，感动了在场的每一位军人！

将军站在送别的人群中，望着又哭又叫的孩子和奶羊，望着风沙中渐渐远去的列车，心都快碎了！

六十五

第一批裁减人员撤离基地的第二天，竖在发射架上的中远程导弹正式通电，开始垂直测试。

此次发射，虽是一次试验性的发射，却关系甚大。因为如果发射成功，“东方红一号”卫星便可按原计划实施发射，中国的卫星就肯定赶在日本之前上天；万一失败，中国、日本的卫星到底谁先上天，就很难说了。当然将军最担心的，还是导弹会不会出现意外飞出国境？因为这枚导弹属于中远程导弹，射程为五千公里，万一飞出去了，必定落在苏联。而中苏关系本来就紧张，假若果真如此，岂不是火上浇油自找麻烦！所以几天前周恩来邀请部分专家进京汇报情况时，周恩来最关心、最担心的，也是这个问题。

1969 年 11 月 16 日下午 5 点 45 分，导弹正式点火发射！谁也没想到，导弹起飞后仅几分钟，导弹一级关机点附近的速度曲线便停止上升，落点预示板上的笔也抖动得很厉害。很快，将军便接到“落区”参谋长的报告：“没有发现目标!”

过去发射，只要弹头进入“落区”上空，“落区”的观测人员凭肉眼便可发现目标；弹头着地后，几分钟内就能把落点位置交汇出来。可这次，将军下意识地看了看表，已经四十分钟过去了，居然还没有一个跟踪测量站发现目标！到底怎么回事？是飞偏了，还是飞出国境，或者是中途爆炸了？

又过了五分钟，落区依然没有发现目标。将军急忙抓起电话向北京报告。之后，周恩来连续给将军打来三次电话：“导弹到底飞到哪里去了?”一次比一次着急。周恩来最担心的，是导弹落在了苏联。当然，周恩来也没忘记安慰几句：“你们千万别太紧张，如果真的打到苏联去了，我已作好了去莫斯科说明情况的准备。现在最要紧的，是尽快搞清导弹的落点，找到这枚导弹!”

将军立即下令，启动飞机，在戈壁滩搜寻导弹。第一天，没有找到；第二天，还是没有找到；第三天，终于在大漠深处一堆沙丘旁找到了导弹！虽说谢天谢地，导弹没有飞出国境落在苏联，但人们找到的却是一堆导弹的残骸——一个程序配电器出现故障，第二级未能点火，致使导弹在空中爆炸自毁！

很快，美联社、路透社、法新社、合众社等向世界发布了中国导弹发射失败的重大新闻。其中有一条新闻，是这样说的：

> 当那个乳白色的庞然大物点火后，升空不到三千英尺，从巨型运载火箭的中部骤然闪出一束耀眼的白光，伴着雷鸣般的一阵轰响，随即爆炸解体。瞬间，成百吨的推进剂液体四处飞溅，形成冲天的蘑菇云在空中剧烈燃烧。长达一百多英尺的巨型运载火箭断裂成无数碎片，被火团裹挟着纷纷坠降，散落在发射场附近的戈壁滩上……中共 1965 年曾成功地数次完成了中程导弹的试验并用这种中程导弹装载原子弹进行了接近实战的热核性打击目标试验，使原子弹的蘑菇云在西北罗布泊上空再度升起，震撼了西方。但时隔四年的今天，中共不但毫无长进，反而明显倒退了。西方战略中心权威人士哈·特克尔和威廉·莫雷博士认为，中共史无前例的“无产阶级文化大革命”正处在鼎盛时期，中共上层人物争权夺利，以毛泽东为首的党中央已经不复存在，核心权力已由“文化大革命领导小组”接管。这次运载火箭发射试验所蒙受的挫折与耻辱，与中共上层其动荡激进的政局不无关系。

而日本获悉中国失败的消息后，窃喜之余便是疯狂地追赶；苏联则在中苏边境加紧调兵遣将，火速布阵，大炮、导弹同时瞄准了中国。中苏大战，一触即发！

面对大兵压境，中央军委的命令一道接一道。最多的时候，基地一天可接到林彪副主席的三个命令。兰州是西北五省的重要阵地，据有关部门预测，苏联一旦进攻，首先占领的目标就是兰州。但由于“文化大革命”的干扰，兰州军区已经乱了，正常工作根本无法开展。因此为了保住兰州，中央军委下令，一旦开战，基地至少要顶七小时！

将军临危受命，出任河西走廊防线副总指挥，负责战备设防工作。将军尽管有带兵打仗特别是防御战的经验，但同样深感肩上担子的分量。将军抛开日常工作，首先将基地的警卫团、汽车团、工兵团全部组织起来，加紧构筑工事，抢挖防空洞。人手不够，军委还从山东军区调来两个师。为了掌握这一带的地形地貌，将军带上秘书智银帮和几个参谋，坐上直升机，到边界勘察地貌地形，并要求部队学习地形、地物、识图等基本知识和军语。最紧张的时候，基地发射官兵每天起床后都要打上背包，吃饭时也带着武器。每天下午 6 点后，全部集合在弱水河两岸搞防空大演习。同时基地还制定了三套具体方案：一是后撤；二是就地疏散；三是一旦撤不出去，就把发射场炸掉！为此，将军组织队伍专门建立了一个炸药库，将成千上万吨炸药存放在库房里，一旦苏军入侵基地，立即按预定计划将发射场重要设施和仪器设备全部炸掉！用基地官兵们的话来说，“决不给苏修留下一个完整的靶场！”甚至有部分技术人员还含着眼泪，将炸药包事先安装在一些重要的设备上，准备在万不得已的情况下，与设备同归于尽！可这些捆绑在设备上的炸药包当时没有派上用场，十年后却意外发生爆炸，导致基地铁管处一人重伤、二十多名战士死亡！

随着局势的推进，周恩来亲自给将军打来电话，要基地首脑机关迅速撤离酒泉，移师西安！1970 年 1 月 24 日，载有基地领导机关人员的专列撤离酒泉基地，两天后抵达陕西渭南；再从渭南迁至西安。于是西安成了基地最大的“办公室”，将军和基地另外几个领导搬进了原西北局大院的止院办公。止院的对面，便是著名的杨虎城公馆。

尽管如此，“东方红一号”卫星的发射任务并没停止——非但没有停止，反而还要加紧！于是，将军每天早上从西安飞到酒泉，在发射场组织发射试验；晚上再从酒泉飞到西安，连夜加班加点，给中央军委写各种电报文件，如作战方案、工事修建、火力配置、试验报告等。用将军自己的话说，“每天就像被人拽着的一只风筝，在空中飘来飘去，来去匆匆，狼狈不堪！”

1970 年 1 月 30 日，第二枚中远程试验导弹再次竖在了发射架上。“东方红一号”人造卫星能否发射，取决于这次试验的结果。发射这天，时值隆冬时节，天气异常寒冷，刀片似的雪风呜呜地刮过来，又呜呜地刮过去。人们站在空旷的戈壁滩上观看发射，个个提心吊胆，捏着一把汗。但是，此次发射却出奇顺利，指挥员一声令下，火箭腾空而起，片刻工夫，落区传来喜讯：导弹高精度击中目标！

于是2月1日，国防科委向基地正式下达了执行发射“东方红一号”卫星的预令。接着，2月8日，“长征一号”合练火箭到达基地，卫星发射工作进入最后准备阶段。但“东方红一号”卫星到底怎么发射，发射场却出现了两种不同的意见：一种意见主张先发射一颗模拟卫星，等成功后再发射真正的“东方红一号”卫星；另一种意见则坚持一步到位，直接发射“东方红一号”卫星。两种意见争论激烈，从发射场一直吵到北京。

就在中国发射场争论不休之际，1970年2月11日，日本却抢先中国成功地发射了第一颗人造卫星，从而成为继苏联、美国、法国之后第四个独立发射人造卫星的国家！消息传到发射场，犹如晴天霹雳在头顶爆响！几位白发苍苍的老专家，在呼啸的雪风中面对高高的发射架，竟捶胸顿足潸然泪下；将军像被人从后面打了一闷棍，醒来后却不知痛在何处凶手是谁。

当日下午，将军独自来到发射场，围着冰冷的发射架走了一圈又一圈。之后，将军闷闷不乐地走到发射场边，开始一支接一支地抽烟。他娘的，怎么会输给小日本呢？将军像是在问天，问地，又像是在问自己。是的，一个从小目睹并饱尝了民族贫弱之苦的军人，一个始终维护“中国军人”的声誉像维护自己生命一样的战将，一个把自己的心血和智慧全部倾注于中国火箭事业的发射将军，要在感情上接受中国落后日本这一事实，的确是件很困难的事情。在将军心里，中国可以输给苏联，可以输给美国，甚至也可以输给法国，但绝不可以输给日本！抢在日本之前发射中国的第一颗人造卫星，不仅是他一个人的愿望，也是所有中国人的愿望。而这一愿望本是可以做到的，自己却没有做到——怨谁呢？如果没有“文化大革命”的冲击，如果中国航天人不遭受那么多风风雨雨是是非非，中国根本不可能落在日本的屁股后面！因为早在1969年初，中国的“东方红一号”卫星就作好了发射的准备，只因一伙政客把“东方红一号”卫星当作了争夺权力的政治筹码，才导致发射计划无端拖延，使本已整装待发的卫星和火箭在冷清的库房躺了整整一年！

这个下午不知过了多长时间，将军才从痛悔中渐渐清醒过来。清醒后的将军第一件事，就是当即通知全体发射人员紧急集合！于是高高的发射架下，很快列队排出上千人的队伍。队伍中有战士，有军官，有专家，有技术员，个个精神抖擞，豪气冲天！将军走到队伍前面，大声说道："同志们，告诉大家一个不好的消息，日本的第一颗人造卫星已经上天啦！"

队伍顿时一片哗然！

将军继续说道："他娘的，中国最早发明了火药，但日本打卫星却抢在了我们中国人的前面。这是耻辱！是我们这支发射队伍的耻辱，也是我们中华民族的耻辱！同志们，大家别忘了，我们这支队伍是在朝鲜战场打败过强大的美国军队的队伍，而今到了发射场，难道我们能做孬种吗？"

官兵们齐声喊道："我们决不做孬种！我们决不做孬种！"

将军提高嗓门，大声说道："好！我现在只问一句，这次发射，大家有没有决心？有没有信心？"

憋足劲儿的上千名官兵，立即山洪暴发般地吼出一个字来："有！"

吼声地动山摇，重重地震撼着戈壁荒原！

六十六

1970年3月29日，载有"东方红一号"卫星和"长征一号"火箭的专列从北京秘密出发，经四天四夜长途跋涉，顺利抵达戈壁。专列刚驶进站台，等候多时的发射官兵们顿时沸腾起来，甚至有人无法抑制内心的激动，挥动双拳振臂高呼："毛主席万岁！毛主席万岁！"接着众人也跟着呼喊起来："毛主席万岁！毛主席万岁！万岁万岁万万岁！"

火箭、卫星到达发射场后，将军的压力陡然大了不少。一方面，基地"革命形势"滚滚如潮，"东方红一号"卫星箭在弦上；另一方面，中苏边境屯兵百万，中苏之战随时可能打响！因此，将军既要对付"革命"，又要忙于备战，还要准备发射。而这次发射又不同于以往，卫星要在天上高唱《东方红》！所以不仅搞得将军很紧张，连周恩来总理也很紧张。4月2日和4月14日，周恩来连续两次在北京召集专家汇报情况。4月16日，周恩来又专门打电话指示基地："火箭、卫星转运到发射阵地后，一定要认真、仔细地测试检查，一个螺丝钉也不要放过！"4月20日上午8时，周恩来再次打电话给国防科委，要求这次发射必须"安全可靠，万无一失，准确入轨，及时预报"！

周恩来的指示传到基地后，发射团马上将其做成一幅巨大的标语，挂在高高的发射架上，发射场的气氛顿时变得庄严、紧张起来。但第二天，第三级火箭的固体发动机在检查时突然发现异常！指挥部当即决定：立即更换发动机！于是空军司令部紧急调动大型军用运输机，连夜将备份发动机运至发射场。

4月23日下午，发射阵地的火箭、卫星测试检查工作全部结束。指挥部决定，4月24日晚9点30分正式实施发射！之所以选择这个日子，主要出于三方面的考虑：

一是据气象部门预报，4月24日"发射窗口"最佳；

二是4月25日周恩来要去越南出席四国八方会议，中国的第一颗人造卫星正好可以当作一个最贵重的"政治礼物"送给第三世界的国家；

三是4月24日卫星上天，五一节这天恰好经过天安门的上空，到时毛泽东在天安门城楼上就能听见天上的卫星高唱"东方红，太阳升，中国出了个毛泽东"！

发射日确定后，将军第一个拿起笔来，在《发射任务书》上工工整整地签下自己的名字。接着，钱学森、任新民、栗在山等人也分别签了名。

当晚，将军接到国防科委的电话通知：中央已正式批准4月24日发射"东方红一号"卫星！将军刚放下电话，一阵冷风便从窗户刮了进来，他不禁一愣：这风会不会刮断裸露在戈壁滩上的通信线路呢？他立即叫上司机，决定去现场看看。

此刻，已是晚上10点。嘎斯六九刚行驶在戈壁滩上，将军便感到了风的力量。其实这晚的风在戈壁滩算不上什么大风，但将军却明显感到，这风中有沙，且形成了沙浪，万一发起脾气来，刮断了电线或者刮倒了电线杆，事情可就麻烦了。因为 1970 年的中国，通信状况还相当落后，尽管发射卫星是高科技，但东到长春，南到海南，西到南宁，北到新疆，沿线几千公里的航区上，使用的通信线路全是用一根一根的电线杆拉扯起来的明线。这种明线由于缺乏技术保护，一旦受到风暴的袭击，或者人为的破坏，就会导致通信网络中断。而此次发射，通信线路非常关键，火箭一旦起飞，几千公里的航线必须保证畅通，否则全航区就会变成聋子和哑巴！因此，为保证每根电线杆的安全，保证每条明线的畅通，总参通信部、邮电部专门调动了几十条线路、上百台电台，组成了一个庞大的通信网络；同时向相关的各个省、市、区、县下令，在绵延几千公里的发射航区路途上，出动成千上万个基干民兵和革命群众，对每一截电线、每一根电杆，昼夜守护，严加看管，以确保每截电线、每根电杆不被风暴摧毁，不被阶级敌人破坏！

嘎斯六九没走多远，将军便看见了路边上的一排电线杆旁边，有两个战士正在检查线路。将军下了车，走过去，两个战士马上立正、敬礼。将军拍拍小战士的肩，问："小家伙，怎么样？冷吗？"

小战士说："报告司令员，不冷。刚过去一阵风，现在小多了。"

将军说："线路情况怎么样？"

小战士说："请司令放心，没有问题！"

将军继续往前走去，很快发现前面不远处的一根电线杆下，蹲着两个人。近了一看，是两个老人，一男一女。老人衣衫单薄，身材瘦弱，如同身旁的电线杆。将军一打听，原来二人是夫妻，男的是生产队基干民兵，女的是生产队普通社员。

将军问："是谁派你们来的呀？"

男的说："生产队队长。"

将军问："给你们交代任务了吗？"

男的说："交代了，就是看住电线杆，防止阶级敌人搞破坏！"

将军问："有报酬吗？"

女的说："有。"

将军问："多少啊?"

女的说："守一晚上，五角钱！但生产队队长说了，看守电线杆是政治任务，必须完成了任务，才能给钱!"

望着风中的电线杆和电线杆下的两位老人，将军不再说什么。他想起战争年代，为了翻身求解放，建立新中国，老百姓用自己的忠诚、热情和移山倒海的力量，帮助共产党打下了江山；今天，为了发射一颗人造卫星，所耗去的费用相当于全国人民每人摊派了一点五元；而为了确保这颗卫星的成功，全国除了十七个研究所、七百多家工厂参与其中之外，竟然还有数十万普通百姓在这寒冷的冬夜看守着每一根电线杆！——什么叫力量，这就是力量啊！

翌日清晨6点，折腾了一个晚上的综合检查终于结束。检查结果，各系统均处于可发射状态。

7点整，发射指挥部召开最后一次气象会议。气象问题一直是每次发射的难题，也是大家最发愁的问题。基地当时流行这样一句话："天不怕地不怕，就怕老天不听话；天不怕地不怕，就怕李司令打电话!"所以会议一开始，气氛就很紧张。

将军到场后，二话不说，直奔主题："现在开会。谁也不许绕弯子，就回答我一个问题：今晚可不可以发射?"

气象处处长王好元简单汇报了情况，然后表态说："可以发射。"

气象室主任彭凤绍接着也表态说："可以发射。但是……"

"但是什么？讲!"将军说。

彭凤绍说："今天虽然北京是好天，海南也没有雷电，但发射场区目前还有部分高云，属于复杂的'转折天气'。也就是说，如果晚上天气'转折'得好，高云如期消散，火箭起飞不成问题；但万一晚上高云不散，情况就可能有变，我们也必须做好最坏的打算。"

将军对气象组组长吴传竹说："谈谈你的意见。"

吴传竹站起来说："今晚的总云量是七至十层，云状是卷云，云高五千五百米，云厚五百至一千米，没有降水，没有大风，没有雷电。"

将军打断吴传竹的话："关键是晚上8点至10点，能不能看到星星?”

吴传竹说:“我认为可以看到星星。”

彭凤绍补充说:“如果不出意外,越往后,星星越多!”

“为什么?”钱学森问了一句。

彭凤绍说:“因为根据戈壁滩这么多年的气象规律,晚间随着气流下沉,云就会变薄。云一变薄,星星就能看见!”

将军说:“那好,就这样,你们继续注意观察,有情况及时向我报告,‘发射窗口’一定要保证好!散会!”

会议从开始到结束,不到十分钟。

此时,天已大亮,热气腾腾的发射场上,加注分队的战士戴着防毒面具正在全神贯注地给第一级火箭加注燃料。中午 12 点,将军检查完各系统的设备情况,正要离开,突然闻到一股刺鼻的鱼腥味。不好,经验和直觉告诉他,燃料出了问题!将军刚一转身,便听见有人惊呼:“漏液了!漏液了!”将军急忙跑向燃料加注现场,原来是加注连接器出了问题,导致燃料泄漏!将军立即喊道:“马上更换连接器!注意安全!”加注战士立即扑上去,紧紧捂住了泄漏处。加注战士虽然都戴着防毒面具,可防毒面具性能差,只能承受几千 ppm 浓度,而燃料泄漏时浓度高达几万 ppm 以上!所以,仍有少量有毒气体钻进加注战士的鼻孔,呛得他们不得不把头偏到一边。但战士们谁也不撒手,直到更换完新的加注连接器,才气喘吁吁地歪倒一旁。将军立即指挥有关人员,把几个战士抬上救护车。直至下午 1 点 35 分,加注才全部结束。

下午 3 点,将军来到发射场附近的一节火车车厢里。火车车厢可以来回移动,是专供发射指挥部人员临时休息的,近一时期将军和钱学森等专家都睡在上面。将军刚坐下,便发现自己的一只圆口布鞋已经破了个洞。可他顾不上这些,索性脱掉鞋,一边抠着脚丫,一边盯着身边的电话机。

此时,离预定发射时间还有五个小时,整个发射场都在等待北京的电话——等待毛主席是否批准今晚的发射。可时间一分一秒地过去了,电话就是迟迟不响。该不会有什么变故吧?将军忽然有了另一种担心。

因为在他的感觉中，关心“东方红一号”卫星的，中央好像不只毛主席、周总理，而是还有另外一些不露真相的人；虽然发射卫星属于科学试验，但发射场上似乎也涌动着一种微妙的政治斗争，各派的眼睛好像都在盯着发射场，盯着全世界瞩目的“东方红一号”卫星！譬如，北京来人了，上海也来人了；江青派人来了，林彪也派人来了。尽管这些人均经过严格政审，但发射场上的派性斗争一直就没停过，甚至有的人还有通天的本领！那么今晚的发射，会不会风云突变、节外生枝呢？

电话突然响了。

将军急忙拿起电话，是国防科委负责人打来的。国防科委负责人正式通知说，周总理刚刚打来电话，今晚的发射毛主席已经批准了，可以按预定时间发射！

将军当即通过调度台把这一特大喜讯传达到各系统，各系统指挥员再通过调度传达到每个点号、每个岗位。于是发射场顿时沸腾起来，不少人激动得悄悄流下了眼泪；有的发射官兵还自动站成一排，面对墙上的毛主席像，高呼：“毛主席万岁！”或者朗诵《毛主席语录》：“下定决心，不怕牺牲，排除万难，去争取胜利！”

六十七

晚8点整，〇一号发射指挥员杨桓下达了“一小时准备”的命令。

将军站在发射场架下，抬头看了看天，又伸手试了试风。风是小多了，但发射场上空依然一片阴沉，头顶上方依然看不到星星。总参气象局和基地气象处的工作人员手持仪表，在发射场上跑来跑去，时而从东看到西，时而从西望到东，急得额头直冒汗。

这时，钱学森和基地一部部长石荣屺走了过来，两人一边走，一边抬头看天。将军问石荣屺：“老石，怎么样，还有什么不放心的吗？”

石荣屺说：“又放心，又不放心。卫星没上天，不好说。”

将军又问钱学森：“大专家，今晚的发射，你心里到底有多大把握啊？”

钱学森说：“把握当然有。不过我们是第一次发射人造卫星，什么情况都可能出现，得有失败的准备。”

石荣屺说：“那您说说看，如果失败，会是哪种情况的失败？是火箭在发射台爆炸，还是卫星不能入轨？”

钱学森说：“发射台爆炸的可能性很小，我最担心的是第三级火箭。”

将军说：“从测试情况来看，我感觉没问题。”

石荣屺说：“老李，你就那么放心？”

将军说：“不信咱们打赌。”

钱学森说：“打赌？赌什么？”

石荣屺说：“茅台！”

钱学森说：“茅台？茅台好！几瓶？”

石荣屺说：“一瓶。”

将军说：“不，两瓶！”

钱学森说：“军中无戏言。”

将军说：“一言为定！”

两人刚“赌”完，有人突然从地下控制室里气喘吁吁地跑了出来，远远看见将军就喊：“司令员，不好了，地下控制室出问题了！”

将军很快冲进地下控制室，急问：“怎么回事？”

一位技术负责人吓得嘴唇哆嗦，连说两遍，都说不清楚。

身旁的卫星专家沈振金忙回答说：“是应答机的信号丢失了！”

应答机是卫星上一个重要的部件，一旦发生故障，卫星上天后将影响跟踪测量的精度和轨道预报的准确性。

将军抬腕看表，离预定发射时间还有三十五分钟，问：“排除故障需要多少时间？”

沈振金说：“半小时左右！”

将军说：“半小时太长，一定想法尽量提前！”

说罢，将军抓起电话，向北京作了汇报，并请求推迟一个小时发射。北京回答说，尽快排除故障，等请示周总理后，再决定是否推迟。北京很快来电说，周总理同意发射推迟，并转达了周总理的意见：一定要把应答机的故障解决好！全世界都在盯着中国呢！

将军挂了电话，黑着脸，站在那里，呼呼直喘气。本来紧张的发射场，更紧张了。

应答机很快查出结果：故障不在卫星上，而在地面设备的一个接头上。

故障很快排除。将军这才松了口气。

9点5分，杨桓下达了三十分钟准备的口令。高音喇叭里随即响起“全体人员撤离现场”的声音。等将军走出地下控制室时，大部分人员已经撤离现场，发射场一片空空荡荡，唯有那幅写着周恩来的指示的巨大标语赫然在目；而发射场的上空，一道长廊似的云空正沿着东南方向——火箭飞行的方向——缓缓伸展开去；“长廊”的四周，是一颗颗光彩迷人的星星！

将军兴奋地钻进小车，向着敖包山指挥所疾驰而去。

一进指挥所，将军便接到周恩来打来的电话。周恩来说：“李福泽同志，请转告今晚战斗在发射场上的同志们，大家辛苦了！下一步关键是工作要准确，不要慌张，不要性急，要沉着，要谨慎，一定要把工作做好，争取一次成功！”将军立即命令，把周恩来的指示马上传达给全体参试人员。于是发射场上的高音喇叭里，很快响起了调度指挥员无比激动的声音：“周总理指示，不要慌张，不要性急，要沉着，要谨慎，一定要把工作做好，争取一次成功！”

发射，还剩最后十分钟。

突然，湘西站打来电话，声音紧张而急促：“司令员，我是湘西站，有个单脉冲雷达出现故障，需要延长发射时间……”

将军急问：“排除故障，需要多长时间？”

对方答：“争取十分钟。”

将军说：“一定要尽快！”

此刻，敖包山指挥所一片寂静，彼此都能听到对方咚咚的心跳。

两分半钟后，湘西站的电话再次响起。将军一把抓起话筒，周围所有人都绷紧神经，竖起耳朵，听到了话筒里那振奋人心的声音：“报告司令员，故障已经排除!”

9点34分，发射指挥员杨桓下达了命令：“一分钟准备!”

倒时计数器迅速启动：八、七、六、五、四、三、二、一……

“点火!”

杨桓一声令下，操作员胡世祥有力地按下了“点火”按钮！刹那间，火箭的四个发动机立即喷出橘红色的火焰，巨大的气流将发射架底部导流槽的冰块冲出四五百米远……

9点35分，载着“东方红一号”卫星的“长征一号”运载火箭在轰隆隆的巨响中徐徐上升。十八秒后，火箭开始拐弯，朝着东南方向快速飞去……

五分钟后，湘西站首先发现目标。接着，南宁、昆明、海南等观测站发现并跟踪上了卫星。十五分钟后，星箭正常分离，卫星准确入轨！发射场顿时一片沸腾！将军、士兵、专家、战士，欢呼着，跳跃着，喊叫着，紧紧相拥在一起，情不自禁，热泪滚滚……

9点50分，国家广播事业局传出消息：“东方红一号”卫星播送的《东方红》乐曲已经准时收到，声音洪亮清晰。

10点整，周恩来拿起电话，把成功的喜讯报告了毛泽东。毛泽东高兴地说了四个字：准备庆贺!

4月25日6点，“美国之音”抢先向全世界报道了中国成功发射了第一颗人造卫星——“东方红一号”的消息，并公布了中国卫星的入轨参数。4月25日晚6点，新华社向全世界正式宣布：

> 1970年4月24日，中国成功地发射了第一颗人造地球卫星。卫星运行轨道，距地球最近点四百三十九公里，最远点二千三百八十四公里，轨道平面与地球赤道平面的夹角六十八点五度，绕地球一周一百一十四分钟。卫星重一百七十三公斤，用二十点零零九兆周频率播送《东方红》乐曲……

一周后，五一国际劳动节之夜，将军等十六位卫星功臣应邀登上天安门城楼，与国家领导人共度佳节。万里夜空，星儿闪烁，十里长街，灯火辉煌。数十万军民在天安门广场载歌载舞，纵情狂欢；解放牌汽车也开到了长安街上，抛撒印有《号外》的传单。传单刚一抛出，便被群众一抢而空，以至成为今天号外收藏界的珍品。晚 9 点整，在雄伟的《东方红》乐曲声中，毛泽东等中央领导人健步登上天安门城楼。当毛泽东的手与将军的手紧紧相握时，将军激动万分；尤其是当“东方红一号”人造卫星从太空传回优美动听的《东方红》乐曲时，将军更是热泪盈眶，欣慰无比。因为中国的第一颗人造卫星终于上天了，他对国家和人民、对党中央和毛主席，总算有个交代了！

第十一章
西霸天

当时，全军编制只有两个警卫团，一个是北京保卫毛主席的八三四一部队，另一个就是酒泉基地的警卫团。这个警卫团被人传说为将军的“铁杆卫队”，所以上面对此很警惕，让工作组带上一个手枪班，一旦矛盾公开，将军如果不肯束手就擒，甚至策划谋反，那就不能“文攻”，必须“武卫”了！

六十八

“东方红一号”卫星成功发射后，酒泉发射场与天安门广场相比，显得十分清冷。虽说千里戈壁冰雪开始融化，红柳正在冒头，春天已经来临，但大部分发射人马一旦撤离戈壁，偌大的发射场便只剩下了一个空空洞洞的发射架，像个烧伤后的钢铁战士孤零零地戳在那儿，连刚刚返迁回故土的当地牧民也难以相信，几天前这里居然发生过惊心动魄、震撼世界的大事情！

1971 年 3 月 3 日，基地成功发射了第二颗卫星——“实践一号”。同年 6 月 28 日，国防科委又向基地下达了发射“东风五号”导弹的任务。“东风五号”导弹是中国新研制的一枚洲际战略导弹，一旦发射成功，意味着中国具有了超远程还击能力。所以不仅钱学森来到基地，炮兵政委王平也来到基地；不仅周恩来总理打电话作指示，军委副主席林彪也打电话询问情况。周恩来打电话不新鲜，林彪打电话却少见，所以搞得基地非常紧张。而且上面还有一条明文规定：每天早晚 8 点，基地必须向国防科委汇报情况。国防科委再向周恩来、林彪汇报情况。

为确保这次发射成功，将军干脆住在了发射阵地附近的一辆活动列车上。七八月份，是戈壁滩最热的季节，白天，车厢处在阳光的暴晒下，不通风，气温常常高达四十多摄氏度，简直像个火炉；晚上，特别是深夜，气温又急剧下降，降至零下十几摄氏度。将军不分白天黑夜地干，两眼熬得通红。由于太累，肝部常常出现疼痛，有时疼得额头冒汗，甚至直不起腰来。每当这时，他便偷偷吃上几片止疼药，或者在车厢里趴上一会儿，稍有好转，又溜了出去。由于这一时期任务重，压力大，精神紧张，将军抽烟特别厉害，一天至少两包，甚至三包，一根接一根，几乎不用二次划火柴。烟抽多了，咳嗽也就厉害，有时一阵剧烈咳嗽下来，痰里净是血丝。为了控制自己的烟瘾，他往嘴里塞一块糖果，烟瘾上来了，即便在众人面前，也嚼得嘣嘣响。

"东风五号"导弹在水平测试阶段，还算顺利。但导弹竖在发射架后，技术人员作最后一次总检查时，发现一个部件有异常，只好推迟发射。推迟发射在发射场是常有的事，也是正常的事，谁知两天后这事却出现在了英国的《泰晤士报》上。基地看不到《泰晤士报》，北京却看见了。在那个政治嗅觉特别敏感的年代，北京有关部门怀疑此事是特务泄密，于是立即派出调查组，到基地展开调查。调查组在基地查了好几天，查得人心惶惶，最后也没查出个名堂来，"特务案"只好不了了之。

"特务案"刚刚过去，将军又接到北京方面来电，说过去曾经发生过导弹飞出国境的事情，所以对这次洲际导弹的发射有些担心，基地可派一个三人小组，带着望远镜，提前到阿克苏守着，到时看导弹是否飞出了国境。阿克苏地处新疆天山南麓，东接巴音郭楞蒙古自治州，南隔塔克拉玛干沙漠，西与喀什毗邻，北同伊犁哈萨克自治州相连。将军觉得路途遥远，行动不便；再说了，飞机上天后肉眼都看不清，导弹上天后肉眼就更看不见了，何况还是大白天，完全没有必要。但转而一想，不就是派三个人带上望远镜出一趟公差嘛，也就照办了。

9 月 10 日，"东风五号"导弹如期发射。导弹起飞后，没有飞出国境，实际落点却比预定落点偏差了五百五十二公里！这让将军感到很意外，也很恼火！而更让将军感到意外的是9月17日这天，他去北京参加国防科委师以上的干部会议，一进国防科委大院，便觉得气味不对。晚上，他去看望一个老战友，老战友才告诉他说，9月13日凌晨，林彪乘飞机从北戴河山海关机场出走，途中飞机失事，摔死在蒙古境内的温都尔汗！空军司令吴法宪、总参谋长黄永胜等人全被抓起来了，其他不少人也正在受审……

这就是后来震惊中外的“九一三”事件！

“九一三”事件爆发后，“批林整风”运动迅速在全国掀起，也很快波及酒泉发射场。基地“造反派”“乘风破浪”，再次向将军频频发难，企图找到将军追随林彪和黄永胜的证据，趁机打倒他这个“一开口，基地就会抖三抖”的“西霸天”！

“造反派”向将军发难的第一个问题是：为什么要给林彪“树碑立传”？与林彪到底有什么勾结？

所谓的给林彪“树碑立传”，即指1967年基地在东风礼堂前为林彪的题词修建大理石纪念塔的事。当初将军认为没必要给林彪的题词建纪念塔，这帮“造反派”跳出来说他不忠于林副统帅；后来将军为林彪的题词建了纪念塔，现在这帮“造反派”又跳出来兴师问罪！至于将军与林彪的关系，纯属正常关系，哪有什么勾结？将军是从四野出来的，不仅自己喜欢打仗，也佩服最能打仗的人，所以他一直都很佩服林彪，用他自己的话说：“林彪太他妈能打仗了！”但这种佩服之情他在林彪面前从未表露过，即便当年林彪来基地，也没有。在将军看来，下级对上级的尊重，男人对男人的佩服，不在嘴上，而在心底。战争年代，战事繁乱，他与林彪直接接触的机会并不多。新中国成立后，林彪身居高职，他更是敬而远之。1956年，林彪曾在广州疗养，他和林彪同住一个大院，还是邻居，每天散步几乎都能碰面，若想攀附林彪，可谓天赐良机。但他是一个不喜欢“走上层路线”的人，溜须拍马、阿谀奉承的交际术，他天生不会。林彪从广州回京后，有人不时用飞机给林彪捎这捎那，他却一次没有——不是认为林彪不好，而是觉得此举俗气。所以几十年来他与林彪除了公事公办，并无私人交情可言。

“造反派”向将军发难的第二个问题是：与黄永胜到底是什么关系？

将军与黄永胜，当年的确同在四野，黄永胜为九纵司令。新中国成立后，黄永胜是广州军区司令员，将军是军区副参谋长，与黄永胜朝夕相处，共事多年。1966 年，黄永胜、邱会作到酒泉基地视察，是将军亲自接待的。“文化大革命”开始后，将军与黄永胜也有接触。那是 1967 年，全国佩戴毛主席像章蔚然成风，甚至已到狂热的地步——谁的胸前只要别上一枚毛主席像章，似乎就拥有了最大的政治资本！有一次，基地团以上的干部在北京参加一个毛泽东思想学习班，大家很想得到一枚总参做的毛主席像章。有人知道将军与总参谋长黄永胜是老关系，就找到他，希望他找黄永胜开个“后门”，给大伙要一批纪念章回来做个纪念。于是将军写了一封信，让儿子把信送到黄永胜的夫人手上。黄永胜的夫人曾是广州八一小学的校长，而将军的儿子又与黄永胜的儿子是同学，所以很容易便弄回一批毛主席像章，满足了学习班干部们的愿望。但事实上，将军与黄永胜的关系一直比较平淡。黄永胜升任解放军总参谋长后，将军到北京的机会数不胜数，却从未踏过黄永胜家的门。有一次，将军在人民大会堂参加一个会议，休息时与黄永胜相遇，黄永胜说，老李，到了北京，怎么也不去我家玩啊？将军说，你又不请我喝酒，我去你家干吗？再说了，你现在当大官了，我哪敢踏你家的大门啊！说完，挥挥手，拜拜了。

“造反派”向将军发难的第三个问题是：当年基地从“苏修”那里进口的一台计算机，是不是用来搞“特务活动”的工具？

1960 年，基地确实购买了一台苏联的计算机。原因是将军送别苏联专家卡瓦廖夫时，卡瓦廖夫向他建议，基地应该从苏联购买一台计算机。将军觉得卡瓦廖夫讲得很有道理，送走卡瓦廖夫的第三天，便亲自跑到北京，找到苏联大使馆的商务参赞列比莫夫，通过反复洽谈，对方终于同意为基地补进一台乌拉尔小型计算机。不久，计算机顺利运到基地，成为基地的第一台计算机。多年来这台计算机为基地的导弹发射屡建奇功，简直就是一大功臣，怎么会是“特务工具”呢？

…………

面对上述种种不实之词，将军慷慨陈词，矢口否认。“造反派”见将军“不老实”，便轮番对他进行围攻，试图逼他就范。将军是老“运动员”了，面对“造反派”的“围剿”与“追杀”，他“交代”归“交代”，工作归工作，不断转移“阵地”，随时改变战术。譬如，他晚上趴在办公室写“交代”，白天在发射场指挥发射；有的问题“交代”不过来，就让秘书替他“交代”；有的问题能拖就拖，不能拖就“想想再说”；有的问题一次“交代”不过关，下次接着再“交代”……总之，1972 年的这个夏天，将军几乎都是在“交代”中度过的。而就在将军每天不断“交代”问题的同时，他除了要把此前撤离发射场的三千零三十九名干部、职工和家属从西安迁回发射场，老老实实地参加“批林整风”运动之外，还要顶住“批林整风”运动的巨大压力，扛起发射“风暴一号”火箭的重大任务！

“风暴一号”火箭是一枚有着特殊历史背景的火箭。围绕着这枚火箭的发射，北京上海，中央基地，从上到下，斗争激烈，矛盾重重，甚至在中央专委会上，叶剑英和张春桥、王洪文围绕发射指挥权的问题，还发生过激烈的争执。张春桥认为，既然火箭是工人阶级造出来的，就该由工人阶级来指挥，工人阶级领导一切嘛！叶剑英则坚持主张由专家们指挥。为此双方吵得一塌糊涂。因此，面对如此一枚特殊年代诞生的、有着特殊背景的火箭，将军自然如履薄冰。而将军最担心的，是火箭万一出现意外，会不会导致人造的“风暴”发生？

但人造的“风暴”，还是发生了——

六十九

1973 年 8 月 10 日，“风暴一号”火箭首次发射“长空一号”卫星，火箭点火升空后仅九十秒，陀螺平台漂移量就开始增大。结果，发射未能如愿——弹头落点偏北一百八十五公里！

8 月 14 日，周恩来在人民大会堂听取这枚火箭的发射情况汇报。当将军汇报到由于基地人员混乱，在测试中连续两次发生操作失误时，周恩来对将军提出了严肃的批评。周恩来说："李福泽同志，你是基地司令员，要好好整顿一下呢！你们那里是个很重要的基地，以前创造了许多好的传统，出了不少技术尖子，现在不能往后退！科学工作必须有一个老老实实的科学态度，要好好研究如何培养人才。我们这样大一个国家，没有人才，什么事情也办不成。火箭生产要抓质量，在发射场测试一定要正规操作，讲秩序。希望你们下次发射一定成功!"

面对周恩来的批评，将军坦然接受。但他心里清楚，全国已经一片混乱，一个小小的酒泉基地又能怎样？何况基地有些工作，已经不在他的掌控之中。所以他是哑巴吃黄连——有苦难言。

回到基地后，将军竭尽全力，狠抓安全，狠抓质量！但发射场上，"批林整风"依然频繁，革命口号天天呼喊。在如此"大好革命形势"下，谁敢保证，"风暴一号"一定成功?

9 月 18 日，"风暴一号"再次发射。可惜，火箭点火升空后，终因二级游动发动机燃气发生器出现故障，导致火箭爆炸自毁，连同"长空一号"卫星一起坠落于甘肃临洮县境内!

"风暴一号"的爆炸，震撼了发射场，也惊动了北京。两天后，从北京千里迢迢赶来两个年轻人，声称到基地"传达中央首长的最高指示"。两位北京来客二十七八年纪，其中一个为专案组组长。组长个头不高，戴一副黑边眼镜，手握一本《毛主席语录》，胸前还别着一枚崭新的毛主席像章，一副文质彬彬的"革命青年"模样；另一个是个小胖子，看似长着一张娃娃脸，嘴上却随时挂着"国家大事"，听别人说话多，自己说话少，好像心里时刻都在琢磨人。

将军一见这两人就不顺眼，心里堵得慌。其实，这两人将军并不陌生，自"文化大革命"爆发后，两人的名字就经常出现在《人民日报》《光明日报》上，在北京乃至全国都算得上是红极一时的人物。如今，两人又攀上了"中央首长"，并从北京带来了"中央首长"的"最高指示"，自然更是春风得意踌躇满志，将军再有意见，也只能咽进肚子里。

专案组组长与将军刚一见面，就提出要召开基地中层以上干部大会。

将军一听口气，感觉气味不对，估计有事。但到底是什么事，专案组组长不说，将军也不问。果然，会议一开始，专案组组长首先传达了“中央首长”的“最高指示”精神，接着就扯到了“风暴一号”。

专案组组长说：“现在有人怀疑，‘风暴一号’火箭的失败，是人为的原因，是有人蓄意破坏造成的结果!”说到这儿，专案组组长停顿了一下，又说，“当然了，这个问题在没查清楚之前，暂时不作结论。但是，我们马上要组成调查组，追查此事！这次不查个水落石出，我们就不回北京!”

会场气氛，一下就紧张了。

一周后，核查有了结果。这个结果令专案组很是失望：“风暴一号”爆炸的原因，并非“有人蓄意破坏”，而是二级火箭发动机的某个故障所致。

但专案组并没有走。第二天，在基地召开的党委会上，专案组组长先对“风暴一号”的问题作了一番总结，而后话锋一转，对将军亮出了底牌：“李司令员，邓小平反对毛主席，不知你是什么态度？希望你写一个批判邓小平的材料交给我们，顺便也谈一谈张爱萍的情况。”

将军看着盛气凌人的专案组组长，不接话，只抽烟。

专案组组长提高声音，继续说道：“不仅李司令员要写，在座的基地各位领导，都得写，两天后交到我这里，我要带回北京去，中央首长要亲自批阅!”

与会者相互看了一眼，既不说写，也不说不写。

两天后，专案组组长不仅没有收到将军的检举材料，而且连将军的影子也没见着。专案组组长大为恼火。

这天，专案组组长突然走进将军办公室，刚一落座，便说：“李司令，你总不会让我空手而归吧?”

将军说：“你说邓小平反对毛主席，有什么证据吗？反正我这里没有，至少现在还没发现。”将军看了专案组组长一眼，见对方不吭气，又说，“至于张爱萍将军，他一直是我的老领导，我没什么可说的。”

将军的口气不冷不热，甚至多少还有点不屑。于是专案组组长再也忍无可忍了，立即变脸道："李司令，我实话告诉你吧，你这种态度，恐怕是不会有什么好结果的。"

将军笑了笑，说："'风暴一号'的故障，是'风暴一号'的故障，邓小平的问题，是邓小平的问题，你不要一锅搅嘛！你这么一搅，把我都搅晕了。"

"李司令，既然你不肯配合，那就等着瞧吧！"说完，专案组组长拂袖而去，当天便乘专机返回了北京。

七十

专案组组长走了，另一个大人物很快又出现了。

这个大人物，便是毛泽东的夫人、中央政治局常委、"中央文革小组"组长——江青！

1974 年，继"批林整风"运动之后，一场规模更大的"批林批孔"运动在中国再次掀起。同年 1 月 12 日，王洪文、江青致信毛泽东，建议转发"北京大学、清华大学大批判组"汇编的《林彪与孔孟之道》(材料之一)。毛泽东阅后批示：同意转发。中共中央随后转发了此材料，并下发了通知。第二天，江青以个人名义给空军领导人写信，要求"批林批孔"；随后，又将有关人员派往海军、空军等单位"点火放炮"！

而就在这时，南越出兵，侵占中国西沙群岛几个岛屿。叶剑英根据毛泽东、周恩来的指示，命令中国人民解放军自卫还击，同南越军队在西沙海域展开激战。最后中国全部收回岛屿，取得西沙自卫反击战的胜利。1 月下旬，江青以个人名义直接给叶剑英和军委领导写信，要求军队系统大力开展"批林批孔"，并要求召开军队驻京机关"批林批孔"大会。于是 1 月 24 日，军委在北京首都体育馆召开了军委机关和驻京部队"批林批孔"动员大会。叶剑英、王洪文、邓小平、陈锡联等中央领导以及十四个驻京部队的一万八千名官兵参加了这次会议。就在这个会上，江青公开点了将军的名。江青说，李福泽是个西霸天！不打倒这个西霸天，二十基地就不得安宁，国防科委就不得安宁！接着，在 1 月 30 日的中央政治局会议上，江青还说，军队最难办，要放火烧荒，整整军队！于是“批林批孔”运动很快在军队展开，随后便蔓延到了千里之外的酒泉发射场！

再接着，2 月 10 日，江青给国防科委情报资料研究所的一位干部写信，鼓励他们要抓住“批林批孔”路线斗争这个纲，把“批林批孔”当作头等大事来抓，还随信送去一百份《林彪与孔孟之道》《批林批孔文章汇编》等材料。此事很快传到了酒泉基地。于是 2 月 20 日，酒泉基地两名干部给江青写去一封信，信中说：“基地不开展‘批林批孔’运动，压制群众；基地领导有严重的政治问题，不传达上级指示，不下发上面的文件，不发‘批林批孔’的材料。”

2 月 26 日，江青、王洪文给这两名干部亲自回了信。信中这样写道：“我们支持你们批林批孔的革命积极性。你们的行动，是可贵的。你们缺少学习材料，是领导的责任。我们不知你们的人数，现送上学习材料五种，各四十册，如不足，请再来信告知数目，我们再给你们送去。”

最后，还向这两名干部“致以无产阶级革命的敬礼!”

3 月 8 日，王洪文、张春桥代表中央军委，听取国防科委、七机部汇报“批林批孔”运动等情况。当有人汇报到酒泉基地的问题时，王洪文说：“二十基地有两个人相当成问题哟（一个指司令员李福泽，一个指副政委高震亚），已到天怒人怨的地步了，你们要注意呢！现在，两个基地、两个院来信很多。刚才同志们讲了，科委领导不狠抓阶级斗争、路线斗争，群众反映的东西得不到解决，反革命的东西当然就泛滥了。有的领导对问题视而不见，有的见而不管。”当有人谈到李福泽的问题时，王洪文说：“李福泽说他没有问题，问他死党到他那里去了多少次？这个问题希望科委注意！群众反映，这两个人问题不少，二十基地应当很好地抓一下。否则，我们搞出的成果，也要被他们葬送掉。革命搞不好，生产就不可能搞上去！你们要组织老中青班子到二十基地去点火，去发动群众!”

…………

前后不到两个月，将军就被江青和王洪文两次点名。于是，“西霸天”李福泽，旋即名声大振，国防科委上上下下，几乎无人不知。在某些人看来，酒泉基地之所以一向“水泼不进，针插不进”，正是因为有将军这个“西霸天”！因此，汇报会一结束，有人就说了：“不能小看这件事（指酒泉基地两名干部给江青写信的事，两人一个姓张，一个姓杨），这是20世纪70年代新的‘张杨事件’！20世纪30年代，张学良、杨虎城造蒋介石的反，因为蒋介石不抗日，要打内战。今天，张、杨二位同志向江青同志写信，这是革命行动，是造基地领导的反，因为基地有的领导不‘批林批孔’，还明目张胆地压制革命群众！”

于是，面对江青、王洪文的直接插手，国防科委很快决定，派时任国防科委副政委的栗在山把江青的宣传材料送到酒泉基地。栗在山曾在酒泉基地工作多年，与将军是老搭档、老伙计了，对这事很反感，不愿掺和进去，便躲到科委下属的一个研究院去开会。不料，会议尚未开到一半，栗在山便接到国防科委紧急通知，让他立即带上有关人员赶往酒泉基地；还说飞机都准备好了。栗在山无话可说，只好带上江青同志的材料，连夜赶到南苑机场。

栗在山的专机降落戈壁滩时，已是深夜12点。栗在山第一个想见的人，就是将军。可栗在山下了飞机，连将军的影子也没见着。

七十一

将军躺在医院里。

医院叫五一三医院，即基地医院。这天是个星期天。医院很清静，天气也好，阳光透过窗户，洒了满满一地，映得屋子通透明亮。将军斜躺在床上，眯着眼睛，望着挂在床头上方的输液瓶，一副似睡非睡的样子。

将军已经住院半个月了。医生诊断：肝硬化。

早在1969年，将军的肝区就开始隐隐作痛。开始，他不知道医生也不知道是肝病，一直当胃病治。有时疼得厉害时，就到五一三医院打上几针，稍有好转，再回到发射场。有一次，一个护士打针时发现他的眼珠有些发黄，一检查，才知道是肝炎。究其原因，一是 1960 年没酒喝，用酒精兑水的酒喝得太多，伤了肝；二是一直太忙，积劳成疾。但查出肝炎后将军仍不当回事，该怎么工作还怎么工作。将军的肝病说起来有点怪，肝痛时，脚气减轻；脚气严重时，肝痛减轻。于是他的肝炎与脚气时好时坏，犯犯停停，总是交替找他的麻烦。他问医生，这是怎么回事啊？医生说，可能是体内气血作用后产生的奇特现象。你这病稀奇，少见，我也说不清。

到了 1970 年，将军的肝炎转化成了肝硬化腹水，发病周期越来越短。由于当时“东方红一号”卫星发射在即，将军实在顾不上，连进医院的时间都没有，只好让秘书去医院把药拿回来吃。“东方红一号”卫星发射成功后，将军从北京一回到基地，就感到肝区很不舒服。在基地常委会上，会议刚开到一半，他便额头冒汗，浑身没劲，一下靠在了椅子上。会议一结束，秘书智银帮就对他说：“司令员，休一个月的假吧，您太累了！”

将军很惊讶，说：“休一个月的假？哪去找这一个月啊！”

秘书说：“每年休一个月的假，是部队的规定，您还从来没休过一天呢！不休假也行，您就住院检查检查。”

将军说：“住院等于什么都不干。什么都不干，不也等于休假吗？”

秘书说：“住院和休假不一样。”

将军说：“怎么不一样？都一个样，就是吃了睡，睡了吃，只吃光睡不干活，像他妈猪一样！你少给我来这一套！”

“那只休一周，怎么样？”秘书讨价还价。

将军说：“一天也不行，一个小时也不行！你也不想想，基地这么多事都在等着，我这个当司令的，能离得开吗？”

1971 年，将军的肝病更严重了，有时疼起来满头大汗。有一次送到五一三医院，院长一脸无奈，说：“李司令，我没招了，您还是到兰州或西安的大医院去看看吧。当然，能去北京更好，反正您的病不能再耽误了，必须转院治疗！”

将军这才请假回到北京，请天津一位老中医开了一剂药方，吃了一个月。可病情刚刚得到缓解，他又回到了发射场，一回到发射场，病就被忘得九霄云外。这一忘，肝病又犯了。将军只好带上秘书，去了西安。一位老中医为他号了脉，说："您照我说的办，吃上三个疗程，一个疗程一个月，保准让您的肝功能完全恢复，回到二十年前！"将军听了很高兴，第二天就开始喝中药，每天早晚各一服，二十天下来，效果还真不错。但将军离不开火箭——不离开火箭，肝疼；离开了火箭，肝更疼！于是天天闹着要回发射场。老中医好说歹说，劝他住满一个月再走不迟。可他油盐不进，说再待下去，没病也得憋出病来，非撂倒在西安不可！秘书智银帮急了，说："司令员，要回去您自己回去，我不回去。我的任务是陪您来治病的，这是科委批准的，中央军委备了案的！"将军一点不生气，自己把中药一包一包地拿出来，再找上一根绳子，像战士打背包一样，把几十包中药打成一大捆，一边打，还一边嘀咕："好，你不回去拉倒，就在这儿待着吧，我自己回去了。"说着，一大捆中药往肩上一扛，几步出了招待所。秘书知道老头脾气倔，没办法，只好乖乖跟了回去。

一回基地，将军便像鱼儿游进了水，脸色比在西安还好看；走进发射场，更是如同上了战场，什么事都往前冲，拽都拽不住。而且，将军是个特立独行惯了的人，出门时，有时候说一声，有时候干脆招呼都不打，独来独往，连秘书都找不到他的影儿。别说早晚各吃一服中药，就是一个星期也闻不上一次药味儿。后来，肝区有了反应，他才想起喝中药。可从西安扛回来的那一大包中药，早就不知被他扔到哪儿去了。

"批林批孔"运动开始后，将军更忙了。1973 年秋，酒泉基地下属的五六个试验部和工区及海南站等，正值筹建或扩建初期，而将军此时已被正式任命为国防科委副主任兼酒泉基地司令员——当了八年的"代司令"，总算去掉了一个"代"字，所以都等着他去勘察、复查、定点。虽然他的肝病这时并未好转，却向上级"谎报"病情，坚持要去。秘书劝他说，先治病再工作，在野外犯了病没医院，很麻烦，也很危险。他却手一挥说，没事，多带点止痛片就行了，死不了！

结果将军带着勘察小分队，还是上路了。将军最先去的是位于四川西昌的七二〇一工程第七试验部（即现在的西昌卫星发射基地）。西昌山多路少，坡陡路滑，沿途不是荆棘遍地，就是野草丛生，还有溪流不断。每天不是爬高山、下低谷，便是走山道、过小桥。但为了给西昌发射场确定一个最合适的点，将军每天拄着一根树棍，只穿一件背心，坚持和身边年轻力壮的小伙子们一起出行，虽是十月天，浑身上下直流汗。有时遇上雨天，山洪暴发，坡陡路滑，两个年轻人便搀扶着他走。途中若是渴了，便喝山里的水——碰上什么水喝什么水。运气好时，遇上一条小河，灌上满满一肚子，还可以擦上一把汗，洗上一把脸；运气不好时，碰上一汪死水，水底长满青苔，水面还有许多叫不上名的小虫飞来舞去。但实在太渴，只得闭着眼硬往肚子里灌。途中如果饿了，就围坐在一棵大树下，拿出随身携带的干粮，如馒头、烧饼、玉米面窝窝头，以及大蒜瓣、咸菜疙瘩等，狼吞虎咽，吃上一顿野餐。有时干粮吃完了，将军认得一些野果子，便顺手摘下来，分给大伙吃。

接着，将军去了位于云南的三二〇三工程第四试验部以及桂林、海南等地。云南是少数民族地区，土是红色的，每到一处，他们的鞋子、裤子，全被染成一片红；脸上伸手抹一把汗，立刻就变成了红脸蛋。将军对桂林感情很深，当年南下时，他带着队伍从关外一直打到海南岛，解放过桂林。将军对海南最熟，当年在广州军区任副参谋长时，部队在海南一带的组建、布防，都是他一手搞起来的。海南草多，橡胶树多，毒蛇也多，将军带着小分队每天在草丛里蹚来蹚去，潮湿、闷热，还容易遭到毒蛇的偷袭。有一天，他们来到宋庆龄的家乡，正遇上刮台风，好多橡胶树都被刮倒了，横七竖八地倒在地上。将军看了心疼，问随行人员，你们知道橡胶树是怎么引进国内的吗？大家摇头。将军说，橡胶树在国际上是禁运的，如果被安检查出来，是有生命危险的。但有一个爱国华侨，一直想把橡胶树移植到中国，开始他想了很多办法，都不可靠。后来他在花盆里栽上一株花，把橡胶树种子埋在花底下，这才通过安检带回了中国。但现在人们不知道珍惜它，好端端的橡胶树常常被人毁了！返回途中，天下起了大雨，他们跑到附近一个苗族大爷家避雨。苗族大爷很热情，看他们一个个落汤鸡似的，忙找出衣服让他们换。将军不换，一屁股坐在苗族大爷家的门框上与大爷聊天，不是问吃得怎么样，就是问收成好不好。苗族大爷看将军穿着军装，便问他当兵多少年了，当了多大的官，管了多少人。将军笑了笑说，您看我像当官的吗？苗族大爷说，不像。将军说，我当兵三十年了，就管自己一家子吃饭。苗族大爷说，你这兵当得可真没出息，我们寨长的儿子刚当了十年兵就是连长了，管着好几百号人呢！每次回来，腰里都别着枪，还有警卫员和专车，可神气啦！告别时，苗族大爷还拍着将军的肩膀说，解放军同志，看你年纪也不小了，好好干吧，争取当个连长，日子就熬出头了！

最后，将军去了位于山西岢岚的三二〇一工程第五试验部。岢岚是个人口只有五万的贫困县，是当年贺龙的晋西北老根据地。由于所到之处几乎都是深山野林，不少地方只能靠步行；加上连续几个月的劳累，生活完全没了规律，结果将军的肝病又犯了！每次犯病时，肝区疼痛，将军只有在路边找块石头坐一会儿，吃上几片止疼药或者消炎片，然后再继续赶路。有时途中没有热水，药片只能用凉水送服；有时没有凉水，便干咽。几个月奔波下来，等将军返回酒泉基地，肝炎已经转化成肝硬化腹水了！

于是将军不得不住进了医院。住院前，他特意把基地副司令张志勇、副政委高震亚、参谋长张超义等人召集起来，交代了几项重要的工作，并反复叮嘱说："基地再乱，发射工作不能乱，必须保证发射场的正常工作！"

按理说，将军好不容易住进了医院，应该好好治病、好好休息了。可办不到，每天从早到晚，总有人来找，不是谈"批林批孔"的事，就是反映发射场的问题。在病房比在办公室还忙，秘书挡都挡不住。

这一天，将军刚躺下不久，一瓶药液还没输到一半，司令部的参谋邢春圃带着两个技术人员，便气鼓鼓地来到病房，向他反映一个紧急情况："司令员，发射场的技术工作现在没法干了，好多技术员都被下放去劳动改造了。"

将军忙问："下放了多少人？"

邢春圃说："好几百个！"

“什么，好几百个?!”将军一听就急了，他万万没想到，他刚在医院“关”了半个月，几百个技术人员就被弄去劳动改造了。“我们这儿是发射场，没有技术人员，怎么搞发射试验？简直扯他妈淡!”

将军急忙叫来技术处的处长，劈头就问：“下放技术干部，怎么回事?”

技术处处长说：“工作组要求，分配到基地的大学生，必须下放到农场劳动锻炼一年，进行思想改造，我们也没办法。”

将军说：“我不管什么‘批林批孔’，我只知道我们是火箭部队，火箭部队没有技术人才，怎么把火箭发射上天？国家培养一个技术人才很不容易，让他们去农场整天劳动，这不是浪费人才吗？去！你马上把他们全给我找回来，一个也不能少!”

技术处长刚一离开，栗在山政委就到了。

栗在山深夜赶到基地后，连夜召开中层以上的领导会议，下发江青、王洪文送来的“批林批孔”学习材料。栗在山是基地的老领导，跟基地大小干部都很熟悉。可与大家见面后，却不知说什么是好。

当晚，工作组在基地党委会上传达了国防科委某领导的讲话精神：经中央批准，在二十基地机关，要支持群众贴大字报，揭发问题；各试验部以及团以下的部队，可动用大批判专栏和墙报等形式，开展“批林批孔”活动；对各级领导干部的揭发和批评，可用小字报、写信等形式。第二天上午，基地又在礼堂召开了动员大会，号召大家积极行动起来，大力开展“批林批孔”活动!

等这一切忙完之后，栗在山才来到医院。

栗在山的突然出现，让将军吃惊不小。望着栗在山，将军既意外又高兴：“老栗，你怎么来了?”

栗在山微笑着，还是那副老样子，说：“有点事，顺便来看看你。”

将军说：“你回北京后，请转告科委领导，我的身体已经恢复得差不多了，过几天就可以出院。至于基地的工作，也请科委放心，我会处理好的，发射方面的事，保证耽误不了!”

此时的将军并不知道基地有两个干部给江青写了信，所以对北京发生的一切，一无所知；而栗在山已经明白或者说已经猜透了上面的真正意图，隐约感到一场厄运很可能会降临到将军的头上。所以，听了将军的话之后，栗在山心里很不是滋味，却又不便把话挑明。

栗在山与将军同舟共济二十来年，发射过一枚又一枚的导弹火箭，顶住过一次一次的政治风浪，好不容易把酒泉基地一步一步带到了今天！然而今天，一切都变了，变得莫名其妙不可思议！于是栗在山很想对老伙计说点什么，甚至恨不得把自己的担忧和盘托出。但看着躺在病床上的将军，他什么也没说，只是紧紧地抓着老伙计的手，一遍又一遍地嘱咐说："老李，你要多保重身体，身体最要紧，基地的工作先不要考虑。千万记住了，一定要保重身体，身体是革命的本钱，没本钱哪行啊，以后的日子还长着呢！"

然而在将军的心里，好像只有发射场，只有火箭，以至于完全忘记了自己，他说："老栗，现在形势很复杂！我最担心的，就是基地乱起来。基地千万不能乱，一乱，发射工作就没法搞了。唉，我现在躺在医院里，像躺在针毡上一样，发射场上的事情总让我放心不下！"

栗在山忙安慰说："老李，发射场上的事，你就别想那么多了。你现在最要紧的，就是安心养病。目前的形势很复杂，不是你一个人的力量可以左右得了的。"

此后，两人的手紧紧握在一起，不再说话，似乎彼此只有心在交流。

七十二

不久，国防科委"放火烧荒"工作组来到基地。工作组到达基地的当天，便在东风礼堂召开万人大会。主席台上就座的，主要是工作组的成员和基地"造反派"的头头儿；给江青写信的两位年轻人，自然也身价倍增，成为工作组组长的左膀右臂。工作组组长个头不高，但说话底气很足，给人一种谁不听话就可以一枪毙了谁的感觉。因为此人不单身后站着江青、王洪文，还从北京专门带来一个精悍的手枪班。当时，全军编制只有两个警卫团，一个是北京保卫毛主席的八三四一部队，另一个就是酒泉基地的警卫团。这个警卫团被人传说为将军的“铁杆卫队”，所以上面对此很警惕，让工作组带上一个手枪班，一旦矛盾公开，将军如果不肯束手就擒，甚至策划谋反，那就不能“文攻”，必须“武卫”了！

“放火烧荒”工作组“光临”基地后，很快就把基地的“火”“烧”了起来。两天后，“革命群众”揭发批判将军和基地其他领导的“大字报”铺天盖地，贴满了整个办公大楼。工作组一边大肆散发江青的学习材料，一边对基地党委成员展开“帮促”活动，甚至还公然提出：“谁的官大就打倒谁，打对了有功，打错了无过!”于是基地常委成员被逐个排队，其中十人被列为斗争对象，五人被列为打倒对象，而且每个常委都被查抄了家，收缴了枪支。此外，被隔离审查、临时看管的师以上领导六人、团领导六人、连干部三人，还有二十人停止工作。同时工作组还将“造反派”骨干纳入党委常委，不是党员的，居然先进党委，再突击入党。如此一来，基地很快陷入一片混乱之中！

由于将军的病情越来越严重，基地副司令张志勇非常着急，经请示国防科委同意后，不久前把将军转到了西安第四军医大学附属医院治疗。可“放火烧荒”工作组到基地后，认为将军是借病故意逃避“批林批孔”运动，于是一声令下，让将军立马返回，参加“批林批孔”运动，并接受革命群众的批判与监督！将军只得又从西安返回基地。

将军返回基地后，依然住在医院里——不是他想躲避“批林批孔”，而是“批林批孔”与他实在格格不入。但随着“批林批孔”运动的“深入发展”，基地的形势越来越复杂，越来越恶化。每晚夜幕降临，将军便站在窗前，望着涂满标语口号的发射场，一支接一支地吸烟；远处高音喇叭里反复响起的，是一阵阵声嘶力竭的“打倒李福泽!”“打倒西霸天!”的口号声。每当这时，将军便仰起头颅，全神贯注，长久地凝视着太空。太空浩瀚神秘，寂静缥缈，在夜幕严严实实的遮掩下什么也看不清。但将军的内心似乎与太空早已融为一体，根本用不着肉眼去看，而只需用心灵去感应，便能触摸到太空的呼吸。尽管窗外的风卷着沙土不时向他袭来，他却浑然不觉。

1974年3月12日上午，将军正躺在病床上输液，秘书智银帮匆匆来到病房，说："司令员，国防科委来了紧急通知。"

将军说："什么事？"

秘书说："让您马上去北京治病。"

"马上去北京治病?!"将军一惊。

"对。还有，不带秘书，不带警卫员！"秘书说。

将军盯着窗外，大约有几十秒钟，好像预感到了什么："要我啥时动身？"

秘书说："明天。"

将军腾地坐了起来，伸手拔掉输液针头，然后对秘书说："你去准备一下。记住了，不该带的，一样不要；该带的，全带上！"

然后，将军披衣下床，对着司机喊了一声："走，到外面转转去！"

嘎斯六九很快奔驰在浩瀚的戈壁滩上。此刻，戈壁已近黄昏，远处地平线上，晚霞铺满天空。将军坐在车上，大口大口地吞云吐雾，车速已经够快了，他依然不停地嘟囔着："快点！再快点！"

司机一头雾水，问："司令员，去哪儿啊？"

将军说："不知道。"

司机说："不知道怎么跑啊？"

"跑到哪儿是哪儿，只要不跑出国界就行！"将军声音很大，像跟谁赌气似的。

车速骤然加快，发疯般地往前冲去，身后顿时卷起一阵狂尘。嘎斯六九像一头醉酒的野马，在戈壁滩上足足跑了半个小时，最后才停了下来。将军下了车，站在一堆沙丘上，望着前方，雕塑一般，一动不动。前方，是晚霞映照下的发射塔；身后，是一群正在沙漠中跋涉的骆驼。将军就那么站在那里，不说话，只抽烟，站了足足半小时。最后，一直陪在身边的司机这才轻轻说了一句："司令员，天不早了，我们回去吧。"

返回的路上，将军除了抽烟，依然一声不吭。直至嘎斯六九路过一片胡杨林，他才突然说道："停车！"

将军下了车，独自向胡杨林走去。自第一次见到这片胡杨林，将军便情有独钟。十六年来，他不知多少次来过这里。发射成功时来，发射失败时也来；高兴时来，不高兴时也来。有时站上十分钟，有时站上一小时，有时甚至站上一个晚上或者一个清晨。不知什么原因，每次来这里，面对这片千年不倒的胡杨林，他都会有不同的感受，而且总能从这里带走点什么。带走的是什么呢？坚韧不拔，百折不挠？还是终生的默默忍受？此刻，望着眼前的胡杨林，将军忽然想起当年自己曾对苏联专家说过的话——“但愿五十年甚至一百年之后，轮到我们作古时，我们也能变成这片胡杨林，傲立荒原，永远不倒!”然而，世事沧桑，人生莫测，一个人甚至一个民族，真的能永远不倒吗？十三年前，苏联专家走了；十三年后，他也要走了。这究竟是为什么？是的，大漠变了，荒原变了，历史变了，人心也变了，唯一不变的就是这傲立于荒原的胡杨林！它与大地共生，同天地永存，是留在他心中永恒的记忆与感叹！……后来将军走到一棵胡杨树的面前，双手抚摸着，久久凝视着。突然，他发现胡杨的树叶已经掉在了地上。他弯腰捡起一片落叶，举在空中，眼前的晚霞顿时消失了，不见了！一片树叶，居然能挡住太阳的光芒？将军为这一意外的发现而激动起来。于是他从地上大把大把地抓起落叶，再一把一把地撒向天空！然而片片落叶，乌云似的在空中一阵翻飞之后，很快又纷纷回到大地，天空依然灿烂如初。

之后，将军又驱车来到东风革命烈士陵园。

此时的陵园又添了两百多座基地官兵的新坟。然而由于保密的原因，这座常年被戈壁滩的沙土、红柳以及骆驼刺深深掩隐的陵园，一直不为外界所知。“文化大革命”前，基地常常有人来此凭吊；“文化大革命”开始，这里几乎无人光顾，原本清静的陵园便愈发显得清冷了。将军对这里相当熟悉，即便闭着眼睛，也知道每一座坟墓的具体位置、每一个人的出生年月以及每一个人的籍贯姓名。在将军的心里，这里的每一座坟墓，都是一个动人的故事；每一个故事，都是一段壮美的历史。因此，每年新分配的大学生来到基地时，将军做的第一件事，就是用大卡车把大学生们拉到这里，什么也不说，只让他们在墓地前站一站，看一看，然后再一声不响地把他们拉回去。而将军自己每次来到这里，总要掏出一盒香烟，先为战友们点燃一排，再给自己点燃一支，然后才坐在墓碑前，一边抽烟，一边在心里和战友们默默聊天。

将军的脚步最先停在了一个叫王来的战士的墓碑前。王来是发射场上的加注老兵，每次见到“王来之墓”，将军总要想起这个笑容可掬的小战士，想起八年前那个烈火熊熊的下午。那个下午发射场附近的燃料突然意外起火，霎时间火光熊熊，毒气弥漫，一个战士很快被大火吞噬！当了五年加注兵的王来深知推进剂一旦爆炸意味着什么，说时迟那时快，他从十多米外的地方一下冲了过去，先猛地推开战友，再拼命灭火！不料，燃料的汽化分子一下子把他的衣服点着了！战友们正要冲过去救他，他却大吼一声：“别过来!”然后自己撒腿向着空旷无人的戈壁滩深处疯狂跑去。他越跑越快，越跑越猛，像一束在戈壁滩上飞速移动的火炬，离战友们越来越远，离高压线越来越远，离发射场越来越远，而离死神却越来越近！最后，战友们的生命保住了，发射场保住了，而王来自己熊熊燃烧的身躯却化作一团灰烬……王来与当年“一不怕苦、二不怕死”的王杰一样，同属那个时代的英雄；但王来却因工作在绝对保密的发射场，未当全国典型加以宣传，所以至今默默无闻。

接着，将军又来到一座新的墓碑面前。这是基地通信处老处长李杰民的墓地。一见到墓碑上“李杰民”三个字，将军的眼前立刻便浮现出一个能说爱笑的山东大汉。为了“东方红一号”卫星，这位山东大汉的双脚踏遍戈壁滩的每一个通信点，常常背着一挎包干粮，到下面一走就是一周甚至一个月。途中饿了，啃个干馒头，渴了，找点凉水喝。尤其是在严重缺粮的大饥饿年代，他一脸枯黄，眼圈凹陷，体重减少了三十多斤，瘦得像棵风干的胡杨！但为了尽快建成发射场区的通信网络，他忍着饥饿，拄着树棍，拖着步子，每天来回奔波在百里通信线上。有一次，他拖着浮肿的双腿爬上一个沙丘，饿得再也挪不动脚了，便采了一挎包野菜和沙枣叶，踉踉跄跄走到河边，随便洗了洗便狼吞虎咽地吞进肚子里。没想到，他刚走出两百多米远，便腹疼难忍，昏倒在地。后来被送进医院后，诊断为野菜中毒。第二天，将军赶到医院去看他，躺在床上的他问的第一句话就是，“东方红一号”卫星啥时能发射。将军告诉他说，快了，中央已经批准发射方案了！他听后非常高兴，腾地一下从床上跳到地上，激动地说，司令员，我争取过两天就出院，尽快回到通信点上，一定保证发射时通信畅通无阻！可万万没有想到，他刚一说完，突然就直挺挺地倒在了地上……尽管医生尽了全力，但终因戈壁滩缺医少药，他再也没有起来。事后经医生诊断，他突然倒地是因为过度兴奋引起心脏病突发，导致猝死……

随后，将军围着陵园走了一圈又一圈，心里涌动着的是一阵阵难言的酸楚。想当年，这些躺倒在地下的弟兄，曾是何等的英姿豪迈，何等的生龙活虎！可为了创建中国的第一座发射场，为了中国的导弹、卫星的升起，他们的青春和生命，却像戈壁滩的风沙，永远埋在了这里！将军感到好像有一双双眼睛在看着他，于是面对眼前五百多座旧坟新墓，他深深地鞠了一躬，然后忍不住在心里默默说道：我的好兄弟们，明天我就要走了，等着我吧，总有一天，我会回来的，一定会回来的！

七十三

将军回到家中，已是晚上 9 点。一进门，将军见妻子梁山坐在沙发上，望着空空的屋子独自发呆。

梁山早就回家了。这个晚上的梁山感觉有些异样。她下班回家后，买了菜，买了肉，然后什么也不干，就一直坐在沙发上，等。像是等将军归来，又像是等将军远去。

1961 年 5 月，梁山把几个孩子扔给保姆，离开首都北京，追随将军来到荒凉的戈壁滩。和将军一样，梁山也是一个干起工作就忘了家的人。不过多年来梁山总是第一个回家，她回家后再等将军回家。她知道，将军天天忙得脚不沾地，每晚不到九十点钟甚至半夜，是不会回家的。但无论将军多晚回家，她都会等。所以这样的等待她早就习惯了。梁山知道，每次只要发射成功，将军回家最大的享受就是三件事：一是痛痛快快地抽支烟；二是高高兴兴地喝杯酒；三是舒舒服服地烫个脚！每当这时，梁山便会先给将军点燃一支烟，接着斟上一杯酒，最后再端上一个小木盆。于是将军一边抽烟，一边饮酒，一边烫脚，那个痛快劲儿哟，别提有多舒服了！可有一次发射失败了，梁山为将军烫脚，将军刚把脚放进小木盆，就说水烫了，一脚便将小木盆踹了出去，水洒了一地，还溅了梁山一身。梁山生气了，三天不和将军说话，五天不给将军倒酒，七天不给将军烫脚。但后来，梁山还是原谅了将军，她知道发射失败了，将军心里最难受！所以每次只要有发射任务，特别是冬天，梁山就会提前把酒热一热，把小木盆的水试一试，生怕酒凉了，水烫了。等将军抽了烟，喝了酒，烫了脚，看着将军钻进被窝，梁山自己才上床。每当这时，梁山总是想跟将军说说话，譬如说说他们的小家，说说他们在北京的几个儿子，还有她对这个家和对儿子的打算与想法。因为只有这个时候，将军才是她的丈夫，将军才真正属于她。可将军钻进被窝不到两分钟，便打起了呼噜，一觉醒来，天已大亮。未等梁山下床，将军又出门了，像鱼儿游进了水，一天也见不着影儿。因此，每次将军抬腿出门后，梁山一直要等着将军回到家门，心才能安下来。

将军见妻子愣在那里，便说："明天我要去北京治病，你把东西给我收拾一下吧。"说完，一屁股坐在沙发上抽烟。

此前，梁山曾劝说将军去北京治病，可将军不听。现在将军终于同意去北京治病了，所以梁山非常高兴，马上进了厨房，和面，剁馅，刷锅，烧火。不一会儿，一盘热腾腾的水饺便摆在了将军的面前；同时摆在面前的，还有一把大葱和小半碗醋。

将军一声不吭地吃着水饺，吃得很细，吃得很慢，脸上看起来挂着笑容，心里却是酸酸的。妻子为了他，从北京来到戈壁，虽说有了一个家，但两人平时工作一直很忙，长年累月，几乎顿顿吃食堂，而且是各吃各的食堂——梁山吃的是普通食堂，他吃的是首长小灶。有时儿子偶尔来戈壁滩住上几天，也只是跟着梁山吃食堂，因为儿子没有资格享受小灶。

"怎么样？好吃吗？"梁山问。

将军点点头说："好吃，比上次包的还好吃！"

梁山笑了："哪有什么上次，我这是第一次给你包饺子。"

将军一愣，笑了：“管它第几次，反正好吃就行了。”

梁山收拾好碗筷，很快端来小木盆，还是那句老话：“来，烫烫脚，明早好上路！”

将军乖乖地把脚伸进小木盆，一股热流顿时温暖全身。

等将军烫完脚，刚要抽烟，梁山说：“早点睡吧，明天还要赶路呢！住进医院后，别忘了给我打个电话。另外，再忙也得先回家看看孩子，就算是为我看一眼吧！”说完，把一小卷零零碎碎的钱塞进将军的口袋。

第二天一早，送将军的车提前停在了基地机关大楼门前。基地政委曾凡有，副司令员张志勇、江萍，副政委高震亚、田园、阎五福，参谋长张超义，政治部主任任中咸等，早就候在门口了。他们既是来为将军送别的，也是来听将军的指示的。将军一到，大家马上迎了上去，尽管每个人心里都不是滋味，脸上却依然撑着笑。

将军表情依旧，看不出一点别离的意思。他微笑着，与大家一一握手。彼此心照不宣，似乎一切尽在不言中。临别前，将军才说道：“有你们主持工作，我就放心了。记住了，不管什么时候，也不管我出现什么情况，基地的发射任务绝不能耽误！只有国家强大了，中国人的骨头才能硬得起来！”

说罢，将军一挥手，上了车。

嘎斯六九启动了，向着清水车站缓缓驰去。这次将军不坐飞机，要坐火车，他说他要再好好看看，戈壁滩上一路的胡杨，一路的骆驼刺，一路的红柳，一路的风景！嘎斯六九越开越快，越走越远，送行的人们望着渐渐消失在天边的嘎斯六九，感到大漠荒原好像一下失去了什么，心里一片怅然落寞。

三天后，即 1974 年 3 月 16 日，火车缓缓驰进了北京火车站。北京的天一片灰蒙，像一张阴冷的脸，不见一点儿暖色。将军下了火车，一眼便看见两个军人迅速向他贴了过来，其中一人不由分说接过他手里的包，然后说道：“李司令，请跟我们走。”

将军心头一惊，问：“是谁派你们来的？”

“对不起，无可奉告。”来人用手一指，“李司令，这边请。”

话音刚落，一辆黑色的红旗轿车便停在了将军的身边。接着，另一个声音在身后响起："李司令，上车吧！"

将军说："我还是坐我的车吧，我已经给司机打过电话了。"

"对不起，李司令，还有人在等着你呢！"说着，车门已经打开。

将军不再说什么。凭他的直觉和几十年的经验，他知道麻烦来了。但他只轻蔑地笑了笑，一猫腰，还是上了车。

红旗轿车向着国防科委大院一路驶去。车内无声无息，气氛沉闷；车外红旗飘飘，人群涌动，不时还传来阵阵"批林批孔"的口号声。时值春季，将军却一点也感受不到北京春天的气息。红旗轿车很快来到东单，前面五百米处便是将军的家，将军已经看见了那熟悉的小楼。将军突然涌出想回家的念头，很想见见几个孩子，而且从来没有这么强烈这么迫切。于是他对身边的军人说："同志，前面就是我的家了，让车停一下，我回去看一眼。"

"对不起，李司令，不行！"军人的声音很生硬。

将军说："我们老两口都在大西北工作，家里只有几个孩子和保姆，我给他们留点儿生活费，就五分钟。"

"一分钟也不行！"军官一脸严肃，"李司令，对不起，我们的任务，就是把你安全送到国防科委大楼！"

说话间，黑色轿车从家门前疾驰而过。

将军的心一颤，闭上了眼睛。

第十二章

狱中泪

狱中的将军总是做梦，大大小小的梦，各种各样的梦，不明不白的梦，似醒非睡的梦。无论是在金戈铁马的战场，还是在轰轰烈烈的发射场，往昔的每个日子每个场景甚至每个细节，非但没有从记忆中消失，反而化为一个个清晰的画面反复浮现梦中。在梦中，他好像时刻都在奔跑：……他“跑”过血火纷飞的战场，“跑”过烈焰熊熊的发射场，“跑”过高喊“打倒”口号的会场，最后“跑”进了黑咕隆咚的牢房！

七十四

将军被关进了北京通县的一个仓库里。

将军至死都记得，这天是 1974 年 3 月 22 日。这是一个春天。这个春天对将军来说却比冬天还要寒冷。就在这个春日的下午，一辆黑色小车将他从国防科委大楼悄无声息地拉到了北京通县一个偏僻的小院。小院四周是铁丝网，网出一个大约二百平方米的圈，圈内空空荡荡，破败不堪，到处挂着乱七八糟的红色标语和横七竖八的黄色裤衩。将军后来才知道，这是总参通信部在通县的一个枪械仓库。

当小车停在院里一间破旧的小平房前时，一个冷冷的声音立即喊道：“李福泽，出来，到了！”从这一刻起，将军清楚地记得，对他的称呼由“李司令”，变成了“李福泽”。

将军下了车，还没来得及适应一下周围的环境，辨别一下眼前的方向，四个荷枪实弹的战士立即冲过来，将他围在了中间。一个小战士的脸绷得很紧，眼里喷射着革命的深仇大恨。将军看了一眼，小战士手中的枪立马哆嗦了一下；枪管一不小心，便戳在了将军的腰上。小战士吓了一大跳，将军却微微一笑，笑容中透出几分悲凉。当年，土匪抓他，日本鬼子追杀他，国民党军围剿他；今天，在共产党的旗帜下，在光天化日的北京，有人居然导演了一场诱捕的把戏，把本该对准敌人的枪口对准了他！将军突然又想笑，仰天大笑，笑它个天翻地覆，笑它个乾坤颠倒！然而将军还是忍住了，既没笑，也没哭，只轻声提醒小战士一句："小心，别走火了。"话一出口，小战士手中的枪抖得更厉害了。

"李福泽，进去吧!"押送他的干部在身后喊了一声。

将军一抬腿，进去了，步伐干净利落，没有一点儿迟疑，就像当年从1948跨进了1949。

"李福泽，你的房间是最好的，还有个窗户。"押送将军的干部说，"党组织对你这么优待，你要对得起党，好好交代自己的问题!"说完，砰的一声，仓库的门被关上了。

将军眼前一黑，怔怔地站在那里，一时竟不知所措。"好好交代自己的问题!"——交代什么问题呢？将军像被闷在了葫芦里。

到北京那天，将军以为是个误会——不是通知他到北京来治病吗？怎么连家都不让回呢？后来到了国防科委大楼，一位领导和他谈话，他才知道自己早就被江青同志点名了，其"罪状"已经摆在了"中央领导人"的办公桌上；而且，"性质恶劣"，"问题严重"！在20世纪70年代的中国，一旦被江青同志点名，自然凶多吉少；加之将军的性格天生注定就是个悲剧，因而在那个"左"得荒唐、"左"得可笑、"左"得出奇、"左"得可怕的年代，将军倒霉，便是肯定的了。

事实上，历史曾经给过将军无数次的机会。酒泉基地是新中国的第一个导弹发射基地，自创建之日起，不少中央领导、军界要人以及地方高官都先后去过那里，如周恩来、林彪、邓小平、叶剑英、聂荣臻、杨成武、张爱萍，等等。很显然，将军倘若想走"上层路线"，机会是大大的；倘若他那天生聪明的脑袋能在"关系学"上稍稍"聪明"一下，其仕途不说飞黄腾达青云直上，至少也是别有洞天另一风景。然而，将军在战场、发射场能审时度势运筹帷幄；在政治的惊涛骇浪中，却常常不能见“风”使“舵”辨别“方向”。将军天生就是一个军人，一个在战场、发射场极能把握战机的人，只要在战场、发射场，他的生命便能显示出巨大的威力、非凡的意义；而一旦离开了战场、发射场，便什么也不是！尤其在政治这块“高地”上，还常常表现出一种低能——不是“决策失误”，便是“贻误战机”，甚至“丢失阵地”！在中国，不少人是靠政治运动爬上权力宝座的。但将军不是。战争年代，将军从一个懵懂少年，到一代名将，靠的是真本事；新中国成立后，将军从广州军区的少将副参谋长，到新中国第一个导弹基地的发射司令、国防科委的副主任，靠的同样是真本事。只可惜，当初孙继先离开基地后，给他下的命令是“代司令”；而这个“代司令”，他一“代”就“代”了八年——创中国人民解放军兵团级军事主官之最！据说，国防科委曾经打过报告，想去掉他这个“代”字。可报告打上去后，江青却说，这个“代”字我看就不用去了吧，“代司令”也不错嘛！我们许多老革命从 1921 年党诞生那天起，为革命出生入死，拼搏了一辈子，到头来连个“代”字还没捞上呢！他李福泽是三几年的兵，当初授衔的时候，本来没资格授衔，因为他能打仗，主席就破例给他授了。他已经占了大便宜了，还要怎样？再说了，战争年代他能打仗，现在不打仗了，捞个“代司令”就不错了。你们说，他这个“代”字还用得着去掉吗？江青都说这个“代”字好，谁还敢说去掉？

其实，将军与江青结怨，不过仅为一两句话而已。“批林批孔”运动开始后，将军对江青的做派不太看得惯。有一次在北京开会，将军与人散步聊天，聊到江青时，便顺口说了一句：江青这人我知道，当年我在上海念书时就听说了，就是一个戏子！还有一次，将军看样板戏《红灯记》，也随口说了一句：李铁梅肩膀上的补丁在左边，其他人肩膀上的补丁也在左边，怎么全在左边？这不都成“左”派了吗？所以当江青给基地两个年轻人写信后，有人立即将此事翻腾出来，并放出话说，这次一定要扳倒李福泽这个“西霸天”，扳不倒这个“西霸天”，就扳不倒国防科委。因为国防科委九万人，酒泉基地就占了六七万！

但真要扳倒将军也不容易，即便那些要扳倒将军的人自己也明白，将军毕竟是在中央军委挂了号的人物，毕竟是周恩来多次召见过的赫赫有名的发射司令！要“扳倒”，总得有个说法吧？总得有几条“罪状”吧？而且还得名正言顺，上报中央，获得批准。于是，有人便绞尽脑汁挖空心思，开始搜集将军的“罪状”——“污蔑江青同志”，就是其中最重要的一条，然后再上报中央军委，建议对将军隔离审查！据说，报告第一次转送到周恩来那里，没有批；第二次转送到周恩来那里，也没有批；第三次转送到周恩来那里，还是没有批。后来江青急了，大笔一挥，干脆自己批了：隔离审查，交群众批斗！于是，将军这才从轰轰烈烈的发射场，被关进了布满蜘蛛网的库房！

库房不是标准的监狱，“待遇”却和监狱一样，甚至有的地方比监狱还要监狱。将军在昏暗中停滞一会儿，便开始打量起他的“新家”来了。时值黄昏，一抹残阳透过窗户射进来，映在仓库东边的墙上，仓库便有了些许光亮；库房里散发着一股浓烈的发霉的气味儿，还有苍蝇蚊子挤成一团，不时嗡嗡地飞进飞出；墙角有一张锈迹斑斑的铁床，铁床上放着一个破枕头和一床旧军被；墙的上方有一个窗户，窗户太高，几乎靠近房顶，而且小得可怜；整个屋子只有八九平方米，旧门已经卸掉，竖在一旁，换了个新门，新门上挂着半截布帘，布帘上歪歪斜斜地写着一行字：坦白从宽，抗拒从严！

忽然，院里传来一阵响动声。将军瞥了一眼，只见十几名荷枪实弹的战士仿佛从天而降，眨眼间便分布在了院子的四周，大概足有一个排的兵力，而且多数枪口都对着他的房门。将军再一次笑了，转身坐在床上，望着那一支支对着他的枪管，脱掉鞋袜，伸出双手，慢慢抠开了脚丫。

傍晚时分，有人送饭来了，将军看也懒得看一眼。他不是不想吃，而是憋着一肚子气，吃不下去。来人催了好几遍，将军依然一声不吭，像没听见一样。于是来人阴阳怪气，说：“老头儿，你这态度很不好，饿死了我们可负不起责哟！”

将军一股怒火直蹿脑门，一下跳将起来，冲着那人大声吼道："滚你娘的蛋，你他妈的算哪山的兔崽子，轮得着你来教训我！"

来人吓得目瞪口呆，没想到这老头儿竟这么大的脾气！

其实不是脾气，而是火气。自关进仓库那一刻起，将军便有一种说不出来的难受，就像一个拳击手，突然遭到了对手的重拳出击，他很想反击，也有足够的能力反击，却就是找不着对手，或者说不知道对手是谁。有对手没有能力反击，是悲哀；有能力反击却找不着对手，是窝火！身为共和国一位堂堂的发射将军，为新中国创造了无数的奇迹与辉煌，眨眼间却被关进一个仓库里，莫名其妙地成了一名囚犯，能不窝火吗？这好比一个正在冲锋陷阵的战士，突然让他撤出战场；一个即将起跑的运动员，突然让他离开跑道；一个在海上漂泊了大半辈子的海员，突然禁止他出航；一头常年在山中咆哮的雄狮，突然被关进了铁丝网！更令将军想不通的是，一些没影的事，居然可以说得活灵活现有鼻子有眼。只要有人张嘴，说你是"反革命"你就是反革命，说你是"叛徒"你就是叛徒，连开口说话的权利都被剥夺；一切都是"组织"说了算，个人只能当哑巴，大脑最好也坏死。这个社会到底怎么了？这支军队到底怎么了？为了新中国，自己出生入死几十年，从来没有干过一件脸红心虚的事，怎么一下就成了"反革命"？

黑暗降临了。门口有风吹进来，带着一股淡淡的寒气，把半截布帘吹得呼呼直响。风声消停后，库房便死一般的寂静。这种寂静在将军的生命体验中从未有过，似乎比当年到戈壁滩第一个夜晚还要寂静。面对如此寂静，将军感到了寂寞、空虚乃至迷茫。他不知今晚过去后，明天一觉醒来，掉在头上的到底是他妈的什么命运！虽然，面对"文化大革命"以来的种种不正常现象，将军有一定的思想准备，但一想到那些狐假虎威横行一时的跳梁小丑，他便怒火中烧！

时至凌晨，将军的情绪才渐渐平静下来。他想，既然自己的命运与国家的灾难已经紧紧地连在了一起，需要的就不光是抗辩和斗争，还要有忍耐与冷静。于是为了熬过这个窝火而又寂寞的夜晚，将军竟悄无声息地在仓库里干起了一件非常无聊的事情：他把地上的砖头用手一块块地抠起来，再一块一块地铺回去；然后又把刚刚铺上去的砖头一块块地抠起来，再重新一块一块地铺好……如此反反复复，干了整整一个通宵。直至天明，他才站在仓库的门口，把目光投向大西北，投向发射场！

七十五

将军被抓后，酒泉发射场一片哗然！“批林批孔”运动趁机肆无忌惮、如火如荼地开展起来。在“放火烧荒”工作组的把持下，基地党委光是召开“批林批孔”扩大会，就开了七十一天。大会不仅否定了基地过去多年的工作成绩，还把将军的问题划入了敌我矛盾。“放火烧荒”工作组甚至公然宣称：“基地党委是国民党的党委，是一个已经烂掉了的班子！”于是，基地党委集体陷入瘫痪，发射场工作程序全部打乱。甚至3月18日这天，基地一部协同二炮八〇一团发射一枚“地—地”导弹时，竟乱中出乱，少加注了一百二十六公斤过氧化氢，导致导弹燃料耗尽，不幸坠落在距发射点二百二十公里处。

最先跟着倒霉的，是将军的“黑干将”。将军被抓后，凡是基地的领导，几乎全遭株连。基地党委常委十一个委员，就有十个被工作组列为将军的“十大黑干将”，而且必须交代清楚问题！如基地副政委高震亚、田园，参谋长张超义，第八试验部政委杜郁，第四试验部副部长张孝德等。他们或被停职审查，或被抄家，或被游斗，或交群众批判。而最倒霉的是杜郁。杜郁被戴上手铐脚镣，五花大绑，天天游街批斗，后面还有人持枪跟着。而且看守杜郁的规格相当高，一个班守在门外，架着一挺机关枪，床头还站着一个兵。关押杜郁的罪状主要有三条。一是有一次谈到“二月逆流”时，他说，毛主席说不让再讲“二月逆流”了，光是不让讲，到底有没有啊？这些老同志怎么一下子就成了反革命？我不理解，这个弯我转不过来。“阶级斗争”斗来斗去，还是斗了党内老干部。二是有一次讲到江青时，他说，我有点看法，江青说她代表毛主席，她代表得了吗？三是有一次谈到王洪文时，他说，毛主席说王洪文好，我在吉林省军区会议上怎么听说他不怎么样呢？我还听人说，王洪文才三十七八岁，又当过兵，打过仗，他到底多大岁数啊？……

接下来跟着倒霉的，是将军的“黑爪牙”。一个是前任秘书王玉群。王玉群时任基地秘书处副处长，将军离开基地的第二天，“放火烧荒”工作组的人就毫不客气地坐在了他的位置上，直截了当地说：“李福泽跟‘林彪反党集团’有不正常的关系，希望你如实交代出来！你是个聪明人，何去何从，你可想明白了！”接着，为了找到将军的罪证，“批林批孔”办公室负责人又清查了王玉群的办公室，并代表组织和王玉群谈话：“李福泽是反革命，现在已被中央军委定性，实施隔离审查，你要端正态度，跟李福泽划清界限！”然后便将王玉群带到一个地方，连夜看押起来。之后，又通过批斗会、党小组会、“帮促会”等，要王玉群揭发将军的问题。王玉群不揭发，有人很快就站出来揭发了。于是“批林批孔”办公室负责人就对王玉群说：“别人都能揭发李福泽的罪状，你为什么不能揭发？揭发就是革命，不揭发就是反革命。你不揭发也行，我叫人来一条一条地念李福泽的罪行，同意的你就点一下头，不同意的你就摇一下头，这样也算揭发。”王玉群还是不点头，也不摇头。有人就掉过头来揭发王玉群的问题，说有一次江青同志坐飞机去庐山，在飞机上说看到了祖国的“大好形势”。王玉群却说江青这句话用词不准确，“大好形势”是个政治概念，坐在飞机上是看不到的，只能说看到了祖国的“大好河山”，不能说看到了祖国的“大好形势”。这样一来，王玉群不仅是将军的“死党”，还成了反对江青的“反革命”，有家不能回，有工作不准干，成天被逼着写检查，写揭发将军“罪行”的材料。王玉群给将军当了十六年的秘书，由于将军从来不让他写讲话稿，别的材料也写得极少，所以他的文字才能一直没有派上用场。没想到十六年后的今天，在“史无前例”的“文化大革命”中，他的文字才华终于获得了施展的大好机会——天天不是写检查，写交代，就是写揭发材料，写批判稿！但头都写大了，还是过不了关。有一次，他被逼得快疯了，竟当众号啕大哭起来。王玉群一直被折腾了一年半，直到 1976 年“江青反革命集团”倒台，才重新回到办公室。

另一个是现任秘书智银帮。将军被关押的第二天，有人就正式通知智银帮说："李福泽已被关押，你不能再进办公室了！"第三天工作组又在基地小会议室召开会议，要智银帮交代李福泽的问题。智银帮心里非常清楚，工作组要整的其实不是他，而是想通过他整倒将军。于是他的态度非常明确："我不知道李司令有什么问题，怎么交代？"很快，智银帮就被"群众"贴了许多大字报。他爱人看见后，以为智银帮犯了大错误，吓得通夜失眠，半夜三更爬起来哭。由于智银帮"不交代不揭发"，工作组对他的批判迅速升级。批判会结束后，就把他关在办公楼里，不让回家，不让睡觉，甚至他爱人送饭、送衣服去，也不准见。

…………

总之，凡是被"放火烧荒"工作组认为是将军重用的人，统统遭到万人批斗会的批判。在短短一个月时间里，"十大黑干将"就被"帮促"了一百六十二次；有人还违心地揭发了将军一百五十多条"反革命"问题；甚至有人还学当年的王明，搞出了一个将军的"二十八个半死党"！

而将军的妻子梁山，自然也跟着倒了大霉。将军到北京后的第二天，梁山没有接到电话，就觉着不对劲；尤其看见别人眼神的时候，更觉着不对劲。于是心里惶惶的，睡不好，吃不好，工作不好，眼皮一个劲儿地跳，总觉着要出什么事。那天，梁山刚到办公楼，"批林批孔"办公室负责人就说："梁山同志，我告诉你，你家老李是'林彪反党集团'的漏网分子，已经被隔离审查了，希望你配合组织工作，主动交代问题，把你知道的问题统统说出来。不然的话，后果自负！"

梁山大吃一惊："老李不是去北京治病吗？怎么会被隔离审查呢？"

办公室负责人说："国防科委党委的通知已经到了，难道党委你也怀疑？"

一听"党委"两个字，梁山整个人都快垮了。怎么会呢？老李十六年来一直为国防科委拼死拼活地干，肝病都累出来了，科委党委怎么会骗他？怎么会隔离审查他？梁山急忙来到办公室，抬头一看，她的办公室的门上果然已被贴上了封条："打倒黑司令李福泽！""打倒黑司令的老婆梁山！"封条上还有一个红色的大叉！

梁山知道事情真的发生了，怦怦跳动的心反而平静下来。她转身往家走，远远就看见有人在抄家。她刚走到门口，从家里的窗户里突然扔出一个碗来，砰的一声，碎在了她的脚下。她一惊，突然想起大衣柜里还放着老头儿的将军礼服！老头儿对家里的东西什么都不在乎，唯独把这套将军礼服看得特别金贵。梁山知道，这套将军礼服是1955年老头儿被授予少将军衔时军委发的，多年来走南闯北，老头儿总是走到哪儿带到哪儿，像爱护自己的眼睛一样。1959年新中国成立十周年，老头儿就是穿着这套将军礼服参加天安门广场观礼的。老头儿平时从来不穿这套将军礼服，也舍不得穿，只有出席重要活动时才穿；如果好长时间没活动了，老头儿还会拿出来晒一晒，看一看，摸一摸，比见了久别的老婆还要稀罕。于是梁山立即冲进家门，打开大衣柜，一看，将军礼服还在。梁山刚要拿起，一个抄家的家伙便一把夺了过去，抖了抖，没有发现什么；又翻了几个兜，还是什么也没有，便扔在地上，扬长而去。梁山大惊失色，急忙捡起将军礼服，紧紧搂在怀里，望着上面的两个大脚印，气得浑身发抖。

当天下午，梁山被"放火烧荒"工作组的人找去谈话，要她交出李福泽与林彪、黄永胜、李作鹏、吴法宪、邱会作等人的来往书信；李福泽反对中央领导人的密谋记录。还有，李福泽到底有哪些靠山。

梁山说："我跟老李结婚几十年了，别的不敢说，在政治上他是绝对可靠的。他是山东土八路出身，十六岁就闹革命，虽然确实在林彪的四野征战多年，但他肩上的每一个'豆豆'，都是他用血和命换来的，与林彪没有任何私密关系！要说他和黄永胜、邱会作的接触，倒是有过一次。那是1966年6月，当时黄永胜是广州军区的司令员，邱会作是总后勤部部长，他们跟杨成武代总长一起来基地检查工作，待了十天。至于靠山，老李这人没有靠山，如果你们硬要说他有靠山，这个靠山就是共产党！"

工作组的人气急败坏，说："希望你端正态度，回家好好想想，我们还会找你的！"

梁山回到家里，面对一片狼藉的家，想着工作组的话，心头立即有了一种不祥的预感。老头子现在在哪里？情况到底怎样？是冷是热？是饥是渴？难道真的像他们说的那样成了反革命，戴上手铐脚镣，被关押起来了？她决定给在北京的栗在山政委打个电话，问问情况。于是，她拿起电话，习惯性地“喂”了一声，可话筒里却没有传来往日熟悉的女话务员的声音。她低头一看，一截断掉的电话线已经悬在了空中。望着已被剪断的电话线，梁山一阵心酸，眼泪忍不住就流了出来……

第二天，对梁山的批判开始了。最初，是党小组开会，对她进行批评教育；接着后勤服务处开会，要她写交代材料；再后来，基地召开群众大会，公开对她进行批斗。第一次批斗大会是在春天。戈壁滩的春天总是来得很晚，已经进入 4 月了，祁连山的积雪还未化尽，所以这个春天注定比冬天还要寒冷。批斗大会这天，天空飘洒着细雨，礼堂前贴满了“打倒李福泽!”“打倒黑司令的老婆!”等各种大字报。冷风一吹，面糊糊做成的糨糊很不牢靠，大字报就被刮得遍地都是。会议一开始，工作组就让梁山好好交代李福泽的问题，争取立功赎罪！梁山翻来覆去，却只有一句话：“我只知道，我是李福泽的老婆，别的，什么也不知道!”后来，雨越下越大，风也呼呼地刮着，台上的梁山身上全湿透了，一声不吭；台下的“革命群众”也热情大减，躁动不安。结果，批斗会不到一个小时，人已走了一半。

梁山回到家中，两腿麻木，整个身子都在发颤。她端起杯子，刚想喝上一口，便想起了老头子：老头子现在到底怎样？会不会也在天天挨批挨斗呢？

梁山着急了。

七十六

将军已被关押四十一天了。

四十一天里，将军除了上厕所，没有走出仓库半步。而且每次上厕所，都有人端着枪跟在后面。其实，将军的脑子里已经没有具体的时间概念了，只有门口布帘下的缝隙告诉他，太阳什么时候升起，什么时候沉落。将军每天睁开眼睛的第一件事，就是用一根小棍在墙上画一道横杠，每一道横杠，代表一个日子；然后再数一数，今天该是第几天了。

于是将军在监狱的每一个日子，就这样在一道横杠又一道横杠的递加中悄然开始，再悄然结束。

每天早饭后，将军便坐在铁床上，望着小小的窗户，始终保持着刚进去时的那个姿势。窗户确实很小，如同一本打开的十六开的书，白天见不到太阳，晚上看不到月亮，上面还布满了密密麻麻的蜘蛛网。尽管有时会有一抹阳光斜射进来，却照不到将军的脸上，更照不到将军的身上。然而在将军的眼里，这个小小的窗户像是一幅荒诞画，他很快就依恋上了它，迷恋上了它。将军仔细数过，小窗户被横竖六根小木条分成了十六个格子，十六个格子将天空分成了十六块。将军每天坐在床上，便可看到十六块小小的天空，并以此判断窗外的世界是风是雨是冷是暖是阴是晴是圆是缺。遗憾的是，这十六块天空极少出现变化，将军便在心里默默数数，看到底数到多少，天空才会出现变化。有时，将军数到六千，天空开始下雨；有时，将军数到八千，天空开始刮风；有时，将军数到一万，天空荡过一片云彩；有时，将军数到两万，天空长出一弯月牙。有一次，将军刚数到九万九千九百九十九，突然看见一只黑色的兀鹰在灰白的天空盘旋，兀鹰并未扇动翅膀，而是凭着上升的气流缓缓腾起，直至最后变成一个黑色的斑点，才停在空中，定格窗前。那一刻，将军激动了，甚至还有几分惊喜！但这种感觉稍纵即逝，一闪而过。

刚进来时，将军觉得自己光明磊落、清清白白，不会有什么事的，最多待上十天半月，就可以走出仓库，重新回到轰轰烈烈的发射场。可四十一天过去了，没有一个人来看过他，没有一个人来问过他，更没有一个人来找他谈过一次话！过去他一直以为，他是一呼百应的火箭司令，发射场离不了他，国家需要他，人民需要他；现在他才恍然大悟，不是发射场离不了他，而是他离不了发射场！发射场离了谁都行，离了谁地球照样转。他已经成了“叛徒”，成了“反革命”，成了政客们手中的一个道具，成了关在仓库的一个囚犯！发射场不需要他了，国家也不需要他了。他不过像戈壁滩上的一片落叶，一粒沙子，一丝尘土，风一来，呼的一声便过去了，而且很可能是永远地过去了。

当然，从内心来讲，将军非常希望有人来找他，告诉他，他究竟有什么问题，犯了什么错误。甚至哪怕有人来提审他、审讯他、批斗他，他心里也会好受一些。如果真有，他愿意改正，愿意检讨，愿意认罪，愿意伏法！可是，四十一天过去了，不仅没人问过一次，哪怕骂他一句也没有。这对他无疑是最残忍的一种折磨！于是他想到了马克思，想到了恩格斯。马克思说，人是社会的动物，需要交流。正是人与人的交往协作，才促进了最原始的生产力的发展。恩格斯好像也说过，人类的祖先是群居，群居和相互交往推动了人类的发展。两位导师都极力反对单身监禁，认为这是最不人道的行为。但这“最不人道的行为”，为何偏偏发生在了他的身上？这让他比戴着脚镣、顶着烈日在大海边上拉纤还要难受！将军天生是一个痛快人，一个不怕死的人，是死是活，从来都不在乎。他活得是个痛快！可现实给他的，不是痛快而是痛苦！白天，他只能看着地上的蚂蚁、蟑螂、花大姐、七星瓢虫以及苍蝇、蚊子忙忙碌碌爬来爬去，来来往往疲于奔命；晚上，他只有闭上眼睛，蒙头大睡。说蒙头大睡，其实没有睡。从1958年去戈壁滩至今，他在发射场已经奔忙了十六年，火箭发射一枚接着一枚，政治运动一个接着一个，日子永远像竖在发射塔上的火箭，别说想睡上一个安稳觉，就连打个盹也不行。战争年代，他最大的奢望就是有一天能踏踏实实地睡上一觉；新中国成立后，他最大的奢望同样是有一天能踏踏实实地睡上一觉。可这办不到。现在好了，一个人被关在仓库里，再也听不到“丁零零”的电话声，再也听不见“嘀嘀嗒”的起床号，再也不参加没完没了的各种会议，再也不听取任何真真假假的请示汇报，再也不批阅来来往往的红头文件，再也不翻看五花八门的“经验”材料。一句话，他终于有时间了。而且这时间宽裕得不得了，就像戈壁滩上的沙土和阳光，无边无际无穷无尽。他既可以把黑夜当成白天来过，也可以把白天当成黑夜来睡。可每晚往床上一躺，烙烧饼似的，翻来覆去，就是睡不着。黑暗中，仓库和院里的老鼠似乎比人还多，老鼠的游动声在他耳边像鼓点一样响亮清晰。而当老鼠发出的声音由近及远渐渐消失后，随之响起的又是另一种更加耐人寻味的声音——哨兵警惕的脚步声。这脚步声在黑暗中不时悄悄移动着，时而踢踢踏踏，时而窸窸窣窣，神神秘秘而又“气壮山河”！当然，偶尔还会传来远一处、近一处的狗叫声。这些老鼠声、脚步声和狗叫声混合在一起，让原本模糊的夜晚显得越发的模糊。

于是，在一个个模糊不清的夜晚，将军总会想起一些过去和现在的事，想起一些昨天和今天的人。譬如，基地副司令兼二部部长林毅，1960年就替彭德怀和黄克诚说了几句话，为什么就遭到打击，免职调离？基地参谋长徐明，1967年不明不白被打成“叛徒”，为什么一直关押至今？赵尔陆、肖向荣为什么会被迫害致死？还有聂荣臻、张爱萍、王秉璋、罗舜初、赵启民、罗元发、唐延杰等这些共和国的元帅将军、国防科技战线的功臣，为什么有的被关押，有的遭批斗？……想起这些，将军的失眠之夜就变得越加漫长，因而也就越加痛苦。

当然，将军也想到了自己。

自“文化大革命”开始后，将军就感到自己像是陷入了一个迷魂阵，左冲右突，依然无法摆脱。共产党的枪口怎么掉过来对准了共产党人的胸口？当年苏区消灭“AB团”，错杀了多少人？抗战时期山东反“托派”，整死了多少人？“文化大革命”开始后，又冤死了多少人？先是彭、罗、陆、杨被掀翻，后是刘、邓、陶被打倒，接着是老帅们靠边，全军混乱一片，全国乱作一团，幸亏基地按“军委八条”坚持正面教育，继续发射实验，才勉强成为“世外桃源”。可现在，现实竟变得如此荒唐，如此怪诞！中国到底怎么了？国防科委到底怎么了？世道人心到底怎么了？

有一天，将军甚至还想到过死。一想到死，他的心就直哆嗦——不是怕，而是惊诧！在战场没有死，在发射场没有死，在批斗会场也没有死，为什么现在要自己找死！南征北战几十年，打日本打土匪打老蒋，多少弟兄倒在了战场，眼一闭全他妈都死了！可他自己却白捡了一条命，活了下来，还当上了将军，当上了火箭司令！为什么还要去死？于是他很快断了这个该死的念头，告诫自己，一定要忘掉一切！

但还是忘不掉。

狱中的将军总是做梦，大大小小的梦，各种各样的梦，不明不白的梦，似醒非睡的梦。无论是在金戈铁马的战场，还是在轰轰烈烈的发射场，往昔的每个日子每个场景甚至每个细节，非但没有从记忆中消失，反而化为一个个清晰的画面反复浮现梦中。在梦中，他好像时刻都在奔跑：从山东跑到北京，从北京跑到上海；从上海跑到延安，从延安跑到山东；从山东跑到东北，从东北跑到广州；再从广州跑到北京，从北京跑到戈壁。他“跑”过血火纷飞的战场，“跑”过烈焰熊熊的发射场，“跑”过高喊“打倒”口号的会场，最后“跑”进了黑咕隆咚的牢房！

有一天晚上，将军还梦见了戈壁滩上的黄羊。黄羊一只只，一群群，在暴风雪中亡命地奔逃；后面是一辆辆拼命追赶的吉普车，车上是一个个正在疯狂射击的饥饿的战士。后来，黄羊跑到了关押他的仓库门前，站成一排，像一群被人打败的伤兵。他定睛一看，领头的黄羊，居然是那只他当年手下留情的母羊！

本来，4 月的北京天气不热，但每次他从梦中醒来时，都觉得奇热无比，比戈壁滩的三伏天似乎还要燥热！他把身上的绒衣扒掉，只穿一件衬衫，还是热，而且从心里往外热，抓心挠肝的热。心里像有一团火，燎着心，烧着肺，呼呼作响，一个劲儿地往外冒。他觉得自己像一只奔跑在森林里的老虎，突然掉进了猎人预谋好的陷阱，而猎人却躲在阴暗的树丛中手舞足蹈幸灾乐祸；又像一个在战场上冲锋陷阵的战士，正玩命厮杀，四周却突然安静下来，刺刀声没有了，枪炮声没有了，喊杀声没有了，甚至连呼啸而过的子弹声也没有了。整个战场好像全在装聋作哑，只剩下死尸般的沉默，仿佛一根头发掉到地上，也能爆出原子弹爆炸似的巨响。于是他向看守人员提出，要见专案组负责人，结果没有回音；他提出要到屋外走一走，晒晒太阳，还是不予答复。他急了，质问看守，犯人坐监狱还定期放风呢，我这算怎么回事？看守说，你不能享受放风的待遇，因为你不是坐监狱，而是隔离审查！将军浑身的燥热立即变成了愤怒，再也忍无可忍，开始大声骂娘。将军在房间里转来转去地骂，骂天、骂地、骂祖宗。他那掺杂着胶东口音的骂声很响，很糙，像点火后的导弹，冲天而起，威震四方。百米外的看守听了，个个胆战心惊！

一天晚上，一个值勤的看守被将军的骂声吓坏了，急忙跑去告诉专案组负责人。专案组负责人听了哈哈一笑，说，这老头儿的脾气我知道，甭管他，让他折腾吧，他不折腾就不是“西霸天”李福泽了！

七十七

1974年5月11日这天，被关押了近两个月的将军终于离开仓库，被押送到了批斗会场。

批斗大会在酒泉基地礼堂举行。自将军被抓后，基地的“造反派”每天除了写大字报、刷标语、敲锣鼓、喊口号，就是召开各种批斗会，今天批这个，明天斗那个，往日轰轰烈烈的火箭发射场，变成了“批林批孔”的大会场。将军被押进会场后，他先站稳脚跟，再抬眼一看，人群、标语、锣鼓以及五颜六色的大字报，到处都是；主席台上，也坐满了各色人物，有熟悉的背影，也有不熟悉的面孔。将军一眼就看出来了，今天的会是经过精心策划的，目的昭然若揭，就是要让他在全基地官兵面前低头、认罪、出丑，然后再打倒他这个“西霸天”“黑司令”！

果然，将军刚被押上前台，会议主持就大声宣布道：“同志们，战友们，无产阶级革命小将们，李福泽的批斗大会，现在开始！”

台下立即有人站起，挥动拳头，大声疾呼：“打倒李福泽！打倒李福泽！”人群中有人跟着就是一阵高呼：“打倒李福泽！打倒李福泽！”只是，应者不及半数，稀稀拉拉，不够气势。

接着，开始揭发将军的“罪行”。所谓“罪行”，其实都是专案组绞尽脑汁、费尽心机“整”出来的，归纳起来大概有七八条，如“林彪反党集团的同伙”“林彪内定的中央委员”“苏修特务”“资本家的孝子贤孙”“还乡团成员”“包庇重用坏人”“破坏六四〇工程”，等等。

将军站在台上，昂首挺胸，一副目中无人、不屑一顾的样子。开始，他听着他的“罪行”，觉得可笑；后来，越听越离谱，越听越胡扯，只好被迫展开反击。而且，反击坚决！对方揭发一条，他反驳一条，无所顾忌，毫不惧怕！

有人揭发说，李福泽组织了基地的“十大黑干将”，企图把二十基地变成一个水泼不进、刀插不进的独立王国。

将军立即反驳道，基地每一项重大工程、每一次发射、每一次重大实验，都是向中央专委和周恩来总理作了汇报的，而且一直是按中央和军委的指示、命令执行的，甚至都是经过毛主席批示的。怎么能说是搞独立王国？我就是想搞，能搞得成吗？

有人揭发说，李福泽对中央文件不传达，压制群众闹革命，压制革命群众开展“四大”。

将军立即反驳道，基地不搞“四大”，是毛主席亲自批示的，是党中央和军委文件规定的，不是我李福泽规定的。我这儿是发射火箭的发射场，不是你们“闹革命”的根据地。我是基地司令员，我只要在一天，就一天也不准你们瞎闹腾！

有人揭发说，当年苏联专家在基地时，李福泽天天跟“苏修分子”搅和在一起，自己还偷着刻苦学俄语。如果不是“苏修特务”，干吗要偷偷学“修正主义”的俄语？

将军立即反驳道，不学俄语，怎么和苏联专家打交道？不和苏联专家打交道，怎么发射导弹？

有人揭发说，在林彪同伙叛逃的直升机上，发现了基地的导弹试验报告。这足以证明，李福泽是林彪集团的同伙。否则，核导弹的试验报告怎么会跑到林彪同伙的直升机上？

将军立即反驳道，搞核导弹试验时，各军、兵种都派人到基地观看。试验成功后，各大单位都领走了一份试验报告。这些人是总参、国防科委邀请来的，是经军委批准的，有问题你们去找总参，找科委。至于试验报告怎么跑到了林彪同伙的直升机上，林彪当时是中央军委副主席，我管不着，有本事你们问中央去！

有人揭发说，基地后撤西安，执行的是林彪的《一号命令》，是配合林彪政变，是劳民伤财，不得人心。而李福泽是罪魁祸首，该负全部责任。

将军立即反驳道，国防科委一直是周恩来总理负责，林彪也从未直接管过。基地后撤西安，是当时战备形势的需要，是中央军委的决策。

周总理为此也亲自打来过电话，接电话的人就是本人。如果不信，有电话录音和党委会传达时的记录，你们回去放来听听，看周总理是怎么说的。

有人揭发说，林彪叛逃这天，是李福泽授意第五试验部（即现在的太原卫星发射基地）在发射场架起了导弹。李福泽的三个儿子当时分别是发射控制、发动机加注和遥测的分系统指挥员，而发射团团长姜学福又是李福泽的老部下，所以明显是为了配合林彪搞政变！

将军立即反驳道，"九一三"这天太原基地把导弹竖在发射架上不错，但这是基地一次正常的导弹"合练"，工作计划表早就下发到了各个岗位，与林彪毫无关系。再说了，只要有点导弹常识的人都知道，中程导弹即使用高弹道打，也打不到北京中南海，况且还没有弹头，怎么配合林彪的"政变"？如果你们不信，"东风三号"导弹是钱学森他们设计的，你让他们打一枚到中南海给我看看！

有人甚至还揭发说，1968 年在太原基地五井地区为"巨龙"导弹陆上水下实验而挖的"人造池"，由于匆忙上马，造成很大损失，还死了工程兵不少官兵，都是李福泽的错误，李福泽应该负全部责任！

对此，将军不愿反驳，也不想多作辩解。而事实是，在太原基地深挖的"人造池"，是经国防科委报军委和国家计委批准而实施的，他领导的酒泉基地只是建设者和使用者而已。该工程浩大而复杂，包括水池、浮船、装填桥、防冻盖和造波、艇速、回收、测量八大系统。由于当时正值"文革"期间，光靠革命热情而"大干快上"的事，在全国、在国防科委系统，有的是。即便当时有所谓的"权威论证"，还有国家重点工程的计划批准和专项资金保证，也难免好大喜功，论证不准。于是该工程直到两年后才认识到，要在晋西北松软的大孔性黄土高原上建造如此大的工程，是很不现实的。光建造"人造池"的混凝土重量就会造成地面严重塌陷，更不要说将几十万立方米水注入后产生的巨大压力；况且在干旱的晋西北高原，靠天吃饭亩产才十几斤燕麦，别说无水可抽，就是有点水，用上几百部抽水机连续抽它几年，把西八县的水都抽干了，也不够用。因此，该工程在 1970 年 7 月经军委批准后被迫下马。但中国常常就有这样的怪事，要打倒谁，一切错事就会推给谁。现在，有人要把这个责任推到他的头上，其实这也没有什么；他心痛的是，为了这个“假大空”的工程，不仅国家损失了巨额财富，而且因为施工中出现塌方，不少打“井”挖“池”的工程兵官兵的生命，被永远埋在了下面！

…………

有人见将军态度强硬，很不老实，还拒不回答问题，便冲到台上，挥动双臂，高呼口号：“打倒李福泽！打倒‘西霸天’！”台下立即就有几个人跟着高呼：“打倒李福泽！打倒‘西霸天’！”

到后来，将军再也忍无可忍了，如同一头被激怒了的雄狮，破口大骂：“你们这群兔崽子，王八蛋，狗屁不懂，全是胡说八道！打倒我，我还要打倒你呢！”由于生气，加上太累，骂着骂着，他的肝就疼起来了，而且越疼越厉害，疼得额头直冒虚汗。但他闭着眼，咬着牙，强忍着，坚持着，始终不“认罪”。谁喊打倒他，他就喊打倒谁；谁把“罪行”强加于他，他就骂谁；有人把他的头按下去，他立即又昂起来，就是不低头。后来有一位著名画家画了一幅写意画送给他，画面上是一只站在高山巅上昂首挺立的老鹰！

有人见将军还不低头，还不老实，还不认罪，便抢过话筒，大声煽动说：“同志们！李福泽不仅不认罪，还骂我们是王八蛋，说我们不能代表群众，这是对革命群众的污蔑！大家说是不是？”

台下立即有人响应道：“我们就是革命群众的代表，不许李福泽污蔑革命群众！”

有人马上喊道：“好！那就继续批斗，加深批斗！”

会场一下子又骚动起来了。“打倒李福泽！打倒‘黑司令’！打倒‘西霸天’！”口号声此起彼伏，响彻礼堂。紧接着，有人还冲到台上，试图对将军施展拳脚。国防科委一位领导看情况不妙，担心闹出事来不好交代，立即指示会议主持人宣布“散会”！于是会议主持人抓过话筒，趁机大声宣布道：“李福泽的批斗会到此结束，下次接着再批斗！”

此后，将军先后被批斗了二十余次。在酒泉基地批斗了不算，还押到北京国防科委机关和所属的其他基地去批，去斗。每次批斗会上，将军的态度不但不“老实”，反而十分强硬，谁也不怕，死不认“罪”。而且，越批越不“老实”，越斗越强硬；加上大多数官兵并不愿意参加这样的批斗会，所以有时批斗会开着开着，不少人就借故溜了，最后只得草草收场。有一次，国防科委在北京黄寺召开将军的批斗会，台下不少人望着这位屡建奇功的火箭司令，深表同情，暗自流泪；时任国防科委副主任的罗元发，还当众退出了会场。

七十八

轰轰烈烈的批斗会过去之后，将军的问题并未得到任何解决，现状也没有得到任何改变，他依然被关在通县的仓库里无人过问，不仅心里憋闷，生理上也难受。北京的夏天，是一个多雨的季节，每次下雨，风把雨水吹得斜斜歪歪，直往屋里钻，不一会儿，便汪出一摊水来。仓库里本来没有阳光，雨水一来，地上、床上以及四周墙上，全是湿漉漉一片。没有阳光的世界是阴暗的。由于雨后地面潮湿，导致将军皮肤过敏，浑身上下，奇痒难忍，白天黑夜，抓心挠肝，苦不堪言。尤其是肝病，有时疼得直不起腰，说不出话，只好用枕头顶住胸部。

于是将军向看守人员提出：换一个房间。

对方答复：换房间可以，得先写交代材料。

将军提出：去“五七”干校劳动！

对方答复：不行，万一出去跑了，怎么向上面交代？

将军提出：头发太长，理个发。

对方答复：没人伺候，先凑合吧。

将军说：借我一把理发推子，我自己收拾。

对方答复：理发推子里有刀片，万一有个三长两短，谁负责啊？

将军提出：我的肝脏不好，让我去医院看看病吧？

对方答复：去医院得经上级批准，没有上级的批准，哪儿也不能去！

这一来，将军生气了。一生气，肝更疼。

一天，专案组送来一支笔和一摞稿纸，说：“李福泽，好好交代你的问题吧！”

将军张口就骂：“交代你娘的屁！你们这些法西斯，王八蛋！”

又过了几天，专案组要将军在一份“罪行材料”上签字，将军不但不签，反而将材料一把撕得粉碎，然后一声大吼：“滚你娘的蛋！”

但不知从哪一天起，看守人员发现将军变了。所谓“变”了，不是变得老实了，而是变得没有动静了；再具体点说，听不到将军骂人的声音了。而取而代之的，是将军呼呼作响的呼噜声。看守人员还发现，将军的饭量也增加了，甚至连坐的姿势也改变了。一夜之间，将军像变了个人，每次只要有人来找他交代问题，他不再骂人，而第一句话就问，带证明材料来了没有？只要有一条证据，枪毙我都行！来人说，外边已经写了你七千张大字报了！将军说，写大字报没用！别说写了七千张没用，写了七万张也没用，装了七万辆车皮也没用！你们用不着写那么多，只要有一条证据，能定我的罪就行，省得浪费纸！

有一天，专案组的人又来了，见将军正趴在床上一笔一画地写着什么，心想这老头儿总算开窍了，忙凑上去一看，只见纸上写的是：“山不在高，有仙则名。水不在深，有龙则灵。斯是陋室，惟吾德馨。”

专案组的人问：“你这写的是什么检查呀，怎么看不明白呀！”

将军哈哈笑道：“小子，这是古人刘禹锡的《陋室铭》，你们这些毛头小子，哪儿看得懂哟！”说罢，扔掉手中的笔，转身活动活动四肢，悠然地打起了太极拳。

此后，对解决自己的问题，将军不再抱任何幻想。几个月过去了，除了给他送饭的看守人员，他没见过第二个人，也失去了任何联系，甚至连家人也没一点儿消息，整个世界好像都在与他赌气。于是他像一块被迅速风化的石头，用沉默代替一切。

其实，自被关进仓库后，将军真正考虑得最多的，还不是他自己，而是发射基地。那浩如烟海的戈壁滩、高耸云天的发射塔以及情同手足的六七万发射官兵，是他无法割舍的牵挂。作为司令官，他非常清楚，基地每年都承担着国家繁重的火箭发射任务，而发射火箭，事关重大，非同小可，稍有不慎，便会酿成大祸；加上自“文革”以来基地一直处于政治风暴的旋涡之中，尤其“批林批孔”开始后更是鱼龙混杂泥沙俱下。因此基地在如此“大好形势”下担当重大的发射工作，实在让他放心不下。

然而，将军的担心改变不了基地的混乱局面，被关在千里之外的他无论怎样担心如何着急，此期间发射场不该发生的悲剧，还是不可避免地发生了。

一次是1974年7月12日，“风暴一号”火箭发射第二颗“长空一号”卫星。火箭点火起飞后仅二百秒，二级火箭的主发动机便突然发生故障，结果导致卫星未能入轨，残骸散落于广西横县、博白一带。虽然基地随后发动二十多万当地群众进行搜索，最后也只搜捡到了一百二十五件火箭、卫星的残骸。

另一次是1974年11月5日，“长征二号”火箭发射中国第一颗返回式卫星。由于此时将军身陷囹圄，原基地党委陷入瘫痪，只能组成“试验任务临时党委”。而这个“临时党委”的临时党委书记即临时负责人，便是新任基地副司令员张志勇。但张志勇白天在发射场工作，晚上还要赶到“批林批孔”会场交代“问题”，接受“革命群众”的批判，根本不可能全身心地投入发射任务中。而这一时期基层组织同样一片混乱，不少技术人员每天不是被迫抄写大字报，就是参加批判会，再就是学习“批林批孔”的各种材料，很难维持发射场的正常工作。甚至有的单位，一二把手之间也相互检举揭发，你争我斗；有的连队还贴出了揪出“×××走资派”的大字报。——在如此“大好形势”下发射“长征二号”火箭，不少人的心里自然暗暗捏着一把汗。

果然，发射这天，开始还较顺利，可离发射还有一分钟时，操作员发现卫星上大部分仪器突然掉电！发射指挥员杨桓接到报告时，离火箭“点火”的时间仅剩下十三秒了！于是他当机立断，马上下达了“停止发射”的紧急命令。然后找到断电原因，故障得以排除，于当日下午5点40分，再次组织发射！

然而，“长征二号”火箭“点火”起飞后仅六秒钟，便如同一位醉汉，摇摇晃晃，开始大幅度摆动；飞行至23点零3秒时，发射场上空突然传出一声巨响，火箭连同卫星一起凌空爆炸！刹那间，发射场火光四起烈焰熊熊，火箭残骸纷纷扬扬抛洒在东南方向的四面八方……

当晚，基地“临时党委”分析火箭爆炸原因，张志勇副司令员首先谈了自己的意见：“除了从技术上分析火箭爆炸原因外，我们是不是也要考虑一下，看有没有外部敌人破坏的可能?”张志勇说的“外部敌人”，一指美国，二指苏联。因为酒泉基地自创建之日起，来自美国方面的各种侦察活动从未间断；而苏联自 20 世纪 60 年代初与中国翻脸后，在中蒙边境也施展了各种侦察手段，一直对基地实施重点侦察。而且，此前张志勇等人在北京人民大会堂向中央专委汇报情况时，周恩来也有过指示：“敌人在边境上设置了很多雷达和无线电设施，要防止他们掌握我们产品的频率，利用电子手段进行干扰破坏。”于是，前不久张志勇先后组织了三千名官兵、二百台车辆和若干部电台，在发射场区对美国空投的电子侦察设备进行了一次彻底的搜索；在天仓北山以南十公里处，还搜索到了一个美国制造的大型塑料侦察气球。但是，张志勇话音刚落，有人便提出了另一个完全相反的意见：“此次火箭爆炸，不是外部敌人所为，而是基地内部人员的有意破坏！因为火箭爆炸前几秒钟，有人在安全指挥室亲眼看见基地的安全指挥官按下了‘炸毁’电钮!”此话一出，全场震惊——比火箭爆炸本身还要震惊！震惊最大的，当然是负责此次发射任务的“临时党委”的临时负责人张志勇！

张志勇自老司令员被关起来后，日子一直不好过。虽然，高震亚、田园、张超义、杜郁、张孝德等基地几个头头和试验部几个领导先后被打倒后，唯有他自己侥幸没有“下岗”，暂时留了下来。但基地“造反派”却一直揪住他的“历史问题”不撒手。所谓“历史问题”，即指当年他在红军西路军九军二十五师任作战参谋时，因一次战斗失利曾被“马家军”俘虏过；还有，就是在皖南事变中，他是怎么逃出来的？对于这两起重大历史事件，有人认为他均有“叛变”之嫌。再一个问题是，江青、王洪文点了基地两个人的名，一个已经铁定是李福泽；另一个有人说是副政委高震亚，也有人说就是他张志勇！所以“批林批孔”运动开始后，张志勇除了要交代清楚“历史问题”，还得顶着压力坚持组织指挥发射！不料“历史问题”还没交代清楚呢，现在火箭又突然发生爆炸！而且有人竟怀疑是基地有人搞破坏；甚至还有人说：“这是基地阶级斗争的新动向！”

这一说法当晚就在发射场流传开来，并迅速惊动北京。北京很快打来电话：一定要查清真相！于是张志勇与基地一部部长石荣屺等人连夜展开调查。调查的焦点是，火箭到底属于自毁，还是人为炸毁？而调查的第一个重点对象，就是安全指挥员黄启华。黄启华一听说此事，当时便吓得脸色苍白，双腿发软，说话都打哆嗦。幸而发射场区的光测、遥测以及单脉冲雷达等测量仪器实时跟踪正常，对火箭自起飞到炸毁的全过程均有翔实记录；而专家们也通过对测量数据的判读分析，发现火箭起飞后仅六秒钟便出现了明显的大幅度摇摆动作，飞行至 23 点零 3 秒时，火箭超出了稳定系统的设定值，火箭的自毁装置便启动了爆炸程序。虽然黄启华当时确实按动了“炸毁”电钮，但有数据表明，黄启华按动“炸毁”电钮的时间，比火箭自身发出“炸毁”指令的时间晚了零点四秒。而且从火箭当时飞行的实际状况来看，黄启华按动“炸毁”电钮也是符合发射预案规定的。所以，此次火箭爆炸不是基地的人为破坏，而是火箭的正常自毁！而为了查出火箭自毁的真正原因，张志勇还组织专家们进一步作了分析，最后搞清了火箭自毁的直接原因，其实就是火箭控制系统内部的一根导线出现了暗伤。等作出这一结论时，已是清晨 6 点了。

这个晚上大专家钱学森也在发射现场。这个晚上的钱学森和张志勇一样，同样胆战心惊，一夜未眠，直到张志勇向他报告了分析结果，他才长长地松了口气。但钱学森还是不放心。为防止有人“秋后算账”，钱学森提议，召开指挥部会议，再作一个正式结论，再向中央报告。于是，基地“临时党委”和各路专家迅速汇集，连夜分析。最后，结论出来了：此次发射失败，不是人为破坏，而是火箭本身质量所致。

结论迅速上报北京。

此时的北京，周恩来重病缠身，支撑了多年的残局再也无力支撑，中央工作只好暂时交由叶剑英主持。国防科委把火箭爆炸事故直接报告了叶剑英，叶剑英再报告了毛泽东。据说，正患白内障的毛泽东这天是躺在床上听完叶剑英的报告的。毛泽东听完报告后，脸色凝重，一句话也没说。

而关在千里之外的将军是在一周之后才知道火箭爆炸的消息的。得知消息的当晚，将军站在被哨兵紧紧看守的门前，望着大西北的方向，心里有一种刺破骨髓、穿透心肺似的痛！虽然这个晚上将军还不知道，正是因为这次火箭爆炸，中国第一颗返回式卫星上天的时间将被推迟整整一年。但十六年来基地从凄风苦雨中一路走来的坎坷历史，将军却一清二楚历历在目。从 1957 年到 1959 年底，在全国二十六个省、市、自治区和七百一十五个厂矿及各军兵种的通力协作下，仅用两年零六个月的时间，基地的基础设施建设工程就全部竣工，组建了“地—地”导弹试验部、“空—空”导弹试验部、“地—空”导弹试验部、海上导弹试验部、航空测量试验部、飞行勤务部、工程部以及司、政、后机关；同时陆续组建了警卫团、汽车团、工兵团、文工团、铁路管理处、发电厂、修配厂、农场、军邮局、印刷厂等。此后，又经基地官兵们多年的苦苦奋斗，终于建成了可以进行“地—地”“地—空”“空—空”“舰—舰”“舰—岸”“潜—地”全系列近、中、远程导弹以及导弹核武器、人造卫星发射、测量、遥控、回收等一整套较为完善的综合发射设施；不仅先后成功地发射了八十余枚导弹火箭、三十多颗卫星，创造了中国航天发射史上多个第一，而且还发射了近一千枚战术导弹！譬如：1959 年 8 月首次成功发射了苏制 50 甲“地—空”导弹；1960 年 9 月首次成功发射了第一枚苏制近地导弹；1960 年 11 月首次成功发射了中国自行研制的第一枚“地—地”导弹“东风一号”；1963 年首次成功发射了中国自行研制的第一枚“空—空”导弹“霹雳一号”；1963 年 6 月首次成功发射了中国自行研制的第一枚“地—空”导弹“红旗一号”；1965 年 6 月成功发射了第二枚“地—空”导弹“红旗二号”；1965 年 11 月成功发射了第二枚“空—空”导弹“霹雳二号”；1966 年 10 月首次成功发射了中国第一枚核导弹；1970 年 4 月首次成功发射了中国第一颗人造卫星“东方红一号”；等等。基地既为捍卫国家荣誉、民族尊严以及提升国防战斗力作出了无可替代的贡献，又为后来中国实现千年的飞天梦奠定了坚实的基础，同时还锻造培养了一大批具有高技术水平和百折不挠奋斗精神的发射将领与技术人才；不光为国防科委各基地的组建打下了基础，培养了人才，也为二炮部队输送了不少精英——仅从基地先后走出去的将军便多达几十个！譬如，二炮司令员杨国梁上将、副司令员杨桓中将，国防科工委沈荣骏、李元正、朱发忠、葛焕标、董万才中将，以及胡世祥、沈椿年、郝岩、李凤洲、张建启、牛红光、赵起增、王占华、刘中山、侯福、杜郁、梁芝泮、姜学福、苏聚光、曲茂、朱怀琏、张殿中、丁永泉、朱鹏飞、许培金、孟宪诚、申秉辰、王立春等少将。由于这数十位将军的身上都有着“东风血统”，于是有人把酒泉基地——东风基地——称之为“发射将军的摇篮”！如此辉煌的历史与荣耀，不仅让中国人引以为豪，也令世界为之震惊！

然而，将军万万没有想到，这个来之不易的发射场，这支举世无双的火箭部队，现如今竟然会落到如此令人痛心、如此令人担忧的地步！倘若照此“发展”下去，等待这个发射场和这支发射队伍的，将会是一种什么样的命运呢？……

想到这些，将军禁不住潸然泪下。

这是将军一生中第一次落泪。

七十九

第二天，将军就病倒了。

将军躺在床上，不吃不喝，只想问题。思来想去，不是火箭，就是卫星，全是关于基地的事情。有蚊子飞来，叮在他的胳膊上，咬他的肉，吸他的血。他想赶走它，可他连驱赶一只蚊子的力气都没有了。人一旦倒霉背运，连蚊子都会欺负你！望着蚊子，将军笑了，笑得很坦然；而坦然中又有几分自嘲，几分无奈，甚至还有几分悲凉。就在这一瞬间，将军突然明白了一个道理：他面对的不过是一个游戏，一个政治游戏；他之所以倒霉，并非他有什么过错，而是他忘记了这个游戏规则，或者说不懂得这个游戏规则。如此而已。

于是，在生病的这段日子里，将军每天的生活，便是回忆。回忆成了他生活的主题，活着的意义。数十年来，将军一直匆匆忙忙，马不停蹄；而今，他的生命像个旋转的陀螺，突然停了下来，静止不动了，取而代之的是无限宽裕的时间、绵绵不绝的回忆。回忆像从天边突然泛起的河水，缥缥缈缈无边无际，向他缓缓流淌而来，漫过脚背，漫过膝盖，漫过胸口。打记事起，将军从未有过如此宽裕的时间，也就从未有过如此漫长的回忆。他感觉自己好像一下变成了时间的富翁，回忆的皇帝，想怎么挥霍就怎么挥霍，想怎么享用就怎么享用，心情也就有了从未有过的舒坦与从未有过的平静。当然，无尽的焦虑与淡淡的哀愁依然缠绕于将军的心间，总是让他挥之不去，难以释怀。尤其夜深人静时，当月光冷冷地洒在床头，风儿轻轻地拍打着门帘，这种焦虑与哀愁便会变得愈加浓烈，让将军根本无法入眠。于是将军只好闭上眼睛，任由思绪的手臂牵着他回到冷酷如铁的血火战场，回到轰轰烈烈的发射架下，回到温暖似春的亲人怀抱，让回忆打发时光，让回忆支撑灵魂：

——将军想起五井歼灭战。这是他打日本人的第一个大胜仗。时间是在 1939 年 10 月。在这次战斗中，他率两个连夺回五井镇的制高点莲花山后，将日军压制到一片坟地里，最后击毙、击伤、俘虏日伪军总计三百余名，其中击毙日军中队长木模、小队长岩井以下官兵四十余名，缴获重机枪、轻机枪、八二迫击炮等一大批战利品。战后还被山东《大众日报》称为“山东抗战两年来最模范的一次战斗”。

——将军想起新开岭战斗。那是 1946 年深秋的一天上午，10 点左右，几百门大炮同时打响，各种口径的榴弹炮、加农炮、山炮、坦克炮和迫击炮发出振聋发聩的怒吼，大地顿时变成火的海洋。城墙、碉堡、楼房纷纷倒塌崩陷，铁丝网、梅花桩四散飞扬，甚至丈余宽的护城壕瞬间也被夷为平地。四十分钟后，炮火开始延伸，八颗炫目的照明弹飞上天空，担任主攻任务的四纵率先潮水般地冲向突破口。四纵的炮兵打得又快又准，两千多国民党军还未来得及发起冲锋，顿时灰飞烟灭。中午时分，各路大军相继突入市区，展开激烈巷战。他带领的先头部队率先冲入，哪里枪声密集，他就指挥队伍冲向哪里。11 月 2 日上午 10 时，战斗全部结束。新开岭战斗石破天惊，打得非常过瘾，解放军以伤亡两千多人的代价，全歼国民党军二十五师八千余人，毙伤三千一百五十余人。由于他在新开岭战斗中指挥得力，有勇有谋，颇得林彪的赏识。于是新开岭战斗结束后，身为参谋长的他立了大功，成为新开岭一战五大功臣之一。

——将军想起塔山阻击战。每次想起这一战，他就心动不已。这是他参加的所有战斗中最激烈、最悲壮的一战，也是打得最他妈漂亮的一战！1948 年 10 月，为解放锦州，必须要在塔山展开一场阻击战。10 月 2 日，蒋介石飞抵沈阳，从山东、华北调兵遣将，以解锦州之围。林彪则将四纵放在塔山打阻击。身为四纵参谋长的他领受制订作战计划任务后，压力极大。因为塔山仅是锦州、锦西之间的一个小村堡——塔山堡，而并非真正的山，海拔只有四十二米，人口不足百户。但如果塔山顶不住，锦州将变成第二个四平，整个东北野战军将面临全军覆灭的危险，进而改变东北甚至整个解放战争的战局：蒋介石将占据半壁江山；美国、苏联将插手中国事务；中国将再次南北分裂！于是他连夜组织司令部作出了详尽的防御计划，并调整作战方案，将兵力扼守的重点放在塔山堡。10 月 10 日，蒋介石的东进兵团在四十余门重炮、七架飞机和两艘军舰的掩护下，整团整师地向塔山阵地轮番发起猛烈进攻！在几十分钟里，便有五千多发炮弹砸向塔山！第一天，国民党军向白台山和塔山阵地分别发起七次、九次冲锋。他指挥两个营的兵力发起反击，全歼国民党军一个营，俘虏三百多人。第二天，国民党军在飞机大炮的掩护下，又以四个师兵力，继续猛烈进攻。10 月 13 日，四纵伤亡惨重，二十八团伤亡八百余人，很多连队伤亡过百！10 月 14 日，塔山桥头堡阵地被国民党军夺下！阵地丢失，惊动了林彪和毛泽东！林彪当即下了死命令：不惜一切代价，也要夺回阵地！而蒋介石同样急红了眼，赶紧乘坐“重庆号”亲临塔山附近的葫芦岛指挥督战！蒋介石含着泪对他的将领们说，你们要是打不下塔山，只有来生再见了！林彪则坐镇锦州附近的蛀牛屯亲自指挥，并对四纵司令员吴克华说，拿不下锦州，军委要我的脑袋！

守不住塔山，我要你的脑袋！甚至在塔山最危急之时，一向以士兵生命为重的林彪竟然抓起电话冲着兵团司令员程子华大吼：我不要伤亡数字，我只要塔山！于是，一个是黄埔军校的校长蒋介石，一个是黄埔军校四期学员的林彪，师徒二人在塔山打了六天六夜，第一次近距离地杀红了眼！六天六夜里，隆隆的枪炮一直响个不停，塔山地动山摇，炮火连天，枪弹如雨，硝烟弥漫，尸横遍野，火海一片！漫天的战火染红了半个天空，黑夜变成了白昼，土地化作了焦炭。有时仅半个小时，就有三千多发炮弹炸响塔山；若是电线断了，四纵的战士就用手拉着电线，手断了再用牙咬着电线，直至死后倒在地上嘴里依然含着一截电线！整个四纵打到最后，整连、整排的人全部拼光，有一个一百三十多人的连队，最后仅剩下五个兵！在这六天六夜里，他一直坚守在阵地，眼睁睁地看着成百上千的士兵像风吹麦苗般躺倒在密密麻麻的枪林弹雨里而后又迅速化作一团团火球，他急得两眼喷火，带着部队在桥头展开了你死我活的争夺战。他的头发被战火烧焦了，衣服被硝烟烤煳了，却依然用沙哑的嗓门发布着命令，协助吴克华司令、莫文骅政委指挥部队左挡右防，顽强阻击！在这六天六夜里，他一直在喝酒，别人的水壶里装的都是水，他的水壶里装的全是酒——六十二度的山东烈性白酒！战斗间歇，他抓起酒壶，一仰脖子，咕咚咕咚，便灌下几大口，然后接着再打。打到最后，三十五团只剩下一百余人，三十四团仅剩下了二十一人！塔山阻击战作为一个经典防御战例，后来被写进了美国西点军校教科书；而作为塔山阻击战的主要指挥员之一，他为此感到自豪与荣耀，只要一想起，那隆隆的枪炮声和嘿嘿的厮杀声犹在耳旁。

——将军想起妻子粱山。几十年了，他从来没有像现在这样想念过妻子，或者说从来没有像现在这样有时间去想念妻子。一想起妻子，他就想起那个小木盆——要是每天晚上能在小木盆里烫烫脚，那该多好啊！记得每次烫脚时，妻子总是对他说，来，烫烫脚，明早好上路！可现在，妻子不在身边，小木盆不在身边，既烫不了脚，也无路可上。其实，他并不担心妻子的生活，只担心妻子现在的处境。他觉得自己欠妻子的太多。妻子自嫁给他那天起，几乎就没过过一天安稳日子。他说什么，妻子就听什么，他走到哪儿，妻子就跟到哪儿，夫唱妇随，从无二话。妻子自幼父母双亡，靠舅舅在上海养大。妻子的舅舅本是上海滩一家著名的百货公司的董事长，但妻子不愿过安逸舒适的娇小姐生活，却跑去参加了新四军，等1946年和他结婚时，已是丹东省委组织部的干部了。而且1961年，正是基地苦苦煎熬的时候，妻子四十多岁了，还追随他跑到荒无人烟的戈壁滩饿肚子，吃沙子，喝西北风！特别是有一件事情，一想起来他就觉着愧对妻子。那是1966年10月，军委下了一个文件，规定早年参加革命后因工作需要脱了军装的同志可以第二次穿军装。妻子在基地后勤部服务处当处长，正好属于此例，基地干部部就把妻子的名字排在了第一位。可当妻子把这一消息告诉他时，他连想都没想就说，算了，我看这个名额还是让给别人吧！女同志，有个工作就行了，你后勤工作不是干得好好的嘛，再穿一次军装干啥？结果妻子没有第二次穿上军装，以后的待遇和工资都亏了一大截！

——将军还想起自己曾经收留过的几十个孩子。“文化大革命”开始后，特别是“批林批孔”开始后，军队不少老干部被打倒，有的甚至被关押起来，于是他们的妻子、孩子也就跟着一起倒霉了。尤其是孩子，生活上没人管，学也上不了，只有到处漂泊，流落街头。这时，一些老战友便想到了远在戈壁滩上的他：没有被关起来的，直接与他联系，希望他想法让孩子到他那里当个兵，躲上一阵子；已被关起来的，则悄悄从牢房里带出一个烟盒，烟盒上歪歪扭扭地写着几句话：孩子，到戈壁滩去找李福泽叔叔吧。他会保护你的！当时，酒泉基地的气氛虽然也很紧张，但他毕竟还没被打倒，还是司令员；而军队子女开后门当兵，全军也正盛行。于是不管是老战友还是新朋友，只要找到他的，他几乎是有求必应。比如，哈军工大学的校长刘居英夫妇被关起来后，几个孩子别说上学，连生活来源都被断掉了。他得知这个消息后，很快想法让刘居英的两个女儿到部队当兵或者上大学。政审不合格，他就利用自己的关系，马上给办了特招兵，即“后门兵”。仅1970年上半年，就有几十个老战友、老同事打来电话，请他“关照孩子”。最典型的是农业部老红军左叶的孩子。有一天，他接到一封陌生孩子寄来的信，打开一看，是左叶的孩子写的。孩子在信中说，他是左叶的儿子，爸爸妈妈几个月前被抓起来关进了监狱，现在他们兄妹九个，有七个生活上都没着落。爸爸从监狱中偷偷捎信出来，让他们找李叔叔帮忙，想法当兵，求个平安。孩子还说，他已经十九岁了，很有力气，只要能当兵，有口饭吃，让他干什么都行……他信还没看完，眼睛便潮湿了。左叶是老红军，井冈山时期就是毛主席的警卫员，后任四十一军一二一师师长。1957 年被打成右派，成为著名的“左叶事件”的主角，直至 1970 年才被平反。但平反后不久，又被抓起来关进了监狱，致使全家再度陷入困境。他看罢信，立即打电话叫来秘书王玉群，说，马上去北京，把左叶的孩子接过来。王玉群问，司令员，接几个？他说，都是革命的接班人，有几个接几个！一周后，左叶的七个孩子——最大的十九岁，最小的十二岁——便齐刷刷站在了他的面前。由于几个孩子年纪太小，吃住只能暂时在他家。当时虽然三年困难时期已经过去，但光凭钱也是买不来粮的，买粮得有粮票，而且是按月供应。而七个孩子七张嘴，正是吃饭长身体的时候，每到开饭时，个个都像小老虎，一顿饭能把家里好几天的伙食给报销了。所以那段时间妻子梁山最累、最操心，既要上班，还要买菜、做饭、洗衣服、照顾孩子。后来，他利用手中的权力把七个孩子全给安排了：当兵的当兵，上班的上班，上学的上学，并且一切费用全由他掏腰包。除了这七个孩子，他还帮助过其他十几个孩子。这些孩子吃穿都得管，仅凭他和妻子的工资，当然担负不起，何况他自已还有七个孩子！于是没钱了，就借，从牙缝里省。他的原则是，大人再苦，不能苦了孩子。有一年夏天，他从戈壁滩回到北京，一进家门，就向老保姆要布票，说买一块布做个衬衣。那个年代没布票买不了布。保姆说，家里就剩七尺布票了，是准备给老三做衣服用的。老三总不能老穿打补丁的衣服吧！但他还是拿走了家里仅有的七尺布票，然后一转手，让妻子给别人的孩子做了衣服。保姆跟梁山“告状”，梁山只是笑，不言语。后来，家里经济越来越紧，他的工资几乎全花在了十几个需要帮助的孩子身上。而家里几个孩子的衣服，全是妻子用他穿旧了的军服改制而成。而且往往是老大穿了，传给老二，老二穿了，再传给老三，等传到最小的老七身上时，已经是补丁摞补丁，再也见不到军服原有的本色了。为这，几个儿子没少遭同学们的讥笑。然而，他帮助“落魄子弟”这事，后来却成了他的罪状之一。自从他把第一批上百个孩子安排到基地起，就有人悄悄写告状信，说他“收养、窝藏牛鬼蛇神、反革命的子女”。先是国防科委派人到基地调查，一看都是军队、地方干部的孩子，特别是七机部许多老干部、老专家的孩子，也就大事化小、小事化了了。后来有人又告到中央军委，中央军委很快发来调查信，责成基地党委追查此事，他这才不得不在基地党委会上作了检查。令他欣慰的是，这些孩子在基地穿上军装后，吃苦耐劳，表现出色，个个争气，成了基地的新生力量。他现在最担忧的，是他关进监狱后，这些孩子会不会再遭厄运？

——当然，将军也想起自己的儿子。将军是一个生命力非常强大的人，也是一个从来不服输的人，即便在传宗接代这事上，也一样争强好胜！他有七个孩子，而且七个孩子全是“带把”的，这在共和国的将军中，尚不多见。老大出生在山东抗日烽火中；老二 1947 年生在东北战场；1949 年刚打进北平时有了老三；南下后驻守惠阳生了老四；驻防广州后连续生下老五、老六；即便在那严重困难的时期，他也种出个老七！本来，他非常渴望有个女儿，原指望老天能赐他一个，可每次种下的都是儿子，直至种到最后，还是一个“带把”的！假如不是妻子梁山坚决反对，他一定会像“将革命进行到底”一样，把生儿育女的“事业”进行到底！直到后来收养了侄女静芝和联琛为女儿，他才算大功告成！然而，他从来只管生，不管养，多亏有了两个忠心耿耿的老保姆，才为他勉强支撑住了一个支离破碎、摇摇晃晃的家。几十年来，他一直忙、忙、忙，新中国成立前忙着行军打仗，解放全中国；新中国成立后忙着发射火箭，构筑国防。发射火箭，轰轰烈烈，惊心动魄，是他在战争年代从来没想过的事情，后来竟成了他一生的最爱！他常对部下说，发射火箭，太他妈过瘾了，比他妈打仗还过瘾！打仗是杀人，是破坏，是毁灭家园；而发射火箭，是梦想，是建设，是造福人类！所以自 1958 年踏进酒泉发射场那一刻起，他心里除了导弹、火箭，再也没有管过七个儿子，也没时间好好想过七个儿子。他自己也承认，身为男人，他不是一个称职的丈夫；身为人父，他不是一个合格的父亲。战争年代，他天天奔波于战场，忙于打仗，只有一场大规模的战役或者一次激烈的战斗结束后，趁部队休整之机，他和那些扛枪杆子的“兵爷们儿”才有机会从前方回到后方，回到所谓的“家”，与妻子睡在一个炕上。于是“前方”与“后方”会合一次，家里便添上一个孩子；有的老婆还没怀上，孩子的名字早取好了。比如打完四平，就给孩子取名“四平”；打完锦州，就给孩子取名“锦州”；打完淮海，就给孩子取名“淮海”；南下时，给孩子取名“南征”；西征时，给孩子取名“西进”。不管男孩女孩，名字不是真正意义上的姓名，而是某次战役或某次战斗的纪念。每次一旦有人从家返回，“兵爷们儿”问的第一句话一定是：又添了个男兵还是女兵？而从来不问：又添了个男孩还是女孩？在他们这些“兵爷们儿”的心里，没有“男孩女孩”，只有“男兵女兵”！每次战斗结束，凡是能用自己的双腿或单脚走出战场的人，都会你看看我，我看看你，感到非常满足，庆幸自己又捡了一条命，又可以回家跟老婆睡在一个炕上，又可以为革命的队伍再添一个能冲锋打仗的“兵”！而每当这个时候，“兵爷们儿”还常常会开一些粗俗的玩笑，比如张三对李四说，回家好好干，争取弄个丫头，长大了好给我家二小子当媳妇。他也经常参与到这样的玩笑中，但他在玩笑中却明显透露出偏袒儿子的意思。果然，他后来一口气种下七个儿子！然而，多年来他对儿子和妻子一样，实在无暇过问。偶尔回趟家，睡上一夜或半宿，眼睛一闭一睁，又走了，甚至多数时候连妻子是否怀上了儿子，他都不知道。两口子就像一对普通的战友，从来没有一句贴心黏骨的话。他每次出门对妻子说得最多的一句就是：好好工作，别辜负了党对你的希望。妻子点点头，回答也只有一句话：放心走吧，家里有我呢！等他半年或一年后再回到家里，妻子就会告诉他，又添了个小三，或者又添了个老四，给取个名吧！他就点点头，说一句，噢，挺好！便完事了。至于孩子什么时候生的，怎么生的，从来不问，也没时间问。后来家里添了老四，有了保姆，他回家那天，见保姆抱着一个孩子坐在自家门口，便问，这是谁家的孩子啊？保姆看着他，一头雾水。他不管孩子，对孩子却一向严厉有加，七个儿子从小都怕他！只要他一回家，一个个大气都不敢出；他一走，家里立马就会闹翻了天。也许，他的爱全部献给了战场，献给了发射场。也许，他的爱藏得太深，总之七个儿子没有一个享受过真正的父爱。有一次，老四在学校跳远把小腿骨摔折了，住进了三〇一医院。他回家时正好医院打来电话，让人去接儿子出院。他没去接，却让老大去接。老四接回来后，以为父亲会抱抱自己，没想到他连儿子的手指头都没碰一下，只问了一句“出院了”，便再无下文。老四满肚子委屈，缠着母亲问，妈妈，我是不是抱养的啊？母亲哭笑不得，说，我亲生的都养不过来，谁还有工夫抱养呀！在七个儿子中，他唯一有印象的或者说印象最深的，就是老五了。老五生下来三个月了，他才第一次见；第二次见面时，老五已经会叫爸爸了。那天，他一回家，妻子就让老五叫爸爸。老五开始不叫，后来还是叫了。听见“爸爸”那一刻，他高兴得手舞足蹈，就像打了一个大胜仗。是的，他一人拥有七个儿子，不知道还有多少孙子孙女，将来有一天，当孙子孙女们每天缠绕膝下，争着、抢着、吵着不停地叫着“爷爷”“爷爷”时，那该是一件多么惬意、何等幸福的事情啊！然而，此时此刻，他被关在监狱里，一想到儿子，他就非常内疚。七个儿子从小到大，他不但没有关心过，爱护过，甚至连多想一会儿的时候也没有。现在好了，他有时间想了，可儿子们在哪里呢？他们会不会也跟着他这个倒霉的老头子倒霉呢？

八十

是的，将军有七个儿子。七个儿子五个兵。个个都能上战场，个个都能冲锋陷阵！倘若哪天战争爆发，就他将军一家，拉出去齐刷刷就是一个班！

老大李联琨，最老实本分的一个。老大从小懂事，事事处处都让着几个弟弟，很有老大的样子。高中毕业后，老大就到北京中科院原子能所当了工人。老大老实、本分，踏实肯干，任劳任怨，历年被厂里评为“先进积极分子”。父亲被关起来后，工厂“革委会”天天找老大谈话，要他揭发父亲的“反革命罪行”。老大与父亲从小相隔千里，搞不清父亲有哪些“反党罪行”，无法满足“革委会”的要求。于是老大很快从“先进分子”变成了“狗崽子”，只好在家当“逍遥派”，天天关注父亲如何当“特务”，怎么“反革命”。

老二李联环，最有学识的一个。老二与父亲一样，记忆力超群，在北京人大附中上学时便小有名气，最典型的一个例子就是：能同时和几个人下几盘象棋！1966 年，老二一心要报考哈尔滨军事工程学院导弹专业，梦想将来当个发射军官，却偏偏遇上了轰轰烈烈的“文化大革命”。结果，老二的梦想彻底破灭。1968 年初，老二当兵入伍，因为他是司令员的儿子，便优先“照顾”到了炊事班，后靠努力当了太原卫星发射基地测量站的遥测系统指挥员。父亲倒霉后，老二又得到特殊“照顾”——专案组不是让他写“打倒”父亲的大字报，就是让他写揭发父亲的材料。老二不写“打倒”的材料，却坚持钻研测控技术，同时自学理工科知识。后来，凡有国家自学科目的考试，他都报名，不但通过了所有理工科自学学科的考试，取得了大学本科文凭，而且还成了北京航天指挥所一名优秀的测控工程师。

老三李联琮，最有能力的一个。老三 1968 年底入伍，十九岁。老三开始也当过炊事员，后来分到发射团化验室，当火箭推进剂的化验员，天天穿着白大褂待在化验室和瓶瓶罐罐打交道。老三喜欢化学，一干就是三年，干得有声有色，若能得到父亲的“关照”，肯定进步神速。可父亲偏偏要他到发射场最危险的加注分队去，还说“那才是男人待的地方”！加注分队如同打仗攻城时的爆破队，但在父亲的“特殊照顾”下，老三只能去了，每天与剧毒燃料偏二甲肼打交道。但老三最大的心愿是有朝一日能去北京上大学。此事别说父亲一句话，就是咳嗽一声，第一个上大学的也是他！但父亲就是不让他离开，还说：“儿子不用上大学也能干好，何必呢？让那些更需要上学的战士去吧。”结果，老三既没上大学，也未提干，后多亏航天部的专家出面“说情”，才破例提干。此后老三很快成为导弹发动机加注系统的一名指挥员，参加了“东风三号”“东风五号”导弹的重大试验。有一次，“东风三号”导弹进行发射试验，重新组织发射时，老三带着他的操作手们接受了保证氧化剂、燃烧剂安全回收的任务。特别是在最后清泄燃料时，因压力变化过大，泄出喷管发生剧烈晃动，清洗液乱喷，老三竟不顾一切地冲上去，死死抱住泄出喷管坚持了好几分钟，最后连军装和防毒面具都让强氧化剂“熏白”了！在如此危险的岗位上，老三干了整整十年！父亲倒霉后，老三最热爱的发射工作不让干了，而被安排到山上去为连队放羊，甚至专案组还派人到连队，调查他戴的一块手表是否是林彪家人所送。好在老三对发射技术精通，不久又回到了发动机加注系统指挥员的位置。老三和父亲一样，急脾气，爱“骂人”，但胆大、无畏、精明、能干，明知父亲还关在监狱里，却斗胆改进了地下发射井加注系统的控制流程。后来老三被破格调到北京国防科委工程设计院，成为国防科委“文革”后第一批工程师，不仅参加了西昌卫星发射基地推进剂加注系统的设计和建设，而且主持研发的远程数字多点压力检测仪，还最先替代了过去发射场操作手在储罐上爬上爬下看压力表的原始方式。后来老三转业，坚持科研开发，不仅提出并主持了代表当时国际先进制造技术的国产激光自动成型机的研发，还主持研制先进的大型核探测安检设备，获得具有国际领先水平的单源双视角探测发明专利。然而老三的产品历经八年研发，非但没有挣到一分钱，反而几近破产边缘，甚至有一次穷困潦倒到连五元钱的高速公路费都交不起了，只有拿车上的灭火器去作抵押。后遇伯乐，起死回生，研制的第一台大型车载式加速器安检设备终于出口美国！老三谈及往事，认为自己不服输的奋斗精神，完全得益于父亲从小的“严管”和“不管”；得益于父亲被关押后激发出来的只有靠自己“愤斗”的决心。为了找回当年父亲的身影，老三每次去美国，还总忘不了带上儿子去转转休斯敦宇航发射控制中心。

老四李联伟，最有悟性的一个。老四 1968 年当兵，十八岁。老四天生文气，从小喜欢读书，善写文章。可惜刚读到初二，“文革”爆发，老四被父亲送到位于山西的太原基地当兵。当时军务部门的人对“后门兵”有气，没有照顾他当技术兵，而把他分到汽车团当了炊事员。可老四干得好，不久“荣升”上士，专门为连队买盐买米买肉买菜；有时也炒菜、做饭，当当伙夫。由于老四表现出色，立功、入党、提干，当了司务长，后调营部任书记员。父亲倒霉后，老四遭到“冷冻”。为监视他的行动，营部还派了个干部和他住在一起；国防科委专案组也找他谈话，要他揭发父亲的问题——这时人们才知道，他就是大名鼎鼎的“西霸天”李福泽的儿子！于是身边的人再也不敢接触他，他成了全团最孤独的人。为了排解这份孤独，他开始向一个北京兵学习中医。不料，还来不及给别人治病，他自己却先病倒了。1975 年，老四回北京三〇九医院检查，被确诊为肺结核，住进了医院。老四出院归队后，因“长期不归队”而挨了一个处分。处分对那个年代的军人来说，几乎等于今天的判刑。老四感到很冤，却因父亲是“反革命”，有冤无处申。1976 年，老四调至西昌发射基地指挥控制中心，开始刻苦钻研通信、电子工程等专业技术。后自学成才，成为西昌卫星发射基地指挥控制中心副总工程师，参加了多次发射试验指挥任务。老四转业后，依然在科技部门工作。

老五李联林，最有天分的一个。老五 1969 年当兵，十六岁。老五从小脑子聪明，心高气盛，最大的理想，就是当一名像父亲一样的发射将军！老五去了太原卫星发射基地后，比两个哥哥幸运，被分配到了发射团发射中队发射分队。老五干起活来跟农家子弟一样卖力，而且一有时间就拼命读书，很快成为地下发控室一名发射操作手。所以在哥儿几个中，老五是最有可能子承父业的人，因为国防科委各基地的司令员不少都是从地下发控室走出去的。1972 年，老五被团里选入长沙工学院（即现国防科技大学）导弹控制系学习，很快成为闻名全校的学习尖子。然而，父亲一夜间被打成“反革命”关进仓库后，老五也一夜间从“火箭王子”变成了“狗崽子”。不光“造反派”要他揭发父亲的问题，专案组也专门到学校“做工作”，试图让他退学。幸亏校方力保，老五才得以继续上完大学。可惜的是，导弹控制系毕业的老五回到基地后，连到发射地下指挥室看一眼的权利都没有，第二天就被连队派到一个偏远的山沟去割猪草。老五像父亲一样，天生属于发射场，属于导弹，好像就是为发射导弹才来到这个世界的。可父亲倒霉后，老五不仅远离了导弹远离了发射场，而且连干都提不了！有人劝他回北京，他又舍不得离开导弹离开发射场；再说父亲的问题悬而未决，回去后怎么办？于是他每天除了打猪草，便啃书本，一本美国人写的《非线性控制论》的英文原版，被他啃了个稀烂；同时还向世界上最复杂的数学难题发起冲击！累了，就躺在山坡上望着天空发呆；闷了，便抓起一个石块扑在地上反复写着“导弹！导弹！”1978年，老五从一个士兵变成了一名军官，随后被调到急需人才的西昌卫星发射基地。不久老五出任发射团副团长，成为西昌基地发射团响当当的〇一号发射指挥员！在发射场上的老五，和父亲一个德行一样脾气，认理不认人，常与一些专家“吵架”，甚至还“抗”过某些领导的“命”。于是在某些人的眼里，老五是一个“狂妄自大，目中无人”的人。可惜的是，本可像父亲一样成为一名优秀发射指挥官的老五，只因像父亲一样直率倔强、桀骜不驯，后来还是被迫转业离开了他最热爱的导弹、最热爱的发射场，从此失去了子承父业、大展宏图的机会。

老六李联斌，最有倔劲的一个。老六1969年底当兵，十四岁。从1958年到1969年，十一年间老六与父亲在一起的日子加起来也没超过三十天。老六到部队后，连队没人知道他是司令员的儿子，所以在连队干的是最脏、最苦、最累的活儿。老六当兵后最大的心愿就是加入中国共产党。那时候入党是一件非常严肃、非常困难的事情，必须经过组织严格的考察才能填表。有一天，指导员终于给了老六一份入党申请表，他兴奋异常，填表时激动得手指都在哆嗦。谁知表交上去了，他最后却被刷了下来，原因是他没有主动向组织汇报他的父亲就是被打倒的“黑司令”。后来在一位好心领导的“掩护”下，老六被调到极其偏远的西安测控基地华县卫星回收站，埋头苦干了五年，这才躲过了因“反革命”的父亲随时可能带给他的种种不幸。老六和几个哥哥一样，也当过炊事员，还喂过猪，放过羊。后因父亲的牵连，被迫退伍。

老七李联毅，最有童真的一个。老七出生于三年困难时期，父亲被关时，仅有十四岁，正上中学呢。父亲倒霉后，老七不但没有享受到父亲任何的照顾，反倒连吃饭、上学都困难了。老七最大的遗憾，就是没像几个哥哥一样穿上军装，站在雄伟壮阔、惊心动魄的发射场。然而，老七却是李家最幸运的一个。他赶上了一个好时代，是李家唯一一个正式考上大学的人。

将军被关进监狱后，七个儿子没有忘记父亲。尽管多年来七个儿子也曾像父亲忘记了儿子一样忘记了父亲，但自父亲关进监狱后，他们如同父亲思念儿子一样，同样牵挂着自己的父亲！承担家里“联络”工作的，是老大李联琨。老大清楚地记得，自父亲被关起来后，家里就再也拿不着父亲一分钱的工资了，甚至保姆吴妈带着最小的弟弟联毅和妹妹联琛已经到了吃了上顿没下顿的地步，只有靠借钱过日子。多亏在西单商场派出所当民警的妹妹李静芝利用“特权”，买点便宜的碎饼干和糕点渣回来，才勉强维持家人的一日三餐。因此，老大每天像只无头苍蝇，想方设法，到处乱撞，寻找父亲。可凡是老大认识的人，老大都打听过了，却谁也不知道父亲被关在哪里，相反找他的人却很多——不是来调查父亲情况的，就是让他揭发父亲问题的。而且，家门口还多了两个站岗的警卫战士，昼夜监管着全家人的行踪。

1974 年 4 月 4 日这天，老大接到酒泉基地留守处打来的一个电话，说父亲在左家庄，需要一床被子，让他送去。第二天天还没亮，老大就坐上第一班公交车去了左家庄。可老大抱着被子在左家庄转悠了一天，直到天黑也没见到父亲。又一个周末的下午，老大为父亲买了牙膏、肥皂、背心、裤衩等生活用品，再次来到国防科委大楼，几乎是哀求专案组说：“我爸有严重的肝病，我只问问他需要什么药，马上就走。哪怕几分钟，问候一句，看上一眼，都行。”可专案组还是不准见面。老大急了，问专案组：“我爸到底犯了什么罪？为什么不让见面？”专案组说：“你爸被隔离审查了。什么叫隔离？隔离就是不能见面！”此后，老大多次去国防科委找专案组，请求见上父亲一面，统统遭到拒绝！

不久，专案组突然来到家中，搜查“反动证据”。他们翻箱倒柜，屋里屋外，搜了个遍，最后也没找到一件与将军有关的“证据”，只好抄走了一台全波段的德国收音机和两张照片：一张是翻拍的有毛泽东、江青和李讷一起的照片；另一张是林彪一家人尚未公开发表的照片。专案组说收音机能收敌台，只需加上一个附件就能给“苏修”发报；集邮册里有外国邮票，是里通外国的证据；江青、林彪的照片，正是李福泽反对江青和与林彪勾结的罪证。

有一天，有人告诉老大说，国防科委在海运仓总参招待所召开对你父亲的批斗会。老大立即带上一床被子，匆匆赶到总参招待所。可他刚走到传达室门口，就被门卫挡住了，死活不让进！老大在门口守了整整一个下午，光听见里面一个劲儿地喊“打倒李福泽!”“打倒西霸天!”就是见不着父亲，直等到批斗会结束，人群散尽，也没见着。

1975 年春节前三天，老大终于接到一个姓宋的科长打来的电话，说上面同意他们家人可以去看望父亲。于是兄弟七个，在 1975 年春节前夕，相约一起，去看望久别的父亲。

这天北京天气奇冷，西北风刮了整整一夜，七兄弟约定早上 8 点，在开往通县的一个公共汽车站会面。最先赶到车站的是老七。老七年仅十四岁，得知要去见爸爸，兴奋得不得了，怕睡过了头，5 点就起床，饭都顾不上吃。可老七匆匆赶到车站，四周一看，哥儿几个一个没到。他以为走错了地儿，忙看了看站牌，再对了对写在纸条上的站名，没错，就是这儿，这才靠着站牌等。等着等着，便睡着了。这时天空下起了雪，大片的雪花落在老七的脸上、身上，他竟浑然不觉。渐渐的，在飘飞的雪花中，老七居然做起了梦。他梦见自己见到了爸爸，在一个神秘的峡谷，爸爸被绑在一个山崖上，上百只老鹰在峡谷上空嗷嗷盘旋；而后一只接一只，凶狠地扑向爸爸！老鹰叼爸爸的眼睛，抓爸爸的胸脯，啄爸爸的心脏……老七一声惨叫，从梦中醒来，一眼便看到了满头大汗的大哥；接着看到了气喘吁吁的三哥、四哥、五哥和六哥；最后见到了一身雪花的二哥和二嫂，二嫂怀里还抱着刚刚满月的小侄子。

七兄弟五个兵。兵者，任何时候都懂得自律。于是老大在前，老七殿后，七个儿子一个班，用不着下口令，便自觉地排成一排。随同七兄弟前往的，还有国防科委专案组。专案组一路上都在向七兄弟反复交代：“你们哥儿几个一定记住了，会见时间，只有两个小时。见了你们爹，只能谈家长里短，千万不能谈时事政治，更不能谈与案情有关的话题!”七兄弟点点头，肚子里却在骂娘：去你妈的时事政治，老子只要见到老爹就行！

七兄弟赶到通县仓库时，已近中午时分。仓库坐东朝西，平房，最北的一间便是关押父亲的地方。七兄弟一进仓库的大门，看见院里到处是乱七八糟的废旧物品，还闻到一股糜烂的腐臭气味儿，心想冬天的味儿都这么难闻，夏天不知父亲是怎么熬过来的。关押父亲的屋门紧闭着，门上挂着半截布帘子，雪风一吹，帘子便飘起来呼呼直响。看守人员叫了一声：“李福泽，家里来人了！”话音刚落，七兄弟便看见父亲拉开房门，从布帘子背后一下闪了出来。

看到父亲最初的一瞬间，七兄弟全愣了！父亲胡子拉碴，头发老长，面容憔悴，脸色灰黄，与几年前他们见到的“司令”相比，完全变成了另一副模样。想当初，父亲身着将军服，八面威风，出门在外，前呼后拥；而此刻，父亲的肩上没有了将星，胸前没有了勋章，腰上没有了手枪，乍一看去，像个伙夫！

七兄弟忍着伤痛与悲愤，一起叫了一声：“爸！”

将军见七个儿子突然齐刷刷地站在自己面前，像一支从天而降的特种兵，先是惊诧，后是疑惑，继而便是激动与兴奋！这种激动与兴奋，将军从未有过。将军细细地打量着七个儿子，从老大到老七，再从老七到老大，七个儿子五个兵，一个不少，个个如虎子，无人是孬种！是的，七个儿子不光经受住了老子被打倒的残酷考验，而且各自通过自己努力，都找到了自己在火箭事业中的位置，七个儿子都战斗在国防科研战线：老大在中科院原子能所；老二干的是火箭主动段遥测；老三是火箭发动机加注系统的指挥员；老四在靶场指控所任副总工程师；老五最牛，是火箭发射控制系统的〇一号指挥员；老六搞的是卫星回收；老七虽然小还在读初中，却听说早就闹着要去发射场当兵；再加上他这个发射司令，他妈的简直就是一个发射团啦！

望着站在眼前的七个儿子，将军满意地笑了。但紧接着，将军嘴巴张了张，眼圈开始发红，两行热泪眼看就要溢出，立即又忍住了。

很快，一家人围坐在屋里一个火炉旁，一边添炭，一边聊天。火炉很小，火势不旺，尽管房门半掩着，呼呼的风声还是不绝于耳。风声中，儿子问父亲——

老大问："爸，你还好吗？"

将军说："没事，很好。"

老二问："爸，你的肝病怎么样了？"

将军说："还能扛一扛。就是不让去医院，只能在警卫连卫生队拿点止疼片。狗日的王八蛋！"

老三问："爸，他们抓你，有什么证据吗？"

将军说："狗屁证据，全他妈胡说八道，血口喷人！"

老四问："爸，屋里冷吧？"

将军说："冷。不过比当年我第一次去戈壁滩好多了。"

老五问："爸，这儿让看书吗？"

将军说："让看。不过全是批林批孔的狗屁材料。"

老六问："爸，他们打过你没有？"

将军说："他们想，但不敢。谁敢动老子一根汗毛，老子就跟他拼命！"

老七问："爸，他们为什么要把您关起来？"

将军说："为什么？儿子，你还小，不懂，等你长大了，就明白了。顺我者昌，逆我者亡。历来如此。"

然后，都不说话了，只有门外呼呼的风声刮个不停。风声中，父亲问儿子——

将军问老大："你们厂的情况怎么样？"

老大说："乱。"

将军问老二："你妈的身体好吗？"

老二说："妈的身体很好。家里人都好。"

将军问老三："基地现在的情况怎样？"

老三说："发射任务少多了，大家都在忙着批林批孔，忙着背《语录》，喊口号。人心惶惶，无所事事。"

将军问老四："入党了吗？"

老四说："入党了。可'党'现在不喜欢我了。"

将军问老五："有对象了吗?"

老五说："谁敢要我这'黑司令'的儿子呀?"

将军问老六："提干了没有?"

老六说："没有提干，倒是复员了。"

将军问老七："上学了吗?"

老七说："我都上初中了。可刚上了几天，又停课了。现在我们都闹'革命'了!"

将军不再问了，只一次次地往火炉里添炭。

接着，几个儿子把各自知道的"情报"都告诉了父亲。比如，国防科委第一副主任王秉璋还关在秦城；国防科委副主任罗舜初开始准备关在通县，后来被上面有人保下来了；国防科委主任聂荣臻也挨过整，但现在已经可以"说话"了；陶鲁笳还是国防科委主任，但张爱萍已经被放出来了，听说还要回国防科委。听了儿子们的"汇报"，将军眼前一亮，说："这是个好兆头！小平同志管军委，聂荣臻老总、张爱萍将军管科委，看来国家有希望了！那些王八羔子快滚蛋了!"

这时，看守人员似乎感觉到了什么，警惕地走了过来。老二的媳妇一直在门口担负着"望风"的任务，见看守走来，急忙抱起儿子，大声说道："来，儿子，快叫爷爷!"

听到"爷爷"两个字，将军的心颤了一下。他忙将孙子抱在怀里，一种暖暖的东西顿时涌上心头。几十年来，将军一直脚踏大地，怀抱祖国，别说抱孙子，就连儿子也从未抱过。于是望着一脸纯洁的小孙子，将军禁不住直想流泪。但他再一次忍住了。

老二说："爸，孩子刚满月，还没名呢，您就给取个名吧。"

将军想了想，说："好，现在爷爷关在监狱里，还有好多和我一起参加革命的人也被关在了监狱里，为了做个纪念，让后来人记住这段历史，我看就叫'狱生'吧!"

气氛一下沉闷下来。七个儿子望着苍老的父亲，不再说话。

两个小时眨眼即逝。这时，专案组副组长走过来，催促道："李福泽，会见时间到!"

老三对专案组副组长说："我们一家人好不容易团聚一次，你就高抬贵手，让我们再待一会儿吧！"

专案组副组长说："不行，给你们两个小时，就很不错了，有什么可说的！"

将军强压住心头的火气，冷冷地说："小子，你有事吗？没事就赶紧走人，我们还得聊一会儿。"

专案组副组长说："你叫孩子们先走，我有重要事情和你谈。"

将军说："哼，有话就说，有屁就放！"

专案组副组长说："明天就大年三十了，我们还要过春节呢！"

将军一听就急了，张口便骂："过你娘的屁！你们过春节，老子就不过春节啦？老子就不是人啦?!"

专案组副组长说："李福泽，你、你怎么骂人啊？你太嚣张了！别忘了，这是在监狱，不是在基地！我、我是代表党、党组织和你谈话，你竟敢当、当场反党！"

将军指着专案组副组长的鼻子继续骂道："党？你是什么党？你他妈连国民党都不如，国民党还允许探监呢！"

专案组副组长气急败坏，攥着拳头，挽起袖子，一副要和将军打架的样子："李福泽，你、你敢骂我！"

"骂你，老子还要揍你这个王八蛋呢！"说着，将军顺手抄起火炉边的一根铁筷子，一下砸了过去。

专案组副组长一低头，铁筷子砰的一声砸在了门上。

七个儿子急忙拦住父亲。然后，冲着专案组副组长好一顿嚷嚷！

专案组副组长见李氏父子阵容强大，只好忍气吞声，狼狈离去。

将军叹了口气，轻轻说了一句："走吧。"

此时，雪还在一个劲儿地下着，风也还在呼呼地刮着。一家人依依不舍，走出仓库。离别时，七个儿子同时握住了父亲的手。父亲的手很凉，握在手里，像是握着一块冰。七个儿子纷纷叮嘱父亲，几分凄凉，几分悲切：

"爸，天冷了，别忘了多穿点儿衣服。"

"爸，你肝不好，不要和他们生气，要保重身体。"

"爸，你牙不好，不要吃硬东西。"

"爸，明天就是年三十了，你自己一个人在这儿，要……"

将军笑了："你们回去吧，没事，我一个人习惯了，什么年不年的，我从来就不知道过年是什么滋味。过年是一天，不过年也是一天，有什么好过的！这个冬天有你们给我带来的被子，我就好过多了。"

突然，老七哭了，抓着父亲冰冷的手，说啥不肯离去。

将军抚摸着小儿子的头，安慰说："儿子，看，你和爸都快一样高了，已经是个小男人了，怎么还哭鼻子？放心吧，你爸见过的事多着呢，在战场上都死过好几回了，这点事算个屁！"老七听了父亲的话，反而哭得更厉害了。将军忙将小儿子一把搂在怀里。

在七个儿子的记忆中，长这么大，还是第一次见父亲如此的亲近，如此的温柔。

雪，越下越大了，似乎要在春节前把大地彻底清洗干净。风雪中，将军站在仓库门前，目送着儿子、孙子们从雪地上慢慢离去。雪花飘落下来，散落在将军的身上，越积越多，越积越厚，只片刻工夫，仿佛便成了一座冰雕。突然，风雪中隐隐传来一声婴儿的啼哭声。这哭声将军听见了，那是孙子狱生的声音！将军的心一颤，往前蹿了几步，又急忙停住了。这一刻，将军突然有一种想冲出去抱着儿子、孙子痛哭一场的冲动，他马上又抑制住了自己。然而，就在将军转身回到房间的那一瞬间，一滴泪水还是从他眼里滚落了下来……

这是将军一生中第二次落泪。

八十一

大年初一这天，将军一大早就起了床。睡不着。不是不想睡，而是太冷！新年到了，千家万户，张灯结彩，喜气洋洋，既贴上了对联，也扯出了标语。而关在仓库的将军，却孤独而又寒冷。

这个冬天的北京实在太冷。风大。雪多。风一阵接一阵，雪一场连一场。尤其是雪，铺天盖地，漫天狂舞。等风过、雪化，天更冷。将军的床，是20世纪70年代战士睡的那种常见的木板床，又硬又窄，一翻身，还嘎嘎直响。而且床上没有褥子，只有一床薄薄的旧军被。尽管将军换上了儿子们带来的新被子，少了一股汗津津的馊臭味，多了一种温暖的亲情感和新鲜的棉絮味，但感觉中还是冷，一种彻骨透心的冷，甚至比他妈战争年代在东北睡雪窝子还冷，比当初去戈壁滩住地窖还冷！至于到底是天冷，还是心冷，不得而知。虽然在将军的多次要求下，屋里生了个炉子，可炉子太小，仓库太冷；加之煤块时断时续，炉子形同虚设。尤其是晚上，根本睡不着，即使迷糊一会儿，也很快会被冻醒。这不，昨晚是大年三十，将军本想睡个好觉，可到了后半夜，还是被冻醒。于是他不得不爬起来在屋里原地跑步，等跑暖和一点，再上床睡觉。所以1975年的这个春节，多数中国人是在鞭炮声和口号声中度过的，将军却是在孤寂、寒冷的仓库里熬过的。

而随着冬季的到来，寒冷的加剧，将军的身体状况越来越不好。将军本来患有肝病，胃也不好，天冷后，每吃完一顿饭，说不清是肝还是胃，总会疼上一阵子。疼得厉害时，连坐都坐不住了，只能趴在床上，或者整个人缩成一团，蜷在墙角里。自被关进仓库后，将军的药就彻底断了。过去是有药没时间吃，现在是有时间没药吃。将军要求去医院看看，专案组不同意，只允许他在仓库卫生队看。仓库卫生队条件差，设备简陋，翻来覆去，只有几种常用的药；加上医生知道将军是隔离审查对象，是“反革命”嫌疑犯，所以每次一去，医生不问青红皂白，塞给他一把顺气丸，说，肚子里有气，消消气，就好了。搞得他哭笑不得。还有他的牙，先前就不好，每次吃饭，只能用右边的牙嚼；关进仓库后，不是吃冷馒头，就是啃窝窝头，有时连开水都喝不上，只能喝凉水。大半年下来，左边的牙掉光了，右边的牙闹蛀牙都严重松动，也“牺牲”了不少。每次吃饭时，将军想用牙嚼一嚼，都不行了。吃馒头时，先把馒头掰碎了，再一点儿一点儿地送进嘴里，还能勉强吃几口；遇上吃窝窝头，就惨了，只能先用开水或凉水把窝窝头泡软了，再慢慢往下咽，一顿饭常常要花费很长时间。至于像芹菜、茄子、黄瓜之类的蔬菜，根本嚼不动。豆腐倒是能吃一点，可一个月只能吃上一次。到后来，牙痛得实在不行了，将军几次提出，干脆把牙拔了算了，专案组却不同意，说卫生队没有设备，拔牙总不能用老虎钳吧？结果不仅不让治牙，还不给软食吃。看守将军的一个指导员和警卫战士实在看不下去，偷偷给将军一些照顾。不料被专案组发现，以“违反纪律”为由，把两人处理回家了。后来将军出狱后为此非常愧疚，常常念叨说，都怪自己，误了两人的前程。

好在时间是最好的医师。

随着时间一天天地过去，将军把好多事都想通了——去他妈的，爱怎么的怎么的，老子问心无愧！而事实上，将军也明白，自被关进这个仓库那一刻起，他便已经成为历史；过去的永远过去，明天不过是个梦，关键是现在。现在，最好的选择也是唯一的选择，便是活着，好好地活着！身体不能垮，心更不能死，有朝一日还要重新回到戈壁滩，晒太阳，沐风雨，拥抱滚滚不绝的尘土，狂饮满天飞扬的沙子，再让中国的火箭一次次地腾飞！他相信总有一天，历史老人会站出来说话的，就像太阳一定会从地平线上升起。于是闲来无事的他，想方设法安慰自己，或者说欺骗自己，借此消磨监狱难熬的日子。

将军首先向看守人员提出一个要求：把他过去一直随身携带的石锁捎来，他要锻炼身体！经专案组请示，上面同意了。不久，将军的石锁从基地捎到了仓库。石锁捎来那天，将军望着跟随了他二十多年的石锁，竟动了感情。他蹲下去，反复抚摸着分别了一年之久的石锁，就像抚摸着自己的孩子。之后，他抓住石锁，举了起来，一次、两次、三次……开始，还有几分吃力，但很快就适应了，力气好像不是发自手臂，而是发自内心。四次、五次、六次……将军一共举了四十四次！感觉很痛快，很过瘾。此后，将军每早坚持抓举石锁，每次四十四次，一次不多，一次不少——意思是，他要“誓死”抗争到底！

接着，将军开始打拳。在共和国的将领中，将军虽不像许世友、孙继先那般武功高强，却因儿时学过武术，也多少会些拳脚功夫，两三个小伙，未必能够近身。当年在北京汇文中学上学时，将军便常常与人打架。有一次，在北京王府井吃饭，将军和同学张学思——张学良的弟弟一块吃饭，七八个小地痞在饭馆惹是生非，将军路见不平，拔刀相助。后来对方要动手，将军忽地站了起来，袖口一挽，说，怎么，就你们这几个臭小子，还想动手？然后又指了指身边的张学思说，你们知道这是谁吗？六爷！谁是六爷知道吗？张学思——东北少帅张学良的亲弟弟！谁敢动？不怕死的，全给我上来！对方一听是少帅张学良的弟弟，连忙拱手道歉。后来将军与少林弟子孙继先司令员共事多年，闲暇时两人不是打乒乓球，便是切磋武艺。高兴时，还会驱车跑到胡杨林，光着膀子比画一通。因此，每日清晨，天刚蒙蒙亮，将军便披衣起床，先抓举四十四次石锁，再打上一套长拳。一边打，一边融会贯通，一边发明创造，几个月下来，竟自编出一套李氏长拳，打得虎虎有生气。

每日吃过早餐，将军便坐在床上，一个人打扑克，自己和自己比输赢。扑克是将军从一个警卫战士那里要来的，有点旧，还有些磨损，但红桃、方块、大王、小王，还是可以分清的。打牌前，将军先将扑克洗一遍，再将扑克平分成两半，然后高高举起，右手先甩出一张，大叫一声：黑桃 K！左手再甩出一张，高喊一句：红桃 A！接下来便是方块 8，梅花 10，以及大王与小鬼……如此往复循环，一个月打下来，五十四张扑克牌，被将军打得遍体鳞伤，黑白不分。有时打着打着，将军嘴里还会突然骂上一句：我操！“操”完了，抓起牌再打，再“操”！有一次，一个看守人员听见连续不断的“操”骂声，不知发生了什么，急忙跑来一看，将军一人坐在床上，精神抖擞，自己与自己打牌，而且自己决胜负，自己定输赢，俨然是个正在办案的法官！看守人员惊诧不已，回去后见人就说，这老头儿，神了！

午觉过后，将军便借助窗外射进的阳光，看蚂蚁搬家。开始，仓库里的蚂蚁并不多；随着入住时间一天天加长，蚂蚁越来越多；到了后来，蚂蚁居然成群结队气势磅礴。每次看着这些成群结队来来往往的蚂蚁，将军便像个贪玩的孩子，忘乎所以，趴在那儿半天不动。将军很快发现，蚂蚁虽小，却很勇敢，很顽强，而且有组织、有领袖、有同盟。为了争夺一块地盘，或者一个小巢，甚至一粒米饭，蚂蚁也会大打出手，拼个你死我活；即便全军覆没，也绝不退缩。其激烈、残忍程度，一点也不逊色于人类。这让将军大开眼界，深受震动。不过，从蚂蚁的世界里，将军也多少感到了一点人生的悲哀——不是让无数的条条框框束缚着，就是被各种无形的力量捆绑着；厄运不知什么时候还会突然降临头上，让你猝不及防。比如他自己，现在就不如一只蚂蚁活得自由。

有一次，将军看见一只蚂蚁在地上发现一块馒头渣，刚准备饱餐一顿，一条小花虫突然从背后发动袭击，将蚂蚁掀翻在地，然后一口将馒头渣吞进肚里。蚂蚁打了个滚，爬起来，气急败坏，疯狂地向小花虫发起攻击。于是两个小家伙你来我往，拼命扭打起来……将军看着看着，忍不住哈哈大笑起来。笑声振聋发聩，穿墙而过。看守人员莫名其妙，以为将军的脑子被关出了问题，跑过来慌慌张张地问，李福泽，你笑什么？将军说，老子想笑就笑，想骂就骂，你管得着吗？说罢又是一阵大笑。

看守人员当即报告了专案组负责人。专案组负责人担心将军的精神真被关出了毛病，专门请来一位医生。医生检查后对专案组负责人说："这老头子除了肝上有病，一切正常，没有任何问题，气色比刚来时还好！"可专案组负责人还是想不明白，这老头儿一个人关在仓库里，笑什么呢？都落得这个地步了，怎么还有心思笑？还能笑得出来？除了精神病，还会是什么？于是从这天起，专案组对看守人员又提出了新的要求："交岗时，必须保证李福泽是活的！"

此后，每次换岗时，看守人员先是大叫一声"李福泽"！等听到了将军的回应，再离开岗位。而将军的态度是，高兴时就嗯一声，不高兴时便甩出一句话来："叫什么叫？老子还没死，活得好着呢！"

傍晚时分，将军便脱掉两只鞋，不慌不忙地抠脚丫。将军脚气严重，可一生匆忙，国家大事都顾不过来，哪有工夫治脚气？于是几十年来抠脚丫成了将军的一种习惯，一种毛病，甚至说是一种无法克服的农民习气！只是过去太忙，每次只能糊弄几下。现在好了，关进来了，闲得不得了，想抠脚丫有的是时间！所以，每天吃过晚饭，将军随便往门口一靠，或者往床头一躺，脱掉鞋袜，便开始抠脚丫！每天至少抠两次，有时四次五次，一次半小时，有时一小时。到后来，越抠越舒服，越抠越带劲，抠上瘾了，打不住了，一抠便是两小时。一边抠，一边还叨叨：真他妈舒服，真他妈过瘾！——抠脚丫，居然成了他人生的一大享受，一种陶醉！

到了周日，将军便当起了木匠。有一次，将军在院里“放风”，见来了一位木工师傅给仓库做营具。将军先是躲在木工师傅的旁边，眯缝着眼偷偷地看，时不时地还帮上一把。几天下来，将军便看出了点门道，于是对木工师傅说：“师傅，你教教我如何？”

木工师傅说：“你那么大个官，我哪敢教你啊？”

将军很吃惊，问：“师傅，你怎么知道我是大官？”

木工师傅嘿嘿笑了，说：“咳，这个年头，只要关起来的，都是大官。不是大官，谁关你啊？”

将军也笑了，说：“别管大官小官，你教我就行。”

木工师傅还是不肯，说：“学木匠多没出息呀！”

将军说：“不，我看还是手艺人好。我没事可干，师傅你就让我试试吧！”

木工师傅同意了。于是将军动手一试，还行，一块完整的木板第一次就被他顺顺当当地锯成了两半。

后来，木工师傅走了，将军便对警卫连的指导员说：“仓库的角落里堆了一堆废木材，帮我借点工具回来，我可以把院里的门窗修理修理。”指导员通情达理，很快给他借来一些锯子、尺子、斧头、墨斗之类的玩意儿。

从此，将军由发射导弹转为钻研木工，从一位发射将军变成了一个木匠师傅。每逢周六周日，将军便在院里架起两条凳子，提着一把锯子，兜里再揣上一把钉子，乒乒乓乓，噼里啪啦，开始干起了木工活儿：不是加固门框，便是修理窗户；不是刨刨面板，就是改装柜子。那份劲头，那份专注，那份一丝不苟的认真样，谁也想不到他就是曾经指挥发射过八十一枚各种型号导弹火箭的赫赫有名的发射将军！

当然，将军也有歇下来的时候。每当歇下来的时候，将军便躺在床头，默默地看着蜘蛛织网。开春后的第一天，将军早上刚醒来，一睁眼一抬头，便发现床头上方的墙上挂出一张蜘蛛网。将军不免有些忌讳，拿起一根木棒站到床上，想把蜘蛛网戳掉。可他刚举起棍子，发现一只蜘蛛正在吐丝织网。蜘蛛很小，吐出的丝却很长，还泛着一点点银色的光亮。将军愣住了，下意识地放下已经举起的木棍，呆呆地看着蜘蛛。这是一只非常勤劳的蜘蛛，专心致志，吐丝织网，一遍又一遍，织得十分仔细，织得很卖力气。将军一下子就被感动了，也被触动了，不由得想起自己——想起自己过去如网的生命，想起现在被网的日子。原来自誉为地球上最高级的动物的人，和一只小小的蜘蛛其实并无区别；蜘蛛吐丝织网固然艰辛，人要构筑生命的大厦，又谈何容易！于是将军当即放弃了戳破蜘蛛网的打算，决定看个究竟。此后，将军每日至少要看上两次、三次甚至四次。一周后，将军发现小小的蜘蛛在墙上居然织出了一片网的天空！

有一天，将军看见一只飞蛾一头撞在了网上，飞蛾拼命挣扎，最终却是徒劳。蜘蛛网看上去细如发丝，却力大无穷。第二天，飞蛾仍在挣扎；第三天，飞蛾的翅膀还能偶尔扑扇一下；第六天，飞蛾便再也不能动弹了。从此，曾经来去自由的飞蛾便挂在墙头，成了一件薄如纸屑的饰物。从飞蛾到饰物，一个生命就这样结束了，无声无息地结束了，一去不复返地结束了，留下的仅是一具空壳！望着被夺去生命的飞蛾，将军心生怜悯，动了恻隐之心，决定把那具小小的空壳取下来，放到该放的地方。于是将军再次站到床上，伸出手臂，像爬在树上采摘一颗樱桃一样，用拇指和食指，小心翼翼地“捉住”飞蛾，生怕稍一用力，小小的躯壳就会变成一粒尘埃消失在他的指尖。戎马倥偬几十年，枪林弹雨出生入死，面对这样一个弱小的生命，将军从来没有如此手软过，心颤过。可惜，将军最终还是没能把小飞蛾取下来，他低估了蜘蛛网的力量，如同低估了自己对手的力量。蜘蛛网深不可测，法力无边，他手指一拽，网只轻轻晃动了一下，飞蛾依然被牢牢地粘在上面，根本无法解脱——除非蛾碎网破！于是将军收回手来，从此再也不碰那张网了。

随着时间一天一天地过去，将军看见蜘蛛网上各种各样的飞虫的尸体越来越多，他担心哪天蜘蛛网会因承载太多的尸体而突然破裂！可他的担心是多余的，尽管蜘蛛网上的尸体日益增多，蜘蛛网却始终牢不可破！此后，将军越看越觉得蜘蛛伟大，越看越感到蜘蛛神奇：一只小小的蜘蛛，不哼不哈地织出一张小小的网来，居然能网住一屋子的性命，这是何等了得啊！而反省自己，风里雨里几十年来，辗转南北打天下，战场一个接着一个，导弹一枚接着一枚，轰轰烈烈，惊心动魄，名扬天下，威震世界，结果呢？不也成了一只"挂"在"网"上的"飞蛾"吗？

当然，将军不是一个轻易就被命运一棍子打倒的人。在闲看蜘蛛网的日子里，他总会想起自己主管过的三二〇一工程、三二〇二工程、三二〇三工程、七二〇一工程、一三八工程、六七一工程、七一八远望测量船工程、渭南航天测控网工程，以及像蜘蛛网一样分布在新疆、甘肃、内蒙古、吉林、山东、山西、陕西、湖南、广西、云南、广东、海南等崇山峻岭中的几十个大大小小的测控站！这些工程和测控站多年来得到了中央军委、国防科委和全国人民的大力支持，也倾注了他的心血。一想起这些正在建设中的工程，而他自己却变成了一个业余木匠，整天闲在这里看蚂蚁搬家，看蜘蛛织网，就感到愧对国家、愧对人民！于是每当望着头顶的蜘蛛网，他便告诫自己说：出去！一定要出去！

八十二

1976 年，是中国的多事之秋。

此时，被关押了五年之久的张爱萍将军终于复出，并以副总参谋长和国防科委主任的身份重新主持国防科委工作；徐明参谋长和刘绍先平反后出任酒泉基地司令员和政委；高震亚、江萍、张超义、杜郁、张孝德等人也相继解放，重新主持基地的工作。

但将军仍被关在仓库里。因为有人怕他出来，不要他出来。

1 月 8 日，周恩来仙逝。狱中的将军由于没有报纸，没有收音机，也听不到广播，对此浑然不知。但在那两天里，他从看守人员的脸上和眼里，却看出了一些不祥的征兆，隐隐感到中国好像发生了什么大事情，而且肯定是大事情。打听，别人不告诉他，直至一周后的一个深夜，一个小战士才流着眼泪偷偷告诉他说，敬爱的周总理去世了，总理的骨灰撒进了大海……将军听后心猛地一颤，就像看见发射塔从眼前突然倒塌！他想起最后一次向周恩来汇报工作是五年前。五年前，犹如昨天，就像在几分钟前。可一眨眼，便再也看不见了，再也见不着了。此后好长一段日子里，将军神色凝重，沉默寡言。

这期间，全国形势出现好转，家人见将军的问题迟迟没有着落，开始四处奔波。老大向专案组打探内情，追问父亲到底是啥问题。专案组的人告诉他说，你父亲主要是言论问题，比如当年接待苏联专家时说的一些话。至于其他问题，至今没有落实。于是 5 月的一天，老大来到张爱萍将军家，想把父亲的情况反映一下。不巧，张爱萍这天不在家。老大走时，给张爱萍留下一封信，信的大意是：家父年龄大了，身体不好，有肝病，监狱里条件太差，再也经不起折腾了，望能尽快定案。

7 月 15 日，专案组约老大见面。一见面，专案组负责人就对老大说："你上次提的要求，我们正在落实。另外，张爱萍主任给你们回了信，也提出了明确要求，我们马上照办。"

老大接过信，见张爱萍在信中作了三点批示：

一、李福泽的伙食问题，请专案组予以研究解决；

二、家人探视问题，由专案组决定探视时间；

三、从下月起，每月给李福泽家里补助一百八十元生活费。

有了张爱萍的批示，对将军的政策放宽了不少。被关押了八百四十九天的将军不仅从不见天日的小库房换到了另一个向阳的大房间，而且家人还可以随时探视了。只是探视的时候仍然有人陪同，话题不能涉及政治。

最先去的是妻子梁山。那天，梁山一大早就带着两个孩子上路了。到了通县，刚走进将军的"房间"，梁山的眼泪就流出来了。自从将军离开基地后，他们再也没见过面。可见面后，此前很多想说的话，又说不出口了。将军也一样，默默地看着梁山，半晌不说话，等梁山坐下后，才问了一句："我那件将军礼服还在吗？"

梁山点点头，说："放心，给你保存得好着呢！"

接着，几个儿子也先后去看望了父亲。但由于每次都有专案组的人在旁边陪着，许多敏感的话不能说。而将军最渴望知道的，就是外面的信息——尤其是国防科委和中央的信息。于是当年"地下党"那一套，又派上了用场：将军看着儿子的眼睛，说："下次来，给我带点儿茶叶来，记住了，一定要最新的！"

儿子个个聪明透顶，一听音儿就明白了父亲的意思，下次探视时，便给父亲带上一盒茶叶，茶叶里塞上一张纸条，纸条上写满各种最新的"情报"。后来，儿子们担心这一招被看守人员看破，又将送茶叶改换成送"前门"香烟。具体做法是：香烟买回来后，先将烟丝掏空，再把写着"情报"的纸条塞进去，重新卷起来，包装好，用针头在新包装过的烟盒上扎上几个眼，然后再送给父亲。香烟交到父亲手上时，儿子们还会用手指轻轻暗示一下。等儿子一走，将军再把"前门"香烟一支一支地拆开，从中取出"情报"，然后再如饥似渴地偷看——正是从这一支支装着"情报"的"前门"里，关在仓库里的将军开始暗中揣度着中国的政治风向。

7 月 28 日，是北京一个闷热的夜晚。这个日子将军刻骨铭心，因为这是将军关进仓库后的第八百六十二天，临睡前他在墙上做了记号。这个夜晚将军躺在床上正跟嘤嘤嗡嗡的蚊子较劲，突然感到房子在晃动。以将军在战争年代练就的特有的敏感，他预感到要出事情，于是一骨碌爬起来，噌一下就蹿出了房间。其速度之快，身手之敏捷，不可思议。将军站在院子的空旷处，很快便看见远远近近的房子像喝醉了酒似的，只摇晃了几下，便轰然倒塌了！将军立即在院里大声喊叫起来："地震了！快出来！地震了！快出来！"睡梦中的看守人员很快跑了出来！可惊慌失措的看守人员跑出来好几分钟后，才突然想起年久失修、最易倒塌的仓库里还关押着一个"反革命"老头儿，于是急忙赶去抢救。他们跑到将军房间一看，没人了，以为将军逃跑了，转身一看，没想到老头儿比他们跑得还快，早就骑在一堵垮塌的墙上仰着脖子观望星相了！将军后来得知，这个晚上唐山发生了大地震，死了二十四万人！

9 月 9 日，毛泽东逝世！

接着，“四人帮”垮台！

当将军从通县大街上传来的锣鼓声、口号声中得知“四人帮”垮台的消息后，异常兴奋，什么也不顾了，多年不喝酒的他，当晚就要了二两花生米，一个人坐在黑乎乎的仓库里，把半斤二锅头喝了个精光，还扔下一地的烟头。一夜之间，将军似乎又回到了戈壁滩，回到了发射场。他坐不稳，躺不住，白天在屋子里转来转去，晚上闭上眼睛，还想着发射场。

此后，将军每天起床时间更早了，石锁举得更勤了，拳打得更快了；而专案组和看守人员对他的态度也开始转变了。于是，将军天天都在等着、盼着，等着盼着有人到仓库门口突然说上一句：“李福泽，你可以出去了！”可这个声音，他却迟迟没有等着，没有盼到。

此期间家人同样度日如年。几个儿子找到专案组，继续追问父亲的案情。专案组的人答复是：过去，上面说你父亲反对江青，反对“四人帮”；现在，“四人帮”垮台了，有人又说你父亲反对邓小平。看来事情有点麻烦，组织上还得慢慢调查，然后再作结论。

将军得知这一“情报”后，急了，找到看管他的负责人说：“‘反右倾翻案风’时，你们说我跟邓小平、张爱萍穿一条裤子，1974 年你们就把我关进了仓库，我怎么能和他们穿一条裤子呢？要能穿一条裤子，这裤子也太长了吧！其实说穿了，不就是 1966 年邓小平、李富春去基地视察工作，我接待过他们吗？现在邓小平和张爱萍出来了，我怎么又成了反革命？他娘的，天下哪有这样的道理啊！”

之后，将军提笔向中央写了申诉信。申诉信由儿子们带出监狱，交给四十一军的老战友、时任中央军委办公厅副主任的韩复东，再由韩复东呈送中央军委。不久，中央军委作了批示，一共八个字：改善待遇，保外治病。

于是，1978 年 3 月的一天，被关押了四年的将军终于离开了通县，离开了仓库，回到了北京的家中。

那天，将军刚下车，便大踏步往家里走，一点不像刚出狱的样子。老伴梁山迎上去，正要和他说话，他却张嘴便问："我那件将军礼服在哪儿?"

当晚，将军就被送进了解放军三〇一医院。医生为他检查身体，检查结果：肝病极其严重，转氨酶四千多，黄疸指数四个"+"，还有严重的糖尿病！又为他量体重，体重居然只有七十五斤！关进监狱前，将军体重为一百五十斤；现在从监狱出来后，仅剩下七十五斤——少了整整一半！面对这个惊人的数字，妻子哭了，几个儿子哭了，甚至连素昧平生的医生、护士也当场流下了眼泪。而将军只对护士说了一句："记下来，别忘了!"便转身面对窗外，一声不吭。唯有妻子看见，将军的眼里，噙着一滴泪水。

这是将军一生中第三次落泪。

从此，将军的"战场"，从监狱转到了病房。

第十三章

晚年赋

将军家的院门是双扇的大铁门，夕阳照在斑斑驳驳的门上，给人暖洋洋的感觉。每当这时，将军便坐在门外一张自制的小折椅上，像一位坐在长满颗粒饱满的庄稼地边的老农，静静地守候着儿孙们的归来。夕阳在他眼角的皱褶里绣着陈年旧事，时光在他花白的头上写着岁月沧桑。当年发射场上的豪情与霸气不见了，留下的唯有宽容与淡定、平和与慈祥。

八十三

北京东单建国门内大街八十号院，最早是法国大使馆的领地，抗战时期成为日本驻华领事馆。院里有一栋相当别致的二层小洋楼，李福泽将军在北京的家，便在这栋小洋楼里。

将军出狱后，对历史的旧账不愿再做过多的纠缠。他对曾经整过他的人，不管是高级干部，还是普通官兵，一概宽宏大量，不计前嫌；对专案组的年轻人，非但不记恨，还鼓励他们好好工作，重新做人；而对那些曾经揭发过他的“罪行”现在又上门道歉的人，也一笑了之，说，过去的事，过去了就过去了，还提它干啥？

当然，将军在一边治病的同时，也在等待上面给他一个说法。可他等了将近一年，也无消息。直到 1979 年 1 月 20 日，一份薄薄的文件才送到他的手上。将军打开文件，看到了如下文字：

[1979] 1号（秘密）

关于为“四人帮”和×××在原二十基地
“放火烧荒”受害的基地党委和同志平反的决定

1974年，“四人帮”和×××在批林批孔中另搞一套，“放火烧荒”，“踢开党委闹革命”，搞乱了科委机关和部队，原二十基地尤为严重。他们诬蔑基地党委“搞反革命大合唱”，是“裴多菲俱乐部”，“基本上没有执行毛主席革命路线”等，并牵连基地所属单位。同时，他们以种种罪名对李福泽等同志进行政治迫害，诬陷李福泽同志“是二十基地一小撮坏人的总头目”，把高震亚、江萍、张超义、杜郁、张孝德、初清泽、吴修忠、苏双才、姜香蕊、王玉群、智银帮等同志说成是李福泽同志“包庇”的“一小撮坏人”。应该肯定，原二十基地同整个国防科委一样，尽管有林彪、“四人帮”反党集团的干扰破坏，但毛主席的革命路线始终是占主导地位的，基地各级党委领导广大指战员艰苦创业，工作成绩是主要的。“四人帮”和×××强加给基地各级党委和李福泽等同志的种种罪名，纯属诬陷，一律推倒，彻底平反，恢复名誉。有关材料均予销毁。受到株连的干部、战士、职工、家属、子女，也应彻底平反，作好善后工作，消除影响。

国防科委机关及科委所属其他单位，凡由于“放火烧荒”受到牵连和迫害的同志也均应彻底平反，作好善后工作。

国防科委党委

1979年1月18日

看完这份文件，将军很平静。他把文件放在一边，没说一句话。但将军拒绝了签字！

1980年5月20日，经中央军委批准，国防科委党委又作出了《为原国防科委副主任兼二十基地司令员李福泽平反的决定》。该《决定》称：

“推倒1974年‘批林批孔’和1976年‘反击右倾翻案风’运动中强加给李福泽的种种罪名和一切诬蔑不实之词，彻底平反，恢复名誉。”

看完这份文件，将军同样很平静，同样将文件放在一边，同样没说一句话，同样拒绝了签字！不同的是，这次看完文件，将军起身走进房间，关上门，久久没有出来。老伴梁山感到有点儿奇怪，推门一看，原来老头子双手捧着将军礼服坐在床沿，正面对墙壁发愣呢！

是的，将军终于平反了，历史终于还他一个清白了！应该说，将军是个不幸的人，被无辜关押了四年，离开了心爱的发射场，离开了最热爱的导弹，还搞垮了身体；但将军又是个幸运的人，因为他毕竟看到了“四人帮”的垮台，看到了在张爱萍等组成的新的国防科委领导班子的领导下，他曾经倡导过的国防科委的“大体制”终于初具规模，十多年来动乱不堪的国防科技战线不仅恢复了正常，还出现了生机！尤其令他感动的是，温国华、吴庆增、何权轩、吴斌、吴传贤这五位山东老军人，竟然在他关押期间，同意把自己心爱的女儿嫁给了他的五个儿子！人间真情，日月可鉴！

此后，将军心情焕然一新，出门进门，脚步都是咚咚的；有老战友、老部下打来电话表示祝贺，他更是哈哈大笑，说，对对对，我身体好着呢，再为国家发射几十枚导弹火箭没问题！每当这个时候，老伴儿便会对儿子们说，瞧你爸那样，像打了个大胜仗似的！而且，已经五年多没穿过军装的他，还让老伴找了一套军装出来，让警卫员去干洗店洗一洗，然后每天一大早穿在身上，背着双手，在院里的葡萄架下走来走去，俨然是个随时准备出征的将军；散步时握在手里的半导体收音机，也换成了录音机，磁带里全是自己翻录的带有军号伴奏的军歌；一张好久不用的书桌也被他擦洗得干干净净，并在书桌上放上两本书，一本《孙子兵法》，一本《本草纲目》；而后再上街买来笔墨宣纸，每天挥毫运笔，只练一个字——“虎”！

后来，不知从哪一天起，将军又把每天练“虎”字，改为每天写报告——写一份有关国防科委体制建设的意见报告。报告写完后，将军又像个小学生，一句一句地琢磨，一字一字地修改，然后转送中央军委办公室。不久，便有消息传来，说是叶剑英看了，邓小平也看了，评价还不错，有战略眼光。将军听了当然很高兴，一高兴，便坐在沙发或靠在床头，一支接一支地吸烟，或者围着院子，一圈一圈地散步。不是琢磨国防科委的编制怎么弄，就是基地的发展如何搞，有时整夜整夜地睡不着觉。甚至他还亲自去找过总政治部主管干部的领导，主动要求回到戈壁滩，回到发射场。他说，我生是国家的人，死是国家的鬼，在国防科委第一线干了一二十年，希望最后能再为中国的导弹火箭发射试验使把劲，出把力！只要能重返发射场，哪怕降级使用都行！

然而，有关将军的工作安排问题，却迟迟不见任何动静。

渐渐的，将军变得寡言少语了，从早到晚也难得说上几句话，心里好像总在惦记着什么，等待着什么，一会儿在客厅，一会儿在书房，一会儿在院内，一会儿在院外，像个影子似的，飘来飘去没有着落。他好像感到了自己的衰老，也感到了时代的变化；满意的，不满意的，他统统掖在心底，极少表露出来。有时只有儿子们有意找他说话，他才勉强应付几句。

有一次，老六和他闲聊，老六问，爸，您怎么看待您在“文革”中的那段经历？他说，哪个庙里没有冤死的鬼啊！老六又问，那您这个小庙呢？比如1957年反右，您就没有抓几个右派？他说，我抓了三个右派，但都留在了部队，没有遣送回家。这在那个高压政治的年代，算是最温柔的啰！人活在世上，谁没错？只有死人才没错。有时，他也到外面跟人说说话，聊聊天。但每次出门前都要给老伴交代几句：你哪儿也别去啊，就在家待着，有人来了，马上叫我。回来后进门的第一句话准是，有人找我没有？而老伴的回答总是两个字：没有！

一日，将军进门就问：“老梁，有人找我没有？”

老伴正在厨房里忙，说：“给你说过多少遍了，没有没有，干吗老问呀？你现在又不是司令员了，谁吃饱了撑的，没事跑来找你啊？”

将军一听就火了，冲到厨房，对着老伴就是一阵吼：“我不是司令怎么啦？我不是司令我还是个中国人，我还是个中国军人，我还是一个兵！告诉你，我身体还好，再让我回发射场，我会干得更好！”

1980年6月，将军终于等来一纸命令：调他到广州军区去任副司令员。将军先是眼睛一亮，很快又黯淡下来。当时，吴克华是广州军区司令员。吴克华当年任四纵司令员时，将军和吴克华就是老搭档了。吴克华得知将军要去广州军区后，非常高兴，立即给他打来电话，说："老李，我很想你啊，来吧，咱俩再联手好好干上一场！"他却哈哈笑道："老吴啊，我这人的脾气你又不是不知道，我怕是享受不了那份清闲啰！"当时，全军像将军这样"有问题"的"老家伙"很多，一般都是调任半年、一年后，便改顾问，再离休——后来事实证明，不少"老家伙"都是这么处理的。因此，将军便想，既然自己在发射场没用了，再也不能发射火箭了，改去广州军区，又不打仗，有啥意思？再说了，他一离京，全家都得跟着举迁广州，岂不多此一举。但吴克华司令员不死心，派夫人带着秘书和军区办公室主任、保卫部部长亲自跑到将军的家中。那天刚一见面，将军就对吴夫人开玩笑说："大姐，你带这么庞大一个队伍来，是不是要绑架我啊？"

吴夫人就笑，笑完后诚恳地说："老李，去吧！房子都给你安排好了，老吴天天念叨着你哪！"

将军只好如实相告："大姐，实话告诉你吧，我李福泽的心早就在戈壁滩，拴在发射场，拴在火箭上了！我就是人去了，心也去不了呀！在北京，就是离了休，我也还是国防科委的人，还可以发挥点我这个老头子的余热嘛！"

据说后来有人劝将军留在国防科委当顾问，但将军还是谢绝了。他说，顾问顾问，光顾不问。三岁的孩子都知道，那是哄人的，太虚了，没意思。要干，就干点实的！不干，拉倒！

不久，将军向国防科委递交了离休申请报告。

1981年5月，中央军委批准了将军的离休报告。

离休后的将军，是大军区副职。可待遇比起同级别的"老家伙"来，各方面都差了一截子。譬如车，说起来是新配的，却是一辆早就该"退休"的伏尔加。有人让他去找找人，提点要求，改变一下待遇，比如换辆好点的车什么的。将军却说，人都被休了，要那么好的车干吗？只要两个轱辘能跑，就行了！——将军不说“退休了”，却说“被休了”，后来很长一段时间都这么讲。别人就说，您枪林弹雨出生入死，拼着老命打下了江山，又在荒凉的戈壁滩为国家埋头苦干了一二十年，还坐了四年的牢，受了那么大的委屈，提点儿要求怎么了？将军依然微微一笑，说，干革命是我自己的选择，受委屈是历史的错误，全军、全党、全国那么多冤假错案，那么多“冤死鬼”，连国家主席刘少奇、贺龙元帅都被整死了，我还有什么可说的？再说了，比起那些被整死的人来，我能熬过来，已经捡了大便宜了！你看人家王秉璋同志，老红军，老中将，还当过国防科委的第一副主任，刚放出来时，不也坐的是一辆破夏利吗！本来，按规定，将军可以自己有一个秘书。可国防科工委（国防科委更名为国防科工委）的编制不够，干休所三十多名老干部，才三个秘书。所以每次秘书打电话问将军有没有事，将军的回答都一样：我没事，你们忙。

当然，内心的郁闷与隐痛多少也是有的。

有一次，一个老战友来看将军，刚一见面，老战友便开玩笑说：“老李啊，别灰心丧气，自己跟自己过不去，你才六十多一点儿，又有大学文凭，全军像你这样的，有几个？我看啊，说不定哪天你又被重用呢！”

将军则哈哈一笑，说：“我刚放出来时就想，只要能去戈壁滩，能去发射场，别说再让我当司令员，就是降职使用，给个师长、团长干干，我也照干不误，而且照样干好！现在我才明白了，我的那一大堆‘帽子’虽然被摘掉了，可一个被打倒过的人，就像被睡过的女人，再怎么清洗，也不是黄花闺女啰！”

说罢，两人哈哈大笑，笑着笑着，突然就没声了。而后你看着我，我看着你，目光黯淡，甚至还有点惨烈——很像一场生死激战之后相遇在硝烟弥漫的坑道的一对战友，什么话都想说，又什么话都说不出来。

此后，将军一脚迈进了晚年的门槛。

八十四

历史，像一片飘零的落叶，无论在深秋的黄昏还是隆冬的清晨，当从某个角落拾起，总能让人看到点什么，想到点什么，悟到点什么，甚或，还能预测到点什么。

将军晚年的日子，是清冷的，孤独的。一个在战场、发射场冲锋陷阵、叱咤风云了大半辈子的将军，一下子失去了属于自己的“战场”，如同一个优秀的拳击手失去了擂台，其难受、尴尬的滋味，可想而知。

将军虽然身在共和国的首都北京，但他对北京而言，不过是又多了一个穿着没有领章帽徽的绿军装的老头儿，谁也看不出这个老头儿曾经是一个在枪林弹雨的战场和惊心动魄的发射场拼搏了大半辈子的发射将军；而首都北京对他来说，也相当陌生，心里总有一种无法沟通的别扭——虽然五十年前他就曾在北京汇文中学（现二十六中）念过书。尤其是他过去指挥的是千军万马，现在却只管着一个警卫员、一个司机和一个秘书。如此巨大的人生落差，的确让他有点难以适应。将军也曾努力挣扎过，很想融入其中，可惜北京除了一副副陌生冷漠的面孔便是拥挤不堪的车流，那种他在戈壁滩上早已习惯了的亲切与真诚，豪壮与自由，是怎么也找不到感觉了。于是每临晚秋时节，即便是一股风将远处一片树叶送到他的脚下，他也会弯腰拾起，而后送到鼻前，一阵猛吸。他很喜欢深秋这种清香夹杂着大地腐化气味的味道。叶片在他手上细细把玩着，目光停留在叶片浅浅的纹路上；浅浅的纹路在暖暖的阳光的透视下显得生动、清晰而又富有灵性。许久许久，他才将叶片抛向空中。但他的目光会继续追随而去，直至金黄的叶片飘落房顶，才轻叹一声：一叶知秋啊！

有一次，儿子媳妇们再三劝他到街上逛逛，走走。将军经受不住诱导，去了。经天安门去了西单、西四，又取道东四、王府井，再回到东单，步行逛了北京内城一圈。可将军走在茫茫人海、芸芸众生的街上，别扭死了，难受死了。北京人似乎永远都是那样的匆匆忙忙莫名其妙，将军即便昂首挺胸走在长安街上，也没人会注意他这个倔老头儿，甚至忙忙碌碌的北京人连看他一眼都顾不上——既不会有人知道他打过鬼子打过老蒋打过美国佬；也不会有人知道1949年1月他带着部队提前入关进了北平，成为北平警备司令部的领导，受到北平市民的热烈欢迎；更不会有人知道他还指挥发射过中国第一枚近程“地—地”导弹、第一枚“地—空”导弹、第一枚“空—空”导弹、第一枚中程导弹、第一枚核导弹、第一枚远程导弹、第一颗人造地球卫星！于是，将军从此再也不上街了。他说，不去了，再也不去了。当年我们流血打下的北京城，现在都被“扒路军”占领了，到处都是挖沟子砸坑的，看着就别扭，就心疼。

有一次，老伴儿梁山找人给将军做了一根拐杖。将军拿起来只瞅了一眼，顺手就扔到院子里了。他说，我这一辈子独来独往，从不靠谁，更不会靠一根拐杖！我自己的路，自己走，就是死，也不会靠一根拐杖！

此后，每日清晨，将军准时6点起床，“打坐”，散步，听新闻，吃早餐。早餐之后，儿子上班了，孙子上幼儿园了，老伴外出办事了，保姆上街买菜了，偌大一栋楼房，便只剩下将军孤零零的一个人。由于有肝病，酒早就不喝了，烟却还是要抽的。每当这个时候，将军便会坐在沙发上，先点燃一支“中华”，再喝上几口绿茶，然后便盯着电话发呆。有时一“呆”就是两个小时，“呆”着“呆”着，便感觉少了点儿什么。

少了点儿什么呢？

身为一名老军人，将军对电话有一种特殊的敏感，同时也有一份特殊的感情，几十年来一直没离开过电话。他和周恩来通过电话，也和彭德怀、聂荣臻通过电话。多数时候，电话就是工作，就是指示，就是命令！将军已经习惯了依赖于电话过日子，没有电话的日子不叫日子，更不是一个堂堂发射将军的日子，只要有一天甚至哪怕有一个小时没有听见电话响，他心里便会发毛。但自从离休后，将军身边的电话渐渐少了。有时，将军特别盼望有电话响起，尤其是来自戈壁滩的电话。可电话就是不响，而且将军越是盼着电话响，电话越是不响，该死的电话像是故意跟他作对似的。开始，将军还有些不信。后来，随着时间一天天过去，将军才不得不承认：电话确实少了，而且越来越少了。于是将军怀疑是电话坏了，便抓起电话拍上几下，再拿起话筒听一听，话筒里传出的声音却再正常不过了。

当然，偶尔家里也会有电话响起。要是电话是找将军的，将军就高兴，拿起电话聊起来便没个完；如果电话不是找将军的，将军也会抢着接，甚至有时老伴儿已经拿起电话了，他还会大声喊道，我来！我来！找我的！可等他兴冲冲地抢过话筒时，却不是找他的，而是找儿子的，或者孙子的。但下次电话响起时，第一个冲上去接电话的，还是他。有时，将军在电话机旁守了半天，电话就是不响；可刚进厕所，电话就响了。等他一边系着裤子一边跑出来，电话已经响过了，话筒里只剩下烦人的嘟嘟声。每当这时，将军就埋怨老伴儿说："你怎么不接电话啊？"

老伴儿说："每次都是你抢着接，我怎么接啊？再说了，你比我还跑得快，我怎么接啊？"

将军生气了，把话筒一摔，转身上楼了，留下一屋子的嘟嘟声。可没过一会儿，将军又回来了，把悬在半空的话筒拾起，重新放好。

有时，将军在外面转悠，转着转着，突然急匆匆地跑回客厅，一把抓起话筒，然后长长地"喂"上一声。可话筒传出的全是嘟嘟嘟的忙音。这时，站在身后的老伴儿就会说上一句："老李，电话没响。"

将军却坚持说："响了，谁说没响？"

老伴儿说："没响，真的没响，我听得清清楚楚。"

将军说："好好好，你说没响，就没响。"

后来，家里电话响了，将军就在旁边，却不接——就是不接。老伴儿在厨房里急得直喊："老头子，电话响了，你怎么不接啊？"

将军说："又不是找我的电话，我接它干啥？"

老伴儿说："你不接，怎么知道不是找你的？"

将军说："我都是'被休了'的人了，谁还给我打电话？"话很冲，听得出，有点牢骚。

没有电话的日子，自然是难受的。有时将军坐在家里，从早到晚，可以一天不说一句话。老伴儿看着他那样子，真想过去和他吵上一架。老伴儿知道，战争年代，老头子三天不打仗，就会憋出病来；在发射场，三个月不发射导弹，就会头疼！现在让他离开了发射场，就像一个天天习惯了指挥打仗的将军，突然让他离开战场，从此失去了敌人，找不到对手，虽有雄才大略，满腹韬晦，却无处可使！因此老伴儿很希望将军能把自己当成对手，作为他的假想敌。可无论老伴儿怎么跟他吵，甚至有时蛮横霸道，无理取闹，将军也不跟她吵，甚至连一句嘴都不还，连看也不看一眼。于是老伴儿这才恍然大悟，她这个“对手”实在太弱小了，将军是从来不与弱者对阵的，就像一个优秀的拳击手，至死也不会与一个业余小女子对打一样。

当然，没有电话的日子里，将军有时也会给远在戈壁滩的发射基地打电话，询问一些情况，或者找一些老战友，叙叙旧。可将军每次拿起电话，却想不起电话号码。将军和电话打了半辈子的交道，都是别人给他打电话多，他给别人打电话少，也从来记不住别人的电话。在基地当司令时，每次一抓起电话，将军只需轻轻“喂”上一声，要找谁，话务女兵马上就给他接通了，根本用不着他拨电话，更无须他记电话号码。现在，话务女兵没有了，一拨号码，将军就犯迷糊，颠来倒去，就是拨不通。每当这时，将军就会站在客厅里扯着嗓门喊：“老梁，快给找个电话号码！”老伴儿梁山便赶快过来，戴上老花镜，拿出通信录，给他找出电话号码，一个数一个数地给他念，他再一个数一个数地拨。拨完了，不放心，还要问上一句，没错吧？这个电话打完了，将军又喊，老梁，再帮我找个号码，老伴儿就再过来，再给他翻，再给他找。

就这样，有时一个上午将军能打五六个电话。将军把打电话当成了工作，就像在发射场指挥发射火箭一样，想找谁，恨不得这人一下子就要站在他面前。有一次，将军让老伴儿给他找一个老战友的电话，老伴儿把通信录翻了两遍，还是没有。老伴儿问：“到底有没有这个人啊？”

将军说：“有啊，怎么没有？肯定有，小名叫小点子嘛，在山东打临沂的时候就跟我在一起了，后来在打蒙阴那场战斗中死掉了。”

老伴儿笑了，说：“死了，死了还打什么鬼电话啊！”

将军一拍脑门，恍然大悟：“唉，太想他们了，昨晚还梦见了呢！”

有时，将军在电话机旁“呆”的时间长了，便到院子里转转，从东转到西，再从西转到东，等每个角落都转遍了，然后再靠着一个墙根坐下，一边抠着脚丫，一边晒着太阳，一边望着院落——看树叶在风中怎样摇摆，看花朵在阳光下如何绽放。而每当这个时候，常常是将军最惬意最舒服的时候，也是将军最容易想起过去的时候。想得最多的，当然还是戈壁滩，还是发射场。将军不仅想起了第一枚导弹、第一枚核弹头、第一颗人造卫星，以及夜半吹箫的士兵、被迫离队的“老飞”、能歌善舞的小英子；同时还想起了被官兵们打死的黄羊和自己救下来的那只母羊，以及帮助中国搞导弹的苏联“老大哥”和回国后给他来信的苏联专家卡瓦廖夫。尤其是卡瓦廖夫，在将军看来那才是真正的“老大哥”，将军不仅忘不了，而且时常浮现脑海，挥之不去，想忘掉都不行。还在戈壁滩时，将军就听说，卡瓦廖夫回国后不久就被抓起来了，罪名是“里通外国，泄露国家机密”。最后被判了刑，还开除军籍，被押送到西伯利亚监狱服刑……于是将军找出卡瓦廖夫当年写给他的信，逐字逐字地看，逐字逐字地读，看着看着，读着读着，就有一种深深的愧对“老大哥”的感觉：人家教会了我们发射导弹，最后却倒了大霉，我们还骂人家，而且骂得比谁都厉害——这算他妈的什么事啊！

有一次，将军听基地一个干部说，从 1969 年到 1979 年十年间，基地的混乱已经到了快崩溃的边缘，发射官兵们像一群无头的苍蝇，成天瞎飞乱窜，比“文化大革命”最初几年造成的损失还要大。而且近万名家属和孩子，无一人就业——尤其是孩子，几十年了，没一个考上大学！将军听后闷闷不乐，晚饭也不吃，当晚一连吞服了好几粒安眠药。而特别是当他得知基地和国防科委不少领导也和他一样，被斗、被关，甚至有的还被活活逼死、整死后，他心里就有一种痛！这种痛很奇妙，他能感觉得到，却说不出来，比战争年代挨了枪子儿还要难受。噩梦般的现实像是一个谜，总让他猜不透弄不明。国防科委是科技知识分子最集中的地方，十年“文革”中不管哪帮哪派，都想插手。结果呢？几十个“老革命”的命都被“革”了，而且“革”得一塌糊涂。其中有不少都是他熟悉的人。比如国防科委主任张爱萍上将，被关了五年；国防科委副主任赵启民中将，被关了四年；基地参谋长徐明少将，被关了九年；国防科委副主任王秉璋中将，被关了十年；甚至国防科委副政委肖向荣中将，还被迫害致死！将军搞不明白，国家到底哪儿出了问题？这些人究竟怎么了？于是每当想起这些人的命运，将军便会联想到自己的不幸——革命了一辈子，最后反而被人“革命”，这到底是他妈的怎么回事啊？

当然，将军也有很高兴的时候。最高兴的时候是八一建军节。每年这天，军委和总政都要举办招待会。第一次接到参加招待会通知时，将军让老伴儿提前把将军礼服找出来，仔细烫了一遍。参加招待会那天，将军早早就把将军礼服穿在身上，对着镜子照了又照。虽然没有军衔帽徽，可只要穿在身上，便感到有精神，有劲头，内心还隐隐有那么一点儿骄傲。开完会回家，将军马上脱下来，伸出长满老年斑的手，一边抚摸着，一边对老伴儿说，穿一次，就少一次了。然后让老伴重新叠好，放在箱子里。后来，请将军出席招待会的时候越来越少了，将军穿将军礼服的机会也就越来越少了。再后来，干脆就没有了，将军礼服也就压在箱子底下了。可每隔一段时间，将军会把将军礼服从箱底翻出来，摸一摸，看一看。有时还会偷偷穿在身上，在屋里走一走，然后再坐下来，双手托住衣服，对着窗外或者望着房顶默默发呆。每当这时，往日发射场上那一枚枚腾空而起的导弹火箭，便会像电影镜头一样在将军的眼前一一闪现出来，进而在心里涌出一种热乎乎的感觉。——这个秘密多年来谁也不知道，包括将军最亲密的老伴儿。

有一年，国庆节到了，将军打开箱子，想把将军礼服找出来，再摸一摸，看一看。可将军把箱子翻了个遍，也没找着。于是将军把衣服一件一件地往外扔，床上，地上，扔得满屋子都是。最后将军抓起一件，抖了抖，看了看，款式似曾相识，颜色却非深蓝，而是深黑。将军把衣服扔在地上，跺了两脚，然后冲着门外扯开嗓门大喊：“老梁，我的那件将军礼服呢？你藏哪儿了？”

老伴儿急忙跑过来，指着他的脚下说：“地上这件不是嘛！”

将军说：“颜色，颜色怎么变了？”

老伴儿说：“我看压在箱底不穿，已经褪色了，就拿到洗染店染了染，这样还能穿一穿，不然就糟蹋了。”

将军手臂一挥，一下子大吼起来：“谁让你染的？啊？你要染染你的脑袋去，染我的衣服干什么？你、你简直是无法无天了！”

老伴儿和将军生活了几十年，第一次见他发这么大的脾气，吓得急忙退了出去。

八十五

后来，将军不再惦记电话，不再依赖军服，也不再靠回忆过日子了。他开始自我解脱，自娱自乐，安度晚年。

白天，将军主要找人聊天。将军找得最多的人是老伙计孙继先。孙继先1962年离开戈壁滩后，到国防部五院出任副院长，后任济南军区副司令员。1981年和将军一样，也离休了。两个火箭司令，从1958年起，就一同住在建国门内大街八十号院的小洋楼里。小洋楼共二层，孙继先住楼上，将军住楼下。一有时间，两人就黏在一块；只要黏在一块，就聊天。天南地北，古今中外，聊不完的大刀长矛，聊不完的钢枪火炮；聊不完的南拳北腿，聊不完的大战小仗；聊不完的东风基地，聊不完的戈壁胡杨；聊不完的导弹火箭，聊不完的发射靶场。有时两人在客厅聊，一边喝茶一边聊；有时两人在院里聊，一边散步一边聊；有时将军刚坐在墙角儿眯缝着昏花老眼晒着太阳，孙继先很快便踏着碎步走了过去，然后一屁股坐在地上，张嘴便聊。身旁不断有人走过，投来好奇的目光，可谁也不知道这两个靠在墙根晒太阳的老头儿，竟是赫赫有名的战将；更不知道在新中国的导弹发射历史上，两个老头儿还联手掀起过一阵又一阵的“惊涛骇浪”！

再一个就是胡奇才。胡奇才是四野的一员猛将，曾任东北野战军四纵司令员、工程兵副司令员，也是塔山阻击战著名的指挥官之一。抗日战争时期，将军便与胡奇才相识在东北。当时将军任四纵十一旅旅长，有一次胡奇才去找他，他俩正聊天呢，哨兵跑来报告说，国民党有小股部队进城了。将军听了没当回事，继续跟胡奇才聊。过了一会儿，哨兵又噔噔地跑来报告说，敌人已经到街口了。将军这才站起来拍拍屁股，对胡奇才说，你等一会儿，我去看看这帮家伙长了几个脑袋。十分钟后，将军回来了，手上提着抢，枪口还冒着烟，说，都他妈给收拾了，咱们接着聊。胡奇才文化不高，但对高学历而又能打仗的将军很是欣赏，不久便把将军调到纵队当了参谋长。此后两人成了老搭档，每次见面，总有唠不完的嗑聊不完的天。而今，两人都离岗了，凑在一起，最喜欢的就是靠在墙根，边晒太阳边聊天。聊战争，聊他们年轻时候的风采，一聊起来，就兴奋就高兴，就滔滔不绝没完没了。有时聊兴奋了，还笑得嘎嘎的，弄得路人莫名其妙。而新开岭战斗、塔山阻击战，自然是少不了的话题。尤其聊起那些死去的战友，话题越聊越长。尽管两人皆因“出身”四野而惨遭磨难，但每次聊不上十分钟，便又会扯到四野的头上，而且聊得最多的还是四野。好像两人对四野的那份感情，那份留恋，岁月的刀子再锋利，也难以割舍。

比聊天更热闹的是下棋。不是围棋，就是象棋，或者军棋。将军的对手不是胡奇才，便是孙继先，主要是孙继先。论水平，围棋将军强于孙继先；象棋孙继先略胜一筹；军棋二人则旗鼓相当。过去在基地时，将军每次回京开会，再忙也要挤出时间和孙继先杀上一盘。但每次杀完一盘，将军就忙着要上飞机，没时间再杀第二盘。所以无论谁输谁赢，都不过瘾。现在好了，两人啥时想下棋，提起一个塑料袋——袋里不是装着围棋，就是象棋或军棋，往墙角或葡萄架下一坐，便摆开搏杀的阵势。孙继先一般着装整齐，上身府绸短褂，下着皮凉鞋，手舞花折扇，武将文人，像个学者；而资本家出身的将军却常穿一件破布背心，脚踏一双老头鞋，右手不离烟，左手抠脚丫，文人武将，像个农夫。博弈中，两人有时像在和平谈判，温文尔雅，谦让有加；有时又像在打仗，你死我活，寸土不让；有时为了一步悔棋，还会“吵翻天”，甚至于“开骂”——“骂声”震得一栋楼房都在嗡嗡作响。有一次，两人从下午开战，到晚饭后也不见收兵，最后下成了 3∶3。下到决胜局时，已近后半夜两点。脑力不支的孙继先这时走了一步臭棋，被将军抓住战机，吃掉一个“车”。孙继先要悔棋，将军当然不干。孙继先是老司令，坚持要悔，将军最后只好“让步”。但“让步”后的将军嘴里仍不停地唠叨，走一步，骂一句。两家人以为两人真的吵翻了脸，不料第二天两个老头儿又凑在墙根，你来我往，杀得天昏地暗。

而傍晚时分，将军更多的时候则是和孙子孙女们在一起。将军家的院门是双扇的大铁门，夕阳照在斑斑驳驳的门上，给人暖洋洋的感觉。每当这时，将军便坐在门外一张自制的小折椅上，像一位坐在长满颗粒饱满的庄稼地边的老农，静静地守候着儿孙们的归来。夕阳在他眼角的皱褶里绣着陈年旧事，时光在他花白的头上写着岁月沧桑。当年发射场上的豪情与霸气不见了，留下的唯有宽容与淡定、平和与慈祥。将军望着长安街来来往往的车辆，望着行色匆匆的路人，望着夕阳从西天一点儿一点儿地落下，目光时而什么也不看，时而定格在某个地方。大门外的世界好像与他完全格格不入，谁也不知道他心里在想什么。于是无意中将军成了街边的一幅油画，路旁的一道风景。而当天真活泼的四个孙子、四个孙女突然同时呼啦啦地出现在他面前时，他常常手足无措，忘乎所以，表现出来的生动与爱意，简直就像个顽皮的圣诞老人。将军怀里抱着一个小的，手里牵着一个大的，身前身后还跟着六个不大不小的。将军领着孙子孙女们来到葡萄架下，围成一个半圆，然后孙子孙女们便吵嚷着要“爷爷讲故事”。于是将军像个说书的老手，不紧不慢地打开话匣子，什么打仗的，发射火箭的，研制卫星的，通俗生动，妙趣横生，孙子孙女们听得津津有味。听完故事，孙子孙女们又开始和爷爷玩耍嬉闹：或摸他的脑袋，或拔他的胡子，或伸出肉嘟嘟的小拳捶打他的前胸后背，或揪住他的耳朵把他当马骑。几个儿子见了，眼馋心热，羡慕不已。因为这种待遇他们从来没有享受过。在几个儿子童年的记忆里，父亲的脸总是严肃得像块冰冷的钢板，别说摸一摸父亲的脑袋、揪一下父亲的耳朵，就是想正眼看父亲一眼，也不敢啊！难怪老六说，我长这么大，就没见我爸对我笑过。

有时，将军也参加一些户外活动，比如游泳。将军在海边长大，从小就擅长游泳。抗战时，有一次部队转移到黄河，船不够，将军便带着一批会水的战士泅渡过去。再就是钓鱼。北京的鱼塘朝阳区分布最多，退休老干部凭总参谋部和国防科工委的钓鱼票便可持竿进入鱼塘。当年将军在基地时，常去水库和水源地钓鱼。遇上周末没有试验任务，他还让秘书带上水桶、渔网，开车去水库打鱼。到了水库，他把衣服一脱，只剩背心和裤衩，站在小船上，双臂一抖，便撒网捕鱼。回去后把鱼送到食堂，让大伙炸着吃。如今解甲归田，他对钓鱼更是兴趣不减，于是常约老友一道前往。有时还会带上孙子。每当钓起一条鱼来，孙子便会拍手大叫，爷爷，鱼，鱼！将军便哈哈大笑，笑得一方池塘荡起层层涟漪。将军像是个天才的钓鱼手，每次垂钓，几乎都是满载而归。看着老伴儿和保姆把鱼放入盆里，将军就笑眯眯地点上一支烟，一副很有成就感的样子，说，这条大的做个红烧脆皮，那条就做个糖醋吧！有时，将军还会把鱼分给儿子们吃，但最小的总是留给自己。儿子们不忍，要给他留下大的，他就嘲笑儿子说，老外了吧，告诉你，龟要吃老，鱼要吃小，小的吃起来才有味道！

除了钓鱼，别的事将军也很精通。老三是最早“下海”的一个，将军知道后非常支持，亲自给儿子出主意，告诉他公司应该怎么办，怎么经营。办公司，得干实业，讲信誉，没有诚信，早晚是死路一条。说得儿子心服口服。有一次，老二请了北京一位老中医到家做客，给他把了把脉，开了个药方。老中医走后，他指着药方说，这方子四平八稳，吃也可，不吃也罢。然后还给儿子上起了中药课，什么用药分金方派和时方派，什么时候哪一味药该加量，哪一味药该减量。听得儿子一愣一愣的，连声问道，爸，您什么时候学的中医啊？将军举起桌上的《本草纲目》，晃了晃说，这还用学呀，老祖宗早就写得清清楚楚。还有一次，老六出国，做了一身西服，想在父亲面前显摆显摆，便穿上西服走到父亲面前问，爸，这西服咋样？将军瞥了一眼，扑哧一声笑了，说，你这还叫西服啊？瞧这布料，软塌塌的；再瞧这扣子，什么玩意儿，钉得还不是个地方。老六很是吃惊，试着问道，爸，您还穿过西服啊？将军哈哈大笑，说，儿子，你太嫩了！实话告诉你吧，老子早在30年代就穿过上等的西服啰，你这算什么狗屁玩意儿啊！

将军还懂麻将。将军打麻将，从来只赢不输，有时也偷牌。但他偷牌的技术很高，一般人根本看不出破绽。每次赢的钱，一律归孙子。所以孙子们最喜欢爷爷打麻将，一见爷爷打麻将，就乖得不得了，全成了他手下任意指挥的“兵”。但将军只和家人打麻将，而且一年只打三次：国庆、元旦和春节。一次不多，一次不少。还有厨艺，将军也精通。将军平常在家吃饭，从不讲究，做什么吃什么，咸了咸吃，淡了淡咽，吃饭像完成任务，填饱肚子就算完事。可一到春节，将军就讲究了，一大早便列出一个长长的单子，让保姆把菜买回来，然后指手画脚，说这个菜该怎么做，那个菜该如何弄；先放什么油，后放什么料。几个儿媳佩服得五体投地，说，爸，您真了不起，连厨子的事也精通。将军嘴角一撇，说，没吃过猪肉，还没见过猪跑啊！

总之，这个世界上的事，将军好像样样在行，几乎没有不懂的。难怪有一次孙继先司令员的儿子问他父亲，当年您为什么要挑选李福泽叔叔当副司令员？孙继先哈哈笑道，这家伙太能干了，天上的事知道一半，地下的事全知道！

将军不仅动嘴，还动手。别看将军是个大司令，可直到离休，家里也没多少积蓄。将军每月的工资，除了自己买书、抽烟、喝酒，就是支撑家里几个孩子和保姆的开支。当然有时也会剩下一点钱，但将军不是救济山东老家的贫困户，就是寄给自己的司机或警卫员的家里。老四要结婚了，将军便托人买回几截木料，再找来工具，然后用关押在通县仓库时自学的那点木匠手艺，做了一对结结实实的沙发，送给儿子作为结婚礼物；后来又打了一个书架和一对沙发送给老三。儿子们见了很高兴，便跟他开玩笑说，爸，没想到您还有这个手艺啊。不错不错，书架能放书，沙发居然还能坐！几个儿子成家后，家里厨房不够用，将军就和司机、警卫员一起，买来水泥、石灰、地砖等，然后袖口一挽，平地、垒墙、和泥、抹灰，样样亲自动手。只一个星期，便将原来警卫室边的一间小平房和一个废厕所，改造成了两间漂漂亮亮的厨房。而秋季刚过，将军便想到该挖个地窖冬天好储存大白菜了。于是不跟任何人商量，自己铁锹一扛，裤腿一卷，便在后院一锹一锹地挖了起来。等儿子、儿媳们下班回家，一个宽敞、结实的地窖已经出现在后院了。儿媳们见了很高兴，便挤对自己的丈夫说，瞧你家老爷子，既能指挥打仗，又能指挥发射导弹火箭，还能打沙发、干瓦工、挖地窖，全家的聪明都让他占尽了！再瞧你们哥儿几个，有啥本事？几个儿子听了，只有低头认输——有啥办法呢？对老爷子不服不行啊！

而遇上雨季或雪天，将军便不出门，把自己关进书房，博览群书；当天气好时，阳光透过窗户照射进来，照在将军的身上，温暖如春。将军是北京图书馆特别是位于雍和宫旁的柏林寺分馆借阅古籍旧书的常客。为了借书之便，将军专门办了一个特级借书证，通常是他先拉出一个书单，再让儿子们去图书馆借。由于将军年少时学过古文，功底极好，所以借阅的图书多数都是有关历史和治国安民以及养生之类的线装典籍。比如“二十四史”、《资治通鉴》《五柳仙宗》《黄帝内经》《易经》等以及明、清的一些专著。将军喜欢大海，有时也读美国作家海明威的小说《老人与海》，一人坐在葡萄架下读，读了不下三遍，还读。

当时，不少退下来的老同志都忙着写回忆录，几乎每个人都是厚厚的一本。出了书有的人觉得很风光，互相赠送，然后接受电台、报社的采访。但晚年的将军却很少讲自己的功绩与历史，偶尔有孙子辈问起，才讲上一小段有趣的故事。为纪念抗战胜利五十周年，将军写过一本自传体的《转战沂蒙的老一团》，但他不用真名，署名“齐戈”。有人劝他也给自己写上一本回忆录，他笑一笑，摇摇头，还是只写战史和有关酒泉基地的纪念文章，就是不写自己的回忆录；而且团以上的干部，一般不提。将军说，写回忆录那玩意儿，没啥意思！打起仗来，冲在最前面的，大多数都是战士和基层干部。要写，就写写他们！

除了写战史，将军也练书法。练书法前，老伴儿帮他研墨、压纸，他则脱掉外衣，撸撸袖子，搓搓手指，架势摆足了，再挥笔。可惜字写得一般。尤其初始阶段，一横一竖，一点一捺，虽落笔认真，用力十足，可凑到一起，却总不对劲。就像一个人穿错了鞋子，怎么看怎么别扭。后来书法大有长进，但将军自己仍不满意。一次，将军写完一幅字：大漠雄风。左看看，右看看，退后几步再看看，还是不满意。便问老伴儿，这字怎样？老伴瞥了一眼，说，不错，挺好的！将军突然生气了，好个屁，你们全在骗我！说罢将手中的毛笔扔在地上，心里似乎窝着一团火，好像一片落叶飘来，都能点燃！

后来，将军又迷上了练气功。那年夏天，将军去青岛疗养，认识了一位姓杜的练气功的师父，两人一见如故，相见恨晚。将军对气功很快着迷，疗养结束后还把杜师父带回北京，两人天天在家探讨气功。之后，将军的兴趣不在下棋钓鱼上，而转到了气功上，且专心致志，持之以恒。每日起床后的第一件事，就是意守丹田，“打坐”练功。几年下来，身体硬朗，功力大长。尤其在周天功法上，将军自称已练到了“小周天”阶段（即眼出灵光，头顶生发），正向“大周天”迈进。

将军不仅练气功，还研究气功和养生之道。为此，将军用了五六年时间，广泛涉猎了元、明两代为主的上百种有关气功和养生的经典著作，参阅了两百多种历史文献及佛经，如“三教归一”的代表性著作《佛仙合宗》《性命圭旨》，孔仲尼、释迦牟尼、老子青尼的《大成捷要》，以及吕洞宾、张三丰、孙真人、孙不二的著作等。而后与几位好友一起，由他主笔，写了一本十二万字的《养生功》。书中不仅吸收了先辈大师们的精髓要义，也阐述了自己的练功感悟、探究见解，还澄清了练功中的不正确理论和功法。行家看后，一致叫好，在气功圈内颇有影响。但将军心平气和，从不张扬，气功协会的活动不参加，有单位请他讲课也一概谢绝。好像什么事都看开了，看淡了，看透了。每当有人问他在干什么，将军的回答只有一句话，什么也不想干了！似乎生命之舟已驶入了另一境界。

不过，花还是要养的。养花既是将军的强项，更是将军的一大爱好。将军家院子很大，后院是养花的好地方。将军养花一般都在傍晚。傍晚时分，长安街渐渐归于平静，出门溜达一圈，心情格外见好；回屋戴上一顶破草帽，拿起一把小锄或者耙子，再一边哼着京戏《智取威虎山》，一边走进“小花园”。将军养花从来不挑不拣，什么花都养，只要长叶就行，只要开花就成，但唯独对戈壁滩上的马奶子葡萄偏爱有加，情有独钟，他就想法把戈壁滩的马奶子葡萄移植到院里。本来，将军还想把戈壁滩上的胡杨也移植到院里，可园林专家告诉他说，北京的环境不适合胡杨的生长。将军听了后不说话，只叹气——他自己又何尝不是如此哟！

将军不光种葡萄、牡丹，也种月季、石榴，有时还种白菜、香椿和大葱。而为花草浇水施肥，松土锄草，也是将军的一大乐趣。每次给花草松土拔草，将军都蹲在地上，小心翼翼，唯恐碰掉一片叶子，一朵花瓣。那份细腻，那份认真，还有那份纯真与虔诚，活像一个播种庄稼的老农。

有时，将军也带着孙子们一起干。将军先蹲在地里给他们做示范，怎么松土，如何施肥，然后再让他们跟着一起实践。几个月下来，偌大一个院子便焕然一新，到处是红的花，绿的叶，五颜六色，生机勃勃；有的花蔓又细又长，几天时间就爬上了楼房。尤其是从戈壁滩上移植过来的马奶子葡萄，经他辛勤栽培，渐渐在院里爬满了整个葡萄架。后来将军对养花越发来了兴趣，又在地窖旁边建了个简易花房。秋天一到，他就忙着把月季、菊花等一盆盆地搬进花房，再定时浇水，定时搬出来晒太阳，呼吸新鲜空气。

但将军养花，从来不修花，不剪花。有时儿子提醒他说，爸，你的花该修剪一下了。将军看着满园绿色，说，修什么，这不是挺好嘛！人为的修修剪剪，算个什么？自然、自然，就是要自然嘛！儿子说，您养的这些花没啥品位，等有空了我给弄几盆高档的。将军说，啥品位不品位的，只要开花就行。还是老伴儿心细，悄悄对儿子说，没看出来吧，你爸哪是在养花，他是在“练兵”呢！

八十六

的确，一个指挥过千军万马的发射将军，怎甘于成天伺候花草，练练气功?

将军天生就是个军人，而且永远属于战场，属于发射场。即便离休了，将军的大脑也没停止过对战争、对国防的思考。1979 年对越自卫反击战打响前夕，将军的老部队四十一军的毛军长带着来京接受军委作战任务的几个干部来家看望他，他在家挂上大幅军用地图，和毛军长他们一起讨论出国的战略和战法。因为将军曾经分管过广州军区的作战，所以对中越边境地形十分了解。对越自卫反击战打响后，将军非常激动，每天站在挂着军用地图的墙壁面前，一手拿着铅笔，一手拿着放大镜，找坐标，看路线，指指画画，圈圈点点。接着，分别给在北京的几个儿子打电话：下班后火速回家！然后，坐在院里的葡萄架下，一边吸烟，一边思考，一边等儿子回家。几个儿子不知老爷子哪儿抽筋，得令后立即回来报到。一进家门，就跟老爷子进了客厅，一字排开，站在挂着军事地图的墙壁前，听老爷子滔滔不绝地讲他自己设想的“兵力部署”和“作战计划”。讲完后，老爷子还喃喃自语：越南气候热，山林多，我们的北方兵去了，适应不了；不能正面碰，越军很会躲藏，最好大胆穿插，打速决战！为了让老爷子高兴，过过打仗的瘾，儿子们就把自己当敌方，故意“抬杠”，陪着他“纸上谈兵”。这一谈，便是一个通宵。此后半个月里，将军天天听广播、看新闻，有时夜里刚躺下不久，又一骨碌坐起来，望着扔在墙角的石锁发呆。后来，将军索性下床，抓住石锁，想把它举起来，再举它个一百次！可惜，将军只举了不到十次，便再也举不起来了——那一刻，将军第一次感到，自己真的老了。

而西北大漠深处那片热土，那群将士，那座曾经轰轰烈烈的发射场，对将军来说更是刻骨铭心，无法忘怀。1986 年的一天，在西昌发射基地当发射团副团长的老五回家告诉他说，听说航天部的专家们正在搞论证，中国准备发射载人飞船，要把第一个航天员送上天。将军听后非常兴奋，说，太好了，70 年代我们就要搞了，可惜后来没搞成。后来，飞船的事不见动静，将军就着急了，打电话问老五怎么回事。老五说，听说技术方案意见不统一，还在争论。将军不高兴了，说，争个屁！要干就干，不干拉倒。争、争、争，从 50 年代争到 90 年代，争了几十年了，还争什么？现在中国好多事情，总是争来争去，吵个没完。要我看，争论的不是技术方案，而是利益，是权力！要是大家都为国家着想，中国的什么事都快了！还有一次，老三的公司搞出了中国第一台用激光粉末烧结工艺做模具设计和制造的激光快速自动成型机，在国内首次实现了“三维扫描”和“三维打印”立体一次成型。将军听说后非常高兴，心急火燎地把任新民等国内著名的几位航天专家请到家中，让他们看看儿子搞出的这玩意儿，到底能不能用在火箭发动机部件的设计验证和蜡模制造上。

1992年5月14日，聂荣臻元帅因病在北京逝世，享年九十三岁。当时将军正在青岛治肝病，听说聂荣臻元帅遗言，骨灰要安葬在戈壁滩，将军立即出院赶回北京。5月28日，将军带病陪同聂荣臻的女儿聂力和女婿丁衡高，将聂荣臻的骨灰护送到酒泉基地，安放在东风革命烈士陵园，帮助完成了他敬重的聂老总的遗愿！这是将军十年前离开基地后第一次回到基地，见到昔日受牵连挨过整的老战友、老部下，将军的鼻子一阵阵地发酸，本来有很多话想说，却又无从说起。

从基地返回北京后，将军一直沉湎在对基地往事的追忆之中，直到10月的一天，老五回来后告诉他说，中央已经正式批准载人航天工程了，而且发射飞船的发射场，就选在你们当年创建的酒泉基地！于是将军的情绪又重新振作起来，高兴地说，70年代要搞飞船的时候，我们就开始到处选发射场了。酒泉基地这个地方太他妈神奇了，简直就是一个天生诞生奇迹的地方！说罢，还对儿子大声喊道，快，拿酒来！妻子急忙上前阻拦，说，老头子，医生说了，你有病，不能喝酒。将军说，烟不让抽，酒不让喝，你让我干啥？邓小平天天抽烟，身体照样好；毛主席天天抽烟，还顿顿吃红烧肉，脑子好使得很，“文化大革命”那么复杂，他都能把十亿中国人运动起来！我就不信，喝点酒还能把人醉死了！

结果，这个晚上将军喝了个酩酊大醉。

1994年7月3日，酒泉基地要举行载人航天发射场奠基仪式。受基地的邀请，将军和军委副主席刘华清一起来到酒泉基地。奠基仪式举行这天，发射场各种各样的现代化工程设备一字排开，人山人海，气势如虹。望着眼前龙腾虎跃的情景，将军兴奋不已，和刘华清一起挥动铁锹，为中国第一个航天员即将飞天的发射场，奠定了第一锹沙土！奠基仪式结束后，将军去了胡杨林，去了烈士陵园，最后提出要爬一次发射塔。基地领导说，您年纪大了，是不是就算了？将军说，不，什么都可以算了，但这事不能算了！结果，将军一直爬到了发射塔的最顶层。当年，将军爬发射塔，可谓家常便饭，有时一天要爬好几回，每次只需一分多钟；可这次，将军用了整整八分钟。但将军很高兴，因为毕竟他靠自己的双腿爬上去了！将军站在发射塔的最顶层，望着戈壁滩，望着烈士陵园，望着绵延的祁连山和山下长长的盐碱路，想起三十多年前创业时的艰辛岁月，想起当年一次次惊心动魄、威震世界的导弹发射，不禁热泪滚滚，感慨万千……

临下发射塔时，将军像是对天，又像是对自己，只说了一句话——真正创造历史的，永远是人才，而不是奴才！

尾　声

火箭碑

三万多平方米的陵园里，静静地耸立着六百多座墓碑，有元帅、有将军，有专家、有老红军，还有年仅十六七岁的无名无姓的发射士兵。而此时此刻，在这六百多座墓碑中，又增添了一座发射将军的墓碑。将军的墓碑用黑色大理石做成，上面刻着将军的简历和生平事迹。有人说，这六百多座墓碑就像六百多座火箭碑，默默地诉说着历史，昭示着后人。

1996年12月24日，是将军生命的最后一个夜晚。

这是北京最寒冷的一个冬夜。在解放军三〇一医院的一间病房里，将军平静地躺在床上。病房大约二十平方米，屋里除了白色的被子，白色的床单，便是白色的墙壁，白色的窗帘。所有的白，不经意间为病房营造了一个洁白而雅致的空间。将军的床头，摆放着一束红色的康乃馨。康乃馨散发出的阵阵香味，为冬日的病房平添了一缕生气；有风不时从窗外拂来，很轻，很柔，像一只不小心落在窗前的小鸟，唯恐打扰了将军生命的最后一刻。

将军因第三次心肌梗死引起高烧不退，昼夜躺在病榻上，昏迷不醒，不能说话，不能进食，已报病危一月有余。人世间的一切，对将军来说，已经变得一片模糊一片空白。但将军的脑子，似乎依然还在运转不停。窗外，北风呼啸，雪花飞舞，只要望上一眼，便知道冬天真的来临了。可惜，将军再也等不到春天了，生命之神即将带他落户到另一个世界，尽管将军是那么喜欢春天的温暖春天的气息——尤其是戈壁滩的春天。

冥冥中，将军好像看见了几十年来长眠在战场的兄弟；看见了戈壁滩上用自己的魂灵守护着发射场的官兵。他们在等着他，正向他缓缓招手呢！

将军住院的原因很简单：老战友、老搭档王文轩去世，他去参加了追悼会，情绪激动，回来后突然心口疼。但死活不去医院，几个儿子急了，用被子一裹，将他抬进了医院。一检查，心肌梗死！

将军住院后，军界不少头面人物以及老部下纷纷前来探望。将军和他们谈得最多的，是火箭，是发射场。尤其得知由酒泉基地发展而成的西昌卫星发射基地、太原卫星发射基地、江阴航天远洋测量船基地、西安卫星测控中心以及遍布全国的航天测控网站发展势头很好时，他感到莫大的欣慰。老伙计胡奇才，也在第一时间来到他的病房。那天，将军一见胡奇才就说，胡老头，这次我恐怕真的要去见马克思了！胡奇才说，老伙计，没什么，不过是发发烧而已，过几天就会好的。我还有个计划等着你呢。将军问，什么计划？胡奇才说，等你出院了，我们一起到塔山走一趟，去看看那些老伙计！将军说，好主意。不过，这事恐怕只有请你代劳了！我早就想好了，人终有一死，谁都跑不了。只是，想着自己在发射场干了十多年，有好多导弹都没打上天，不免有些可惜！胡奇才说，老伙计，别想那么多了，你要安心养病，剩下那些导弹，就让后人去打吧！

后来，当一拨又一拨熟悉的面孔来向将军嘘寒问暖时，将军再也不能和他们对话了，只能用纯真的目光和苦涩的微笑回应着他们的关爱与问候。将军自始至终，没向组织提出过任何要求，而只给家人交代过一件事情：他死了以后，把他的骨灰分成三部分：一部分放在八宝山；一部分放在塔山，另一部分放在戈壁滩酒泉发射场，和聂老总、孙继先他们在一起，永远看着高高耸立的发射塔，看着火箭一枚枚升起！

在将军住院的日子里，陪伴在他身边的，除了儿子、儿媳和孙子、孙女，最多的便是老伴儿梁山。几十年来，每次生病，老伴儿总是默默地守护在将军的身边，像守护着一个孩子。这次住院后，老伴儿更是如此。前不久的一天，老伴儿一大早就来到病房。将军一睁眼就说，昨晚我又梦到回戈壁滩了，还梦见我爬上了发射塔！

老伴儿说，昨儿我听基地的人说，他们快要发射飞船了！你先好好休息，等出院了，我陪你到发射场好好看看。

将军说，恐怕等不到这一天了！不过等我死了后，待在那儿，心就踏实了。没办法，这么多年了，扯着筋连着肉地想啊！

老伴儿说，别瞎想了，你看，我把什么带来了？

说着，老伴儿从包里拿出那件被染过的将军礼服，然后轻轻抚摸着将军的手说，老李，对不起！我不该把这件衣服给染了。

将军伸手摸了摸将军礼服，却笑了，说，染了就染了吧，反正再也穿不成了。再说了，这也不算什么，别说是一件将军礼服，就是黄袍加身，终归也会入土啊！

老伴儿不再说什么，从包里取出小木盆——那个一直伴随着将军几十年的小木盆，然后倒上热水，开始为将军洗脚。于是将军的内心，便有了一种从未有过的感动。将军比谁都清楚，这个小木盆几乎伴随了他一生。老伴儿先是从山东带到东北，从东北带到北京；后来从北京带到广州，从广州带到北京；再后来又从北京带到戈壁滩，从戈壁滩带回北京。即便在他被打倒的日子里，老伴儿什么东西都可以不顾，但这个小木盆却被她藏得死死的，就像当年她隐藏共产党的秘密文件一样。所以，此时此刻，当将军的双脚浸泡在这个小木盆里时，立即便有了一种暖暖的感觉，从脚心一直暖到胸口。老伴儿为他洗得很慢，洗得很细，洗完了脚掌，又洗脚趾，一根一根地掰着洗。一边洗，还一边和他唠嗑。这是几十年来将军和老伴儿唠得最多的一次，也是最贴心贴肺的一次。好像直到这个时候，将军才第一次感觉到“夫妻”二字的真实含义。老伴儿替将军洗完脚，把将军重新扶回床上。将军刚躺在床上，便伸手抠开了脚丫，抠着抠着，脸上便露出了孩子似的笑——纯真而又满足。

然而，在将军生命的最后十天里，却连续高烧不退，导致呼吸衰竭，不能说话；最后四天，竟不得不使用呼吸机。医生怕他乱动，还打了麻醉针！可药劲刚过，将军就挣扎着爬起来，要拔掉呼吸机！护士们发现后，立即将他摁住，马上再打麻醉针！如此反复，控制了三天，大家想等待奇迹出现，可奇迹没有出现。第四天，儿子们突然发现，醒来的父亲不再挣扎，似乎想说什么，却一个字也说不出来，只有眼眶里慢慢涌出泪水……这是将军第四次流泪，也是最后一次流泪。

…………

此刻，浓浓的夜色已经降临，将军的家人全守候在将军的身旁。窗外一片漆黑，病房很静，很静。

0时30分，将军慢慢合上了眼睛。就像当年刚刚打完一仗，累了，往野地一躺，立马便睡着了。只是，将军这次“睡着”后，再也没有醒来。他以军人的步伐走完了一生，以军人的姿态安息在病床。生命永远定格在了1996年12月24日0时30分，享年八十二岁。

1997年1月13日，将军的追悼会在八宝山举行。上午8时，当将军的遗体要从解放军三〇一医院送至八宝山时，国防科工委八位将军——沈荣骏中将、李元正中将、葛焕标中将、胡世祥少将、李凤洲少将、段双全少将、王占华少将、王玉群少将—— 一大早便赶到三〇一医院，要亲自到太平间把将军的灵柩抬上灵车，这让国防科工委治丧委员会的工作人员感到有些为难，因为这在中国人民解放军的军史上尚无先例；再者国家、军委对追悼会的规格、程序也有相关规定。所以治丧委员会的工作人员对八位将军婉言相劝，希望他们不要亲自抬柩。但八位将军为了表达对老司令员的怀念与敬意，同时也为弥补老司令员晚年所遭遇的不公正，执意要亲自为老司令员护灵出殡。八位将军说，我们不是以国防科工委领导的身份来的，而是以戈壁滩一个老兵的身份来的。老司令员走了，我们无论如何也要陪他一程。如果确实与现行有关规定不符，我们可以摘掉肩章帽徽，以普通人的身份再送老司令员一程。结果，八位将军还是走进了三〇一医院的太平间，八条汉子，戎装笔挺，小心翼翼，恭恭敬敬，亲自把将军的灵柩护送上了灵车。尽管从太平间到灵车不过短短百米路程，但这短短百米路程连接、沟通的，却是两代军人、两个世界的情感、精神与心灵！

9时整，将军追悼会开始。参加追悼会的有：中央军委副主席张万年上将、迟浩田上将，二炮司令员杨国梁上将、副司令员杨桓中将，原国防科工委主任陈彬少将、丁衡高上将，政委刘有光少将、戴学江上将，国防科工委主任曹刚川上将、政委邢永宁中将、李继耐中将，总政治部原副主任梁必业中将、华楠少将，海军政委李耀文上将，海军原副政委刘居英少将、张秀川少将，四机部原副部长欧阳文中将，装甲兵原政委莫文骅中将，工程兵原副司令员胡奇才中将，广州军区原副政委孔石泉中将等各大兵种、各大军区新老将军一百余人！

此外，还有总参谋部副总参谋长阎仲川，国家科技部副部长黄齐陶，农业部原部长沙风，二机部原副部长李觉，三机部原副部长赵健民，四机部原副部长高峻，七机部原副部长谷广善，邮电部原副部长朱春和，河北省委原第一书记金明，公安部原部长王芳，全国政协副主席、中国工程院院长朱光亚，著名航天专家任新民、屠守锷、陈芳允、孙家栋、王永志、戚发轫，以及国务院各部委、军委各总部、各军兵种、军事科学院、国防大学、中科院、四十军、四十一军、山东老家等各方代表等上千人。而中共中央政治局委员陈锡联、宋任穷，中央书记处书记、国务院原副总理谷牧，最高人民检察院原检察长郑天翔和杨成武、张爱萍上将则献了花圈。

由于生前将军的级别不够，出殡时不能进行道路交通管制，八宝山周边道路被车堵塞得满满的；而在追悼会的现场，有坐轮椅的，有拄拐杖的，有被搀扶的，悼念的队伍排了好几百米。一时间，将星、泪水在阳光下闪耀；哭声、叹声在人群中回荡。其悼念场面之大、时间之长、情景之感人，据八宝山工作人员说，多年少见。遗体火化时，八宝山殡仪馆当天启用了全新的未曾用过的进口电焚烧炉，并破例让将军的亲人入内捡骨灰。

按惯例，将军的骨灰放在了八宝山东三室骨灰纪念堂。黄杨木骨灰盒，是儿子们定做的，材质虽然一般，设计却很考究：将军遗像的左边，刻的是步枪；右边刻的是“东风”导弹；骨灰盒四周，分别刻的是远望号测量船、光遥测量机、雷达测量仪；正面，则是一本已经打开却尚未读完的书！

1997 年 7 月 15 日，是将军部分骨灰安放在酒泉基地的日子。骨灰由国防科工委副政委葛焕标中将、政治部副主任王维章少将、办公厅副主任王兆琦少将等陪同将军的妻子、儿子和孙辈们一同乘坐飞机护送。离京时，从东单到南苑机场，一路警备车开道；飞机到金塔十四号机场后，空二、空三基地领导和数百名官兵列队迎候；接着再转专列到东风站，途中包厢内有卫兵站岗护灵；下车时酒泉基地领导班子及部队、职工、家属、学生上千人正装列队，肃立迎接。

将军的骨灰安葬这天，上午戈壁滩狂风肆虐，一片阴沉；下午发射场区突然风停云散，晴空万里。1 点 30 分，当将军的灵车缓缓驶向东风革命烈士陵园时，天边还透出一轮红色的光环，如诗如画，明亮似镜。而沿途数公里的路上，警车一路开道，金黄色的胡杨高高挺立两旁；基地数千名发射官兵列队敬礼；数百名职工、家属和学生低头致敬。将军的灵车走得很慢，很轻，好像生怕惊扰了早已“沉睡”的将士们。低沉的哀乐声和悲伤的哭泣声回荡在发射场的上空，整个基地都沉浸在对老司令员的哀痛之中。

灵车缓缓来到东风革命烈士陵园。三万多平方米的陵园里，静静地耸立着六百多座墓碑，有元帅、有将军，有专家、有老红军，还有年仅十六七岁的无名无姓的发射士兵。而此时此刻，在这六百多座墓碑中，又增添了一座发射将军的墓碑。将军的墓碑用黑色大理石做成，上面刻着将军的简历和生平事迹。有人说，这六百多座墓碑就像六百多座火箭碑，默默地诉说着历史，昭示着后人。

下午两点整，将军的骨灰安葬仪式正式开始。仪式结束后，将军的妻子和儿子、儿媳、孙辈们手握铁锨，为将军的墓穴轻轻撒上一把沙土和几片胡杨叶；接着，各界代表依次走近将军的墓穴，向将军鞠躬默哀。而将军的另一部分骨灰，后来则安放在了葫芦岛市塔山革命烈士陵园。因为参加塔山阻击战的八位开国将军曾立下遗嘱：死后魂归塔山！

安葬仪式刚一结束，久旱无雨的戈壁滩突然下起了少见的大雨。雨水哗哗啦啦，痛快淋漓。基地的老兵说，这是老天爷感动后流下的泪水，也是老司令员的英灵为发射场带来的吉祥雨！

于是在清清爽爽的雨水中，在战场、发射场拼搏了一生的发射将军李福泽，以“魂归发射场”的方式，永远留在了千古荒原，留在了戈壁滩，留在了中华民族从陆地走向太空的第一个起飞港！以同样的方式和将军一起留下的，还有科技老帅聂荣臻，基地第一任司令员孙继先，第四任司令员徐明，副司令员张超义、石荣屺，高级工程师刘德普、胡文全、陶思才、习光兴，以及六百多名为中国导弹事业奉献了生命的情同手足的兄弟战友。而永远陪伴在将军左右的，是至今依然默默奋斗在戈壁滩上的数万名发射官兵以及直射太空的“通天塔”和那千年不朽的胡杨林！

2009 年 10 月 19 日初稿

2010 年 1 月 21 日修改

2010 年 3 月 18 日再改

酒泉发射基地的另一读本

1956年1月25日，毛泽东在最高国务会议上说："我国人民应该有一个远大的规划，要在几十年内，努力改变我国在经济上和科学文化上的落后状况，迅速达到世界先进水平。"同年春，在周恩来、陈毅、李富春、聂荣臻的领导下，制定了《1956年—1967年科学技术发展远景规划纲要（草案）》。同年5月，中央作出了关于发展导弹的决定，批准组建国防部第五研究院。

1957年6月，中央军委根据中央关于发展中国导弹武器装备的战略部署，决定建立综合导弹试验靶场，并成立总参靶场委员会，负责领导靶场创建工作。中央军委秘书长兼总参谋长黄克诚大将任靶场委员会主任，炮兵司令员陈锡联上将、工程兵司令员陈士榘上将、总后勤部副部长张令彬少将任副主任。中国第一个综合导弹试验靶场工作正式启动。

1957年8月30日，国防部第五研究院拟定了《关于建设导弹靶场和试验场的规划（草案）》，提出了靶场条件、靶场选址、靶场建设步骤、靶场规模、靶场设备投资以及靶场所需各类人员等方案。

1957年9月5日，总参谋部成立导弹试验靶场筹建委员会，由炮兵政委邱创成中将任主任，空军副参谋长张廷发少将、总参军械部副部长陈文彪少将、国防部第五研究院副院长刘秉彦少将任副主任，成员有李基、陈锐霆、段子俊、张震寰、谷广善、林爽、杨昆、赵世良。

1957年9月17日，靶场筹建委员会按照国防部部长彭德怀关于"要组建一个靶场筹备处，积极开展筹备工作"的指示，上报靶场筹备处组织方案。9月25日，总参谋部批准成立靶场筹备处，军内称"炮兵营房工程建筑部”，部队代号〇〇二九部队。随后抽调总军械部第一军械科学试验靶场场长张贻祥、军委炮兵火箭炮师政委吕琳等干部，开始了靶场的筹建工作。

1957年10月15日，中苏两国政府代表团在莫斯科签订了关于苏联帮助中国发展导弹、火箭、航空等新技术的协定。苏联同意派遣专家、提供“地—地”“地—空”“空—空”导弹样品以及仪器设备和有关技术资料，帮助中国勘建综合导弹试验靶场。

1957年11月2日—12月4日，以国防部部长彭德怀为团长的中国军事友好代表团同苏共中央第一书记赫鲁晓夫会谈。苏联同意帮助中国发展导弹和原子弹技术，建立军事航空工业和建造舰艇，筹建导弹试验靶场。

1957年12月，志愿军第二十兵团副司令员孙继先奉命从朝鲜回国，接受组建导弹试验靶场机构的任务，并参加靶场的选址勘察工作。

1957年12月30日，以列·米·盖杜柯夫为首的苏联专家组来华，帮助中国进行导弹试验靶场的勘选工作。中央军委特责成聂荣臻组织导弹试验靶场勘察小组。其成员有炮兵司令员陈锡联上将、工程兵司令员陈士榘上将、铁道兵司令员李寿轩中将、总后勤部副部长张令彬少将、海军副司令员罗舜初中将、空军副司令员周彪中将、空军参谋长张廷发少将、总参作战部部长王尚荣中将、总参装备部部长万毅中将、通信兵部副部长江文少将、聂荣臻的秘书安东少将等。中苏两国专家在北京研究分析了选择靶场的条件及其地理、经济、自然等特性。张贻祥率领勘察人员与苏联专家一起，首先对东北的海拉尔、索伦和华北的赤峰、二连等地区进行了空中勘察。苏联专家认为上述地区不适宜建立陆上导弹试验靶场，提出在中国西北地区重新勘选靶场。

1958年1月15日，中苏双方共同拟定了《勘察地区调查提纲》。18日，陈锡联率领陆上导弹试验靶场勘察队从北京飞赴兰州，分别对宁夏银川以西、甘肃民勤以北等地区进行了靶场选址勘察。参加了此次勘察工作的有王尚荣、周彪、孙俊人、张贻祥、袁学凯、孙继先以及十七名苏联专家。

1958年2月3日，苏联专家尤·费·吴斯和维·依·贝拉耶夫率领苏联专家导弹试验靶场设计专家组到北京。

1958年2月26日，毛泽东对中央军委关于选择综合导弹试验靶场的报告作了批示："小平同志，此件请书记处处理。"1958年3月3日，中央书记处总书记邓小平在综合导弹试验靶场勘察报告上签署了意见："书记处已同意。"至此，中央正式批准在额济纳旗地区创建中国第一个陆上综合导弹试验靶场。

1958年3月6日，黄克诚批准志愿军二十兵团直属部队撤离朝鲜，回京负责组建靶场机构工作。四天后，二十兵团从朝鲜起程回国。

1958年3月7日，陈士榘、孙继先、张贻祥、李寿轩与苏联专家组组长盖杜柯夫等共十四人乘专机赴酒泉，研究靶场首区定位问题。3月11日至4月11日，陈士榘率领勘察委员会对鼎新以北、额济纳旗地区进行导弹试验靶场工程定点勘察。在苏联专家的帮助下，确定了"地—地""地—空""岸—舰"导弹发射试验的技术阵地、发射阵地和各个测量站等。

1958年3月13日，苏联专家组制定了《火箭武器试验靶场的地区选择和设计的战术技术要求》，明确提出了试验靶场的任务。该文件作为靶场各点号选址布站和设计的依据，指导靶场的勘建和基地组建工作。

1958年4月，中央军委批准成立导弹试验靶场特种工程指挥部，以志愿军十九兵团、工程指挥部、后勤部二分部为基础。陈士榘上将任司令员兼政委，曾旭清少将任副司令员，黄文明少将任副政委，赵东寰少将任参谋长，姚国民少将任政治部主任，代号七一六九部队。中国第一个导弹发射基地兴建工作在甘肃酒泉正式启动。

1958年9月10日，苏联帮助中国设计的〇〇二九特种工程首区总体工艺设计和初步设计图纸资料基本完成，大部分图纸资料于9月中旬交付中国。9月12日，靶场特种工程设计技术委员会在北京成立。陈士榘任主任，唐凯、葛秀峰、况玉纯、李兆翔、江文等任委员。

1958年10月11日，志愿军第二十兵团正式更名为"中国人民解放军第二十训练基地"，对外代号〇〇二九部队。孙继先任司令员，栗在山任政委，李福泽、张贻祥、林毅任副司令员。

1958 年 10 月 27 日，彭德怀赴西北视察，途经酒泉，在酒泉机场听取陈士榘、孙继先关于靶场施工情况汇报。

1959 年 3 月 25 日，以阿·里·罗金为首的靶场苏联专家组抵达北京，孙继先、李福泽等接见了苏联专家组。5 月 21 日，国防科委副主任罗舜初和李福泽会见苏联专家组组长罗金等，初步确定了利用基地现有设备，进行“岸—舰”导弹陆上试验的方案。

1959 年 6 月 20 日，以罗金为首的苏联专家为基地编写了《靶场暂行条例》，阐明了导弹试验靶场的任务、组成和各部门的工作职责、导弹试验程序以及靶场与有关部门的相互关系等。

1959 年 8 月 22 日，第一枚苏制“地—空”导弹——五四三导弹在基地发射成功。

1959 年 9 月 16 日至 10 月 30 日，基地遵照总政指示，开展“反右倾机会主义”的斗争和“反对个人主义”的整风运动，批判彭德怀、黄克诚的“右倾错误”和基地的“右倾思想严重”的干部。此次运动共有二千二百五十名干部参加，一百零九人遭到点名批判。

1959 年 10 月 24 日至 26 日，普列阿波梁斯基等五名苏联专家由基地一部部长吕琳陪同，到基地了解“地—地”导弹特建工程和仪器安装情况，并提出意见。

1959 年 11 月，从苏联进口的测试、发射、测量、通信等专用试验设备，陆续运进基地，并通过验收。各种计量、洗印、计算、判读仪器设备等，也进入场地开始安装调试。

1959 年 12 月 24 日，中国首次“空—空”导弹实弹射击任务，由基地和空军共同完成。

1960 年 1 月 15 日，基地军事检察院、军事法院开庭公审基地技术员梁正智叛国投敌一案。判处梁正智死刑，缓期两年执行。

1960 年 1 月 20 日，聂荣臻批准为基地补聘八位苏联专家。

1960 年 1 月 31 日，以副总参谋长兼国防科委副主任张爱萍为首的检查组到基地检查靶场工程的施工质量、进度和安装情况，解决现场施工中遇到的重大问题，要求必须在 2 月 25 日完工。

1960 年 2 月 5 日至 8 日，苏联驻华总顾问巴托夫到基地视察，检查苏联专家工作，了解靶场工程建设情况，并向基地提出营房管理方面的建议。

1960 年 5 月 18 日，张爱萍到基地检查“地—地”导弹试验发射准备和靶场工程进展情况。

1960 年 5 月 20 日，基地动员机关和部队，每人每天节约一两粮，支援当地生活严重困难的老百姓。基地将节约的六千公斤粮食、四千公斤食盐，分批拨给鼎新公社双城子大队，并派出医疗队为老百姓治病，组织部队帮助老百姓抢种棉花和大秋作物。

1960 年 5 月 26 日，苏联驻华总顾问巴托夫等八人到基地，了解工程进展情况，并召开了苏联专家会议。

1960 年 8 月 2 日，总参谋部、国防科委指示基地：苏联专家即将全部奉命回国，基地的一切工作，都要建立在自己的力量的基础上，不要存在任何外来援助的幻想。

1960 年 8 月，第三批驻基地的九十一名苏联专家，分两批于 4 日和 18 日全部撤离基地，返回苏联。中苏两国在基地的合作上，从此分道扬镳。

1960 年 8 月 26 日，国防科委鉴于苏联一再拖延液氧的交货时间，决定使用国产燃料发射苏制 P-2 近程“地—地”弹道导弹，并同意基地用兰州化工厂生产的液氧进行点火综合训练。

1960 年 9 月 10 日，基地用国产燃料成功地发射了第一枚苏制 P-2 近程“地—地”弹道导弹。导弹于 9 月 10 日 7 点 42 分从三号发射场发射升空，弹头准确命中西安预定目标区。此次发射成功，标志着中国具备了发射“地—地”导弹的条件和能力。

1960 年 9 月 10 日，中央军委在北京召开扩大会议，提出“发愤图强，突破尖端，两弹为主，导弹第一，积极发展喷气技术及无线电技术，建立现代化的独立完整的国防工业体系”的方针。

1960 年 10 月 23 日，中央军委批准组成中国的第一枚国产“地—地”

导弹——一〇五九导弹（即“东风一号”导弹）试验委员会，负责领导试验工作。张爱萍任主任，孙继先、钱学森、王诤、方强、安东等任委员。

1960 年 10 月 30 日至 11 月 1 日，中共中央副主席、国务院副总理兼国防部长林彪一行到基地视察，参观了基地的技术厂房和“地—地”“地—空”导弹试验场地，接见了少校以上军官，听取了基地领导的汇报。

1960 年 11 月 4 日，聂荣臻到基地，主持一〇五九导弹的第一次发射试验。11 月 5 日，基地在三号发射场成功地发射了中国的第一枚国产“地—地”导弹——一〇五九导弹。导弹射程五百五十四公里，弹头准确命中目标区。

1960 年 12 月 6 日，基地在三号发射场成功地发射了第二枚国产一〇五九导弹。

1960 年 12 月 15 日，张爱萍到基地，主持第三枚国产一〇五九导弹的发射试验。12 月 16 日，基地在三号发射场成功地发射了第三枚国产一〇五九导弹。

1961 年 1 月 3 日，在部队处于生活严重困难的情况下，基地党委下文要求各级党委书记一定要一手抓部队思想，一手抓生活，提出了“政治到食堂，干部下伙房”的口号。

1961 年 1 月 5 日，基地副司令员林毅因对彭德怀、黄克诚以及“人民公社”“大跃进”发表了自己不同的看法，被认定犯了“右倾机会主义错误”，撤销基地副司令员兼二部部长的职务。

1961 年 1 月 30 日，基地军事检察院、军事法院开庭公审基地四部六处原科长沈启钧违反保密条例、导致泄密一案，判处沈启钧七年徒刑。

1961 年 9 月 1 日，基地第一所子弟小学正式开学，设一至六年级，首批招收学生五百人，解决了基地干部、职工的子女入学问题。

1961 年 10 月 18 日，基地党委作出《关于开展大生产运动的决定》。基地首次掀起开荒大生产运动的高潮。截至 1962 年 4 月，基地共出动劳动力十六万五千人次，垦荒一万六千四百六十七亩，修筑灌渠一百七十公里，挖土井二十九眼。

1961年11月4日，中央军委第一百一十四次会议决定，基地从1962年1月1日起，划归国防部五院建制（海上部分除外）。

1962年1月13日，从台湾起飞的一架美制U−2型高空侦察机于11点10分侵入基地场区上空，在额济纳旗建国营和三号、七号、十号、十四号场地上空进行了十一分钟侦察，而后向西宁方向飞去。

1962年3月9日，孙继先离开基地，调至国防部五院任副院长。

1962年3月21日，中国自行研制的第一枚中近程导弹“东风二号”点火起飞至六十九点二七秒，坠毁在发射场附近，发射失败。

1962年11月21日，周恩来任命李福泽为基地代司令员。

1963年3月28日，从韩国起飞的一架国民党军美制U−2型高空侦察机于10点50分侵入基地上空进行侦查活动，11点15分向南飞去。

1963年5月2日，根据中央指示和总政部署，基地在团以上机关和单位开展增产节约和反对贪污盗窃、投机倒把、铺张浪费、分散主义、官僚主义运动。整顿违法乱纪、腐化堕落、铺张浪费以及干部特殊化等问题；查出贪污盗窃、投机倒把分子九十六人。运动历时二十八天。

1963年5月4日，基地进行仿制国产“地—空”导弹飞行试验。6月7日成功发射了第一枚“红旗一号”导弹；7月2日成功发射了第二枚“红旗二号”导弹。

1963年10月22日，炮兵部队在基地进行一〇五九导弹检验训练试验。合练后泄出酒精违反操作规程，造成一枚一〇五九导弹弯折报废。

1963年10月31日，国务院副总理、总参谋长罗瑞卿到基地视察，听取基地司令员李福泽等人的汇报，指示要做好靶场的安全保密工作；要有步骤地解决基地干部的家属随军问题。

1964年3月12日，总参谋部和国防科委颁发由中央军委批准的各种导弹、火箭命名和代号编排方法。“地—地”导弹命名为“东风”，代号“DF”；“地—空”导弹命名为“红旗”，代号“HQ”；“空—空”导弹命名为“霹雳”，代号“PL”；“舰—舰”导弹命名为“上游”，代号“SY”；“岸—舰”导弹命名为“海鹰”，代号“HY”；“潜—地”导弹命名为“巨龙”，代号“JL”；探空火箭命名为“和平”，代号“HP”。

1964年4月8日，中央军委第二百零四次会议决定，酒泉基地从国防部五院建制划出，从1964年5月1日起，划归国防科委直接领导，其番号仍为“中国人民解放军第二十训练基地”。

1964年6月29日，中国自行研制的、经过改进的第一枚中近程导弹“东风二号”在基地发射成功。7月9日至10月24日，七枚“东风二号”导弹又在基地连续发射成功。

1964年6月30日，张爱萍率总部工作组到基地检查工作，检查了二十九个分散点站，召开了四十三次座谈会，与官兵谈话一百零四次，历时四十余天。

1964年7月，基地召开首届学习毛主席著作积极分子代表大会，七个单位的二十二人在会上介绍了学习经验。

1964年9月21日，中央军委副主席叶剑英到基地视察。22日观看了第四枚“东风二号”导弹发射。

1964年12月7日和12日，两枚“上游一号”“舰—舰”导弹，首次在基地发射成功。

1965年1月14日，第一枚“东风二号”导弹在基地发射成功，但没有取得被动段参数。4月8日和4月16日再次分别发射了两枚“东风二号”导弹，均获成功。

1965年3月，国务院副总理兼外交部部长陈毅一行视察基地，接见了参试部队，并在东风礼堂作了国际形势报告。

1965年6月1日，周恩来、陈毅在出国访问途中，在基地十四号机场短暂停留，接见了基地李福泽等领导，并听取了汇报。同年6月9日，周恩来结束出国访问，在基地十四号机场作短暂停留，听取了基地领导的汇报。同年6月18日，周恩来在出国访问途中，在基地十四号机场作短暂停留，接见了基地领导。同年7月17日，周恩来结束出国访问，在基地十四号机场作短暂停留，听取了基地领导汇报。

1965年9月19日，李福泽率领基地第一批一千六百一十八名干部，陆续开赴甘肃酒泉、玉门以及金塔县的十六个人民公社和酒泉县城关镇，参加当地“四清运动”。1966年2月底返回基地。

1965年10月20日，基地发生严重液氧着火事故，死两人，重伤两人。同日，甘肃省政府同意基地干部随军家属在酒泉、清水落户。

1965年11月13日，改进型“东风二号”导弹在基地发射成功。11月7日至次年1月6日，又先后发射了七枚改进型“东风二号”导弹，除第六枚因电池故障坠毁外，其余全部成功。

1965年11月14日，“霹雳二号”“空—空”导弹发射试验在基地圆满完成。从10月15日至11月14日，在基地先后共发射了十四枚“霹雳二号”导弹，均获成功。

1965年12月30日，据有关部门统计，从1960年到1965年，基地共生产粮食一百七十七万余公斤，蔬菜一千七百三十万公斤，肉四十一万余公斤，在发射场区和生活区共植树七十万九千余株，成活三十六万九千株，大大改善和美化了基地及戈壁滩的环境。

1966年1月，“红旗三号”“地—空”导弹首次在基地作研制性飞行试验，获得成功。5月再次发射，导弹中途坠毁，发射失败。

1966年3月11日，周恩来主持召开了中央专委第十五次会议，决定“两弹结合”试验按照先搞“冷试验”（即不装核燃料），后搞“热试验”（即装核燃料）的计划作好准备，要求各项试验准备工作在8月底完成。

1966年3月24日，基地三千三百四十三名老兵退出现役，离开发射场。其中二千八百五十二名去了冶金部门，五名去了新疆，四百八十六名回了老家。

1966年3月26日，中共中央书记处总书记邓小平，国务院副总理李富春、薄一波一行到基地视察，观看了“地—地”导弹操作表演和“地—空”导弹发射。在李福泽等人的陪同下，邓小平接见了基地一万二千多名官兵和职工，并对基地的建设、战备设防、农副业生产问题作了重要指示。

1966年3月，毛泽东、刘少奇、周恩来在听取代总参谋长杨成武汇报有关作战问题时，对基地作了明确指示：酒泉基地要防止苏联袭击，应逐步搬家；基地规模不宜太大，可搞两套；新试验场区可在伊克昭盟、吕梁山、太行山、通辽等地区选定。

1966年5月18日，基地召开各部、站党委书记联席会议，传达总政和国防科委“关于部队积极参加当前文化大革命问题”的指示，并在十七级以上党员干部中传达了中央政治局扩大会议通过的《“五一六”通知》。

1966年6月22日至7月2日，代总参谋长杨成武和总后勤部部长邱会作、广州军区司令员黄永胜等到基地视察。

1966年6月29日至7月1日，周恩来和陈毅在出访归途中，到基地看望官兵，听取了李福泽有关“两弹结合”（即导弹和原子弹）试验的准备情况汇报，还乘直升机视察了基地以北的乌苏木、建国营、居延海一带设防地区的地形。

1966年7月17日至19日，基地召开第二届学习毛主席著作积极分子代表大会。大会追认已牺牲的战士王来为基地学习毛主席著作的标兵。

1966年8月5日，基地执行“霹雳一号”“空—空”导弹实弹打靶训练时，一架空军歼一六飞机的发动机突然爆炸，飞机起火坠毁，飞行员跳伞安全着陆。

1966年8月9日至9月15日，五枚“东风二号甲”“地—地”导弹在基地连续发射，均获成功，为“两弹结合”试验奠定了基础。

1966年8月，三枚“和平二号”固体燃料气象火箭在基地先后发射，皆因火箭刚度和强度不够，导致火箭头部折断，飞行试验失败。

1966年9月1日，基地组织第二次开荒大生产运动。至1967年春，基地官兵共投入十九万个劳动日。

1966年9月28日，工程兵一〇九团在基地二号场地“偏二甲肼”地下库房作业，因通风不良，电焊引起空气中汽油分子爆炸，造成七人受伤，一人死亡。

1966年10月7日，“东风二号甲”“地—地”导弹的安全自毁系统空爆试验在基地进行，获得成功。

1966年10月8日，周恩来主持召开专委会，听取国防科委副主任张震寰关于“两弹结合”试验的准备工作汇报。10月20日，中央专委在人民大会堂福建厅召开会议，周恩来、叶剑英、聂荣臻等再次听取“两弹结合”试验准备工作情况汇报。

1966年10月25日，聂荣臻亲临基地指挥“两弹结合”发射试验，接见了参加“两弹结合”的全体科技人员。

1966年12月27日，“东风二号甲”导弹运载核弹头的“两弹结合”试验，在基地五十号发射场一举发射成功。这是世界上唯一一次陆上核试验，标志着中国从此有了用于实战的核导弹。

1966年12月25日，聂荣臻到基地主持“东风三号”“地—地”导弹的发射。26日，“东风三号”导弹在新建的二号发射场发射起飞。导弹飞行到一百一十一点二三秒时，导弹发动机提前关机，只取得主动段试验参数。

1967年5月9日，“红旗三号”“地—空”导弹独立回路遥测弹在基地进行飞行试验，一举成功。

1967年6月6日，基地参谋长徐明少将被认定为“叛徒”，被强令停职审查和行政看管。6月13日，中央军委得悉后迅即指示基地：1. 徐明问题由基地党委组成专案小组调查核实，群众不要贴大字报，不要开大会批斗；2. 基地地处边疆，战备和试验任务繁重，必须坚持正面教育、不搞“四大”的方针，保持部队稳定和正常指挥；3. 所有人员必须坚守岗位，不得以任何理由擅离职守，外协人员不准在基地搞“四大”，不准进行串联。

1967年7月14日，基地和田测量站战士李再林在搜索导弹残骸中，因迷失方向而献出生命。基地追认他为中共正式党员，并追记二等功。

1968年1月20日，国防科委批准基地自建一所中学。

1968年6月10日，基地工兵团少数人煽动“造反”，揪斗该团团长，并将团长殴打致伤。

1968年12月27日，基地在零下三十至零下四十五摄氏度环境下进行“东风三号”导弹全武器系统低温试验。经七次试验表明，导弹可在低温环境下使用。

1969年4月11日，基地“清理阶级队伍”工作开始。一是举办干部学习班，二是相互揭发和自我交代，三是对“有问题的人”立案审查。最后二十八人被定为敌我矛盾。

1969年8月27日，基地党委常委第一百三十五次会议决定：动员东风场区的随军家属和职工家属返回老家参加生产劳动，无家可归或返回老家有困难者，拟在甘肃金塔、酒泉、张掖、永昌等地农村插队落户。10月底，首批四百五十七户返乡。

1969年11月8日至11日，应基地司令员李福泽邀请，钱学森到基地就选择卫星、飞船发射场和宇航员训练问题交换意见。

1969年11月12日，栗在山政委传达黄永胜、吴法宪关于“基地要尽快搬迁疏散、早作打仗准备”的指示。18日，基地党委颁发《关于迅速疏散家属返乡，限期撤离场区的指示》。

1969年11月16日，“东风四号”导弹在基地二号发射场进行首次发射试验。导弹点火升空后第二级未点火，导弹中途坠毁，发射失败。

1970年1月30日，第二枚“东风四号”导弹在基地二号发射场发射成功，弹头准确命中目标。

1970年4月13日，中央军委任命栗在山为国防科委副政委兼政治部主任，李福泽为国防科委副主任兼酒泉基地司令员。

1970年4月14日，周恩来、李先念在人民大会堂听取中国第一颗人造卫星发射准备情况汇报。钱学森、杨国宇、任新民、李福泽等参加了汇报。16日，中央批准发射计划。

1970年4月24日，中国第一颗人造地球卫星“东方红一号”在基地发射成功。中国成为继苏联、美国、法国、日本之后第五个自主发射人造卫星的国家。

1970年7月14日，毛泽东、林彪、周恩来和中央军委办事组正式批准中国载人航天的计划。

1970年5月31日，基地一千二百零八名干部复员回乡，离开发射场。

1970年6月7日至9月20日，基地从五千九百八十九名战士中挑选出六名宇航锻炼员和十名飞行员，分别送到国防科委和兰州军区受训。

1970 年 11 月 4 日，中央军委办事组批准基地领导机关向西安转移的计划。

1971 年 3 月 3 日，“实践一号”科学试验卫星在基地发射成功。这是中国发射的第一颗科学实验卫星。卫星在空间运行八年有余，1979 年 6 月 11 日陨落。

1971 年 9 月 10 日，“东风五号”洲际导弹在基地进行首次发射试验。导弹第二级飞行至二百零七秒时，主发动机提前关机，实际落点比预定落点偏远五百五十二公里。

1972 年 5 月 10 日，基地五部发生铁路平板车与铁三局公务平板车相撞事故，十人死亡，两人重伤，一人轻伤。

1972 年 7 月 19 日，基地贯彻落实周恩来的指示，举办学习班，开展“批林整风”运动。

1972 年 12 月 26 日，第二枚“东风五号”洲际导弹在基地发射。导弹在点火过程中因点火线路出现故障，四台发动机只有两台被启动。导弹自动紧急关机，发射中止。

1973 年 3 月 13 日，基地九千六百名老兵退出现役，离开发射场。

1973 年 3 月 27 日，基地成立清查小组，负责清查“林彪反革命集团阴谋活动”问题。

1973 年 4 月 8 日，第二枚改进后的“东风五号”洲际导弹在基地再次发射。导弹飞行到四十三点一六秒时在空中自毁，发射失败。

1973 年 9 月 18 日，“长空一号”电子侦察卫星在基地用“风暴一号”火箭发射。二级火箭游动发动机出现故障，火箭失控自毁，残骸坠落于甘肃临洮境内。

1973 年 12 月，基地驻东风场区的所属单位大搞农田基本建设，采取平整土地、翻地掺沙、整修渠道等措施，改良农田一千三百二十四亩。

1974 年 1 月 15 日，基地三千五百一十三名老兵退出现役，离开发射场。

1974 年 2 月 5 日，基地召开“批林批孔”动员大会，传达中央指示，号召全体官兵积极投入“批林批孔”运动。14 日，基地成立“批林批孔”办公室。20日，基地司令部参谋张××、工程设计所杨××联名给江青写信，反映基地“批林批孔”问题。2月26日，中央副主席王洪文、政治局委员江青给基地张××、杨××复信，并送学习材料。

1974年3月8日，王洪文等中央领导人在北京听取国防科委、七机部关于“批林批孔”情况汇报后指出：二十基地有两个人相当成问题，你们要注意！要组织老中青的班子到二十基地去点火，发动群众。3月13日，国防科委派出检查组到基地，揭开基地“阶级斗争”的盖子，掀起“批林批孔”运动新高潮，并宣布基地机关可以搞“四大”，矛头直指司令员李福泽和基地党委。

1974年3月22日，国防科委学习组和国防科委临时党委常委书面请示中央军委，建议将基地司令员李福泽隔离审查，令其检查交代问题，并组织专人审查；基地副政委高震亚停职检查，接受群众批判。随后中央军委批示：同意国防科委建议。

1974年3月30日，基地召开贯彻中央军委批示、掀起“批林批孔”运动新高潮动员大会。会上，国防科委检查组宣布将李福泽隔离审查、高震亚停职检查。5月11日，基地召开批判李福泽、高震亚大会。5月15日，基地党委常委召开“批林批孔”扩大会议。同日，“和平六号”气象火箭在基地一号发射场发射成功。

1974年7月12日，第二颗“长空一号”电子侦察卫星在基地进行发射试验。火箭点火起飞后，第二级火箭飞行到一百九十四点六秒时主发动机出现故障，卫星未能入轨，残骸坠于广西横县一带。

1974年11月5日，中国第一颗返回式遥感卫星在基地发射。火箭点火起飞至二十秒时突然爆炸，发射失败。

1975年2月25日，基地九千零一十六名老兵退出现役，离开发射场。3月26日，基地召开知识青年上山下乡大会，欢送基地一百一十一名知识青年赴农村插队落户。

1975年5月2日，一股龙卷风掠过基地二号发射场和四号场地，掀掉勤务塔顶铁皮一百零五平方米，揭掉库房房顶三百平方米，四十四号气象站七米高的烟囱被折断。

1975年5月12日至26日，七枚“和平六号”气象火箭在基地发射，其中三枚成功，四枚失败。

1975年5月22日，中央军委任命张贻祥为基地第三任司令员。

1975年7月26日，“长空一号”电子侦察卫星在基地发射成功。

1975年10月29日，中央军委任命徐明为基地第四任司令员。

1975年11月26日，“尖兵一号”返回式侦察卫星在基地发射成功并圆满回收。中国成为继美国、苏联之后第三个掌握人造卫星返回技术的国家。

1976年4月30日，基地三千三百六十六名老兵退出现役，离开发射场。

1976年11月8日，基地十号场区礼堂失火，观众厅和舞台全被烧毁，损失一百五十二万元。

1976年11月10日，“长空一号”电子侦察卫星在基地发射。因二级火箭发生故障，推力偏低，卫星未达到入轨速度，卫星和二级火箭残骸坠毁于南半球。12月7日，“尖兵一号”侦察卫星在基地发射成功。

1977年3月，基地二千四百八十名老兵退出现役，离开发射场。

1977年8月17日，基地召开八千人公判大会，判处结伙持刀行凶犯董家伦有期徒刑四年，开除军籍；判处结伙持刀行凶犯王义有期徒刑三年。

1977年9月14日，“风暴一号”火箭在基地发射成功。

1978年5月，基地三千一百二十六名老兵退出现役，离开发射场。

1978年10月5日，“东风五号”洲际导弹在基地发射升空后，二级火箭游动发动机提前四秒关机，弹头落点偏差三十九点九公里。

1979年1月18日，国防科委党委作出关于为在基地“放火烧荒”中受害的基地党委和同志平反的决定。3月5日，国防科委决定，为在“反击右倾翻案风”中受害的同志平反。3月12日，国防科委党委作出为徐明、刘绍先平反的决定。

1979年4月20日，国家计委和教育部批准基地开办一所中等专业学校，招收对象主要是基地的高中毕业生和上山下乡知识青年。

1979 年 5 月 24 日，以美国宇航局副局长安东尼·凯里奥博士为首的美国空间技术代表团一行十一人到基地参观访问。6 月 12 日，应日中科学技术交流协会的邀请，基地司令员徐明率领中国航天技术考察团赴日本参观考察。

1979 年 7 月 28 日，新"长征一号"火箭在基地发射"实践一号""实践二号甲""实践二号乙"三颗科学实验卫星。火箭二级游动发动机涡轮泵出现故障，火箭姿态失控自毁，发射失败。

1979 年 10 月 22 日，以水野治为团长的日本宇宙科学技术团一行十六人到基地参观访问。

1980 年 3 月 7 日，基地后勤部综合仓库三号炸药库爆炸，二十二人被炸死，一人重伤，炸药库全部被毁，损失炸药五万五千五百二十四点六公斤。距爆炸中心十公里范围内的发射场区，均受到不同程度的震荡。

1980 年 5 月 18 日，"东风五号"洲际导弹在基地发射。弹头准确落入太平洋预定海域，完整回收了数据舱，全程飞行试验获得成功。

1980 年 5 月 20 日，经中央军委批准，国防科委党委作出为国防科委原副主任兼基地司令员李福泽平反的决定。

1980 年 6 月 6 日，总参谋长杨得志和副总参谋长杨勇到基地，视察了居延海一带的地形和守备师的设防情况，指示基地要作撤离预案，否则打起仗来会手忙脚乱。

1980 年 7 月 10 日至 11 日，美国参议院民主党领袖罗伯特·伯德一行十六人在全国人大常委会委员李瑞环等人的陪同下到基地参观访问。

1980 年 12 月 31 日，基地三千零九十九名老兵退出现役，离开发射场。

1981 年 6 月 8 日，基地十号区突降暴雨，导致山洪暴发。东风车站以北的拦洪坝被冲毁，东风车站线路和多处铁路、公路、桥涵、房屋遭到严重破坏，室内水深达一点五米。

1981 年 9 月 20 日，"长征一号"火箭在基地同时发射三颗科学实验卫星——"实践二号""实践二号甲""实践二号乙"，一举成功。中国成为世界上第三个掌握"一箭多星"发射技术的国家。

1982 年 10 月 12 日，基地协助海军基地首次从潜艇水下成功发射“巨浪一号”潜地导弹。

1983 年 9 月，中央军委副主席杨尚昆一行到基地视察。

1983 年 9 月 26 日，中央军委任命张孝德为基地第五任司令员。

1985 年 7 月 19 日，中共中央总书记胡耀邦一行到基地视察，并题词：“身居最下游志在最高层”。

1986 年 4 月 5 日，经国务院、中央军委批准，基地可以对外开放，对外称“酒泉卫星发射中心”。

1987 年 6 月 16 日，美国太平洋总部司令罗纳德·海斯上将一行到基地访问。

1987 年 8 月，基地成功地为法国马特拉公司提供了发射搭载服务。这是中国首次为国外卫星提供搭载服务，标志着中国航天技术迈出国门的第一步。

1987 年 8 月 21 日—23 日，中共中央总书记、军委副主席赵紫阳一行到基地视察。

1988 年 4 月 26 日，军委副秘书长洪学智、刘华清一行到基地视察。

1988 年 10 月 17 日，总参谋长迟浩田一行到基地视察。

1992 年 8 月 11 日，中共中央总书记江泽民一行到基地视察。

1994 年 7 月 3 日，载人航天发射场奠基仪式在基地隆重举行。

1999 年 11 月 20 日，中国第一艘宇宙飞船——“神舟一号”试验飞船在基地发射成功。

2001 年 1 月 10 日，中国第二艘宇宙飞船——“神舟二号”试验飞船在基地发射成功。

2002 年 3 月 25 日，中国第三艘宇宙飞船——“神舟三号”试验飞船在基地发射成功。中共中央总书记江泽民一行到基地视察，并在现场观看了发射。

2002 年 12 月 29 日，中国第四艘宇宙飞船——“神舟四号”试验飞船在基地发射成功。全国人大常委会委员长李鹏一行到基地视察，并在现场观看了发射。

2003年10月15日，中国第五艘宇宙飞船——“神舟五号”载人飞船在基地发射成功。中共中央总书记胡锦涛一行到基地视察，并在现场观看了发射。

2005年10月12日，中国第六艘宇宙飞船——“神舟六号”载人飞船在基地发射成功。国务院总理温家宝一行到基地视察，并在现场观看了发射。

2006年9月9日，“长征二号丙”火箭在基地成功发射了“实践八号”卫星。这是中国第一颗专门用于育种的卫星。

2007年5月，总参谋长梁光烈到基地视察。

2008年9月25日，中国第七艘宇宙飞船——“神舟七号”载人飞船在基地发射成功。中共中央总书记胡锦涛第二次到基地视察，并在现场观看了发射。

…………

自1959年8月第一枚“地—空”导弹升空，到2008年8月“神舟七号”载人飞船上天，五十年间酒泉发射基地完成了上千次各种型号的导弹、火箭、卫星、飞船的发射，创造了中国航天史上的“十三个第一”；而出身于酒泉基地的上将、中将和少将，据统计，截至2010年约有一百四十人。故此，酒泉发射基地被称为“中国发射将军的摇篮”。

后　记
历史不是传说

李鸣生

1974 年，我在四川西昌卫星发射基地当兵。西昌发射基地是从位于戈壁滩的酒泉发射基地派生出来的，所以新兵下连后，我便从一些“戈壁老兵”的嘴里第一次听到了有关戈壁滩、酒泉基地和李福泽将军的故事。尤其是李福泽将军的故事，像一个神奇的传说，令我兴奋，令我着迷。此后这个传说便像一粒种子埋在心底，随着岁月的流逝，愈加传奇。

二十年后，即 1993 年，我在北京第一次见到了传说中的李福泽将军。是一个夏日的上午，我如约走进北京东单建国门内八十号院将军的家。将军身着一件短袖汗衫，脚穿一双老头鞋，手摇一把蒲扇，既像一位饱经沧桑的老农，又似一位洗尽铅华的长者，就是不像二十年前“戈壁老兵”传说中的那位叱咤风云、八面威风的发射将军！更出乎我意料的是，将军在接受采访时，竟然脱掉老头鞋，盘腿坐在沙发上，一边摇着蒲扇，一边龇牙咧嘴地抠着脚丫！于是我怎么也无法把传说中的发射将军和眼前这位抠着臭脚丫的老头儿联系在一起。然而随着将军的娓娓道来，尤其是将军讲到戈壁滩，讲到发射场，讲到苏联“老大哥”，讲到当年那一枚枚腾空而起的导弹时，我渐渐从眼前这位龇牙咧嘴地抠着脚丫的老头儿身上感受到了一个真正的男人的雄壮与魅力，同时也实实在在地体味到了历史的尴尬与人生的无奈。

此后，我开始了对李福泽将军、酒泉基地和相关人员的采访。由于年代久远，历史复杂隐秘，采访困难重重，如同大海捞针；加之编辑工作缠身，业余创作紧张，十几年一晃而过。十几年中，我从四川到北京，从北京到广州，从广州到甘肃，从甘肃到山东；从研究院到工厂，从工厂到战场，从战场到发射场……行程数万里，采访了上百位将军、专家、老兵和亲属，查阅、搜集、整理了数百万字的史料。此期间，由于总觉得采访不够深入，对历史和人物把握不透，故一直未能真正投入创作。然而通过十多年的苦苦寻访，我开始渐渐走近大漠荒原，走近共和国第一支导弹发射部队和第一代导弹发射将军，同时也走近那段被岁月尘封已久的“绝密历史”。

值得一提的是2002年寒冬，我去西北酒泉发射基地采访。一个落日的黄昏，我独自走进基地东风革命烈士陵园，第一次见到了传说已久的六百七十二座“大漠丰碑”；而其中的一座墓碑，便是李福泽将军的。由于当年这个埋葬死者的地方也要保密，所以基地给这片墓地取了个代号叫“九号半”。那天，戈壁滩上有风，风不大，却很冷，六百七十二座墓碑静静地匍匐在大漠深处的发射塔下，如同隐身于荒原中的缕缕孤烟，不留痕迹，悄无声息。望着六百七十二座墓碑，我忽然想起位于云南老山前线的麻栗坡烈士陵园。十年前，也是一个黄昏，我刚走进麻栗坡烈士陵园，望着满山遍野那大片大片的坟茔，耳畔随之回响起“葡萄美酒夜光杯，欲饮琵琶马上催。醉卧沙场君莫笑，古来征战几人回”的唐诗绝句，于是想起那些年仅十七八岁——上了战场还分不清东南西北，甚至瘦弱的双臂连枪都举不起来——便永远结束了生命的新兵娃子，我双膝一软，便禁不住跪了下去——跪在了九百五十七座坟茔面前。这一跪，为那些死在血火战场的战友兄弟。而此时此刻，望着发射塔下同样大片大片的坟茔，想起当年只身闯进大漠荒原创建新中国第一个导弹发射靶场的十万将士，想起九年前李福泽将军在家中与我侃侃而谈时的音容笑貌，我双膝一软，同样忍不住跪了下去——跪在了六百七十二座墓碑面前。这一跪，为那些倒在通天路上的登天勇士……

而就在这一瞬间，我忽然意识到，历史原来不是传说。历史是什么？历史是汗，是泪，是血；历史是爱与恨，是苦与乐，是悲与喜；历史是实实在在的埋头苦干，是百折不挠的持之以恒，是惊心动魄的开天辟地，是平平常常的点点滴滴，是云山雾罩的真真假假，是层出不穷的是是非非，是周而复始的得失成败，是前仆后继的生生死死！中华民族从陆地走向太空的历史，既不是古老的神话，也不是遥远的传说，而是一个用“人”字刻在人间天上的真实与壮美；而托起民族飞天翅膀的，除了阳光和闪光灯照耀下的高高的发射塔，还有常年掩埋在大漠风尘下的白骨与忠魂！

于是，又经无数寻访，数易其稿，便有了这部《发射将军》——我的“航天系列”第七部（也许是最后一部）。尽管书中的故事犹如风过荒原，新中国第一代发射将士的生命早已化作大漠孤魂；但我愿意相信，精神不死，历史永存。

2010 年 3 月 18 日

附　录

《发射将军》评论辑

李鸣生的作品有巨大的情感力量

陈建功

李鸣生是一个非常关注我国高科技发展的作家，他的作品的影响力不仅仅因为揭秘性。他的作品视野宏阔、人物塑造生动，和国家的历史发展相呼应，具有感人至深的艺术魅力。他的作品可以称之为中国航天事业形象的编年史，或者堪称航天人物的英雄史。他不光写了航天七部曲，还有《中国863》《震中在人心》等。《震中在人心》写得很感人，这次已获鲁迅文学奖。这些作品都展示了李鸣生作为一个军人作家强烈的责任感和使命感。我特别要指出的是，这种责任感和使命感在他的身上表现为一种巨大的、发自内心的情感力量。包括这部《发射将军》，显示了作家对我国高科技战线的科学家们所抱有的由衷的敬意。李鸣生在西昌基地当过战士，他当战士时就对航天事业和对从事航天事业的开创者们抱有很深的感情。这些是他的人生经历和心路历程所蕴含的，是他心灵生长的情感之树，盛开的情感之花。我读过很多报告文学，有情感和没情感完全不是一回事。这是优秀报告文学作家和一般报告文学作家的重要区别。我还要指出的是，李鸣生心灵生长的情感之树，盛开的情感之花，并不是空泛的赞美和抒情，而是通过人物鲜明的个性表现出来的。我读过很多描写离休干部的小说和报告文学，这些作品写了老干部的失落和牢骚，不甘和烦闷。但李鸣生笔下的将军却让我们有更多的感动和理解，他写出了将军烈士暮年、壮心不已的厚度，写出了将军的人生追求和精神境界。虽然也写了一些失落和牢骚，但更多的是对昂扬的、悲壮人生的讴歌。我认为这才是真正的英雄暮年之歌。所以我觉得李鸣生的使命感和责任感，首先是出于他内心情感的感动，再把这种感动变成生动的人物塑造。这是值得我们思考的，也是值得向报告文学界推崇的，希望报告文学界能有所启发，以进一步推动报告文学的发展。

不愧为大手笔

胡世祥

李鸣生拿出这个作品确实不容易，写航天领域要进行大量的采访，还要面对活着的人，所以报告文学难写，因为航天事业是万人一杆枪，作品写出来后要被好多人质疑。我对文学很外行，报告文学更外行，但李鸣生是我的老战友，李福泽将军是我心中的神，所以一定要来。我觉得作者不愧为大手笔，他从国家长远利益的高度，从民族安危、民族尊严的角度，去挖掘“两弹一星”的历史内涵。纵横几十年的历史，新中国成立初期、抗美援朝、“文化大革命”等，抓住各个时期重大事件，从中去体现历史创造英雄和英雄推动历史的全过程。虽然是大主题，但作者不仅仰望星空，更注重脚踏实地，从细微入手，无论是写人、写事、写情、写景，都恰到好处。作者有着航天人的深厚情结，加上大量的调查、考察和亲身体验，源于生活的再创造，使人文环境的描述如身临其境，对人物的刻画栩栩如生，对感情的描写丝丝入扣、感人至深。对李福泽将军的正气、豪气、傲气、有文化、有思想，却又是在残酷的战场上打出来的武将的倔强、耿直描写得淋漓尽致。作者也写了将军不雅的口头禅，说明他是人不是神，他也有和常人一样的生活习惯。他狠骂干部但爱兵如子，而且特别愿意听第一线技术人员的意见。记得有一次发射前指挥部开会，决定打还是不打，好多领导和专家都说这也不行，那也不行，推来推去。最后谁都不说话的时候，李司令就说了：发射实验，七分成功，三分冒险，打！会议一下就结束了。这是一种大无畏的革命精神，勇于承担责任的精神！决策者的孤独这一刻在老将军的身上就体现出来了。总之，李福泽这位发射场上的战神虽然走了，他却永远活在我们心中！

（作者为中国载人航天工程副总指挥）

李鸣生是有重要贡献的作家

何建明

李鸣生在中国当代报告文学作家当中，是一个很重要的报告文学作家，而且是一个非常杰出的报告文学作家。他的创作时间长，成果非常突出。他的报告文学作品一个特别显著的特点，就是二十年来完成了“航天七部曲”。一个作家能在同一题材中坚持不懈地写作二十年，这是非常不容易的。不容易有几个地方，一是他对航天题材的了解和感觉，恐怕是任何一个作家不能代替的；二是写同一个题材是很有难度的，但他的每部作品都有提升和升华，尤其是这部《发射将军》，与其他航天作品有显著不同。这对他来说又是一个新的起点。李鸣生在其他题材的创作也是非常优秀的，他一共写了二十多部作品，这些作品不仅仅是军事题材，也有地方题材，我所知道的有一大批，比如写汶川大地震的《震中在人心》。而这些作品对整个中国的文学、中国的报告文学创作，都起到了重要的作用，是特别重要的组成部分。这是李鸣生重要的贡献。所以从创作的成果来说，无论是军事题材，还是地方题材，李鸣生的贡献都是显而易见的。他是一个非常丰厚的，而且一直走在前沿的，有多方面贡献的作家。

讨论李鸣生的作品，我联想到当前报告文学的创作问题，有几点想法。第一，报告文学到底是回顾历史为主还是反映现实为主。我觉得这不仅仅是一个题材上的问题，而是决定报告文学是否继续成为时代号角的一个重要问题。现在写现实题材越来越少，原因是多方面的，主要有三方面的难题。一是现实题材难写，难就难在作者需要付出巨大的采访劳动。二是必须面对活着的当事人。这几年我发现一个现象，写历史题材比较多。面对死人是容易写的，但是面对活人是很难写的。因为作者写的人和事不仅作者知道，很多人都知道。比如李鸣生写的这部《发射将军》，要写这样的人就很难。三是不能随便编故事。有了这三个难题，就造成了现实题材难写的特定性。这看起来是个学术问题，实质上是个创作态度问题。真正优秀的报告文学，实际上首先的工作在于采访，在于现场，在于现场的材料，这是报告文学最可贵、最主要的东西。而鸣生在这上面处理得非常好，我觉得这是一个优秀报告文学作家应该具备的最基本的素质。这也是我对鸣生表示敬意的地方。第二，我觉得报告文学评论比较少，而且比较浅，这也是造成当代报告文学不能成为公众了解和熟悉的一个重要原因，使得本来精彩纷呈的报告文学失去了一大部分的光芒。第三，对报告文学这种文体的创作艺术还缺少深入的研究。第四，如何借助其他媒体提升报告文学应有的社会地位及社会功能，也是值得我们研究的。由于小说与电视、电影接轨很好，报告文学也需要跟其他媒体特别是影视媒体衔接起来，才可能真正发挥它的功能。今天著名的电影导演也来参加李鸣生的研讨会，我想《发射将军》是可以改编成好的电影电视的。通过这次研讨会，把《发射将军》真正推到一个新的高度。

《发射将军》对报告文学创作很有启示

梁鸿鹰

李鸣生在航天这个题材所达到的艺术震撼力和成就，在全国来讲，没有第二个人能跟他比，甚至从世界范围来讲，恐怕也没有第二个人能比。他以往写的东西宏观的比较多，但《发射将军》宏观和微观结合得比较好；另外写人写得很好。报告文学最难写就是正面人物，如何把好人写得你爱读，对他产生敬仰之情，这个对作家是个最大的考验。李鸣生善于从宏观方面着眼，激情非常充沛，但是写这部书他没有采取以往的写法，他回归到文学，细腻、丰富地写出将军的人生的况味。尤其将军从狱中出来后的章节，写得非常好。作品就写他从辉煌的舞台上下来后的焦虑、痛苦、依恋和期待，扎扎实实，非常可贵。我还很少看到写军人写到这个份上的。另外，作品中还有两个东西很可贵，一个是对"文革"中酒泉基地发生的事的处理，这个东西很敏感，但作者把握得比较好；再一个就是对苏联"老大哥"由合作到撤走这一段的描写，这也很难写。我觉得这两部分写得都非常好。总的来说，《发射将军》又一次充分体现了李鸣生的责任感、使命感，这是李鸣生最成熟的一部作品之一。这部作品对我们当前报告文学的创作确实有很大的启示，比如如何写好一个正面的人，很值得我们思考。

文学历史是可以改写的

韦　廉

我读李鸣生的《发射将军》的时候，感觉在读一部好的小说、好的电影剧本、好的人物戏、好的历史剧。感觉是小说的感觉，但静静一想，它还是报告文学。如果说《谁是最可爱的人》是散文式的报告文学，我觉得《发射将军》就是小说式的报告文学。李鸣生把发射将军这个生活中的典型变成了一个活生生的、有独特个性人格魅力的文学典型。这部作品把报告和文学、记录性和文学性、思想性和艺术性、历史认知价值和审美价值、政治分寸感和艺术的准确性以及新闻的五个"W"和艺术的"这一个"，都得到了比较完美的统一。这种新的审美感受来自哪里呢？来自作品新的美和新的探索。改革开放三十年，科学出现了边缘化，文学呢？如何看待报告文学的报告和文学、记录性和艺术性？我为什么就提报告文学的报告功能，而不说真实性和纪实性？真实性是一切文学艺术的美学的根本问题，是所有的文艺作品都要解决的问题，不应该是报告文学的特性。而纪实性是一种艺术风格，风格没有高低对错之分。所以我说纪实性不是报告文学的专有特性。报告文学是报告和文学、记录性和艺术性的化合物。小说和报告文学的关系有点像我们故事片和纪录片，我在拍某些纪录片的时候，有时候感觉纪录片也是假的。所以任何真实都是相对的。电影的真实通过胶片、摄影机，文学的真实通过线性的文字来激发人们想象。生活有时也是不真实的，不可靠的，而艺术可以更真实，可以反映出生活的本质。我觉得《发射将军》确实做到了艺术的真实和生活的真实的统一，二者结合得非常好。这是我的第一个感受。第二个感受是《发射将军》带给我一种新的审美感受。这个新的审美感受一个是来自艺术上。比如李福泽将军抠脚丫这个细节，这是生活中真实的一个细节，但在作品里却变成了一个艺术细节。我认为报告文学不能虚构，但是可以想象，必须有想象力。《发射将军》充满了艺术想象，李鸣生在生活的基础上，充分发挥了艺术想象，艺术升华，作品反映的生活已经不是生活本身了。电影是这样，文学也是这样。另一个就是作品在思想上有新的发现，有作家直面现实的勇气和理性追求。比如写中国和苏联专家之间的故事，有新思考，有真知灼见，写得非常动人。另外写一个好作品需要体力、耐力和坚韧。李鸣生付出的耐力和毅力，可以说是惊人的。而这些李鸣生都做到了。总之《发射将军》不仅显示了报告文学自身的魅力，而且说明文学历史是可以改写的。所以我很期待更多类似这样的报告文学面世。

（作者为八一电影厂著名导演）

献给军人英雄和文人英雄的纪念碑

冯立三

今天的报告文学早已不再是新闻的扩写了，应该从社会观察家、社会评论家和人的良心角度出发，重新规范报告文学的定义。李鸣生的《发射将军》我认为写的是一个军人的忠诚和知识分子的智慧，以及他复杂的悲壮性的命运。在我看来，李鸣生写的是我向往的一个上帝式人物，而我的上帝带一点野性，所以我喜欢这位发射将军。我认为作家的成熟，语言是个重要的标志。鸣生的语言很好，比如他写 1958 年，一方面破釜沉舟搞导弹，一方面搞“大跃进”，写“大跃进”在灾难后就一个比喻：空旷的田野……一片狼藉；路边上，一个个土法上马的炼钢炉如同一座座孤独的坟茔。谁这么写过“大跃进”？了不起。不是说简练吗？这就叫简练。不是说形象吗？这就叫形象。还有，描写太阳的诗，车载斗量，比如《静静的顿河》，天空的太阳是黑色的；王之涣写白日依山尽，落山的太阳是白色的。李鸣生写太阳，就八个字：傲视天下、目空一切。谁这么写太阳？就他这么写，这是他的创造。还有结尾写得很好，写李福泽辉煌的葬礼，来宾一个一个点到，这是对上帝式人物的缅怀，庄重而辉煌。李福泽将军既代表着解放军，又代表着知识分子，只有他才配享受这样的葬礼。《发射将军》就是献给军人英雄和文人英雄的辉煌的纪念碑。所以我今天带来一块匾，是表示对李鸣生的尊敬，匾上写的是：“中国航天文学之父”。我认为李鸣生当之无愧。

由史向诗的转变

范咏戈

读李鸣生的《发射将军》，眼前与两千多年前司马迁笔下的李广将军相重叠。李广作战勇猛过人，曾把石头误看作老虎，一箭射去，竟射穿了石头。司马迁用了这样的细节把李广写得栩栩如生，千古不朽。李福泽将军从战场转战到发射场，在创建发射场中受苦，在三年严重困难时期挨饿，在“文革”中挨整，历经种种坎坷却始终大树般挺立。这是他的大节。难得的是，《发射将军》做到了大节与细节的结合，使发射将军的形象十分灵动，超越了一些写老一辈将军的报告文学的拘谨与禁忌。从中我看到了李鸣生的一种心灵纬度：他是通过由“史”向“诗”的转变，复活历史并作了诗意的传达，并通过活生生的人物形象呼唤一种将军精神——“中国精神”的回归！因此《发射将军》既是李鸣生以往航天系列作品的突破，也将对我国科技报告文学和人物传记提供新的经验。另外，从中可以看出，李鸣生确实有把握大报告文学或者说书写大历史的一种心灵的纬度，这是很多作家难以做到的。而李鸣生在和历史对话时，字里行间能够感受到他在呼唤着一种“中国精神”，这是构成他作品很突出的一个特色。现在不少报告文学躲避现实，真正关注民生、提炼中国精神的少，这和我们的生活不相称。我认为报告文学还是要提倡多反映现实，不然的话，原本意义上的报告文学可能就会变质。这一点，我非常欣赏李鸣生走的这条报告文学的创造路子。

李鸣生是有担当精神的作家

刘 茵

我认为报告文学作家现在最重要的是思想担当，自由写作。李鸣生在这方面还是突出的，他是一位有思想、有担当精神的作家，比如他的《发射将军》和《震中在人心》，表现就比较突出。李鸣生是20世纪90年代涌现出的报告文学作家群中有个性、有影响的一位作家，是继徐迟之后写科技题材最优秀的一位报告文学作家。他的七部航天题材的力作，构成了绝无仅有、无可替代的航天系列。但七部作品各不相同。他持续地、长久地在航天领域挖掘一口深井，这恰恰是他的优势。他笔下的《发射将军》个性鲜明，既写出了将军所置身的艰苦、恶劣的自然环境大戈壁，也写出了将军所处的复杂的社会环境。作者注重从人物与自然环境、社会环境的矛盾冲突中展现将军的独特的个性和丰富的精神世界。这方面他是通过大量生动的情节、丰富的细节来表现的，是用文学的手法来表现的，是让形象说话的。他把报告与文学结合得很好，书中很多故事都给我留下了深刻的印象，比如基地官兵没粮了只能去打沙枣叶充饥，骨瘦如柴的灾民们抢粮后，将军把粮食分给灾民们吃，等等。这些故事在有些作者笔下可能是回避的，但李鸣生不仅不回避，还真实地把它写了出来，让我们既看到当年天灾人祸之严重，又看到将军爱官爱民的一面。作者极有层次地写出了将军由愤怒到惊讶、到痛心、到怜惜的过程，让我们看到了将军闪光的精神世界，这是对人性深刻的开掘，更是对“左”的路线的鞭打。这就是李鸣生的担当精神。但作品有的地方还不精，还欠打磨。

宏大叙事的细节魅力

彭学明

李鸣生的报告文学惯于细节见长。他的《发射将军》依然延续了这个风格与长处，充分体现了宏大叙事的细节魅力。不少作家写作，往往只问主题宏大，忽略细节的魅力与力量。殊不知所有作品，都是靠无数的细节去展现和附丽的。文学就像一棵大树，主题只是一根主干，而细节则是作品中的根系和枝叶，是维系生命所在。报告文学中，宏大叙事往往是最难把握的。一是在题材上惯于高高在上地站在高处，把题材一味地往大处整，从而把宏大的主题事件当作政治读物，把文学叙事当作政治解说，而忽略了文学最本质的东西：艺术。这样的作品往往只有一个庞大的框架，却没有连接框架的筋络，有骨无肉，有皮无骨，假、大、空。二是在人物上惯于自我谦卑地站在低处，把人物无限制地往高处顶，从而把小人物当成大人物，把大人物当成老佛爷甚至神，给人极不真实的感觉。而李鸣生的《发射将军》同样是大题材、大视野、大叙事，却不是这样，他是从小处入手，细部着力，让宏大主题回到生活细节，让政治事件回到文学艺术，让各种人物回到原色本真，以时代、生活及人物的细部来反映时代、生活及人物的本质，生动、真实而丰沛。洋洋洒洒五十万字，不让人望而生畏，而是爱不释手，一口气读完，就是因为被作品中大量生动的细节所吸引。而所有的细节，都是为人物服务，直指人物心灵与精神的。一是生活的细节。生活的细节是最能够传神地刻画人物的个性、丰富人物形象的。《发射将军》就是通过大量的生活细节来刻画人物个性、丰富人物形象的。比如调李福泽参与组建导弹部队时，李鸣生就是用李福泽“抗命不从”，萧华亲自南下敦促这个细节来刻画将军的刚直、萧华的礼贤下士的。在最为困难、树叶草根都吃尽的时候，通过全体将士一碗奶汤喝到最后也没喝完这个细节，刻画出了艰苦年代将士之间甘苦与共的生死情谊。二是环境的细节。环境的描写往往是用来烘托人物心理活动的。而李鸣生极为细腻的环境描写，往往是为人物的心灵和精神世界服务的，他特别善于抓住环境中的一些细节加以描绘，从而让我们在不同的环境中感受人物的心灵与精神。比如在初入边塞时，他通过落日余晖下黄羊追着车子赛跑这个大漠边关特有的环境细节，加以李福泽停下车子以免黄羊追车暴毙这个生活细节，不但给我们呈现了一幅异常美丽的边塞景象，也呈现出了将军的美好心灵。即便在极为恶劣的环境里，李鸣生也能够通过恶劣的环节细节，来传达出美好的精神境界。比如在戈壁滩上，李鸣生通过天寒地冻，沙尘暴满天，战士们冻得指甲都脱落了等环境细节，传达出了将军对战士的心痛、关怀和战士的质朴、坚强。这样的生活细节和环境细节在书里比比皆是。这让人物变得鲜活，作品变得生动，人物和作品都变得丰沛丰满，激情四溢，有了生命、生机和生气。而人物和作品的生命、生机和生气，是衡量作品是否优秀的关键所在。期待李鸣生的作品永远保持这种艺术的生命、生机与生气。

知识分子的情怀

李建军

李鸣生有自己特别关注的题材领域，但是，他的精神视野却没有局限在狭小的空间里。他有知识分子的情怀，有“史家”的抱负，这就使他从不满足于按照简单的模式展开叙事，换句话说，在他的写实叙事里，我们总是能发现一种说真话、写真人、留信史的自觉努力。《发射将军》体现了李鸣生一贯的写作理念和文学精神。我在他的这部厚重、扎实的作品里，首先看到的就是视野的开阔。他虽然写的是一个特殊领域的事情，但却让我们看到了一个时代的肖像。作者像小说家一样，很善于叙事，在对真实性的追求上，像农民收获庄稼一样一丝不苟。作品给我们提供了大量有价值的细节，有助于我们了解那个遥远而特别的时代。还有，关于当时的中苏关系以及发射基地的苏联专家的生活状况，作者所提供的细节，都是新鲜而珍贵的：苏联专家的一顿饭，够一个普通中国老百姓吃半年；为了控制中国的火箭发射，苏联人如何耍心眼、玩花招。一切叙事性的文学作品，无论是虚构的还是纪实的，都离不开写人，都必须努力写出活的人以及人的真实境遇。李鸣生成功地塑造了“发射将军”李福泽的形象——性格棱角分明，朴实善良，是一个真正意义上的好人。作者对毛泽东和赫鲁晓夫性格的分析，眼光独到；他对那个受“亲吻”风波影响终身未嫁的中国姑娘命运的叙事，令人感叹唏嘘。总之，作者很注意写人，很注意分析不同的人物的心理内容和性格特点，分析大人物的性格如何影响时代生活，分析小人物的命运如何受时代生活的影响。趣味性和可读性是一部文学作品非常重要的品质。李鸣生有很强的叙事能力。读《发射将军》，我有读小说的感觉，觉得非常有趣，非常愉快。

中国航天事业的“太史令”

贺绍俊

《发射将军》是李鸣生为中国航天事业所写的第七部纪实文学作品。仅就李鸣生对航天事业的痴情和专一而言，我不得不感叹，他是一位值得我们敬佩的风格独具的纪实文学作家。我曾把李鸣生比喻为中国航天事业的“太史令”。“太史令”是中国传统的史官，中国文化传统历来重视历史的作用，因此史官始终具有一种庄严的历史担当的精神。史官记载了历史真相，让今人仍能了解千百年前我们的故土曾经发生过什么事情。最早的一位令我们尊敬的“太史令”是两千年前的司马迁。他的《史记》被誉之为“千古之绝唱”。而李鸣生用他的笔跟踪着中国航天事业的进程，他把自己的写作捆绑在中国航天事业的火箭上，一次又一次地发射升空，他先后出版的反映航天事业的七部作品就是他成功发射的七颗“文学卫星”。当我读到他的第七部作品《发射将军》时，我突然醒悟到，他其实是以司马迁为榜样，在完成一部中国航天事业的伟大“史记”。如果说，他以前所写的《飞向太空港》《走出地球村》《千古一梦》等作品是这部中国航天事业“史记”中的“本纪”的话，那么，这次他所写的《发射将军》就属于这部“史记”中的“列传”系列了。

航天事业是国家事业，是政治事业，李鸣生充分认识到这一点，因此他的关于航天事业的纪实作品始终采用的都是宏大叙述。《发射将军》同样如此。这部作品所记述的是参与开创新中国导弹事业的李福泽将军英武壮烈的一生。他先后组织发射过八十一枚导弹火箭，称其为发射将军是实至名归。李鸣生的记述是将李福泽将军的一生与航天事业紧紧连在一起来记述的，凸显出将军的奉献精神和国家意志，是典型的宏大叙述。但李鸣生的宏大叙述并不流于空洞，这就在于他能够掌握好大与小的辩证法。他的宏大叙述是通过日常生活小细节来实现的，生动而富有意义的细节使得他笔下的李福泽将军有血有肉有个性，亲切感人。但在细节的选择和剪裁上，李鸣生又始终服膺于宏大叙述的主旨，从生活细节中去发现将军的航天情结。比如他反复写到将军打电话的生活习惯，因为电话与将军从事的伟大事业有着密切的关系："身为一名老军人，将军对电话有一种特殊的敏感，同时也有一份特殊的感情，几十年来一直没离开过电话。他和周恩来通过电话，也和彭德怀、聂荣臻通过电话。多数时候，电话就是工作，就是指示，就是命令!"正因为将军与电话的特殊关系，所以李鸣生写了不少将军退休后所发生的打电话的有趣故事：长久没有来电话，将军就心情烦躁，甚至怀疑是电话坏了，要拿起电话检查一番。将军还爱和老伴抢着接电话，有时还会产生幻觉，以为电话铃响了，等等。这些非常生活化的细节，既写出了将军的个性，也让我们看到了将军的精神世界。李鸣生的叙述是一种非常老实的叙述，也是一种非常真实的叙述，这种叙述是与纪实文学的本质特征相吻合的。但这种老实的叙述是需要作者付出更多的艰辛和汗水的，它必须建立在详细了解和掌握传主真实情况的基础之上。而这正是李鸣生的长处，也是他的可贵之处。李鸣生作为航天事业的"太史令"，具有别人所没有的优势，他跟踪航天事业三十五年，当火箭即将升空的时候，他能够零距离地站在发射塔前，但他并没有辜负自己的优势，始终凭着一种责任感，记下了航天人洒下的每一滴汗水。

当然，我把《发射将军》看成是中国航天"史记"中的一部"列传"，这本身就包含着我对李鸣生的期待，因为仅仅是一位将军的传记是构不成"史记"的列传的，而在中国航天史上，能够进入到李鸣生这部"史记"中的功臣和战将则是太多了，既有飞船总设计师戚发轫，也有航天工程总设计师王永志将军，也有杨利伟、翟志刚等航天员群像，更有一大批默默奉献的幕后英雄，也就是说，中国航天史的“列传”应该是一个庞大的系列。我希望李鸣生继续写下去，为这些航天事业的功臣名将一一列传。航天事业是一个默默无闻的事业，又是一个树立国家形象的事业，李鸣生的航天纪实作品是在为默默无闻的英雄们立传，从而让人们对国家形象有了更深入的体认。当我们从电视上看到“嫦娥二号”向月球飞去时，再来读一读李鸣生的这些作品，我们一定会有更多的思想触动。

李鸣生现象值得研究

何向阳

首先，李鸣生的《发射将军》的文本很有意思，我关注到这部五十万字的报告文学用了四十九万字写人，写李福泽将军献身酒泉发射基地的一生，用一万字在全书“尾声”之后，特意呈现了《酒泉发射基地的另一读本》，从1956年一直写到2008年“神舟七号”在基地发射成功。后者是一种大事记的写法。这种写作的布局很有意思，也很有意味。李鸣生似在用这种文本方式诉说着他的报告文学创作的重在写人的理念，写人在事件中的作用，写主体的能动性在历史事实中的巨大作用，这种对于“人”的着眼点，我以为突出了报告文学的“文学”特质。其次，这部书从人出发，写出了命运感。同一种素材，以“事件”为落点，还是以“命运”为落点，所呈现出来的文学面貌是绝不相同的。我们以往写中国高科技的大事件，往往会局促于写作对象的限定，而选取“事件”作为下笔的起落点。李鸣生不同，他的书中对于事件的描述翔实细致，但绝不影响他作为作家主体对于这些事件背后的人物与历史命运交织的兴趣和好奇。我想，这种有意识地向人内心深处的推进，是文学的一种自觉。大量的历史中的细节支撑了这种对事件深处人物命运的掘进，从某种程度上讲，李福泽将军从1956年赴酒泉基地担负使命起直至1996年去世，从他对新中国建设的贡献直写到对国家航天事业的贡献，这几十年，他的个人命运与祖国命运休戚与共、不可分离，共和国的命运与人物的命运在书中结构成了一部恢宏磅礴的命运交响曲。我以为，如何在开天辟地的重大事件与深具影响的历史进程中，写出一个民族鲜活的、富有生命力的东西，这一点《发射将军》为我们提供了报告文学写作的宝贵经验。再次，李鸣生现象值得我们评论界好好研究。他的“航天系列”已完成七部，每部都有几十万字，包括其他题材在内的报告文学大约已有七百多万字。这数百万字的背后是数千万字计的素材收集，这不仅是一个量的问题，也不仅是一个巨大的文学工程问题。我在想，是什么力量使他一直保持着对航天事业关注的激情与热力，仅只是他青年时期作为发射基地一员的经历吗？好像并不这么简单，他写了二十年，手都写酸了，心都写累了，是什么力量仍然支撑着他的“史记”之笔呢？我想是他内心深处的对于历史的一份责任的自认。航天事业对于我们国家是一种新的历史，同时也关系到我们民族的强盛，作为曾参与这项事业建设的一分子，已成为一名作家的李鸣生绝不允许自己轻易放下笔。深读之时，了然于心的是他落笔的肃穆苍劲，油然而生的是对这份使命认知的深深敬意。

《发射将军》的价值取向和审美取向

王　晖

李鸣生对于航天领域的关注并非源于某种钦定的任务，或某个功利的目标，而完全源自于他生命内在的一种自觉表达。李鸣生是一位特立独行、探索意识很强的作家。强调真相揭示、强调思想内蕴、强调个性凸显、强调艺术传达，是他近期报告文学创作的一个鲜明的价值取向和审美取向。这一价值取向和审美取向在《发射将军》中有着多样的表现。主要的一点是，宏微相间，以小见大，专注于小，又不止于小，以此彰显真相揭示者和思想者的力量。众所周知，以描述个体生命轨迹折射社会历史风云，以观照社会历史风云来演绎个体生命轨迹，已成为文学惯用的笔法。李鸣生也不例外，但他对此还有自己独特的表达。作者将发射将军个人人生悲欢的描述放置于对新中国近五十年历史进程反思的语境中，以将军个体命运之“小”窥见一国之特定时期的政治和文化生态之“大”，又以一国之特定时期的政治和文化生态之“大”反观将军个体命运之“小”。一国之宏观与一人之微观互为对应、互为参照、互为阐释、互为塑造。作者没有空洞抽象地按照既定当代史的表述口径描述历史，而是首先专注于小，即通过描述发射将军的个人史以及诸多情节、细节、语言和行动来建构其个体命运的逻辑线索，昭示其生命过程的清晰真相。与此同时，作者又不止于小。他并没有将“小”的发射将军的个人史的描述，独立于“大”的中国当代史之外，而是将后者视为一种阔大的语境、背景、幕布、氛围存在，将其密布、构织于主人公命运的所有轨迹之中，以此凸显主人公的传奇性。作品不仅生动而细腻地叙述了导弹发射基地的创业过程，还将共和国历史上的诸个多事之秋揭示出来——“大跃进”运动、中苏友好与交恶、三年困难时期、十年“文革”、东西方冷战等。发射将军就是受命于这样一个充满着对立、动荡和转型的极其特殊的历史语境之中，一个恶劣凶险的自然环境与复杂多变的政治环境集于一身的中国西北的荒漠之中。这样的情状颇有几分“天降大任于斯人也，必先苦其心志，劳其筋骨，饿其体肤”的意味。然而，这是一个集正气、豪气、傲气和匪气于一身的有别于共和国其他将领的发射将军！作品就是在这样一种宏微相间、悲壮神奇的美感风貌中完成对李福泽将军这一人物形象的再现，并进而充分表达出作家的鲜明态度，那就是对于发射将军这种真正具有纯真高尚人格和信仰的人的肯定与褒扬，对于荒唐畸形政治文化生态的批判和反思，对于民族崛起和精神再造的祈盼和热望。在我看来，在当下中国社会急剧转型、中国文化亟须复兴的关键时期，作为一个严肃而有为的作家，秉持这样一种写作理念、采取这样一种写作方式无疑是难能可贵的。因为正如别林斯基所言：“任何一个伟大的诗人之所以伟大，就在于他的痛苦和幸福深深地根植于社会舆论和历史之中，因为他是社会、时代和人类的喉舌和代表。”

原载 2010 年 10 月 15 日《文艺报》

历史意识·人性深度·问题眼光·文体自律

——李鸣生《发射将军》的文体示范意义

龚举善

新世纪的优秀报告文学作家远不止李鸣生一人，李鸣生创作的优秀报告文学作品也远不止一篇两部，其“航天七部曲”和《中国863》《全球寻找“北京人”》《震中在人心》等一系列作品，堪称部部精彩，曲曲动人。这位三次获得鲁迅文学奖的作家，以其思想精深、选材独特、表达酣畅而被誉为“高科技题材专业户”和“航天文学第一人”。尽管如此，笔者仍然认为，《发射将军》无疑是李鸣生报告文学创作中的佼佼者，它不仅代表了作者本人的创作水准，而且在当下报告文学创作集群中具有榜样作用，因而拥有超越自我、接续规范的文本示范功能和文体搭救意义。

一、史诗品格：厚重的历史意识

《发射将军》鲜明的历史意识主要体现在较大的时间跨度、现实的历史参照以及对未来的追求方面，因而具有浓郁的史诗品格。如果读者有可能完整阅读作者的“航天七部曲”，那么这种史诗意味的感知程度应该更为强烈。从《飞向太空港》开始，作者的历史意识就显露无遗，到了《发射将军》，这种意识已经内化为李鸣生知识结构和精神境界的一部分。

一般而言，报告文学作品与历史文本的区别在于，历史是过去完成时态的叙述，报告文学是现在进行时态的叙述；历史不关心具体人物的性格，除非这一性格导致重大事件的发生，而报告文学却要特意突出人物性格；历史是构架性叙事，缺乏细节，没有文学性，而报告文学则是肌质性叙述，细节丰富，讲究文学性。“还有一点很重要：通常人们所说的历史，是指史学家笔下体系清晰的宏大叙事文本，是‘大写的历史’，而报告文学是作家的个人视角的文学创作，是‘小写的历史’。‘大写的历史’的特点是省略细部、强调结论，是经特定意识形态梳理过的、井然有序的宏大叙事，‘小写的历史’则是个别的、片断的、细节化的个人叙事，未必纳入特定的意识形态范式之中。作为小写的历史，报告文学所能做的，就是尽可能地逼近历史的细部，实现历史的具体性，使历来高瞻远瞩的历史表达回归到实实在在的生活层面。这种‘小写的历史’越多，历史的肌质就越丰盈，‘大写的历史’文本中那种先天不足的笼统、空白、含混、矫情，乃至在权力压迫下产生的扭曲，就越有可能得以补充和矫正。”

表面上看，《发射将军》从 1956 年中央作出发展导弹的决定写到 1997 年李福泽将军的骨灰安放酒泉基地，自然时间近四十二年，但作品在展开酒泉基地宏伟画卷、书写李福泽豪迈人生的同时，纵涉古今，旁及中外，其纵横捭阖的历史时空已远远超出李福泽的数十个春秋。这也正是作品焦点突出、以点带面、“小”中见大的玄机所在。

试以作者的历史考察为例。关于黑城遗址，作者写道：“据史料记载，公元 10 世纪左右，中国的西夏王朝就建都于此。建都前，大批移民在这儿繁衍生息，放牧打猎；建都后，拓荒垦地，人丁兴旺，创造了自己独有的文字，还将泥活字印刷术演进为木活字印刷术。后来随着蒙古族的崛起，黑城不断遭到侵略，最终消亡在成吉思汗统领的十万大军的铁蹄之下。……再后来，随着郑和下西洋发现了海洋航道，明清帝国的目光便开始投向蔚蓝色的海洋，于是辉煌了几个世纪的大漠疆土逐渐淡出人们的视野，热闹非凡的丝绸之路日渐凋敝，名扬四方的黑城沦为一座死城。”在描述额济纳旗时，作者再生古今联想：“早在新石器时期，东西方文化便开始在此交会。……千百年来，戈壁的漫天风雪，吹走了无数的尘埃与黄沙，却留下了无数意味深长、经久不衰的动人传说；而戈壁滩的烈烈长风，久久传递的则是从未停止过的玩命厮杀时带血的呐喊声。……甚至到了20世纪30年代，日本军部还妄图在此建立秘密军事基地。然而恐怕上帝也没想到，当历史的巨轮隆隆驶进20世纪50年代时，一支神奇的大军从天而降，竟然要在此地创建新中国第一个导弹发射场!”这种悠远而简约的荡开一笔的写法，不仅增加了叙述的历史感，而且调节了文本的行文节奏，平添了写作趣味和阅读情致。

深厚的历史底蕴和宽广的文化背景，既激活了沉睡历史中的当代元素，扩展了作品的史诗时空，又使作品具有了历史学、社会学、政治学、军事学、文化学、人类学、文献学、科学、文学等多方面的鉴知意义，可谓文约意丰，一举多得。

二、 生命至上：健朗的人性深度

《发射将军》既有广度也有高度，但读之让人怦然心动的，则是它那博大、健康、明朗的人性深度。这在有关人与自然、人与人、人与社会关系的全面审视中多有表现，充分显示了作者人性美、人情美、生态美、和谐美的诚挚祈盼。

作品向我们敞开的自然情怀具有很强的视像性、情境性，借此营造出如诗如画的意境和氛围。其中，三幅“图画”颇有代表性。

一是“酒泉鸟瞰图”。李福泽乘坐飞机首次进入酒泉上空，但见“机翼下白茫茫的云雾似一条宽阔的大河，涌起千朵浪花万层波澜；蟒蛇般的山脉蜿蜒起伏，造型神奇千姿百态；大片的云雾扩散开后，太阳羞羞答答地露出脸面，神秘莫测浩如烟海的戈壁滩便实实在在地映入了将军的眼帘”。

二是“戈壁胡杨图”。李福泽带苏联专家来到戈壁滩弱水河畔一片胡杨林前，一下子惊呆了：“呈现在他们眼前的，是好大一片胡杨林！时值金秋，苍劲的枝丫，灰绿色的叶片，斑斑斓斓，如潮如汐，漫及整个弱水河畔。胡杨千奇百怪的丰满造型，超凡脱俗的独特布局，坚忍不拔的傲然身姿，在万道晚霞的照耀下，在浓浓秋意的渲染中，简直如同一幅风格凝重、神韵游荡的组合油画！”沿着弱水河岸一路走过，很快来到另一片荒漠，“举目望去，但见眼前的一大片胡杨，与刚才看到的胡杨迥然不同。这儿的胡杨全是树干，没有一片树叶；枯瘦的树干如同一双双没有皮肉、只有骨头的手臂，高高擎起，直刺长空——既像是在面向苍天发出某种呼喊，又像是在俯视人间暗示某种真谛，给人以强烈的震撼与深深的思索。”难怪人们说胡杨是“生而不死三千年，死而不倒三千年，倒而不朽三千年”！

三是“将军垂钓图”。李福泽为了与苏联专家罗金组长交朋友、“套”技术，约他去弱水河畔钓鱼。“戈壁的春天来得晚，已是初夏时节，春天的脚步才刚刚迈出门槛。但戈壁滩春天的脚步一旦迈出，万物复苏的景象便比任何地方都表现得更为强烈，也更为鲜明。将军和罗金来到弱水河畔时，河岸还无一个人影，只有轻轻摇曳的红柳和静静流淌的河水。将军与罗金并肩坐于河畔的东岸，各自手里握着钓竿，默默垂钓。”

上述三段文字都以李福泽为中心视点，有俯瞰，有平视，有远观，有近景，有全貌，有聚焦，有形质，有神采，有静态，有动感，多方位勾画出人与自然间的和谐互惠关系。

作品还写到人与动物间的友好共处，尽管这种共处关系在严重困难时期可能遭遇人为的异化，但闪耀其中的人性光辉足以打动每一位善良的读者。为了给苏联“老大哥”改善伙食，李福泽命令工兵团杀掉他们偷偷喂养的一头小猪。“当炊事班的战士们将小猪按倒在一张床板上，举起屠刀，却怎么也下不了手；而围在小猪身边的上百名战士，看见小猪求救似的望着他们，也不知所措。最后，团长一把夺过屠刀，一狠心，嗖地插进小猪的脖子，殷红的鲜血伴着小猪绝望的号叫，顿时像水一样喷涌而出。望着躺倒在血泊中的小猪，战士们伤心至极。小猪很快被装进一个筐里，由两个战士抬着走出团部大门。战士们目送着小猪走了好远好远，直到再也望不见小猪，才偷偷抹开了眼泪。”这里不只是对于鲜活生灵的一般疼爱，更显示出戈壁战士在特殊环境下对那头小猪的深厚感情。作品还写到，因为吃不饱肚子，李福泽带人出去打黄羊。傍晚时分，将军终于发现一只黄羊。“这是一只少见的气质极为高贵的漂亮的黄羊，它优雅地站在潮湿的河边，并不急于喝水，而是先警惕地向四周看了看，而后才咬起一棵骆驼刺，细细地啃了起来。黄羊圆润的舌头一伸一缩，吃得很香，很甜。片刻，黄羊缓缓抬起头来，嘴上叼着半截骆驼刺，眯缝着眼睛，望着渐渐西沉的太阳一动不动。然而，就在将军即将扣动扳机的一瞬间，手指却蓦地僵住了！因为将军从准星里清楚地看到，这只漂亮的黄羊原来是一只身怀六甲的母羊！母羊的眼睛清纯如婴儿般透明，充满了母性的万般柔情。将军被母羊的这双眼睛深深地打动了，一向勇敢的手臂随之垂落……”虽然饥饿难忍，但那只母羊的纯净、高贵和柔情，唤起了将军心中的怜惜和悲悯，这是战胜饥饿和屠杀之后对于生命的至高敬畏，也是对母性的尊重和崇奉之情的自然流露！这种同样高贵、圣洁的感情，显然超越了简单的人与自然、人与动物、人与饥饿之间的对立状态，读来油然而生温馨与感动，极大地强化了作品的情感冲击力量。

三、反思能量：新锐的问题眼光

问题眼光印证并标志着作家的思想高度、忧患意识和建设情怀。对《发射将军》而言，思想性的显著表征就是新锐的问题眼光以及相伴而生的反思能量。

问题眼光不仅源自生活阅历，而且与作家的思想境界、问题意识和批判精神如影随形。纵观李鸣生的一系列创作，新锐的社会观察和独到的思想透析是其一贯追求。读罢《发射将军》，这种感受十分强烈——新中国的导弹、火箭、原子弹事业何以在异常艰难的年代起步？苏联撤走专家究竟意味着什么？为何出现严重的大饥荒？长达数年的大饥荒并饿死那么多人难道仅仅是自然灾害所致？战争年代立下赫赫战功的“将军”何以在和平年代饱受磨难并蹲上四年监狱？李福泽晚年的遭遇到底说明了什么？“文化大革命”带给中国人民的又是什么？

作家不仅敏感地发现问题、尖锐地提出问题，而且善于分析问题，并在分析问题的过程中谋求解决问题的契机。这在作品关于国际形势、国内时局、个人困厄等三个基本层面的思考中得到充分体现。

首先是关于国际形势的清醒判断。在《发射将军》的写作中，作者尽量“回到”历史现场，与主人公一道共命运、同思索。其次是关于国内时局的沉重忧患。这种忧患，集中在三个具体节点上：一是技术落后，二是政治压抑，三是饥饿难耐。再次是关于个人困厄的理性追问。1974年3月22日，李福泽被关进北京通县某枪械仓库的一间发霉的黑屋里，屡建奇勋的发射将军为何突然沦为不经审判的囚犯？上述种种，究竟是怎么发生的？谁之过？这是作者用力反思的问题，也是广大读者意欲解答的问题！

四、艺术立场：精到的文体自律

历史意识、人性深度、问题眼光固然是《发射将军》震动我们的重要因素，但其作为近年中国报告文学界不可多得的优秀文本的文体示范功能的生成，肯定还有其他更为内在的奥秘。从较为严格的艺术立场出发，我们发现，这种奥秘就在于作者无时不有、高度自觉的文体自律。

一是扎实的现场采访，具有文体爆发力。《发射将军》之所以写来得心应手，读过感人至深，首先在于作者对新中国创建第一个导弹基地的壮举和李福泽等人性格相对全面的了解和堪称深入的书写。为此，在长达十余年的时间里，李鸣生行程数万里，采访了上百位将军、专家、老兵和亲属，查阅、搜集、整理了数百万字的史料。可以认为，《发射将军》的采写与发表，充分体现了有感而发、厚积薄发的主体创造精神，作者也由此完成了航天题材从事件到人物、由群像向个体的转轨。

不过，作者也明白，从生活到文学的过程毕竟是主体心灵观照下的艺术升华，因此，作者没有简单地躺在生活的“睡袋”里，相反，他认为作品中的“真实”与生活本身的事实相比具有相对性，因为作家的采访毕竟是有限的，而文学的表达则可能进一步强化了这种有限性。正是这种源自生活又超越生活的理论认知，作者才有可能在生活与艺术、内容与形式的辩证耦合中走在这个时代报告文学创作的前列。

二是高超的语言智慧，具有艺术表现力。近年来报告文学屡遭诟病，要因在于缺乏艺术表现力，或者说文学性不足。《发射将军》的榜样作用，很大程度上源于该作无处不在的艺术灵气与文学活力。

作家的艺术功力通常集中表现为鲜明的叙事意识以及由此而来的阅读审美效应。总体上看，《发射将军》长于叙述，精于描写，真诚抒情，适度议论，写人栩栩如生，摹景如临其境，言情惊鬼泣神，说理力贯纸背，并充分调用诸如比喻、比拟、排比、仿词、双关、反讽、对比、映衬、蒙太奇、意识流等多种修辞性叙事手法，而且不同的叙事方式彼此穿插，交相映衬，从而把作品写得风雷激荡、波澜壮阔，读来"庭院深深"，荡气回肠。如1959年3月6日李福泽亲自到酒泉鼎新机场迎接苏联专家，"将军身着将军服，伫立风中，衣角被风掀起又放下，再掀起再放下；眉毛、胡子甚至军大衣的领子上，很快就结下厚厚一层白霜。但将军犹如一尊雕像，一动不动，只管注视着西北的天空。西北的天空湛蓝湛蓝，湛蓝中似乎又躲藏着一个谜团，吸引着人去猜想，去琢磨，去思考，却又让你永远找不到答案——这样的天空不属于拥挤的城市，只属于辽阔的戈壁！而此时此刻，将军反复思考的是，苏联专家到基地后，如何与'老大哥'打交道，怎么才能伺候好'老大哥'。"既是叙述，又有描写，同时运用了修辞格，撩起读者与作家、将军一同遐想的欲念。可以认为，这类精心打造的文字在作品中俯拾即是，如对"钱先生"额头的描写，对戈壁滩寒风、沙子、太阳、胡杨林的描写，对将军"抠脚丫子"、抢接电话、观察蚂蚁花虫打架、蛛网飞蛾细节的描写，对车颠"搓板路"的叙述，对彭德怀打开世界军事地图的叙述，对将军驱车追回"哈军工"的叙述，对将军抚摸将军礼服的叙述，等等。

难能可贵的是，作者在运用这些修辞手法时不仅注意情景配置和文路畅通，而且始终与形象塑造特别是与将军的性格刻画紧密结合起来。不仅如此，作品始终把将军性格的刻画和那个风生水起的时代背景有机连接起来，力图在典型环境中塑造典型形象，以此实现了文本的社会对应功能和审美放大效果。初入戈壁，"将军的眼睛一直望着窗外，像个好奇的孩子，看着什么都新鲜。……眼前是一堆堆千奇百怪、大小不一的沙丘；脚下是片片荒芜凄凉而又蕴藏着无限玄机的土地；远方的天空则显得狭窄低矮，仿佛与大地完全连成了一片。总之在将军眼里——戈壁是那样的壮美博大，又是如此的孤寂悲凉……既有一种渴望拥抱人类的滚滚热情，又有一种拒人千里之外的滔滔冷漠”。即使苏联卡脖子，中方不得不倒掉自行研制生产的二十吨液氧，现场气氛依然被作者渲染得悲壮如塑：“将军乘坐嘎斯六九吉普车悄没声息地来到现场，饱经风霜的脸上胡子拉碴，像冬日长满野草的戈壁，冰冷生硬，没有一丝表情……数千名官兵也看着将军，他们很希望能听到将军说点什么，哪怕骂上几句娘也好。可将军一声不吭，双唇紧咬，像锈住了一般……除了数千名发射将士怦怦的心跳声，则是一片可怕的静！”而到了晚年，每当傍晚，“将军便坐在门外一张自制的小折椅上，像一位坐在长满颗粒饱满的庄稼地边的老农，静静地守候着儿孙们的归来。夕阳在他眼角的皱褶里绣着陈年旧事，时光在他花白的头上写着岁月沧桑”。这种诗意化的艺术表达，既把李福泽的一生烘托得轰轰烈烈，也有效地营造了作品情景交融、虚实相生、韵味悠长的意境。

三是自洽的结构方式，具有审美吸引力。作品的艺术特色还表现在自便自足、融洽融通的结构方式上。这种以纵为主、以横为辅、纵横交错的复式结构给人以回环、照应的纵深感、博大感和完型感，具有强烈的视觉冲击力和审美吸引力。

法国学者托多罗夫在论及巴赫金对话理论时说过，“诉说越巧妙，真实感就越强”。《发射将军》还特别注重总体框架结构的安排，亦即“宏大诉说”。这种“宏大诉说”结构的主要美学功能，在于将宏大框架与精巧布局结合起来，因而别具建筑上的格式美和风情美。作品主体部分由十三章八十六节构成，前设序章，后有尾声，总计十五章。从行文逻辑看，作品以李福泽将军为主线，以靶场建设和导弹发射为核心，穿插了中苏友好及变脸、大饥饿与抗饥饿、导弹试验及“文革”运动、核弹成功与世界震动等重要乃至重大事件，既实现了线索分明的纵向推进，又达成了以点带面的横向展开。

同时，作品还在史诗形制中讲究铺垫，巧设悬念，善于衔接，人物与事件、宏大与精细、对比与穿插、切割与勾连，章与章、节与节、段与段之间，均放之有度，收手自如，且行文严密，悬念迭起。让人在阅读中体味到了章回小说的叙事魅力。凡此种种，不仅优化了阅读时空的感知效果，而且强化了文本崇高的美学品格。

巴黎 Turgot 中学汉语教师金卉说过：“我深信：文字触及灵魂时，一定也会触及肉体。无论是说出来的话语，还是读到的或写出的以及翻译的文字，语言总会作用于我们，总会走向同一条道路，令我们找回曾经丢失了的躯体。这就是文学的力量，其在我们内心开拓的空间是广袤无垠的，文学可以让我们体验永恒。”《发射将军》正是这种既触及时代灵魂又让我们重新“找回”躯体的作品，这在全球化语境下的消费社会尤显宝贵。

（本文原载《中国作家》2014 年第 5 期）

《发射将军》：禁律之下的突围

陈启文

当我们确认，真实性（非虚构性）是报告文学存立的根本，它也就成了报告文学不可逾越的禁律。但报告文学也是文学，任何一种文学类文体都必须以形象思维来建构自己的叙述形态，报告文学对艺术形象性的要求同样很高。一个悖论由此形成，在著名评论家李敬泽看来，“任何一种文体都预设着作者、作品、读者之间久经考验的伦理关系，看一篇新闻时，我们确信记者必须为它的客观‘真实’负责，否则会被老总开除；读一部小说时，我们知道这是被豁免的‘谎言’，小说家有权利以虚构想象世界，而报告文学呢？它既承诺客观的‘真实’，又想得到虚构的豁免，天下哪有这等左右逢源的便宜事？”他的判定是，这“在叙事伦理上是不成立的”。

如果李敬泽的这一判定是成立的，等于给报告文学直接下了死亡判决书，那么报告文学作为一个发展延续了一百余年的文体一直以来都是一种荒谬的存在。作为一个报告文学的写作实践者，这里我不想作抽象的泛泛之谈，还是用作品来说话。

从去年秋天到今春，我一直在反复阅读李鸣生的《发射将军》这一鸿篇巨制。李鸣生是当代报告文学的代表性作家之一，被评论界誉为中国航天事业的“太史令”，“是继徐迟之后中国第二个写科技题材的佼佼者”。他一直恪守以真实性为报告文学第一性的坚定立场，从未想过要得到“虚构的豁免”。《发射将军》是一部以人为主体的报告文学，也是一部货真价实、不折不扣的报告文学。我觉得这部作品在解决报告文学的真实性和文学性这一悖论上特别有实证意义和实用价值。很多评论家都十分推崇《发射将军》的文体示范意义，这里我不再赘述，仅从这部作品为报告文学解决的几个具体问题（**也是由来已久的难题**）切入，谈谈报告文学如何在禁律之下突围。

一

无论是以人为主体的报告文学，还是以事件和揭示问题为主的报告文学，都必须栩栩如生地刻画人物形象，文学即人学，这是所有文学作品的共性。当一个真实人物进入报告文学，他必将成为艺术形象，而从真实人物到艺术形象，他们的真实性必须是相等的，那么在这一禁律之下报告文学又如何刻画人物的艺术形象呢？在很多质疑报告文学这一文体的评论家看来，虚构的小说和非虚构的报告文学几乎水火不容。其实，按茅盾先生对报告文学最初的定义，报告文学就是“介乎于新闻报道和小说之间”的一种中间文体，没有血缘关系也有亲缘关系。那么，在虚构与非虚构的清晰边界下，报告文学又是否可以有效吸收小说等虚构类文体的手法来描写、刻画真实的人物形象呢？李鸣生以他的《发射将军》解答了我的这一设问。

一般而言，小说以塑造人物形象为中心，对艺术形象的塑造是无限的，作者可以任其想象、虚构和塑造，充分调动“语言的能力、表达的能力、想象的能力”，运用典型的事件、情节、细节、环境描写来衬托人物。人物、情节、环境，在文学教科书中被视为小说三要素，但这并非小说的特权，报告文学除了不能虚构、不能放纵自己的想象，同样也可以采取和小说一样的“典型化”方法来刻画人物形象，两者之间在艺术形象上最本质的区别在于，小说是塑造，而报告文学则是在不违背其真实性的前提下加以选择、提炼和刻画。诚如李炳银先生所言：“对于完全真实的社会对象，报告文学作家就只有选择、观察、认识和尊重表达的权利，而没有改变、塑造和虚构的权利。”李鸣生笔下的发射将军李福泽既是一个现实的真实人物，也是作者选择、提炼、精心刻画的一个活生生的艺术形象。

李福泽于1935年考入复旦大学（**后转入大夏大学**），1936年参加上海救国学生联合会，从此投身革命，在抗日战争、解放战争和抗美援朝战争中把自己打造为一位将军，从1958年10月起历任国防科委某部副司令员、代理司令员，国防科委副主任兼某部司令员等职，在西北戈壁奋斗十六个春秋，指挥导弹和卫星发射等重大试验任务。如果是小说创作，通过细节对于人物的性格、肖像、语言、行动，事件的发生、发展，周围环境和自然风景等进行逼真细腻的描述，以增强小说的生动性和真实感，这与报告文学刻画真实人物的艺术形象是可以兼容的。这里不妨透过一个细节来同小说作一下比较。在《发射将军》第八章《粮啊粮》中描述的是那段饥荒岁月中的真实细节：每天挨饿的基地发射官兵，实在饿得没办法了，只能去打沙枣叶子吃，结果把戈壁滩的沙枣树林毁了几十平方公里，在将军的逼问下，团长泪流满面，哽咽得说不下去了。李福泽也遭到了他的上司刘亚楼将军的严厉批评，一边给上级写检查报告，一边向副总参谋长杨成武要军粮。周总理亲自安排，特地为基地发射部队运送粮食，当从北京押运粮食的专列停靠在一个荒凉的小站上时，遭到几百名饥民的哄抢。别说那个特殊年代，哪怕在正常年代，哄抢军粮是可以直接开枪的，李福泽去了解实情后，当即对老乡们说："这些粮食，都是国家从全国各地要来的，都是兄弟部队从他们的牙缝里抠出来的，是我们部队的救命粮！但是，我们是人民的子弟兵，你们是我们的衣食父母，我们不会眼睁睁地看着你们挨饿的！请你们放心，我向你们保证，只要有我们吃的，就有你们吃的！"专列车厢打开了，忍饥挨饿的官兵将剩余的粮菜分给了当地群众。看了这样一个细节，一下就联想到了张一弓那部中篇小说《犯人李铜钟的故事》，其实那个故事也源于河南信阳的一个真实故事，只是作为小说家，采用了移花接木等虚构的方式来塑造一位舍身忘己、为民请命的悲剧英雄；而李福泽是一个真实人物，唯其真实，一旦成为报告文学中刻画的艺术形象，更有一种撼人心魄的力量。这也证明，报告文学和小说一样，无论承载怎样的大历史、大事件、大主题，又无论是怎样的大手笔，同样是细节的艺术，可以从细微处、从个人感受出发，它并不像一些批评家所担心的那样因宏大叙事而背离文学内质的构建。

对报告文学与小说的辨别，《基希及其报告文学》的作者T. 巴克也曾指出（大意）：在小说里，人生是反映在人物的意识上；在报告文学里，人生却反映在报告者的意识上。"小说有它自己的主要线索，它的主角们的生活；而报告文学的主要线索就是主题本身。"我觉得，这也是小说塑造艺术形象与报告文学刻画艺术形象的一个根本区别。一个报告文学的主题，或精神向度和价值取向，是作者选择人物、刻画艺术形象的前提。同小说相比，报告文学也的确是一种更强调作者真诚的精神参与或主观感受的文体。但这里边又有一个陷阱，对艺术形象的"典型化"，很容易堕入某种典型人物报告文学的模式，这也是报告文学批评家丁晓原指出的，为了刻画出一个典型人物，刻意回避人物的复杂性、社会现实的复杂性，采取了所谓"纯化"式写作，"作者对于对象的表现尽可能地去粗取精、去杂提纯，以求取'正面'表达效果的最大化。纯化的作品，其人物的叙写偏于'正大'的一维，或显示出与生俱来的高尚，或大写无我的奉献，或放大舍其无他的特异，总之，人物是零缺陷的……这样的强化处理，人物倒是被提炼得非常纯正，事件叙述也更为顺达圆满，但作品实际的表达效果却大为弱化"。对此，李鸣生有着高度自觉的规避，规避即坚守，也就是尽可能保持人物形象的原生状态。他对李福泽这一艺术形象并未过度"纯化"，如李福泽有个"西霸天"的绰号，这个绰号由来虽有多种传说，李福泽这个基地司令的"霸道"也是有目共睹的，好多事情都是他说了算。从另一方面看，作为军事主官，这也是他敢说、敢管、敢负责任的体现。而在作品后记《历史不是传说》中，李鸣生描述他1993年采访李福泽时的感受："我渐渐从眼前这位龇牙咧嘴地抠着脚丫的老头儿身上感受到了一个真正的男人的雄壮与魅力，同时也实实在在地体味到了历史的尴尬与人生的无奈。"一个"龇牙咧嘴地抠着脚丫的老头儿"和"一个真正的男人的雄壮与魅力"，无论是真实的人物还是艺术想象，两者之间都有云泥之别，但作者并未将其"纯化"。

当这两种形象集于一身，才让我们看到了一个更真实、更独特的发射将军。

作为一个充满了霸气、豪情和力量感的将军，也有太多的“历史的尴尬与人生的无奈”，这也是作者没有回避的。在第四章《兄弟情》中，有一个让我看了特别难受的细节：根据“老大哥”的愿望，基地每周举办两次舞会，但文工团那些女孩实在受不了“老大哥”的折腾，也忍受不了他们身上那股气味儿。一个叫小英子的姑娘便使出了一绝招，在跳舞之前偷吃大蒜，那股大蒜味儿让“老大哥”们不到半小时就匆匆逃出了舞场。结果，“连司令员都惊动了！将军望着姑娘们，却许久说不出话来”。而将军最终说出了这样一番话：“苏联专家身上那股味儿你们不愿意闻，可谁又愿意呢？我这个当司令的就愿意吗？……我就愿意像伺候亲爹一样伺候他们吗？我也不愿意啊！实话告诉你们吧，我李福泽革命几十年，还从来没伺候过谁呢！”在那样一个特殊时代，透过将军的这一番话，揭示出了将军内心本真的精神存在。若是想当然，一个发射将军应该充满了征服世界的力量，至少也该是驾驭生活的主角，但他却被严峻的现实所驾驭。这是叙事上的一个难点，如何让读者从不能理解的状态到心领神会，李鸣生笔下的将军只能以屈辱和无奈的方式来完成。这比所谓“落后就要挨打”更让人感到一种难以忍受的屈辱。又诚如将军所说，“姑娘们呀，要学会忍哪！什么叫忍？陈赓大将说了，忍，就是心上一把刀啊！没受委屈要忍，受了委屈要忍，受了冤枉受了屈辱也要忍！要忍气吞声，甚至还要忍辱负重！咱中华民族近百年来不就是忍着屈辱走过来的吗？不就是从心上这把刀尖上挺过来的吗？”——我觉得这是解读《发射将军》最重要的一段话，甚至就是这部长篇报告文学的命门所在。无论是李福泽将军，还是小英子，包括那些“老大哥”，都没有进行“纯化”处理，一个将军也许没有你想象的那样高大，那样完美，在“老大哥”背后那种强势的力量之下，他是那样的无奈和无力，然而，他的忍气吞声，忍辱负重，又显示他作为一个中国人、中国将军的内心里的强大。设想一下，如果将这一人物形象“纯化”之后，理想化之后，这一艺术形象的感染力必将大大弱化。

对小说和报告文学的部分兼容性进行辨析，还有一个由来已久的问题，也是一个让报告文学界高度警觉的问题，即报告文学是否容许“合理想象”？譬如说，作者在某种难以实现的限度下，无法抵达现场，是否可以通过间接的方式（如亲历者的讲述，有关新闻报道、文献资料、图片等背景材料）来完成？理由先生曾坦承：“我写过马德里体育宫，但我没有到过；写过巴黎铁塔，但我没上去过；写到过闺房儿女私话，但本人保证没有去偷听过。写这些内容，如果排斥、离开了想象，还怎么写？”我觉得这样的“合理想象”不应该成为报告文学的禁律，面对小说纵情的想象和虚构的辉煌，如果报告文学连“合理想象”都将成为禁律，那势必让报告文学走向极端狭隘的境地。对此，李炳银先生也是谨慎认可的：“在掌握了报告文学的真实性原则之后，是不应该惧怕‘想象’的。但是，在报告文学的创作中，‘想象’必须严格地限制在已有事实的圈约基础和范围当中。”倒是报告文学界之外的评论家把想象和虚构等同看待，又以报告文学没有“想象的能力”而极力贬低报告文学。从《发射将军》看，不可避免有想象的成分，毕竟时间不能倒流，即便作者抵达了今天的现场，也不可能重返往日的现场，如果报告文学以及所有非虚构类文学作品绝对不能想象，那是绝对不可能的，否则就没有所谓报告文学、纪实文学和非虚构了，世界上只剩下小说、戏剧等虚构类文体了。想象是所有文学作品的共用手段，但报告文学的“合理想象”绝不是小说创作中的虚构，小说的虚构是创造想象，而报告文学则是“必须严格地限制在已有事实的圈约基础和范围当中”的再造想象。我注意到，李鸣生把“不能虚构”视为报告文学的一个铁的原则：“就我三十年的写作体会和目前的认知水平而言，报告文学与非虚构文学，在本质特征上没有什么不同。二者无论是写人、写事还是写问题，都必须遵循一个铁的原则：真实，不能虚构。”这就是说，他从未想过要得到“虚构的豁免”，但他又相当成功地吸收了小说的结构和描写技巧，充分体现了小说所具有的“语言的能力、表达的能力”，他虽不能放纵自己“想象的能力”（创造性想象），但在再造想象上有着非常出色的发挥。读《发射将军》，你会发现充满了各种抓人眼球的、摄人心魄的细节，作者特别善于用白描的手法，一些看似平常的东西一到他的笔下就来神了，他把很多神秘的东西都揭示出来了，却依然令人倍感神奇，但又并非故弄玄虚，这一切，在于作者对生命的发现。这样的例子可以信手拈来，如，“彭德怀大声说罢一下站起，哗啦一声拉开身后的红色布幔，一幅巨大的世界军事地图顿时瀑布般倾泻在众将面前。此刻，时针指向深夜两点，正是大洋彼岸美国总统艾森豪威尔走进白宫的时候。彭德怀很可能就是在这个时候想到了美国，想到了朝鲜战场，想到了台湾海峡以及中国的导弹、原子弹。一想到这些，他便心跳加快，两眼喷火，来回踱步”。这样的艺术形象刻画，作者李鸣生绝对不在现场，作品主人公李福泽也绝对不在现场，只能用再造想象来完成、来诠释。

在不能得到“虚构的豁免”这一禁律下，李鸣生不仅在《发射将军》中相当成功地运用了小说的叙述形态刻画了李福泽这一真实人物的艺术形象，而且以《发射将军》的写作验证了，报告文学也可以采用小说的结构和叙事方式推动故事情节的发展。我甚至觉得，作者仿佛是在下意识地验证，虚构的小说和非虚构的报告文学并非水火不容，两者之间有着相当大的兼容空间。如果不看这部作品所明确标示的文体，我感觉就是在阅读一部引人入胜、充满悬念、跌宕起伏、扣人心弦的长篇小说，《发射将军》堪称是极具文本探索意识的李鸣生为我们贡献的一部“小说式”报告文学范本。

二

报告文学作为一种既有新闻价值又有文学价值的两栖体裁，长期以来被很多人误解为“报告”与“文学”的简单相加，而《发射将军》则高度体现了并且验证了两者之间更应是一种“乘法效应”。

如果只是“报告”与“文学”的简单相加，必然会出现事实的交代加文学的皮毛，这也是当下报告文学存在的一个突出问题，由于“报告”与“文学”骨肉分离，让报告文学匮乏文学感觉和艺术质地，严重影响了作品意义的延展，而这已经成为当下报告文学最为常态的表达，主要表现为两种倾向：一种寄生于新闻报道中，导致报告文学的新闻化写作；一种是寄生于文史资料中，造成报告文学的“文史化”写作。由于大多写作者更偏重于“报告”，这样的所谓“报告文学”只能停留在交代事实的表层意义，缺少报告文学作为文学的内质构建，其突出表现就是以僵化的、死板的公共语言对公共史料、公共题材、公众人物进行事实性交代，这也是当下报告文学严重缺乏生命力的一个致命的原因。

李鸣生的《发射将军》无疑是一个公共题材，李福泽将军无疑是一个公众人物，但无论有多少人写过李福泽，写过发生在将军身上的故事，一旦进入李鸣生的笔下，就绝不会成为重叠的影像。这在于，作者以其非常个性化的审美视角达成的“个人方式的书写”，刻画出一个独属于他眼中的、独特的、有着鲜明个性的艺术形象，也就是黑格尔所谓的“这一个”。而围绕这个人物，作者也写出独属于他眼中的西北戈壁景象极其罕见的生存状况，这既是客观真实的存在，却也在于作者的发现或重新发现。这反过来又验证了文学性对报告文学是至关重要的，若要达成《发射将军》的这一效果，就不能只是把新闻素材、文献档案等作为写作素材，而是先要将其转化为自己创作的精神资源，如此方能实现对“报告”的文学书写，这也是丁晓原先生特别强调的：“文学要有个人方式的书写，如果没有这一特点，报告文学作为一种文学门类就一定缺乏应有的生命力。”

文学首先是语言的艺术，艺术形象要靠语言来刻画，当下报告文学存在的又一个突出问题就是没有把语言当作一种艺术来用心经营。很多报告文学作者的语言大多是公共语言，甚至就是新闻报道语言和材料语言，仅仅只是为了把某个事实交代清楚了就完成使命，这样的语言绝非文学语言，只是“报告”的信息符码，从而造成了当下报告文学叙述形态和版型严重趋同化、程式化。从《发射将军》看，李鸣生对报告文学的文学书写有一种本能的自觉，他的叙事语言在当代报告文学作家中是一流的，感觉他的每一个文字都是有呼吸的。他不只是靠语言来承载所要报告的事实，还以充满了活力、具有生命质感的语言，再现真实的情境，把读者带到他所描述的现场，如同亲临其境。如其第二章《戈壁风》

中对西部戈壁那“片片荒芜凄凉又蕴藏着无限玄机的土地”的描写，就充分展示了他的语言艺术，也能看出他吸收了散文的叙事语言，随便从中截取一个片段，甚至就是一篇可以独立成篇的精美散文。但作为报告文学的语言又是与散文有区别的，作者在“报告”与“文学”之间建立了一种互动、互生、互相激发的关系，如第一章《军委令》中有这样一段环境描写：“志愿军二十兵团副司令员孙继先接到杨勇的电话，是1957年初冬的一个傍晚。这个傍晚的孙继先还在朝鲜战场。此时，劫后余生的战场依然弥漫着淡淡的硝烟，不时还会发出几下令人惊悸的震颤。孙继先视察完部队，正趴在桌上看着一张皱皱巴巴的军用地图。他的前方是一大片像被血水浸染过的灿烂晚霞，耳旁偶尔有零星的枪声划过……”这样的环境描写和报告的事实如血肉般交织在一起，在报告真实事实的同时也传递着一个真实人物，一个艺术形象心灵的、精神的真实，如此才能通过语言不断地创造出超然于“报告”之上的文学意蕴，如著名作家祝勇所说的“在传递既有含义的同时，不断创造出新的含义，使整个作品变成一个层层繁衍、生生不息的活体”。这也就是我特别强调的“乘法效应”。

《发射将军》中很多对荒原与戈壁的环境描写，也都是透过李福泽将军的眼光看到的，通过他的身影呈现的，这不只是为衬托人物的环境描写，而是内心与灵魂的风景，它不但可以给报告文学作品带来生动的感染力，也能让读者在阅读的过程中抵达作者笔触深入的精神和思想的深度，发生深层次的精神共鸣和情感共振。而语言的最高境界是诗性，最高境界的报告文学写作也是诗性的。《发射将军》堪称一部跌宕起伏、荡气回肠的史诗。一个报告文学作家要达到如此境界，不仅是写作水平的问题，还取决于其内质高贵。语言从来不是外在的，而是内在精神散发出来的光芒，“有境界者，则自成高格”。

李鸣生也以《发射将军》验证了，在不违背真实性这一禁律下，报告文学也能以开放、包容的姿态，充分吸纳文学或非文学文体的多种手法，在文学类文体上，这部作品不但吸收了小说、散文手法，还吸收了影视剧的对话艺术和分镜头的叙述手法，甚至还有诗歌简洁、浓缩、跳跃、空白、暗示、象征等多种手法，在非文学类文体上，他吸收了调查报告等文体的田野调查的方式和严谨的结构方式。通过多种文体手法的渗透，他最终都自然而然地化入自己的报告文学创作中，这也是典型的“乘法效应”。这也证明了，在不能得到“虚构的豁免”的禁律下，报告文学也并非所谓的“戴着镣铐跳舞”，在李鸣生宽广而又深厚的书写下，对各种文体、各种叙述形态兼收并蓄，而宽阔的写作方式必然会给报告文学带来丰富意味的打造，人性的复杂性才有宽阔的空间得以全面展示，一个个真实人物也成了血肉和精气都十分丰满的艺术形象。从这个意义上看，《发射将军》又堪称一个跨文体写作的报告文学范本，它的成功，是对报告文学这一文体充分拓展之后的一个必然结果。

三

报告文学作家不但要在对生活的独特发现上、在提升文学艺术性上下功夫，尤其要在思想性上下功夫。而一部作品的思想性，首先取决于作者的立场。作为军旅作家的李鸣生，其报告文学大都被贴上了“主旋律”的标签，如果把李鸣生仅仅视为一个狭义的“主旋律”作家，这是对他和他的作品的极大误读。首先，他是一个始终恪守着独立立场的作家，他曾不止一次公开表示：“我几十年来一直是坚持作家的独立立场，独立写作，不接受来自任何部门的‘命题作文’，包括军队。”在《震中在人心》的后记中，他又特别强调：“优秀的作家首先是个思想家。思想的基点是对历史客观的审视与真诚的反省；思想的意义既属于个人也属于人类。”

随着阅读的深入，我越来越觉得，《发射将军》堪称李鸣生数十年来思想的结晶，甚至是一部集中反映他思想的集大成之作，既有对国家与民族命运等大视野的大思考，又有对个体生命、对存在意义的沉思，还有充满了正义理性、批判精神的深沉反思。但报告文学的思想性，绝非政论中指陈的思想性，同样也必须以文学的叙述形态来实现。这也绝非文学加思想“加法”，同样也是“乘法效应”，艺术形象与思想之间也必须形成一种血肉一体的互生关系。

《发射将军》的时代背景，正是中国处于内忧外患时期，一般来说，对于外患（如美苏高压的严峻形势）还比较好写，最难写的还是内忧。报告文学除了文体上的禁律，还有许多高度敏感的、来自文学之外的禁律，一直到现在还有许多依然在遮遮掩掩、不敢正视的问题，如严重困难时期发生的大饥荒，饿死了上千万人，你怎么写？难道仅仅是自然灾害所致？所谓"究天人之际"，究天容易，究人太难。还有"文革"时期发生的那么多非常事件，你又敢不敢去碰那个高压线？这是最考验一个报告文学作家的，追寻真相很难，揭示真相更难。对此，被贴上了"主旋律"作家标签的李鸣生却没有逃逸或失语，但也没有对荒诞时代发出厉声质问。他是冷峻的、不动声色地呈现出事实，一边以对历史的客观审视秉笔直书，一边在揭示真相的同时追问反思、真诚地反省。

对那段大饥荒的岁月，作者通过"山东大汉小邱"这个小人物揭示了当时的悲惨真相。小邱大手大脚，健壮如牛，"有一次往工地运送器材，汽车途中抛锚，他竟一人把满满一卡车器材卸下来，把卡车推出沙窝子，再把器材装上另一辆车！"这样一个壮汉饭量也特别大，一顿能吃十六个馒头。大饥荒开始后，小邱总饿肚子。一次，司政机关食堂饿死了一头刚出生不久的猪崽，司务长心疼不已，守了一整天后将猪崽尸体埋在河边。小邱觉得很可惜，便和另两位战士一起趁黑把猪崽挖出来用脸盆煮着吃了。这事第二天就被连队知道了，小邱被处理回老家，被迫外出讨饭途中活活饿死在马路边上。

对"文革"那段荒诞岁月，作者则通过李福泽将军的思考来表达自己对历史的深刻反思。将军在"文革"期间被关进了北京通县某枪械仓库的一间发霉的黑屋里，作者反思的不是"文革"，而是中共党史上发生的那些非常事件，"自'文化大革命'开始后，将军就感到自己像是陷入了一个迷魂阵，左冲右突，依然无法摆脱。共产党的枪口怎么掉过来对准了共产党人的胸口？当年苏区消灭'AB团'，错杀了多少人？抗战时期山东反'托派'，整死了多少人？'文化大革命'开始后，又冤死了多少人？……现实竟变得如此荒唐，如此怪诞！中国到底怎么了？国防科委到底怎么了？世道人心到底怎么了?”而这样的反思最终又是以文学的方式来实现的，李福泽在监狱病倒后，不吃不喝，甚至连驱赶一只蚊子的力气都没有了。他时常躺在床头，默默地看蜘蛛织网。随着时间一天天过去，蜘蛛网上各种各样飞虫的尸体越来越多，他越看越觉得蜘蛛神奇而伟大，“一只小小的蜘蛛，不哼不哈地织出一张小小的网来，居然能网住一屋子的性命，这是何等了得啊！而反省自己，风里雨里几十年来，辗转南北打天下，战场一个接着一个，导弹一枚接着一枚，轰轰烈烈，惊心动魄，名扬天下，威震世界，结果呢？不也成了一只‘挂’在‘网’上的‘飞蛾’吗?”——这已不是对时代、对社会的反思，这是充满了人性深度的、对生命、对存在的反思，在历史与命运的幽暗之中迸射出穿透灵魂的力量。作为报告文学作家的李鸣生不只是一个思想家，而且是一个哲学家。

当我把一部五十万言的长篇报告文学读完，我感觉当下报告文学存在的瓶颈皆已被李鸣生打通，这是报告文学在禁律之下的一次非常成功的突围。但掩卷之后也不无遗憾，这部作品在李鸣生的报告文学作品中绝对是一部扛鼎之作，却没有像他的其他作品一样引起高度重视，我感觉这部作品的价值被低估了。从一个报告文学写作实践者的视角看，我觉得这部作品最完整、最经典地诠释了李鸣生的报告文学创作理想。在李鸣生笔下，发射将军李福泽和他的战友们，无论来自哪里，都是西部戈壁孕育出的一群有血性、有某种特殊气质的中华儿女，他们虽在一个相对闭塞的荒漠中生活，却天生有一种独与天地精神相往来的自由；同样，在李鸣生笔下的报告文学中，尽管有着虚构与非虚构的文体边界和文学禁律，但也同样有一种天生的、独与天地精神相往来的自由。

2015 年 3 月 3 日改定